朱峙三 著
周國林 胡念征 整理

朱峙三日記（六）

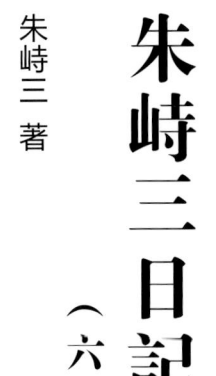

荆楚文庫編纂出版委員會
華中師範大學出版社

民國二十四年（1935年）乙亥日記

正　月

朔　晴　二月四日

五時起，盥漱畢，敬謹祀天地。開門後再祀祖宗並在先母靈像前拜年。昔時與祖宗拜年後歡欣爲母親拜年，説吉語。去年今日九時半，自黃岡縣政府渡江回家，見母親神氣較往年佳，今年今日母親已登仙籍。雖近數年禄養無虧，母親年已八秩，然視清代袁、趙諸先生早歲抽簪侍養，使其太夫人年皆逾八旬以上，則余又滋愧矣，心傷痛無已。六時半，王少泉、萬斌如等繼續來與先母叩頭。自是以後截至今日午後四時止，來叩頭者七十餘人。吾鄂舊例，父母之喪新正初一至初三謂之新香，鄉、戚、黨皆以此三日内來靈像前叩首致敬，此實好禮教也。余昨夕僅睡二小時，今晨陪拜跪，精神倦，足無力，幸飲食甚健，得以支持耳。晚六時吩咐諸事畢，十一時開筆記事，寫樊雲門、朱竹垞詩，方望溪手札，寫開筆吉語，後近數年例如此。明日丑初立春，特候至轉鐘一時再寝。接春後和衣寝，以寅正須起陪拜，恐叩新香者以明日爲佳日，較今日出方者多也。

初二日　晴　今日立春節　晚十時雨　二月五日

六時起，七時始有客來叩新香，以後繼續至，至午後五時止。陪拜甚勞乏，小睡二次。傍晚吴表兄來。飯後囑家人準備明晨往各鄉鄰家謝客，九時補寫未竣日記。去歲事冗雜，忙亂中致有此事，十二時寢。

初三日　雨　寒甚　二月六日

七時起，盥漱畢，帶同更生、遲生出門謝客。鄂城俗例，孝子須於初三日著白衣親自出門往各家拍門云謝，表示尊其父母之意，且致謝其拜父母之人，亦佳禮教也。余以風雨寒甚，僅行至小東門外及大東門城口下至方井頭即止，餘囑更生同趙姓致詞者同往拍門謝之。午後補寫去歲未竣日記。二時李縣長文蓀來，為先母叩新香畢，坐談甚久，留晚餐，又談至九時方去。余以今日起早，精力不繼，十時遂寢。轉鐘一時夢隨僕帶物件乘大輪船出海口，似往福建，坐輪船上層艙，廣無間隔，客甚少。余臥處被褥隆起，一瞽人賣林禽者攜二筐至，裝置滿，綠色可愛。侍役罵之，阻其來。俄暴風至，天已昏暗，船顛簸上下，頗以為苦，心慮此時何以不入港灣避之？耳際似聞尋港不著，余心慌甚。此類癸丑入閩時避風島中情狀。幸二小時風息船開，晴空忽白雲一縷，作曲尺折入射船艙中。旋一帆舶過，雲插桅過，氣勃勃，又似廬山雲氣起時狀。未幾，船泊港口，余乘輿起岸，似拜客，直入一大廟，類福州之府城隍廟，壯麗較昔年過之。左邊見停柩，其家正請僧道做功德，樂聲喧鬧。輿直入內，閽者來迎。下輿後檢篋無官銜名片，內藏皆他人名片約十餘張。謂僕曰：盍往船中取之？閽者謂此係某辦事處，請公晤處長接洽可也。余曰，爾可持紙條來，余當書姓名以進。閽者謂須檢紅紙與公書之。余細思書何官階時遂醒。今年得夢在初三夕，然則主何兆耶？

初四日　陰　晚雨　二月七日

八時起，仍有來叩新香者。十時，胡林太輔等七人來，辦酒一席待之。午後女客來二桌，傍晚方散去。程世妹，稚松之姊也，來與余談往事並先母在時諸事。程妹幼與余同學，世家往來，親如手足。今日述其病狀，殊為可憐，亦呈老態矣。晚十時寫信四件，籌款為更生往省學費。十二時寢。

初五日 雨 雪子 微雪 二月八日

七時起，今日爲請鄉鄰謝酒期。鄂城婚喪事，鄉鄰送禮，陋習不能拒之。大概集錢少而人數極多，受禮者非請二次不可。喪禮則一請一謝，開弔時又一次，是三次矣。今日到者計八桌，飲酒十二斤，真可鄙矣。雖下雪天寒，無一不到者，席散時午後三時矣。劉夫人自省宅來，夏僕送之，聞省宅事托葉姓同居之婦照料。雖爲先母叩奠而回，未經余同意，殊嫌孟浪耳。晚間清理各事，十一時寢。

初六日 陰 寒 晚十二時以後微雪 二月九日

九時起，倦甚。飯後具柬請李縣長、紀科長等，因前日未隨縣中鄉鄰具帖故也。午後三時往縣府回拜，與縣長談甚久，並晤紀、吳二科長及承審員。四時半方出。旋紀、吳兩科長來談甚久去。晚間籌更生學、膳費，命夏炳承送之往省。此子拙性，又未時時在余傍，學力幼稚，絕未用心。平昔又爲先母姑息過甚，以余得子遲，未教養，曩在省屢思家，歸後讀書實聽其自然矣。刻年齡長，學識毫無，世情又不熟，以人家子較之，余實報而愧也。分咐各事畢，囑夏僕遇事導之、苦心説之，冀其成人。余幼時讀書住省城學校，極感痛苦，並未使先父母嘔氣，且每年在省，必謀兼差，如充報館主筆，教夜課，爲首董商寫屏對，以年計至少收入爲百元以上，寄家爲先君子之助。戊申端節，石雲衢帶款交先君子，至流涕受之，謂人家子弟就學省城，其家必寄款與之零用，吾家求學之子反寄款回家濟急，非常兒也。以視今日更生讀書，衣食不缺，毫不用心，使余嘔氣生氣者，真上智下愚之判矣。十二時寢。

初七日 大雪 午後晴 二月十日

九時起，十時黃芝藩之子來取蒲圻定白委會去。午後三時半請李縣長、紀吳二科長及謝服初等九人春酌，酬送禮也。七時席散去，閲報，知去年湖北舉行敬老會，年最長之朱輔臣，黃岡人，百零一歲，省府所給之百餘元已用罄，臘月至行乞而住漢口蘆席後街。以訓蒙糊口之戴澤亭，年七十七歲，見報送四元與之。朱無子，載有二子亦中道卒，可見老年至百齡稀事也，而無子至求乞。年七十七歲者晚景如此，亦可憫，有壽亦何益耶？人生修德耳。老如翁覃溪、王夢樓、袁簡齋輩則可。蓋官階高，退休後文章詩酒、書畫琴書之樂，足以自娛。身健時人望之如仙。近世某市長每言其祖父母俱存，年八十以上，其子述齋，亦夫婦齊眉。述齋，前兩湖學生，後入日本士官學校畢，亦官南北京，可羨也。後福如何雖難逆料，然吳市長先爲全省菸酒局長、漢口財政局長、湖北財政廳長、江西鹽局長，現充漢市長官階銜，皆其祖父母眼見之，則前生因果之美可知。翁覃溪之重孫，大興縣充隸役；王夢樓後嗣，辛亥春曾聞之楊子槃師，云四世後衰敗不堪；袁簡齋之玄孫亦窮以死。衡之諸老當時厚福，後世仍有所難堪，天道不足憑歟！則孟子所謂"君子之澤，五世而斬"；"小人之澤，五世而斬"，天然公理，自然之勢也。因感於報載戴翁濟、朱輔臣事，特記之。十二時寢。

初八日　晴　二月十一日

九時起。王興發送黃紙籤語來，謂關帝靈驗非常。前年彼代余求籤，神語有隱示黃岡之說，其籤係中平，文曰："日前未遇少徘徊，灘水猶能把磨捱。有日轉身緣分到，勝如平地一聲雷。"籤語表面似囑人尚在捱磨，待運至而已。胡林公衆來人二桌爲先母叩奠，請酒之時期已過，倉猝間命人治便飯二桌食之。午後二時囑興發爲余整容並留鬚，給予香楮費，囑其明晨六時再往該鄉關帝廟，虔誠爲余乞一籤，問此月運氣及進取如何而去。晚十二時半寢。

初九日　晴　重霜如雪　二月十二日

七時起，王興發已先來家，送籤語來，係四十二籤，上上數。文曰："勸君作事要留心，因風吹火可爍金。丹桂有花容易折，膏肓無病不須針。"玩其語意，恐得志在今年八月，曰"因風吹火"則不知何所指也。

又第十籤中平，文曰："工夫未到枉求人，謀事工夫不可停。火復丹爐還復火，何愁丹藥爍不成。"據說彼誠心問劉夫今歲能得事否，此則均須求金火象之人也。八時早飯畢，九時帶同厚訓、遲生、胡天喜、興發等出城，先祀先祖父母、先叔及長女純兒、三女四兒、長子純學、次子太錚等墓畢，往先母厝處祭之，小駐片刻。沿汽車路行至先嬸王夫人墓及大伯王明譜公墓祀畢，囑遲生等先行，途遇羅僕導之至孟夫人墓，余與興發行歧路迂里許方到，足已軟，不能行。祭後再往先父墓，祭後坐片時，週視數次，檢有名、有厚公二墓碑尚有，余、祝兩孺人碑墓不知在何所。有名、有厚二公則家中神主牌上所記爲六世祖者也。再往萬壽橋上艾姓祖山祀先姊丈艾承倫並先姊畢，沿城根上城回家。足力已竭，腹餒，進食已三時半。四時李縣長着人來催客，四時半去，余爲首座，外客僅魏醫生、余區長，其餘府中紀科長、易主任、王委員數人。七時畢，往郵局略坐，九時歸，十一時寢。

初十日　晴　二月十三日

七時半起，八時囑家人清檢各事，將二重板壁上齊。此去臘下後爲來賓叩新香者，趁此時幫忙人多，急整理之，免余往省後諸事呼人不應也。檢樓上歷年所收信件，自壬子起至十八年止，另加封，以便檢查，並檢出先君宣統年間所書賬簿，將來財力充裕時必影印之，勿忘，勿忘。聞先君云，辛卯以後困窘甚，致將所評閱之醫書售去十分之七，余幼時見之者程松師家有《醫宗金鑑》及其他大部書蓋有先君名章者是矣。又黃舜卿處有數部，去臘已收回《傷寒全生集》四本，果先君評點者。他日必函程次松，囑其將先公手批醫書交還。十二時王恕來，留坐談甚久去。午後李縣長着人來，約余往寒溪學校視察毀折情形，閱之令人心傷不已。吾邑人不愛惜固屬慣性，然保存不力則李前縣長輝武之過也。在校約逗留一時許，往九曲亭西山一遊，遇羅資深，囑其安心靜守，讀書待時。後由主持僧導觀彭楚藩烈士墓，則何成濬、李範一等新拓修者，聞花工程費五百元，煥然新矣，此則烈士墓轉運矣。

十一日　晴熱　二月十四日

七時起，八時以後清理各事。飯後蕭敦五來云，先母葬期如就原山，二月間無吉日。斟酌再三，只有就今秋七月爲最吉，是不可勉强云云。便請其爲余卜進取事，得小畜卦四爻，文云："六四有孚，血出惕出，无咎。"注"以一陰畜衆陽，本有傷害憂懼，以其柔順得正，虛中異體，二陽助之。是有孚而血去惕出之象也，无咎宜矣。故戒占者亦有其德則无咎也。"午後二時，余區長協廷請客。同席者李文蓀縣長及蕭敦五、孟果溪等七人。五時席散，便往電報局坐談。晚九時歸，十一時寢。今日蕭敦五斷卦象，謂正月不利，必交二月節方有事，以青龍雖動，而官伏在酉也。

十二日　陰　小雨　寒　二月十五日

七時起。昨日劉夫人出言不遜，被余罵之，今日彼病矣。謝服初請宴，余先已許之，又不能代彼卻之，午後一時仍令其往。三時周淬成留飯，後同往春溪、端溪、福坪、叔和等處，間有晤者。九時歸，十一時寢。

十三日　陰小雨　二月十六日

四時醒。劉夢仙夫人今晨回省宅。萬夫人昨日無理，與余爭論且怒罵夢仙，殊可惡。萬向少常識，不能理家事，更不能馭下，不自重其資格，屢教之不信。女子與小人難養，信然。五時半夢仙出門去。昨已派黃福並帶潘嫗往省。夢仙與言各事，余臥應之，不能起送也。九時起，十一時孟端溪着人來催客，同淬成同去，傅象虛等六人同席，午後二時歸。回時余請淬成陪客，亦象虛、端溪等七人，傍晚散席，與淬成往授卿、漢槎、汪福坪等處奉看，九時歸，十二時寢。

十四日　晴　二月十七日

九時起，十時飯畢，十一時往長途電話局打電話，約夢仙到保安門郵局談話，告以各事，便往謝服初局中略坐談即歸。晚間補去歲未竣日記。十二時半未寢，思過去事及近日萬夫人無禮狀，意冷心灰。擬二月間如不能活動，即往普陀山朝山進香，小住半月以養靜耳。轉鐘二時寢。

十五日 晴 二月十八日

八時起，九時進香祀先母畢，心甚抑鬱。記去年今日九時在黃搭輪，午後七時到漢，家事縣政甚順利，不勝感慨。飯後帶同遲生沿東城上至大西門外出城至學堂，至丁孝子墓及寒溪等處略憩。再至溪邊樹下與遲生坐地草上。遲生指日旁有虹影。余仰視之，則見虹狀之半弧形繞日旁。晴空無雲，日光正烈。四望無雨意，何有虹見？蓋日華也。《月令》載三月間虹始現。惟道家注經謂閉目握固，想日之華流於日旁而成彩，謂之日華，不過想像之詞耳。杜甫有句云："谷虛雲氣薄，波亂日華遲"，不知當時之日華作何解。余今日之所見，日旁半圓繞之，美麗如虹，約半點鐘之久方漸淡而為白色方隱。此不知主何事也。物理學家謂月華雖不經見，但見之必於八月十五日，此與中秋潮汐之理有關係。聞前內子孟蕙芳謂其丁未秋七月在隨州教授時，某夕與許季良女士在院中乘涼，子正見月華，極美麗，約一刻鐘即散。惜今日事不能告知已故孟夫人也。今日日華見時在未初至未正，約下午兩點鐘時，未帶時計在身，時日剛偏西，度其時在未初，事經倡見，特記之。入城後至電話局探信，知省宅劉夫人已在電話局中候余談話，遂與接談知各事，懷冰行程尚有幾日，余擬明日往省。十二時寢，展轉不寐，心胃痛甚，轉鐘二時猶未睡熟，四時夢余乘藤製肩輿往一舊官署拜客。未下輿時先有六七人似士紳者立道左相迎。繼至署門內歇輿時，呼人通報，似在蘄春縣。惟署首有三門，余係往中門入。黎明醒尚一一記之。

十六日 雨 今日雨水節 二月十九日

天未明，聞雨聲，遂中止往省之念。九時起，飯後補寫石印稿，因急思將各件印齊，以便裝訂成冊分贈親友也。先君手蹟不止此數。家書及自立醫方脉案等，他日財力稍裕，當用照相法以珂瓃印之。石印雖余所親摹寫，僅肖十分之八九耳。將來財力有餘須再印。午後雨更大，晚間用瀜燈摹先君手蹟，十時止。十二時寫雜件，轉鐘二時寢。

十七日　雨　二月廿日

九時半起。昨夕雨聲來，欲睡夢不安，余喜聽秋雨，惡聽春雨也。飯後仍勾摹先君手蹟，終日未出門，晚十二時已成六頁。因景信文印局底紙已罄，各店亦無借與者，乃僅以楷書六頁付印，其實字數可勾摹十頁。該店藝術甚差，只好中止而已。轉鐘二時卜牙牌數，係尋武人吉利，俟到漢再酌之，眼倦遂寢。

十八日　雨　二月廿一日

五時醒，聞雨聲甚烈。麥子初生，此種烈暴風雨害苗者也。去臘以旱荒，鄉間劫搶甚衆。倘今春麥子減少，後患不堪設想。當道者侈談救荒，籌賑皆應潮流，一種空談，何曾關心民瘼耶！余以抑鬱疲倦，至午正方起。飯後往縣府與李縣長談一時許出，便至趙茂林、劉幼浦、周子南家坐談。至蕭敦五處，欲請其卜課，彼以明日虔誠來家卜之，爲其子求一介紹函，往黃州新民小學肄業，求其家書一函與之。九時歸，十二時寢。

十九日　陰　寒　二月廿二日

十時起，清理各事。得李縣長函並致陳處長漢存函。李欲來看家藏字畫，余拒之。一因字畫已檢好；二因天陰雨後各處未乾，懼潮濕也。晚間收拾各箱衣物加封鎖畢，已轉鐘二時矣。此次遲遲出門，心煩意亂。日來萬夫人以言語衝撞余，殊可惡。黃岡未交卸之前該縣土劣使余嘔氣；交卸後所用職員舞弊虧空，令余賠款又嘔氣；近月以來余廷襄及其科長范敬存故意挑剔小事又使余嘔氣；不料劉夫人回鄂城後，萬夫人無禮再使余嘔氣，則余所深恨也。寢後展轉不寐。

二十日　陰　晴　二月廿三日

六時醒，七時半起。今日決計搭輪往漢，心中無限感慨。昔時受抑鬱，在家時有事與先母談；在省則與先室孟夫人談。因萬夫人無常識，余向不與談也。自孟夫人去世後，余口閉心煩，無可與語者。劉夫人新來，不知余心事，不能與商近事，詳告往事也。先母去世，家中主持無人，今日出門尤爲嘔氣。在黃岡年餘，使向無陳債，孟夫人不死，則稍有餘積，緊細度日，可閑居五六年不起恐慌，在家休息心恬而學業益進矣，何所求耶！先公在日每囑余四十歲以後即家居靜養，不必外出；今近五十矣，鬚髮已白，猶出門謀升斗以養家人，真非余所願耳。先母在時亦命余早爲蓄積，政界事非長久者。欲免身心之勞，只有早日退休、多享年壽爲好。惜余命太苦，至今日仍憤氣到省謀事。萬夫人性庸愚，何能知余心耶！十時飯畢，不與語，蓋即囑彼數語，亦未能切記。竟同艾小泉、厚訓、萬國華等出後門，沿城行至小北門搭輪往漢，購得一艙位，與石鏡清同坐。小睡半時許，餘時則與談往事而已。午後八時半到武昌，九時往訪朱懷冰談片刻，知其不往江西，即辭，明日當可續談也。回家飯畢，囑劉夫人各事，十二時半寢。

廿一日　早晴　午後陰　晚七時雨　二月廿四日

十時起，倦甚。飯後渡江訪周福成及陳漢存處長，均談甚久。晚五時訪佛波談各事，遇陳端白，就佛波家中吃飯，七時半渡江，八時半到家，十二時寢。

廿二日　陰　二月廿五日　星期一

十時起，飯後渡江，晚六時方歸。連日往各友處略坐談，晚十時閱筆記小説三小時，轉鐘二時寢。

廿三日　晴　二月廿六日

十時起，倦甚。飯後渡江，晚九時方歸，閱雜書，轉鐘一時寢。

廿四日　晴　早霜　二月廿七日

七時起，八時半渡江，十時到眉宣寓候其談話，十一時訪立群，就其寓吃午飯，談甚久，步行至堤街，購得羅虞臣、盧新蒲畫扇二件並李百之士彬四尺聯一副，極佳。至朱士堪家坐談久，托各事。士堪送余竹手枕一刻，極佳。士堪為學生時即擅長此技也。傍晚歸，轉鐘二時方寢。今日報載行營發表職員，晏勳甫仍舊原職，朱懷冰不與焉。黃岡人如汪南疇、余虞琴等皆希望懷冰再起，余亦以環境不佳，急思就事以濟急，將奈之何！寢時展轉不寐。

廿五日　晴　二月廿八

八時起，汪俊源來坐甚久去。飯後外出安牙一顆，去臘戴志強所定做而未安者也。費一時許方畢。至察院坡世界書局晤葉先生，借得乙卯冬月及丙辰春至冬月日記一冊，晴雨具載，頗可喜，持之歸，備參考之，日內必還之。問竹軒欠款，當晤余管事，以三元了結之。至器成寓，知其已就溫州大輪船賬房事，留余吃飯。出至王藝圃先生寓中略坐談出，回家飯畢，閱書二小時。今晚余未歸時，方耀廷先生著人送信來徵求同意，謂已推薦余為監理稅捐委員會幹事，已得沈碧舫、喻育之等一致贊成云云，困窘中有此月薪百元接濟家用，亦幸事也。十二時寢。

廿六日　晴　三月一日

九時起，十一時飯畢，往方耀廷先生宅，遇汪小舫、彭念祖、李書記官攜有擬請黃岡增設高等分院意見書，乞余與傅幼虛等列名呈院。彭、李清晨來訪，黃僕答以余渡江未回也，談半時許出。余與耀廷乘車往省黨部看捐稅監理委員會地點畢，旋渡江。傍晚歸，十二時寢。

廿七日　晴　三月二日

八時起，十時飯畢渡江，傍晚歸閱《秋雨盦》《諧鐸》等小說，昔時所閱過者。敘因果前定，諸事富貴有命，凡事不必強求也。十二時寢。

廿八日　晴　三月三日

七時起，飯後渡江至中央電影院觀影劇。婦女佔人數三分之二，坐位樓上下俱滿，而外國男女約三分之一。誨淫之片，中外婦女喜觀焉，亦可證近日社會心理也。晚在會文堂購書三部，一、《中國文人日記抄》，摘選宋歐陽修《于役志》、黃庭堅《宜州家乘》，迄近代李慈銘等十四家。黃、李記日並敘晴雨、雜碎家事，與余之日記同。余幼年立志寫日記，未見黃、李之作也，今日始見之，殊可哂耳。二、《名家日記》。摘選胡適、吳稚暉、魯迅、周作人、郭沫若等七家，皆近時人。胡名最高，新舊學俱有根底，年四十餘。吳爲清代舉人，在外國年久，革命後名更顯。舊學較胡深，新學遜於胡。三、《聯語作法》，此書拉雜甚，無可取。攜回家閱至轉鐘三時寢。

廿九日　晴　三月四日

七時起，飯後至省黨部，欲探捐監委會會址修理否，則無人照管，即出乘車往漢陽門渡江至法界觀馬戲及武術等。近數年更新穎，有進步。大小人陡勁用力，頗呈危險狀。馬、象、熊等靈活作種種劇而後得食。總之，人與物均在此社會博錢求食耳，令人有天下無如吃飯難之感。傍晚渡江回家看各種書至轉鐘二時寢。

二　月

初一日　晴燥　三月五日

七時起，整理日記及各事。飯後至勸業場現改國貨商場略一週覽，百①鷹積，價高而貨劣，此吾國商業不能發達之主因也。一時至大觀影戲場觀所謂《歐戰的秘密》者，結構尚好。三時歸，飯後欲臥，蓋已困矣。五時半至公園，六時便觀漢戲。前日二月間曾與孟夫人到此園一次，思之惘然。近來漢劇號稱改良，今夕所見則男女合演，又參以京調，雜以五色電光照之，出神出鬼，詞既鄙俚，意義毫無。名曰《孫悟空出世》，殊爲可笑耳。余未竟即雇車歸，閱黃山谷《宜州家乘》竣，已轉鐘二時矣。

初二日　晴　今日驚蟄　三月六日

七時起，飯後往葉慶元處取辛亥至近年日記，考其雨晴風雪記載，此亦商人中傑出者也。晚轉鐘一時寢。

初三日　晴熱　三月七日

七時起。捐稅監理委員會派陳録事來請余去辦公。十時往，與彭湛然、李次瑜見面，談一時許歸。午飯後再往，五時歸，十二時半寢。

初四日　晴　三月八日

六時半起，七時半到會辦公，無多事。晚六時歸，轉鐘二時寢。

初五日　晴燥　三月九日　星期六

七時起，八時到會辦公。午後三時渡江至眉宣、佛波等處略坐談，晚十一時歸，清理各事，轉鐘二時寢。

初六日　晴熱　三月十日

七時起。昨夕蚊嚙人甚利害。報載杭城暖如初夏，異事也。飯後渡江，傍晚歸。今日帶同根生往淬成家教訓一次。此子拙不聽話，欲淬成

---

① "百"後疑有闕文。

之妻勸之耳。九時寫信二件，轉鐘二時寢。

初七日　晴熱　三月十一日　星期一

七時起，八時到會，十一時方主席到會閱文件。余恐其有話說，遂在會中午餐。四時回家，得萬國華自縣中帶來各函，閱後心煩意亂。五時渡江訪曹漢丞未遇，便訪菊坡於漢潤里，談甚久。菊坡錢多，日來走入驕奢淫逸一途，可慮也。九時渡江，十時到家，轉鐘二時寢。

初八日　晴熱　三月十二日　星期二

七時起，九時到會。今日天熱甚，有着夾袍單長衣者。連日蚊蠅爭出，類初夏景象。杭州桃花早已盛開，奇事也。午後四時半歸。晚間清理日記並閱舊日記，可作溫書課也。轉鐘二時寢。

初九日　晴　風　三月十三日

八時起，九時到會。十一時半回家，午後再去。寫信覆鄭宇平、袁子青等，皆積壓久而未報者也。心煩意亂，對於各處覆函，握筆旋輟。初七日，金太史自泰興寄函來，附先父母墓誌稿，欲作謝函，屢執筆中止，蓋對金先生文章道德難於措詞也。金爲孝子，通籍後以丁母艱歸，即告養侍父。父卒即家居，不求仕進，人格可欽矣。午後五時回，九時清理日記，轉鐘二時寢。

初十日　晴　三月十四日

七時起，八時到會，無多事。方主席、喻育之俱來會。午後到會寫信二件，三時渡江訪佛波及立群，車行上下約十餘里。晚八時回家，寫厚訓等件六件，明日付萬國華帶歸者也。轉鐘二時寢。

十一日　晴熱　三月十五日

七時起，八時到會。飯後再往，寫信四件。晚五時歸，寫日記，整理各事。九時閱華慶元日記，間有未書晴雨者。十二時半寢。

十二日　晴熱　三月十六日

七時起，九時到會。飯後方主席來會，無多事，與談因果報應事，方舉該縣王、馮諸人事證實之。天道惡淫，鬼神福善，禍淫可畏哉！午後五時歸，飯後整理日記，轉鐘二時寢。天大雷電以風，平地水深尺許矣。三時以後未成寐。

十三日　陰雨　晚月色佳　三月十七日

九時起，體倦不支，十一時早飯。午後半時雇車往同慶樓。朱祐亭昨接客，余恐其有喜事，特先往問，至則無所謂，彼久有意約余者也，同席者熊獻芳、朱右庚、周劍甫等六人。五時席散，六時歸，晚飯後九時矣。整理日記至十二時寢。

十四日　大霧　晴熱　三月十八日　星期一

七時起，八時到會，備請假條，擬明日回縣也。與喻育之說明一切，飯後再到會，方、沈兩委員俱來，已准余回縣。三時送日記與察院坡葉慶元。今日天氣驟熱，着夾衣，奇事也。四時到會，請方耀廷爲先君題石印遺墨箋，五時歸。飯後準備明晨回縣各事畢，十一時半寢。

十五日　晴　午後大西北風　轉寒　三月十九日　星期二

五時半起，六時半帶同黃福乘車至漢陽門，搭新大利輪船，購得鋪位，在船小睡。飯後閱書，午後二時輪到黃州，大風忽起，此船小，舵工不能停鄂城，遂囑諸客到洲尾起岸。余與黃福步行，到家小憩。飯後約廣沛、資深來幫寫包袱等事，晚閱雜書。十二時寢，轉鐘一時許夢先母狀如平昔。

十六日　陰　大風　早雨一陣　晚下雪子數次　甚寒　三月廿日

七時起，十一時飯畢，帶同遲生、厚訓等並僕從至先母厝屋祭祀後再至普山祭先祖父母，遂經城根由南門歸。飯後和衣寢，夢有致函似訐余者，開函則爲朱貢金云云。晚十時下雪子，如隆冬，着棉衣。十二時寢。

十七日　陰　小雨數次　寒甚　三月廿一日　今日春分節

十時起，飯後資深來，余囑其渡江送文到黃州，便探有大輪到否。午後三時資深來，便命其往取行李帶之到省宅，免在西山廟中寄食也。五時余與黃福、艾少荃等渡江到張碧垣處，彼留消夜，即就其家候船。十一時半搭建國輪，購得艙位，小睡未穩，心神不安。

十八日　陰寒　三月廿二日

六時半船已抵漢口，七時渡江回省宅。今日未出門，以疲勞甚，思休息也。晚十時閱雜書，十一時寢。

十九日　陰　午後晴　三月廿三日

九時起，倦甚。十時到會，王恕來訪，與談片刻去。午後渡江，購痔瘡藥，晤杜振卿，晚在莆宅晤成朗先談甚久。十時歸，十一時寢。

二十日　晴　三月廿四日　星期日

九時起，十時渡江看椅子及沙法床，囑李宅付償。晚歸閱書，寫信數件。至轉鐘二時寢。

廿一日　晴熱　夜子時大風雷　三月廿五　星期一

八時起，九時到會，方、喻均來。晚間囑羅資深清理余辛亥秋間所寫各件。羅寄食於此無多事，便囑其看書寫字，俟有事再薦。彼有家不可歸，其父羅卓如言大而誇，無用之人也。十二時寢。

廿二日　雨　晚大風　寒甚　三月廿六

五時半，雷風甚烈，余起閉窗戶畢。八時起，九時到會，無多事。

飯後大風雨未去，囑資深寫雜件，晚十時寢。

廿三日　大風雨　三月廿七

七時起，飯後訪汪雲龍未遇。午後一時到會，方、喻、沈均來叙談甚久，四時半歸。飯後閱書寫信，至轉鐘一時寢。

廿四日　大風　早晴　午後陰　三月廿八

四時醒，腹痛甚，起瀉一次；八時起，又瀉一次，係感寒所致也。今日開例會，九時到會，歸後吳端偉、賈仲明先後來談去。蒲圻人廖姓來租前重舖面。晚九時閱書，十二時寢。

廿五日　陰　雨　晚大風　三月廿九　星期五

六時起，七時帶同黃福回縣，因先母忌日爲本月廿六，今日須歸也。在漢陽門搭興茂輪船。同房艙者一夏姓，武漢大學學生也。飯後小睡，午後三時到家，雨未止。飯後命潘仲平等清信件，分年彙包，置書箱之上。九時半爲先母排供進香畢，十時僧六人來諷經至轉鐘四時畢。天欲曙矣，和衣寢。

廿六日　陰雨　風　晚十時見星甚朗
三月卅日　星期六

五時解衣再睡，午後三時方起。飯後至縣政府晤李縣長談一時許出，便至電報局訪謝服初談片刻，五時歸，囑家人準備各事，明日下鄉祀先曾祖胡公正華墓。十一時寢，轉鐘一時夢見先父母如生時言笑並示珍珠，又似聞當道委余爲通城縣長矣。

廿七日　晴　三月卅一日　星期日

八時起，九時早飯畢，十一時欲行。張碧垣自黃州關來家，又未便遽行，與談一時許方去。余同吳開春表兄、厚訓、遲生並周崇金等步行至明塘雇舟往李家下灣上岸，行至胡家壚坊祀先曾祖墓。墓已修葺竣，係上月托晏七照表叔所做者。祭奠畢，細閱碑旁字，載公歿時係道光十二年八月初七日吉時，立碑則光緒三年二月也。聞先母在日云，先曾祖胡正華公值道光年間大荒，以小貿營生，帶同先祖其昇公字冠群逃荒，一夕食後竟睡，次晨呼之不應，細察已卒。是否中食物毒不得而知。爾時先祖年幼，不知先曾祖何時卒也，遂就其地埋之，故立碑不能紀其卒時也。丙午胡二林修譜，先君居縣城，雖任纂修職而回鄉時少，致將正華公僅載生年，卒則書"未詳"二字。余今日始發現之，特補誌於此，亦以示余之子孫也。先君在日祭此墓時甚少，余曩來祭，碑已陷太半於土內，亦未加察焉。今日碑文全現，則不能不感激晏表叔矣。午後三時回家，小睡一時許。飯後王久旂、陳受卿、孟春溪等先後來坐談去。傍晚至蕭敦五家請其為先母擇葬期，便訪鄭華樸、孟春溪，九時半歸。十二時寢。

廿八日　晴　四月一日

八時起，囑周崇福、崇金等先往西門外挑墳，前日已示知各地點矣。十時同吳老表、厚訓、遲生等出城。余以足軟，先雇轎一乘於城外候之。先祀曾祖母何孺人並叔曾祖士隆、士華、士富三公。二姊名細齡者其墳近十七年已尋不着，為大墳所壓沒矣。便上山祀朱姓高祖廷焜公畢，已午後二時，乘輿速行至孟夫人墓轉先嬪墓、王伯伯墓字明譜者；至先君墓轉普山祀先祖父母並胞叔森亭公、朱姓曾祖上榮公係咸豐九年立碑者；兼祭長子純學、次子太錚，純從朱姓譜派、太從胡姓譜派取名者也；長女純兒、三女泗兒，心傷無已，約耽延一時許。再至大西門祀庶曾祖母李夫人，此墳恰當小路，被人踏平。今日已挑高阻之，或可再免踏也。閱碑係咸豐九年十二月立，皆先祖傳起公當日所經營者。便囑厚訓、洪英等再細看表兄劉金魁名朝金墓碑，係民國十四年七月立，是時余在縣，表兄卒時衣棺費托人料理，彷彿次晨余即往省矣，至今則不知其卒於何日也。劉姑母有四女二子，一名朝興，係光緒丁未物故。劉姓城中人少，已絕嗣，不知其族現在何處。四時祭各處畢回家，晚飯後命各人散去。七時聞後門外城上人聲嘈雜，開門視之，則祥安小輪自南溪上水，至黃州長圻嶚被焚，火光燭天，情形極慘，燒至十二時火未熄也。聞李縣長強迫泊鄂城之小輪升火往救之，亦善心之可嘉者。十二時半聞死者不多。據逃歸者云，鄂城之內僅一客淹斃。閱閑書畢，轉鐘一時寢。

廿九日　晨小雨　陰　午後雨　四月二日　星期二

七時起，飯後九時半矣。十時至江干候船，未幾，華明小輪到，購得前艙鋪位，看所帶管異之文集。管為姚姬傳高足、傳桐城派文學者，用意尖新，然不免小家氣概，較之吾鄉張廉卿先生不如也。晚八時到漢渡江，飯後清理各事。今日團風停輪時周伯祥上船，同房艙中，明日擬訪之，便托厚訓事。十二時寢。

三　　月

初一日　陰　四月三日　星期三

八時起，倦甚。九時到會，無多事。午後一時訪周伯祥未遇。晚清理各事，閱雜書，十一時半寢。

初二日　早霧　陰晴不定　四月四日

七時起，九時到會。飯後再往，方、沈兩委員來談各事。晚間再訪周伯祥仍未晤。十二時寫信四件畢，寢。

初三日　陰　四月五日

八時起，九時到會，無事。午後再往，得伯陽電話，謂今日程硯秋演戲，今日有座位。四時渡江，六時與同至大舞臺觀程演《武家坡》，貫大元配角，唱做均好，惜程軀幹太肥，不似窈窕淑女姿態，此一缺憾也。

近日之所謂四大名旦者，一爲梅蘭芳，次程艷秋，後改名硯秋，次荀慧生、尚小雲。其實唱做之工，梅、程尚不及小雲也。十一時半出園，與伯陽、徐某及其妻同往汓陽飯店消夜畢，至李佛波寓晤龍世奇，長沙人，充黃達雲秘書，前曾通信二次未見面者，與談詩文，頗有條理，後起之傑也。轉鐘一時與伯陽回迎賓江館宿，又與徐某、伯陽談至二時半寢。

初四日　早大霧　九時以後晴　四月六日　今日清明節

七時起，雇車出門，伯陽未覺也。買小説書數種。至江漢關時，大霧彌江不得渡，在岸上候甚久。上輪船後遇華雲舫談片刻。到家後伯陽已渡江，約往劉幹生寓中吃飯，謂夏麟書在其家，可同談也。午後四時去，五時飯畢。六時與伯陽訪汪雲龍未晤，便至龐姓古玩店閱各件，無佳者。九時歸，十二時寢。

初五日　晨大雨　午後陰　小雨　四月七日　星期日

九時起，飯後渡江訪張立群，知已回籍。訪朱士堪不遇。帶有先君子手書石印本字帖，分交張、朱之妻收存。四時往佛波寓交三册與之，囑以至好者方給之。傍晚歸家，十二時寢。

初六日　陰　午後雨　晚大雨數次　四月八日

七時起，九時到會，飯後再往。三時半渡江，値大雨。今日爲程稚松之子良生結婚。先到杏花樓，客甚多，相識者卅餘人，不便一一招呼，坐於僻處，僅與吳昌麒、閔孝荃師及夏麟書、傅幼虛諸同鄉談笑而已。九時席散，冒雨雇車至李宅，遇湘人唐天錫索先君字帖，補給一册，彼歡甚。九時渡江回家，十一時寢，轉鐘二時夢到牯嶺，似同方耀廷先生同行，彼輿在前，余輿在後，覺仍爲縣長狀，隨從士兵極多。四時醒，猶能憶之。

初七日　陰　晚晴　四月九日　星期二

九時起，倦甚。十時到會，午後再往。今日無多事，五時歸，寫信五件，十二時寢。

初八日　陰雨　四月七日

九時起，十一時到會，午後再往，無多事，欲整理前清日記之應補各材料。當在家中已存賬簿中。查之，惜辛亥十月底余在家將歷年來往信件焚之，此皆清甲辰以後友朋及致家中與先君寄余信件也，當時未顧及之。又庚申四月間余居八卦石住宅時將乙未以後所讀五經焚毀，此中有程師、王師所記年月，亦當時未顧及之也。晚閱雜書，十二時寢。

初九日　陰晴　四月十一日　星期四

九時起，倦甚，十時到會。午飯後劉夫人病，彼自謂係小產，不確也。晚閱雜書，寫信四件，轉鐘二時方寢。

初十日　陰晴不定　四月十二日　星期五

八時起，未到會。昨午後歸，囑羅資深寫請客帖子發出，約稚松、幼虛等今日午後四時來家便酌，因稚松不久須返滬也。十時清理堂屋室內雜事，打掃清潔。自孟夫人去世後，家中內部非余整理不可，甚以為苦。劉夫人口懶，不分咐僕婢去做，坐食，愛穿戴。視孟夫人之以清貧起家知艱難辛苦者，相去太遠。此則可為隱憂者。午後四時，麟書、幼虛、端溪、稚松、子南先後來，飲酒歡甚。五時，周光烈來，亦約入座。此君出言土俗，舉動均欠雅馴。吳醒亞長民廳時，曾委彼為巴東縣長，以類聚也。七時席散，余亦疲頓，十一時寢。

十一日　陰　雨　四月十三日　星期六

八時起。原擬今日到青山察看商業情形，今日恰逢天雨，只有中止。今日在家中閱各書，寫信三件，晚十二時寢。

十二日　陰　小雨　晚大東風　十時晴　四月十四日　星期日

九時起，今日無事。午飯後渡江看電影，增科學常識，見太陽面之火光與月球中之死山壑溝渠之迹。昔年聞人語及，今見之矣。此科學之應用者。非近日黨政軍學中人，諸事均作時髦語，曰房子不科學、飲食不科學、某事無科學化也。六時至佛波寓略坐談，九時歸，十二時寢。

十三日　陰晴不定　晚十二時雨　四月十五日　星期一

八時起，未到會，下午　時往黃鶴樓坐飲茗，甚無聊。四時歸，清理各事。羅資深在此閑居，又無他處可薦，甚焦灼也。十二時寢。

十四日　雨　四月十六　星期二

十時起，倦甚。午後渡江退保險箱換匙，另訂日期延至本年十月十七日止，因現不需用大箱也。訪伯陽、立群，各談半時。九時歸，與羅資深談各事，十一時寢。

十五日　雨　四月十七日　星期三

八時起，九時半帶同羅資深雇人力車二乘往青山，在徐家棚早點飲茶約一時許。中經張公祠、楊家墩、鄧家路，沿途豆麥青青一片而且綠楊遠接，多畫意。今日出城心目俱爽，惜小雨時作阻興耳。下午一時達青山鎮，訪區公所，爲實驗區署。區長張植安不在署中，聞並充教育學院主任，不常在區署，晤區員王某，本縣人，又王國楨，河南人，兼巡官，民廳薦充此缺者，均未之見。劉區員，漢川人。區署月支經費三百餘元，縣財委會撥五十元，餘由省府補助。劉云張區長借貼經費，爲此區署用度，勞而不怨。各區員薪水四十元五十元不等。內部佈置尚清潔，謂之實驗區。至用費月三百餘元，不見與外縣月支百餘元之區公所有異也。區長不在此，其區政成績更無由觀察之，真所冤枉經費矣。聞縣長楊適生接事經年，僅到此一次。親民之官固如是耶？聞楊爲雲南人，恃盧秘書長奧援，凡事務外表酬應，殊少誠實，此正所謂"黨國人才"也。至街市晤辦屠稅人吳少峰詢各事，一市儈耳。餘順調查團防月捐及苛雜情形，約二時許畢。青山，余久欲到而未果，今日償夙願矣。三時乘原車，五時半回歸。飯後閱雜件，十二時寢。

十六日　雨　四月十八日

八時起，倦甚。午前到會，午後接伯陽電話，謂程硯秋戲尚可續演一日。晚六時同徐、劉等往，則坐位已滿，僅樓座，但相隔已遠。余近來目力不及從前，聽力猶昔。見貫大元之飾薛平貴，唱做極佳。程伶飾王寶川，唱做本可負盛名，惜身材肥頎，無窈窕姿態，為可嫌耳。十一時出院至沔陽館晚餐，就宿迎賓江館。

十七日　早大霧　晴　四月十九

七時起，漱畢，八時雇車至徐公館訪曾子恭，因昨在戲院與彼相值也。晤徐三等，曾乞寫紅白對各一。九時霧散渡江，逕至會，方、沈均來談片刻。余取款三十元欲往新溝。四時半訪周鏡峰，不值。晚六時飯畢，帶同黃福渡江買零件，宿李佛波寓，便明晨好搭船也。

十八日　早晴　十時以後雨　四月二十日　星期六

五時佛波呼余起，六時帶同黃福出門。七時半搭盛安輪，船小人多。與余聯坐者有應城人范某，述劉鼎珊在應城用人不當。王某京山人，現充青山區公所區員。午後一時船到新溝，宋濟賢在薹船上迎余住康仲模家。仲模現充該埠商會長，昔時晴川中學學生也。船中受悶，頭腦甚痛，小憩一時，仲模具酒肴，同陪者有康樂，亦晴川學生，余已記不清矣。晚孫區員請看戲，該埠有漢劇團一，借某姓祠堂為之唱《陳橋接位》等劇，僅具形式而已。鄉間有此，亦可解悶。惟此處經水災後生意蕭條，近日四周亦不靜，恐因戲園而招匪類，殊為隱憂，當與萬文安區長言之，囑其注意。十二時寢。

十九日　陰　晴　今日穀雨節　四月廿一日

八時起，無所事。十時外出，便至長途電話局，通電話與應城方獻廷，告以三數日內須來應城一遊。新溝街市未鋪石板，一經雨後，泥深六七寸。聞大雪之後泥深尺許，屋密道隘，極汙穢不堪。公安分駐所警士少，除敲詐外無所事，且收船捐。似此無益之公安分駐所應早廢除矣。午後，萬區長請客，晚十一時寢。

二十日　晴　四月廿二日　星期一

八時起，康會長連日招待甚殷，其夫人亦賢惠。余以主僕二人在此，覺不安也。今晨擬往漢川未果，遂於飯後約宋區長、萬區長、康會長並有當地大商二人同往新溝站搭汽車往應城，便遊湯池。行至車站，適漢陽李縣長樞號寂園勘路到此。宋、萬、康遂折回，余則候車帶同黃福逕往應城也。午後二時車尚未到，康會長着人請余回，謂漢川縣長亦到新溝，與李縣長必欲余一談，明日再往應城云云，遂到區公所。至見面，則陳列侯同學，前漢川縣長也。余遂決意與列侯同往漢川，雇輿二同行，不寂寞矣。三時動身至宏湖院小憩，五時抵漢川城。街市甚繁，住縣署之財委員會，晤王祖銑同學。詢之胡錫凡任鄉充聯保主任，其家已中落。盧森階則在漢未歸，已不勝今昔之感。盧、胡均同學素相識者。飯後與王出西門望仙女山，漢川名山也，昔有仙女採芝，故名。行四里許，見令尹子文墓。此則昔年所久欲拜訪者。有碑三，一為咸豐七年胡文忠林翼立，題曰"先賢令尹子文之墓"；一為九年漢陽知府如山立；一為道光間知縣彭澤立。惜天晚未能多詳覽耳。祖銑號希清，在湖堂與余寢室近，甚相契。指此山前面湖為刁汊湖，廣闊約百餘里，清時多匪民。十五年以後則共產黨所潛伏者也。天熱有星。匆匆經令尹祠進歡樂門便遊街市，歸後與希清談甚久，宿委員長室中，鄭宇平親家在此充催捐委員，彼回鄂城未晤，至恨之也。與希清談至轉鐘一時寢。

廿一日　早霧　晴　四月廿三日

七時起，漱畢更衣，進早餐後與希清參觀縣黨部並縣立小學校，校長何香波、國文教員陳某。校址為昔之試院，光線均好。九時乘輿回新溝，與希清別。漢川距新溝二十里，路平，輿夫行甚速，十一時半抵康宅。飯畢，午後一時與宋、萬、楊、康、孫並康婦同乘車往應城，路極不佳而難行。到長江埠後轉應城縣道，汽車行甚速。五時抵縣，住應城飯店。此旅館與漢上無異。該縣有鹽洞、石膏礦，頗富庶，街市繁榮且有人力車矣。飯後往公園瀏覽。聞應城之周甚大，生意既佳而縣仍列爲三等，何也？九時入縣政府訪獻廷、嘯青兩同學，知鼎珊今晨已陪李子寬先往湯池，爲李範一賬項不清故也。李在應城而暴，於建廳任內硬提縣款修路，辦湯池公園、飯店等等，未經縣人同意，故交卸後訐之者衆。可見人在臺上不可一意孤行，且不可得罪鄉人也。諺曰："做官莫打家鄉過，三歲孩童呼乳名。"範一在應城唾之者無上下人等，可畏哉。與方、張等談近事，十二時出署至應城飯店宿。宋等爲竹戰之戲，余展轉不寐。

廿二日　早霧　晴　四月廿四　星期三

六時半起，七時同人出城至車站，搭湯池專車往。中經鹽洞等處，惜時間匆促，未能下車一遊。應城天然之利爲鹽，爲石膏，又有湯池，該縣人稱爲"三寶"者，無怪乎生活優裕而染烟癖者多。富者不勞而獲，貧者爲鹽商、石膏商之工人，下焉者爲旅館茶役、工廠小伙、人力車伕，且人口總數不多，以故人民尚相安。嘻！吾鄂各縣當以應城爲最安全矣。九時到湯池飯店，入浴池，池甚寬大，此所謂特等者。然以較福州湯門街之各浴池，精美佈置俱遜，則以此地距城太遠，商業未能發達，自不可與省會比也。十時出，見李範一、劉鼎珊俱在汽車上。劉回應城，李往宋河，余立與談片刻，李約余在湯池住一日，謂彼明晚即自宋河返湯池也，余漫應之。正午，與濟賢、文安等飯畢，欲往皂市一遊，以時間促，欲在湯池住一日，大家難同意，遂決定回應城，濟賢等乘車迳歸新溝宿。午後二時車到，余等上車，行時則非舊路，顛簸殊甚，並經過皂市，見街屋甚整，惜未能一觀。四時半到應城，五時入署，方獻廷、張嘯青請余宴，同陪者有季上珍、許學源、鼎珊諸同學及許可久校長。七時席散，學源爲余在其家看圓光，決休咎。其子女看光並扶乩，謂余今秋必往皖且可由薦任以上到簡任也。十二時畢，與獻廷同回署，再與鼎珊談各事。鼎珊作縣長未久而圓滑甚，談語少誠實。以應付應城有餘，治他縣則未必有優良成績。且該縣城內烟館至八十餘家而不能禁，且賣執照焉，害人不淺。轉鐘一時寢。鼎珊、獻廷等留余住一日再歸，以彼等有事，余則閑散，未便擾其政治，辭之。

廿三日　晨大霧　陰雨　午後三時晴　四月廿五

六時半起，盥漱畢，以天尚早，無人力車，步行至站，往新溝車已於十分鐘前行矣。懊悔甚，又不便轉回署中，遂在一茶肆呼一整容者理髮取耳，並囑□具飯菜，甚可口。九時半畢，十時京山汽車過此，余買票搭之。行至郎君橋，機忽壞，修理半時。細雨如絲，路滑甚，過河下船三次，方到新溝。下車後泥深二寸，知黃福曾來接余一次，以首次車過未見余，已回新溝。余乃出款書條，命一工人送往康會長家，囑黃福具輿來迎。到康宅問渠等歸後各事。晚飯後康樂等約某叟二人扶乩，請濟公為余問休咎，乩判各人必以其名嵌於首二句，此向例也。判云："峙觀照大千，三點一垮田。德厚稱仁憲，長官意不偏。國正天心順，官清黎民賢。求問進行事，辦公非等閑。誠切天開眼，自然福祿綿。二三魁星點，存仁大有年。平坦無險，薔薇花現。"二叟並不識字，此判語瑕瑜互現，是否神語，將來靈否，俟之而已。惟於余之身分上着恭維，又似不可信耳。十二時寢。

廿四日　晴熱　四月廿六日　星期五

五時半起，六時同黃福、宋區長搭盛安輪到蔡甸，起岸時途遇岳炎。岳，漢川人，曾為鄂城警佐者也。至蔡甸區公所晤區員黃正品，號廷玉，潛江人，略坐。與宋同往商會，會長周榮廷留便飯，具肴甚豐，並約公安局長劉光學來陪，晤及營業稽征所所長顧壽山。午後一時至江干搭錦華輪。同輪者童迺鋐，黃陂人，現充黃陵磯分駐所所長。四時抵漢，即渡江回家，詢各事。晚間清理文件畢，十二時寢。

廿五日　晴熱　八十度以上　四月廿七日　星期六

八時起，倦甚，連日在外勞頓不堪。早飯後天熱甚，着單衣，如五月天氣。正午小睡，夢先君與余同乘人力車歸，云寫立軸條子各件。余謂當時留紙甚多，何不寫畢；似先君病危之前數日也。二時半醒起，整理各事。晚十二時寢後，又夢至上巴河晤張朗丞，見山上有屋，如牯嶺狀，余愛之，似余亦有住宅在其上，與朗丞同行。後至者則湖南何健也，行半時遂醒。清楚記之，枕上猶戀戀不已。

廿六日　晴熱　大風　四月廿八日　星期日

九時起，倦甚，飯後清理各事，午後二時寫信二件，晚十時寢。

廿七日　晴熱　八十二度　四月廿九　星期一

八時起，身倦如昨。飯後擬到會，王恕來，遂與同乘人力車往卓刀泉一遊。談一時，便看農事試驗場及彭啟彪旅長公冢處，午後二時回至抱冰堂，食點心茶，叙一時許，四時歸，聞韓伯瓊來，未坐即去，大約係謀事也。十二時寢。

廿八日　晴熱　八十二度　四月卅日

六時王恕與伯瓊先後來，余遂起，談至八時去。王恕歸家，便托其寄語家中也。八時半至顯真樓照二寸小像。余欲剃去鬚，因有鬚之像耳。九時到會，知有浠水、通山二案須往查，十一時到汪南疇寓，遇朱朗如、邱銳夫等，談余廷襄在黃州種種違法事。南疇留便飯。歸午睡一時仍到會閱文件，四時歸。飯後清理文件，十二時寢。

廿九日　晴熱　五月一日　星期三

八時起，清理各事，準備往浠水查案，便道回家一看。晚間寫信二件，讀唐詩二頁，十一時寢。

三十日　晴熱甚　五月二日

上午到會，與方、喻談浠水案件辦法。午後帶同黃福搭新寧興輪船。購鋪位，在輪中與姜顯謨遇。九時開船，轉鐘一時到黃州。下船後值張碧垣來晤余，與談一時許。消夜後宿同安旅館，已雞鳴矣。

四　月

初一日　晴　寒　五月三日

五時醒，六時渡江，七時到家小睡。飯後囑廣偉來說明各事，晤春溪。晚清衣服及雜事，囑黃福尋夏用等僕來。午後外出一次，晚十時寢。

初二日　晴熱　五月四日

七時起，飯後囑廣偉、厚訓渡江為交案事。十時帶同黃福出城至小北門茶館候船，與朱茂林談各事。萬國華、王興發、艾小泉等送余搭泰運輪，厚訓、廣偉適乘此輪自黃州回，立談數語，購鋪位後與方伯康同房並遇羅田縣長孫錦章到南溪。下午二時便乘汽車到浠水。車上人多，天氣熱不可耐。四時半到浠水飯店，天氣尚早，夏日長，可辦事。孫同寓此棧，約同至一江春吃飯。同席者羅田士紳葉逸桐，年七十七，白髮蒼蒼，甚健，且能坐此六十里顛簸之汽車，其身體可想見矣。晚至縣政府晤王縣長粹民並石秘書茀黃，八時半訪蘇次青先生，蘇昔在兩湖授余者□，甲寅在省晤過一次，已廿一年未見矣。其家況甚好。到館後略詢茶役以該地事。十一時寢，臭虱多，未安枕。

初三日　晴　熱甚　約八十四度　五月五日

七時起。早點畢，帶同黃福進城察看各商情形，便查此案真象。遇黃岡公安科警士數人，便託代探。陳子周在礦局未歸。昨據石茀黃談，子周不負責任且兼差，余在黃岡屢優容之，彼恃為方之舊人，未必方囑渠辦事不負責耶？正午赴青泉寺，王縣長昨請余至該寺吃素酌。余在黃岡聞騰煥和尚云該廟藏書多，亟思一見者也。藏書雖多，佳板甚少，估值甚昂。主持為騰煥之甥，不識字，庋書淩亂，與余去歲所見目錄所載板本異。凡事非目見不為憑耳，聞何益乎！先到者蘇次青暨王某，王曾充北方法界書記官者，導余遊陸羽泉、蘇軾鳳棲石、王羲之洗墨池及清泉寺外之清泉，惜天熱未能往白石山一遊耳。清泉白石相對之嘉石，蘄水著名景也。蘄水因廿二年孔唐向省政府爭執，遂改今名，其實與地方有何關係？我縣民國元年仍稱武昌，以起義後臨時議會改江夏曰大縣武昌府，二年改江夏為武昌，武昌為壽昌；民三因浙江有壽昌縣同名，遂改鄂城。其實吾邑在漢後名稱早者為鄂縣，改鄂城無根據。且同光間稱鄂城者，係武昌府省會也，如某使者誌於鄂城，某某刊於鄂城，此鄂城皆指武昌省會而言，似鄂城又混為省城矣。且契據、文憑、縣印等，癸丑以前為武昌、為壽昌，而江夏縣契據、文證、縣印甲寅以後為武昌，往往事實上與鄂城發生錯誤、誤會。名稱變更，於民生有害無利也。吾不知我邑在省議員前者為范久師，後者為周德宣、賀泰壽等，何以不力爭為可怪。前年孔文宣力爭蘄水改浠水，尤可怪。噫！改此名稱，國力強歟？午後一時入座，同陪者除蘇、王外尚有瞿委員長、陳某、石、萬、黃等七人。四時席散，余與石、萬、黃入城訪區長程繩五，值其下鄉放賑。浠水第一區屬百二十三保，近來四境安靜，王輝民聲名漸好。以前控彼俱目為橫暴，或有過甚其詞耳。回寓洗澡後，聞黨部劉幹事曾來相訪，五時往答拜。六時劉同書記董紹昌來。董，應城人，據其面稱余任財廳秘書時彼曾見過者。劉名紹安，黃陂人，談此案內情甚久去。晚訪商會柯保丞，談營業稅所長舞弊屬實，並證以菜根香主人蔡心如，言之鑿鑿，與該縣黨部向省黨部檢舉者同舞弊者孫士烈，確財廳長賈士毅之舅弟，彼有所恃，故敢舞弊。為上者貪汙，其上行下效，民國以來不及清末政治。自十八年以後貪汙更甚。今則賈、孟等外省人，所屬機關多外籍人，貪汙甚。即或拿辦，一走了事而已，所苦者鄂民耳。七時黨部着人持片請余明日早飯。本思留此一日，以彼等一請上午，一請下午，則明日非走不可，托詞言黎明即行矣。十二時寢。

初四日　晨五時大雨數次　八時晴　五月六日

五時起，大雨，心煩甚。六時至汽車站，則僅一敞車開蘭溪。余與黃福未帶雨具，遂折回命黃福持片至縣政府尋王班長發差轎二乘，到蘭溪轉船至石港調查商務。七時轎來，自旅館起行，七時半抵瞿家鋪經爛泥畈，八時沿沙河行，此河可通英山縣，九時到六神港打尖，十時經華國寺畔，行田塍路上，過青篙坳橋，旁有碑，乾隆某年立。正午到南溪，住臨江客棧，值天氣晴後，大風忽起，遂在該棧飯後小睡，甚適。以風大未能到港，五時半值小輪到，遂搭歸家。清理各事，晚十二時寢。

初五日　晴　熱甚　五月七日

八時起，昨夕睡甚恬。連日舟車勞頓已極，早起視痰中帶血，此緣前日在浠水汽車中受熱，又數夕不能安睡，致虛火上炎耳。午後五時天尚早，帶同遲兒、黃福等至小西門外先母淺厝處焚香燒紙畢，再至先祖父母、先叔墓一視，沿小南門、大南門外入城回家。疲頓不堪，老狀已見矣。十一時寢，夢余爲大平天國時臣事，醒時猶歷歷記之，轉鐘時又忘之。

初六日　晴　五月八日　星期一

七時起，飯後清理書籍，午後二時謝服初請客，同席者福坪、春溪等六人，五時歸，來客數次，十一時寢。

初七日　晴熱　五月九日

八時起，飯後少泉、燕山、潘潤生、萬國華等先後來談謀事事。少泉最困，以二元與之。一人下臺，諸人失業。然彼等無獨立精神，專靠一路，不能吃苦，故終吃苦耳。晚外出一次，十二時寢。

初八日　早雨　午後晴　熱甚　八十一度　五月十日

八時起，十時飯畢，萬、陳、王等送余至小北門搭沔陽輪船，購鋪位，隨小說一本，看二小時即小睡。下午七時半到省宅，十一時寢。

初九日　晴　熱甚　八十三度　五月十一日

七時起，昨接通知，教育廳呈省府聘余爲公民訓練委員會委員。九時到會，王紹祐約余往教廳開會畢，仍到會。傍晚渡江訪佛波、立群等，十時歸，十二時寢。

初十日　陰晴　午後大風　五月十二日

八時起，飯後彭慎旂來，留飲歡甚，並與以前次民廳批准提賞洋六元。周淬成來，遂同至黃鶴樓，便送慎旂渡江，彼自綏遠平地泉歸來接家眷同去。去歲余送行未與晤，彼前日來訪，今特約其便飯也，午後四時別去。五時余回家閱報二小時，十二時寢。

十一日　陰　大風寒甚　五月十三日　星期一

七時起，十時到會，下午再去。四時渡江並發信與厚訓。晚十時歸，十二時寢。

十二日　陰晴不定　大風　五月十四日

八時起到會，午後渡江發各處函。馬顯聲來談，謂寫一呈文可免入研究會，不然，孟、佟以此拒請委缺之人也。十二時寢。

十三日　晴　大風　五月十五日

八時起，上午到會，沈碧舫來會，與談各事。下午渡江發信並訪佛波、梅宣等。六時歸，閱雜書，十二時寢。

十四日　陰　午後雨　寒甚　六十度　五月十六日　星期四

九時起，十時到會，午後再去，方、沈兩委俱來談各事。連日天氣忽熱甚，忽寒甚，非余童稚時讀書四時有節，真所謂風調雨順者也。當熱即熱，值寒即寒，天順於上，民安於下。今也不然，災害怪異，報章詳載，人亦司空見慣矣。晚閱唐詩、《論語》至十二時半寢。

十五日　雨　五月十七日

九時起，午前到會，午後在家讀《孟子》、唐詩約三小時，閱報約一小時。晚飯後寫信二件，十二時寢。

十六日　晴　五月十八日

八時起，九時到會。今日無多事，下午未去，清理家中諸事，擬明日往金口一遊。晚十二時寢。

十七日　晴　熱甚　八十二度　五月十九日　星期日

七時起，八時帶同黃福往金口。乘順大輪船，十一時抵金口，參觀民衆教育館。館長不在家，館中陳設殊可笑。公安局腐敗不堪，營業稽征所浮收苛索，烟館甚多。此鎮歸武昌縣長屬，較青山更腐敗。以密邇武昌之鎮市如此，可見楊適生縣長之專務外表而已。餒甚，在鴻宴樓吃飯畢，帶同黃福步行至金水閘，江漢工程局費數十萬元建此，其工程不及樊口閘三分之一，立碑紀功，文多可笑。嗚呼！此吾鄂血汗錢所做者，監工及工程師大得其利而報紙鋪張，謂各河工程，致參觀者衆。使未見樊口堤閘之人見之，當然驚羨；設已見樊閘之人見之，不值一哂耳。三時急行，汗出如瀋。至江畔搭由新堤開漢口之德興輪船歸。渡江後發現左腿下部破皮流血，是蓋上船時未注意，痛甚。飯後閱雜書三小時，十一時寢。

十八日　晴熱　五月二十日　星期一

九時起，十時到會。午飯後閱雜書，晚間寫信二件，清理書室，閱報讀唐詩寫字，至十二時寢。

十九日　晴熱　五月廿一日

九時起，飯後同黃福渡江至王家巷。下午二時乘漢福輪船往黃陵磯，五時抵區公所。宋濟賢剛自外歸，謂渠昨曾至躉船相候，余深悔前三日不應寫信告知也。六時飯畢，同公安分所長童迺鋐及濟賢之舅父李某同遊街市。七時消夜後就園中乘涼，十二時半寢。

二十日　晴　熱甚　五月廿二日

上午七時起，八時同李舅，联保主任孫保臣、韓敬堯、童所長等遊覽上廟、東嶽廟，廟已朽敗。午後一時雇舟遊蒲團司。過洞庭殿、三元殿，在聯保辦公處小憩。此爲蒲團山，有宋雍王慶遠節度使李公忠毅之墓，碑記爲同治十一年立。在廟中飲茶小憩，天熱思息也。二時半船停水畔，步行至劉家灣尋賢母祠，此地著名者也，祠祀韓永清之母。永清又名世昌，幼時貧甚，與和記洋行收買鷄鴨蛋，其母爲人浣衣服。曩在此地，貧無立錐。清末英商提拔至爲和記洋行買辦，資財百餘萬，稱富翁，能做善事，在南京有善人之稱。民國初，韓以財多且被選爲參議院議員，以識字少未到國會。見其私祠並其母墓，且有墓碑，作文者王瑚，清翰林，民國初任都肅政史，甚有聲者。書碑者爲劉春霖，肅寧狀元。噫！錢能通神！墳爲圓凸形，從西俗，教會式，左右有翁仲並石馬，僭越甚矣！此事在前清，制度尊嚴，凡事不能僭越。而文名如王，書名如劉皆可以錢致之，鄉諺且稱爲"賢母祠"焉，果賢歟，不賢歟？祠中有黎、徐兩總統送匾及李督軍、蕭巡閱使匾額並韓母像。聞此山地永清費錢不少，尚有一小姓，地與毗連終不賣，韓亦無可如何。韓回家時，多因窮戚、族人甚多，歸必有需索，此亦人之恒情耳。進茶點後與宋、李諸人下山，迂行二里許，復上山尋所謂真武倒澶者，堪輿家目爲佳城，宣統二年沔陽李紱藻遷葬於此。宋、孫、李等均稱此地爲吉穴，且謂李紱藻生時即知此地甚佳。碑立於宣統庚戌冬月，中書"皇清誥授光禄大夫倉場侍郎顯考李公字伯虞墓"。後有橫石刊字云坐冠山玉屏。李爲清光緒初翰林，頗有聲譽。小立半時，經白鶴觀，觀已毀朽。尋原舟回黃陵磯，先後晤稽征專員顧壽山，孝感人；會長高風清，請余明日午後宴，辭之；校長王東如請夜飲，許之；餘有請宴者一一辭謝。晚六時至小學校宴，十時歸。今晨寫對聯中堂甚多，又遊覽步行談話甚多，足軟身疲。十二時寢。

廿一日　晴熱　五月廿三日

七時起，八時早飯。昨已辭各處宴請，今日不能不歸且省麻煩耳。九時知漢福輪船開漢，與黃福匆匆上船。宋、王等送余上輪，談半時。李舅同歸。輪行甚速，十一時抵漢，余即渡江回家。午後休息，晚十一時寢。

廿二日　陰　午後雨　五月廿四　星期五

九時起，十時到會。午後在家閱雜書、唐詩，寫信，晚寫對聯二副，九時補寫日記、雜件，十二時寢。

廿三日　大風雨　五月廿五

九時起，未到會，昨約成朗先、蕭福丞等來家吃便飯，並宋濟賢、王宏海、陸潤甲、田靖諸生同來。午後三時大雨如注，平地水深尺許。候至五時，成、蕭等以在漢且法界水深不能來，電話告知，知其如此。宋、王等先三時到此，故安然飲食而去，凡事有前緣也。傍晚席散，十時餘亦就寢。

廿四日　陰晴不定　晚小雨　五月廿六　星期日

八時起，今日天氣變寒，着夾衣。上午未出門，午後讀《魯論》，晚讀唐詩，寫信二件，十二時寢。

廿五日　陰　雨　寒　五月廿七

九時起，十時到會，午後再往，無多事，晚仍讀《魯論》、唐詩，寫字，寫大對、中堂等件。十二時寢。

廿六日　小雨數次　寒　五月廿八日　星期二

八時起，飯後到會，無多事。晚閱唐詩，讀雜書，寫信三件，閱報，十二時寢。

廿七日　陰晴不定　小雨數次　五月廿九日　星期三

八時起，十時到會。民政廳送傳單來，約余報到。口試後往牯嶺受訓，縣長現任者已挑三十名同往。欲縣長習武，則湖北七十縣，曷不盡委武人或保定年官生及黃埔畢業生耶？如此抵禦日本，則以縣長而抗日，真何異驅市人而與之戰！未能操刀而使之割，鮮有不傷手者也。余與孟廳長無深感，亦不便往謁，然決計不去受訓。四時渡江，購得葡萄酒二瓶，五時半歸，入夜小飲甚快。九時半閱雜書，十二時寢。

廿八日　陰　晴　小雨數次　五月卅日　星期四

七時起，九時到會，無多事。午後再往一次。晚飯後閱報，讀《上論》、唐詩一小時。閱中西報轉載楊護相術事。稽相國邂逅，能識其奇相。兩目黑白分明，神光能射百步外，卒以相人術傳之，付書二卷。後護歷相各顯貴，歷歷不爽。是何書而至今不傳也。余生四十九矣，三十以後，往來各省大埠，未逢一精相者。武漢爲余久駐地，凡有名家來者，偶一訪之，談言中者極少，大約所言有五成者，即是負名之人。或者普通相難看歟？既精此術，則天下惟普通相最難分，是必須精此術者方能剖白之，否則最上等及最下賤之人，普通常人亦能辨之，何用相術家爲？晚九時半寫信二件，十二時寢。

廿九日　晴　五月卅一日

八時起，九時有花匠擔花來求售，余購梔子花二盆，菊及洋卉各二盆，美人蕉二盆，石榴花二盆，佈置階前及書房前，頗有欣欣生意。新榴照眼，余五月初八日生辰，藉以對酒觴詠也。十時往會，午後再去，無多事。四時回家，飯後閱報，山西岢嵐山有牧羊夫賀三娃，正牧羊間，忽天地昏暗，飛沙走石，牧夫即攀樹避禍。一怪獸由林中突出，全身紅毛，虎頭獅尾，眼如銅鈴，口如血盆，張牙舞爪，直入羊群中，並未傷羊，吼叫數聲，越嶺而去。國有怪獸，不足為奇。如此世界，以武漢日常所見婦女，短髮熨之屈曲，散佈左右，大如簸箕，或拖長尺許，如圖繪中之落水鬼；或長衣無袖，露其大腿，赤足著雕漆皮鞋，跟高寸餘。此種怪婦女較怪獸猶駭人，此殆妖孼歟？晚九時讀唐詩，十一時寫信二件，十二時寢。

五　月

初一日　晴　六月一日　星期六

八時起，清理各事。十時到會，無多事。午後清理文件，整理書案上各什物，未到會。晚十二時半寢。今年五月與陽曆六月同日數。

初二日　晴　六月二日　星期日

周知安、汪小舫來，余八時起，與談各事去。十時剃頭，飯後清理各事。二時渡江至法界盛記大舞臺，知特座尚未售盡，購得特座票看吳彥衡之《戰濮陽》，王文源之《盜宗卷》，唱做俱佳；荀慧生之《虹霓關》二本，妖艷無比。後齣則更飾丫環，唱做俱好。聞荀伶在北京向以此等戲見長，今日盛傳之北平"四大名旦"，今歲已見其二矣。惟程艷秋身材過大，唱功雖佳，做工無窈窕姿態也。本年三月三晚九時與伯陽等觀演

《武家坡》飾王寶釧時頗多感慨，而貫大元飾薛平貴唱做均佳，惜貫年齡已老矣。七時渡江回家，飯後小憩。九時室中收音機聽漢口荀慧生之《玉堂春》全本，唱工清晰，尤爲快意，十一時半尚未畢。此爲荀伶別漢之末日紀念，故多唱也。轉鐘一時寢。

初三日　晴　六月三日　星期一

八時起，九時到會，午飯後再去。今日領得薪水及補發川資，將各處欠賬償還，並囑夏炳丞、艾少泉等買各物件，準備送李佛波、王義圃等處節禮，晚十二時半寢。

初四日　晴熱

八時起，倦甚。九時半到會，午後再去。晚準備明日端節各事畢，轉鐘一時欲寫信，以神倦遂寢。

初五日　晴熱　八十六度　六月五日　星期三

八時起，吩咐夏、艾二僕佈置各事，余乘車往會一次，無所事，即歸。十一時飯畢，正午進香。今年端節政學機關未放假，不甚熱鬧。二時余雇車往王義圃先生家道賀，便往武昌公園遊覽。因兩戲園人已滿，遂往樹陰下茶肆略坐飲茶，四時回家，飯後小睡。追思曩昔，感觸殊多耳。轉鐘二時清理光緒癸卯以後積稿畢，神倦難支。今日劉夫人已渡江，余得安心清理各件，尚未嫌時晏也。

初六日　晴　六月六日

九時到會，上午無多事，午後再去，沈碧舫在會，與談各事。王葆華、王襄來會談片刻去，五時歸家飯畢，傍晚訪王懷冰未遇，歸後清理各事，飲酒一大杯，十二時半寢。

初七日　晴熱　六月七日　星期五

七時起，九時到會，午後再去，邱區員來談。晚間進香，略具酒肴，明日爲余五十初度辰也。憶乙丑是日，居鄂城八卦石宅，母親必欲余具酒約戚友致祝，晚餐六桌，王梓恒、杜振卿等均來，甚熱鬧。今母親已謝世，余尚喪服中，未便有所舉動，戚友俱在鄂城，根生又未來，不能舉動貽譏也。內子劉夢仙不通世事，余又不喜鋪張，更無所謂興趣耳。九時閱雜書並欲有所作。四十自壽有十章，五十亦當續作。十一時寢後展轉思索，少佳句，展轉不寐。

初八日　晴熱　六月八日

八時起。九時焚香祀先父母、先叔嬸並孟夫人。葉炳然及其子、外甥女今日來拜余壽，心鬱鬱，多感想。設母親與孟夫人均在，余無論如何困，必大宴戚友耳。正午，李宅女客來，開酒一席，葉炳然同席，余飲酒甚多，疲倦思睡，晚未出門，十一時寢。

初九日　晴熱　六月九日　星期日

九時起，十一時早餐，周光烈來，便留吃飯。正午渡江，晚九時方歸，在李宅爲竹戰戲也。興趣少，無所事，歸後作自壽詩，屢稿未妥，十二時寢。

初十日　晴熱甚

八時起。上午未到會，飯後去，無多事。晚九時欲作詩，得數聯，覺未妥，棄之。閱報二時許，十二時寢。

十一日　晴熱　六月十一日　星期二

八時起，九時到會，飯後再往。晚五時聞根生在校已病，命夏炳臣往視數次，類脾寒。余往視之，該校寢室人多，湖風直入，是以傷風耳。晚天氣仍熱。以心不快未閱書，十二時寢。

十二日　晴熱

九時起，十時命夏僕往接根生歸，並請曹侃亭先爲之診脈，據談不甚緊要。余區長來坐談甚久去。午後三時往會，無多事，晚十一時寢。

十三日　晴熱

七時起，到會。午後命夏僕接根生回家調治，曹侃亭又來診治，令其即服藥早愈到校考試也。晚閱四書之《上論語》十頁，十二時寢。

十四日　晴　晚雨

七時起，上午到會，下午陶子翊來領取提獎金並囑其具領條備案。晚飯後閱報、看書、寫字，以天氣乍涼也。十一時寢。

十五日　時雨時晴

八時起，十時到會。今日爲大端午節。鄂城之內囊甚熱鬧，送龍船等事，十六年革命軍駐後，此會已廢矣。下午五時孟廣偉同厚訓來，謂潘仲平函約其來試區長也，荒唐之極。飯後彼等即回鄂城矣。十一時寢。

十六日　陰　六月十六　星期日

七時起。根生病已愈，囑其今晚回校。午後渡江一次，晚十一時寢。

十七日　晴　六月十七日　星期一

七時起，九時到會。飯後寫大對二，寫信二件。晚未出門，十一時寢。

十八日　晴

八時起，十時到會，午後未去，在家看報，見福建莆田興寧票局經理林天恩犯罪被押。未久，率所內人犯呈縣長，要求准其妻限次入獄性交，以保健康，而免絕嗣，荒謬矣。而縣長批斥，謂囚徒性的權利應在剝奪之列，其大意曰：法理學家主張，以爲犯罪者應剝奪一切樂利，監獄即拘束犯罪者之自由刑具，包括男女性交在喪失之列。惟社會學及生理學家主張以爲，男女配偶一方犯罪，例如妻或夫受刑，但其配偶者之一方夫或妻並非共同犯罪，今使同時褫奪其天賦人類性的權利即等於同樣受刑，故主張開放囚徒性的拘束，准許囚徒之妻或夫得定期入獄住宿以適應人類生理條件。此項主張本縣長極力反對，蓋立法意旨未嘗不鑒及此，故明文規定犯罪者配偶之一方得依法律請求法院離婚，是則對方犯罪者之配偶不曾共同犯罪，仍有法律保障其諸般權利，而天賦人類性的權力亦當然包含在保障部分之内。至於犯罪者自身依法應剝奪公權，而性的權利亦當然在剝奪之列。但犯罪者之配偶不向法院請求離異，此乃出於自願，不得再有其他理由相對抗。立法者之意旨固至爲公允也。夫人不幸作奸犯科，身繫囹圄，其人生興趣安在？精神痛苦何如？乃猶斤斤於性的解決，呈府要求，抑何無恥之甚也云云。此等罪人，真所謂苦中求樂矣。大清律已決死囚尚未執行者，准引其妻妾入獄交媾，慮其無後也，立法甚善。此昔年某刑幕爲余言之者，余未閲大清律例。民國初年律不知有此條否，未曾注意及之。晩十時讀唐詩，覺味無窮。十二時寢。

十九日　大風雨　寒甚　六月十九日　星期三

九時起，十時到會。午飯後以寒甚未去。天氣驟變劇烈，殊爲奇事。晩讀《論語》，寫家信，十一時寢。

二十日　晴

八時起到會。午後閲報，知太原昨日下冰雹，厚三寸許，故奇寒。四時渡江至佛波家談甚久，九時歸。飯後閲報、讀詩、寫字約三小時，清理書室中凌亂書籍畢。十二時半寢。

廿一日　陰　大雨數次　六月廿一日　星期五

六時半起，十時到會，沈碧舫來，無多事，午後未去。閲報，轉載胡漢民未出國之前，陳石遺有唱和。胡臨別詩題爲《再次石遺老韻留别諸同志》，詩曰："蘆溪有句説奇男，不謂臨分此老諳。國蹙可堪爲晉宋，詩愚未便到柴參。從吾遊者道之合，尚有人焉計已南。又試攜兒行萬里，十年舊事抵深談。"陳爲閩詩人，頗有聲譽，原唱何題未之見也。胡詩用字造句湊硬不可講，報章以爲此黨國聞人，特爲轉載，詩以人重歟？中國未革命時辦《民報》者爲章太炎、胡漢民、汪精衛。余邇時在省住兩湖東齋，每羨章文博雅，胡、汪筆力矯健，闡發種族理論甚微甚精，足令人佩服無已。不料胡今日作詩如此之劣也。晚閲雜書，十一時半寢。

廿二日　陰　午後大雨　今日夏至節　六月廿二日　星期六

七時起，九時到會。車行保安門大朝街口，經一裱店，有屏四塊，楷書，係冒余名者，上款曰"獻明先生"，下款爲"峙三朱鼎元"，未書年月，謂録曾文正格言云云，係六尺宣紙，書法弱而俗，兩石章尤劣。此何人僞作歟？獻明不知何人，飯後囑夏炳丞問之，謂係過客送裱者，該店亦不明言其人耳。余戊午以後已改名繼昌，所作書畫俱書今名。此人僞托，尚未知余改名，俱保安門耶？天下事無知識人慕名妄書以欺鄉老，故有此舉，然亦不必深究。午後三時渡江至李寓，今日爲佛波生期，夢仙已先去。宴後余即歸。終宵大雨未停，天氣轉寒矣，十二時半寢。

廿三日　晨大雨如注　下午陰　六月廿三　星期日

七時起，八時清理書室各書籍，午後外出至察院購詩均一套，晚閲報，讀詩，讀《論語》各一時許，十一時補寫前歲孟夫人病歿時日記，十二時半寢。

廿四日　小雨竟日

七時起，九時到會，午飯後再去，沈碧舫來會，今日無事。晚閲唐詩一小時，余昔年所讀者均能記憶背誦也。十二時寢。

廿五日　晴

六時半起，飯後到會，閲報一時許，無多事，五時歸，清理各事，整理民國初年信件，晚九時寫信二件，十二時寢。

廿六日　晴　六月廿六　星期二

七時起，九時到會，午後渡江一次，晚讀《論語》，閱雜書，寫信二件，閱報二小時，十二時半寢。

廿七日　晴

七時起，午後到會閱文件，午後五時歸，來客數次，晚八時外出二次，十時閱報讀書二時許，十二時半寢。

廿八日　晴熱　夜雨

七時起，九時到會，午後再往。晚以天氣熱未讀書，僅與夢仙坐談而已，十二時半寢。

廿九日　小雨

六時半起，十時到會，午後再去。閱報，賽金花軼事一則頗可記也。賽金花爲中國華北美婦人，即庚子聯軍入京時説德國大將勿亂殺中國人。是時得其力，保全京中人民甚多。賽尚存，刻衰老甚，頗可憐也。金花原名彩雲，蘇産也。原爲洪狀元鈞侍婢，嗣納爲妾，隨洪出使俄德最久，以貌美，擅交際，通俄德語言，故識外國文武高級官甚多。洪故後不見容於嫡子，遂淪落上海爲妓，艷名噪甚。民國初年改嫁國會議員魏某，魏故，息影燕京。去年以私蓄盡，欠房租，暮景淒涼，貧不聊生。劉半農曾爲之作序者也。賽雖年老而顏色嫩滑光膩，如三十許人。或問其故，賽謂昔蒙一異人以奇卵一枚見贈，至今該卵殻尚存，曾以示人，較雞蛋半大，不知何鳥所産者。蓋四十年以前，金花在洪家爲婢時，侍洪之子媳，多以雞蛋烹熟擦，謂可容顏煥發。己則取其殘蛋而擦之。一日立門外，見一叟視之笑曰，小妮子愛美成性，吾贈爾一蛋，此爾自用，勿轉給人。遂自筐内拈出一枚，囑此蛋不可烹熟，晚臨睡時鑿一孔，傾出液塗滿面部，任其自乾，翌晨盥漱始抹去，則以後面皮永遠滑嫩。受其蛋，晚間塗面，嗅之有芬郁氣，塗畢擁衾卧，已入夢。次晨醒則液汁堅硬緊黏不脱，取水盥濯，蛋質抹清，面上塵穢盡去矣，攬鏡前後大異，年長而貌益美，遂蒙洪狀元納爲妾，此前生冤孽，命宫註定云云。此節改報中大意。晚九時閲雜書，十二時寢。

三十日　早雨　午後晴　六月卅日　星期日

六時起，天氣已熱，午後購藍布二匹做帳篷遮日光，去洋三元。晚間寫信二件，讀書閲報至十二時半寢。

六　月

初一日　晴　七月一日　星期一

六時起。今年陰曆五六兩月與陽曆六七兩月日數同紀載，惜月份未能同也。聞世界陽曆與中國陰曆如不更變，有一年相差日數僅六天。余於曆法未之習，未能細考在何年耳。新曆載今日日食，中國不能見。午後到會閲文件，晚七時外出一次。天氣甚長，本好作事。余自交卸後以心煩意亂，未能將文字整理，揆之古人惜寸惜分之説，真虛擲光陰而已。十時閲雜書，轉鐘一時寢。

初二日　晴　七月二日　星期二

七時起，九時到會，午後再去閲報，鄭成功手書五言詩一首云：只有天在上，更無山與齊。舉頭紅日近，回首白雲低。由鄭後裔售與日本權貴，得價二十萬元，是每字值一萬元矣。此事確否，不得而知。成功係鄭芝龍之子，爲日籍女所生。芝龍降清，成功遁入海島，旋據臺灣，奉明代正朔，其人格可敬。康熙時臺灣破，併於清，鄭氏遂消滅。其字寶貴值重價者，重其人非重其字也。嗚乎！洪承疇、吳三桂輩受明代深恩，不顧種族華夷之界，受千載後唾罵者，其鄭成功爲何如也！五時歸，晚飯後讀書寫字，十二時寢。

初三日　早晴　午後雨　七月三日　星期三

六時半起，清理各事，午後到會閱報，二時許閱文件，五時歸。飯畢寫信二件，晚九時讀唐詩，閱雜書，十二時寢。

初四日　小雨數次　陰

六時起，九時到會，午後未去。閱報轉載瀘州高枬辛丑日記，記當時拳匪教民相仇事甚詳，他日當向漢報館購一全部備覽也。晚飯後閱雜書，讀唐詩，寫信，十二時寢。

初五日　雨

七時起，九時到會，午後又往，無多事，憶余甲辰年今□後四時入學，倏忽三十一年矣。送余考者程涂兩師、禮門五叔祖早已先後下世，爲余報喜信之劉表兄、陳茂如世兄亦作古人，光陰似箭，無怪乎翰林如晨星，合全國計之無多；數舉人吾縣中不及十人；秀才名詞真如古董可貴矣。晚間無事，小坐飲酒，十二時寢。

初六日　晴

七時起，九時到會，午後未去。向汪萬順買米一擔。今日吾邑必曬書籍、衣服等事。余數年未歸，置箱中書久未清理，亦未曬也。久居在外亦非計之得者，五畝歸耕在何時耶？晚飯後乘涼無事，十二時寢。

初七日　晴　午後雨　七月七日　星期日

八時半起，倦甚。十時飯畢，渡江至佛波等處略坐談。晚七時歸，閱詩寫信，清理雜務，十二時寢。

初八日　陰　今日小暑節　七月八日

七時起，九時到會，午後再往閲文件。五時回，飯後外出一次。晚寫信、讀唐詩、清理文件，十一時寢。

初九日　晴　七月九日

七時起，飯後到會閲報，南京中央研究院預報明年六月十九日太陽全蝕，可赴俄測觀並攝取照片。年來科學進化，届時必有可觀者。五時回家，飯後閲雜書，十二時寢。

初十日　晴　七月十日　星期三

六時半起，九時到會，十時再往閲文件，晚間閲報載福建壽山石云云。壽山在福州府城北六十里，山產石如璠。又云五花石坑去壽山十里。宋代因採石病民，縣令輦巨石塞之。明末謝布政史稱壽山石之美者以艾葉綠爲第一，丹砂次之，羊脂瓜皮又次之，蓋壽山石種類甚多，康熙初作圖章貢京師始爲珍品。余在閩時亦聞人談及此事，但未親往壽山一探耳。九時乘涼，十二時寢。

十一日　晴熱　七月十一日　星期四

七時起，八時到會，午後未去。天氣已熱。寫大對二付，晚間閲報二小時、寫信二件，十二時半寢。

十二日　晴熱

七時起，九時到會，午後未去。余近以身體受熱致發濕毒。上次往浠水查案時，汽車中悶熱致頭痛，知伏熱於中，久必痛也。臀部生疽頗痛，行動有礙，頗以爲苦。晚間未作事，乘涼至十二時寢。

十三日　晴　熱甚　室内八十三度　七月十三日　今日初伏

七時起，疽甚痛，午後欲渡江未果。晚十二時寢。

十四日　晴熱甚　寒暑表九十三度

六時起，天氣熱度驟增。九時到會一次，即歸。今日臀部又生疽一，腰部生疽二，痛苦不堪。聞漢口及江干寒暑表已達百度矣。十二時宿堂屋中，以疽痛，展轉不寐。

十五日　晴熱　七月十五　星期一

六時起，疽痛甚，今日請假未去，午後服解毒藥。晚熱，宿堂屋中，不成寐。

十六日　晴熱　九十一度

六時起，肚部又生一疽，增痛。服藥，連日貼膏藥，並治之。晚間以熱，更難合眼。

十七日　晴　熱甚　九十三度

六時起，十時到會，走坐俱痛苦。會中無多，留函請假三日，歸貼膏藥。疽已潰者二，又生小疽，計數已有五，奇矣。晚熱，不能寐。

十八日　晴　熱甚　九十四度　七月十八日　星期四

七時起，昨以疽痛不成寐，而葉姓小兒啼哭徹夜，令人心煩甚，更增一種苦況也。午後進綠豆粥，飲食連日大減。聞漢口已熱至百度外，此近天氣劇變也。余兒時讀書時無此酷暑，政治不良，天心已隨之而變耶？晚十二時半寢。

十九日　晴　上午酷熱　九十三度　晚大北風轉寒

六時起，午後閱白鳳軒記稱武漢在百年前典息定例為三分，嘉慶間總督百齡，滿洲人，乃改爲冬令收二分。葉鼎三《漢口竹枝詞》謂：典商利重易生財，法外施恩百制臺。每月三分冬減一，十冬臘月贖衣來。晚九時讀唐詩，疽仍痛甚，轉益煩悶也。十二時半寢。

二十日　晨大北風　晴　午後八十三度　晚涼

七時起，十時到會，午後未去。疽仍痛，已愈者二。晚間天氣變涼，可蓋被矣。林均中來談，多不相干之語，余實厭聽也。十二時寢。

廿一日　小雨旋晴　八十二度　午後大風

七時起，腹部又生疽，計前後已生六枚矣。服藥換膏藥，真以爲苦矣。午後閱報讀雜書，煩悶不可耐。晚十二時，痛不能寢。

廿二日　晴熱　八十度　北風未息

七時起，九時到會。午後未去，在家休養，疽痛旋愈旋生。晚間不能安寢，愈焦灼而痛益劇也

廿三日　晴熱　大東北風　八十九度
七月廿三日　星期二　今日中伏

七時起，八時到會，午後未去。疽已漸愈，閱報各省甚熱。晚間乘涼與劉夫人閑話，至十二時半寢。

廿四日　晴熱　九十二度　七月廿四日　今日大暑節

八時起，九時到會，午後讀唐詩寫字，晚間乘涼。室中蚊多，不能安寢，起往堂中小憩數次，乃宿堂屋中。

廿五日　晴　熱甚　午後小雨

八時起，九時到會，午後厚訓來考區長訓練所，住德昌棧。今日閱報，上海通電天氣甚熱，各省大致同。晚宿庭中，展轉難寐。

廿六日 晴 熱甚 九十四度 七月廿六

六時張慈生拍門來送信，謂區長考試已得題目，囑余即爲之並送信與厚訓等。七時余乘車至高級中學，呼厚訓、宋濟賢等與語。午後約曹侃亭、朱益、宋濟賢、孫兌仁、王恕、汪鑄東、汪仲謹等來吃飯，就其出場時來家也。午後四時散去。閱報：南京昨日熱至百度矣，又載上海昨日下午八時專電云，廿五日正午日光甚烈時，藍色天空中太白星晝見，各馬路人山人海佇望，警捕恐釀事，隨時驅逐云云。又北平專電，本月廿二日晚八時十五分，留守營鎮發現彗星一顆自西北向東南行，尾長六尺許，核大如桃，約五十分鐘方盡。又唐山天熱，同日晚八時五分發現怪異流星五顆，約二分鐘始逝，一班民衆均目爲大亂將至云云。聞夏炳丞述及廿二號下午八時彼乘涼於高山亦見之。天災人禍，今歲似不能免。證以國家政治不良及武漢人心風俗之惡劣已達極點，已早夠亡國資格矣，奈何，奈何！晚八時爲厚訓事寫信分致菊坡、賦初等，轉鐘一時寢。

廿七日 晴熱 九十三度 七月廿七 星期六

七時起，九時到會，午後未去。閱《漢報》北平通信：前清恭親王奕訢係咸豐帝之弟，其園寢在昌平縣蔴裕村，於十九日夜爲盜墓之匪二百餘人來掘墳墓，與看守墳墓之軍隊並保衛團鏖戰一夜，天明匪向北方逃去，計奕訢及各福晉墳墓被掘者有八座，其中殉葬貴重物品完全盜洗盡净。聞奕訢病歿時口中銜有珍珠一顆，名曰避塵珠，大如鴿卵，據說能避風塵，乃希世之寶，亦被盜取去。噫！厚殮爲盜匪所生心，於庶民猶然，況皇室耶？惟年來盜匪猖獗，無奇不有，清順治帝及慈禧太后諸陵前年爲軍隊發掘，更奇之又奇矣！或將有因果歟？晚間熱未減，蚊蟲猶多，轉鐘後臥堂屋中，難成寐也。

廿八日 晴 酷熱 九十六度

六時起，天氣極熱。飯後欲渡江，以熱中止。聞今午江邊及漢口熱度至百零二度矣。湖北近數年均熱；西北寒地近年變熱；兩廣及福建等省近年亦變氣候；廣東冬際亦有着皮裘者矣。噫！天變於上，民怨於下矣！午後三時閱報，轉載某某隨筆一則曰：古無十二時之說，《洪範》言歲月不言時，《周禮》言歲月日辰而言時，是其證也。古所謂時，如三時、四時，皆指春夏秋冬也。後世曆法漸密，干支具備，於是日分爲時。《左傳》卜楚邱曰：日之數十，猶只言僅十時。杜注則以爲十二時雖無干支之名，然其曰夜半者即今之子時，雞鳴者丑時，平旦者寅時，日出者卯時，食時者辰時，禺中者巳時，日中者午時，日昳者未時，哺時者申時，日入者酉時，黃昏者戌時，人定者亥時。日分於時，計數密切，始見於此，遂開後世以干支分時之先河也云云，頗有見地。晚熱甚，宿堂屋中，不成寐。

廿九日　晴　熱甚　九十六度　七月廿九日　星期一

七時起，上午到會，午後渡江一次至佛波寓。今日熱度，漢口已到百度，汗出如漿，到人家住宅如火窟矣。余肚角及臀部又生二疽，肚角則痛不可忍，眞晦運應如此耶？六時回家，飯後揮扇不停，以竹簟就房地板上臥，猶覺熱不可耐。晚十二時宿庭中，展轉不寐。

七　月

初一日　晴熱　九十六度　七月卅日　星期二

六時起，十時到會，午後歸，臀部疽痛甚，晚熱未減，較之去秋，熱猶甚。大水之後旱象成矣。天何苦吾民耶？蚊多難寢，終夜難合眼。

初二日　晴熱甚　九十六度　七月卅一日　星期三

六時起，今日疽痛未減，來客二次，殊麻煩。正午取簟於房中地板上臥之，晚熱未減。

初三日　晴熱　九十四度　八月一日

六時起，飯後疽痛未減，購膏藥貼之，服解毒藥，到會二時許即歸。晚宿堂屋中，熱不成寐。

初四日　晴熱　九十五度　八月二日

六時起，午後天空如火，室暖如烘。憶去年今日在黃岡任內禱於于公祠，天降大雨，熱氣已解矣。今日則水災後益以奇熱奇旱，可慨也。疽痛未痊，殊爲焦灼，晚宿庭中，不寐。

初五日　晴熱　九十三度　八月三日　星期六

六時起，十時到會一次，午後熱甚。晚宿庭中，疽痛甚，不安枕。

初六日　晴熱　九十四度　八月四日

六時起，九時渡江一次，午後歸，熱不可耐，余兒時至今未見每年有如此熱度之長久者。奇哉！晚熱不減，宿庭中，不安枕。

初七日　晴熱甚　九十五度　八月五日　星期一

六時起，連日酷暑如蒸，午後更難受，今日到會，便託李、彭照料各事，余擬請假回縣休息，中元節近，亦須回縣祀祖也。今日閱漢報衡陽通信，王船山後裔零落，其十代孫名傳禮者，獨佔一房，家極貧，母子俱瞽。去歲旱災，傳禮之母餓死，其妻攜其子陽生逃荒他處。其餘三房與禮同一窮困，此衡陽縣政府報呈省府者也。船山祭田墓屋年久無人照管，水災後地方無力修理。以船山先生之人格氣節，或者天之報施不至於此。然古來忠良傳至數世，貧困無聊者比比皆是，殆所謂"君子之澤，五世而斬"，天公初無所謂好惡存於其間耳。晚熱未減，在堂屋宿，不安枕。

初八日　晴熱甚　九十四度　八月六日　星期二

七時起，九時到會，十一時歸，午飯後小睡片刻，疽已略減輕，晚九時祀孟夫人，具酒肴焚楮，明日爲其二週年忌日也，心感傷甚。十二時清理各事畢，命夏兆鴻在此宿，余則展轉不寐。

初九日　晴熱，西風甚大，八十八度　八月七日

四時起，五時半盥漱更衣畢，與夏兆鴻六時半雇車到漢陽門，早班輪已先開行矣。搭漢蘄輪，購得舵工倉鋪位，甚涼適。午後一時抵家，飯後囑厚訓、根生、廣緯等速寫包袱，準備明日祀祖，如來不及則趕十一日祀之，余不欲在家久住也。晚間風大，較省宅涼，十二時寢。

初十日　晴熱，大北風，夜雨三次　八十六度　八月八日
今日立秋節

六時起，昨夜雨嫌小，但熱氣已減，清理家中各事。午後廣緯來幫寫包袱，六時已齊矣。晚十一時寢。

十一日　晴熱　八十八度　八月九日　星期五

七時起，八時半囑家人料理祀祖各事，辦酒二席。午後二時約久旃、廣緯及女客等十人，合家中共十七人，三時敬謹照歷年祀典舉行。先母去世已一年餘，內子孟夫人則兩年整矣，心傷無已。晚間囑李明喜等明晨來搬曬書籍，前月懼大水至，書籍俱遷入後進，須多數人料理佈置之。十二時寢。

十二日　晴熱　八十九度　八月十日　星期六

七時起，倦甚，八時鄭宇平、王恕先後來，留午飯去。今日聞大冶邊界有匪警逼近，黃石港戒嚴。新任縣長尹鳴珂係初任，膽小而少經驗，實張皇也。久旃來談各事去，十一時寢。

十三日　晴熱　九十三度　八月十一日

七時起，寫先父母墓誌，此照劉復所寫字體上石者也。劉寫字過大，石不能容，又不能約彼來縣書之。天熱時迫字多，刻工又忙，是以勉力自書效其體，有時較劉書也。午後往縣府晤尹縣長鳴珂，京山人，余昔年在省府財廳俱見過者。談一時許出，便訪謝服初、春溪等，即歸。六時尹縣長來，托詞拒之，天熱不能招呼也。晚八時與久旃、廣緯談話乘涼。蕭敦五來，旋縣府科長雷仲章來，雷蒲圻人，即月前爲捐稅監理代查案件者，彼以尹縣長被控，恐不久任，囑余與喻育之言，須回省就會中書記事。余謂此下喬木入幽谷辦法，君何必爲，談一時許去。十一時寢。

十四日　晴熱　九十二度　八月十二日

六時半起，七時續寫墓誌，至午後四時畢，手掌俱痛，汗出如瀋。欲渡江搭大輪往漢，夏兆鴻謂大輪每晨七八時方到，不必晚渡也，遂決意明晨渡江。十二時寢。

十五日　晴熱甚　九十四度　午後四時大風　八月十三日

五時半起，六時同夏兆鴻渡江，時小輪未開頭，東風順利，到關上甚早，知昨晚十二時有大輪二艘已上漢矣，今日只有誤期之長沙輪，不知能到否，住劉長發茶肆。八時張碧源來談，十一時約至其家小睡片刻，熱甚，午後又來關上，碧源殷勤招待，余以屢次擾其飲食，心不甚安。四時以後風暴迭至，始則北風，繼則西東南風更番迭起，奇矣！晚九時甚涼，十時長沙輪到黃州，碧垣親送余上船，頗可感。到船後購得鋪位，而船至團風上游下椗，以水面寬不容易探航綫，辜負中元秋月明，本欲作詩，以一時不能就。十二時寢，甚熟，船停而四面皆風，故能睡也。

十六日　晴熱　九十度　八月十四日　星期三

六時醒，旋起，盥漱畢，步出艙外，已過陽邏，八時半抵漢。余與兆鴻起岸渡江雇車，見街中已濕且氣候涼，始知武漢已下雨矣。到家已九時半，午飯後到會詢各事，無重要者。三時回家，晚間仍熱，清理各事後宿庭中。

十七日　晴熱　九十二度　八月十五日

六時起，倦甚。九時到會，午後毛伯謙來取證件，以黃岡浦圻空白付之去。報載北京余叔岩今年四十歲，京人，爲之續絃一女學生，係大家閨秀，蓋余妻前名旦陳德霖之女，九年前物故，此則頗相配者。時代更易，今日國民政府委員兼秘書長褚民誼在中央俱樂部塗面挂鬚演戲不止一次，梅蘭芳出洋及往俄國，走時送者萬人，歸國則歡迎者塞途，而國府要人及時流亦有多數人在內。其他何足怪哉？又報載天津發現怪星，光度極強，其色藍，向東南流，尾隨小星云云。晚間仍熱，宿庭中，時有清風，較昨夕稍涼。

十八日　晴熱　九十三度　八月十六

六時起，十時到會，午飯後來客數次。晚熱未減，宿中庭，不寐。

十九日　晴熱甚　九十三度　八月十七　星期六

七時起，十一時往戴志強處，取出已爛大板牙一顆，起後血出不止，回家甚痛。飯後天更熱。晚十時有流星，光大如月，尾有小星無數，隨之由東至西而沒。今年水災之後繼以晴熱不雨，而災異時見，川省土匪至今未平。而浦圻、大冶邊界股匪時起，日本謀我國甚急，真所謂天災人禍也。十二時宿中庭，熱不可耐。

二十日　晴　晚十二時雨　八月十八日　星期日

七時起，十一時至戴志強處換藥。十二時回，飯後熱甚，閱舊報，見吳稚暉月前《遊峨嵋山》詩曰："江外嘉州道，筠籃發小春。疊山盤上下，連谷饒迴巡。山鳥知呼客，坡花怯媚人。竹花村市宿，雞黍薦椒辛。"其二曰："岩鹽貽美利，井以自流名。去去高原道，行行急足登。數村橰接①，八里櫂柯輕。遙入鎮南路，昏燈伴市廛。"第一首就峨嵋即景泛泛詠之，第二首係爲自流井鹽務詠也，第三首欠佳，未錄。吳爲前清某科舉人，文名甚好。留學外國後，革命之名甚著。余常謂在前清已得科名而不忘種族革命思想者。清初則胡中藻、戴名世爲最著，文字獄，康熙雍正最烈，至中葉，漢人讀書者不敢存種族思想，懼禍也。光緒初遣派留學外洋，革命思潮忽起，至末葉則蔡元培以翰林，湯化龍以主事，于右任、石瑛皆舉人而革命。余於丙午在湖堂肄業時始閱及日本寄來之《民報》，己酉庚戌間則見種種談及種族之雜誌，如《天討》等冊，辨明清代入主中夏，確非蒙古種，是時湖堂諸生皆於清光緒乙巳以前取得功名者。牟鴻勳、蘇成章以此類雜誌轉錄，同學閱者無不髮指，亦血性使然耳。辛亥革命各省響應甚速，半月間而滿清亡矣。然時至今日，各省以□□滋擾，天災近三年中更甚，人心又爲之一變，遂有"撫我則后，虐我是仇"之感想，《傳》曰：得民心，斯得天下矣。此真所謂天經地義。晚熱悶，十二時半陣雨時來，溫度遂減，轉鐘一時寢。

廿一日　晴熱　午後一時大風雨　八月十九日　星期一

七時起，清理各事，飯後到會，無多事，午後一時天忽風雨，溫度已減。三時歸，晚補發各處信，十一時寢。

廿二日　晴熱　九十二度　八月二十日　星期二

七時起，倦甚。九時飯畢。十一時到會，閱報，陽曆八月六日晨嵊縣天氣忽冷，寒暑表七十度，西鄉大倪村發現濃霜白如雪，厚半分，人民觀者甚多，以陰曆推照即本月初八也。是日熱至九十四度，赤日如火，

---

① 接，後疑有漏字，底稿如此。

何南北氣候懸殊如此？又載，浙江餘姚縣潛山東大街住民高姓，其家桃樹一株，三月間已開花一次，七月間結果。本月十六晚間忽再開花數朵，與三月開者無異。時局如此，可慨也已。晚熱，閱雜書，十二時寢。

廿三日　晴熱甚　九十二度　八月廿一日　星期三

六時起，午前到會一次，午後客來三次。今日熱甚，閱雜書，晚間外出一次。十二時半宿庭中。

廿四日　晴熱甚　九十三度　八月廿二日　星期四

六時起，午後到會一次，晚間熱甚。彭鳴世來借款，緊逼再三去。十二時寢。

廿五日　晴熱甚　九十三度　八月廿三　星期五

五時起，早即熱不可耐，飯後閱報二則，一硤石縣亞東街丁家礄商民應良臣因其妻病月餘，應爲之自割臂肉煎湯飲其妻。一爲開封省城河南大旅社中，有山東即墨人全敬文者，爲日本馬戲團在青島表演各技者，此人生而無左右手，一切作事均以兩足代之，敏捷異常，且有妙齡少女爲之妻矣。此河南記者親與談洽最久者，通信漢報爲之登載。日前省黨部側車廠口某姓產貓，有二首，又滬上見太白經天等事。今歲異聞多，殆國家將亡，必有妖孽者耶？晚五時彭鳴世來取洋三元去，六時半往水陸街藝術學校講課一時許。此公民教育委員會請余去訓公民中各領隊者也。揮汗如雨，人衆而呼吸不適。八時歸，今晚宿庭中，不能寐。

廿六日　晴熱甚　九十四度　八月廿四　今日處署節

六時起，九時到會，十一時歸。天熱如蒸，奇事也。曩昔處暑時須着竹布衣猶嫌薄，去今兩年氣候大變，大水之後繼之大旱，意中事，誠乖氣致異矣。十二時寢，展轉不寐。

廿七日　晴熱　九十三度　八月廿五日　星期日

六時起，清理各事。午後閱報見洛陽通訊，該縣南鄉李家樓村，有張振江者年百零八歲，耳目聰明，每頓食饅頭一斤，其家屬早已死亡盡矣，此翁一貧如洗，起居孑然，尚以討乞渡日，現該村李姓爲之募捐經營攤販云云。雖有壽而無福，亦可憐也。此不得謂之人瑞，受罪而已，晚熱宿庭中，不成寐。

廿八日　陰　九十度　八月廿六日

六時起，午後到會一次。晚閱雜書，十二時半寢。

廿九日　晴熱　九十一度　八月廿七　星期二

六時起，午後來客二次，天熱甚，未出門。晚宿中庭。

三十日　晴熱　九十度　八月廿八　星期三

六時起，午前到會，連日無多事，本可不去，閱報三小時歸。晚間來客數次，清理雜件，十二時寢。

八　月

初一日　晴熱九十度　八月廿九　星期四

七時起，九時命根生、遲生進香，午後到會。晚寫信四件，閱詩稿，十二時半寢。

初二日　晴熱　九十一度　八月卅日　星期五

六時起，十時請張碧恒之子及周君吃早飯，渠二人昨來奉看，已約之也。午後到會，知方耀廷先生已自牯嶺歸，曾到會，遂雇車訪之，談半時許，多中肯語，出門欲訪韓伯瓊，已忘其寓之號數，至文華二部與馮藝林談片刻出。回家後則陸生澄波來，述明日爲根生報名事，六時往藝術專門學校訓公民，民副領隊到者九十餘人，講三十餘分鐘出，揮汗如雨。歸後洗澡、晚餐，北風甚涼，在堂中整理詩集，今日已付一批底本與邱姓刷印矣。十二時寢。

初三日　早小雨　午後熱晴　八月卅一日　星期六

六時起，囑根生去省立九中學報名，八時半渡江看張重心，因渠昨來函云今晚北上也。往訪二次未遇，留言出，到李宅，知良瑄已由公安局開釋矣。十一時往美生館食湯包並帶十餘枚回家。午後四時小睡已醒，起坐未久，傅幼虛同許伯誠來談半時去。晚至易雪師家談甚久。尹仲韓先生來，已三年未見矣，身體健，云在保安門外朱姓教停館，今年七十八歲，其子不能養父，尚自食其力，可慨哉！與談甚久出。王恕、潘仲平在家候余，談一時許去。九時半整理詩草，十二時寢。

初四日　早有陣雨　七時放晴　午後熱　九月一日　星期日

六時起，囑根生往九中應試，七時仍睡，至九時半醒，十時起，聞伯瓊來，坐片刻去。遲生未告知余也。午飯後根生回，云有數題未答。另寫函飭劉玉階送九中，交陸澄波請其幫忙。午後二時帶同遲生渡江至光明影戲院看電影，二小時出，至美生館進點心後渡江，至黃鶴樓與紀雪舫值，便約其至茶館小憩，詢皖事，知其不再去矣，並云肖鵠曾在皖小住，謀事未遂狀。六時半與紀別，同遲生歸，飯後沐浴。十一時寢。

初五日　六時大雨　七時半旋雨旋晴　九月二日　星期一

八時起，九時送遲生至十小學繳費上課。十時到會，十一時半回家，飯後小睡。午後五時往訪劉菊坡，值其已回巡道嶺住宅矣。回家後吳子美、林西賜來坐，談片刻去。十二時寢。

初六日　晴熱　九月三日　星期二

七時起，十時清理各事，飯後到會。午後四時半往省府訪孫晟伊秘書，已數月未見者也，問印書事，渠云中華、商務兩局近來因生意不佳，不收外稿。五時回家，晚整理日記，十二時寢。

初七日　晴熱甚　八十八度　九月四日　星期三

七時起，韓伯瓊來，坐談甚久，與同去易雪師處，並請雪師向黃岡新縣長楊受之關說謀事，欲其必成也。十時回家，飯畢，十一時寫信數件。四時回家，聞楊縣長來家，值余到會，未能暢敘。飯後欲往答拜爲韓說項，恐其寓客多，未果去。九時清理積件畢，欲補寫去歲未竣雜稿，身已倦矣。十二時寢。

初八日　晴熱甚　八十九度　九月五日

七時伯瓊來，九時余往楊縣長處答拜，值其高臥未起也。留刺出，便訪易師談各事回家，飯後到會詢，無多事。午後三時渡江，在李佛波宅談甚久。五時回家，今日又在汪萬順借款以應急。晚九時訪楊受之，談黃岡事。彼以不能辦理改畝捐率，然甚恨余廷襄也。十時歸，爲劉玉階寫薦函。十二時寢。

初九　晴熱如伏　九十度　九月六日　星期五

七時起，八時半到地方法院，先晤申仲端，囑其轉飭法警，送余往晤盧兵城，盧屢請余再一談。余以畏熱畏麻煩，遲至今始一訪，因法院接見候審人不易也，詢知此案已過二次庭訊矣。此事或可波平告結束，然兵城名譽上已喪失矣。十一時到會，方主席來，與談各事。十二時半回家，飯畢，鄧寶來，仍爲建廠事，彼現在方知謀事之難。二時閱報，知北平爲湖北水災籌賑，定國曆九月六日在平演劇，已將戲單排出矣，大書特書鄂籍旅平閨秀犧牲色相登臺奏技。其唱《虹霓關》者爲何公敏，爲市府科長何元瀚之女，焦韻秋爲某中學主任吳敏潔之妻，此二女子將一飾寨主夫人，一飾婢女，可知矣。知《虹霓關》京戲漢劇，極淫蕩者。此等在前清時代文人學士惡其褻而掩耳閉目，甚且乍看卻走者多矣。今則恬不爲怪，且諛之者曰犧牲色相以救災。吾意揣之，此種女士藉此機會以售放蕩耳。此心果爲救災，則余不敢信矣。其唱《御碑亭》者周蘊玉，北平大學主任周某之妻，又前陸軍部科員李濟舟之女李坤秀、內務部司長呂濤之女呂寶棻、何元瀚次女公達、呂濤次女寶槃飾《六月雪》《征西傳》《汾河灣》等劇。報章表而出之，在時嗟爲出風頭。噫！何、呂諸家之禮教可知也，咄咄怪事。傍晚曹催謀薦函，托吳鳳遷爲之。八時歸，十二時寢。

初十日　晴熱　九十二度　九月七日　星期六

六時起，十時到會，午後熱甚，晚六時帶同遲生往公園一遊，便看漢劇如《賴戰女綁子》等劇，皆髫齡時在鄉間所閱過，惟於名稱則已變矣。餘如《高平關》《打花鼓》等戲，詞調均未變，唱做均好，惜晚間奇熱，余不能久坐耳。十時歸，十二時寢。

十一日　晴熱　九十三度　九月八日　星期日　今日白露節

七時起，八時來客數次，飯後閱《論語》，此書係丁先生鼎所贈者，崇文書局板也。余已卅年未覆讀四書矣。記幼時所讀係此板本，愛不忘，前日囑丁生爲我尋之，其家先業舊書店，覓此不難也。二時帶同遲生渡江至世界劇院看電影，爲歐洲第一次戰爭，遲生來自鄉間，不能不導之徑，就此可添世戰大勢常識如何也。人多天熱，未能久坐，出雇車往立群寓，就其寓晚餐畢，導至佛波寓略坐即渡江。到家已十一時，十二時寢。

十二日　晴熱　九十三度　九月九日　星期一

七時起，午後到會，閱文件閱報，三時歸，途熱如火，飯後欲外出，未果。晚寫信四件。十二時寢。

十三日　晴熱　九十三度　九月十日　星期二

七時起，天熱如伏，咄咄怪事，午後到會一次，晚間客來借款，未之與也。閱上《論語》，十二時寢。

十四日　晴熱甚　九十三度，晨陣雨一次
　　　九月十一日　星期三

六時起，連日天熱如伏，過白露已四日猶如此，奇事也，午後到會一次，三時至蔡謙寓中爲張淦平謀薦函，揮汗如雨。四時到財廳爲之又謀一函。歸，飯後熱不可耐。七時張來，囑將艾少荃帶回黃州。今日艾帶來墨拓碑誌不佳，已囑厚訓倩人再搨。九時消夜後宿庭中，月明如水，俯思往事，一爲福州景況，一爲宋大沛敗軍過鄂城時景況，爲之黯然。十二時寢。

十五日　大風雨　奇寒　晚十一時見月色
　　　九月十二日　星期四

四時半枕上聞暴風至，起呼根生、遲生關窗，五時風雨驟至，天空中現一種金黃色，密罩地上，黃色烈，望之可畏。五時以後風雨未止，天氣改涼，七時半再起，着夾衣。八時雨漸小，命兩兒去上學。午後雨止雲散，惟風未息。晚五時半，飯後欲外出未果。八時照例進香中庭畢，九時半已見月色，攜遲兒外出，以風緊，至望山門即歸，聽室中播音器，漢口無線電臺播機器，戲亦清雅可聽也。十一時寢。

十六日　晴　寒七十度　九月十三日　星期五

七時起，九時至會，無多事，午後仍着夾衣。氣候變易如此之速，正爲吾國政治現狀也。午後到會，喻、沈兩委員俱來，與談各事。四時渡江訪佛波，便同其子女往新市場看防空展覽會，飛機模型剖示方法，教民衆以防避各法，並有海陸軍官在會向民衆講演，用心甚苦。惟民衆

來此參觀者皆具一種看熱鬧心理，余敢斷其無防空知識與愛國心也。聞外人曾有來參觀後一笑而去者，噫！以此等辦法與列強如法意美等國之飛機空中戰爭相較，其幼孩與久經戰陣之精兵角勝負矣。《傳》曰：有報人之志，而使人知者，危；無謀人之志，而使人疑者，殆。此會是也。余以會中人衆，氣味難聞，匆匆出，與佛波同往其寓，再坐片刻，渡江回家，飯後小憩，十二時寢。

十七日　晴　晚有月色　九月十四日　星期六

七時起，十時飯畢。往會，聞方主席到會，已先出矣。午後二時，爲厚訓事，持其所寫字與方閱之，談甚久出。再訪沈碧舫談片刻，請閱其所購禮器碑、褚聖教序、張猛龍碑、嶽麓殘碑，均係王魯孫家藏，跋語如徐健庵、張子青輩均稱佳妙。魯孫爲王魯香嫡孫，其窮如此，可畏哉。王中丞回黃岡後曾致力於田宅，□其子孫皆中材，一身衣食可無虧，甚或傳至六七世，尚可保守其田宅，乃其孫輩純以公子身分奢靡是務，美食鮮衣，一事不作。鴉片甚深，烏得不窮困耶！五時歸，九時整理案上書籍文件，十二時寢。轉鐘二時夢先君與余同在一艘船上，此船大如海輪，余居房艙中，先君坐窗前書案上，似吟讀詩句者。余臥榻上，時與先君互答，伸首見船前則有大帆六七，懸長槳十餘枚，蓋海舶如寧波大船之類也。

十八日　晴　九月十五日　星期日

七時起，九時義女王燕喜來，余以急欲各校查公民訓練情形匆匆出門去。十二時查畢歸家，飯後小睡，鳳山同仲平來談各事去。晚間無事，閱雜書，十二時寢。

十九日　晴　午後熱　八十度　九月十六日　星期一

七時起，九時到會，方主席來，交楊寫經，與先君手蹟與之，方稱謝。飯後再到會，無多事，三時往財廳爲張重心討欠薪事，由賦初說一遞稟辦法。五時歸，六時厚訓到。晚寫雜件，十二時寢。

二十日　晴　熱　九月十七日　星期二

七時起，九時到會，昨晚厚訓來，今日須早到會與方、沈等説明各事也。午後二時帶同厚訓往，方、沈均未到，囑厚訓在會居住，黃朗吾來説明彼爲漢陽李縣長辦理移交情形甚迅速，用費不過百元，李縣長所送者黃未索移交費也，以視吳端佛、余子勤輩爲余辦移交，令人種種嘔氣，用費至五百元者，其情形若何也？晚同遲生至新橋一遊，街道夜市均似吾縣縣城景象，歸來足軟，十二時寢。

廿一日　晴熱　九月十八　星期三

七時起，九時半到會，沈碧舫到會，便交石刻墓誌與之，彼所篆蓋字未刻走移也。午後仍到會一次，晚清理從前信件，十二時寢。

廿二日　晴熱　八十一度　九月十九

七時起，九時到會，午後三時訪申鳳林，詢盧兵城案，已判決有期徒刑一年，似可上訴，減輕有望矣，然作官如此，名譽已墮，以後如何爲人耶？五時歸，晚間清理前清可證明文卷函件及先君光宣之際所寫賬簿，至轉鐘一時半寢。

廿三日　晴熱甚　八十二度　九月二十日　星期五

七時起，再清理昨夕未竣之件，午後二時到會，沈、方等均未來，無多事，代張重心世姪作一呈請撥款，向鄂城縣領取區長補助費，財廳向來騙人而賈任尤甚，烏乎，此何足以取信於人民耶？三時歸，飯後往公園觀漢戲牡丹花、大和尚，一演《上墳》，一演《遊龍戲鳳》，其妙處不減京劇，且丑均前廿年在漢口負盛名者，名下無虛矣。然以較幼年所觀漢劇旦如賽黃陂、丑如袁金狗，則又稍遜，令人有才難之歎耳。九時半歸，十二時寢。

廿四日　晴熱　八十三度　九月廿一　星期六

七時起，九時到會，午後再往。方主席來，將余所擬二種章程判定，並囑約韓伯瓊來作爲臨時調查員，往陽新、應城查案也。晚未出，十二時寢。

廿五日　陰晴不定　八十二度　九月廿二日　星期日

八時起，十時王恕來取洋三元，便留其飯去。十一時帶遲生同住黃鶴樓看警備旅所辦之游泳比賽，與賽者二百人，武漢各當道均蒞會，自黃鶴樓江畔起，至漢口三北公司碼頭口，水面約七里，三十五鐘至四十五分鐘到漢者有三人，照章給獎，亦技之可觀。平心思之，當道提倡游泳與練民衆體魄，是也，但恐藉此博名譽，非真提倡體育心理耳。在武昌江岸看此會之男女老幼近四萬人。午後二時日光曝人甚痛，今歲熱度之久不減去秋。二時半同遲生渡江至維多利茶戲院看死光爆燃飛機片，五時至李佛波寓，聞其又添一子，與談片刻即渡江，晚飯畢，閱雜書至轉鐘二時寢。

廿六日　早陰　午後晴小雨　九月廿三日　星期一

八時起，九時到會，省黨部紀念週，遇晏勳甫，立談數語。十一時方主席來，請其下條派韓伯瓊查案。午飯後往財廳、省府略坐談，爲張重心請撥款事也。便訪吳仲行，五時半歸。飯後寫雜件，十二時寢。

廿七日　陰晴不定　小雨　今日秋分節　九月廿四　星期二

七時起，十時到會，午後再去，無多事。得伯瓊復函，知已病，不能來就調查員事，殊可惜。彼窮困至極，此差亦可得薪資五十餘元。前月彼在省居廿餘日無一事，聞耗去旅費廿元矣。四時半回家，張碧垣來，臨時添菜便飯，七時去。潘仲平帶墓誌拓本來，不甚佳。晚十一時寫雜件畢，十二時寢。

廿八日　晴　正午熱　九月廿五日　星期三

七時起，十一時到會。午後渡江至佛波寓，遇黃澤南、曹仲和談半時許，便購應用各物歸，飯後清理各事，十二時半寢。

廿九日　晴熱　九月廿六　星期四

八時起，十時到會，支款並預借下月款。以此次回家葬墳及雜用，宜多備款項也。午後清理各事，晚閱雜書，十二時寢。

三十日　晴　熱　九月廿七　星期五

七時起，九時半到會，已取款，午後清理各事已畢，晚間開箱清理文件。準備明晨搭輪，因事與夢仙嘔氣，遂改明日下午搭車回縣，十二時半寢。展轉不寐，令人憤甚，痛罵不已。

九　月

初一日　晴熱　午後大風　九月廿八日　星期六

昨夕未成寐，五時半即起，七時渡江至李佛波寓，值彼尚未寢，告以昨夜與夢仙嘔氣諸事。九時歸，十時飯畢。十二時雇車至東廠口候汽車，爲時尚早，至省黨部約厚訓至車站囑以各事，於明晨帶根生、遲生搭船歸。午後二時汽車開行一小時到葛店，已行九十里矣，華容以下正修路，頗顛簸難受。風正面吹來，頭目耳鼻飛塵皆滿。行至樊口以下更難行，奉令派民伕修路者受苦，豈知乘車者更苦耶？五時抵西門外之懷忠祠車站，余下車進小北門，上城沿城行至後宅門，入見拓墓誌者周姓，檢一份視之，較前拓佳矣。飯後朱茂林來，謂家祺父子對於先母合葬姚家壟有話說，無他，彼窮困索錢而已。着人請廣緯來吩咐各事，晚十二時寢。

初二日　晴燥　九月廿九

七時起，八時往城外會二叔並鍾德，談及昨日茂林、昆山所説家齊父子索款事，二叔、鍾德大不以爲然，談一時許歸，飯後分咐王僕等三人將葬墳應辦各事辦齊，晚昆山、茂林又來説墳山事，謂家齊父子無禮索價二百元，余以欲曲全此事，許以一百元，彼未允也。噫，其父作惡，無怪乎家齊父子貧而無賴也。今日厚訓及根、遲兩兒已回縣，囑其辦初四晨應用各物。十二時寢。

初三日　雨　九月卅日　星期一

八時起，囑僕從準備各事，晚間茂林等來説家齊事數次，殊可惡，又有朱遠香從中挑剔，二叔亦不能作主，余欲不使先母合葬，未免傷人子之心，然先料及幼門父子決無不生事者，但不料其索款如此之多耳。十時半由龔少山等説以百八十元了事。吁，人之無良一至如此，家齊歷年在縣政府不脱事者，皆余與之維持，其子伯芳隨余二次，均無好結果，其次子前三年薦至省公安局，至騙款潛逃，累余嘔氣。彼初不索款，余實準備送洋六十元與之。今夕如此，尚有人格可言耶？囑艾少全請客，明午後須四桌席，然恐不夠也。十二時半寢。

初四日　早陰　午後大雨　十月一日

五時醒，囑根生、厚訓等起，吳老表願先去，因折厝屋須子孫先去取瓦一片，而後可折，俗例也。六時起，動靈櫬，九時交已初櫬可行也。余與蕭敦五時半出城到山後，先母櫬尚未到，十時開井，天陰，時有小雨至，不爲害。十一時埋墓誌銘於先父母棺前二尺許，亦向深入地下尺餘，葬井開後敦五諄諄以申時爲請，遲至午後二時半大雨後方下塋靈櫬，入時幸雨已止，加土於上，雨復大，俗謂葬墳須遇雨方佳，設上午不晴則開井時間甚長，下塋費力矣。此先母之靈，亦諸事有天緣也。去歲出殯前一夕大雨，天曙時大風忽轉晴，出殯厝屋成，天乃雨，甚相類。四時墳成，與敦五、遲生等分乘輿歸。風雨衣濕寒，甚難受，戚友俱來。六時工人已先宴畢去矣。六時再宴戚友，九時乃畢，十一時寢。

初五日　晴　十月二日

七時起，八時往楊厚安家道賀，渠昨夕嫁女也。子雲來，請爲關説縣府事。宇平親家來談甚久去。午後二時伯陽來，係余約其來家一晤者。飯時約端溪、久旐來陪。四時與同遊華光禪林，其住持艾道法，余展延其做佛事，聞其新廟成，尚未一往，坐片刻洪英來，稱尹縣長要來家一談。五時遂回家，五時半尹同張科長谷生來坐談甚久去。九時與伯陽酒叙後談至轉鐘方寢。

初六日　晴　十月三日

六時伯陽去，余未覺也，七時起，囑王興發、洪英、艾少泉等準備各事，往先母墓復土，鄂城舊例也。吳表兄、萬內弟先去，余與內子、表嫂等各乘輿到山時已午初，工人做墳甚慢，惜先未派人來督工。看山者爲余純白、余純向兄弟，來爭相待，謂彼爲看山老人，細詢之，則魚行二叔處係純向招呼，朱五爹在時祀祖則純白招呼，予各與酒資，謂以後予來祭祖時兩處招呼均可，總之爲利而已。四時半，墳已做畢，悲從中來。先母奄歺安。予之大事已了，白雲在望，見父母遺櫬難矣。囑家人並遲生，看山邊一塚碑，爲豐益公號有名，公生乾隆庚午八月廿日丑時，殁於道光庚寅臘月初一子時，玄孫家輔、家陞、應、禮、喜共五人，山向午兼壬丙。查予家中祖牌，有厚、有名、有忠三公俱列，先祖在時如此寫，則有厚公碑石亦在此山發現。朱姓與誰爲親，他日當往朱蓮仰家借族譜一閲也。五時帶同少泉往西山靈泉寺，因尹縣長請予酒叙，循俗登高，同席者雷、張兩科長及張國梁、洪小山、牛校長等九人。傍晚下山回家已上燈矣，九時同久旐訪王侶梅、黃煜九、孟瑞溪，各談片刻出。十一時半寢。

初七日　早陰　午後小雨　晚雨至天明　十月四日

　　八時起，連日勞頓思息，上午未出門。午後五時路已乾，與久旃約敦五到普山看先祖父母墓，子午兼壬丙向，堪輿家均謂先祖父母墓地甚佳，敦五則謂水口甚差，不聚財也。予於此道爲門外漢，只知吉穴爲有德者得之，正諺所謂"陰地不如心地"耳。薄暮入城，便訪子南、華樸談片刻，歸後小憩，擬明日往省。十一時寢，轉鐘一時夢方耀庭先生與予同一辦公室，喻育之則與其他多數住一室，屢視余，似有忌意，則曉曉不休。

初八日　雨　十月五日　星期六

　　九時起，十時寫泥金對一副，送李耀廷之子結婚者，午後清理書室中對聯等件，至八時方畢。閱楊樹山言行錄並其年譜，爲忠臣甚苦，即後世君主能昭雪之，身毀僅存空名耳。此唐魏徵所以有"願爲良臣，不願爲忠臣"之語也。十一時半寢。

初九日　陰晴不定　十月六日

　　七時起清理各事，飯後帶同遲生、艾少泉下河，在茶肆候上水輪，趙茂林、許亞生先在坐。十一時漢圻輪到，於前艙購得鋪位，小睡一時許。過陽邏，天有風意。九點鐘到漢，當即渡江到家，飯後略事清理，十一時寢。

初十日　晴　十月七日　星期一

　　八時起，身倦，九時到會，方主席來，與談各事並談陰地事，方滔滔不竭。余於堪輿終屬門外漢，不敢妄贊一詞耳。十一時出，途遇黃曉圃院長自應城假歸者，立談數語，便約至劉鼎珊家欲一談，知其病已愈，渡江矣，與其妻談數語，同黃出，便約黃過余家，示以先父母墓誌拓本，渠索贈即贈之，並檢先君遺墨第一集贈之。索觀余之日記詩稿，坐談至二小時之久，黃旋以彼之日記示余，亦云廿年未間斷，寫作均好，洵未易才。余前聞黃小圃有日記，同官黃州，未求一閱，前日在地方法院申書記官鳳林爲余言之，恨不能往應城法院一見其本。今午無意中遇之，且不知彼將日記置於皮包中，就以示余，寧非緣耶？午後命夏炳丞送喜聯與李耀廷。晚未出門，十二時寢。

十一日　陰　晚大風　十月八日　星期二

七時起，飯後下午一時到會，省黨部約余等今日開書畫會。夏斗寅、方本仁、易均室、劉復等十五人到會，由喻育之報告各事。五時決議各事畢，匆匆渡江至李宅道喜。八時酒席畢，以大風驟寒，遂同劉夫人夢仙渡江回宅，十二時寢。

十二日　陰　小雨　今日寒露節　十月九日

八時起，身倦甚，午後到會，無多公事。晚十一時寫信二件，十二時寢。

十三日　早大雨　旋晴　十月十日

九時起，今日各機關放假，以雙十節爲國慶日也。午後一時帶同遲生渡江至世界影戲院看電影。三時往新市場閱演魔術。近日中國人之把戲日見新奇，小兒武術愈精，與余在前清及民國初年所見者迥異。噫，使吾國之勢富強，有如此進步與各國並駕而馳，則善矣。晚八時渡江，在陽漢門遇各小學校學生持火把遊行，車不能行。僉曰此教育廳長程其保與各校長所商議之新慶祝辦法也，噫！如此怪世局，乃有此怪事。天寒衣薄，兒童感寒生病不顧也。十二時寢。

十四日　陰晴不定　十月十一　星期五

九時起，午後到會，無多事。晚閱雜書，十二時半寢。

十五日　晴熱　八十度　十月十二

八時起，午前到會。飯後約夢仙往漢換保險箱，遲遲不行。知已轉入上海銀行，余甚嘔氣，大罵之。午後二時，余忘帶圖章，出門折回取，出渡江至上海行，則云夢仙已開箱出矣。至李佛波寓呼之，問情形不能答，大罵彼，無回言，可惡可恨。余出，途中思孟夫人不已。遂至廣奉行繳匙退款，便住新市場看戲，並見前報載所謂萬能腳，坐而無手，以腳代手，所演各種技能，較手尤便利。奇哉！有此亂世，乃有此人妖耳。此人年廿餘，大約係民元以後所生者。九時出，十時渡江回家。十二時寢。

十六日　晴熱　八十三度　十月十三　星期日

八時起，昨夕嘔氣，此時有苦不能說，甚悔。前年十月在李寓輕於一諾，以後時時悔之。僅以余平生重然諾，不忍負李佛波當時好意。去歲在漢，夢仙未渡江之先，余幾欲將此事作罷。而今而後，始知當時下一決心與人以難堪，於我實有利矣，然而不能，乃自討煩惱而已。傍晚至公園看戲，聊以遣悶。十一時歸，轉鐘一時寢。

十七日　早九時大雨　午後小雨數次　十月十四　星期一

七時起，飯後渡江訪張眉宣、范寄滄，均晤。晚六時歸，十二時寢。

十八日　晴　十月十五日　星期二

八時起，飯後到會。晚閱雜書，心煩意亂，觸目生感，令人思孟夫人不已，見夢仙生憎也。十二時寢。

十九日　早陰　午後二時雨　十月十六日

八時起，九時到會。午後看書、寫字、寫信，晚未出門，心煩意亂。十二時寫信畢，清理日記至轉鐘一時寢。

二十日　陰　十月十七日

七時起，飯後到會。午後閱雜書，晚十一時半寢。

廿一日　時陰時雨　如四月天氣　十月十八日

七時起，上午到會一次，午後氣悶，渡江看影戲。晚十時歸，十二時寢。

廿二日　晴熱　十月十九　星期六

八時起，上午到會，午後渡江至新市場看戲，又見所謂萬能腳者演各技，並看楚劇。楚劇，花姑戲之變名也，誨淫之事諸多。近年提倡所謂"新生活"者，禮義廉恥，漢口市政府公安局則熟視無覩，奇矣。蓋演者自演，禁者自禁，欺人而已，掩耳盜鈴政治也。晚十時歸，閱雜書，十二時寢。

廿三日　晴熱如四月　十月廿日

九時起，聞鞭炮聲，知夢仙今日生期，余以連日恨彼，未之理也。王恕、潘仲平、惠安、仲章等先後來。蘊玉同王女士來拜壽，便留早餐去，並給蘊玉之女嬰衣料、餅果等。午後渡江，至天聲舞臺看所謂《紅鬃烈馬》全部，即《武家坡》全劇，毛韻珂毛父女唱做均佳。晚七時歸，飯後閱雜書，十二時寢。憶孟夫人在時，其散生頗熱鬧。劉夢仙不受教訓，余恨之，今日渡江自尋娛樂，自慰余心而已。

廿四日　晴　晚寒　十月廿一日　星期一

八時起，上午到會。午後帶同遲生渡江至新市場看戲、看雜技，並往佛波寓中，佛波示以夢仙前致彼函，殊覺無知識，余甚恨之。晚十一時歸，十二時閱書至轉鐘一時寢。

廿五日　陰　十月廿二日

上午到會引韓伯瓊晤李彭方諸人，並指示各辦法，朱祐亭托各事，余約其到李宅一談。午後四時渡江與祐亭談各事，並電方耀廷知，未能有效。六時佛波寓來客二桌，九時席散，余即渡江回家。十二時寢。

廿六日　陰晴不定　十月廿三

八時起，九時到會，十一時喻育之來，無多事。午後又去一次，晚清理各事，連夕教遲生讀淺近之文言論說，命之讀熟默寫爲作文材料也。是兒近三年讀書無進益，以余向未清其功課也。更生至今作文不能成法，文言白話俱不佳，天性又拙，久離余，余亦未遑清理其功課，致誤其可貴光陰。奈何！奈何！今秋轉考第九中學，屢托田陸二生爲之照拂。噫！先君在日，余年十五，文已成篇，寫作均可爲時人羨慕。今更生年十六，猶如此令人嘔氣。遲生年稚，天分甚好，光陰尤不可誤耳。十二時寢。

廿七日　雨寒　今日霜降節　十月廿四　星期四

八時半起，以天雨終日未出門。晚教遲生讀文，清理日記文件。今日身體不適，余前數年逢秋雨必病，近年無此象，然不可不慎也。十二時寢。

廿八日　晴　十月廿五　星期五

八時起，九時到會，沈碧舫來。飯後再到會，無多事。今日向馮藝林借五十元並會中款，可回縣了結楊厚安借款及先母安葬時未了各款。厚訓不可靠，余又畏舟車勞頓，此時非親回縣不能了。此事戚友親人俱不可恃。令人回想長子純學若在，今年卅矣。孟夫人不死，均可爲余分負責任者也，人之清閒操勞，皆是命中所載。明晨歸縣，後天即來，會中廿八號開例會，須到也。十二時寢。

廿九日　晴　十月廿六　星期六

六時半起，七時出門，七時半到漢陽門搭萬安小輪，上船時客甚少，精神疲倦，在官船中小憩。建廳通令，近日不准賣客鋪也。汪小舫來同座，與談甚快。午後二時到鄂城，飯後呼石匠及何伕頭，各給工資。何十二元，石匠找六元三角了事。幼門兌款，囑坤山、龔少山等寄語另其兌五十元去，餘則還清楊厚安五十元之款。晚間來客數次，與久旃談片刻，十二時寢。

十　月

初一日　晴熱　十月廿七　星期日

八時半起，十時飯畢。夏兆鴻送余出城搭汽車，至站時尚早，折回城欲晤服初一譚。途遇朱茂林，遂至其家談昨夕給款與幼門事。十一時萬瑞璋來云車已到，至則係由省開往大冶者。又候一時許，大冶車到，遂上車，十二時一刻開。午後二時五十分到東廠口，回家飯後清理各事，晚十一時寢。

初二日　晴　十月廿八日　星期一

八時起，十時至郵局打電話詢會中開會，係下午飯後一時半到會。二時半開會，沈委員主席，因方主席在蘄春未歸也。五時回家吃飯，六時曾蘭友同萬邦興來坐談，為其子死，余曾送挽聯致謝者，坐半時乃去。余帶同遲生渡江至新市場尋夢仙未得，遂同遲生觀漢劇一時許。九時至李寓，知夢仙同李大嫂、二嫂等往新市場未歸。帶同遲生渡江回家已十一時半，十二時寢。

初三日　晴熱　十月廿九

九時起，賈仲明來談片刻去，飯後到會，今日開書畫古物展覽助賑會，第二常會到者甚少，新加者爲錢仲宣、盧新蒲決議案件，□均不關緊要，五時畢即歸晚飯。七時陳季平、梅鳳山、裴晦公先後來談，裴已得沙市查緝處專員，月薪公費可得三百元，運氣轉矣。九時去，十時清理各事，十二時寢。

初四日　晴熱　十月卅日　星期三

八時起，午後到會。晚六時清理各事，閱報，教遲生讀淺近論說寫字，遲生貪玩，天分尚好，不用心，余頻頻告之。十二時寢。

初五日　晴熱　十月卅一日　星期四

六時坐起，午前到會，連日天氣燥熱如八月，蚊蟲極多，如六七月嚼人。時交孟冬，夾衣未換，中下等人則着單衣，咄咄怪事畢現於近年。上下交征利，正孟子所謂國危時也。聞明日南京六中全會開會，有否結果不得而知。日禍方殷，國人尚嬉遊不覺，政府日日言推行新政，如築路、公民訓練、公務員服役作堤等等，表面文章，言之好聽，受者吃苦，有何益哉！而四鄉外縣餓莩載途不計也。午後未到會，清理書室，寫屏二堂，少興趣，晚十二時半寢。轉鐘一時夢先祖父冠群公自外埠歸，身體似較生時更長，蓋布鞋尤大。余欲問兒時事，似已告而不能憶，先父母俱在室中，又接相臣二叔來共話，余欲請先祖與先父語，先祖似表示不願之意。三時醒，近十年未夢先祖，不知主何事也。先祖生時甚愛余，光緒乙未以前余與祖父未嘗一日離，思癸巳春夏間送餅入塾呼孫時狀態，爲之泣然。

初六日　晴熱　時雨時晴　十一月一日　星期五

七時起，寫字一時許，飯後到會。聞李次瑜已有電約渡江看戲，沐浴踐前日之約也。今晨雨，旋晴，如四月天氣，仍熱，着夾衣。二時半同彭受虛渡江至次瑜寓略坐，即出至湯泉池洗澡，至吟雪酒樓便餐，約佛波同食。六時半至新市場大舞臺看京班演《小放牛》《秋胡戲妻》等戲甚佳。繼林樹森演《關公走麥城》，此戲余昔年聞京皖漢等班均有此齣，但不敢演。聞先君云光緒初，吾鄂襄河已上演此劇，至山洪暴發，伶人及觀戲者沖斃甚多。關公在天之靈不應以此短氣事形容之耳。今夕觀此戲，臺上置有大銅爐，焚檀香，煙繞如雲，冀關帝鑒之也。至十一時半止，唱做俱工，觀於此令人唾孫吳恨曹魏不已。十二時出場，至佛波寓借宿。聞南京今晨開六中全會時汪精衛被刺事，次瑜八時在劇場曾與余言之，未之信，佛波言之過甚，明日當察詢之，與談至轉鐘二時寢。室小蚊多，被厚而熱，展轉不寐。

初七日　陰雨　十一月二日　星期六

七時起，洗臉渡江，在輪渡中買小報看，知汪被刺事已徵實，歎息以後必有大問題發生矣。到家後進早點，小睡片刻，飯後和衣睡三次均欠恬。晚帶同夢仙至王義圃先生家祝雙壽，義翁今冬八十正壽，其謝夫人年七十一，服初之姑母也。王老夫婦視亡妻孟夫人甚厚，前日送紅幛奉祝，今夕不能不去。義翁耳目聰明，精神健旺，近年親寫善書數百本贈人，應享高年，余能壽至八十有如此精神，則夙願也，當修德以致之。九時歸，十二時寢。

初八日　陰　晚十時大風　十一月三日　星期日

九時起，九時半往王義圃先生賀壽誕並帶同遲生去，略坐即出，以其開席尚早也。回家飯後帶同遲生往新市場看楚劇。五時渡江回宅，飯畢，陳季平來，談半時去。教遲生讀淺文一篇、唐詩一首，冀其領悟也。十二時寢。

初九日　大風　陰　十一月四日　星期一

八時半起，飯後到會，今日無事，坐片刻即歸。晚飯後大風寒甚。今日蚊蟲略少，已轉成冬象矣，記丙午十月初九夕余正住兩湖總師範學堂，晚大雪，正清慈禧太后生辰也。悶坐無事，至公園漢興舞臺看所謂樊梨者新編劇齣，京漢調雜唱，奇觀也。九時歸，小憩一時許。十二時補寫日記畢寢。

初十日　風雨　寒甚　十一月五日　星期二

九時半起，倦甚，飯後未出門，風雨交作，着棉衣猶寒，讀《論語》三篇。晚間清理各事，十一時寢。

十一日　雨　寒　十一月六日

九時起，倦甚。飯後到會，今日閱報知中委張靜江翻汽車折足，張已跛，不能行，茲再折必成廢。初六日汪院長被刺，中央開六中全會，兩要人俱不吉矣。午後三時歸，晚教遲生讀詩文。十二時半寢。

十二日　晴　十一月七日

八時起，黃福來請寫信與裴晦公。飯後閱報，本月初，山西太谷一帶上莊村李瑞春家，蘋果樹高丈餘，結果實數十枚。東爐村韓小狗家柳樹下發嫩葉，飛新柳花，桃柳爭妍，與春暮無異，此通訊記者親見之。又世界通訊社，美國沃克拉霍瑪州，陽曆六日訊，當地農村中發現蝗蟲，其背上顯有天然生成之 W 字母，即為戰爭 War 一字之縮寫，據該地老軍愛得華・毛利司氏云，彼於美西戰爭與歐戰之前，均曾見蝗蟲背上有此字之顯明，此次戰爭又將遍全世界。噫，外國人不信迷信者也，昆蟲何知！果如此，其天意乎？又載倫敦六日電，英皇家天文家預測，月球已趨近危險區域，將裂成兩半，嗣分為八個以至極多之數，而與土星之環相似，屆時無復盈缺朔望之分矣，西人科學精深，必有所自信，惟此事玄之又玄，姑誌之以觀其後。午後一時到會，陳季平、彭壽堂來，晤談半刻去。四時與彭受虛至抱冰堂遊覽，各色菊盛開，頗足流惜，夕陽在山，氣候轉寒，未能久留，遂步行歸家，飯畢小睡，教遲生讀淺近文，十二時寢。今日午後二時將鬚剃去。

十三日　晴　十一月八日　星期五

八時半起，今晨二時夢石雲衢、汪星垣、姜壽安等到縣宅談一事，殊可笑，余則疑似參半，三時醒，猶憶及必無之事也。午後到會，連日憶及亡室蕙芳夫人，且多感觸煩惱，奈何！晚七時，陳同如來談，與同至端溪寓略坐談，便吊孟復心先生。孟於民國初年續娶不慎，致受種種痛苦，今其親生子名廣漳者，竟至窘困不堪，亦前世因果歟？九時半歸，十二時寢。

十四日　晴　十一月九日

七時同如來，余始起，則以上書政府稿見示。同如窘困不堪，昨向余借一元五角作零用。余近亦窘困且嘔氣，彼不知也。午後到會，同如又來，遂囑劉質如爲之寫上書油印去。今日爲夢仙不語不遜，余甚動氣，被余擊之以掌，此則卅年來未有之事，痛心哉！令人不思蕙芳矣！飯後往漢口與佛波言之，九時歸。聞遲生已同淬成往其家宿，焦灼無聊，十一時寢後不成寐。

十五日　晴　十一月十日　星期日

九時半起，飯後得張重心函云，陝西自奉現金國有令後銀行停閉，呈恐慌狀，吾鄂前數亦如此。近金融已活動，設戰事發生則不可料矣。午後五時渡江，七時至青年會，觀國樂籌賑會，其節目一爲管弦合奏，是間雲集同人，胡琴、三弦、琵琶、管簫、笛、月琴拼合，頗可聽，惟既標曰國樂，又標明曰中華樂，則胡琴、羌笛則不可攙入也。二爲李白秋七弦琴彈《平沙落雁》，平平淡淡似屬正宗，惜姿勢欠佳。三爲陳天樂之彈琵琶曲，名曰《十面》，手熟而音之緩急得宜，余於琵琶昔未之聞，其彈得當否，不敢評也。陳年甘餘，望之聰秀，不知何處人。四爲黃松濤彈七弦琴《漁樵問答》，指急無餘音，且按令入木之語不能解，俱聽爲木版音，聒耳難聞矣。姿勢極不佳，上身動搖不已，尤難看。五爲喻岱鍾、李白秋雙笛合奏，吹聲合拍如一，雅俗共賞，曲曰雙寶臺。六爲王養庵彈《金門待漏》，曲長而彈聲甚小，坐後排位置者不能聽，右手禁指曲如魚鈎，其姿勢之不講究如此，見笑大方。養庵昔曾受訓於黃白香，黃老而性倔，去春窘死，其子亦不賢，晚景難堪。黃昔欲與余友，余以其年高有學識，如詩書畫琴俱可傳，每尊之爲前輩焉。養庵之學《金門待漏》不及白香遠甚。七爲陳天樂鼓瑟，曲名《鐃歌瑟》。余昔在汴梁見其器，丁未在省城勸業場亦見之，似與此器略大，均未聞其聲也。陳奏曲左右手俱下，注意聽之，曲終矣，或者其一段歟？備格而已。八爲張寶庭彈《空山憶故人》，指音俱熟。九爲羅俊傑彈琵琶曲，名《春江花月夜》，指法音韻較陳天樂所彈更佳，真所謂大弦嘈嘈如急雨，小弦切切如私語。白太傅《琵琶行》中有多數句可以形容之，其能手也。十爲楊翼鈞彈《普唵咒》頗純熟，楊年四十餘。十一爲周佐賢、張萍舟洞簫與胡琴合奏，亦佳，名曰《新薰風曲》。十二時爲胡熾庭彈《醉漁唱晚》，惜手急而少興趣，以理論上看來，此操似應悠揚冷澹出之，余前五年能彈此操，一行作吏後遂荒落矣。十三爲周靈殊彈三弦，名《秋江月》，有八段，據報告者云，爲周新編曲，計八段。周此次來漢住武漢日報館，早已國樂名家宣傳於漢上，且屢往廣播電臺播音，講樂曲矣，但彈三弦無甚意味，與北京人所彈者嫻熟與音韻相去遠甚。十四爲劉阡森彈《泣顏回》，尚可。十五爲陳天樂彈箜篌，名《霓裳曲》。此器之彈，余未聞，前亦未見之，是立而以雙手互彈者，曲甚短，注意聽則曲終與瑟音相似，亦無多趣。曩讀詩以爲箜篌係竹器，曰彈者又似以弦發音，因屬婦女彈者，當時問師，師亦不知其器也。十六爲吳太太彈《陽關三疊》，吳年四十許，是誰家女，其夫爲誰，不得而知，衣飾時髦並帶一幼女同茌止。此操爲初學琴者能之，吳彈尚可，羅資深、方旭初所彈較吳佳，今夕之會惜羅在黃陵磯以小事寄食於宋區長處，方則前四年死矣。湖北省能彈琴者有田述群、方旭初、黃白香名振桂，長短操俱負名，田前歲窘困死，黃去春窘困死。癸亥以前朱次誠、王養庵、方旭初、陳曉葵、王恕之子某，董慕倫，董曾爲漢口西關帝廟主持僧，頗有蓄積，回俗後依其弟以居，財盡不容於弟婦，余屢濟之，後以窘死。周斌階時時集於省城舊府學署彈琴爲樂，今次誠已窘困，潦倒不堪。羅資深年三十，貧而無依，隨余在黃岡交卸後幾寄食無地，斌階聞已窘迫回鄉矣，然則習琴者爲不祥人，琴實不祥器也。詩以窮而愈工，琴以彈而愈窮歟！黃岡雷朗如年七十能彈琴，余昔曾爲友，迨余長黃岡，彼仍窘困，時周濟之。冬際天寒仍恃裱褙爲活，去秋亦以窮困死。噫！細思之，古之彈琴而得妻得財得官者，司馬長卿而外無聞焉。十七爲羅俊傑琵琶彈《陽春白雪》，調熟手活，靈脆無比，輕攏漫撚挑抹，嘈切錯雜曲盡能事。白傳《琵琶行》中警切句均於此見之。十八爲周靈殊彈《高山》，少生趣，繼唱崑曲之《折書》一段，平平無奇，可見百聞不如一見，今周之彈琴與三弦均見而聽矣，勿乃名不副實歟！最後爲閒雲集同人同奏，曰閒雲四合，名目甚佳。九時半方畢，聽者約五百人，售票價當在四百餘元，於災民不無小惠也。渡江回家已十時半，飯後略坐遂寢，咳嗽大作，展轉不寐。

十六日　陰　午後雨　十一月十一日　星期一

九時起，以無事未到會，十一時李大嫂同夢仙回。飯後到會略清理諸事，三時渡江至佛波寓談甚久。晚十時歸，十二時寢。咳嗽大作不能安枕，轉鐘三時不能忍，四時遂起坐寫日記，至天明再寢。

十七日　晴　十一月十二日

八時汪小舫來呼余起，送來祥煥信，囑再至石灰窑公司就礦警事，甚可感，談片刻去。今日爲孫總理誕辰，各機關放假，余以嘔夢仙氣，今日不快。午後外出，晚九時歸，十二時寢。

十八日　陰雨　十一月十三日　星期三

八時起，昨晚服王紹基止咳丸，嗽大止，睡甚安適，飯後到會以電詢陸澄波，知九中火食早備，命厚訓送洋十五元與根生，三時方主席來會談甚久。渠以近置墳山一段甚得意，已頻頻爲余言之。五時半回家，飯後看書寫字至十二時寢。連日蚊蟲甚多，奇矣。

十九日　陰　十一月十四日　星期四

九時起，午後到會，沈委員來，無多事，四時歸，聞蘊玉回家一次，持鄧實函，向余借五十元，似有意要挾，措詞失當，此人躁進，近月爲彼謀事求人薦函並轉托之事甚多，冀其早成也。其父及嫂已遷回黃安原籍，不顧其子，黃安負恩之人多，余子勤、彭少芳輩其已事也，吳端偉於交代時事事向余要挾逼款。彭梓師在黃岡時與外人聯絡亦軋余及彭慎旃，余交卸後轉事余廷襄，而置余之移交案則漠不關心焉。彼獨不憶及辛酉正月罵程仲蘇、石幼平爲無良之人，程、石爲其及門弟子也。余辛酉四月得署黃岡時，彼已在漢口教讀，月廿元，余送信與彼時方辭去，豈料到黃岡百元月薪，尚另給其子廿元，而尚與余搗亂耶？地氣所鍾，無怪該縣土劣多，近年迭爲共黨所殺也。晚閱漢報，知孫傳芳在津清修院佛堂中爲施劍翹女子以手槍擊斃云，爲其父報仇也。其父名施濱，安徽桐城人。孫傳芳在民國十三四年間兵權在握，勢炎逼人。其人余在福州見其所行爲，沈毅而陰險特甚，對於王永泉如弄嬰孩，王本無學識，但奉孫惟謹，孫與訂金蘭時時函札往來，謙虛無匹。余爾時在閩幫辦軍務署充秘書，見王孫函稱笑謂曹之駿曹岳州人，亦充秘書，與余同房，王失敗歸。曰：信不由衷，質無益也，蓋孫在閩既騙取王之私財五十萬，謂交此款可讓閩督，後又騙其所屬部隊開往各邊區，終則令周蔭人反攻閩城，周亦王之訂金蘭者。並立制王之死命，險矣哉。余在閩城頗知孫謀王之手段，但傅幼虛已往泉州，尉遲初樵已回漢，無可轉告此事。參謀長楊揆一夜郎自大，以初交更不可與言，且懼禍，王性疑，交淺言深且不可，況以此大事相告乎。托詞回鄂，幸免虛驚，蓋當時不能不見機而作也其後王之參謀穆某自水口歸閩，且以孫之內幕告王，王謂其搖亂軍心，傷孫感情，殺之，冤哉。王竄泉州，孫歸閩城。如是余同事中曹逃，胡幹城、尉遲初樵剛到閩，與胡等同被執囚焉，餘人被閩軍搜洗殆盡矣。余回鄂，十時，閩孫王戰事始發，亦險矣。余嘗謂石雲衢、曹之駿曰，孫傳芳命相均佳，官可至極品，惟心術太壞，恐破其命與相耳。湯濟武在民國初年爲陰險最著之人。自余在閩歸後，批評湯止能算第二，而孫實居湯之上。噫！天公惡巧，孫以陰險著稱，今日禮佛何能減昔時之惡哉！真所謂人有千算，天只一算，作僞損人，殃及自身而不覺，可畏！可畏！十一時憶及夢仙脾氣乖張，殊恨甚，檢孟夫人像一閱，十二時寢。

二十日　風雨　寒　甚　十一月十五日　星期五

九時起，天寒甚，未到會。午後送信往郵局便以電詢佛波，知夢仙在彼處以風大不能歸。晚大雨，賈仲明來坐談甚久去。蘊玉來問借款事，漫應之。此女最無良心，已年餘斷絕往來矣。因天門被淹後隨鄧實歸。近且搬至大朝街，住家距此甚近，故來借款。囑其候明日信，去後寫信二件，十二時半寢。

廿一日　大風雨寒甚　十一月十六　星期六

十一時起，今日如隆冬，可着羊裘，未到會，囑夏僕取薪，則李幹事兩日未到會矣，此人毫不盡職務。午後三時渡江，風浪極大，至佛波寓略坐，遇何維禮，自湘來者，談長沙事甚晰。現金集中湘認爲良策，製日本妙藥也云云。六時歸，晚後小憩，十二時半寢。

廿二日　陰　寒　十一月十七　星期日

九時起，飯後帶同遲生渡江至佛波寓，小憩後同遲生、夢閑往國貨商場等處購酒果手套及用品，共用洋七元。五時在佛波處吃飯，七時同夢閑、遲生渡江回家已八時，十一時寢。

廿三日　晴　十一月十八　星期一

八時起，飯後閱報，載孫傳芳被刺後施劍翹於佛堂上大呼父仇已報，並於身中取出預印小簡散發各人，係油印詩二首．一曰：父仇未敢片時忘，更痛萱堂兩鬢霜。縱怕重傷慈母意，時機不許再延長。其二曰：不堪回首十年前，物自依然景自遷。常到林中非拜佛，劍翹求死不求仙。其背面所印：各位先生注意：一、今天施劍翹原名谷蘭，打死孫傳芳是爲先父施從濱報仇。二、詳細情形請看我的告國人書。三、大仇已報，我即向法院自首。四、血濺佛堂驚駭各位，謹以至誠向居士林及各位先生表示歉意。報仇女施劍翹謹啟。大公報並登劍翹近照，短髮僧袍，碩長身體，不類女子，及孫傳芳近照與施從濱從前作軍官時像。此十一月十三日午後三時事也，此女報仇心堅，臨事從容不迫。孫則事前無所事發無僕從爲防禦，真前生冤孽耳。閱竣爲之太息。午後二時到會，晚寫信，教夢閑、遲生讀唐詩學彈琴，十二時寢。

廿四日　晴　十一月十九日　星期二

八時起，十時到會，午後再往，晚寫字讀書，並教遲生、夢閑彈琴二小時，自昨日起將夢仙名改爲夢閑。去歲末憶及其父名篤軒，亦名篤仙，則軒字音同仙字之同也，並改其名曰孟賢，冀其如孟夫人之賢也。九時頗不適，欲即睡，未能，仍寫字看書至十二時寢.

廿五日　晴　十一月二十日　星期三

九時起，十時到會，飯後與夢閑雇車至東廠口乘汽車至洪山下，行三里許，始覓得所謂湖南義塚地，看山人楊姓導引覓一時許，得其故兄墳，因碑已斷，致前後左右葬者俱滿矣，其兄劉儆民年十八歲時卒，時已畢業甲種商業學校第一名，邇時夢閑之父尚在也。此地距洪山四眼井甚近，山名高林老山，碑載癸向二字尚存，詩芸祀三字尚可辨。詩芸，儆民姪也，儆民於名份上爲余之舅弟。昨與夢閑言，伊之骨肉親，死者在洪山，生者其母在石首。伊本可憐人，惟情乖張，不聽余教訓，余每恨之耳。晚五時雇人力車歸，飯後足軟疲勞不堪，十二時寢.

廿六日　晴　十一月廿一日　星期四

九時起，十時到民廳晤范尚立查卷不着，便托馬顯聲代查，禁煙案須核銷故也。足軟身倦甚，腰痛頭目昏眩，十二時歸家。飯畢，午後二時到會，鄭陔香子題來坐談一時許方去。方主席到會便詢政局，彼亦不知。五時歸，晚飯後教夢閑、遲生彈琴、讀詩至十二時寢。

廿七日　晴　十一月廿二日

八時起，倦甚，午後到會。晚閱報，孫傳芳宅開弔時盧香亭向新聞記者談話，謂施從濱與孫係戰死，非孫殺之，邇時盧任師長，與施為正面之敵，鏖戰中，施已死於亂軍之中矣。前報謂孫殺施時，並挂其首級於蚌埠車站，用白布寫紅字於其上，曰新任安徽督軍施從濱之頭云云者。殆有誤耶？此事他日當尋傅幼虛，詢其究竟。總之民國以來重要軍官善終者少，偶憶及之約有六人。如前上海鎮守使鄭汝成，因反袁派而刺殺，西北籌邊使徐樹錚為陸建章子所刺，建章子係為其父報仇。直魯總司令張宗昌在濟南被刺，死後妻妾並播許多醜聲，係鄭繼成為其父鄭金聲報仇。貴州督軍周亞成在貴陽被刺，黔軍總司令袁祖銘在常德被刺，至現在之孫傳芳，大抵專橫太甚，作惡愈多，孟子所謂善戰服上刑耶？九時教夢閑遲生彈琴讀詩，粗淺論說講解至三小時之久，十二時寢。

廿八日　晴　十一月廿三日　星期六

九時起，十時清理各事，飯後到會，沈碧舫來與談各事，四時歸。晚飯後教夢閑、遲生讀詩彈琴二小時，十二時寢。

廿九日　晴　十一月廿四

七時起，八時雇車至漢陽門，久候無汽車，間來一汽車，而賓客擁擠而上，且懼危險。余久立一小時，逆料此時人數多，決非三四輛汽車往返五六次所能裝畢者，再遲則洪山時間已過，即欲送黎故總統靈櫬不可得，且天已陰雨，即到洪山，行步不便，余身弱，更不耐行路，行至卓刀泉已六七里，足軟雨路滑，恐欲歸無車，愈覺不便矣。遂折而回家，行至大朝街方雇一車歸。十一時午飯畢，天雨漸大，幸未往洪山也。午飯小睡二時許。晚仍教夢閑、遲生讀詩彈琴，十二時半寢.

三十日　晴　十一月廿五　星期一

九時起，倦甚，午後到會。晚閱報二小時，寫信二件。教遲生讀詩彈琴至十一時，十二時寢。

十一月

初一日　陰　寒　十一月廿六日

八時起，十時彭慎旃來談各事，彼自綏遠送家眷回鄂，聞已請長假矣。淬成來，便留飯，約方緒吉來陪，飯畢與慎旃、淬成到會坐談一時許，往訪王書華，欲約其渡江，在其寓久候未歸，遂同伯陽、淬成、慎旃到漢看佛波，約至廣州酒家晚餐畢，往長樂戲園看漢劇並新編之第八本姜子牙戲，唱做、佈景俱臻絕妙，戲劇已革命矣，小炳南演《兩狼山》《洪羊洞》，唱做均佳。十時半因天已起風，同淬成先離院，渡江到家已十一時半矣，小憩，見室中猶有蚊蟲甚多，今歲漢上多蚊，近日節過小雪，蚊蠅如初夏，真奇事也。轉鐘一時寢。

初二日　陰　寒　夜雨十一月廿七　星期三

八時起，十二時到會。飯後閱報，平津局面吃緊，日人謀甚急，吾國仍粉飾以欺人民，可慨也。晚教妻子彈琴讀唐詩二小時，寫信三件，至轉鐘一時寢。

初三日　陰　大風　十一月廿八

九時起，午後到會，無多事。晚閱《上論語》，教妻子讀詩彈琴二小時，讀古文，至十一時半寢。

初四日　陰　小雨　十一月廿九

八時起，午後到會。晚渡江至佛波寓，略坐，談平津消息，極惡劣。南京無所準備，每夕廣播電臺報告謂平津事不要緊，不至擴大，何部長已北上有辦法，種種欺人民之語。噫！真所謂掩耳盜鈴政策也。十時渡江歸，十二時寢。

初五日　陰雨　大風　十一月卅日

九時起，倦甚，午後到會一次，無多事，知韓伯瓊又往宜都調查去矣。伯瓊窮困，賴有此出差事調劑之。晚教妻子彈琴，子讀性甚好，妻與子彈《嘅古引》，已熟矣。天下無難事，只怕有心人，信然。十一時半寫信二件，轉鐘一時寢。

初六日　晴　晚大風　十二月一日　星期日

九時起，十時早飯畢，十二時帶同夢閑、遲生、義女燕喜渡江至新市場看京戲，得前排廂，視聽均便，孫其榮演《八義圖》終齣矣，劉立四之《鳳凰山》，金素雯、蘇慶山之《打花鼓》唱做均佳，其說白能作鳳陽土語，尤妙。王筱芳演花蝶功夫甚強，金素琴之《女起解》唱工不減荀、程，二男伶其妖艷處過之，蓋金本女伶也。素雯、素琴同為姊妹，北地燕脂不減於南都金粉也。末齣為林樹森演《南陽關》，唱做均妙。今日星期，天氣不甚佳，看戲者不多，然金錢艱難，余今日只費洋一元購票二，如在前月須一元八角，水災之後鄉民受凍餓者不知凡幾，則今日之遊過分矣。五時半出場至佛波寓，略坐即歸。北風乍起，氣候又變。今夕室中蚊蟲尚多，且有蜘蛛結網懸窗上，寧非奇事歟？十二時寢.

初七日　晴　十二月二日

八時起，飯後到會，無多事。閱報知平津消息愈惡，後患方長，不知我南京政府有計畫否，川中剿共不利，賀龍又至湘中，聞桃源、常德等縣已□□，近已過安化矣。內憂外患緊迫若此，東北西南及中央數年間並未合作，欲國不亡，其可得耶？兼之水旱頻仍，各省民生受困，天變於上，民怨於下，乖氣所積，夷狄得以乘之，當局如仍手段用事，對內對民衆不以誠感，僅恃迫壓，無怪平津及東北民衆媚外國以圖存耳。晚間讀《論語》並教妻子讀詩習琴，女子無事，藉此以變其性質而已。十二時清理各事畢方寢。

初八日　晴　早有霜　十二月三日　星期二

九時起，飯後步行至杏花天街，在荒貨攤上購得《古文觀止》一部，經文堂板，字清晰．此等舊式書須買木板，字大少訛也。至三一學校萬邦興處，借廿元零用並還賬。到會後閱報閱文件，回歸後讀書寫字彈琴，並教妻子習之。近兩月中，每思提精神作事，從事整理文稿，但一到晚九時神已疲不能。十二時寢後又亟思起而爲之，次晨事多，不能執筆，寢時又悔之。今年五十，精力已呈衰象，長此疲延下去將奈之何？今後當立志矯正，勿忘之。晚十一時半寢。

初九日　霜　晴　十二月四日

八時起，十時到會。午後爲伯陽事又到會，探電話知方主席嫁次女，遂帶同夏炳臣渡江購衣料送之。便訪佛波談國事，九時半歸，十二時寢。

初十日　霜晴　十二月五日

九時半起，十一時到方宅道賀。十二時宴未畢，花轎入，迎娶者至，余遂歸。午後二時至教育廳開公民訓練會，此次委員已易數人，金巨堂、許士奇即補王紹佑、丁秉權之缺者也。決議余仍須教授領隊班一次。三時半散會，渡江晤伯陽，告以方主席願寫信情形，晚飯後歸。十時教妻子彈琴讀詩，十二時半寢。

十一日　霜　晴　十二月六日　星期五

九時起，飯後往晤方主席，取伯陽信，蓋印後到會交伯陽，與同往財政廳訪賦初談各事出。歸後閱報，平津消息愈壞，中央仍無所表示，平津學界有宣言，可想見民衆處於日本勢力迫挾下，其困苦已不堪言。噫！呼天乎！高麗、臺灣，殷鑒不遠矣！晚九時讀古文二篇。今日室外有蜘蛛及蒼蠅，室內仍有蚊，晝暖如春，殆所謂周末無寒年歟？清理各事，欲整理文稿，至轉鐘二時寢，展轉不寐。

十二日　陰　十二月七日

九時起，飯後到會，爲張重心事代寫函致廳。晚間清理積稿，決意日內將各件補成，至轉鐘二時寢。

十三日　陰　大北風　晚小雨　寒甚
十二月八日　今日大雪節

八時起，十時閱報，十一時飯畢，以天寒未出門。午後三時，方局長來請渡江看戲，面辭之。晚九時一刻在室中聽漢口廣播電臺婁樹華彈箏，先彈《關雎》，次彈《天下大同》。幼時讀詩曰"鳴箏金粟桂"，箏爲何物未見也。至今尚不知爲彈樂抑吹樂器。次爲梁在平彈《搗衣曲》及《寒鴉戲水》，余聽之頗悅耳。他日當尋此樂一觀之。婁、王兩君彈法極熟，次爲鄭穎生彈七弦琴《長門怨》一操，琴譜中昔見之，余實未聞大操中。昔年僅聽過黃伯香《漢宮春曉》及《羽化》二操而已。次爲王君瑾彈琵琶，一曰《長相思》，二曰《紅葉》，均佳妙，誠所謂"大弦嘈嘈小弦切切"也。今日報載漢臺節目，知今夕有音樂播奏，臺中於每人操樂時先有一人報名目，今春安置收音機聽音樂，以此夕爲佳，蓋平時余實未留心耳。餘爲機器戲片，孫菊仙、汪笑儂、德珺如、朱素雲等名片，余昔年未見過其人，且實未聽其留聲片也。十時半播音畢，十一時寢。

十四日　早大雪　午後寒甚　十二月九日　星期一

十一時起，飯後二時往財廳晤夏賦初商張重心撥款事，並晤洋香、壽廉、化吾等談片刻。五時歸，飯前飲酒一杯，晚清理各事。十一時讀蘇公《喜雨亭記》二遍。十二時寢。

十五日　陰　寒甚　早結冰　十二月十日

十時起，飯後到會，無事可辦，四時歸家。晚間命夏僕叫蘊玉來，彼今日有函到黨部，向余索款濟用，似此劣性根女子，屢向余作不遜之件，殊可惡。近日鄧實賦閑，益復無聊，乃與彼商通一氣耳。夏僕回信囑以明日蘊玉到會取款云云。十二時寢。

十六日　陰　寒甚　早結冰　十二月十一日

十一時起，午後到會。二時半蘊玉來取洋十五元去，余僅與詢數語命其出，劣性根難改，孟夫人在時為之嘔氣不少，不料嫁鄧實後尚留此女，令余嘔氣也。四時淬成來會，便與同出至義莊前街詢劉菊坡回鄂否，始知其姨太太亦與同往南京矣。五時回家，飯後至趙宅問安電燈事。九時寫子青、卓爾、伯英諸人信件，至十二時半畢，始寢。

十七日　陰　寒甚　晚月色佳　十二月十二日

八時半周知安來，九時余起，與談各事，田仍未賣出，欠款仍無著。此人說話無信實，其姪尤可惡，與面囑各語去。飯後到會，與彭受虛同往方主席家問各事。湖北主席易楊永泰，本為意中事，惟湖北人向來不自重，且傾軋甚，宜其為外省操縱也。三時渡江訪楊厚安，便托以家事。四時訪劉伯陽，就迎賓江館吃晚飯，遇柳少華，輕浮猶昔。六時至佛波寓談一小時許。八時半渡江，轉鐘一時寫沈伯銘、張立群、杜安仰信畢，方寢。

十八日　陰晴不定　早結冰　十二月十三日　星期五

十時起，十一時往看盧兵城，彼帶信數次約余談，今日約談一時許，云可宣判無罪，然名譽上已受損失不小矣。二時到會，閱報，知十一號晚天津奇寒，凍斃窮民百餘人，近年來以政治不良，天怒人怨，有酷熱必有奇冷，乖氣致異，應如此耳。晚飯後外出一次，買酒一瓶，歸飲一大杯，足有三兩，年來酒量增，藉作解悶之物而已，十一時半寢。

十九日　陰　寒　大霜　十二月十四日

十時起，飯後到會，閱文件，知伯瓊已到公安縣矣。昨日胡蔭堂來信，爲謝某說項，余以伯瓊未歸，不能復也。三時夏賦初約余談話，晚間擬渡江未果。十一時閱報畢，即寢。

二十日　早晴　午後陰　十二月十五日

十一時起，午後一時往巡道嶺第二小學查公民訓練，晤林希賜、吳子美並李次喬。李民初年至十五年驕人甚，近數年受挫折數次，已減其威風矣，前倨後恭之人也。至文學中學考查，便邀紀雪舫同往，約耽延半時許，遂回家帶金裱練至漢口老天寶換洋一百卅五元，近時金價漲，每兩進店應得每兩一百十三元，出店每兩一百廿一元。乃除毛又所謂九九扣折平外每兩不過百一十元。蓋每兩店中實扣去十一元矣，中國商人作惡，諸如此類，可殺可殺。五時半到李佛波寓，並閱郭星樵致彼一函，爲其子雲龍出獄事致謝，兼及余竊念人生死生本有定，使郭前年不向余乞救，使余不認識佛波，使佛波不認識黃達雲，則郭雲龍恐已早投胎他所矣。星樵急則乞救於余，嗣後見黃，對其子已由徒刑而減輕，由減輕而釋獄，並無一函致余也。先母謝世後曾以赴告彼，亦無一唁函一挽語寄鄂。前因佛波致函責之，謂爾子出獄本由我與黃達雲交情關係，但使爾認識我者誰耶，飲水思源，是否朱某處應有函謝，渠前日乃有一函來省耳。七時往看楊厚安病，便還洋三十元與劉伯陽，因彼近亦甚窘也。九時渡江，十時爲遲生改文並教以用字眼之法，此子尚聰敏，將來必有成。十二時補寫日記，轉鐘一時寢。

廿一日　陰　寒　晚小雨　十二月十六日

十時半起，午後二時到會，伯陽、廣緯在候談。廣緯往萬縣，以川資不足爲詞借四元去。三時半出會，欲渡江，以身體不適遂歸，爲陸潤甲寫匾字四、長聯一副，天氣寒，手僵，非余所願也。爲周樹棠寫紅聯一副，晚九時教遲生讀書彈琴，十二時寢。

廿二日　陰　十二月十六日

十時起，飯後到會，午後三時半訪司馬仲平未遇，訪張棟卿又值其出，步行至漢陽門，渡江訪曹漢丞，告以昨日面晤兵城事，就其寓晚餐。六時出，至天聲舞臺觀漢劇，坤伶九齡童唱《伯牙碎琴》頗佳，次爲坤伶花芙蓉飾刺董卓之貂蟬，唱做均好，次爲坤伶楊小紅之女梆子飾皇帝，唱工好，次爲劉炳南與李彩雲之《廣華山》。劉已五十餘，頗得蔡炳南末角正宗，余去今兩年見其唱做均佳，不失老手。李則清末曾見二次，近廿餘年未見矣，李年六十餘，飾女猶有昔年娉婷之態，唱力不減於昔。余十一歲時在本籍城隍廟江家院見其演戲，如《陳杏元和番》等齣，出臺時觀聽者數千人，靜而不嘩，已以爲異，蓋其貌與音有足動人者也。次爲代一鳴坤角飾禰衡，演《打鼓罵曹》甚佳，次爲牡丹花與大和尚演《打魚殺家》，此二人戲，今年已在武昌看其《打花鼓》，唱做之佳不減昔日，旦已五十餘，丑則六十開外矣。餘爲吳天保之《轅門斬子》，余不欲觀。吳爲近時負盛名漢戲正生老生群推爲後起之傑者，年卅餘。余前見其唱工花腔太多甚厭聽，大抵一句必有數花腔也，做工最劣，不脫俗，且天寒夜深，遂出院渡江歸，小飲並釀飯食之，甚適。十二時睡後至二時醒，頻嗽不止，至天明時猶未安枕.

廿三日　晴　十二月十八

十一時起，午後到會。晚間囑羅僕清理書室，將汽椅搬前房中，準備請客一次。清檢各事至十二時方畢，轉鐘一時寢。

廿四日　陰　十二月十九日

十時起，十一時羅資深來，囑其教遲生琴，學《平沙落雁》首二段。

午飯後到會，昨夕易雪忱師病重，聞張棟卿談及，今日一酒倌來云，雪師已死矣，二時遂往唁，並見其着衣尸身。余爲之泣下，蓋兩湖教師存者無多，近年易師時相過從，研究學術耳。晚間再往招呼，聞李玉山云，雪師存款在其妾手中者不少，其孫媳亦有蓄積云云。九時歸，教遲生彈琴，轉鐘一時寢。

廿五日　晴　十二月二十日　星期五

八時起，九時往易宅送已故雪師大殮，久候而僧人環唱仍需時間者。余遂到會坐片刻，回家早飯。正午渡江，則漢陽門碼頭輪船民舟俱禁止通行，懼學生遊行者渡江擾租界也。在江干遇周樹棠細告各宵各中學以上學校罷課，今午遊行舉動蓋激於義憤應爾。噫！賣國者係中國人，救國者亦中國人。在上者賣國，在下者救之甚難矣。午後二時，在財廳聞平湖門有輪渡江，遂至漢陽渡河至漢口。今夕天聲舞臺標明余洪元演《三國志·借箭》，飾孔明，遂往觀焉。五時去購座，則前三排已滿，僅購得五排加座，以時間早，遂出至酒館中食面一盂，六時到院已演二齣矣。《採花趕府》之小素芳，余今秋在武昌公園見之，年不過十三齡，唱做甚好，坤角也。次爲《甘露寺》，飾劉備之七齡童及飾喬國老之蓋鑫培，唱做俱工，皆坤伶也。次爲《斬黃袍》，坤角代一鳴飾宋太祖，唱多花腔，令人生厭，飾高懷德之新化龍做工佳，亦坤角也。次爲《武家坡》，鬚生矣，天保穎音已咽，唱至收場時甚佳。飾王寶川之劉順娥唱做均佳，此一齣劉吳係男伶。後齣《三國志》雙楫童子飾周瑜，唱做出神，然嫌其過火，此人爲劉藝舟之子，藝舟在辛亥革命時頗負聲譽，後專唱京戲，有時名。飾魯肅之外角天天棟，做工出神，大和尚丑角未到，以某丑角補之，飾蔣幹，亦佳。惟余洪元年紀已老，唱不出音，説白尚明潤可喜，做工過門俱不措，觀劇者以其年老，唱工欠缺，仍每每於科白時鼓掌，表示歡愛狀，而余此來爲大失所望矣。余戊申年在漢看過余劇，丙辰又看過一次，係演《紅書劍》，飾家奴，唱詞少而做工佳，辛酉與嚴適之等在漢又見其唱《兩狼山》，邇時年已五十餘，中氣欠足，然尚能帶勁唱之，已十四年矣。余今歲此時係爲籌款辦劇社，而應義務劇者，年已六十餘，且嗜煙，癮極大，無怪其幾不能終齣，如十七日李彩雲演《廣華山》時情狀。李較余年齡尤大，李、余二伶恐以後再難演奏矣。十一時半出院，至李佛波寓宿，與佛波談至四時半寢。

廿六日　晴　寒　十二月廿一日　星期六

九時半醒，十一時飯畢，雇車至徐家棚渡江船碼頭，爲車夫所誤，折而至曾家巷碼頭，謂輪船懼學生扣留，僅開二次仍停班，又至二碼頭趕徐家棚船，因風大又停班矣。回佛波寓小坐後再往各處看客，車行或至人家，動輒得咎，昨今兩日於余眞不利矣。晚六時至秦茂林處略坐，六時半至長樂戲院觀漢劇，以時間早，得前行坐位，首齣已完，余春衡演《醉罵安祿山》甚佳。此劇余十三歲時在本籍看過者，次爲新牡丹演《斷橋會》，姜壽峰、張春堂演《雌雄鞭》，唱做均好。次爲新編之十本《姜子牙》，朱洪壽等唱做俱好，佈景及所置新機關甚巧妙。此戲第八本，余上月已看過，年來漢劇改良，轟動世俗，觀者甚衆，其衣服之華麗，則武漢廿年前所未見過者也。十一时回李寓，知今晚六時輪渡已開班矣。飯後就寢，已轉鐘一時半矣。

廿七日　晴　十二月廿二日　星期日

八時半起，九時渡江至王家巷碼頭折回，因今日學生渡江遊行，一碼頭一帶警察禁止通車，又至佛波寓。飯後十二時半方得渡江，人數擁擠不堪。到家後細詢各事，飯後小睡。五時至易宅，知已成服，與李玉山等談各事。九時歸，十二時寢。

廿八日　晴　今日冬至節　十二月廿三　星期一

十時起，倦甚，飯後到會，無多事。午後至易宅略坐，知雪師哀啟陳穎生已代爲之。余幸爲風所隔，不然須執筆代爲。前次屢托詞拒之，蓋欲請尹仲韓、帥畏齋二老爲之，以其年齡大，知必不肯也。晚間閱報彈琴，教遲生功課畢，補寫日記至轉鐘一時寢。

廿九日　早微雪，午後雪　十二月廿四　星期二

十時起，疲倦甚。午後夢閑渡江，余亦到會。晚歸，閱報讀唐詩，彈琴，補寫日記，十二時半寢。今晨命夏炳丞回鄂城取狐裘。

三十日　晴　寒甚　十二月廿五日　星期三

十一時起，身體仍疲倦，午後到會一次。晚渡江歸，飯後閱報看書，教遲生讀書，作白話文。十二時半寢。

十二月

初一日　陰晴　寒　十二月廿六日　星期四

十時起，昨日閱報，知唐有壬在滬爲人以槍擊十餘響即死。唐前任外交次長，親日派著名者也。前有汪精衛被刺未死，茲唐被擊十餘彈方死。噫，賣國者何能逃報應耶！午後到會閱文件，四時到易宅，今日該宅請知客。晤同學眉仙、穎生、雨村、張必達、陳列侯等談往事，並晤范吉六，已老矣。晚八時歸，轉鐘一時寢。

初二日　陰　十二月廿七

十時起，午後到會。今日囑夏僕醃肉廿餘斤，寫挽聯送夏維時之母，以出殯期迫，特趕送也。晚教遲生作文，轉鐘二時寢。

初三日　陰　大雨數次　十二月廿八日　星期六

八時起，今日會中開會並備酒席，余亦擬請方主席、沈碧舫等九人，具帖寫好，須早去也。十一時方主席來璧帖，謂無論如何不必請，且年關近，經濟非充裕，請客何益耶？余允隨後補請，四時會散。余歸後，

後宅杜啟賢已搬來，喻漢烈專函來租右邊空房二間，余拒之。以渠家人數多，避麻煩也。晚間寫復葉文鵬、劉伯英、楊厚安等函十一件，補寫日記，手僵矣，至轉鐘二時寢。

初四日　陰　寒甚　微雪數次　十二月廿九　星期日

九時半起，飯後根生來索單袍，尚未做起，以洋一元囑其買套鞋去。十二時雇車至夏東魯家吊孝，遇賦初，便托伯陽事。雇車至漢陽門渡，風大，寒甚，至佛波寓略坐，買得絲棉及布料，渡江回家。夢閑昨晚病，今日尚未愈，脾氣剛，肝火甚，度量小，其病也宜哉。晚九時寫信數件至轉鐘二時寢。

初五日　陰　寒甚　十二月卅日　星期一

十時起，夢閑病未愈，不思飲食。午飯後余到會，無多事。書畫展覽助賑會，三時猶未到多人，負責人亦不到，余遂與稚瑜同往大中華酒樓爲彭湛然道喜，其次子續弦也。與潘琥臣、李雪峰、周化吾等談各事，聞學潮緊急，明日又須遊行，頗可慮。四時半以彭世兄婚禮證婚，余到，不知候到何時，余乘間回家。飯後伯瓊來，稍談即同出。余至九中學尋根生二次，未之見，八時歸，囑夏炳丞持函再往尋之，恐明日爲同學挾之同遊行也。今日應城來省學生十餘人，向省府請願，謂劉鼎珊指揮團隊毆傷學生廿余人，非撤懲不可，風潮大，各校學生復往加入。明晨軍警奉命禁阻，照戒嚴法，如遊行呼口號，必嚴厲懲處也。十時炳丞與根生方歸，夢閑病，嘔吐時作，似轉劇，料理湯藥麻煩至極，足疲手軟頭暈，余亦焦灼甚，真不願意服侍病人矣。十二時寢。

初六日　雪　午後三時方止，寒甚　十二月卅一日　星期二

六時醒，夢閑病仍未減。十一時半，毛伯謙同曹侃亭來，余始起，略談後伯瓊來，便留吃飯，晚六時半方去。侃亭能醫，余便請其爲夢閑治病，開方服藥。料理病人極麻煩，至轉鐘一時猶未寢。今夕室中有蚊

飛，奇矣！前三月室中蚊蠅似無力者，臘月降雪，室有蚊蠅，吾鄂氣候能使蚊與蠅存在，寒暖相衝突如此耶？一時半方寢。

初七日　早微雪　午後陰寒微雪
廿五年一月一日　星期三

十一時起，夢閑病昨甚劇，余料理茶食等事，睡甚遲，極不適。飯後往劉華三家略坐，與同至十小打電話，一約咸立來家，一約曹侃亭渡江看病也。今日省新主席楊永泰就職，省府附近街市戒嚴，行人不能通過。午後二時劉伯陽來，便留其晚飯，畢已六時矣。侃亭來，請與夢閑看病，再立一方，擬明日服之。侃亭談一時許去，九時寫挽聯二分，送陳受卿及張國良之祖母，明後天根生回家須帶送也。料理夢閑病，至轉鐘二時寢。

初八日　陰　寒甚　一月二日

十時起，昨夕未睡足，今日夢閑病仍劇。午後渡江，知侃亭尚未走，便約其來再看，晚七時來，立方去，十二時半寢。

初九日　陰　寒甚　一月三日

十一時起，昨晚時起時睡，夢閑病至今未愈，嘔吐愈甚，飲食未進。晚十時，余外出購各物歸，半夜麻煩至轉鐘二時寢。

初十日　陰　寒　一月四日

十時起，夢閑病未減。午後二時到會，無多事，四時回宅，夏賦初、陳壽梅、李雪峰等來坐談。晚十時料理夢閑病，極以爲苦。煩擾至轉鐘二時寢。

十一日　晴　一月五日　星期日

十一時起，夢閑病較減，羅資深來教遲生琴，《平沙》一操。余未彈已七年矣，昨今兩日重理，漸漸能記憶矣，再練習數十次必熟矣。晚仍料理病人至轉鐘一時寢。

十二時　霧　晴　今日小寒節　一月六日　星期一

十一時起，午後到會，聞方主席來，余近已十餘日未晤之也。辦文三件歸，六時為夢閑寄款至桃花江羅華豐轉其母，以解年關之困也。今日寄肖鵠、叔通、李書城三處函，附送先君手蹟及墓誌拓本，日來事煩心亂，致此件應寄者尚未發出，殊勝焦憤。十二時料理病人畢，轉鐘一時寢。

十三日　霜　晴　一月七日

九時起，清理各事，夢閑病漸減。午前午後俱到會辦文件。余連日思歸，代清理張重心款，且先君忌辰係十五夕，今歲具供也。晚六時寫三秋圖，久疏筆硯，調色極煩，手僵，殊少興趣，因書畫助賑會余等均為委員，方、沈諸人有書聯，余則除書外，眾人均欲余作畫也。至轉鐘一時竣事，目炫不可耐，設作一簡單山水，早成功矣，真弄巧反拙，天下事俱可作如是觀耳。二時寢。

十四日　霜　晴　一月八日

九時起，清理書聯俱蓋章，費二小時許。對聯十四副親帶往會中，遇方主席，看余所書聯極贊賞。午飯後往方宅，與方主席同渡江，余往佛波寓，值其未起，乃約伯陽到市黨部談半時許。三時半開會，接受陳仙舟捐字畫古玩四千餘件。作為此次助賑者，陳廣東南海人，此事頗難能可貴，何雪竹主席致感謝辭。餘如高一涵、史延程、方耀廷等均有道謝致詞。五時半會散，照像出，至佛波寓與談各事。七時歸，八時購喜幛送蔡寄鷗之子結婚也。便往鴻磐樓洗澡，甚適。今日夢閑已進飲食，疾狀大退，余擬明晨回家。昨以無款，今晨命夏僕質金飾得十二元，事乃諧，設有款，昨已回縣矣，轉鐘一時寢。

十五日　晴　一月九日　星期四

六時半醒，以天未明也，以爲夏僕能留心早起，至八時起看鐘，誤認爲七時。盥漱更衣後，乘車至漢陽門已八時一刻，第三次小輪已開，遂雇車至東廠口，則汽車於八時已開鄂城矣，折而回省黨部，命喻僕購餅二枚，食後再往搭葛店九時所開之汽車。十時半到葛店，步行至江干，約三里，身熱襯衣濕矣。至茶肆小憩，飲茶後約半時許，鄂安輪到，遂上輪。下午一時到縣，萬國華、王少泉、艾幼卿在河干候余，同至家後小憩問各事。飯畢囑家人具酒肴祀先君忌日。晚九時訪尹縣長兼晤雷、張兩科長，知張重心款允許撥付，便訪楊厚安等。十時歸，十二時半寢。

十六日　晴　一月十日

八時起，周崇福、朱茂林、昆山等先後來談。九時至楊焱屏家面約其今午後來家吃便飯，約子雲、久旃、國煌等陪之。午後一時尹縣長來談甚久去。晚清理各事，十二時半寢。

十七日　晴　元月十一日　星期六

八時起，茂林送幼門所書收條並耽承字據來。午後三時半僅欒督學往省，鄭宇平在縣，遂補其缺。尹縣長、張黃雷三科長、蔡秘書、謝局長、張國良俱到齊，五時開席，飲酒多，主賓甚歡。八時席散，九時外出，了清楊厚安借款，並給孟二奶洋，清酒館及各處陳欠。設非張重心之款可挪，余窘真不能解矣，十一時方畢，十二時寢。

十八日　晴　一月十二日

五時起，艾少泉來送余。天剛明至大西門站，客多車劣，極不好坐，七時開行至巴鋪以上，壞機器三次，耽延四十分鐘之久。九點半方到葛店，往訪張肖鵠，就其藥肆中午餐畢方搭車先□，到後小憩，與同訪張械章，便遊街市，不到此地已十年矣，生意較昔未發達，殊可慨也。午後二時棫章、肖鵠送余上車，行甚速。三時半到家，夢閑病已略輕，余問之，多不遜語。此則不可以理喻之女子，令人愈思孟夫人之賢淑，爲不可多得之人耳。飯後至易宅，知其已辦好出殯各事。晚訪孟端溪未遇，七時渡江訪佛波亦未遇，僅與其妻妾談各事，十時歸，十二時寢。

十九日　微雪　寒　晚晴見月　一月十三日

十時起，清理各事，午後到會，詢知無多事，會中已安電話，較借人爲優，此余前月屢囑李幹事添設者。三時到易宅坐片刻出。晚歸，夢閑病大減，飲食漸增，未能起，元氣尚未復也，肝火盛，氣度窄，不曉事，宜其病也。寫信清理積件，寫挽聯分送呂香山、王同文者，王在生屢訐余。余不以其死而記其前愆，呂則待余甚恭者。寫就擬托伯瓊帶去。轉鐘一時寢。

二十日　陰　微雪數次　晚晴見月　一月十四日　星期二

八時起，昨夜寫信件已交夏僕囑早送局，九時余往局匯款與張重心。此款費力至三個月之久方得之，陰曆年關已近，飛航寄匯，三日內到甘肅，此則不能不佩服科學之功也。十時到易宅，自是以後就其家吃酒二次，行禮二次，至晚六時方歸。今日晤同學多人，晤周校監鳳璋，自辛亥散後，廿四年未見面矣，詢其湖堂開學日期，亦不能憶憶，則愈見日記之可貴也。自廿五年丙子元旦起，必命兩兒逐日記載要事，勿忘勿忘，轉鐘一時寢。

廿一日　陰　微雪二次　晚大風，寒甚　一月十五日　星期三

九時起，盥漱畢已九時半，至易宅送殯，則已先行矣。余遂返送信及挽聯至局，信十七封分詢各同學，問兩湖開學日期。挽聯一送王同文，一送呂香山者也。午後到會，簽韓伯瓊所查各案，便訪申仲端。晚餐後訪汪三輔於韓仲祁家，面接其到漢一敘，訪紀雪舫。七時到仲端家談甚久出，歸家後十二時寢。

廿二日　結冰　晴　寒甚大風　一月十六日　星期四

八時起，十時到會，午後再去。囑惠安寫請客帖，命傳達分送。晚飯後渡江往佛波寓，以人多未與談，僅問曹仲和事。九時歸，夢閑病已大減，余以其氣太驕，連日未與語，蓋近之則不遜也。十二時寢。

廿三日　早結冰　晴　寒甚大風
寒暑表零度下　一月十七日

九時起，到會，今日係書畫展覽會開審查會也，久候沈碧舫始至。各處寄來書畫佳者甚少，午後再到會，無多事。四時歸，五時在易宅吃謝酒，聞易師此次喪事連衣棺超度、僧道諷經及安葬用去三千元之數，使易師在，當必痛心疾首，終日不食矣。以一窮秀才白手起家，經營存放積財至三萬餘元，不吃不穿至死時一文不能帶去，乃與其過繼之孫，奇矣！聞李玉山云，活錢不過四千元，已用去無多矣。餘則為人力車約四十乘、住宅四棟，月可收入百餘元租金云云。六時半歸，七時帶同遲生至鴻磬樓洗澡，十時畢。歸後吃飯二碗，余每飲酒赴席，恒不飽也。十二時半寢。今日滬輪到漢，聞搭客云蕪湖至九江大雪。

廿四日　早結冰　晴　午後燥　一月十八日　星期六

八時起，九時到會，車行紫陽湖並皇殿旁，小湖結冰甚厚，幾到湖心矣。今酷熱為時甚久，冬際奇寒亦意中事耳。午後半時與李次瑜等照相，備本會月刊製銅板者。二時開會，委員僅蘇□餘一人，餘為常委三人，已夠法定半數可開會，決議李傑等，交省府核辦，餘無多事，四時散會。為盧兵城取保事乞得方主席作一親筆函，就余即親送兵城手收，當即渡江，因余請汪立輔、喻育之、沈碧舫等七人至冷雪樓酒敘。座中李佛波說話最多。八時席散，汪、沈等往李宅觀圓光術並談相法甚久。今夕小除夕，余恐時晏，遂同碧舫、惠安渡江歸家，已十時。寫信、清理各事，十二時寢。夢閑病已大愈，遂同床宿，已一月隔房寢矣。

廿五日　早結冰　晴　午後陰寒　一月十九日　星期日

十時起，公安局屢請余宅外再施油灰色，去臘已費去五元，今日又費去四元。此省會公安局見楊永泰已接事，極力獻媚，曰此刷新市容也。各街如此，替油漆匠生財，泥瓦匠刷牆亦大獲其利，而房主受損失矣。住客欠租，公安局不爲房東援助，整頓市容則房東出款油刷之。噫，公安局長蔡孟堅本一無賴小人，以共黨自首後，頗爲行營信任。朱懷冰長民廳時奉令撤賈雲蒸局長，迎合當時權要，請行營委蔡孟堅，邇時余在民廳同事者，僉謂公安局爲民廳直轄機關，自今日始放棄用人權矣。現蔡任此職已逾三年，發財聞已廿餘萬，駭人聽聞。午後外出數次，購香爐、毛巾等件。晚間囑夏僕準備肴菜明晨吃年飯，十二時半寢。

廿六日　晨霜　結冰　晴　一月二十日　星期一

五時醒，聞人家放炮竹吃年飯者，六時欲起而不能，年來精力呈衰象。八時起，進香畢，命夏僕打電話約厚訓來。九時吃年飯，十一時到會。午後喻、沈兩委均到，亦無多事。午後五時帶同遲生渡江至佛波寓，因遲生明日須回縣也，夢閑今午已往李寓矣。晚與佛波談各事。九時歸，寫信數件囑厚訓到縣分送，並帶禮物等件送蕭敦五等。轉鐘一時寢。

廿七日　結冰　陰晴不定　寒甚　今日大寒節
　　　元月廿一日　星期二

五時醒，喚厚訓、遲生起，命夏炳丞送上輪船回本籍度歲。余今年未歸，然頗多感觸也。午後到會無多事，五時歸，即整理室中各事。晚寫信五件，十二時半寢。今日英皇逝世，其子愛德華即位。

廿八日　晴　燥　元月廿二

七時半起，八時清理各事。午後到會，知韓伯瓊已回陽邏去矣。用電話詢方公館，知主席之老太太明正初二日生期，並探問陳漢存，謂徐克誠又回漢口，因便囑其致意。晚間準備明日各事，十二時半寢。

廿九日　大雪　風　奇寒　元月廿三日　星期四

六時醒，知已下雪，大風，天氣奇變。九時起，飯後到會，風雪奇寒，車行極緩。會中無多事，約耽延半時許即歸，囑家中準備香燭菜蔬及瑣碎各事畢。晚六時大雪如掌，較之庚午年除夕雪不相上下。余甚慮鄂城前重舊宅頗危險，年老失修，年來又無餘款顧及之，惟冀早晴而已。九時料理燈燭，分夢閑、夏僕及裴嫗壓歲錢畢。十二時身體似倦，勉爲支持，寫信數件。轉鐘一時風烈雪猶大，愈冷不支。二時半進香開筆，三時半夏僕、裴嫗俱已先寢矣。夢閑病新愈，余亦囑其先寢。

民國二十五年（1936年）丙子日記

正　月

朔　晨三時仍大雪　北風寒甚　七時以後晴
一月廿四　星期五

二時半余尚未寢，進香開筆後寫紅條，寫《畫錦堂記》一段，寫《義田記》二段。每年開筆例如此，本年元旦又未在本籍，未祀岳廟，回縣時當補祀也。四時攜香紙炮竹行開門禮。此時風雪甚大，立大門外插香燭畢，放炮，立片刻入室小憩，解衣上床寢已四時半矣。睡熟後，夢陳列侯及衆賓列座，似某當道欲余出捐款，余與列侯皆立爭，謂其寫多也。又夢陳建勳向余謀事，陳前歲在黃岡充警佐者，餘事難記憶。七時醒，八時起床漱畢，周器成來拜年，着軍服，坐片刻。官錫三來拜年，行大禮，余拒之。石仲章來，繼而汪俊源及萬順米店之子來，劉萃三、劉質如來，或留或去，忙至午後四時方畢。晚飯後聽收音機半時，九時即寢。

初二日　晴結冰　奇寒　一月廿五日　星期六

八時起，倦甚，周知安來，已九時，與談片刻，至方宅爲其太夫人拜壽，就食素席。今日積雪，途中無人打掃，半已結冰，車行甚滑，余多給資。以彼輩窮漢，亦於今日求財，多好語也。出方宅，雇車至漢陽門渡江訪陳漢存、徐克誠，均未晤，僅晤周副官福成，囑其達意而已。訪張立群亦未遇，至德界訪喻育之，至日界訪盧兵城，僅晤其妻。訪余子祥坐片刻，雇車至江漢關渡江歸，途便至王義圖家拜年即出。回宅飯後來客數次。晚十時，寫張重心等信七件，聽收音機轉播中央各事及漢口漢劇《女綁子》全齣，極佳。昨日聽播古琴古箏聲極明晰，良由雪後空中純潔，各市屋上積雪結冰，寒度又低，市聲不能吐出太空，音浪不雜，較之自開機器戲片聲尤大也。捐送漢市展覽之畫三幀已寫款畢，俟星期一送會收存。十二時半寢，轉鐘時多夢，未能詳記。

初三日　晴　結冰　寒甚　一月廿六日　星期日

七時半起，倦甚。十時半飯畢，陳儒恒、汪小舫來談甚久去，盧兵城、申重端來談片刻。余朱兩區長、汪竹坪、張立群、周淬成到齊，聞孟端溪在省城棧房中過年，用電話約來吃飯，已出矣。四時開席，飲酒甚多，七時散去。八時聽收音機，寫伯陽信，十一時畢，十二時寢。

初四日　晴　早霜　結冰　一月廿七日　星期一

七時起，八時到會，今日黨政軍聯合紀念週，會中前准黨部函約，須參加也。余到時尚早，與財廳夏、趙、陳、周諸人晤，與李曉圓談數語。八時半省委廳長及楊永泰均到，行禮後，張導民講遊意、德、俄三國政治，不明注重點，聽者厭聞，時間又長，余欲逃席而未能也。張為黨訓學生，不知何時闊充得黨部委員，支公費出洋，歸後頗自炫，器小易盈者矣。午後余再往交自畫山水花卉單條三張又屏對單條共二十件交其陳列，此非賣品也。三時回家，五時雇車至汪小舫、汪萬順等處，又往沈碧舫公館並便訪李愈友，均未晤。晚歸彈琴二小時，十一時半寢。

初五日　早結冰　霜　晴　一月廿八日

八時半起，九時李愈友來談片刻去。十時方主席來坐談半時許，云明日須往團風看新宅，真所謂富潤屋也。飯後到會無多事，二時歸，順道訪彭受虛。回家清理各事，閱報轉載上海、南京電稱去年除夕日晨至午，上海、洛陽大雪奇寒，南京則正月初一日大雪，杭州、鎮江、同濟南則舊除夕大雪至初一晨止，其象與武漢同。北平則初一日竟日陰霾四合，奇寒。重慶初一日雨雪，徐州自除夕至初一日下午四時雨雪方止。青島初一大雪，西安則去臘廿八至除夕均大雪奇寒。今春雪大，普遍瑞雪歟，兆豐年歟？默察現狀，國政日非，外患緊逼，恐非佳兆。且泰西各國時諺謂一千九百卅六年為第二次世界大戰最烈之年，環顧前途，不寒而慄矣。四時與夢閑同渡江至佛波寓拜年，先同與往中山公園一遊，林木未發青，無足觀者。五時到李宅，飯畢與佛波略談。七時歸家，十二時半寢。今日早起，疲倦不堪，武漢輪渡坡高，幾不能上，足軟無力也。

初六日　晴　早結冰　一月廿九日　星期三

九時起，十時渡江，途遇彭受虛，欲往余宅者，余謝之。至徐克誠公館，值其會客忙，無多語。十一時渡江回家，飯後到會，無多事。閱報知英皇喬治殯行時，有五國君執拂，餘均大臣，民觀殯禮者十五萬餘人，擠倒而暈者千餘人，金棺過市，覆以國旗，外國人看熱鬧愛虛榮與中國人同。回家晚飯後雇車至楊器之、萬邦興、申鳳林家拜年，與申談甚久出，遂歸家。後夢閑出言無狀，余罵之，頗嘔氣。十一時寢，怒氣未平，展轉難寐。

初七日　霜　晴　大風　一月卅日　星期四

五時半醒，六時起，漱畢渡江，天寒風大。七時半到李宅，寫信致鄂城囑遲生、艾少泉同來，佛波未起，留一函述夢閑無狀事。九時到徐宅，又值其過武昌矣。至立群宅坐談甚久，就其家吃飯，午後二時渡江到會。坐一時許，閱報知日謀中國甚急。今晨訪國楨市長後便訪范寄滄，彼則云新民國報載蔣院長答覆日本語最詳，此則余未見也。晚飯後至易傳義宅遇尹仲韓，談甚久歸。十時寢。

初八日　霜　晴　早寒　一月卅一日

六時醒，七時半起。八時渡江，抵徐宅時九點矣，晤漢存、福存等，值克誠會客事忙，客來不斷。十一時余僅與立談數語，彼囑候再談，候至十一半仍無空，余僅與周福成説明無多事，不過新年便談舊事而已。十二時至美生店進午餐，一時至盧兵城宅略談，二時至華中通訊社書畫展覽會開籌備會，二時半仍無人來。喻育之對於此會爲倡辦人，彼既不來亦未派人招呼，未免兒戲，黨部委員辦事虎頭蛇尾，多不求實，類皆如此。三時渡江到會，爲陳瀛洲換證明書，囑其派人來取。歸家飯後小憩，晚寫信五件，十二時寢。

初九日　晴　二月一日　星期六

八時起，十時到十小繳費，聞職員已開學後歸家矣。午後再去繳費，晤教務員阮某，繳畢出。到會無多事，連日心煩意亂，夢閑在漢未歸，余諸事多拂意，左眼跳甚，自去臘初至今，月餘未止，頗厭之。晚月明星朗，外出一次，清理案上積件，至十二時半寢。

初十日　晴　二月二日　星期日

八時起，命夏炳丞洗地板，余則清理書籍衣服，轉箱佈置極麻煩，至午後二時方畢，足軟目炫矣。女子不理家理，遇事非余清理不可，令余益感想孟夫人不置。五時方局長請春酒，六時半席散歸家，遲生同艾少泉來省，余略詢各事。至易傳義家中清前清兩湖學堂相片，不可得，囑其再清，不審將來可得否，余終以不能記兩湖開學日期爲恨。九時半歸，十二時半寢。

十一日　晴　燥　二月三日　星期一

八時起，下午到會無多事，晚飯後渡江到李宅與佛波談各事。九時歸，細思夢閑在李宅所談各語，甚嘔氣，余生平最惡人恐駭挾制。外人如此，余恨猶小，若以家人如此，則肘腋生奸矣。余深悔前歲隨便答應人語，且深信佛波語過深也，寫信三件，轉鐘一時寢。心嘔氣不能止，至二時不成寐。五時醒尚起坐床上，假寐而已。

十二日　上午晴　下午燥　晚九時雨　十二時大風雨
二月四日　星期二

八時起，正午到會，來客二次。下午三時至馮藝林處取款廿元，屢次向人借款，殊覺無顏耳。出門後便訪幼虛不遇，歸後知康光楷等來家，留字約余渡江，余遂借電話探問，彼等爲考區長來也。九時雨漸大，子正大風，轉鐘一時寢。

十三日　晨五時大雨夾雪　午正大雪
二月五日　星期三　今日立春節

七時醒，聞嫗云昨大雪，八時聞人家放炮竹，知有接春者。九時起，具香燭放鞭炮接春畢。雪甚大，命黃福雇車往尹仲韓家祝其八十雙壽，車行路滑，春雪甚寒，祝壽後仍乘原車歸。飯後幼虛、大椿來談甚久，二時尹宅着人來請余再往，具素席甚好。初二日方耀庭爲其太夫人八十一生辰具素席，於理甚是，生辰戒殺，仁者之用心。父母生我撫我育我以至於成人，費盡多少心血，以我之生辰而殺生欸客，則非父母所願也。在尹宅回後小睡，康斌卿來，謂必欲余約喻斌如渡江，遂至郵局用電話約斌如出至余家與談各事。便留飯畢，決定不渡江，命羅僕再用電告之。十時寒甚，補寫日記畢，十二時寢。

十四日　陰　寒甚　二月六日　星期四

九時起，午後到會無多事。四時歸，閱報，看雜書，讀唐詩一小時，彈琴一小時。十二時寢。

十五日　陰　寒甚　晚晴見月色　二月七日　星期五

九時起，倦甚。十時清理各事，午後到會。三時渡江看書畫展覽會，佳者甚多，新畫多海派，俗不可耐。存會古畫真者少，字則錢南園所寫四小屏，劃價甚昂，餘均無可取。余所書聯獨懸其余不得意者，看字畫者各人眼光不同，信然。七時歸，十二時寢。

十六日　陰寒　二月八日

十時起，倦甚。午後得萃成函云甚窘，欲借洋五元作零用。淬成自出局後顛倒錯亂，去春與人合謀温州輪船賬房事，致遭五百餘元之損失，未出局時以報賬被查，復將應得休息金二千餘元停止，豈非命耶？晚教遲生彈《平沙落雁》第三段至十時止。十二時寢。

十七日　陰　寒　二月九日　星期日

八時起，以洋五元交僕嫗手，囑以候淬成來取，十時飯畢。十一時與夢閑渡江，輪中遇寄滄、賦初、采庭諸人，談笑久之。十二時到天聲舞臺，時尚早而座位已滿，幸余已隔日購票矣。首演《長坂坡》，飾趙雲者爲毛燕秋，無甚精采。繼則全本《玉堂春》，自王公子入京嫖院起而廟會而起解而大審玉堂春至團圓結局，飾王金龍者爲吳君瑞，飾縣令者爲毛韻珂，即毛劍秋之父也。飾蘇三者爲劍秋，自二時半起演至五時半止，計跪唱時約一點鐘。劍秋身材窈窕，唱做均工，傳神入微，真天生尤物也，稍嫌嘴唇寬厚，不無微瑕耳。聞該女伶在漢已唱三月之久，毛氏父子收入已逾二萬元之鉅。武漢人士去年賑水災未必如此踴躍，獨於劇園電影院日夕人滿，購票爭先，決無吝惜。此園日戲特座三角，漢口鑫記舞臺有李香匀、姜妙香等來演唱，售座每人二元五角。前聞沈質清云，每次人滿爲患，一次收入千餘元，該院已唱至月餘矣，噫！此可見吾國人心理也焉！安得不貧且弱哉。六時與夢閑出，至李佛波寓吃飯，夢閑與李嫂去看影戲，因李謂有新片出也。九時半渡江，十二時半寢。

十八日　陰　二月十日　星期一

九時起，午後到會。電詢九中，知根生尚未到，囑陸澄波爲其留一臥位。該校校舍小，寄宿生又多也。四時回家飯畢，根生同祥焕來，晚十時給祥焕二元，命其回縣，此子真爲不可教者，殊可惡也。十二時半寢。

十九日　晴　二月十一日　星期二

九時起，午後到會，無多事，賈仲明來乞寫函與黃文植，説明賠款冤抑事，寫畢送往，值其出，係就鴻磐樓洗澡畢，遇范季常，談甚久出。歸家飯畢，寫信五件付艾少泉帶回縣，欲作八十雙壽詩補贈尹仲韓先生，以事煩心亂未就，轉鐘一時寢。

二十日　晴　二月十二日　星期三

九時起，飯後杜衛初來，云其寓今歲不停西席，仲明來談各事去。午後二時到會，伯瓊、伯陽來談各事，四時至橫街買地圖一本並武陽夏地圖一張。便訪雨村不值，途遇季芳，亦不知湖堂開學日期。五時歸，飯後目倦欲睡，遂坐軟椅上睡兩小時，口乾異常，昔年晝寢無此現象，胃氣不足耳。聞郭雲龍曾來，余已寢，未之晤也。十時夢閑自漢口歸，彈琴一小時，十二時寢。

廿一日　晴　二月十三日　星期四

八時起，十時伯陽來，便留其吃飯，與同往黨部一次。午後賈仲明、彭大椿來，先後與坐談去。晚教遲生彈《平沙落雁》第三段，已熟矣。十二時半寢。

廿二日　晴　二月十四日

九時半飯後到會，無多事，三時歸，囑木匠將後重修補完竣，命僕打掃各房，余擬留一間儲皮雜物，餘悉分租也。晚渡江一次，十時教遲生《平沙落雁》第四段已熟，十二時寢。

廿三日　晴　二月十五日　星期六

八時起，十時到會，無多事。十一時歸，飯後帶同夢閑渡江至天聲舞臺，男伶張汝麟、女伶馬秀蓉正演《小放牛》，唱做均佳。馬顏貌佳麗，將來必有聲譽於舞臺。次爲《收岑彭》，飾岑母之韓竹軒，飾岑彭之趙小樓唱做甚好。次爲《烏龍院》女伶王瑤琴，唱做容貌均佳，惜眼大而露耳，飾閻惜姣男伶鄭亦秋飾宋江，唱做尚可。再次演《四郎探母》全本，夏蔭培飾四郎，唱做完美，較之往歲來漢唱時尤見精采。毛劍秋之鐵鏡公主秀雅至極，較之唱《女起解》又一景象矣，此女伶將來必負盛名。毛燕秋飾佘太君，唱做尚可，餘均無可取者。該院正角男女伶太少，設多演唱做大頭重頭各戲必窘矣。惟售票價較各園廉。日戲最高三角，夜戲最高五角，是以武漢士女招徠者多，每每人滿爲患耳。五點鐘演畢，遂同夢閑往立群寓坐，未久得電訊知李經興已到佛波寓，余遂雇車至李寓與經興見面，談笑甚歡。就其寓暢飲後與夢閑渡江歸家，已十時半，飯後寫信看書至轉鐘二時寢。

廿四日　晴熱　晚九時半狂風忽起　二月十六日　星期日

九時起，飯後渡江至輔堂皇漢大舞臺觀劇，此臺爲漢上最貴之劇園，售價昂，自十五年至今，津京名角如梅蘭芳、程艷秋、言菊朋輩多來此演戲，園主得以招□，每次名伶來演至多不過廿日，每每獲萬元以去。去則該園停演月餘，再約數名伶來演，如此類推。園主逐年除開消外，必净餘洋數萬元，實漢上第一利藪也。以地在法界，流氓軍警，不敢在此滋事，國際地位如此，軍痞程度如此，殊可憐可懼矣。余近二年潦倒甚，心緒又不寧，每有佳劇必往觀，真諺所謂苦中尋樂矣。到園時已午後一時，演《花園贈銀》，飾王寶川者爲王錦仙，唱做尚可。次演《請醫》，此劇余昔未見過，小丑王福山飾醫生，說白均係藥名，圓滑至極，聞王在北京頗有名。次演《遊六殿》，飾劉氏者爲老旦李多奎，嗓音極好，惟唱時像頗難看。次演《惡虎村》，飾黃天霸者爲武生孫毓堃，唱工佳，武工尤有精采。武旦朱桂芳飾二寨女主，武工亦精勁。次演《托兆碰碑》，老生楊寶森飾楊令公，唱做均到極妙，嗓音似譚派，做工過門檢點從容無誤，則譚、余二伶以後之傑出者也。王奎泉花面飾七郎，嗓音亦好，聞該園此次得以收入多金者，即恃楊之鬚生兼老生。小翠花之花旦實爲臺柱，末齣小翠花飾丫嬛，花旦褚茹香飾小姐，二伶貌美。而小翠花之做工可與荀慧生、梅蘭芳相伯仲，後起之傑當推小翠花矣，惜嗓子似破，或者久唱未休息歟？飾卜公子者爲姜妙香，北京著名小生也，唱工頗佳。惟唱時神氣最難看，貌美、做工熟，真可謂之儒雅小生。架子花面蘇連漢飾小霸王，粗惡神似老生。張春彥飾員外，冠帶唱工均好，此劇總可稱全璧，無怪該園自楊寶森初次來漢，觀者滿座，小翠花來此博得萬元以去也。五時演畢，余匆匆渡江回家，飯畢寫信、彈琴至十二時半寢。小翠花即于蓮泉。

廿五日　陰　大風寒甚　寒暑表零度　二月十七日　星期一

九時起，昨夕大風，天氣轉寒，昨午人着夾衣，今晨乃着狐裘，天氣劇變如此，殆類世界現勢歟？午後到會無多事，四時歸。晚教遲生彈琴，十二時寫信二件，轉鐘一時寢。

廿六日　陰雨　寒甚　二月十八日

八時半起，清理書室各事，命泥水匠修理後宅，午後到會，伯陽來談各事，四時半回家。飯後寫覆呂調陽、程次松、宋濟賢等十一件至轉鐘一時寢。

廿七日　陰雨　午後雪子三次　寒甚　二月十九日

十一時起，天雨寒甚，飯後未到會，寫上海吳醫生、鄂城劉局長信，皆掛寄去。汪南疇函係索償欠款，張眉宣函已寫而中止，蓋屢屢索之，彼亦不應也。余向來借人款求還時，坐臥不安。如朱次誠、劉伯英、汪、張輩，借余款有十年以前者，有二年以前者，不還款尚靦然自若也。晚飯後陳子周同丁吟珊之子來奉看，攜來丁函，附以近作如《曉行蔡畈》《晚歸》《除夕感事》諸題，平澹無奇，此老詩已退化，年逾七十作詩而不退化者惟范雲僧師一人而已。尹老先生仲韓，去臘屢晤，詩文俱退化，蓋八十矣，與陳丁略坐談，送之出。八時教遲生《平沙落雁》第五段畢，並教夢閑此操第三段。九時半聽收音機中衛仲樂君彈琵琶之《陽春曲》《塞上曲》。王君瑾君之《長相思》，純熟圓美。梁在平君彈古箏《寒鴉戲水》《搗衣曲》清碎悅耳。婁樹華君彈箏，一曰《天下大同》，一曰《關雎》，亦悅耳堪娛矣。王某某君彈七弦琴，先彈《醉漁唱晚》，圓熟清碎，微嫌太急，蓋此曲須從其字面着想，漁子醉矣，斜陽西下，當有頹然悠然自得之神，其唱詩唱歌當不如此之急促也，畫理琴理一也。後彈《陽關三疊》亦然，此君於琴理欠研究。十時畢，十一時寫日記看報一小時，轉鐘一時寢。

廿八日　陰寒　小雨　今日雨水節　二月二十日　星期四

十一時起，身體疲倦甚，飯後到會寫信一件，喻育之電詢會中事，一一答之。四時歸，飲酒一盃，飯後又飲一次，晚教遲生《平沙落雁》一操完畢，再加以純熟便可應用矣。夢閑尚未學畢，明日督促之。九時半聽收音機，李多奎在漢廣播電臺中播《斷太后》一齣，清越可聽，繼播《打龍袍》，則音遽停止，不知係漢臺機壞抑余之機弗靈也。今日食春捲三次，食飯又多，胃不暢，坐久待消，至轉鐘半時寢。

廿九日　陰雨　寒　夜雨夾雪子數十次
二月廿一日　星期五

九時起，飯後到會，命咸立渡江取字畫歸。四時余渡江，購天聲舞臺戲票，天雨途滑，上下坡未着皮鞋，頗危懼也。晚六時歸，飯後教遲生彈琴畢，今日整容洗澡，身頗適，以感寒咳嗽，寢未安，至轉鐘後始睡宿。

三十日　早雪盈寸　寒　二月廿二日

八時半起，九時到教育廳開公民訓練第九次常會，約一時半散，訪韓仲祁，問以汪三輔事，則云三輔暫不歸。渠之藏書有宋元板者，共價值數千元，須運回鄂云。便托仲祁查卷，歸後飯畢，到會坐一時許歸，陳子周來談，便留飯去。十一時半寢，上床小睡未熟，喉癢頻咳至轉鐘二時未已。今夕閱漢報轉載清江浦廿一日電，云廿一日即昨日。晨七時卅五分晴空忽發巨響，房屋爲之震動，聲滅後空中現白雲一片，旋即散滅。

二　　月

初一日　陰寒　二月廿三日　星期日

九時半起，十一時淬成來，便留午餐。十二時帶同遲生渡江至天聲舞臺觀戲，夢閑自李宅已先至矣。今日星期，看戲者極多。首演《會稽城》，馬秀蓉坤角飾石中玉，唱做尚好，此劇漢調中亦有此，無甚意義。次演太子丹自秦逃歸辦招賢館。再演荊軻入秦秦滅燕，杞梁應募築長城，孟姜女哭城城圮，即所謂全部《孟姜女》也。毛劍秋飾孟姜，夏蔭培飾孟福，唱做均佳，至五時半演畢。同遲生至佛波寓，飯後同夢閑等歸，閱報一小時，十一時寢。

初二日　陰　寒　二月廿四日　星期一

八時半孟端溪來，九時余起倦甚，與談一小時許去。十時到會，無多事，十二時回家，午餐後閱報，天津廿三日電，大沽口因連日大雪，港凍未開，內外有海舶廿餘艘被凍不能行動，救者無法可施。又載北平連日降雪，道路積深數尺矣。無怪近日武漢天氣尚寒也。晚間立志爲蕭敦五將四小屏畫齊，調朱研粉設色，至十一時已畢，眼花頭痛。廿日以前原欲將此畫寫就，屢思屢擱筆，真無志氣。屢欲補日記，已住省一年仍未補就，其怠惰如此，以後須立志戒之。十二時半寢。

初三日　雪　寒甚　二月廿五日　星期二

十時起，昨夜寢後旋聞雨雪子聲，起時雪花亂飛，又似隆冬氣象。

平津下雪久，令春大水可慮也。飯後補昨日四畫俱成，又爲敦五寫正草隸篆四屏，愈求工而愈不合意，換寫二次乃定，仍未合意，至十時畢。頭亦暈悶，今夕聽收音機播四川劇片高腔，幼時所聽者，倏忽卅餘年矣。曰《情探》曰《雙金丹》等等，詞雅甚，一唱而後和，無異余幼時在縣城隍廟江家院各處所聞聲也。曩時余縣中唱《木蓮救母》劇或《岳傳》，均寫高腔班子，但戲子多係大冶、陽新等縣人爲之。今竟失傳且成絕調，廿餘年中不知彼輩何往耳。十一時半寢，至轉鐘二時後咳嗽頻作，不安枕，三時睡稍適，天欲曙時夢孟夫人與余乘火車往某處，攜一箱一袱一木盒上鐫"富貴壽考"四字，似一裝壽屛盒狀，車較京漢武長車高三尺許。車停時彼已先下矣，聞其地爲蘭溪，夫人呈病容，余與同至一貧家憩焉，遂醒。近七八月未夢蕙芳，憶余在黃州與蕙芳永訣之前夕，詢其願意再投胎否，逾十六年仍可歡聚也，蕙芳云不願投人生，今日思之，爲之泫然。

初四日　陰　寒　二月廿六日　星期三

十一時起，倦甚，飯後到會，閱報轉載中央新聞，謂孫科院長之母盧太夫人今年三月七秩壽辰，在澳門祝嘏云云。孫科尚有母在，則曩年孫總理在日本與宋慶齡女士結婚時已宣告與盧離婚歟？憶當時報紙似未提及此事。聞盧與孫科雖未斷絕母子關係，定省之禮則欠付缺如，近日中央高聲提倡四維八德。噫！爲上者僅具宣傳性質而不以身作則，寧非欺愚民耶？世界如此，可爲浩歎。四時歸，飯後整理日記，馮藝林來函催還借款，殊爲焦灼，彼已辭職，不能不提前償清，明日須設法了結，以全信用。劉伯英、汪南疇、張眉宣諸人就事均佳，借余款有七年以上者，屢討屢不還，前則有函覆以滑頭語，近數月並函亦無之。使劉、汪還清余款，合計在七百元以上，彼等不顧信用不計感情，求款到手時已存心不還人矣。十一時補寫詩文稿，十二時寢。

初五日　陰寒　二月廿七　星期四

九時半起，十時清理文件，飯後到會。閱報見平津又下雪，無怪近來氣候嚴寒，購紙歸，裁補裝日記並詩文稿本，欲以歸一律也。十時裝訂畢，十二時寢。

初六日　雪　微雪約八小時　寒甚　二月廿八日

十時起，記昨晨漢口各報載日本廿六日發生重大政變，該國第一師團之少壯軍人叛變者約二千人，殺首相藏相及齋藤渡邊諸人，其志在除去元老政黨財閥等首領，以後對中國之領土侵略和緩歟？急迫歟？總之吾國上下於此事可發猛省，當有以自處之法也。飯後到會，今日係開常會，委員蘇、黃二人未到，四時散，余歸。飯後甘肅寄來一函並鄧君隆近像一。鄧為積石人，住蘭州，光緒癸卯科解元，余前讀其闈墨所刊諸作，此等文在邊省可發解，若在鄂中黃陂、黃岡、鄂城並沔陽、孝感各大邑取得秀才名次，未必能在前列也。舊時科舉取士，限於省地域，多有不平者，如湖北荊州駐防旗人中舉每次有二三名，其實文章在小試中有決不能入學者，以其例乃得便宜耳。此次張重心向彼宣傳余之學問如何，故有此像之寄贈，亦可謂神交矣。晚九時補寫前清日記，此項追記材料甲子以前即已追錄於零片或小冊中，父親故後余即有志於此，十時半清理畢，彈琴半時，轉鐘一時方寢。

初七日　陰　風寒甚　二月廿九　星期六

九時起，倦甚，午後到會，三時訪慰馮藝林。四時歸，得嚴寄庵信二封，告以民八民九民十一日記中晴雨，並抄一表相示，深為感激，以彼益我數次，當作函贊許，並引曾文正、李越縵、王壬秋三古人日記體例告之，又引近人作日記者，如同鄉同學張肖鵠、劉菊坡兩人之日記告之，並推重黃小浦院長之日記，寫字甚好。近人日記完全者，以黃、嚴二人及余之日記為恒字所係，或者不至中止也。晚十二時半寢。

初八日　霜　晴　寒　三月一日　星期日

九時起，清理各事，將應裱之件一一尋出並換室中字畫。十一時庚生回家，飯後命與遲生幫忙清理各事，三時帶同往抱冰堂遊覽，便爲遲生買字典，行至橫街購得大字有注解之《了凡四訓》一本，心慰甚。歸家飯後看《四訓》，如溫舊書。此本丙寅臘月曾印三千部發願以送人者，早已罄矣。當日所印字甚小。晚九時補舊時日記至轉鐘一時寢。

初九日　陰　寒甚　寒暑表零度　三月二日　星期一

八時起，九時到會，打電話催張眉宣還欠款。閱報見大沽口外冰仍加厚，海船陷於冰中不能行動者增多。計自去冬十二月結冰至今尚未解凍，奇事也。伯陽來談片刻去。飯後，夏炳丞之子長生自浠水之團陂逃歸，據云初三日辰刻□□攻入該地區公所之中，被其殺死者八人，孟順明去未久亦遇害。前月夏炳丞自團陂歸，攜有順明來信，余方知其在該地，豈非命耶。戴愷廷亦被殺，厥狀極慘，幸長生被救釋歸，不然此子爲余所薦，在王恕以爲特別安置者，設王恕在區署，恐亦難免於難矣。午後伯陽又同厚訓來，據說渠事已不可靠，去年來謀事至今，閱五月餘未發表，則亦委之氣運而已。十二時寢。

初十日　陰　寒甚　寒暑表零度　三月三日　星期二

八時起，清理室中各事，天寒手僵，飯後到會閱報，平津仍奇冷，大沽口冰凍仍加厚，船爲冰所陷者仍不能流動，聞近數十年無此春寒者，奇冷矣。去歲、前歲均酷熱，氣候南北均改變，說者謂秦亡無燠歲，其信然歟！在會將應裱各新舊字畫一一分出交周次書，以彼店中近甚閒也。五時歸，飯後小憩，連日咳嗽不已，夜間早晨尤甚，且反胃，甚以爲苦。昨晚得嚴適之信，問曾文正日記內容，蓋彼尚未見過曾之日記也，並抄彼之日記中民十一年一月至十二月與余同遊、宴會、作詩等等，抄示十二條，甚感。適之如長此做去，雖非吾國聞人，皆鄂省中總可稱難能可貴者，設彼投身政界軍界得有地位，安知不可繼王壬秋、李越縵之後得名哉？十二時寢。

十一日　晴　三月四日　星期三

八時起，咳嗽甚劇，心極不適，病象已成，身覺寒熱時作。晚早寢，身不能支也。

十二日　陰　大風　三月五日

九時起，十時到會，咳嗽音閉，裏熱內伏，飲食已減。午後一時渡江至紫光閣買筆，因會中所買筆不能用也。二時至中華通訊社開會，接收陳仙洲古物，必欲余爲接收員，拒之不可。四時在會場身寒發抖，強勉支持。散會後搭輪上坡時，足軟無力，氣促難支，歸家後解衣卧，夏僕開飯，坐床上食之，旋睡去。發熱咳更作，自是夜咳不已，不成寐也。

十三日　霜　晴　三月六日　星期五

昨夕病加重，咳嗽不能止，電話約厚訓、更生來視疾，飲食少進，寒熱時作，晚間不能寐。以下俱係約略補記，其陰晴氣候，則查遲生日記中所記者也，三月十一日即四月二日以後所補錄者。

十四日　霜　陰　三月七日

昨今兩日不能起床，咳嗽吐淺綠色濃痰甚多，其味甜。熱伏於內，從前傷風時每有此象，惟不如此之多耳。夜不能寐。

十五日　晴　三月八日

今日未起床，病轉重，痰多，咳不能止，食王□基咳嗽丸及漢口大成齋所售北京治咳丸，俱不效，飲食減少，胃氣不舒。

十六日　陰　寒　三月九日　星期一

昨夕周熊生、賈仲明來，余坐床上與談各語，然氣促精神不繼，因其來視疾，勉與答語而已。今日病轉重，劉淬之薦一醫生，姓朱，住香山堂，命夏僕去接，謂已與人看地去矣。余心惡之，未接，覺當醫生者決不能兼習地理，料其醫未必精也，囑人辭之。晚間不思飲食，吐痰仍多，不能安寢。

十七日　上午小雨　午後風　三月十日

九時起，坐床上，病未見轉機，午後約馬顯聲來談片刻去。連日極窘，囑馬諷汪南疇還欠款也。前日質狐裘得卅元，以廿元還伯陽。晚韓伯瓊來，十時以後嗽不能已，終夜難安。

十八日　雨　三月十一日

十時囑夢閑料理余起床坐室中，囑夏僕請朱醫生來。余居省十餘年，不愛請醫生，但此地又無醫可請也，不得已仍請其來看脉，草率立方，多涼藥，枇葉六錢、竹茹四錢、荊子五錢，川貝與浙貝並用。余以久熱又未安寢，檢藥歸，乃服一半。十時上床果然安寢，但天未明時咳嗽大作，濃痰上壅，氣喘不止，真吃虧不小矣。

十九日　雨雪交作　午後陰寒　三月十二日　星期四

今日未能起床，午後劉萃三來，厚訓來，病轉劇，夜難安枕。

二十日　晴　午後陰　三月十三日

今日病仍重，未起床，聞梅鳳山來看病。午後略進薄粥，從前患病未如此之久者。十時以後咳濃痰，不能寐。

廿一日　晴　三月十四日　星期六

病未減，頃沈雅樵來看余，謂其同姓名寶恒者，醫甚精，年五十餘矣。今日命夏僕往接之，據說要晚間方來，午後食粥一盂。韓少荃屢次來，囑家人留飯後便給二角洋與之。然余以病窘，不願伊來説苦愁也。晚睡不安，夢多，神不守舍。

廿二日　陰　午後晴　三月十五日　星期日

今日覺病更重，食不知味，咳不能止，綠痰未除，胸膈俱爲氣喘傷痛矣，幸大小便尚通，不然氣喘不止矣。午正淬成、厚訓、更生、伯群俱來視疾。晚六時沈雅樵同沈醫生來看病，談理甚精，爲立方主降氣宣肺，謂前已失表矣，脉象不要緊云云，余心乃安。夜間服藥，咳不能止，惟睡熟後神稍安耳。

廿三日　陰　三月十六日　星期一

昨服藥稍好，食粥一盂，午後疾仍重，趙少欽來，余未與談。晚仍咳，濃痰甚多。九時睡後夢先母二次但旋夢旋醒，多囈語。轉鐘三時半又夢先母，自是已三次矣。思曩事流涕數次，囑夢閑明晚當祀先母，蓋距忌日已近矣。

廿四日　陰晴　午後風雨　三月十七　星期二

今日仍請沈先生來看病，據説脉象已佳，囈語不甚要緊，藥中加柴胡，余亦主張用之。惠安、少荃、敬源、萃三俱來視疾，晚間囑家人祀先母，因昨夕仍夢見之也。久思起床，仍不能坐。今日咳稍減，痰中帶鹽味。

廿五日　雨　午後風雪　寒甚　三月十八日　星期三

今日病略減，晚間沈先生來復診，云脉象似退，病不必着急。余謂囈語日多，彼云火未盡也。八時命家人排供碗香楮，虔誠禱告，明日爲先母忌辰，今晚須具祀典，惜余未能起耳。今夕睡較安，咳仍未減。

廿六日　雨　三月十九日

十時起，坐床上，今日伯陽、俊源俱來視疾，氣喘，僅早更衣時一二次發之，餘尚不甚要緊，飲食已易粥而飯，惟僅一碗，不能增加也，夜睡較安。

廿七日　陰　午後晴　三月廿日

早起更衣，九時坐床上，飯後咳稍稀。晚汪俊源同沈先生來，據説病已大退，不必服藥。連日在服西藥，名含幾怪二藥伯勒托者甚效，美國醫院所製者也。

廿八日　晴雨不定　今日春分節　三月廿一　星期六

今日病轉佳，飲食已知味矣。午後蘊玉來看我，送素菜來，晚間思起坐未能也。馬顯聲、陳登甫、俊源、更生先後來看，均坐片刻去。

廿九日　晴　三月廿二日　星期日

今日起坐，因久卧骨痛也。端溪、惠安、淬三、顯聲、更生、夏兆鴻今日均來，並請端溪寫字送陳壽□之母祭幛一懸。晚間陳登甫來坐談片刻去。今日説話多，氣喘甚。晚九時吃西藥後即睡，九時半也。

三　月

初一日　陰　三月廿三日　星期一

八時起坐，飯後咳甚稀，連日食飯較食粥佳，彭大椿來談片刻去。昨今兩將各處緊要未復之信覆之，手寫僵矣。晚十時寢。

初二日　陰晴不定　三月廿四

八時起，十時寫信數件，午後咳已大減，寫字二張。連日仍服西藥，晚睡甚早。夜間飲茶一二次，咳三四聲耳，足軟無力，行動甚少。

初三日　陰晴不定　三月廿五

八時起，更衣後氣仍喘，片刻乃止，飯後思寫字並寫信數件發出。

午後俊源來，連日渠來看我，招呼一切，頗可感也。晚睡甚早，約九時上床，頻頻與夢閑談三月三故事，並以余幼時讀書三月三故事告之。

初四日　晴　三月廿六

八時起，今日放晴，將室中各窗開放日光入，余坐日光下甚適意。午後俊源、登甫、蘊玉先後來視疾，余飲食已微增矣。晚十時寢。

初五日　晴　三月廿七　星期五

八時起，更衣後氣仍喘，飯後惠安、登甫來。晚十時寢，甚恬。

初六日　晴　三月廿八

九時起，飯後寫信四件，寫字二張，屢思出門未能如願，今日飯已增量。晚看《今古奇觀》數則，十時寢。

初七日　大風　三月廿九　星期日

八時起，十時蘊玉送菜來，飯後寫信一件，三時李佛波夫婦來看余，坐談片刻。程少松來，五時留飯，六時李、程別去。今日談話多，休息早，九時寢。

初八日　陰　三月卅日　星期一

今日病已減，咳嗽。濃痰漸少。午後沈先生來看病，囑勿藥。晚間寫信件畢，看書至十時寢。

初九日　陰　三月卅一日

八時起，飯後羅資生來云監利事甚好。更生回，謂九中已放春假，明日欲歸。晚裴晦公來談片刻去。十時寢。

初十日　晨雨　陰　午後晴　四月一日　星期三

八時起，病漸減輕矣，午後資深、惠安、俊源、大椿先後來談。晚飯後看書一時許，晚九時寢。

十一日　晴　四月二日　星期四

八時起，更衣後仍氣喘，足已有力，思出門，未能也。飯食已略增。午後張立群夫婦來看余，談頗久，厚訓來，便留晚餐，囑其帶遲生明晨回縣掃墓，余以病未痊不能回縣，恚甚。六時厚訓帶同遲兒往糧道街，已先去，立群夫婦旋別去。連日腎氣漲痛，今夕足有力，念余已兩月餘未近女色矣，晚間一試，覺神氣已舒，病後大忌房事，然從前積熱，虛火，雜氣鬱內，一泄無妨，此亦醫理也。九時半寢。

十二日　晴　大風　四月三日

八時起，更衣後氣已舒暢，飲食略增。晚間王親家母來看余，談甚久。逢其叔殿華歸，幼如即從前在黃岡爲余作詩序者，爲河南知事二次，培植其子四人成人授室。長子不孝，去歲與之毆打，次子爲浙江知縣，積資在省城做新屋而不迎養，三四子無用。幼如老而無妻無錢，年七十餘，以前清舉人而留此晚境，余聞之歎息不已。人生在世，留不孝子孫嘔氣，何爲耶？十時寢。

十三日　晴　燥　四月四日　星期六

八時起，連夕睡甚恬，早起仍氣喘片刻，無妨礙，較之從前已痊好十之九矣。十時呼理髮匠來剪髮薙鬚挖耳，精神覺爽。飯後曹漢丞、江俊源先後來談。今日爲兒童節，吾國當局倣外國新名詞也。年來執政者務名不務實，類如此。外國人心如一，愛國心重，何不倣之耶？漢口廣播電臺請吳國楨、楊永泰播音講兒童節之意義，以資提倡所謂應潮流者。吳講得透徹，楊不過東拉西扯而已。余室中收音機極明，可聽之真且切也。晚十時寢，轉鐘二時醒，聞暴雨聲數次。

十四日　早雨　午後陰　今日清明節
四月五日　星期日

　　七時半起，夢閑已吃飯，八時帶同夏炳丞至洪山四眼井高林老山爲其兄倣民樹立碑石。此去歲余與夢閑尋山，見倣民碑已斷矣，異地孤墳，似應爲之補碑，亦慈善心也。今日飲食漸增，惟食後腹漲胃氣痛，此氣虛胃縮，有此景象。十二時半夢閑歸，謂諸事辦妥，甚慰。今日清明，余未能回縣祀祖，思古詩"清明無客不思家"之句，真痛心也。晚餐後聽收音機以爲樂，其實心鬱鬱不能開。十時寢。

十五日　陰雨　四月六日　星期一

　　七時起，十時飯畢，今日足力略增，惟腎氣時痛漲，午後張眉宣着人送洋貳拾元來還清前年借款。設非余前函譏之，彼猶不肯還清也。三年陳債今日討齊，寧非幸耶？晚大雷雨，九時半寢。

十六日　雨　上午十時晴片刻　旋大雨
四月七日　星期二

　　八時半起，倦甚，然足有力，昨夕腎氣泄，精神稍好也。潘仲平來求介紹信，許之。十時寫大字一張，小照題字，寄甘肅鄧解元名隆字德輿，彼前日曾寄相片來，須答之。鄧甲辰成進士，授知縣，近年曾任甘肅教育廳長者，邊區取功名易，彼今年五十三，長余三歲，惜余生也晚，入泮後科舉停矣。先君子於科舉未停期余以翰苑，設余早生三載，則取功名或不至落人後也。晚六時義女王燕喜來，劉伯陽來，謂不日往沙市，石仲章來取薦函去，潘仲平來謂明日回縣，亦取薦函去。寫信一件，説明日記體例覆嚴適之，並以近人日記彙印者二册相贈，囑夏僕送去。余今年目光尚未廢，寫小字不吃虧，甚喜也，設永遠不廢，則天佑矣。先君子四十七八時目光已廢，後來看書極以爲苦。近人戚友如周淬成、程少松輩年四十三四目光即大廢，非戴發光眼鏡不能看書寫字，何也？九時半寢。

十七日 陰 寒 四月八日 星期三

八時起。九時寫字，十一時早飯。飲食漸增，咳仍時作，腎氣時漲，胸中覺鬱鬱狀。午後得嚴其安函，仍述日記作法，並摘抄渠之日記數則相示，附一相片，余逐一答之，亦寄一小照報之。晚九時腎氣愈漲，小便時泄，病後虛象也。十一時寢，轉鐘一時至三時小便二次且多。

十八日 早陰 午後晴 大風寒甚 四月九日 星期四

八時起，倦甚，今日原擬到會，以大風病後不能禁也，遂未去。韓少荃、彭大椿來談一時許去。今日爲甘肅鄧德與作畫已成，且信筆題詩兼跋語。其畫有畫興也。詩曰："碧天如水净無塵，貌有豐髭樹有皴。偷得微吟楓下坐，秋林恰襯瘦詩人。"蓋寫秋林下坐一瘦而多髭之劉禹錫耳。紙長三尺寬一尺二寸，明日當寄往，因張重心來函，謂鄧必欲余作書畫相贈，此真所謂"萬里翰墨緣"也。分寄先君子墨蹟並墓誌拓本與黃州廖院長、梁首席、檢察官蒲心如、方鶴書、秦少溪諸人，並蒲圻之彭和軒，皆有文名者也。趙太太來述其夫無狀諸事，其夫年卅三，嫖賭煙折白騙局件件俱全，已耗去家資數萬，此人將來不行乞，誰行乞耶！噫，其祖父積資害子孫矣！賈仲明來述其兄及其妻十日內病故，生意又不佳，殊可憐，七時去。九時聽收音機，十一時寢。

十九日 小雨 四月十日 星期五

九時起，遲生與惠安同來，知其昨搭汽車到省者也。午後俊源來，四時寫信二件，晚八時寢。今日到同仁醫院看病驗病並便到會。

二十日 陰 四月十一日 星期六

九時起，外甥女同艾少全自鄂城來，謂厚訓騙他回縣，賒米賒油鹽俱係假的，彼不能安身，故再來省云云。留其吃飯，晚間付洋三元，囑其仍同少全回縣。命夏炳丞約厚訓，亦不來矣，仲章來取信去。萃三來坐談甚久去。晚寫信四件，十時寢。

廿一日　晴　四月十二日　星期日

八時起，飯後寫信二件，皆積未復者也。午後一時半帶同遲生往安徽會館並十小，查公民訓練。午後三時同夢閑渡江到立群家吃飯，菜好飯硬，胸膈作漲。七時到佛波寓略坐即渡江，十時寢。

廿二日　晴　四月十三日　星期一

八時起，九時到會一次，閱卷宗，飯後淬成來坐談一時許去。陳登甫來，午後再到會，無事。四時歸，晚十時寢。

廿三日　晴　四月十四

八時起，未到會。飯後十小女教員蘇德蕙送遲生成績單條來，並欲余填一表，觀其所列均無實用，去歲已填過二次者也。近來辦學校者不務實用，僅在表面做功夫而已。晚間吳師聖來坐談甚久去，十時寢。

廿四日　晴　四月十五日　星期三

七時起，八時到會，一吐新鮮空氣，省黨部內樹木高陰春深態活，令人見之心目俱爽。飯後俊源來，晚沈寶恒先生來看夢閑病，便與余開一方去。寫信三件，十時寢。

廿五日　晴　熱　四月十六日

七時起，八時到會，十一時半歸。蕭液垓已來坐甚久，便留午餐，又談甚久去。午後再到會，三時往糧道街取字畫，途遇張朗丞索寫對聯，歸後以一聯寄之。晚看唐詩，十一時寢。

廿六日　晴熱　夜起怪風　四月十七日　星期五

七時起，八時半到會，十一時謁方主席，談半時出。飯後寫沈伯名、朱士堪扇面，往三一學校看萬生邦興，四時歸。飯畢往望山門看趙少欽，晚歸，少松來談各事去，十一時寢。轉鐘半時聞雷聲陰陰，自遠而近，至一時則怪風忽起，屋瓦震動，聞隔壁牆傾倒，又不能起視，至二時半方息。真所謂天大雷電以風示變示警也。如此政治不良，生靈塗炭，已六七年。噫！是誰之過歟？

廿七日　晴　大風暴　晨一時起　四月十八日

七時起，知余宅右牆係向右邊傾倒者，僅將馬宅廚房及後重廚房打去少數磚瓦，亦云幸矣。八時到會，知大朝街、八卦井等處倒屋壓死數人，漢口倒去房屋甚多，亦奇災也。飯後又到會，無多事，晚十一時寢。

廿八日　晴熱甚　四月十九　星期日

七時起，十時寫信二件，寫扇頁三件。爲黃曉浦畫山水扇面並題一詩曰："翠柳丹楓入畫時，南臺送客最相思。今朝畫與人俱老，渺渺余懷繫此詩。"近數日畫以此扇爲最佳，曉浦有日記，能詩文，去冬索畫，今日乃得，成之亦快意事也。今日遊洪山者衆，囑夏僕帶同遲生出外一遊。余以夢閑今日已渡江，未能出門，在家看雜書，晚十二時寢。

廿九日　晴熱甚　四月二十日　星期一

七時起，八時到會，喻、沈均來，亦無多事。午後又去，則喻等爲修烈士墓開會，將余室占用，三時歸，十二時寢，前房中不能安枕，以燭照之，則臭蟲嚼人。遂再宿床中，今晨起，倦甚，足軟，不良於行，然精神甚暢也。

閏三月

初一日　晴熱甚　八十七度　四月廿一日　星期二

七時起，八時到會。午後又去，四時歸。夢閑渡江買物準備回湘。晚寫信二件，寄曉浦扇，十一時畢。今日在會約明哲來談，並告以五月八日爲余生辰，並囑其轉告田、陸、詹三生。十一時半與夢閑談各事，聞天際風聲險惡，且鳴作響，繼之以雷聲。未幾，飛沙走石矣。房屋震動，余以前夕宅後傾牆，未之能睡也，大雨時作且有冰雹打屋瓦聲，天災如此，將示警於執政諸君歟？然近六年觀執政諸君，天何不以雷殛之耶？易曰：惡不積不足以殺身。或者執政尚未滿盈耶？轉鐘二時半，風雷稍息，余乃秉燭寢。

初二日　陰晴　風　小雨　四月廿二

七時起，九時到會，閱報知昨夕武昌龍神廟大巷新鼓樓三道街，撫院街牙釐厘局倒房屋甚多，漢口尤甚。午後再到會，三時渡江訪佛波、立群，略坐出，為方主席送行。八時上江華大餐間，與談一刻計皆會中應辦各事也。九時別，十時回家飯畢寢。今日倦甚，足軟。

初三日　陰晴　午後大雨　四月廿三　星期四

七時起，倦甚，八時半到會，午後再去，無多事。四時歸，晚寫信、看書、清理各事，十一時寢。

初四日　雨　寒　四月廿四日　星期五

九時起，倦甚，天氣變寒，又着棉衣。午後陳平侯來坐甚久，述其近來窘狀，母病，子得神經病，借一元去，謂已不舉火矣。陳於民十五以前充省議員，聲勢赫赫。余長蒲圻時彼已窮矣，然尚有房屋值三四千元，計民國六年渠分家產得卅餘萬元，俱為揮金如土之手腕用去。其祖父為翰林，其岳丈即劉幼丹，渠乃至今呈乞相，寧非奇事，然實自作之孽耳。二時淬成來，三時邵季良來，便約其明午吃飯。三時半到會，便與彭、李、陳言之，明日約其吃飯，此則屢有此心而未履行者也。晚飯後到王義國家中略坐談歸，十一時寢。

初五日　晴　晚有風　四月廿五

七時起，八時到斗級營訪邵季良未晤，留片約其午餐，便至顯真樓問前清湖堂相片，無有存者。九時到會，十時半歸，十一時半李、陳、彭、周均來，久候邵季良不至，十二時一刻留一位置，恐其來也。開席後久不至，此人失信累衆客，昨日面允不願余催客，社會重信用，彼如不來，昨可面辭矣。四時半因夢閑今日回鄉，余囑早開飯，畢，雇車與夢閑、夏炳丞往徐家棚搭車，到時恰值賣票，購得二等一號房間。余則與夏僕購票至通湘門站。八時半開行，九時抵通湘門，余下車後與夢閑囑數語別去。月色昏黃，無人力車，與夏行里許，爛泥未乾，路極難行，此處被劫，昔爲常事，設今宵有二人來劫，則難抵禦矣。至中和門乃雇得二車，與夏同歸，吃飯後小憩遂寢。

初六日　陰雲　夜大風小雨　四月廿六日　星期日

七時起，十時早飯畢。晚閱報知漢口維多利亞紀念堂有國樂師衛仲樂獨奏古琴及琵琶，帶同遲生渡江至，則票價昂，去價一元，遲生半票五角，後詢知同座，則義務票多，蓋二元一座者皆報館新聞記者，乃衛所分贈者，亦狡矣。二時演琵琶，曰《陽春古曲》，曰《飛花點翠》，曰《將軍令》，曰《青蓮樂府》，此曲中又分《風入松》《石上流泉》二小節，其指法發音均較去冬青年會國樂合奏陳天樂諸人本領爲高，次彈琴，一爲《普庵咒》，二爲《梅花三弄》，三爲《醉漁唱晚》，四爲《陽關三疊》，四操均熟而急彈，但是否合古樂之意，余學琴甚遲，平昔於黃白香、田述群處均未問及此事，不敢臆斷，然細思漁曰醉唱曰晚，似應發音遲緩，有反復詠歎之意。《陽關三疊》送行中有不忍別之意，何彈聲如此甚急也？衛年卅左右，其天分之高，自可斷言。聞在滬上年久，醉心歐化，故印單給人閱者附有英文，着西裝革履彈七弦琴，似亦未合，惜余與渠不認識，不能商其改善耳。再次彈琵琶曰《潯陽夜月》，分十段，附尾聲，純熟至極，曰《霸王卸甲》，謂爲王維所作，附有說明，此則未必之事；曰《月兒高》，分十段；曰《淮陰平楚》，音中寓韓信逼項王事，內分小節，列營擂鼓吹號大戰及項王敗績寫出，細聽似像其事。其手靈心靈似衛君，近時不可多得之音樂家也。四時畢，五時帶同遲生至佛波寓吃晚飯，略坐即渡江。晚十二時寢。

初七日　陰　寒　四月廿七日　星期一

七時起，八時到會，飯後再去，無多事。晚寫信二件，閱張文襄公詩集，七言甚多，七律不過五分之一，五律則僅見一首。文襄詩不甚佳，不稱其文也。十二時寢。

初八日　陰　小雨　午後風雨甚大　四月廿八　星期二

七時起，九時到會，午後再去。今日開十二次例會，無多要案。四時半回家，飯畢閱文襄詩集十頁，閱《今古奇觀》沈小霞、羊角哀二段事，多所感慨。此書少年時未看，孟夫人歸余後床笫間每每爲余談之，蓋彼幼年看此類小說書甚多也。十二時寢。

初九日　晴　四月廿九

七時起，上午未到會，午後去，無多事。四時渡江訪盧冰丞未遇，訪曹漢丞、李佛波談甚久。晚渡江回家，飯後閱雜書，十二時寢。

初十日　晴　四月卅日　星期四

七時起，連日身體漸佳，飲食增進，惟行動過勞，仍有氣喘狀態。九時到會，午後渡江至光明大戲院，看影戲表演一千九百三十一年意大利空軍大演習事，意國之强，近以空軍著稱者也。五時出院至佛波處吃飯，七時往輔堂里漢口大舞臺看戲，今日三時向該院購得前二排特座位，觀聽極便。首演《水戰楊么》一折，次演《取成都》，飾劉璋者爲崔鍾麟，老生，確有劉鳴聲意味，崔年輕，將來造詣深，負大名矣。次演《虹霓關》，飾丫嬛者爲陳麗芳，名旦程艷秋弟子也，唱做均佳，惜貌瘦削難看。次演《武松打店》，飾武松者爲老生李萬春，以其兼習武生故特演之，短打唱工均妙。毛慶來反串孫二娘，以其武功佳也。末爲李萬春演《法門寺》，唱做傳神，極好。但演《武松打店》後，用盡武力，猶能唱《法門寺》之郿塢縣，飾趙廉，見劉瑾時之散板氣充足，則難能可貴矣。李年近三十，飾貌亦佳，將來未可限量。譚鑫培由武生改習老生，故武打文唱負盛名。李能永年，則五十以後，吾知其必與譚名相提矣，較之本年正月下旬來漢之老生楊寶森，唱工相敵，年齡相等，而楊之武工相貌則遜李一籌也。飾劉瑾者爲高斌峰，飾賈貴者爲筱奎官，唱工説白均佳。今夕李能連唱二次，陳麗芳先演《虹霓關》，再演《法門寺》中之宋巧姣，可謂賣氣力。該園屢演佳劇，價雖昂，以座位佳、劇好，不爲不值矣。惜上月尚小雲來漢演唱旬餘，值余在病中，未能觀演爲憾耳。十一時半出院，渡江到家已十二時半，敲門甚久乃得入，小憩飲茶。上床已轉鐘，一時寢。

十一日　陰　小雨　五月一日　星期五

七時起，付祥煥洋一元四角，彼昨晚來，謂已有人薦之至蒲圻充衛生隊隊士。此子無良可恨，前年令孟夫人嘔氣，實不堪培植者也。八時彼自去搭車矣。余即到會，午後又去。喻育之來，亦無多事。今日爲陳、艾二人各寫對一副。四時歸，飯後欲出門，以小雨中止。飯後小睡一時許，八時起寫日記，看雜書，十二時寢。

十二日　陰晴不定　五月二日　星期六

七時起，九時到會，午後又去。喻育之來會，無多事。晚飯後憑椅而臥，今夕原擬渡江，以時晏未果，至察院坡廉華染店問夢閑信，因彼往湘八日尚無信來也。黃妻以其幼子抱示，余給一元並給其女一元以歸。十一時讀張文襄詩，十二時寢。

十三日　晴　晚七時大風　九時半止黃沙漫天
　　　五月三日　星期日

八時起，池際隆來，召欽之子也，十七年考黨訓所，余始識之。今日來，述其家計尚可，有田有屋，惜其父未四十已故矣。賈仲明來，劉質如來，韓少荃來，便留飯，飯後帶同遲生渡江到新市場大舞臺觀所謂初次來漢之河北蹦蹦戲。青衣芙容花、小生花小仙演《花爲媒》一劇，唱做情形甚好，惜余不懂秦腔梆子腔也。觀一時半即出，便往各處瀏覽，帶同遲生至大陸商店購零件畢，往佛波寓略坐談，渡江後與遲生買鞋子，余便往取所整眼鏡，歸已五時三刻，飢甚。晚餐後看書聽收音機，十二時寢。

十四日　陰　晚雨　五月四日　星期一

八時起，九時李冠唐來談二時去，王文達、方緒告送燕邊二兩來。午後到會閱文卷，四時歸，清理各事，擬明晨回縣查商會控李前縣長僞造紀錄事。四時半訪周化吾，改辦公文，此事余廷襄殊可惡也。五時天雨，匆匆歸。飯後覆張奇强、彭慎旂、吳端偉信，共三件，十一時半寢。

十五日　早小雨　陰　午後晴　五月五日

六時半起，七時盥漱更衣畢。七時半至東廠口搭汽車，該站恐天雨不能行車，云九時能開則開，此時不定也。余到黨部早點畢，再往搭車，九時開行，十一時半到家，詢及內子近來諸事。午餐後小睡一時許，晚餐後到縣府晤及雷科長子新說明各事，因尹縣長、蔡秘書俱不在府也。晚九時子雲、久旂來談，余以勞頓，十一時寢。

十六日　早雨　午後晴　今日立夏　五月六日　星期三

七時起，天雨，懊惱甚，昨午後擬出城省先父母及祖父母墓，以爲今日晴，路乾易行也，不料天雨，設昨日匆匆出城祭掃而事畢矣。三時尹縣長來談甚久去，午飯後天已放晴，明日再晴路乾，祀祖較爲快爽。晚間子雲等來談，十二時寢。

十七日　雨　五月七日　星期四

八時起，天又大雨，午後更大。昨午後晴，余必欲俟其再晴路乾方出城，豈知今日雨甚大，古人作事說行即行，不可遲疑致貽後悔也。設昨午後雇輿出城，尚不致失祀祖機會，以後作事須下一決斷，萬不可決而不行也。午後二時往電報局晤服初、心栽談甚久，天雨如注，致不能行。三時半至商會談各事，四時歸，晚飯後雨未止，奇事也。麥子初黃，必遭損壞，天奪民食，政治不良，官逼民變，以後如何，不堪說矣。清理新舊書籍，十二時寢。

十八日　晴　五月八日　星期五

七時起，十時飯畢，雇肩輿出城，帶同艾少泉先到普山祀先祖父母、先叔，次往孟夫人墓，墓已做好加高。墓門有蛇蛻，憶曩時聞鄉老言，蛇蛻於何處，水即漲至何處為止，若是則水象也。今日登城一望，水到城根，蟠龍磯閘口已進水，今夏設再大水，民不聊生矣。在孟夫人墓徘徊久之，再往先父母墓叩畢。今歲清明余正大病初瘥，是以未歸。午後三時回家，艾幼卿來，坐談便問之，已七十三矣，晚景不佳，尚欲謀事，亦可憐矣。晚間久旂、子雲、國華先後來談，仍以推薦事為請。十時清理各事，準備明晨乘汽車往省，十二時寢。

十九日　陰　小雨數次　五月九日　星期六

五時半起，六時與艾少泉出門，便囑內子各事，到車站已六時半。七時開行，在樊口遇周仁、汪波丞等同車，尚有一師學生及寒溪學生黃某。一師學生余並不知其姓，僅識其面為學生而已。九點半下車，小雨，到家後閱各處來信，並未見夢閑來信，彼離家已十四日矣，深為奇怪，晚渡江與佛波言之。渡江後飯畢，十一時寢。

二十日　陰　五月十日　星期日

七時起，八時以後來客數次。飯後思客來擾，帶同遲生渡江至長樂園看漢戲，值其已演二齣畢矣。李四立之《拷寇丞》。次為陳鳳欽之《樊棉山》，無甚精采，次為劉炳南、魏平原分演《廣華山》，劉、魏俱以老生得名者也。劉順娥飾小姐，唱工好。次為朱洪壽、尹春保唱《酒毒楊勇》，朱今日無甚精神，鄧雲鳳之青衫唱做均好。次爲徐繼聲、周天棟等演《臥薪嘗膽》，余以眼倦帶同遲生出，至新市場觀演飛車並種種技術，小孩多，武藝精絕，余前數年所未睹也。五時至佛波寓略坐談，七時渡江，十二時寢。

廿一日　陰　五月十一日　星期一

七時起，念夢閑仍無信，再寫一函至桃花江問此事，昨晚發函想尚未到也，心煩意亂。飯後獨往武昌公園看漢班，人尚不多，坐前二排，值演第三齣《借趙雲》，無精采。次爲何鳴峰唱《困曹》，聲洪大，此人將來進步不亞朱洪壽矣。次爲大和尚演《拿合虎》，唱做均佳，不失爲老手。次爲萬仙霞《機房教子》，萬唱青衫極佳。次爲陳春芳之《算糧登殿》，唱工好。紅牡丹飾王寶川，唱做惜流於輕薄，以王寶川身分，此時不宜如此。此就戲論戲耳。末爲《月明樓》，余以爲舊式所演康熙帝事，乃紅牡丹、余小岩等所演花姑淫戲也，一張二女思喻老四，二送茶與保童，三王先生討學錢，淫醜百出，下愚流氓嗜此等戲，不知當局何以不禁耳。四時畢，歸家值淬成在此久坐並攜來夢閑自桃花江發函，知已平安到家，但此信不寄家中，逕寄黨部又擱置三日矣，是誠何心耶？余今日又寄信問此事，相左於此，夢閑之心至今難測，令人可疑。淬成借款十五元，屢次言借川資，今日不能不照准也。十二時寢。

廿二日　晴　五月十二日　星期二

七時起，八時到會，夢閑昨日之信又要匯款廿元寄桃江，前年回湘轉至郝穴時，要余匯五十元方歸，前次出門川資俱係挪借而來。家中窘困、彼非不知，而乃時時處處留心於余，並無誠意，殊無可取，然以現狀，何能籌此川資出門耶？明日到會再籌之。晚十二時寢。

廿三日　晴　五月十三日　星期三

七時起，飯後到會。午後得夢閑自長沙發函，晚八時半得自長沙發電末有元字，余遂至電局探問，知特別車明晨七時四十分到省。九時閱雜書，十二時寢。

廿四日　晴　五月十四日　星期四

八時起，出門雇車至通湘門站，到站後值車剛停，未見夢閑歸，問司旗人，云本日十二點鐘有普通車到。到會後囑夏炳丞於正午去接，午後炳丞歸云未有車到，蓋此自岳州開來者也。午後未到會，晚十二時寢。

廿五日　小雨　陰　五月十五日

五時起，六時到通湘門站，夏炳丞已先到候，余囑其坐茶肆中。六時四十分車停，余見夢閑立窗口，下車後雇車到家，余遂到會。午後小睡二時，晚間閱雜書，清理各事，十一時寢。

廿六日　晴　五月十六日　星期六

八時起，倦甚。十時到會，午後再去。晚與夢閑渡江看電影，十時半方歸。飯後寫信二件，閱雜書，十二時寢。

廿七日　晴　五月十七日

八時起，倦甚，午後蕭易垓來談並送閱壽序，略與坐談，同往查公民訓練。先至藝專晤方康直、何區員，次往省立十一小學。三時半帶同遲生渡江往新市場看所謂國技，多小童為之，歎為險絕，較之從前來漢獻技者，術更優矣。傍晚渡江至黃鶴樓遇紀雪昉、柯竹蓀，同至茶社品茶，暢談甚久。九時回家，飯後寫信二件，十二時寢。

廿八日　晴　風　小雨　五月十八日　星期一

八時起，九時到會，喻育之到會，無多事，午後再去。閱報知日禍甚急，北平一帶恐將來非我有矣，噫，伊誰之咎歟！晚飯後未出門，十二時寢。

廿九日　晴　五月十九日　星期二

七時起，九時到會，午後閱報及雜書。晚寫信四件，讀唐詩，閱《西漚文集》十頁，十二時半寢。

卅日　晴　五月二十日　星期三

八時起，倦甚，九時到會，午後再去。閱報載胡適與林紓從前在北京大學論文極端反對事。時蔡孑民爲北大校長，每欲調停林、胡意見，卒不能。林爲閩縣舉人，負文學名，胡則提倡新文字者。林與蔡談古文，偶及閥閱二字不能解，胡乃言曰："《史記·高祖功臣年表》明其等曰閥，積日曰閱，廣均閥閱自序也，請問先生，閥閱二字作門第講係據何書？"林語塞，蓋胡亦多聞強記者也。晚閱唐詩，十二時寢。

四　月

初一日　晴　今日小滿節　五月廿一日　星期四

七時起，午後到會，閱報華北吃緊，日人干涉關稅，爲所欲爲，中央仍以和平語欺國人，每晚廣播電臺中播騎牆模棱語，真可笑也。晚閱雜書及《觚賸》等小説，十一時半寢。

初二日　陰　風　五月廿二日

七時起，倦甚，午前九時到會，午後再去。閱報知華北事愈緊，中央有何良策耶？內地各省已不能平靖，各省之團隊均百萬常備兵，約百萬中國兵額，近年據載已二百萬，世界各國無此兵額之多者，應爲頭等國矣。吁！適得其反，內部不靖已鬧至八九年，至今不能平，人民受痛苦已如水深火熱。奈何奈何！晚閱唐詩，十二時寢。

初三日　陰雨寒　五月廿三日　星期六

七時起，閱書報無所事。午後一時到會，三時開常會，方、喻、沈、陳、蘇諸人俱到，四時半散會。晚擬外出未果，十二時寢。

初四日　風雨　寒甚　五月廿四日　星期日

九時起，倦甚，今日天氣變寒，又着棉衣，今年天氣寒暖不時，衛生極難，亦國亡怪象也。晚六時半至公園觀漢劇，余小岩、大和尚之《掃松》，唱做均佳。末演所謂《孟麗君》者，實不知其佳處也，僅佈景取悦於中下等觀衆而已。十一時歸，十二時寢。

初五日　小雨　陰　五月廿五日　星期一

八時起，九時到會，午後再往，無多事。閱報，日本在北平爲關税事壓迫愈急，中央亦無法拒抗，以後恐爲東三省之續矣。奈何！晚飯後看《與古齋琴譜》，祝鳳喈桐君所著也。十二時半寢。

初六日　晴　五月廿六　星期二

九時起，倦甚，十一時飯畢，黃福來取行李箱子，已出醫院矣。面呈死色，喉中失音，據説已十日未食茶水，未能下咽。該僕隨余甚久，去歲在黃陵磯宋聖遺處修堤，月可得八元，冬月，裴明約之至沙市，月僅得六元，尚須除火食。而病愈劇，上月彼自沙市歸，次日即入仁濟醫院，余早料其難治也。今十餘日而瘠瘦不食，待斃而已。余命其將行禮等等清畢上車去，僅給洋七角與之，手中無餘款。黃僕去後，余心實難過，蓋五日内無生理耳。午後一時接張重心自甘肅來電，稱彼事已辭，盼飛函匯款去，因余尚欠彼四十餘元未付清。二時到會與次瑜商之借款，前次百元不扣，以便匯此款也。昨劉伯陽函囑仲章往藕池就事，當囑厚訓去函約其即來。晚七時半藴玉來，説數語去，十二時寢。

初七日　晴　五月廿七　星期三

六時半起，九時到會，午後持洋四十四元至郵局匯蘭州張重心，郵費、飛機匯費計用去一元，以四十三付之。詢之方局長，星期六款可到蘭州也。四時渡江購得光明劇園二元票二張，歸。晚飯後外出一次，十二時寢。

初八日　晴熱　五月廿八　星期四

七時起，八時到會。閱報知東北平津，日軍□飛機強佔各要地，外人已入我堂奧矣，政府尚在説漂亮話以欺小民，奈何奈何！晚閱雜書，十二時寢。

初九日　晴熱　五月廿九日　星期五

七時起，八時到會。閱報知天門、京山兩縣受災甚重，昨聞天門遥堤第四段已潰決，該段係江漢工程局派員修築者也。該局去年員工舞弊，大包小包致將遥堤潰決，今年大水期未到，而堤已潰矣。江浙人自成□局後，頗有此發財機會，可憐吾鄂小民耳。午後未到會，晚十二時寢。

初十日　晴　熱甚　五月卅日

七時起，八時到會，午後未去。五時飯畢同夢閑至漢口光明戲院觀梅蘭芳演戲。該院此次利用女招待導余入座，電扇多，尚不覺熱。正演《泗洲城》，武昌朱桂芳無甚精采。次演《取洛陽》，所謂架子花面劉連榮者，唱工尚可，而頭動如小旦，殊不雅觀。次演《濮陽城》《火燒曹操》，武净張連廷做工不惡，武生楊盛春最負時譽者，今夕唱做不多，未顯所長。末爲《四郎探母》，飾楊延輝者，該場標明余派鬚生奚嘯伯，唱工嗓音圓韻可聽，惜音太小。余叔岩學譚鑫培得其正宗，唱作均神似叔岩羅田人，生而音小，後遂不能擴大，只得自爲一家。此奚伶是否生而音小，抑或故學余叔岩，不敢斷定，唱時亦頭左右搖動，欠大方也。姜妙香飾宗保，唱工好，像難看。于連泉在漢唱《花田錯》時，余曾論及之，梅蘭芳飾公主，唱做不失爲老伶負時譽者，其音較奚伶高二倍，圓韻無匹，惟奚音低小，殊不相稱。其年齡亦較奚大一倍，眞女大男小矣。十一時余即同夢閑出院，恐渡江時晏也。近時號稱四大名旦者，曰梅蘭芳、程硯秋、荀慧生、尚小雲，惜尚伶今春來漢演戲，正值余病初痊，未往一觀爲憾，僅觀二伶耳。梅年已逾四十，聞財産逾卅萬，曾往俄美日三國演劇，此清代名伶所無者，故彼即以自豪。梅此次來漢，漢上流氓軍警及楊慶山大爺等保險費，聞六千或曰一萬元，其性命身價之重如此，武漢旅居商紳趨之若鶩，立而觀者票價一元，計所得每夕必在三千元左右，水災旱災捐募時，有如此踴躍耶？十二時到家，轉鐘一時寢。

十一日　晴熱　五月卅一日　星期日

七時半起，倦甚，九時彭大椿來談甚久不去，便留飯，十一時小睡。十二時帶同夢閑、遲生至漢口大舞臺觀劇。首演《五雷陣》，次《彩樓拋球》，無可記者。次演《子胥投吳》，鬚生王艷茹年僅十三四，唱做均如成人，嗓音相貌極相稱，此伶必負名譽。次爲女伶雪艷香之《穆柯寨》，該伶年不過十七八，唱做好，貌美，將來可臻絕頂負盛名。次爲劉奎英演《落馬湖》，飾黃天霸，唱做均佳。末齣爲《霸王別姬》，蔣寶印飾項羽，説白欠明瞭，唱做均可。筱茹珍飾虞姬，唱工好。末演舞劍亦佳，惟裝束係髮辮，不合古式，垓下之困項王雖有以自取，然英雄惜別時顯出虞姬歌後之哀艷節烈，亦可悲矣。五時出院，與夢閑、遲生買糕點，至李宅看佛波病，坐半時即渡江回家。飯後小憩，欲閲書報，身已疲矣。十一時寢，今日曾往訪張立群未晤。

十二日　晴　六月一日　星期一

八時起，到會，無多事，喻來坐未久出。午後余未去，晚寫信二件。閲報知東北事愈急，奈何！十二時寢。

十三日　雨　午後六時半晴　六月二日

三時聞雨聲大作，六時半起，天氣已轉寒矣，今日擬不到會。早飯後小睡一時許，午後二時冒雨渡江至謙祥益購白洋布做帳子，因前房中需一窄帳料也，又配零線春國華綈等。出該店門見張孝仲同學，呼與立談片刻，別去。雇車到立群寓，請代卜五月有進行否，得卦謂交五月節，東南方有人約就名位較高之事，似聯編而起之象，聽之而已。四時至王家巷搭輪歸，飯後聽收音機以爲樂。七時閱《明代軼聞》十頁，《清代軼聞》十頁，十二時寢。

十四日　晴陰不定　小雨　六月三日　星期三

昨夕睡未安，轉鐘三時至前房睡。七時韓伯瓊敲門，余驚醒，彼於窗談數語去。八時起，到會，無多事，十一時訪蕭焜未遇。午飯後小睡二小時，四時至保安門外鐵路邊看風景，晚飯後又至該處立多時，見武長火車過去乃歸。晚萬生邦興來索寫薦函，爲其父謀漢陽縣事也。九時看《清明兩朝軼聞》，明代李闖、張獻忠二賊降生及失敗事。噫！逆賊煞星亦生有自來耶？吾國現代與明末無異，如張、李二賊者尤多。奈何！十二時寢。

十五日　晴　六月四日　星期四

七時起，八時到會。午後閱報，華北日禍又急，奈何！吾國人醉生夢死，政府麻木不仁，爭權奪利未死也。晚寫信二件，十二時寢。

十六日　陰晴　六月五日　星期五

七時起，八時到會，無多事。聞政府將有事於西南，報紙略有紀載，果若此，外人未亡吾國，先自亡之矣。晚閱唐詩，十二時寢。

十七日　陰晴　今日芒種節　六月六日　星期六

八時起，到會後無多事。午飯後未去，小睡一時許。宋濟賢同其舅父及萬文安來談甚久去。盧兵城談京滬事，又稱政府對西南事有問題。晚聽收音機，可接南京戲院，甚清晰，自上星期三發現者，奇矣！南京距武昌千餘里，而收音清楚，此科學之力也。十二時寢。

十八日　陰雨　寒甚　六月七日　星期日

七時起，八時小雨，東北風大作，寒甚，著夾衣。午後二時往水陸街美術學校及省立十一小學視察公民訓練，三時半回家。晚飯後小睡二時許。八時半寫日記，讀唐詩，聽收音機。漢口郵工會演《斷后》《文昭關》等劇甚佳。十二時寢。

十九日　晴熱　六月八日　星期一

八時起，到會，無多事。閱報知西南有出兵意，若是中國內爭起，日本得有宰割中國機會矣。可不懼哉?!午後悶甚，至公園便觀漢劇三小時出。晚閱《清代軼聞》十頁。十二時寢。

二十日　晴熱　六月九日

七時起，八時到會，午後再去。晚飯後渡江買物，便看李佛波，病已痊矣。晚歸閱唐詩，十二時寢。

廿一日　晴熱　六月十日

七時起，汪宏輔來，乞寫信為解脫事。申仲端來，為其戚姜步洲乞解脫信，均致尹縣長，有效與否未能必也。午後到會，閱報知西南出兵已到永州，證實矣。華北事急，內爭又起，亡無日矣，噫！此民十五以後吾國政府成績，小民已淪於刦運矣。晚飯後往公園看漢劇遣悶，首齣《宮門挂帶》，次《雙跑馬》，次《沙陀搬兵》，次《梅龍鎮》，即《遊龍戲鳳》也，末爲《孟麗君》，花旦牡丹花仍飾小生，所謂劇中之酈君玉者。余上月曾觀過一次，做唱未脫小生習氣耳。九時即出園，歸後閱《清代軼聞》十頁。十二時寢。

廿二日　晴熱甚　六月十一日

七時起，九時到會，寫屏一堂。午後再去，寫屏一堂、大聯三副。近數月未作書，手腕欠靈活耳。晚萬生邦興來談甚久去。九時聽收音機，十時閱《清代軼聞》十二頁。十二時寢。

廿三日　晴熱　六月十二日　星期五

七時起，八時到會。午後閱報，知湘邊已有桂粵軍開到，時局緊張，未能拒外先有內爭也，爲之慨歎。晚十二時寢。

廿四　晴陰不定　六月十三日　星期六

七時起，八時到會。午後過漢陽訪李長青，並往縣政府晤陳志純縣長並吳科長，爲萬邦興之父謀事也。便在其家吃飯，畢後四時到漢口。晚九時歸，十二時寢。

廿五日　上午晴　下午四時雨　六月十四日　星期日

七時起，飯後查公民訓練畢，渡江，晚十時歸。聞湘事日急，外禍愈深，真國亡無日矣。十二時看書，眼倦不支，遂寢。

廿六日　晴　下午四時雨　六月十五日　星期一

六時半起，八時到會，無多事。午後未去，晚閱《孟子》，文法奇醒，真佳文也。十二時半寢。

廿七日　晴　六月十六

七時起，九時到會，閱報，湘事愈緊，國亂民殃。奈何？午後渡江購夏布、紅洋綢、珍珠紗等等。四時歸，晚十二時寢。

廿八日　陰　六月十七日　星期三

七時起，八時到會，無多事。午後閱報，兩廣進兵湘境，恐將來大戰難免，因南京亦多派軍隊往湘也，徒苦吾民耳。民國誕生已廿五年，人民只受害，未見安枕，益以頻年水旱災情，土匪猖獗，苛捐雜稅，至今而未死者，實已顒顒不堪矣。晚閱中《孟》十頁，十二時寢。

廿九日　天未明大雨　七時晴　六月十八日　星期四

七時起，九時到會，午後再去。閱報，湘事無和解之望。晚飯後外出，看所裱泥金屏等件頗雅觀，囑厚訓初二晨送黃州，請李生紀于寫。李寫《麻姑壇碑》，曩日見之，極神似，未審近來如何耳。前日得彼函，謂願意爲余寫此八幀泥金屏也。文爲蕭生液垓作，蕭富於舊學，文亦純正可喜。七時恐天雨急歸，晚閱唐詩，十二時寢。

五　月

初一日　晴熱　今日日蝕　六月十九日　星期五

六時起，天陰連日。閱報知今日日蝕，中國中部可見，特爲早起，以雲蔽爲憾。十一時閱報，知日食時間爲下午一時半，雲開日現，僅見三分之二食狀耳。午後到會，晚閱雜書，十二時寢。

初二日　晴熱甚　九十三度　六月二十日　星期六

六時半起，八時到會，閱報知兩廣出兵事擴大。午後再到會，晚讀唐詩，彈琴，十二時寢。

初三日　晴熱甚　六月廿一

七時起，十時飯畢。午後渡江一次，端節已近，縣宅及省宅均缺用度，煩悶甚，轉瞬初八日，須籌一筆用款，因已約各親友及武漢各學生初七八等日家宴也。晚九時寫信二件，十二時寢。

初四日　晴熱甚　六月廿三　星期一

六時起，八時到會，沈碧舫來會。午後未去，分咐家中辦理明日端節各事，並送各家禮，照例也。各家亦送禮來此，本無益之事，俗尚如此，至今未能破除，今歲現狀較去歲相差甚遠。長街馬路新成，生意冷落，被拆屋之家貧窘尤甚，昔人所謂一家笑何如一路哭者，今可移此語以贈之，此殆真所謂一路哭矣。或謂武昌自拆街拆屋修大馬路後，美其名曰新建設，而不顧及民眾，徒便各達官貴人坐汽車耳。不然何以不於窮巷水積難行如小朝街、楊泗堂街等狹巷翻修人行路耶？吾國當局欺人手段類如此，嗚乎！國何能強，民心何能團結。晚九時讀《孟子》十頁，十二時寢。

初五日　晴熱　六月廿四　星期二

七時起，佈置各事，今日不到會。但各機關與學校仍未放假。正午午餐，略具酒肴，餐畢，祀神祀祖畢，小憩一時許，欲往公園觀漢劇，慮人多未去。六時飯畢，帶茶點與夢閑同渡江至佛波寓略坐談。九時歸，十二時寢。

初六日　晴熱　六月廿五日

七時起，倦甚，八時半到會，無多事。閱報轉載河南陝縣事，略云本縣東南鄉灌村張某家貧，其子十六歲結婚後，從軍外出無音信。張之內弟王某饒於財，常津恤姊家。日前張子突自外歸，着軍服荷行李先到舅家休息，云在外十二年，落錢數百元讓舅收下，舅辭不允。張子擲下一百元，即匆匆奔灌村，已黃昏矣。其父正出外截路，其父見其着軍服荷行李，不問皂白即開槍擊死，搜其身得大洋百元，歡欣回家。次日王到姊家，即問外甥歸家情事，張愕然，且言昨夕截財事。王心疑，當其至截財處驗尸，則張子也。張悔恨不及，自開槍擊死於途。其妻聞夫與子死，懸梁自盡。其媳聞夫死，亦投井。此真所謂害人害己也。晚讀唐詩至十一時寢。

初七日　晴　熱極　晚七時大北風　六月廿五日　星期四

七時起，天氣熱甚，如伏。午後囑家人清理各事，挂壽幛及壽屏等件。夏僕已備酒麵面，八時進香，燃炮竹。義女王燕喜及其嬸與母均來家致祝。十時開酒二席，十二時方散，轉鐘一時寢。

初八日　晴熱　午後一時大雨如注　六月廿六日　星期五

六時起，七時進香祀祖宗，更生今日方來，遲生今晨已請假，余囑其在宅招呼賓客。早麵到者三桌。午後賓客已齊集，計學生方面，明哲、蕭焜、方緒吉等十五人。女賓方面，趙亞芬、鮑太太、李大嫂等十二人。幼男女方面，黃義子、王燕喜等六七人。親朋方面，鄧堯皋、李佛波、高鳳清等等七人。自遠方來者，萬文安、宋濟賢、周榮建、高鳳清四人。男賓係惠安與易泮香代陪，女賓係蘊玉、夢閑代陪。兩兒一甥兩義女均在省，黃義子則夢閑近結者也。余自晨至晚忙甚，今日共開酒十二席。幸午後大雨改涼，來客較快適耳。晚轉鐘二時寢。

初九日　晴　熱甚　九十三度　六月廿七　星期六

六時起，昨夕忙碌，夜熱如伏，睡不安枕。今午約劉萃三、梅鳳山、賀來庭、彭大椿、陳壽梅、伍小南、方緒吉來吃早飯，熱甚。正午開席，午後二時散去。同事彭、李、陳三人未到。晚九時有微風稍涼。十一時閱報、讀唐詩，十二時寢。

初十日　晴熱　午後九十四度　六月廿八日　星期日

六時半起，今日午刻約客甚眾，命厚訓來招待。十一時易泮香、何局員光祖先來，繼至者陳登甫、汪俊源、杜振卿、安卿、馮藝林、周樹棠、鄧宗賢、陳穎生、陳仁周、劉烈武、楊器之、嚴其安、劉質如、程少松、傅幼虛、金錫鈞、夏賦初、沈質清、范寄滄、張鏡懷、周化吾、盧兵城、朱祐亭、趙朗山來小坐辭謝出。午正開一席，午後一時天雖熱，亦各盡歡而去。兵城與杜氏兄弟、傅程諸人談至五時方去。余今歲二月十二起病，三月十六方痊，原擬補祝五十誕辰，盡數日歡宴，以振刷精神，今日總算美滿矣。晚命丹陽、得三、炳丞諸僕打掃清檢畢，略事休息，然已勞頓萬分。晚臥堂屋中，手不停扇。轉鐘二時熟睡。

十一日　晴熱　九十三度　六月廿九日　星期一

六時半起，七時到會閱文件。午後未去，在家閱報，讀《孟子》四頁，讀唐詩。晚間熱甚，十二時寢。

十二日　晴熱　六月卅日　星期二

七時起，八時到會。午後二時渡江至佛波寓道謝，四時往遊新市場，藉看北平著名黑頭金少山劇也。至大舞臺購得第二排坐，聽看俱為真切。余去今兩年喜觀劇，觀劇必購前二行坐位，否則不觀。行年五十，目力較差，亦不得不然耳。七時半吳春福演《除三害》，唱做尚可，惜老年精神差，此人在昔或者行過時來者，然不免傷老大矣。次為王艷茹之《子胥投吳》，唱做均佳。王年僅十三四，坤伶也，余上月在漢口輔堂里之大舞臺看過一次，已評之。次為劉四立演《鐵公雞》後段，做工少，無可觀。次為筱茹珍、孫真榮之《宋江鬧院》，唱做尚可。次為朱美英女伶及劉榮昇演《雪艷娘》，即《一捧雪》後段也。劉飾陸審官，唱工極佳。陳福壽丑角飾湯裱褙，說白做工均佳。朱唱工清朗，表情得體，觀此劇令人發貴莫施恩之感。蓋恩將仇報，古今宦場所見猶多，可不慎哉！末齣為金少山之《草橋關》，嗓音宏亮，身架極穩，開臉合格，服飾美麗，頗其聲譽相稱，誠所謂名負其實。少山為金秀山之子，金秀山以唱《草橋關》著名，飾姚期其拿手戲也。光宣之際，秀山在北京亦負盛名，今其子能傳衣缽，真戲曲世家也。唱至解法場時，以夜深遂匆匆出院，渡江到家已十二時半矣。轉鐘一時寢。

十三日　晴熱　九十四度　七月一日　星期三

七時起，八時到會，午後未出門。遲生學校已放假，余囑其清理物件，俟根生學校放假時與同回縣歇暑，並囑其彈《慨古引》《平沙落雁》二操，使嫻熟，蓋回縣後無人教授也。晚十二時寢。

十四日　晴熱　晚雨　七月二日　星期四

七時起，八時到會，無多事。各機關午後均停止辦公矣。根生已放假，囑其十六日與遲生同回縣歇暑，並補習功課。根生向未與余同處，文字甚劣。八歲至十四歲時俱在家中嬉遊而已。三時閱報，知上月廿九號，即十一日長沙下午四時，天空忽然彗星晝見，共有六個，似墮落狀，盤旋雲霄，或上或下，霞光閃閃呈紅白黑三色，狀如臉盆，約廿分鐘始隱福慶街一帶，向空際觀者二千餘人云云。噫，此主何事耶！姑誌以證將來。晚十二時寢。

十五日　大雨　寒　七月三日　星期五

昨夕睡甚恬，今晨起可着夾衣，氣候不常如此。余近五年記武漢氣候劇烈變化，不似余童稚時讀書時之風調雨順也。民元至民十氣候尚不甚相差，十六年以後時局人心均奇變至不可思議。天時氣候亦然，或亦天人相感召之理歟！今日未到會。午後讀《孟子》、唐詩，彈琴，共計一時許。晚寫信四件，十二時寢。

十六日　大雨竟日　寒　七月四日　星期六

九時起，天氣涼爽如深秋。午後到會，四時半同遲生買雜件。晚六時囑夏僕帶同遲生往省黨部，便明晨厚訓、根生同回鄂城也。九時讀《孟子》並唐詩約一時許。十一時聽收音機南京戲院唱何戲，則不知因何故較前數次收音欠佳也。十二時畢，轉鐘寢。

十七日　晴　七月五日

七時起，十時飯畢。午後渡江往佛波等處略坐談。今日午後應往查公民訓練，教廳辦理此事不派各督學往查，而必諄諄請各委員往查，殊瑣屑。晚九時渡江，十二時寫信三件畢寢。

十八日　晴　風　七月六日　星期一

七時起，連日不甚熱，八時到會，無多事。午後閱報彈琴，寫信，小睡，便消磨半日光陰矣。憶少壯時，是日各在籍必往小北門外看放龍船，此爲吾邑盛會。民元以後，會之熱鬧不似從前矣。民國三年，是日余適在寒溪中學主講，是日尚往北門外看放船，已冷落，具形式而已。晚九時彈琴，十時讀唐詩，十二時寢。

十九日　晴　今日小暑節　七月七日　星期二

七時起，八時到會。閱報，兩廣與中央事漸趨和平，且二中全會十日準開，西南各中委亦可到會云云，果爾，或吾民之福音也。晚閱雜書，彈琴，寫信，聽收音機。十二時半寢。

二十日　晴　熱　七月八日

六時起，八時到會閱文件。十一時往查桂正興與徐正太控案。午後看閒書，寫信，無多事。每日午飯後睡一小時，身體甚適。三時渡江一次，六時回家，飯後彈琴。十二時聽南京戲院，不甚清晰，轉鐘一時寢。

廿一日　晴　熱　九十三度　七月九日

六時起，八時到會閱文件。午後在家看書、閱報、寫信，晚間外出購物一次。天熱難寢時在室外乘涼，倦極方回臥室，已轉鐘矣。

廿二日　晴　熱甚　九十四度　七月十日

六時起，七時到會。十一時再查桂正興案，該桂雲卿粗俗可惡，余面斥之。此等小人無識，會中應以一批斥之了事，何必派查耶。午後在家寫信、看書、讀唐詩，連日思人對弈，無可約者。余圍棋不甚佳。古詩"長夏惟消一局棋"，吟此句亦可消夏耳。晚十二時寢。

廿三日　晴熱　大南風　七月十一日　星期六

六時起，七時半到會閱文件，寫信四件，皆久而未復者也。午後在家補寫日記，小睡後起讀《孟子》、唐詩。三時劉萃三送洋廿元來，連日爲借款所窘，且感零用困難也。六時風息，熱不可耐，晚間尤甚，轉鐘一時方寢。

廿四日　晴　大北風涼甚　七月十二日　星期日

四時似聞風聲，余臥簟涼，冰人不可耐，着衣褲再寢。六時起，知西北風也，暑氣全消，氣候、天時、人事俱不可測，如此之真可以代表吾國現狀矣。九時半清理各事，十一時飯畢。午後往二小、中華兩校查公民訓練，三時畢。天氣忽轉熱，四時渡江至京漢旅館，黃海濤、蕭步雲、傅幼虛爲我縣中心小學募捐也。五時客齊，余捐廿元，閔孝荃先生、石鏡卿均窘住漢上，余等囑其不寫。僅程少松與余及蕭、傅、黃五人已寫足二百元，餘五十元交孟律之，代向武昌住戶數家募之。九時席散，至佛波寓，略坐談即出。十時渡江，十二時寢。

廿五日　晴　悶熱　七月十三　星期一

七時起，八時到會，十一時回家。飯後閱報知中央開會結果甚好。晚七時以後悶熱不可耐，十二時寢。時起時臥，轉鐘一時半大風雷電陣雨時來。

廿六日　雨　寒　七月十四日　星期二

二時大雷雨聲甚粗，勢甚震撼，六時雨尤大，余起數次，視室漏滲甚多。七時仍睡，至八時半起。今日雨大不到會。寫信四件，擬爲方生緒雲作畫準顏色，以身倦未果。晚間讀詩彈琴至十一時寢。

廿七日　陰　寒　小雨數次　七月十五

八時起，九時到會。午飯後爲方生作《艷菊圖》，頗有興趣，並爲李文蓀作《三秋圖》，章法顏色均好，五時半成矣。明日當分別題款與之。晚間讀《孟子》，彈琴約一小時，轉鐘一時寢。

廿八日　晴　氣候甚和　七月十六日　星期四

七時起，八時到會，辦文二件，寫信五件，皆久應答復者也。午飯後爲方生題畫款畢，送交手收。晚涼適，十二時寢。

廿九日　晴　今日初伏　七月十七日　星期五

七時起，八時到會。閱報知兩廣事可望和平解決，陳濟棠有下野消息。午飯後在家爲李紀于作《三秋圖》已成功，甚佳，題款畢。爲李文蓀作《松菊猶存》，已成其半，明日可足成之。晚讀唐詩，十二時寢。

六　月

初一日　晴　熱　七月十八

七時起，九時到會，寫信四件。午後得漢口王衡峰函，並和詩。王名植槐，謂在黃岡曾受余委爲中心小學教員者也，詩不甚好，以備一格，將來仍須錄入《倡和集》中。晚十二時寢。今夕往晤嚴其安，談甚久歸。

初二日　晴　熱甚　午後九十二度　七月十九　星期日

七時起，八時半擬往東捲棚商科大學查公民訓練，以天熱，前次曾往查一次，恐惹人麻煩，遂止。十時渡江至朱士堪家，午飯彼所約也，並托其裱字畫四件，送二李與嚴其安者也。便訪立群，其寓熱如蒸籠，坐片刻出。訪華雲舫，其寓更熱。漢口寄居人士值暑期可謂活受罪矣。四時至佛波寓，與談二時許出。六時渡江回家沐浴，十二時寢。

初三日　晴　酷熱　九十三度　七月二十日　星期一

七時起，九時到會，陳毓根在黨部候余甚久，爲之作介函與吳師聖去。十時李文蓀來談片刻去，寫信二件與夏沈剛、喻育之，均爲黃請謀教員事。十二時送其家取衣服歸，飯後小睡片刻。劉萃三來談二時許方去。晚間仍熱甚，十二時半方寢。

初四日　晴　熱甚　七月廿一日

七時起，八時到會，十一時回家。飯後寫信二件。午後四時閱雜文，晚九時聽收音機戲曲。十二時稍涼遂寢。

初五日　晴熱　小雨　七月廿二　星期三

六時半起，九時到會，閱文件、報紙，無甚緊要事。正午歸家飯畢，在後宅小睡一時許。劉萃三來談二時許去。晚十二時寢。

初六日　晴熱　大雨　七月廿三日　星期四

七時起，今日未到會。九時往教育廳開公民訓練會議，十時半畢。回家午餐，下午二時寫信覆各處。報載廣東事完全解決，陳濟棠往香港矣。晚雨改涼，十一時寢。

初七日　陰　晴　雨　七月廿四　星期五

九時起，聞郵局送信來，謂會中今日開會，約余到會，但實已忘卻矣。九時半去，十時開會，喻、沈、方均到，決議三案。十二時歸。午後大雨，天氣轉涼，晚九時寫覆各處函，計六件，十二時寢。

初八日　陰　晴　雨　悶熱　七月廿五日　星期六

九時起，身體疲倦，手足俱軟且作痛。九時半渡江訪朱士堪，取所裱畫件，不值。至張立群寓吃飯談一時許，再往朱寓晤康光楷，述漢陽陳縣長各事，有是哉，此古人所以稱強項令爲難也。午後二時取得裱件，便訪盧兵城，不值。今日自體仁巷雇車至盧宅，行路約十三四里而車價僅六百文，亦可見生計之難矣。渡江後小憩遂寢。四時半起吃飯，晚涼，十二時寢。

初九日　早雨　陰晴不定　七月廿六　星期日

八時起，十時在後宅閱報填畫幀，因昨日裱工誤將二李裱畫顏色沁淡故也。午後劉萃三來談一時半去。晚七時半聽收音廣播，因今夕男女伶義務往漢口電臺播音也。首爲鄧雲鳳唱《祭江》，次爲女伶萬盞燈與小菊秋合唱《斷橋會》，次爲胡桂林唱《興漢圖》。予以餒甚，余往廚中自辦軟餅食之，未及聽也。比來時則吳天保已唱《四郎探母》第二段矣。朱洪壽與金桂英之《小五台》是否唱過不得而知。鄧、胡、萬、吳諸伶劇在武漢已看過數次，殊無可取。而吳天保之花腔滑調更多，尤爲可厭，不知時人何以樂此，此真下里巴人和者多也。鄧唱工好，惜嗓子時露破碎聲。十時寫信二件，十二時寢。

初十日　雨　陰　晴　晚涼甚　七月廿七日　星期一

七時起，八時到會，無多事。閱報一小時，正午回家。飯後在後宅寫覆各處信。晚涼甚，閱唐詩，十二時寢。

十一日　雨　陰　晴　晚涼　七月廿八日　星期二

六時半起，八時到會。方主席來，談團風內方高坪等處綁票之匪甚多，商民逃黃州城或武漢避之。軍隊懼匪，僅時出遊擊即歸，敷衍鄉間耳目而已，言竣深爲太息。十一時歸，飯後擬到漢陽爲康光楷緩頰，而陣雨時作，未能去也。遂至後宅寫回函分別致尹縣長劉伯陽等。晚間閱雜書至十一時寢。

十二日　陰　雨　晴　涼　七月廿九　星期三

七時起，九時渡江到漢陽訪陳志純縣長，爲康光楷說項也。並晤朱懷宣、李肖軒等，談片刻，渡江回家。午餐後再過漢口復康信並送裱件與朱士堪，囑其轉付裱工，便在其寓飯畢，訪佛波，談片刻即歸。晚涼，閱雜書，十二時寢。

十三日　陰　雨　晴　不定　晚涼　七月卅日　星期四

七時起，八時到會。午後閱書報約一時許，至後宅寫信三件。晚五時送對聯與嚴寄庵，談一時許，至袁璞山家回看，則知其母已死，停柩在堂。其父出見，請轉向方主席處進一言，謂已托孔文軒函農工銀行借款也。七時歸，九時讀唐詩，寫信至十二時寢。

十四日　雨　陰晴不定　晚寒　見月色　七月卅一日

九時半起，昨晚睡蓆上感涼，今日起，腰臂骨肉俱酸痛，軟弱異常，且不思飲食。午後又睡，頭痛牙痛，頗以爲苦。至晚間進稀飯，十時遂寢。

十五日　雨晴　午後熱甚　晚小雨二次　九時見月　八月一日　星期六

早三時至五時，天忽大雨如注，旋聞雷聲殷殷。六時半見朝暾射窗上，知轉晴矣。八時半起，九時到會，十一時回家。飯後甚熱，在後宅寫信看書，小睡約三時許。今日為六月半，陽曆則八月首，初一十五集於此日，陰陽真差錯矣。晚補寫日記，十二時涼甚，寢。

十六日　晴　曇　大東北風　八月二日　星期日

七時起，九時在家中整理各事。午後渡江一次，四時歸。七時武昌城內外由各公安局派警督飭各街人民玩燈踩高橋，小兒女裝臺閣皷棚，各種絲弦音樂、軍樂隊裝種種故事，採蓮船、花姑子，卅五年以前所見各種遊戲、龍燈、獅子燈，今夕應有儘有，遊行過市者約四五萬人。名曰慶祝公民宣誓，此典與民同樂歟？過保安門正街時，自八時至十時方過畢。天氣有涼風，故民眾尚不以為苦，流氓地痞今夕則肆行無忌，其樂融融。噫！余欲無言。十時半聽收音機漢劇女伶代一鳴唱《哭祖廟》一齣，聲碎而哀。該伶余在武昌公園聽過二次，做工相貌俱好，緩三四年當負盛名。十一時閱小說筆記之類至十二時寢。

十七日　晴　東北風　涼　八月三日　星期一

七時起，八時到會。着紡綢衫，連日涼如深秋，五月中旬未進伏，熱度室內每每九十三四度，漢口則至九十八九度矣。中伏乃不熱，可見凡事不可推測也。預言家謂今歲大水與廿年同，四月間來勢極猛，今竟水退落數尺，余甚望其言之不驗也。李文蓀送洋伍拾元到會，言明不要字據與利率，三個月即還可也，便約過其家午飯，飯畢訪方耀庭先生談半時許出，回家小憩。寫信告知袁鼎榮，因借款不成，請其由孔文軒另設別法，免誤日期。飯後出街購物，着短衣，近日時派也，可笑。使在鄂城本籍，恐難出街矣。十二時寢。

十八日　陰　小雨　晴　八月四日　星期二

七時起，連日天涼如深秋，晨起着洋布衣服。八時到會，午後寫信與伯陽，彼昨來函，似尚未接余借款函也。晚閱雜書，十二時寢。

十九日　晴　小雨數次　八月五日　星期三

八時起，小憩，九時至安徽會館爲第二區公民登記宣誓主席也。公安總局前曾函請予往，似不能辭，到館時間洽合，劉分局長與余略談即行禮。余登臺說明宣誓意義，約一刻鐘，公民男女到者約五百人，秩序甚好，餘爲劉局長演說半時許散會。余到會閱報半時即歸。飯後未出門，晚十二時寢。

二十日　晴　晚小雨　涼甚　八月六日　星期四

七時起，八時到會。午後一時渡江至蕭步雲寓略坐談，二時至書畫助振會，會議移交教廳事。四時歸。飯後聽收音機，十二時寢。

廿一日　晴　小雨　八月七日

七時起，九時到會。午後閱報，閱雜書。晚九時半祀先孀王孺人，今日忌日也。王孺人歿已四十二年矣。甲午逝世時，先君子正在醫道大行之時，孀母病半月而歿。先叔森亭不獨不照顧一切，孀歿時，叔則避而不見矣。邇時先祖尚在，恚甚不能發一語，一切衣棺雜用皆先君料理之，出殯時且用鼓吹以張之，余則麻衣杖屨隨行。先父母謂此可以對親友矣。今夕思往事，因併記之。十二時寢。

廿二日　晴　熱　今日立秋　八月八日　星期六

七時起，八時到會，得鄧麟生覆函，已寄匯條五十元，甚可感也。午後一時往漢口省銀行去取之，遇丁僕，囑其代取出。買書六冊，價雖廉，用處少。五時渡江。晚閱《千家詩》二小時，聽收音機一小時，十二時寢。

廿三日　晴　熱　八月九日　星期一

七時起，九時到會。午後閱小說筆記等書，寫信二件，晚十二時寢。

廿四日　晴　熱　八月十日

八時起，九時到會。午後渡江一次，今日請醫生診牙齒，左板牙又爲蟲蛀一個，囑醫生上藥後再爲整理之。得方獻廷謂已接詩稿，容日和之，並請檢寄先父母誌銘一閱。晚讀唐詩，十二時寢。

廿五日　陰晴不定　小雨　八月十一日

七時起，八時到會。午後讀唐詩閱報，晚聽收音機至十一時半寢。

廿六日　陰　大風　八月十二日

七時起，八時汪世兄送帖子來，謂今日請汪三輔在漢酒叙，余已允之。十時到會，午後三時到漢，來客有蕭步雲等，先在與談各事，便訪佛波，知已預定今晚赴長沙，因黃述山父約去，謂有要事相商也。五時再赴吟雪樓，叙後與佛波叙，知今夕不行，與談片刻回家。晚間閱報讀詩至十二時寢。今日與三輔談話不多，然亦無話可談。

廿七日　晴　熱甚　九十度　八月十三日　星期四

七時起，八時到會。午後閱報，以天熱諸事不作，室內寒暑表又增至九十度矣。五時飯畢，雇車至徐家棚與佛波送行，候半時彼方乘輪由漢至，其妻與子、妹、妹丈均到，談至八時二刻，車欲開行。余方渡江，又折至江漢關乘輪到武昌，抵家已十一時矣。小憩遂寢。

廿八日　晴　熱　晚雨　八月十四日

七時起，八時到會。午後閱報，讀唐詩，晚未作事。十二時寢。

廿九日　晴　熱甚　八月十五日　星期六

七時起，八時到會閱文件。午後閱報，廣西事愈鬧愈烈，恐無和平希望也。又載此次世界運動大會有美國代表，善跑的名將歐文思是黑種人，又一代表日本的臺灣人孫基禎，長跑獲得第一名。此兩人均爲美日兩國所奴隸者也。乃二國藉以自榮焉，奇哉！晚讀唐詩，十二時寢。

三十日　晴　熱甚　八月十六日

八時起，飯後渡江至佛波寓，聞尚無信歸，就其寓中爲竹戰之戲至晚九時畢，渡江回家。閲報載，吾國各業均有始祖，每歲爲會以祀之。幼時欲有所問而未能得其詳者，因錄之，亦趣事也。木石瓦匠祀公輸子即魯班，筆店祀蒙恬，紙店祀蔡倫，酒店祀杜康，成衣店軒轅，廚子竈神，妓女管仲，戲子唐明皇。一説祀唐莊宗，印刷業文昌，畫家吳道子，刻字匠王維，書家曹參，相法麻衣仙，煤窯缸業老君，鞋店孫臏，剃頭匠羅祖，硯店子路，玉石業白衣神，針業劉海，蓙業綠仙女，染業梅葛仙，皮業白頭兒佛，銀業歐朕佛，紮彩業吳道子，秤業胡鼎真人，燒窯業郭公丸，藥業神農，鐵店甋採花祖，僕役業鍾三郎，旅業祀關公，木業楊四將軍，建築業魯班，茶業陸羽，錢店玄壇，説書業崔仲連或柳敬亭，京戲老郎神云云。十一時半寢。

七　月

初一日　晴熱　八月十七日　星期一

七時起，八時到會。午後閲報，讀《下論語》，看雜書。晚間熱甚，未作事。欲作覆各處函，未能也。十二時半寢。

初二日　晴熱　八月十八日

六時半起，八時半至東廠口搭汽車遇王耆古，與同上車抵洪山後以蕭宅招待無人，致各來賓到處探望，且不知何處是休息地址。噫！使蕭耀南在其家，有喪事或不至如此冷落，或蕭有親生之子，亦不至停柩至十一年之久也。天熱如蒸，行禮者草率坐一時許，與陳列候先雇車歸，不能候汽車送殯也。回家午飯畢小睡，午後韓伯瓊來談四時，留餐去。晚閱雜書及詩文集。十二時寢。

初三日　晴　熱甚　八月十九　星期三

七時起，九時往戴醫生處治牙疾。午後劉萃三來，請寫紅聯送張友三之父七軼壽也。午後寫信五件。晚九時清理各事，準備明早回縣祀祖。十一時寢。

初四日　晴　酷熱　九十三度　八月廿日

五時半起，盥漱後小憩。夢閑未起，余亦不欲其起也，此女子是不可以理喻者，臨走呼與語，囑其好好照門而已。七時到會，小憩後命康僕同往站，搭客不多，七時五十分買票，八時開行，至葛店時，范朗仙、柳少華上來，所談係爲熊鏡懷、喻毓西拉票競選事，余厭聞也。十一時到家，天熱甚，汗出如瀋，洗澡，飯後小憩，午睡約一時許。聞電話局送單來，劉伯陽自漢口打長途電話約余面談，當去，與談三分鐘出，便訪謝、劉兩局長歸。喻少齋來談，爲喻毓西競選事。晚間子雲來談，十時寢。

初五日　晴熱甚　九十三度　八月廿一日

九時起，倦甚，飯後清理家中各事，囑根生將祀祖各事辦齊。午後往乾泰順還洋，計借款卅五元，貨價三元九角，面爲了結，與厚安談一時出。午後三時幼卿、子雲、范朗仙、柳少華來談選舉事，殊可笑也。七時得佛波自漢發函，十二時寢。

初六日　陰　大風　涼甚　八月廿二日

八時起，昨夜轉鐘時大北風起，氣候乍變，今日可着夾衣，奇哉！午後柯竹蓀同朗仙來，趙子香來云，熊、喻、夏彼此攻擊，亦何可鄙耶！七時尹縣長談一時半始去。九時囑內子將明日祀祖酒肴辦好。十二時寢。

初七日　晴熱　八十三度　今日處暑節　八月廿三日

七時起，八時命更生、遲生清理祀祖諸事，王、李、夏諸僕來幫忙。午後三時舉行祀祖典祀，一切悉如曩日，並教根、遲兩兒學祀，以先祖曾以是種禮節傳之先君。余幼年不待先君教我而時時記憶之，兩兒頑鈍非余比，是以教之耳。得劉萃三自省來函，囑為其子報貧苦學生，須縣政府蓋印證明故也。十二時寢。

初八日　晴熱　八十四度　八月廿四日

七時起，飯後擬渡江訪李紀于，惟天氣太熱又兼時時來客，遂中止。晚七時到楊厚安家，值其已寢，乃與其子囑各事，出，便訪傅象虛，歸已九時矣。具酒肴祀孟夫人，明日為其忌日，去歲在省宅祀之，今夕在鄂城祀之，夫人歿於黃州，以理度之，似近而來享矣。十一時半寢。

初九日　晴熱　八十三度　八月廿五日

六時起，盥漱畢，夏兆宏未來。六時半余遂帶更生、遲生往大西門汽車站搭車。萬子雲來送，在車上遇蔡重、施子英等，過華容，車上客擁擠不堪。建設廳只知圖利，不顧搭有座無座也。十一時到家，知夢閑已渡江一日矣。飯後小睡，洗澡，晚間未作事。囑遲生探聽上學諸事。夢閑歸，余未與言，此女放棄家政，殊可惡也。晚七時渡江至佛波寓，與談各事，就其寓宿，蚊多天熱，終夜未寢。

初十日　晴熱　八十一度　八月廿六日　星期三

六時起，匆匆渡江，到會後閱報，清理各事，就會中吃飯。午後三時歸。晚間看書，讀唐詩，清理各事，十一時寢。

十一日　晴熱　八月廿七日　星期四

八時起，倦甚，九時到會，無多事。飯後寫覆各處信六件。晚讀

《孟子》十頁，唐詩一小時，聽收音機至十二時寢。

十二日　晴熱　八月廿八日　星期五

七時起，八時到會。午後寫字讀唐詩，晚間帶同遲生至新橋鐵路外邊看火車經過，八時半歸。彈琴一時許。十一時半寢。

十三日　晴熱　八月廿九日

七時起，八時到會。午後清理各事。補《赤壁詩》，《甲戌謁于公祠》作未就，今乃成之，中心爲快。晚至新橋外一覽，歸後彈琴，十二時寢。

十四日　晴熱　八月卅日　星期日

八時起，譚哲來，便留飯去。午後渡江一次。晚閱雜書，彈琴。遲生前能彈三操，暑假歸家已忘了矣，因再教之。十一時寢。

十五日　晴熱　八月卅一日　星期一

七時起，八時半到會。午後看書報，寫信二件。收到黃松師寄來詩一束。晚七時教遲生彈琴。十一時讀書至十二時寢。

十六日　晴熱甚　八十二度　九月一日

七時起，九時到會，片刻出。往戴醫生處治牙一小時。午飯後閱書報。晚教遲生彈琴，指法生疏，現已漸復原狀。古人所謂"三日不彈，手生荊棘"是也。天下事類如此，不可忽視之。十二時寢。

十七日　晴　熱甚　八十四度以上　九月二日　星期二

七時起，八時到會。午後熱甚，未作事。連日天氣又轉熱，節近白露，天熱猶如此，去年熱至八月尚未停，何天氣反常乃爾！晚十二時寢。

十八日　晴　酷熱　九十度　九月三日

七時起，晴天無雲，赤日麗空如盛夏，以熱故未到會。午後取竹簟於房中地板上，置卧之堂中，則几案俱熱，奇哉！何近年氣候如此反常耶，災禍之兆歟？聞各處爲競選而每人花洋至千餘元，其最多有萬餘元者。如魏宸祖、黃寶實等均用去萬三千元，真人各有志也，一歎。晚十二時半寢。

十九日　晴　酷熱　九十二度　九月四日

七時起，昨夕寢不安，奇熱也。八時到會。午後寫信二件。晚仍熱，十二時寢。

二十日　晴　酷熱　九十四度　九月五日　星期六

七時起，九時到會。天熱如伏，午後閱報一小時。夢閑頻頻言其母病，似欲歸視疾，此事聽其行止，不能誤也。設其母有不諱，余豈能貽人口實耶！晚七時閱雜書，十二時半方入室寢，天熱難寐。

廿一日　晴　酷熱　九十六七度　晚大風小雨
　　　　九月六日　星期日

七時起，晴空呈紅色。九時以後堂屋中几案俱熱，恐今歲以此爲最熱之一日矣。飯後取簟卧房中地板上，乃稍安，連日未安枕。午後二時倦甚，汗出如瀋。三時乃得熟睡，起則足軟，不良於行。五時更熱，六時半天有風，旋小雨，熱氣稍殺，九時以後轉涼矣。十二時寢。

廿二日　晴　熱　八十四度　九月七日　星期一

八時半起，昨睡甚恬。七時到會，無多事。十一時往醫生處治牙疾。午飯後夢閑往各處購物，必欲歸，予以洋十四元與之。早間用電話數次探船名並托廖長治尋船政處熟人招呼一切之，三得電話，已爲佈置矣。晚七時，長治親來説明各事。明晨有喻、王二人招呼搭武楊輪，甚感甚感。十一時囑夢閑各事，並教以如何措詞説話爲好。十一時半寢。轉鐘三時天忽起大北風。

廿三日　陰　大風　寒甚　晴　今日白露節
九月八日　星期二

五時聞夢閑已起，六時與談各事。予亦起漱畢，與同往漢陽門搭船，帶羅僕送行篋等件到漢陽門。七時大風，寒甚。七時半武楊輪來，甚大，喻君介紹王文明見面，已預留艙位與夢閑矣。甚可感廖長治也。船開後余與羅僕同回家。趙少欽約其子來，謂已考取九中矣。午飯後看書寫信。晚間未出，十一時寢。

廿四日　陰　晴　風　九月九日　星期三

七時起，八時到會。午後看書寫信。五時半往三一學校，因今日楊器之校長請客，同席劉烈武、陳仁周均該校教員也。八時歸，十一時寢。

廿五日　陰晴　涼爽　九月十日

八時起，九時到會。昨得立群函，知其首途在即。午後渡江訪之，談一時許出，便訪佛波談各事，五時歸家。飯後彈琴一時許。十一時半寢。

廿六日　早雨　寒　晴　九月十一日　星期五

七時起，八時到會。寫信致覆各處共七件，寫語甚多，手已軟而疲矣。午後讀《孟子》、唐詩一小時，閱報一小時。晚間清書籍約四小時畢，十一時寢。

廿七日　晴　燥　九月十二日　星期六

七時起，九時到公共體育場檢閱公民訓練第三期，已畢業矣。楊永泰到後即舉行唱歌升旗檢閱諸禮，十一時半畢。回家午飯後，渡江往天聲舞臺看戲，至則已唱第二齣矣。目爲《毒婦鏡》，傳神極佳，惜余不懂梆子秦腔，不能評其聲調是否合拍耳。次演《惡婦鑑》，飾胡氏者爲白玉霜，聞此次天聲舞臺以綳綳戲號召武漢，即以白伶爲台柱。白演淫蕩之戲著名津京滬，各劇園獲利甚厚。雖各該地當局嚴禁，亦可覘吾國近來民衆心理矣。白年約卅許，貌美，飾淫蕩之態活躍動人，目呈淫狀，語語流蕩，演唱至二小時之久，其奸邪毒辣，無不曲意傳神。噫！壞人心引誘青年男女至釀成不可思議非禮之事者必此人也。是日觀戲者以婦女佔全院三分之二，奇矣！院在法界，或者市政府無法禁止，或者順近時婦女心理而不知禁，二者必居其一。不然此等劇已演旬日，每次滿座，聞觀衆多市政府及武昌各機關職員並其眷屬，何以不轉告其長官而禁之耶！白之唱做甚佳，其説白全懂，唱詞不盡懂也。五時半出院，渡江晚餐。九時讀《孟子》十五頁，十一時寢。

廿八日　晴　燥　九月十三日

八時半起，十時寫對聯二付。午後理髮沐澡。晚間讀唐詩，閱雜書筆記之類。十時聽收音機至十二時寢。

廿九日　晴　熱　八十度　九月十四日　星期一

八時起，九時到會。午後寫信分致孫稚平、俞斌如、熊獻芳、鄧麟生等，欲爲王少泉、羅國貞等薦就一小事也。惟喻等接事已久，能否講到交情，能否添人，則又不能強人所難也。晚閱雜書，十二時寢。

三十日　晴　熱　九月十五日　星期二

七時起，八時到會。午後清理各事，五時飯畢，六時渡江往漢大舞臺看崑曲，各報喧傳已久。昆曲小旦韓世昌、小生白雲生、十雜侯玉山今夕首次在漢口演《牡丹亭》也。余到院早，得觀全劇。首演目爲《倒銅旗》，係秦瓊、羅成事。次演《三戰吕布》，與漢劇情節相同。三演《鍾馗嫁妹》，飾鍾進士者爲侯玉山，唱則雖有詞本，余不能懂，做工極佳。口中時時吐火，近時各劇十雜間有爲此術者，是科學進化之力。第四演《牡丹亭》，分《春香鬧學》《遊園驚夢》等，韓世昌始飾春香，繼飾杜麗娘，做唱俱好，惟其人年已老，額膚有皺紋，貌亦不甚美，則未免爲該伶之弱點。聞前數年日本天皇曾以十萬元約韓至東京演崑曲，得盛名。韓伶十年前在北平演崑曲亦有名。但武漢人士懂此曲者少，嗜下里巴人曲者多耳。飾柳夢梅者爲白雲生，年少貌美，唱白清楚，以説明書證之，尚可聽，但其音節是否合拍，則當質之知音者。今全場男婦滿座。一則好奇者，二則老年男子多，余逆料此必懂崑曲或能填詞者。至於婦女，則好奇之心驅之使來而已。此爲余第一次觀崑曲，該班衣服裝飾均鮮艷如京劇，不似余兒童時在鄉間所看高腔劇也。十一時半出院，渡江到家已轉鐘矣。二時寢。

八 月

初一日　晴　熱　九月十六日　星期三

七時起，進香後方到會。午後又到會。晚得夢閑自橫溝市來信，知其母已愈矣。九時閱雜書，十時讀《孟子》十頁，轉鐘一時寢。

初二日　晴　熱　九月十七日　星期四

七時起，九時到會。寫覆各處信，如蕭炳丞、梅鳳山、張立群、劉伯陽及夢閑、黃師伯陽、畢斗山等，午後發出。晚讀唐詩、《孟子》至十一時畢。十二時寢。

初三日　晴　熱　九月十八日　星期五

八時起，九時到會。午後再去，閱報知日本意態甚惡，殊可慮也。晚讀《孟子》五頁，寫信二件。十二時寢。

初四日　晴　熱　九月十九

七時起，八時到會。午後再去。晚間讀《千家詩》五頁，此詩余幼時有聽熟者甚多。當時塾中讀《唐詩三百首》，不讀此本也。十二時寢。

初五日　晴　熱甚　九月二十日　星期日

七時半起，飯後渡江購物件，便訪佛波談二小時。晚渡江，飯後寫信，讀書，閱報，聽收音機至十二時寢。

初六日　晴　熱甚　八十一度　九月廿一日

八時起，九時到會，午後再去。晚間看雜書，讀《大學》十頁。彈《平沙落雁》三次，遲生學《漁樵問答》四段已熟矣。十二時寢。

初七日　晴　熱甚　八十二度　九月廿二日

八時起，清理室內外什物淩亂者。九時半到會。午後自出街買板栗六斤，醫家謂栗生食補腎，熟食補氣，確否不能證明，惟見體弱者食之發氣耳。老年人亦然，則此說不可靠。今歲八月已達秋分，尚如此熱度，奇事矣。晚八時讀《下孟》十頁，唐詩二小時，寫信三件。家中缺零用，函囑劉局長代交，以厚訓帶款不可靠也。十二時寢。

初八日　晴　熱　八十二度　今日秋分
　　　　九月廿三日　星期三

八時起，九時到會。厚訓云明日回縣，寫致傅象虛一函並酒二瓶、《處士集》一套、洋五元，因根生暑假時，請其改文五篇也。午後四時半，漢口裱店送裱屏聯來，結賬付洋七元三角，連前二次所裱共付拾七元三角矣。今歲□書店中裱費付廿餘元，連此計四十元矣，以後戒之。時局如此，裱此無用之物何益耶？晚十二時寢。

初九日　晴　熱　大北風　八十度　九月廿四　星期四

七時起，命夏僕取當金飾。九時到會，彭善成來談。午後再往會，知厚訓已行矣。晚間買玻璃相架，送牙醫生戴志強，明日當書之送去，並當送洋五元與之。爲藍錫九寫其父母雙壽匾字，又裕華齋市招俱成，囑各人來取去。八時寫夢閑信，十二時寢。

初十日　晴　午後燥　九月廿五　星期五

七時起，九時到會。午後再往，無多事。報載前日漢口交易所二巷、韓家巷、大智門等處，廿日下午三時發生火災，所燒屋九百餘家，損失約五十萬，面積約二里許，近十年來所無者。天氣乾，人心又壞，是以釀成之也。晚讀《大學》十頁，十二時寢。

十一日　晴　熱甚　九月廿六日

八時起，九時到會。午後再去，無多事。晚讀《中庸》十頁，讀唐詩五頁，寫信四件。十二時寢。

十二日　晴　熱　九月廿七　星期日

八時起，十一時飯畢。十二時渡江至大舞臺看崑曲，至院尚早，來客不多，聽至終曲亦不過三分之二人數。武漢人士近廿年來醉心京戲，男女老幼懂京戲者十之八九。至於崑曲，以前未嘗見，未嘗演，故和者寡也。且唱者字音又變，即照詞句靜聽，亦時時相混。余不懂崑曲，不知清初之崑曲與光緒間之崑曲似此唱做否。首演《功勳會》，王天報冒狄青戰功事，次演《鐵鷄》，叙向榮、張嘉祥事，此漢京戲大同小異。次演《火判》，飾判官者侯玉山，崑曲十雜之著名者，做工甚佳。次演《（慘睹）八陽》，扮建文君出家事，詞佳而情節亦好。飾建文者爲白雲生，唱做佳妙。末演《昭君出塞》，唱詞即《綴白裘》中《青塚記》。飾昭君者爲韓世昌，唱做出神，惟字眼覺難懂，且帶雜音。總之來觀者未必懂劇之人，不過好奇心生，邇年染於京劇習慣已深，京戲詞淺又易學故耳。五時半渡江回家，晚間讀唐詩十頁。十二時寢。

十三日　晴　熱甚　九月廿八日　星期一

七時起，八時到會。午後又去。晚間羅資深來教遲生彈《漁樵問答》，已學三段矣。讀《孟子》十頁，讀唐詩五頁。十二時寢。

十四日　晴　熱甚　八十二度　九月廿九　星期二

八時起，九時到會。午飯後渡江送月餅與李佛波，並給洋五元，分配其家節賞。四時回家，飯後外出一次，讀唐詩一小時。十二時半寢。

十五日　晴　熱甚　晚月色佳　九月卅日

七時起，八時到會。十時回家，夢閑已由沙市回省宅矣。飯後問各事，午後三時倦甚，小睡，已力不支矣。晚七時進香賞月。今日韓少荃、梅鳳山同馬仲平均來賀節。九時譚哲來約消夜去，十二時半寢。今夕中秋，月不甚圓。

十六日　晴　熱　十月一日　星期四

七時起，八時到會。漢口有電話來約余渡江監交古物。午後渡江，四時半蓋印簽字畢，便訪佛波，談片刻，渡江回家。飯後讀書寫信至十二時寢。

十七日　晴　熱　八十二度　十月二日　星期五

八時起，九時到會。午後又去，連日漢口緊張，日禍甚亟，當局尚在廣州未歸。日方代表非見當局不可，且謂外交總長張群不足以代表中國，奇聞也。晚讀唐詩一小時，十二時寢。

十八日　晴　熱　十月三日　星期六

八時起，倦甚，九時到會。午後未去。與夢閑同渡江，晚十時歸。十二時寢。

十九日　晴　熱　十月四日　星期日

八時起，縫工來做皮袍子。午後寫對聯二付，羅資生來授遲生《平沙》《漁樵》二曲。晚間來客二次，十二時寢。

二十日　晴　十月五日　星期一

七時起，八時到會。午後再往。晚間寫信二件。看雜書及圖書館目錄，藏書甚富，他日有暇，當一一借觀其首册也。聽收音機至十二時寢。

廿一日　晴　熱　十月六日　星期二

七時起，八時到會。午後再往，閱報看雜書。晚間看圖書目錄，以朱筆劃迹記之，以備他日借閱。蓋余素有志閱古人所作日記也。曾文正日記在閩曾見手寫石印本，李慈銘日記原本則未見也。轉鐘一時寢。

廿二日　晴　十月七日　星期三

八時起，到會閱報，連日武漢謠風大起，日禍又亟。紛紛有遷居者，漢口日租界居户紛紛外遷，昔之所恃爲安樂窩者，今日目之爲危險地矣。有錢者此次受教訓不少。晚間閱雜書，十二時寢。

廿三日　晴　燥　今日寒露節　十月八日　星期四

七時起，八時到會。九時渡江至古物會移交，知非余值日也，遂往觀戲，不甚高興，四時歸家。晚閱書報、寫信至十二時寢。

廿四日　晴　燥　十月九日　星期五

七時起，八時到會。午後未去。晚間外出一次，至新橋外街看秋景，可喜也。九時半歸，寫字看書，聽音樂、彈琴至十二時寢。

廿五日　晴　燥　十月十日　星期六

七時起，縫工來做衣服。中日事連日謠風甚熾。余今日未外出，午後清理室中書籍等件。晚間讀書，寫信二件。十二時寢。

廿六日　晴　燥　十月十一日　星期日

七時起，縫工來，飯後同夢閑渡江至漢京大舞臺看新到京班首演《山海關》，吳三桂得崇禎殉國函，此戲余實未看過。次演《烏龍院》，坤伶醉麗君飾閻惜嬌，劉鳳池飾宋江，表情尚好。次演《打花鼓》，坤伶白玉蟾飾花姑娘子，唱做尚好。次演《草桥關》，李萬春飾姚期，唱工極好，做工架子稍遜，倘再過五年，以其貌唱能力，可與金少山並駕齊驅矣。次演《五老聚會》，即《劍峰山》，武老生周瑞安唱做武功夫均妙，亦後起之傑也。末演《寶蓮燈》，鬚生劉仲秋、青衫凌湘娟唱做均佳妙。未終齣余即同夢閑出，至佛波寓送禮物，緣昨日爲其幼子周歲，今日補禮也。就其家吃飯。六時半渡江回家，九時閱報，十二時寢。

廿七日　晴熱甚　八十一度　十月十二日　星期一

八時半起，倦甚，九時到會，喻、沈均來。聞趙雄群被汽車撞死於南京。此次趙爲競選事往南京。渠近七旬，近年好佛學，乃忽爲名心所動，致以非命死京中，殊爲惜也。選舉真害人不淺矣。午後未到會。晚讀《孟子》十頁，彈琴一小時，十二時寢。

廿八日　晴　熱甚　八十二度　十月十三日　星期二

七時起，八時補寫日記，九時半清理書籍，午飯後小睡片刻。午後二時渡江至古物博覽會監交古物，四時半蓋印簽名。出至後花樓買皮零件未妥。五時半渡江回家吃飯。八時聽收音機，頗清晰。十一時看雜書，十二時寢。

廿九日　晴　熱甚　八十三度　十月十四日

昨夕飲酒過多，睡後展轉難寐，胃氣不舒，三時半方睡熟。七時半起，八時半到會。午後再去，向李次瑜借款。晚間外出二次，明晨擬回家，十二時寢。

九 月

初一日　晴　午後熱　十月十五日　星期四

六時起，盥漱畢，吃丸藥後已七時，雇車至東廠口，八時搭汽車，客多，擁擠不堪。遇佘子祥，與談各事。十時三刻抵鄂城，到家吃飯畢，午後小睡一時許。囑內子清理家中各事。王興發來爲余剃頭一次。晚間清理各箱書籍，十一時寢。

初二日　晴　熱　十月十六日　星期五

七時起，昨夜被厚出汗，傷風鼻塞不可耐。午後囑內子曬衣物。萬子雲、張科長谷生來談。久旃來，云其妻病重，厥狀又窘，老境不堪，實爲可憫。余亦愛莫能助。孟祥焕及其母來，寫一薦函與宋濟賢，囑爲安置祥焕，給洋三元與其母去。晚九時清理各事畢。朱坤山來，詳述朱姓各人來縣會商修宗譜事，指示各辦法至二小時，彼方去。十二時寢。

初三日　晴　大風　沙石滿天　十月十七日　星期六

轉鐘二時枕上聞大風暴起，旋睡熟。六時醒即起，更衣漱畢，帶同王安雪急行至車站搭汽車，車遇楊厚庵夫婦。八時半抵葛店，余下車逕訪張尚谷，談甚快，就其肆中早飯。十一時至其私塾，寫宣紙對五付，教員學生聞余，特具紙磨墨相候也。訪蔡區長仲潘、區員仲平談片刻。約陳恕初一談。午後一時半，肖谷、恕初、蔡區長等送余至站搭上行車。二時開行，乘客甚多。三時半抵家。飯後小憩，然觸目嘔氣，誦"女子與小人難養"之句，令人傷心無已。李佛波爲余作伐，何以不審查若此。晚十一時半寢。

初四日　晴　早寒　十月十八日　星期日

七時半縫工來做皮貨，李長青來談片刻去。飯後帶同遲生渡江，遊中山公園，該園較去年已擴大改良矣。見動物園二豹一虎，甚小，二蟒，猛獸毒蛇，被人攝入牢籠中，亦不能不屈服以求食，甚矣哉，人與獸何以異耶！又見一短小人，年五十餘，説北平語。一年少矮人着西裝架眼鏡，僅長三尺，又兩小兒約十餘歲，僅長二尺，揆其狀似老矮人之子也。世間乃有此種乎？乙卯四月間，在北京三貝子花園中，見一守門收票之人，長九尺，年四十許，亦北平人，傳曰北方之強歟，此則北方之怪歟！六時渡江，七時飯畢，聽收音機漢劇播《麥裹金》《收關勝》《掃雪打碗》諸劇，無異親臨，聽曲十時半。聽南京歌曲嘹亮，如漢市廣播之音也。十二時寢。

初五日　晴　燥　十月十九日　星期一

七時起，八時到會。午後閱報見中日事愈激烈，恐將不免戰爭也。晚閱《四書》及圖書館新目錄。十一時寢。

初六日　晴　熱　午後八十度　十月二十日　星期二

七時起，八時到會。午後再去。晚閱雜書小説之類，清理積件畢，十時寢。

初七日　晴　燥　十月廿一日

八時半起，身體倦甚，午後到會，約二小時即歸，無事可辦也。晚讀《中庸》十頁。幼年所讀書，科舉停後，檢閱時少，今夕如夢對也。十一時寢。

初八日　晴熱　八十度　十月廿二日　星期四

七時起，九時到會閱文件，用電話探問方主席，知已還鄂矣。借其汽車明午遊九峰山登高。午後閱報，中日談判仍離題太遠，恐不免戰爭之苦。晚讀唐詩《千家詩》約廿頁，覺有味，彈琴一小時，十二時寢。

初九日　晴　燥　八十度　今日霜降　十月廿三日　星期五

　　七時起，八時到會。午正飯畢再往，同沈碧舫、彭受虛、李次瑜及惠安甥乘汽車遊九峰山。午後二時到寺，值其方丈問賢已先往洪山矣，未能晤談。余等飲酒進餐後，由一僧名某某者導遊，後山形勢起伏甚佳。茲寺爲夏斗寅捐資一萬三千七百元所新建，皆問賢師與之交際之力也。今日登高，可稱盡興。四時半乘車回，與彭受虛便訪方耀庭先生，談一時許。回家飯畢，七時與夢閑同訪譚菊畦，因渠明晨回籍，便托各事。與夢閑同登南樓大橋，"鄂州南樓天下無"，光緒間某科秋闈曾出此詩題，今則南樓無而易以大橋，爲之一歎。九時歸，十一時寢。

初十日　晴熱　十月廿四日　星期六

　　七時起，八時到會。午後二時半飯畢，同夢閑到九福商店購藍湖縐旗袍料，夢閑連日要求渡江，今日因便帶之觀劇也。四時到新市場向各處遊覽，五時在酒館餐畢，至大舞臺則昔齣《夜奔巴州》纔畢。次演《打張堂》，大和尚之丑角，説做甚佳，不愧老手。次爲陳春芳與鄧雲鳳之女梆子，近五年來武漢劇園標此齣名曰"三哭殿"。次爲李四立小生之《寫狀三拉》，唱做出神。陳、鄧、李三伶，近三年在漢劇中負大名者也。次爲吳天保、朱洪壽演《捉曹放曹》，朱淨年六十，嗓音洪亮。吳生雖負時下名，唱工俗惡，極受下等人歡迎，真所謂"下里巴人"也。九時未終齣，余遂同夢閑出場，往佛波寓中略坐談，渡江歸家十一時矣。十二時寢。

十一日　晴　寒　大北風　十月廿五日　星期日

　　八時起，縫工來做皮袍。午後黃海濤送鄂城捐款廿元收條來。余以是日無款未即付之，談甚久去。晚溫《上孟》卅頁，十一時半寢。

十二日　陰　晴　十月廿六日

八時起，聞夢閑言楊永泰昨日被刺，余詢以從何處得知消息，云民廳勤務兵今晨向馬太太言之。余一笑曰，那有此事！九時到會，見街上買報者喊稱"楊永泰被刺的報"，購一份閱之，則楊昨日午後二時在漢口江漢關爲一川人名成某，着軍裝，用手槍，三聲而死矣。是非公論一尚時不能定也。孫馨遠足智多謀，喜怒不形於色。在閩所爲余悉聞見，後任三省聯帥，心尤奸惡而卒不能逃施劍翹女士之一擊。吁！可畏哉。報應之速也！到會閱文件，午後未去。晚溫《上孟》及唐詩至十二時半寢。

十三日　晴　燥　風　十月廿七　星期二

八時起，九時到會。各方傳說無非刺楊事，究竟凶手爲何方指使，一時不能明瞭。然賣國不賣國，終必有水落石出之日也。閱文件畢即回午飯，午後未去。晚八時具素肴二、素麵一盂，今日爲先母八十三歲冥誕。先母生前逢三九必吃素故也。焚楮進香後閱報一小時，十二時寢。

十四日　晴　十月廿八

八時起，十時到會，午後再去。晚讀《大學》《中庸》《上孟》共一小時，十時補寫雜件及筆記各事。十二時寢。

十五日　晴　十月廿九

七時起，九時到會，午後再去。寫信四件。晚閱報，讀古文二篇，唐詩一小時，《下論語》廿頁，《中庸》溫畢。十二時半寢。

十六日　晴　十月卅日　星期五

八時起，九時到會閱文件。午後再去，無所事。連日謠傳新主席已內定黃兆雄，一曰居正有希望，展轉相傳，類屬風影而已。不過鄂省自何成濬從前不敦品，貽鄂人羞，官箴掃地，致中央不見信。夏斗寅不學無術，後又爲李書城所排擠，以是中央輕視鄂人矣。張群長鄂組織省政府委員，四廳俱屬外省，建廳李範一必擠之去。范熙績之保安處長，則以鄂人攻之以給丁炳權。鄂人無團結力，外人遂得而侮之。張楊繼長鄂政，鄂人俯首貼耳，恭順聽從。無怪湘人譏鄂人有奴性也。以余眼光，將來鄂省主席決非鄂人治鄂矣。午後未到會。晚讀《孟子》卅頁、古文一篇、唐詩一小時，十二時寢。

十七日　晴　晚六時大風　十月卅一日　星期六

八時起，九時到會，午後再去。晚讀唐詩一小時，彈琴一小時，讀《孟子》十頁。幼年讀書先生未講解，且科舉停後，誰復親四子書者？近數月觀讀，殊覺有味。十二時半寢。

十八日　陰　小雨　寒　十一月一日　星期日

七時起，八時渡江買衣料送方緒吉，因其生子滿月也。林菊生、劉萃三均來談。午後四時到方寓宴，六時歸。晚彈琴一小時，讀《孟子》卅頁，唐詩一小時，至十二時寢。

十九日　晴　午後四時小雨數次　十一月二日　星期一

七時起，倦甚，足軟，步履頗礙。九時到會閱文件。聞今午楊永泰靈柩由漢移武昌，儀仗頗盛。十一時半出會，車行廣仁堂街，軍警已在戒嚴，左手均帶黑紗，爲楊帶孝也。各機關下半旗，前日省府會議時，聞何成濬建議提大洋三萬元爲楊治喪。何曾爲楊生時所仇視抨擊者，今乃見好於死人耶！午飯後小睡二時許。李宜煊、余希純來呼余起，遂與談一時許。陳登甫來，謂彼行至新古樓洞時，因楊靈柩，各地行人均不准通行。蓋楊被刺，省府各委員均有戒心也。登甫談半時去。晚間小雨數行，氣候轉寒，閱雜書至十一時寢。

二十日　早晴　午後三時雨　十一月三日　星期二

八時半起，十時到會閱報，頗多可紀之事。華北局勢突轉緊張，日軍在北平操演，以北京爲目的地，舉行攻北京大演習，早已破壞我主權矣。津市昨夕特別戒嚴，謂有圖謀不軌者。長沙太平門外日本商人有山岸賢藏者被廚人以刀傷八刀，惟未斃命。段祺瑞於昨晚八時在上海霞飛路寓邸病逝。重慶電報謂巴縣□監全體人犯發表宣言，定於三日絕食一天，將此囚糧費捐與蔣委員長作購飛機之用。南京電國府林主席昨晚十一時由京乘車到滬延陸仲安醫生檢驗其身體。哈瓦斯電，義大利首相墨索里尼在多姆廣場發表驚人演說，大意反對集團安全制度，對美國所倡和平不可分裂斥爲幻想。提倡"法西斯主義"，不贊同現時所謂縮減軍備者，此殆欲以武力統一全球也。凡此皆爲緊要足紀者。近年閱報，未有如今日重要者。午飯後擬渡江回看何伯鑄，以天陰沈欲雨中止。晚飯後大雨數次。晚讀《中庸》、唐詩，彈琴至十二時寢。

廿一日　陰晴不定　十一月四日　星期三

七時起，八時半到會。午後陳海觀來談，便托興山縣長舒某失城事，在保安處羈押，欲取保出外候訊，告以須覓姜顯謨言之，因姜與金巨堂有同學同事之誼故也。晚讀唐詩一小時，《孟子》廿頁，十二時寢。

廿二日　陰　小雨　十一月五日　星期四

八時起，九時到會。午後再去。晚羅資生來，囑其教遲生彈琴，且看所彈《漁樵問答》已合拍否。讀《孟子》廿頁、唐詩、《千家詩》等等，寫覆各處信三件。十二時半寢。

廿三日　晴　寒　十一月六日　星期五

七時起，八時囑夢閑進香祀祖。今日爲其卅歲誕辰，厚訓來拜生，便留麵去。正午客來，留便飯。午後五時開席，男客有柳文相、羅資生、譚菊畦、厚訓等，女賓則李大嫂、二嫂、柳太太、趙太太、趙親家及義女王性淑，九時半盡歡而去，余亦疲勞甚。十二時寢。

廿四日　晴　今日立冬節　十一月七日　星期六

七時半起，九時到會。午後又去。晚讀唐詩一小時、《孟子》十餘頁，寫覆各處函，補寫文稿，十二時寢。

廿五日　晴　霜　十一月八日

八時起，縫工來做皮衣猶未竣也，其遲板如此，奈何。聞根生來一次，未與我見面即去，此子拙而不通世情。前夕屢約其回家，竟不回也。午後閱報，載滬上教育、實業兩界，對於時局通電作沈痛之宣言，列名者黃炎培、褚輔成等二百十四人，謂中日交涉已到嚴重關頭，同人等深信政府必能根據歷次宣言，決不在喪辱國權原則之下堅毅折衝。惟竊有慮者，對方陰謀百出，以前之侵吞主義略吾土地，無一不用非法手段造成事實，誘我默認，現在交涉開始，而察綏接濟匪軍，漢宜增兵設警，冀滬越界演習，豐台藉端佔據，凡此種種，具係越出國交常軌，包藏禍心，婦孺皆知。應請我政府一面迅提抗議，一面嚴令所屬。若有軌外行動，立以武力制止，遏未來之萌蘖，改已失之桑榆，萬勿存投鼠忌器之心，貽噬臍莫及之悔。北平各大學教授主張勿喪權勿失土，同人絕對贊同。回憶去年二中全會，蔣委員長宣言，絕對不訂任何侵害領土主權的協定，並不容忍任何侵害領土主權的事實，願我政府與全國人民一心一德，堅持勿渝，迫切陳詞，惶痛無極云云。此電文含有質問之意，政府當局果視弱歟，抑與敵人強硬抵抗歟？則非小民之所得知者也。晚間讀《中孟》十頁、唐詩廿首，十二時寢。

廿六日　晴　十一月九日　星期一

七時起，倦甚，八時到會。飯後與夢閑渡江至長樂劇園觀京劇，全部《紅鬃烈馬》，自《投軍》至《大登殿》止。晚間又接看《濟公活佛》頭本，佈景極多且妙，十一時猶未演畢也。與夢閑十二時渡江回宅，轉鐘一時寢。

廿七日　晴　午後燥　十一月十日　星期二

七時起，九時到會。聞彭受虛生疽臥床未起。李次瑜已丁艱，此數日內不到會。余以需款甚急，因兩兒校中俱要軍裝及大衣，皮婆婆又要回鄉需工資。午後遂命夏炳丞質金箍得十五元，開消一切畢。二時畢斗山先生來談甚久去。晚間閱《孟子》廿葉。連日立志欲借閱湖北圖書館書籍，爲余四十九歲以前、廿歲以後所欲閱各書。近年記憶力差，欲涉獵之以快平生之志，前兩月已與譚君六館長在漢口談及借閱書籍事，並承其贈去年該館所印目錄三厚册，連夕觀之，劃記號於上，當逐一借閱也。十二時寢。

廿八日　晴　早風寒　午後燥　十一月十一日　星期三

五時醒，呼皮婆起，恐誤其搭輪鐘點也，六時夏炳丞來送之搭輪矣。余九時半方起。盧宗呂來談甚久，遲至十時半方到會，無多事。歸家飯後往看彭受虛，病重未起，就其床側坐，與談片刻出，至圖書館持新給借券借書，囑同學沈季殷介紹借書職員，以沈係館員且與該館各職員熟，一切手續均減，然費一時許，借得《曾滌生手書日記》十本、《彊村叢書》《明季稗史》等，攜之歸。飯後朱祐亭來談，爲考縣長班事。九時檢閱曾石印日記首冊，頗多感想矣。余壬寅年二月，先君欲余學醫，非所願也。因是未上學，在四眼井住宅堂屋後倒房略事整理佈置，房左無壁，而巷中來風大，先母遂以布棚一遮之，當壁耳。余時年十七歲，讀書後每思記平生事，欲立志傳名不朽，以故舊書小本中單頁字稿中必記年月日，以覘將來學業進步。八九齡在塾所寫影本字課均記日存置條臺左之古瓶內，即今余縣宅中所置之古瓶也，此瓶爲祖父所購，大約在光緒元年。又先君光緒間所給余認字之塊亦撿齊保存，約七萬餘字，以此字塊中有程松年師所記日月在也。又於已讀之舊書中，偶記閱過年時次數均留以證將來者，並有著作成冊，即當付印之志皆於"留名不朽"四字上着想。民國癸丑，古瓶中所貯童時習字爲小甥艾厚訓不知何時撕去。己未住八卦石杜姓房屋時，又將童時所讀《詩經》《書經》二部及八股制藝文各書約十餘部用火焚之，以爲此無用物，當時未細察，其中尚有幼時記載各事也，殊爲可惜。《曾滌生日記》幼時曾聞先君及程師言過，未之見也，癸亥在閩道署充科長時已有日記，十月初科員張時蕃家中藏有滌生手書日記印本，借閱一過，惜有殘闕，係滌生之孫曾廣鑾印行，聞售價卅餘元。余以無餘資亦未向滬購買，不過偶借閱之，證吾日記體裁耳。其實余記與滌生日記不甚同例，起睡必記時間鐘點，尤與其日記大異。其日記首冊僅書早起晏起，睡眠不記時刻。余之日記自甲子年起，逐日記之，不缺一天。當時在閩訂冊起書時，以爲甲子爲干支起數，又觀滌生之爲人有始有終，文章雖學桐城派而未入室，但其義理法斐然可觀，再閱其日記，恍如久別故交重逢歡聚。閱至轉鐘一時寢。

廿九日　陰　晚小雨一次　十一月十二日　星期四

九時起，朱士堪來談，留便飯去。午後二時帶同遲生往理髮店理髮修面一次。晚八時涉獵《彊村叢書》二小時。昨閱曾日記首册已竣。查日記起自道光辛丑，即道光廿一年正月元日起，在北京官翰林時也。日上兼記風晴雨雪，字作行草似急書，且有難辨之字。正月至五月底係逐日書事，頗簡略，六月朔起至廿八日，僅記九天，更略書而急草。七月朔至九月初二止逐日記事，以下缺文至十月十一日，則滌生卅歲初度也。記其一條云：卅年爲一世，吾生以辛丑十月十一日，今一世矣。聰明日減，學業無成，可勝慨。《語》不云乎：往者不可諫，來者猶可追。自今以始，吾其不得自逸矣。道光辛丑初度日識。是其所寫日記始自三十歲也。八月至十二月未記晴陰，又是年臘月十九以後缺文，其次年壬寅記事，係十月初一日起，首行自書"壬寅年"三字，則十月以前實未記也。至臘月除日止，均逐日楷書，此間多叙讀書讀《易》事，且自刻勵身心。臘月初七，自書課程十二項，謂鑒於蔚堂自立功課，新換一個人，其課十二項，曰敬、曰靜坐、曰早起、曰讀書不二、曰讀史、曰謹言、曰養氣、曰保身、曰日知所亡、曰無忘所能、曰作字、曰夜不出門。閱至轉鐘一時，小憩片刻寢。

三十日　晴陰不定　十一月十三日　星期五

八時起，九時半到會。同事彭受虛左臂生疽甚劇，已請假。李次瑜丁內艱，亦請假。會中係余一人辦理，頗麻煩也。午後再去，四時方歸。今日尹仲韓先生來請爲四川某同善社寫一匾額並大長聯，囑爲斟酌，就關聖、文昌、孔子三教合一作文，事多而造句似難矣。此老又拘拘於對偶，求工穩，愈生硬無風趣，已許代爲書寫。晚九時閱《曾滌生日記》第三册及《彊村叢書》，涉獵第四五六册，又閱《揚州十日記》《嘉定屠城記》均畢。明朝亡於漢奸太多，引賊入室，官吏貪污，反復無常以苟全其位。視明之亡也，遂奴顏以降清，流寇蔓延各省，官兵無法攻剿，久而與匪通矣。如是兵匪不分或匪勢蹙而就撫，撫未久而復叛，所苦者當時民衆耳。東南民氣軟弱，平時養處均豐厚，一旦清兵攻入，遂任其屠殺而無抵抗之力，觀於此兩記而不目裂髮指者，非人也。則辛亥滿清之亡似覺太便宜耳。轉鐘一時半寢。

十　月

初一日　晴　十一月十四日　星期六

七時半起，九時半到會。辦文二件，午後再去。傍晚帶同遲生洗澡，連至兩澡塘，軍隊以星期六均出營洗澡，無位置可待也，遂與遲兒歸。九時閱《曾滌生日記》及《烈皇小識》，至轉鐘一時畢。已將可記錄要緊者另書於筆記中矣。一時半倦極，遂寢。

初二日　晴　十一月十五日　星期日

七時起，縫工來做皮袍子。午後帶遲生至圖書館閱書報。此兒未到過圖書館，特引導之，便來日自往觀書也。三時帶之渡江往新市場一遊，傍晚歸來又生惡氣，夢閑似表示余不應帶遲生渡江者。"女子與小人難養"，信然。九時半閱《文正日記》五六冊及《幸存錄》等書畢。轉鐘一時寢。

初三日　晴　十一月十六日　星期一

九時起，十時到會，十二時歸。夢閑以前宅收租金扣其整椅價洋五角，遂遷怒於余，咆哮悍潑哭罵畢具，余氣極，罵後以掌擊之，此女終非善類，不可教也，奈何！午後余仍到會。晚歸，彼又滋鬧，被余大罵之，以其無恥耳。大言不慚也。十時起再閱《滌生日記》七冊已竣。轉鐘一時寢。

初四日　晴　十一月十七

九時起，十時到會。午後再去。晚閱《滌生日記》第八冊並《東明聞見錄》《青燐屑》《求野錄》等書均畢，轉鐘一時半寢。寢息太遲本非衛身之道，然日間諸事繁雜，文件及人事酬應，心神不寧，只有晚間方可注目注神入之。先君子五十至五十九歲時極愛讀史書及筆記一類書，每每閱至夜分不能自已，亦以白晝有醫道應酬也。

初五日　晴　十一月十八日　星期三

九時起，十時到會。連夕看書遲睡兼為夢閑無狀牽動真氣，暈眩時作，行路時極不穩，心胸間時覺氣鬱不暢。午後遂寫信與李佛波，告訴夢閑無狀事，約萬餘字，恨之極，囑佛波向之言，請其速為自擇而已。晚閱《曾日記》第九冊並《江南聞見錄》《行在陽秋》畢。轉鐘一時寢。

初六日　晴　十一月十九日　星期四

七時起，九時到會辦文件，午後再去。晚間朱祐廷來，談後約余同往陳恒儒寓，未晤。九時歸，得李良煊函，謂佛波病危，余所寄原函未便呈閱等語。余欲渡江一看，計往返十二點鐘必不能回家，家中雇嫗回縣已久，遲兒此時已寢，夢閑亦睡，慮及無人照門，展轉再三，仍決計明晨往探似爲妥便。十時仍閱《滌生日記》第十冊，並涉獵《烈皇小識》三本俱畢。轉鐘一時寢。

初七日　晴　十一月二十日　星期五

七時起渡江至佛波寓，已八時半已。問其妻，云已稍好，然其體弱不耐風寒，致一觸即發耳。以佛波正睡熟，未便上樓一探，即渡江往會中閱文件，十一時歸家午飯。午後一時尹仲韓來談甚久去，陳恒儒來談，勸余仍爲黃岡長，謂徐朱方所保汪小舫，省府以行營規定，原籍人不能作原籍縣長故也。黃岡今歲經匪亂數次，伏莽仍多，今年余則不欲也。晚間清理各事，準備明日往圖書館換其他各書借閱，以饜余前廿年之願望。十二時寢。

初八日　晴　十一月廿一　星期六

八時起，九時到會，午後未去。三時小睡至四時半醒。晚看《曾滌生日記》十冊俱竣，事記此十冊中，論事有發揮者不過卅餘次，行軍觀人，俱載記中。自咸豐九年正月朔以後俱寫行書，未書早起晏起，書法似亦大進，年齡已到四十九歲矣。擬明日還書續借閱各書。十二時寢，大風忽起，天氣轉寒。

初九日　陰　大北風轉晴　今日小雪節
十一月廿二日　星期日

九時起，十一時陳子周自黃岡來述各事，留便飯。午後三時還書圖書館，續《文正日記》卅本，《中東戰紀本末》《清朝文字獄檔案》二部。接立群函，鄂城催捐款函，爲尹仲韓寫四川某大廟匾字四，徑二尺六寸，文曰"三聖同符"，謂關帝、孔子、文昌合廟也，並長聯一付，每邊卅二字，牽強湊合，殊不成聯語也。係尹先生作，年老造句退化如此。晚涉獵《清代文字獄檔案》及《文正日記》，十二時寢。

初十日　晴　十一月廿三　星期一

八時起，連日心中抑鬱，家室內觸目增恨，真悔當日作事孟浪，不加考察，順人之感情而輕於一諾，至今時受痛苦，自取煩惱，追悔何及！九時半到會，午後爲尹先生寫大匾字，文曰"三聖同符"，真費解矣。其聯句有"桃園風穆"，直接"杏壇雨濃"，真俗而生湊，桃園事不見正史，且頌揚關帝、孔子與文昌，又何至牽到桃園耶？尹年老大，且近奉同善社甚虔，余又何必多事。費二小時力寫畢，心慌目眩。近來未加調養而又時時嘔氣應有景象也。晚閱《曾文正日記》第十一冊畢。十二時半寢。

十一日　晴　十一月廿四　星期二

八時起，九時到會。飯後勾所寫匾對，費力甚，頭目暈眩，午後二時畢。尹先生同某某等七人來取之去。晚閱《清代文字獄檔案》。當時文禁之嚴以及漢人之尋隙報復致令文人召殺身之禍，雖曰清帝酷烈，其實漢人害漢人。噫！此吾國民族特性也。閱《曾文正日記》第十二冊畢，十二時寢。

十二日　晴　十一月廿五

八時起，九時到會。午後再去，一時半渡江與朱士堪同看宋濟賢病，折而至九小，寫榜言八付，校長汪女士轉請者也。五時訪佛波並趙女士，與訴夢閑無狀情形，六時半歸。晚後略閱雜書，十二時寢。

十三日　晴　十一月廿六日　星期四

八時起，九時到會。十一時至同仁醫院看彭受虛，病已漸痊矣。午後至平湖五巷十二號會周親家母，與談淬成在新廠事，晚寫汪經五、袁子青、廖純古函，均發出。九時閱《曾文正日記》十三冊已畢。十二時寢。

十四日　晴　寒　十一月廿七

八時起，九時到會。午後送舊北口皮袍子至黃宅請其乾洗，寫曾榆村一片，囑其將前次借去彙刊送還也。寫何伯鑄、周淬成信，均發出。鄭子題來家數次未遇。晚九至十二時閱《曾文正日記》十四十五册畢寢。

十五日　晴　晚月色佳　十一月廿八　星期六

八時起，連日頭暈目眩，行路不穩，前數日嘔氣，虛火上升，肝氣鬱鬱不暢，均爲夢閑事而發，令人時時暗歎孟夫人不置。今日茂道和尚送茶葉、相架數事，余出門不值，聞其居漢口，容再訪之。發康光楷信，曹之駿已得羊樓崗營業局長，欲薦孟祥焕，親往送函，值其渡江矣。晚閱《曾文正日記》十六十七册至十二時畢寢。今日本會開例會約一小時。

十六日　晴　十一月廿九日

九時半起，頭暈更甚。午後渡江爲夢閑買參燕等及零星食物，彼真有孕矣。四時訪佛波，聞其病因不禁葷冷，貪口腹之欲致病不能愈也。晚六時渡江回家，飯後閱《曾文正日記》十八十九册俱畢，轉鐘一時寢。

十七日　晴　十一月卅日　星期一

八時半起，倦甚。頭暈更重。十時到會，足軟無力，午後未去。陳恒儒來談，爲朱祐廷事。晚飯時易泮香來談甚久去。十時閱《曾文正日記》第廿册已畢。沈保恒爲余及夢閑看病。沈雅樵同來，約談半時去，十二時寢。

十八日　陰　寒　大風雨　十二月一日　星期二

八時五十分起，陳海觀請余寫銅牌模型，到會後欲代彭湛然辦文，以心緒不寧，連日倦怠殊甚，屢欲提筆竟止。今春至今現象如此，真令人生老境感慨矣。午後到省政府開公民訓練，結束會議約一小時。程廳長謂仍聘余爲全省普及教育會委員。三時雨大，與王紹佑同乘車回省黨部。四時茂道和尚來見，與談半時去，彼云今夕往沙市收款也。五時回家，北風大作，入晚嚴寒，身倦不能治事。十一時寢。

十九日　晴　寒甚　十二月二日　星期三

十一時半起，未到會。飯後鄭子題來取余所寫匾字，呂丹書、陳恒儒、陳登甫先後來談甚久去。二時半到會，代彭辦稿一件。頭暈足軟倦甚，不願作事。四時往看彭，病已大好，未出醫院。五時在邵祥茂配眼鏡架一個，去洋八角五分。六時歸，飯畢小睡二時許，再起治事，東塗西抹，無精力矣。十二時寢。

二十日　晴　寒　十二月三日　星期四

九時起，十時到會。頭暈未止，勉強支持辦稿一件，午後未去。晚閱《曾文正日記》，目眩甚。十二時寢。

廿一日　陰　寒　十二月四日　星期五

八時起，九時到會。頭痛目眩，走路覺上重下輕矣，辦稿一件，連日實不欲治事，所辦文件皆替彭湛然者，彭病月餘，尚未痊也。午後又去。晚間寒氣重，未能執筆，閱雜書，十一時寢。孟祥煥來，給二元四角川資。

廿二日　陰　寒　晚微雪數次　十二月五日　星期六

八時起，九時到會。仍代彭辦文件，午正歸家。孫伯琴攜其弟來說話甚多，留其便飯，呼菜四盂佐之，午後二時方去。三時往省府開普及教育委員會，候人甚久，開會至五時猶未畢。余以今日約龔體仁吃晚飯，遂先退席。出省府，天微雪，甚寒，到家後龔已候久，遂開席，飯後與談一小時去。九時閱書未能入，頭暈目眩，遂早寢，中醒一次，展轉不寐。

廿三日　陰　寒甚　十二月六日　星期日

八時半起，成衣匠來做羊皮袍。飯後渡江訪李佛波，彼正睡濃，未與説話出。與周君往購大衣，看數處未妥。訪杜振卿不遇，訪茂道和尚，欲約其至菜根香素餐館，彼堅持不可，謂有香客來，或有贈送，無人代收款也。和尚亦惟利是視耳。余送洋四元與之，因近日甚窘，且前屢有捐款，故不能多贈。六時半渡江回家吃飯。十一時補寫日記，轉鐘二時閲《曾文正日記》十一册畢，遂寢。

廿四日　陰　寒　早小雪數次　今日大雪節　十二月七日　星期一

八時起，頭暈目眩未減，夜間睡亦不如前數月之安穩。今日未到會，買板炭五十斤，今冬價甚昂，未能多買。晚閲《曾文正日記》廿二、三册畢。十二時仍思作事，頭昏不支，遂寢。

廿五日　晴　寒　十二月八日　星期二

九時起，頭昏痛幾欲仆地。十時到會一次。午後用電話催會中送款來備添買零件也。晚閲《曾文正日記》廿四、五册，均畢。以頭疼，十一時寢。

廿六日　陰　早小雨　十二月九日　星期三

八時起，頭昏眩不能支。如廁後至前房，幾次如欲仆，虛象大見，老境已呈，兼之近來屢爲夢閑嘔氣。婦人賤拙之性不除，男子終爲其累矣。奈何！奈何！前歲誤信李佛波之言，自悔當時未審慎耳。午後渡江買皮鞋、呢帽及零件食物等等，渡江在輪舟中遇丁潤伯，誇其在黃陂如何政績，支持至三年之久。噫！黃陂人多奸詐，幸遇此狡猾之縣令與三四新土劣相依附，誠所謂相得益彰者也。自漢上報館林立，那有公論？自選舉法行，那有公論？潤伯以其弟權柄充保安處長爲之後臺，故能久於其位，且勾結省黨部委員某，爲之互換利益，遥爲聲援，復施金錢於報館編輯諸人以宣傳其政績。噫！天下事乃有公論之足言耶？五時抵家，六時飯畢。九時閲《曾文正日記》廿六、七册畢，十二時半寢。

廿七日　陰　雨　寒　十二月十日　星期四

八時起，頭仍暈痛，以天雨不欲到會。繼思昨定大衣寬窄未説妥，遂渡江並昨寫宇平、淬成兩親家之函，渡江後至兩餐館飲芥厘蝦仁湯，食麵包畢，訪何伯鑄，取前存文集各稿歸。下午二時抵家吃飯畢，小睡二時許。六時囑遲兒幫同清理房中字捲書籍雜事至三小時方畢。頭暈更甚，勉强支持，雖欲仆地不顧也。九時進晚餐，略憩，仍閲《曾文正日記》廿七、廿八册畢。轉鐘一時寢。

廿八日　晴　午後陰寒　小雨　十二月十一日　星期五

八時起，頭昏未愈。十一時到會。午後閱報一時許。三時渡江購得光明戲票並訪曹漢臣，談片刻。晚間渡江回家，飯後頭昏目眩，肝火虛火上升。夢閑不歸，余亦不能廢讀書光陰也。自九時閲《曾文正日記》，十二時半已盡第廿九册至卅一册，轉鐘一時寢。

廿九日　晴　十二月十二日　星期六

八時起，十時到會。連日欲李次瑜支款，彼均未到會。十二時回家，飯後來客數次。一時渡江至光明戲院看綳綳戲，《借衣》當已唱過大半矣。次爲王寶蘭之《書囊計》，唱做均佳。次爲喜彩蓮之《楊三姐告狀》，唱詞清脆傳神，極佳。飾幫審員李□我傳神甚妙。六時方畢，渡江，飯後清理各事。閲《曾文正日記》卅二至卅三册止。轉鐘一時寢。

三十日　晴　十二月十三日　星期日

八時起，縫工來做皮袍子。午飯後渡江至漢口大舞臺觀川劇，首齣《借雲破曹》。次演《薛丁山打雁》。川戲余前雖於收音機聽過，未見唱川劇者神情如何、衣飾如何耳，此戲不似余幼時所見之高腔也。此兩齣衣飾與京漢劇相同，飾薛平貴者着胡人帽，甚新穎。次演《遊御園》，飾唐明皇者爲盧草庭，正生也。飾貴妃者爲張惠霞。次演《吳漢殺妻》，唱做出神，詞調音節與京劇相似，僅說白作川人語耳。次爲薛艷秋之《穆桂英大破天門陣》，其情節與京漢劇同。總之，川劇能獨立撐持遊滬漢，亦有可自立之道也。余今年增耳目視聽之娛不少矣。晚七時回家，飯後閱《曾文正日記》卅四、卅五冊畢，兼涉獵《滿清文字獄檔》三冊。轉鐘一時寢。

十一月

初一日　陰　晴　十二月十四日　星期一

八時起，頭昏未減，十時到會。候李次瑜支款，仍未來，殊可惡。曾雨村來談昨日報載西安事變事，謂蔣雨岩、陳調元到西安僅半日，亦與蔣院長爲張學良同日挾持監視，已失自由云云。昨晨余未起時，歐俊傑來乞寫薦信，謂報載蔣院長在西安被監視，余初未之信也。綏遠戰事近日勝利，國人應該努力邁進，不可再有內亂發生，致召國亡種滅之禍也。午飯後頭仍暈痛。屢次來客，致久欲寫之屏對不能落筆，日復一日，積壓之事太多，令人焦灼無已。三時半請曾蘭友寫一介紹函，備明日往同仁醫院看病。晚飯後閱《文正日記》卅六、卅七冊畢，頭痛未止，十二時寢。今夕祀孟夫人，就其像前卜二課。一問西安事，得課吉，似不擴大，一詢余此月進行，得上上下下上上課，有"淮陰天下士，背水立奇功"之句，附記之。

初二日　陰　雨　天氣燥　十二月十五日　星期二

八時起，倦甚，以今日天氣似和暖，着短裝外套，此服民十七着後久置家中，已蟲蛀數處矣。因雨小，便於行履，特着之。傍晚渡江購絨鞋、戲票，便訪佛波。天氣時雨時見星，頗燥，八時渡江，九時閲《文正日記》卅八至四十册均畢。十一時半寢。上床後以天燥難成寐，轉鐘一時聞大暴雨數次，三時以後風雨甚厲，展轉睡未熟也。

初三日　大風雨　雷電交作　十二月十六日　星期三

十一時起，天氣風雨寒甚，終日未出堂屋門也。接朱昆山、幼門等信，約余本月初八回縣，爲修族譜事，屆時似不能不歸也。午後閲漢報載委員長仍困西安，此事恐一時不能解決，晚聽收音機亦如此。今夕補寫日記，並清檢前次所借圖書館各書，備明日送去。昨往同仁醫院診病，曾醫生過細驗脉驗肺背，甚至驗血尿畢，謂余無甚病，血壓並不高，何以頭暈仍不止，蓋因晚寢過晏，看書傷目力，兼之本月數與夢閑嘔氣，牽動肝風也。十一時半寢。今夕大雷電，冬行春令，舊説目爲不祥，附記之。

初四日　陰　大風寒甚，午後下雪子數次
十二月十七　星期四

八時半起，身體倦甚。木匠來，囑其修整後宅窗户及零件，飯前自往圖書館交還前借書籍，並借得《中外紀年通表》八本、《吳韵荃修學旅行日記》一册。吳爲兩湖同學，未畢業即以癆瘵死者也。欲藉以證湖堂時諸事。又借得清同治間李文清公手書印本日記十六册。李名棠階，號文園，豫之河内人，當時秉樞府，能措清室於磐石之安，其功亦不在曾胡下矣。飯後自往錦章布店購布匹，以頭昏未愈，向劉有餘堂購頭痛粉服之。晚聽收音機，南京漢口報告無非西安事件，現各方已申請討伐張學良救蔣院長矣。七時清理室中各事。九時涉獵《李文清日記》，起自道光十四年甲午二月，終自同治四年乙丑十月，多理學刻勵語，首卷正楷寫，與《曾文正日記》相伯仲。民國乙卯前大總統徐世昌爲之序。此亦可傳之日記，以印較曾日記稍遲，故人僅知《文正日記》之佳也。十一時半寢。

初五日　陰　寒　午後五時大雪　大風
十二月十八日　星期五

五時醒，頭暈較昨夕略輕。六時欲念起，至十時半方起床。飯後到會，取借款歸。四時渡江至佛波寓略談，至永昌衣店取大衣歸。大雪紛飛，船上尤冷。到家已八時，吃飯畢，頭昏目眩愈甚，以感寒氣甚重，今晨又不愛其身體也。欲閱書，以精力不繼，十一時寢。

初六日　陰　寒甚　微雪數次　十二月十九日　星期六

十一時起，連日頭暈身疲，一事未做，辜負光陰，殊爲可惜。畏寒未出堂屋門一步。晚飯後寫信四件，分致周福、羅資深、宋濟賢、龔體仁，因余薦龔與李專員爲參事，今得覆，已照聘也。昨日爲家中購備板炭炭元等等，自往督理，殊麻煩，今日又囑僱嫗買三擔並柴米細事。夢閑年輕，不理家事，余甚惡之。使孟夫人在，余決不如是之苦惱也。十時閱報聽收音機，知西安事尚未解決，殊爲可慮。十一時欲閱他書，以倦不支而又恐傷目力，遂寢。

初七日　早陰寒　午後東北風　十二月二十日　星期日

八時起，頭仍暈痛。夏長生、羅國貞等來打掃房屋、洗地板等事。午後帶內子渡江看戲，囑長生等照門，並將各窗戶糊好。五時半歸。晚後頭暈不減。晚九時涉獵《李文清日記》，初書小楷甚精，中間雜有行草。晚年寫小楷更小，日記中多痛自刻責語，此等人皆生有自來者也。今之居高位爲院長、各部總長、各省主席者，日忙於酬應，有暇必攜其嬌姬幼妾坐飛機汽車，日以尋樂爲事。所謂行政綱要大綱等文字，自有所雇秘書代爲，何用自記耶！閱至十二時，頭昏目眩，不能支持，遂寢。明晨擬回縣，展轉不寐。

初八日　晨結冰　晴　奇冷　晚見月色
十二月廿一　星期一

五時醒，聞鐘鳴遂起，寫信與厚訓囑其請假並告以須維持香依亭事。七時到漢陽門，則往黃石港小輪剛開矣。余此次以頭暈甚久，不願坐汽車，是以改乘輪船。縣中朱姓謂修譜集議，原定今日，前已函允，似又不能不歸，恚甚！遂雇車趕至東廠口搭車，人多，擁擠不堪，正午到家小憩，飯畢頭暈未止，遂小睡。傍晚至相丞二叔處細詢修譜各事，定初十開會決定辦法。艾幼卿、王久旍、萬子雲來談。同住程姓已將家俱變賣畢，定明日往漢陽住家，其子少儀再向他處謀事，情殊可慘。聞儀伯之生父因寄食受其嗣母奚落，月前已投江矣，尤爲慘事。十一時飲鴨湯一盂，內有明天麻所煮者，楊厚安謂此方可愈頭暈也。十二時寢。

初九日　晨大雪　午後陰　十二月廿二

十二時起，頭暈減輕，腰際忽痛。昨夜夢尹仲韓來述一事，謂某人甚好，至今無飯吃，殊可憫。余爾時正吃飯，因曰無惻隱之心非人也，遂以飯與某人食之。下午一時往看楊厚安、劉心栽、謝服初、蕭敦五，謝、蕭均於前日往漢，未之晤也。晚程儀伯來辭行，狀甚慘。寫萬子雲介紹函，彼運氣不佳，余亦勉强應付，明知無益而爲之。程宅五人既遷出，屋多人少，余遂搬入後房。十時寢，不成寐，所夢尤雜，覺孟夫人已歸者，思之所集也。

初十日　早大雪　午後陰　微雪時作
十二月廿三　星期三

九時起，頭暈腰痛甚，遂起坐較睡時稍好。今日初十，爲朱姓開會修譜期，十一時囑洪英探問，則無人來。朱鍾德來談，旋聞朱海元姑祖已病故，即昆山叔之父親也，遂同鍾德往看唁，二時歸。外甥女來看，旋與內子大吵鬧，令余嘔氣。萬內子少讀書，又不懂世情，每令余嘔冤氣。四時潘仲平、楊象三來談，囑洪英尋周崇鈅、崇錄等來問周知安賣田與崇福實況。崇福欺余欺其叔非只一次，情殊可惡。六時清理書箱中各書籍，凌亂無次，且缺各緊要書籍，皆根生所爲者。此子不知艱難辛苦，真使余嘔氣，並在前房櫃中檢出新式淫書多本，係借自楊明強而尚未還者。此書最壞少年心性而弱其身體者，前者政府每每有一紙空文，囑各省公安查禁，具文而已，往省時當呼來一問而責之。龔少山、程燕山來求介紹事，孟令益來借川資，予一元方去。此子幼而失教，已成流氓，敗家應出此子，前數年亡室孟夫人曾每言其四嬸家出此孫，敗類也，今果然。十二時寢。

十一日　陰寒　十二月廿四日

九時起，頭暈稍減。十一時往書房清理書籍。午後朱唐庄家門鍾玉、鍾廉同昆山、茂林、鍾浩來談修譜、分修另買祠堂事約一時許散去。晚囑楊象三清理民國三年以後信件爲補日記材料至十時，頭暈大作，目亦眩甚。龔少山來欲薦事，十一時半，余氣逆不能睡，步行室中，百感交集。十二時寢。

十二日　晴　十二月廿五　星期五

八時聞陳功璧送家鴨來，余囑其代購以治頭暈者也。九時起，倦甚足軟。午後朱家墹家門鍾金、純輝又同昆山來，議決單獨修譜並購祠堂，請余寫信致朱子翼。出城與王久旐同訪周獻廷未遇，便遊回龍寺，門閉不得入，又遊石馬巷及鳳皇臺。幼時僅聞其名未至者。囑僧引余等看寶塔，此即所謂東門塔者也。細辨紅砂石橫楣上名狀元□，明萬曆四年丙子所建，磚上鑄字均有狀元字樣，其實由明迄清朝二百八十年，吾邑並未出狀元也。觀畢與久旐經土門、春庵等處歸。獻廷來回看，余詢以舊時科舉事，彼亦不知。天下何少細心人也。晚間清檢書室，已略就緒。萬子雲來乞介紹函與張科長，無益也。擬明晨返省宅，囑王興發在家宿，俾明晨送余。十一時半寢。

十三日　晨霜　晴　夜月色佳　十二月廿六日　星期六

八時起，帶同王僕出後門沿城行經小北門至汽車站。九時半大冶車方到，因客多，遂改葛店票。下車後候張肖鵠於其藥肆中，久候不歸。十二時遂往站，肖鵠來與談半時，周中亭與余同車，叙及其四弟在太原，頗有積蓄，而受制於其妻。又述王小齋在晉騙其弟五十元未了結事，又述徐宏忠由其弟薦後反受累事。甚矣，吾邑人之難纏也。從前柯逢時不用同鄉，最近何玉書不援引同鄉，曰非藉端嚇詐，即目無法紀。余十年前恨其人之刻薄寡恩。余自十五年長沙市征收局後，二次為蒲圻令，三次為黃岡令，受同鄉之累致賠錢嘔氣，始信柯、何二人持論非刻也。午後二時抵省，見各處懸旗云蔣介石已出險。到會後問各事，以電話告知佛波。五時回家，飯後各機關、學校挂燈遊行，慶祝呼喊，時過門首。十二時寢。

十四日　早霜　晴　夜月色佳　十二月十七日　星期日

七時起，足軟身倦。飯後寫會中提案稿畢，渡江訪孫伯琴、劉伯陽，匆匆回家。飯後聽收音機，劉炳南、劉順娥、萬盞燈、吳天保等唱漢劇，頗佳。閱報載西安事變後，述委員長召集張、楊訓話，囑彼等勇於改過，其中一段云現在余一年以來之日記約有六萬餘言，兩月來之公私文電及手擬稿件，亦不下四五萬言，此外各種救國計畫及内政外交軍事、財政教育等各種政策與方案，總共不下十餘萬言，爾等均已寓目。在此十餘萬言中，爾等必已詳細檢閱其中是否有一言一字不為國家而為自私，是否有一絲一毫不誠不實、自欺欺人之事云云。九時頭暈痛，十一時寢。

十五日　晴　月色佳　十二月廿八　星期一

九時起，十時到會。晚間武漢仍有遊行者，九時頭暈未減，看雜書至十一時。見中天月色，因憶童時先君與涂小舫師某年冬月縱談至三更方別，余縣中緑營將士查巡吹角而哀，余與先君曰，此殆杜詩所謂"永夜角聲悲自語，中天月色好誰看"者耶！先君謂余甚有悟性也。十二時寝後猶記當時事不置。

十六日　陰寒　十二月廿九　星期二

九時尚未起，聞羅資深來，余欲問其近狀，起時知已去矣。十時頭暈略減，步行訪李藹臣未遇，又訪沈寶恒，途遇之，約其今晚到家爲夢閑治病，談半時還。以足力不佳，倦極思臥，僅合眼凝神而已。午飯後到會，車行途中，忽憶及辛丑秋在高幼泉師塾中所作八股文題曰《故天將降大任於是人也》，□下二比云：聖賢無僥倖之功名，而遭遇亨通，是非強之而始合，蓋天實爲之也。故聖賢位置，冥漠中自有主持。豪傑多艱難之氣數，而安危窮達亦自聽之於自來，故豪傑奮興隱微中，實深眷佐。噫，是大任由天降也，吾不觀其既降之後，而觀其將降之時。以下中比則記不清楚。到會後寫致周知安、傅幼虛、王久旃、萬子雲等信發出，三時開十九次例會，彭湛然尚未出病院，提案無多，四時半即散。余歸後，沈寶恒來，診夢閑脉謂似有孕，開方出。九時半閱《李文清公日記》，十一時寢。

十七日　陰　晴　十二月卅日

九時起，頭暈甚。羅資生來爲余補寫《壯學集》數頁，此集散稿零頁甚多。近年事冗，未遑自書，明日起當專心補之。晚頭暈甚，囑遲生練習七弦琴，恐其久而忘之。十時閱《李文清日記》至十二時寢。

十八日　晴　和　十二月卅一日

八時起，昨睡甚恬，九時到會，十一時至熊綬方處久坐，飯後到省府爲王久旃介紹函請陳、夏二人蓋印，然總冀其事之成也。二時至李藹臣家開會。五時隨郭治平渡江訪桂競秋之妻，問競秋近日地點，又與治平久談，桂與郭同宅住故也。七時渡江，見各軍隊工廠及下流社會之人提燈遊行，名曰慶賀新年。聽收音機，播笑語極多。十時閱《李文清日記》約半册，十一時寢。多夢。

十九日　晴　民國廿六年　陽曆一月一日

八時起，昨夜多雜夢，神氣不寧。今晨頭暈未愈。李冠唐來談，多無聊語，余頗厭聞之。根生來，余面訓之，然此子拙性不改，余頗爲慮，仍命之回校。夏德生來爲余洗衣靴，羅國貞洗地板，費時不少，地上均洗刷清潔矣。晚聞省城內外軍警男女學生提燈遊行，大意謂時局轉好，蔣已脫險，又值新年，遂玩燈演高橋臺閣諸故事，警察爲之督率舉行，萬人空巷，途爲之塞。然值此民生凋敝，環顧前途，内則國難正熾，外則強鄰逼迫，"生存"兩字岌岌可危，何事可慶，何事可祝耶？政府及公安局取一種欺矇政策以見好於群衆，故不惜勞民傷財耳。此語何人可直告之國民政府耶！十時閱《李文清日記》五冊已竣，僅涉獵，未細閱也。十二時寢，轉鐘後多雜夢。

二十日　晴　燥　一月二日　星期六

八時半起，頭暈未愈，十一時飯畢。正午帶同夢閑渡江至漢口法界大舞臺看京戲，小程艷秋、孫春生合演《小放牛》，唱做尚可。吳彦衡、李洪春之斬顔良、文醜，李飾關公，唱詞説白清晰，做工亦佳。末齣爲陳曉崑之《法門寺》，陳爲女伶，北京某宦之女也，貌唱做均美。梅雪艷之青衣唱工亦不弱，余坐次在第二排，看聽尤得其真。五時半畢，匆匆渡江，飯後武漢各學校軍警玩燈者，途塞不能行，擾擾至十二時街市方靜。余目眩腰痛甚，十二時半寢，轉鐘時夢甚雜亂。

廿一日　晴　燥　一月三日

早起頭暈甚，行動幾失主張。今日各機關仍在假期中，午後渡江訪佛波，晚歸閱《李文清日記》六冊已畢。十二時睡後仍多夢。

廿二日　晴　燥　一月四日

九時起，十一時到會。飯後接得何養吾已死訃音，殊多感慨。養吾辦事認真，頗忠於其主，年五十以後念佛甚誠，惜每求子終無子也。同學今年故者南應熙、姚仙舟俱浠水人，陳際平黃陂人，夏秋舫孝感人，今與何養吾爲五人，然皆立品甚高者也。南、姚僅得五十，殊可憫也。晚閱《李文清日記》七册已畢，十二時睡不成寐。

廿三日　晴　燥　夕大風　一月五日

八時半起，飯後到會。寫未竣之屏對廿餘件，頭暈痛甚，五時半歸。晚飯後閱《李文清日記》八九册竣，目眩神疲矣。十二時寢後多雜夢。

廿四日　陰　大北風　寒甚　一月六日

晏起，晨至午旋睡旋醒，夢同學沈步蟾已死矣，其棺上余與嚴惠之履其上。正午頭仍暈痛。三時至教育廳開普及教育委員會，歸飯後屢思作事，以神倦中止。年老身弱不長進，如此奈何！曾文正、李文清之事業，五十以後正盛，奈不自勵耶！以後切記切記。十二時寢。

廿五日　陰　寒甚　上午大雪子　一月七日

九時起，十一時到會。午後尹先生來談，借書去。晚閱《李文清日記》九册已竣。閱報及雜書，十一時寢。

廿六日　陰　一月八日

八時起，午後到會。今日閱報寫字，寫未完屏對俱齊。晚十一時寢。

廿七日　晴　寒　一月九日

九時起，十一時到會。午後劉萃三來談近事。閱《文清日記》十二册已畢。晚寫覆各處函。頭暈未減，勉強支持而已。十二時寢。

廿八日　陰　大風　一月十日　星期日

八時起，九時朱士堪來索寫漢口九小校額，留便飯去。根生來，余訓勉各語，午後帶同往圖書館交還《李文清日記》，其中扼要語，余於每晚閱時已走筆錄於簿中矣。又借得《世界大事表》及《南天痕》二書，攜兩兒至黃鶴樓飲茶，四時歸。晚間閱《南天痕》首二册，記清初及明亡事。亂臣賊子斷送江山與胡人，殊可恨矣。十二時寢。

廿九日　晴　風　一月十一日　星期一

九時起，十時到會。午後帶同遲生至鴻磐樓洗澡。因彼校中已放假，余欲令其回家，三時畢。回家後譚則、劉萃三、孫何諸人來，先後談話去。余亦準備出差鄂北，先往隨縣，再經安陸、雲夢、孝感回省，計畫如此，但不審氣候有無變化耳。陳舉百來，謂知余欲往蒲圻，請示行期。晚間囑遲生將各事清好，俟同根生同回鄂城也。十二時寢。

三十日　晴　風　早結冰　一月十二日　星期二

八時起，九時厚訓云已託趙某司機者帶同遲生乘汽車回縣，余遂囑羅國貞、李丹陽等將出門各事準備齊全。晚□渡江先住旅館，便於搭磶口汽車也。十一時渡江訪孟迪甫名訓名，遇之，細問各事，至磶口開旅館，後二時渡江。囑厚訓同丹陽先帶行李過漢，逕往旅館，余於飯後五時半方渡江，竟訪佛波，談一時許。回磶口旅館中，十一時孟請便飯，厚訓十二時渡江，余與丹陽及曹明德宿旅館中。中夜未睡成寐，極以爲苦矣。

十二月

初一日　晴　早寒　午後陰　一月十三日

五時略昏眼身倦不能起。聞迪甫來，遂同曹明德、李丹陽俱起，往館外如廁，天未明也，寒不可耐。出門苦況，五十以後再領略之，非余願也。六時至車站，擾擾至八時半由迪甫購得坐票，設非路局有人招呼一切，不能搭車，鄂北交通如此艱難，路局又把持權利，真令人可恨。鄂政府乃提倡鄂北交通發展，惟利是視，何曾顧及商民哉？九時車開行，經雲夢至安陸，搖擺不堪，車停安陸時，食點心畢。聞張立群住此不遠，遂囑人持片約之，旋張夫婦皆來，與立談數語，面約初四日到安陸查案時再見。站旁鍾京聞余聲來談話。鍾號守元，一師學生，民十八曾住余省宅一月者，余不認識，由其稱述，乃與談數語別去。午後車過平林，經應山界入隨縣境過息河，因車搖余已支持不住，抵隨站，鄭宇平親家來接，遂同與坐車入城，住胡立記旅館，勞頓萬分，極思休息，留宇平共飯。五時與同往專員公署訪石幼平談片刻。約晚間再詳談，余遂回館休息。六時解衣寢後，幼平忽着人來請見，又着衣起，往談未久，羅宣祉、王理原遝入見，遂不能談到正文，余乃與詹漸逵入別室談話，冀其早去。候一時半，王、羅仍未去，余乃告辭，遂與幼平、漸逵露及請作函意，幼平並具柬約余明日午讌，謂彼已奉電，明晨往漢口迎新主席也。余以己意已達，遂返寓寢。

初二日　早結冰　晴　一月十四日

九時起，十時帶同丹陽往萃文中學晤其校長雷騰龍，號東震，仁齋四堂同學也。廿五年未見面矣，今晨相見歡甚，談片刻，約其同往商會，主席顧仲伊未在會，委員聶煥三及童某亦未至，乃晤其文牘，談及隨縣苛雜實未盡除，不過石幼平接事後，遇事整理，極力向好字去做，較之從前于、楊兩專員清慎萬分矣。專員制度人民不敢控告，受其屈者不知凡幾，而專員自視以爲己係行營所簡放者，其心目中實無省政府，安能看得起人民耶！以故作專員者愈橫暴，人民具受蹂躪矣。于、楊及從前駐江陵專員雷嘯岑其已事也，可畏哉！與雷校長出。會後便遊其熱鬧街市，山州荒縣，商務甚簡，以視吾邑相去遠甚。雷約余明日午讌，辭之。正午返寓小憩。午後一時至鄭宇平寓宴，同席者周克之、詹漸逵、黃營長及醫院院長等七人。晚至專署宴詹漸逵代表、石幼平，同席者署中科秘及教會某會長七人。九時席散，天氣轉寒，似有雪意，頗以爲慮。因隨縣至安陸汽車路，天雨雪一次，非三日不能乾，而通車設陷於進退維谷之境，轎行非三日不能達，且危險殊甚。到寓十一時寢，展轉難寐。

初三日　早雪子　十時大雪　下午以後大風雪
一月十五日　星期五

天未曙聞瓦上雪子聲，命丹陽起視，彼云無有也。八時起，九時半晏海屏來，雷宅又來催客，余見天氣驟變，思搭車至安陸較穩妥。十一時往雷宅，羅宣祉等陪客雖至而酒席未來，遂與鄭宇平、丹陽出城趕汽車。午後一時雪更大，有貨車開來，敞車也，經交涉與司機同坐，尚不甚寒，車行風雪中，路滑已起泥，明日必無車。問之司機，此路甚危險。行二百八十里到安陸，以無相當旅館，遂就張立群家居住，擾及良友矣。立群夫婦招待過殷情，心實難安。飯後與彼談至夜半寢。今午雷宅之宴未與，心亦不安。午後雷東震尚來送行，心猶耿耿，他日必爲函謝之。東震在湖堂時，余不甚親密，老識人也。

初四日　早微雪　寒甚　一月十六

八時半起，午後立群請宴，約同學周次高、王雲卿、李秀芳，並外客王勳臣陪余，說話多，極勞頓。晚寫武昌、鄂城家信，楊厚安一函，孟迪甫、雷東震謝函。又與立群談至十二時寢。

初五日　早大雪　寒甚　一月十七

九時半起，忽記起八股文《故天將大任於是人也》。余幼時所作中股二比，惟對比不甚完全，另錄之。十時李季芳送菜四盂來，飯後雪止，遂帶同丹陽由季芳導至商會，聞主席陳徵三在花園未歸。至縣政府晤黄縣長真民，浙之金華人，財委會代理委員長陳石生亦在座，便詢各事畢。至縣黨部晤幹事陳福直，從前黨訓熟人，談甚久出。回張宅，立群又留雲卿、次高、李芳等共飯，談甚久去。十二時睡後多雜夢。

初六日　早午大雪　寒甚　一月十八

九時半起，天又雪，心焦灼甚，不知何日可晴也。囑丹陽購木炭二擔輿立群，在其家燒炭甚多故耳。黃縣長、陳幹事、徐錫祺來回看，略談遂去，路滑泥深頗難行，余又不能外出，悶極無聊。晚九時即睡。展轉難成寐，多邪雜夢。

初七日　陰　寒甚　午後四時見太陽晚見月色　一月十九

八時半起，寫慎旂、競秋二處信。十一時黃縣長請余宴，陪者阮審判官杰，號華清，從前一師同事也。午後畢，二時半又赴縣黨部宴，除次高認識外，餘則陳、徐、毛及張校長。六時歸，便訪王勳臣，致謝彼送禮物也。擬明日晴一天，後日即乘輿往花園搭車，回漢再作計較。

初八日　早大雪　一月廿日

八時起，鬱悶不堪。天又大雪，路愈不能行，遑問通汽車耶？命丹陽去請嚴副官健白來商各事，去發鄭宇平一信。池二房請宴，余連日心焦，又爲酒食所困。此次出門何不幸如此，卜牙牌數問石幼平薦函事，得上上中平上中，問陶季賢請王懷忱寫信事，不可靠。問桂競秋代覓函事，得下下中下上上，俱俟他日證之耳。午後五時得省宅內子來電囑余即歸，彼要往石首，爲分田事也。晚請立群推八字以解愁悶。丙戌乙未戊寅丁巳，係女八字，説者均以爲不佳不貧，立群昔曾言確當者也，今夕又轉説謂僅不佳耳。可見推算八字亦無定評。十時睡，展轉不寐，心焦無已，多雜夢。

初九日　早陰　十時又大雨　午後一時半雪更大
晚見月色　一月廿一日

八時起，九時半到城內長途電話局欲通話武昌，聞不通已半日矣。繼往電報局發一電與武昌，繼到縣政府訪審判官阮杰，請其飭伕頭代雇轎子、挑夫。繼至劉家祠堂晤嚴健白副官，請其打電話告知鍾副官，恐往花園路不平靖也。得其復稱不甚要緊，遂同端陽回張宅飯，今日其甥池某爲余餞行也。五時阮杰來回看，六時伕頭來，取定洋二元去。大北風起，天愈寒，九時月色佳。逆料明日必晴也。十二時寢。

初十日　晴　結冰　一月廿二日

五時半即起，轎夫已來，挑子一，早點後與立群夫婦作別登輿。行十里到方家崗打尖，正午到張家店。三時抵孝感所屬之花園，鍾京來招呼，與略談即到車站，立談片刻，車已到，余與端陽上車，購加二等票房，房暖甚，頭爲之暈，受寒久，乍暖遇之，極不適。三時半開車，同房者名歐遂同，江蘇學生。車過孝感停甚久，七時半抵漢口總站，改乘人力車到江漢關。八時半抵家，問及各事。此次出門殊爲勞頓，十一時寢。

十一日　陰　一月廿三日　星期六

九時起，倦甚，午後到會。寫復各處緊急信。頭目暈眩，勞頓極，思休息。晚清理各事。夢閑云須回石首橫溝市，聽之而已。十一時寢。

十二日　陰　小雨　一月廿四日　星期日

八時起，午後渡江一次。夢閑必欲回家，爲之籌川資殊麻煩。晚十一時寢。

十三日　陰　一月廿五

八時起，九時到會。喻育之來，與評述各縣苛雜未除情形。午後又去向李次瑜取款，並打電話約廖長治訪汪南疇，爲夢閑明日搭藕池輪船事也。晚八時長治來云，船位已代辦好。熟人多，出門少受苦也。與夢閑盼咐各事，示以進行各辦法。十二時半寢。

十四日　陰　大風　一月廿六日

五時半起，余連日因風塵勞頓，精神未復，身體極不佳。右脇下肋骨內似作痛苦。六時與羅、夏二僕同送夢閑到漢陽門搭輪。七時船到即開，余即回家。九時半到會。午後程太婆來，爲其女婚事也。晚四時尹國琛來坐甚久去，所説話多不可信，此人覺有神經病者。十一時寢。

十五日　陰　一月廿七日　星期三

八時起，身覺不適，傷風鼻塞，晚睡不安，連日事雜，神昏錯亂，似已受大病者。十一時寢。

十六日　陰　寒　一月廿八日

十一時起，身倦似病，黃昏時益不支，睡於椅上，旋醒，寒陡甚。晚自開防風、蘇葉等發散藥上床，寢後多夢。

十七日　陰　寒　一月廿九　星期五

十時起，昨服藥似病已退。十一時到會，午後未去。三時囑羅、夏二僕清理書室改字畫，準備請馬秘書等數人，因前日爲夢閙家中訟案，馬、鄭、陳均寫信也。自三時至晚十時方清理完畢。蕭英又來借款，久坐不去。此人最無聊，余初不認識，彼冒充爲黃岡保安隊士借款已不下四五次矣，許以廿四日來，方去。余動怒甚，肝氣忽脹，十二時上床後，似肋骨內有氣橫亘，痛不可忍，展轉不寐。忽憶昨日爲先君子忌日，以事雜亂又時時嘔氣致忘之，殊爲可惡。想縣宅內子同兩兒必記憶之，或已祭矣。愧悔何及，以後切記。

十八日　陰　寒　雨　大北風　一月卅日　星期六

十時起，寫復各處函件，分發傅幼虛、盧兵城、陳漢存、陳協儒等，午後到會一次，請沈寶衡來看病，晚九時服藥上床，轉鐘二時覺已有汗，可望退病也。

十九日　早微雪　十日以後大雪未停
　　　一月卅一日　星期日

六時醒，汗出如潘。十時起，然力不能支矣。今日約馬順生等來宴，爲夢閑家訟事，前曾托馬、鄭寫函與張縣長者也。正午夏、羅二僕在此幫忙催客等事。三時李愈友、李文蓀、孟訓明、馬顯聲、何局員、光祖先後來，候順生到後開席，晚七時方散。旋何耀章與邵姓自縣中來，謂孟繼宗已爲縣府傳去收押，乞寫信放出，留便飯，付信與之去。余頭痛身困乏，十二時半方寢。

二十日 霜 晴 寒 二月一日

九時起，大便已通暢，昨服清導丸之功也。十時飯畢，十二時渡江，先往盧宅看兵城疾，談甚久，兵城疾似重，然尚能起坐。余許以數日內即送洋五十元與接濟之。三時往佛波家坐談一時許，六時歸。閱于清端公成龍政書，其集稿一手所成者也。于爲清朝廉介第一，沒而爲神，在黃岡極著靈異者也。第一本閱竣，十二時寢。

廿一日 晴 二月二日 星期二

八時起，九時到會。午後籌畫回縣應辦諸事，夢閑已到石首縣矣。晚間清理各事。十二時寢。

廿二日 晴 燥 二月三日

九時起，十一時到會。飯後覺遍身脹痛，病象已增矣。傍晚洗澡一次，準備各物。送何養吾挽聯及幛，又送王薦旃之母挽聯。十時清理各事，發各處函。十二時寢。

廿三日 晴熱 二月四日

七時起，八時到會。並囑厚訓各事。午後又到會，向李幹事取薪水，又寫送華雲舫之子對聯。陳同如來，自青島歸，述各事去。晚朱祐亭來談甚久去，十二時寢。

廿四日 晴 燥甚如初夏 大風不寒 二月五日 星期五

八時起，安電燈工人來，說未妥，令其去，彼亦無功夫來作工也。

復陳康弗、李紹虞等四人信件。午後至王宅，偶與王伯母談家事，伯母述及幼如先生之子師曾不孝各事。師曾現充興山縣縣長，對於衰病之老父不甚注意。前十年幼如爲師曾解□讀書，用盡心血，費盡財力，今其子貴而不養父，殊可恨矣。三時至省政府訪馬秘書順生、范尚立、陳鼎卿、鄭星翰，爲夢閑家事也。余今日着狐裘，熱不可耐。四時半歸，換羊裘，清理各事，送洋五十元渡江訪盧兵城，聞其妾云，已抬至醫院，病轉重矣。遂將此洋交其妾手，並雇車至同仁醫院看其病狀，值其內弟朱某出，稱剛睡着，不可驚之。余窺其臥狀似不甚好，竟不能呼其語也。匆匆渡江，亦未見其妾來院，到江干搭輪回家。晚飯後命夏炳丞清理各房屋雜件畢，又囑裴嫗各事。余今年回縣度歲，一切事須僕嫗照料也。十時寫各處信，寫囑咐轉信及其他各條，十二時寢。

廿五日　晴　燥　二月六日　星期六

八時起，清理各事準備回鄂城。昨已將應用各物置於一籃，付邵姓帶回鄂城。午後往晤馬順生，爲朱祐亭受縣長檢定也。晚歸身倦，連日左右乳上及右脇肋骨內尤痛。前月受風寒，氣鬱於中，實未愈也。九時分發僕嫗等年賞畢。十二時寢。

廿六日　陰　寒　大風　晚小雨　二月七日　星期日

六時醒，即呼夏、羅二僕起，六時半動身。羅僕送余到漢陽門搭義泰輪，人多，無艙位可買。八時半停漢口，彭梓師上船，與晤甚歡，談各事，尚不寂寞。午後二時抵鄂城，到家小憩後即約周崇福、德芬及知安之子來談賣田事。崇福無誠意，遇事詐言，殊屬可惡。該僕本爲余迭次提拔及轉薦各處，賺錢不少，近年頗有積蓄而枯情刻薄，外表仁義，內實險詐，鄉間無敢與往來者。其叔周知安亦非善類，皆黃岡虧公款二百元，彼當時美其名曰爲知安負債務責任，其實欲謀其田也。小人伎倆屢屢表現。余嘔氣已十餘次，似此奴欺主真可殺矣。八時寫朱祐亭、黃松師等五人信，均發出。昨貼陽和解凝膏藥而右脇之氣仍不散，偶思噴噎，扯拉作痛，不可忍。十二時寢。

廿七日　陰寒　風　二月八日

十時起，聞知安之子已回省。田之賣出與否不能定，殊爲嘔氣。尋崇福數次不見面。午後囑内子準備酒菜，明晨吃年飯，今歲余歸，照例舉行之。晚六時寫石幼平、張立群等五信均發出。十一時寢，左脇痛未止。

廿八日　陰大風　午後七時雨　竟夕　二月九日　星期二

八時半起，囑兒輩進香。九時吃年飯，心多抑鬱。從前家人團聚吃年飯，母親健在，余曲意承歡。今親沒三年矣，思之泫然。十時席罷，十一時小睡。午後問周崇福還款事，無結果。晚六時余往相丞二叔家問修譜事，談半時歸。潘仲平、楊象之等來談。九時寫彭大椿、方主席、葉佩誠、曹蕙村、劉伯陽等函均發出。送夏衛南王等處幛挽寄送畢。八時大雨，十二時寢。右脇肋骨下均痛，氣未轉動，動作均礙也。

廿九日　晨六時仍大雨　午後陰　二月十日　星期三

九時起，聞崇福還款事不可靠。昨崇鉥來言，昨晚定局，利金免去，原本尚要讓出四十元，余均允之，翼其可靠也。午後一時崇鉥又來言，變卦矣。余氣極，遂函請尹縣長飭警傳人票下到其家。彼乃囑崇金來家向余求情，仍遵昨夕原議繳洋百六十元，仍讓四十元之本金，請撤縣政府傳票，何其賤也！小人知法不知恩，於茲益信，余遂許之。晚六時遂將此款開銷乾泰順、鉅康等店欠款，並賞僕嫗及兒輩壓歲錢，計共去六十元矣。因念萬子雲甚窘，囑根生送二元與之。七時囑兒輩料理庭前後堂燈燭諸事。除夕祀祖，具肴進酒均照舊例舉行。十二時補寫連日日記。

民國二十六年（1937年）丁丑日記

　　下季添子。抗戰間，時回縣宅、胡林。會中出差，在舟車中多次奔波甚苦，頭暈痛，又時時缺用，向各處借款。縣宅、省宅、胡林均須用火食雜費。在省、在縣，日寇飛機來，警報多。

　　七七事變。

　　咳嗽吐痰，黃綠色帶血，恐成肺病，後爲曾醫生診好。夢閑又時嘔氣，時時要錢作川資，石首、藕池、沙市迭寄川資。予時時出差，船車勞頓，又時回縣宅，川資甚多。今年李佛波借送之款約百元，予亦借以轉送者。此人表面雖好，但時對予總在金錢上打算。周知安借款不還，久討不理可惡。

　　看戲時多。

　　丁丑年正月朔　晨一時半　新正發筆　諸事順遂

峙三手書

正　月

初一日　大雨　午後三時大雪至晚　奇寒
陽曆二月十一日　星期四

　　五時半，枕上似聞雞鳴，實未醒也。內子呼余起，洗漱畢，遂率兩兒及外甥洪英等在前庭進祖先、進天地，拜跪如舊式。與祖宗拜年，敬祀先母靈位畢，具香燭，爲舊時出方式，帶同兒輩出大門放炮竹後乃入宅。命甥與根生、洪英等往大南門百勝廟祀岳忠武穆王。余去歲疾未愈又兼畏寒，天雨路滑未能率諸人往，似屬不敬。然亦望岳王鑒余之忱耳。天漸明，甥兒等進香回，與余叩年。七時半遂解衣再寢。下午二時半再起，天雨未停，繼以大雪，北風凛洌，寒氣襲人，可畏也。無衣食卒歲之窮民，吾國政府日日提倡各省爲慈善事，博虛譽於一時者。不知其天君中尚憶及否，"朱門酒肉臭，道有凍死骨"，杜老爲詩，藹然仁者之言，當道又何曾感動耶？吾國近年上下相蒙，虛僞是尚。噫，有心人尚忍言耶！今晨二時半和衣睡後，五時夢爲某友人覓居址，其地似淹水尚未全退出者，行一二里見水邊花草秀麗。一花一葉似蓺爲整齊狀，花葉相間悅目。旋又與方耀庭先生晤於一室中，談論甚久，其緊切語則謂人生當有權勢之時直可操生殺予奪，務須力行其職權責任，不可見好示恩於民衆而曲意以求好譽，須以斬金截鐵手段除暴安良乃爲上策。否則，徒見好於人民而放棄自身之權力，以善心致行惡事而不知之。則是自身有意博好好先生之名而作惡，其罪過甚大矣。言時以足置椅上，時時敲之，似恐方先生之不見信者，繼則涕泣而反覆述其理由，迨内子呼余醒時，淚尚儲眶欲溢也。此乃奇夢，主何事耶！晚八時補記之。

初二日　大風　結堅冰　午後晴　寒甚　寒暑表零下四度
二月十二日　星期五

昨以氣痛，睡未穩，正午尚卧未起，聞王國煌、謝瀋川等後輩十餘人來拜年，囑根生隨厚訓往各戚友家拜年。十二時起，畏寒甚。右脇氣橫亘，何時可愈，殊爲焦灼。五時得葉佩誠覆函漢報一份，係去臘廿八之報，消息已遲矣。晚飯後呼根生、遲生至前房，告以余幼時境遇不佳時受窘困及先父母勉勵余求學及余立志讀書爲人興家諸事，並爲之講范文正《岳陽樓記》，孟浩然《夏日南亭懷辛大詩》，囑兩兒熟讀玩味之。近數年未充教授，今夕爲兒子講書，中氣不足，聲嘶口渴，老態漸呈矣。十時方畢。寫方緒吉信，囑其往省寓查看情形及有無各處來信，内附致劉萃三一函。十二時睡，展轉不成寐。枕上欲作詩，擬題爲《正月二日雪霽飲後試筆》，僅成四句曰："攬鏡鬢成絲，開門雪滿枝。天高懸日麗，樹老得春遲。"以下未續出，明日當補成之。

初三日　陰　結堅冰　奇冷寒暑表攝氏零下五度
二月十三日　星期六

　　十時起，聞街上以結冰，故着鞋可行。十二時遂同厚訓往朱昆山、王立生、王香山、薦旃等處叩新香，皆余之長輩，須親往也。便往楊厚菴、謝服初家略坐談遂歸。尹縣長來談甚久，面約其明日春酌，因彼言後天往華容查賭案也。傍晚寫請帖分送，並約傅子貞、楊焱屏等六人作陪。王久旂、萬子雲、楊焱屏坐談甚久去。余又爲兩兒講錢公輔《義田記》，昨講范文正《岳陽樓記》，今夕須連累記其人也。補昨日詩四句，不甚愜意，曰："清儉無餘蓄，窮通信有時。閑情一杯酒，薄醉寫新詩。"前四句緊切，後四句不閒澹，似不相稱。他日或改之。又今日氣候奇冷，積雪轉爲堅冰，天霾終日不化。余又擬題曰《正月三日積雪未消，堅冰盈寸，轉念窮民，慨然有作》。詩甚緊切，已另錄。先祖母明晨忌日，九時酒肴奠祭。十二時寢。

初四日　晴　晚奇冷　攝氏表零點下二度　二月十四日

　　十時起，倦，右肋骨下氣稍鬆。午後二時蕭敦五來爲余卜今春進行，得易之遘三爻變動，就卦象斷，謀望有掣有挽攻者多，忽而由仇變爲親，事終可成也。以時斷之，二月動機，三月以前可成，姑誌之。三時半，傅象虛、楊焱屏、尹縣長、劉謝兩局長、王久旂及蕭敦五共八人，八時方散席。精力已疲，不能爲兩兒再講國文。十二時寢。

初五日　晴　寒　二月十五日

　　九時起，十一時得黃州彭梓師函，云程專員在署，似囑候渡江一見者，當即覆拒之。十二時囑兒輩先出城，余乘輿往西門外先祀先祖父母、先叔，次往先室孟夫人墓。祀畢，往先父母墓叩頭行禮燒紙畢，順道下過仰山廟祀先孀母、先伯父墓，再次至萬壽橋側祀先姊丈、先姊畢，已下午二時半矣。同行者甥厚訓、兩兒及洪英、厚坤等。歸後又接彭師專人來信云，專員頃接電往漢口，所約作罷。當又復函帶去。今日疲倦至極，飯後小睡。晚囑遲生等收拾零件準備明晨往省。根生拙，不聽話，余殊恨之。十二時寢。

初六日　早陰　東北風　午後晴　二月十六日

八時起，囑厚訓、遲生俱起搭輪，擾擾多時，第二次輪船未趕上，余往江干不見厚訓等，遂在楊厚安之弟家中候之，久未見來，不知彼等往搭汽車矣。余回後小睡。正午謝服初來，遲生、厚訓以汽車人多不能上，亦歸。午後二時囑艾厚坤渡江送彭師信並接其明午來家。午飯便約李紀于作陪客。晚囑根生、遲生清理各事，備明日一同赴省。今晨大便帶血甚多。

初七日　早霜　晴　二月十七日

六時醒，呼兩兒及厚訓早起搭輪。八時聞厚坤云，彼等已搭車往省矣。余以連日困乏，十時起。午後寫各處信。三時李紀于自黃州來，留便飯。約王久旃、萬子雲作陪，五時別去。晚間來客數次，頗感疲勞。睡後亦不安寧。今晨大便仍多紅血。

初八日　早霜　晴　二月十八日

七時半起，準備到黃州，九時上水輪到。余帶厚坤同往江干，人多，擁擠不堪。到黃州後知梓師已於今晨往漢口，便訪蔡惠庄談各事，知昨段店、新洲、三店、柳溪又有股匪來劫洗，黃民實未安也。晤張諧英，談片刻出，便訪李紀于，匆談數語，經鼓樓崗出一字門到江干雇舟渡，東風大作，逆風十里，頗以爲苦。抵鄂城知朱姓爲修譜各莊家門尚未到也。謝服初着人來請宴，知王伯良來縣，匆匆往與談各事，便約晚間到家酒叙，九時方散。十二時寢。今日便血未愈。

初九日　晴　午後東風　陰　晚小雨
二月十九日　今日雨水節

八時起，十一時聞各莊家門未到齊。午正自往魚行探聽，已有七人，遂約其過余家酒叙，再議一切。午後一時共來十一人，與説各事。俾酒席分喻各事畢，公推純善到陽新。席散後縣府雷秘書、胡科長、黃毓九、王雨梅、張璧源、鄭華甫、孟端溪先後到齊開席。擾擾至七時方散。又爲純善寫二信，囑其往陽新。余今日已精力疲矣。十時又翻閲族譜，至十二時寢。今晨大便淤血甚多。

初十日　雨　晚寒　二月廿日

九時起，漱畢如廁，便中淤血甚多。連日酬酢飲酒多，致大便有血不能止，終日陪客勞神，説話傷氣，氣痛難消，精神大損，須設法靜養爲好。午後仍雨。傍晚約袁夏村來小飲，便問各事。知盧兵城病殁於漢寓，係正月初一日，殊可憫也。去臘廿日午後渡江視渠，疾雖重然神智尚清，與余談一時許，多感慨人情冷暖之故，已大覺悟，其從前所有積蓄乃爲一訟累至貧乏焉。余面許廿五日設法送大洋五十元與之。廿五日交款與其妻時，又便往同仁醫院視之，云已寢矣，未與言。今日聞之，實有難過之處。九時夏村別去。十時欲覆孔廣勤及橫溝市夢閑信，以倦不支寢。

十一日　早陰　午後晴轉陰　九時見月色
二月廿一日　星期四

九時半起，倦甚，腰覺酸痛，大便下血仍未止，且係鮮紅色，係大臟有病也。午後石鏡清來爲館事，約久旃、鄭家權、袁夏村、蕭敦五爲之幫忙。石老境極不堪。晚八時夏村回信，謂朱松茂可停西席，不過修金甚少耳。今日覆夢閑信，多指斥其平昔不當各事，不知彼能改過否？天下無不可化之人。余昔讀《象祠記》，從政以來覺尚可信，然不知能及夢閑否？希望如此而已。

十二日　早陰　午後大雨時作　二月廿二日　星期一

未起聞下小雨，十時起，天沈如墨，知必雨也。午後石鏡清來，仍說就館事。又約朱坤山來與幫忙。今日寫黃鋆章、吳仲行、陳漢存、張重心四函均發出，字共二千餘，說話又多，勞神之至。晚間清理歷年日記置一箱中，明日孟繼宗店有人到漢，可便招呼一切。十一時寢。雨聲未止，睡不成寐。

十三日　大雨竟日　悶甚　二月廿三

五時，疾雷震耳，風雨大作，無片刻停。八時邵某來家問余走否，以雨大辭之，遂付洋八元，囑其交省宅。午後寫北平汪三輔函托之事，又復鄧德興函寄甘肅，並檢書樣二冊去，又附初二初三新詩，今日寫字逾三千以上矣。雨大，無一刻停，奇哉！傍晚有冒雨玩龍燈者，遍身如水淋雞，不知何所樂耳。聞孟端溪之子執龍頭遊行，可以知其家教不嚴。七時半進香，叩奠先母。向例試燈節，先母在，必囑兒孫輩進香燃燈甚謹，就靈前燈燭光下虔卜牙牌數課，得中下上中上上，文中有"半途須努力，登頂莫辭勞"句，又"功夫宜久，事業日增"，又斷曰有"磨鐵成針磨磚成鏡"語。蓋將來事即到手必費盡心力，附記之。今晨枕上聞雷雨，作詩一首，另列集中。十一時寢，今晨大便帶血未愈。

十四日　早雨　二月廿四日

昨夕雨未停，早五時枕上又聞大雨時作，焦灼之至。九時起更衣，大便血仍未斷，連日大便後總有積淤血一塊，今日當延醫治之。寫信與石、袁二人告以蕭敦五事。午後電報局謝服初請客，同席者尹縣長、胡科長、李區長並孟愚溪、袁夏村等七八人。晚七時席散，歸後孟繼宗爲繳款事來，乞寫信致縣政府。明晨往省，準備各事畢。十二時方寢。

十五日　晴　陰風　早霧　二月廿五日

八時起，九時飯畢。王興發送余下河搭新義泰輪，今日爲上元節，搭客甚少。十一時上船，段有生爲余招呼鋪位吃飯等事。下午三時半到漢，便訪曹漢丞，問盧兵城後事。漢丞已回鄂，其妾爲余言也。五時半渡江到家，遲生已上課多時。細詢夏僕、皮嫗各事。晚十一時寢。

十六日　雨　晚十一時見月色　二月廿六

八時半起清理家中各事。午後大雨，着羅國貞請程仲蘇，知今晨已返黃岡矣。終日未出門，右肺下仍作痛。十二時寢。

十七日　晴　二月廿七　星期六

七時起，病似未減，右脇下肺肝間作痛牽動背痛，似氣非氣，飯量欠佳。午後到會，無多事。晚十二時寢。

十八日　早陰見日光　旋小雨　午後大雨
二月廿八日　星期日

九時起，午前閱雜書。囑夏、羅二僕清理各物件，今日無多事，未出門。夢閑到石首後來信甚少，不知其家訟事如何。晚十一時寢。

十九日　晴

八時起，九時到會，午飯後未去。在家看《漢書》《唐書·尉遲敬德列傳》約三小時。晚閱報寫信。今日病狀略好。十一時寢。

二十日　雨　三月二日　星期二

九時起，病未大愈，痛亦未減，午後到會。晚閱《唐書·徐勣傳》至十一時止。十二時寢。

廿一日　晴　三月三日

八時起，九時到會。午後未出門，看雜書。肝肺間痛未止。沈醫生在嘉魚未來，不便接他醫，服藥也。晚十一時寢。

廿二日　陰　小雨數次　三月四日　星期四

八時起，右肝肺間痛仍甚。午後到會，今年天時不正，時雨時晴，寒暖不勻，致余病未能減輕，心焦灼甚。晚看雜書至十二時寢。

廿三日　晴　三月五日

八時起，九時到會。午後渡江一次，便請徐繼安看病。晚九時回家，十一時看書報，十二時寢。

廿四日　陰　小雨數次　今日驚蟄節　晚見星月
　　　三月六日　星期六

九時起，午後一時到會。因會中開常會也，討論案件不多，五時散會。晚飯後覺病甚重，痛亦未減，明日當與萬邦興言之，請西醫診治也。十二時寢。今日安電燈並約方獻廷、張嘯青吃便飯。

廿五日　陰　小雨時作　又時見陽光　三月七日

七時半安電燈人來，午後以天雨時寒未出門。昨會中派汪肇華出差，今日汪來見，與談各事去。病未減，服藥不甚見效，右脇下痛未止，欲嚏而不能，蓋牽扯愈痛也。王宅請支客。余去，飲食均不佳。晚看《宋書》二小時。十二時寢。

廿六日　陰晴不定　三月八日　星期一

八時起，病未減，午後請沈醫生來看脈，前以誤服徐繼安藥，胃氣大傷，飲食銳減，身體消瘦，奈何！午後到會一次。晚閱雜書，十一時寢。

廿七日　雨　三月九日

九時起，午後到會一次。飲食不開胃。晚閱雜書，病未減，殊煩悶，右肝腑間作痛不止，似氣非氣也。十一時寢。

廿八日　大風　小雨時作　三月十日　星期三

七時起，九時到會。午後以氣痛未去，在家看書寫信約二小時。晚閱雜書，讀《孟子》二小時。十一時寢。

廿九日　晴　三月十一日

八時起，近日天氣間日一雨，寒暖不時，余病與此天時相關係，似難一時可痊也。晚寫信三件，遲眠。

三十日　晴　大西北風　三月十二日　星期五

七時起，匆匆囑夏僕排香案，因王藝圃先生靈櫬由此街出保安門也。余雇車至大隄口，久候銘旌尚未至。被大風吹，身寒甚，着狐裘尚如此，則身體虛弱可知矣。十一時歸，飯後在安全椅上小睡一時起，又感寒，病益加矣。十一時請沈醫來，急服發散藥一次，十二時半寢。

二　月

初一日　晴　三月十三日　星期六

九時起，昨服藥未大效。十一時到會，午飯不多進，右肝氣已提上於肩矣，痛甚，小睡。彭世鈺因出差在即，來詢各事，一一告之去。晚十時寫信二件，十二時睡不安。

初二日　陰　三月十四日

八時起，病未退，午飯後帶同更生、遲生渡江至新市場看漢戲。晚六時至美生館食麵餃等物，未禁葷油，歸家後病加重。十一時寢。

初三日　陰　三月十五日　星期一

九時起，病覺增劇，右肝氣大痛。午後王恕來，勉與談話半時去。晚間政府因防空演習事戒嚴三次。連夕室內有蚊嚼人，甚痛。年來氣候之變如此，清代光宣間無此事也。十二時寢，極不安神。

初四日　晴　三月十六日

七時起，肝氣痛不止，時上及肩，又下於右肋骨內，但不及左邊，命夏僕請沈先生來看病，據稱須用桂枝發汗，使寒氣外出，素忌桂枝，以欲求速效，允之，餘則常藥八味。晚間精神疲甚，寒顫發抖，遂解衣上床，服藥後半時，藥性與肝氣相攻，痛楚萬分，展轉床上，腳又抽筋，痛甚，擾擾至二小時。夏、羅二僕留在寓中招呼，不令去。轉鐘後汗出如潘，神氣略清，此則平生未逢之疾也。

初五日　陰晴無定　晚風　三月十七日　星期三

七時醒，欲延醫，因防空戒嚴，僕不能去。右肝氣稍好。午後極疲倦，翻身不易，氣痛又起，午後二時起床小坐。九時又睡，服二次藥，室中蚊多嚼人，寢極不安。

初六日　大雨　三月十八日　星期四

八時起，氣痛如昨。以前夕未服完之藥服之。

初七日　陰　三月十九日

九時半起，病未減輕，飲食不進。

初八日　陰晴不定　三月廿日

十時起，病未退，午後進薄粥，口胃不開，仍請沈先生看病。晚偶閱雜書，無精神，難支持。

初九日　陰晴不定　今日春分　三月廿一

十一時起，病未退，飲食不加。今日來客三次，皆爲余視疾者。

初十日　晴　三月廿二日

病仍重，飲食未進。

十一日　早小雨　陰熱　晚大北風　三月廿三日

八時起，疾略輕，食稍加矣。遲兒今日病，請葛榮真先生來看兼看余疾，開藥至十三味之多，且有九香蟲藥名，檢歸未服也。午後申鳳林、彭梓師來視疾，夜起二次。

十二日　大風奇冷　大雪竟日　雷聲三次　三月廿四

十一時起，病稍輕。夏僕又病。午後羅僕來説電燈費未繳事。晚進稀飯。十二時寢。

十三日　陰寒　四十度上下　三月廿五　星期四

十時起，病略輕，惟氣痛未止。午後蕭焜、胡楷二生，尹仲韓、范伯高先後來談去。

十四日　陰　寒甚　四十度　三月廿六

七時起，氣痛未止。今早食稍增。鄂城王久旃來函，要求爲殷子立作薦函。晚閱雜書。

十五日　晴　三月廿七日

八時起，氣痛不止。厚訓今日回縣，囑其帶各物。午後二時得朱伯芳來函，知其父幼門病歿。幼門爲體門叔祖之子，幼而失學，長而無成。年來在縣署充書記，僅足糊口而已。其三子均不肖，後事可慮也。

十六日　晴　三月廿八

九時起，病似已退，身倦疲不堪。來客視疾者數次。

十七日　晴　三月廿九

十時起，疾如昨狀，口胃不甚好。祥焕自咸寧來。午後鄧實、蘊玉、更生先後來看病。晚睡略安。

十八日　晴　三月卅日

七時起，畏寒。今日范允師殯出安葬，未能送也。晚睡尚安。連日病似減，惟右脇下氣痛不止，他日當至醫院檢查之。

十九日　晴　三月卅一日

八時起，今晨電廠派人來安電表、接火。午後梅先霖來，囑其到鄉間辦學各事。申鳳林、朱文超、劉潤山先後來談去。今夕電燈已來。

二十日　陰　四月一日　星期四

九時起，病又轉輕，飲食稍增。前日萬邦興請余到同仁醫院檢查身體，並謂曹醫生欲余住院，便於診治也。

廿一日　陰　小雨　晴　四月二日

九時起，十時萬生來函，約今日午後六時到醫院檢查身體。今日飲食仍未增。午後一時劉菊坡、紀雪舫、范伯高同來視疾，余便中與劉説劉伯英借款不還事，人之無良一至於此。

廿二日　陰　小雨　四月三日　星期六

九時起，病稍輕，午後菊坡、伯高來。晚來客數次。飲食未加，近日亦未服藥。

廿三日 晴 四月四日 星期日

晨七時周知安同其女來，肆口謾罵。余以不能起，囑羅僕約厚訓來與之交涉。厚訓罵彼，彼則俯首無詞，此真中山狼也。鄂城有可惡之人，平昔爲余提攜而卒獲惡報者，一鄧次丞、一周瑞南、一周知安。此則令天下人莫作好人提攜他人耳。以嘔氣，今夕病加重。咳嗽又劇，痰中帶血。

廿四日 晴 今日清明節 四月五日

八時起，痰中帶血未止。夢閑在石首未歸，家中乏人招呼一切。今年清明又未歸家，殊令人生許多感概耳。午後萬邦興送丸藥來，並面請進醫院調治。周知安之妾同其女來叙述各事，交款十元。其餘廿元余已許其免還。

廿五日 晴 晚小雨 四月六日 星期二

八時起，十時萬生來約明日午後一時進醫院。

廿六日 晴 燥 四月七日

八時起，十時萬生來云，今日午後三時入醫院檢查，屆時去住二等房間，同房係黃岡張姓學生。余一夜未眠，天燥，墊蓋被甚厚也。曾、王二醫生來聽脈數次。

廿七日 晴 熱甚 四月八日

昨睡未安，女看護時來驗熱度。楊器之來看余，並代借行軍床與余休息，甚感！午後醫生來打針上藥，就余背上先用麻藥塗之，尚無甚痛苦也。曾蘭友先生同萬邦興來看，談一刻去。五時張姓學生出院，余更寂寞。遲兒及夏、羅二僕時來問訊。晚十時寢。

廿八日 晴熱甚 四月九日

住院，伙食略進。今日夜共打針三次，皆劉姓女看護爲之，九時寢。

廿九日　晴熱甚　四月十日　星期六

住院午後鳳山來看病。夢閑自石首回省宅亦來看。仲章、厚訓及更生等先後來院。今日飲食漸增,惟吐濃痰未止,有氣味似自喉頭出者。王醫生以止臭藥囑漱口。晚寢尚安。

三　月

初一日　晴熱如伏　午後黃沙甚重　晚十二時大雨數次　四月十一日　星期日

六時起,昨今兩日大便順利。連日服藥甚多。曾醫生已往閩,來診者係王紀民醫生,術遜於曾。飲食漸進,右肝肺下氣痛已減輕矣。今午夢閑、仲章、更生等又來看病。晚睡更安。

初二日　陰　晚大雨　四月十二日　星期一

六時起,醫囑如此,余實亦不願遲起也。病似大退,氣痛亦減,思飲食。午後來一軍官李佩膺,雲南人,黃埔學生,住院治痔疾者,人尚有禮,與談數次。九時寢。

初三日　雨　午後大雷雨　四月十三日

住院今日已滿,王醫生欲余續住。余以寂寞而住院費又重辭之。王開藥單帶藥丸藥水。午後二時雇車出院,衣履沁濕矣。歸後思憩食。今日飲食大增。晚十時寢,咳嗽未愈,綠濃痰仍不斷。

初四日　晴　四月十四

八時起,病已大減,頗思飲食,惟足軟無力。晚看雜書,十一時寢。

初五日　晴　熱　晚雨　四月十五

七時起，咳嗽未大愈，氣痛已好十分之八矣。萬邦興來看，飲食更增。晚十時寢。

初六日　晴陰不定　四月十六日

七時起，咳嗽仍未愈，痰中帶血數次。大便忽變灰黑色，不知是藥性所變，抑由肝中所出也。晚九時寢。

初七日　陰　午後雨　夜大雨如注達旦乃已
　　　　四月十七　星期六

七時起，今日飲食更進可喜。咳嗽未已，晚間痰仍帶血數次，大便仍呈灰黑色，九時寢。

初八日　晴　四月十八日

七時起，病已大減，足仍無力，擬閱書未能也，大便仍如昨狀，十時寢。

初九日　陰晴不定　大風　四月十九　星期一

六時半起，大便仍黑色，擬往問王醫生，午後閱書報，今日飲食更進。久未食乾飯飲湯等事，今日均飽矣。

初十日　早晴　午後大雨旋晴　今日穀雨節
　　　　四月二十日　星期二

六時起，九時往醫院看病，王醫生約星期六照愛克司光，看肺下仍有水否，以前曾、王二醫所云如此也。正午歸。飲食如常，晚十時寢。

十一日　陰　晚大風寒甚　四月廿一日

七時起，午後擬到會，因足力不強中止。晚大風寒甚。今春天間日一雨或風，寒暖不時，麥子聞受害，病人亦多。晚閲閑書，十時寢。

十二日　大風　寒甚　陣雨時作　四月廿二日

九時起，午後二時袁璞山來談半時，並要求寫信與曾醫生，爲一川人説緩繳費事。今日較昨稍好。十二時寢。

十三日　陰　四月廿三　星期五

八時起，午後警察局來查户口，與立談數語去。晚十時寢。

十四日　陰　小雨　四月二十日　星期六

七時起，午後一時因同仁醫院約今日照像，二時據照愛克絲光，醫生云肝下有濃液如□狀，肝上微有缺形。王醫生云，候曾醫生回鄂再定診法。三時出院到會中打電話，告知佛波等。五時歸。晚十一時寢。

十五日　早小雨　午後陰　四月廿五日　星期日

七時起，普及教育委員會約余今日在漢陽門味腴館聚讌，並往下新河檢閲公民訓練，以病新痊，托詞不到。晚肝氣痛甚，十一時寢。

十六日　早小雨　午後大雨如注　四月廿五日　星期一

前日梅鳳山來談，肝氣久痛不愈恐與孟夫人有關係，且接夢閑到家中之先未延僧道諷經，向孟夫人禱告，恐其爲害也。余謂信之可也。明日爲孟夫人生辰，今夕請甘道士來禱祝冥誕。傍晚念經拜懺，果見愈矣。十二時方散，轉鐘二時寢。

十七日　雨　四月廿七

七時起，肝病漸佳。午後外出一次至方纘武局中打電話向會索薪水。便在王宅略坐，晚閲雜書，十二時寢。

十八日　雨　四月廿八日　星期三

七時起，今日病似大減。晚間看雜書，十一時寢。

十九日　大雨　四月廿九

八時起，倦甚，病已漸退。午後閱報寫信二件。擬至會未果。晚十時寢。

二十日　四月卅日　星期五

八時起，午後未出門。屢思渡江未能也。晚十一時寢。

廿一日　五月一日　星期六

七日起，今日病漸見佳狀，飲食大進。看雜書二小時，寫信二件。皆積久未復者也。晚十時寢。

廿二日　五月二日　星期日

八時起，飯後渡江一次，往看佛波，傍晚歸。飯後看書報一小時，寫信二件，十一時寢。

廿三日　五月三日　星期一

七時起，九時到會，無多事。午後未去。閱《孟子》、唐詩一小時，來客二次，晚寫家信一件，十一時寢。

廿四日　五月四日

七時起，病已大退矣。午飯漸增量，晚睡甚安，大約以後不甚要緊矣。今日寫信二件，來客一次。晚催遲生彈琴，恐其久而忘之也。出題命之作文一首。十一時寢。

廿五日　五月五日　星期三

七時起，略習柔軟體操以和血脈。午飯連日均增加，並服燕窩等補品。晚讀唐詩，十一時寢。

廿六日　今日立夏　五月六日　星期四

七時起，八時到會。午後未去。欲作立夏詩，以興趣不佳中止。晚讀雜書，明日擬向圖書館借各項緊要者閱之。近來喜閱書，惜腦力太差，不能記憶耳。十一時寢。

廿七日　五月七日　星期五

七時起，八時到會。午後未去，閱《歷代會試題名碑》，在圖書館借得者也。晚寫信一件，十二時寢。

廿八日　五月八日　星期六

八時起，九時到會，午後再去。傍晚渡江一次，九時歸。閱《顧亭林先生年譜》，何子貞所刻者也，至十二時寢。

廿九日　五月九日　星期日

九時起，午飯後渡江，帶同遲生至新市場遊覽。四時半出至西餐店略食數事，教遲生以規矩。近年武漢食西餐者多，亦不可不習之也。九時歸，十時閱雜書，十一時寢。

四　月

初一日　晴　五月十日　星期一

七時起，八時到會。午後渡江，晚間閱《歷代殿試會試題名碑》，萬曆四十四年丙辰科一甲第二名賀逢聖，江夏人。二甲十七名洪承疇，福建南安人。三甲八名阮大鋮，安徽桐城人。又第幾名瞿式耜，江蘇常熟人。明亡清初，有此顯著之忠奸四人，同在丙辰榜，奇哉！午後看雜書，九時半寢。

初二日　晴　燥　五月十一日

六時半起，八時到會。午後看雜書。連日飲食漸增，惟肝氣仍痛。晚閱何刻《顧亭林年譜》。十時寢。

初三日　晴　熱　五月十二日

六時半起，八時到會。得汪菁甫自京山來函，請會中寄款應用。遂訪方主席，談一刻鐘即出，因渠欲渡江也。返會交件與李幹事，遂回家午餐。傍晚爲吳端偉事訪陳豫生，談二時許。並知其尊人炳南已去世，年七十八矣。歸後閱雜書，十時寢。

初四日　晴熱　五月十三　星期四

七時起，八時到會。午後爲許平甫等四人畫扇，佳者僅二葉。年餘未作畫，少興趣也。晚看雜書，十時寢。

初五日　晴熱　五月十四

七時起，連日飲食大進，右肋骨內仍微痛，打噎及嗽則痛甚，此疾何日可愈耶？補昨日未竣畫扇，晚十時寢。

初六日　晴熱　晚風　五月十五

六時半起，午後看長洲王韜所著《春秋日食辨正》等書，味同嚼蠟。經學余向不喜研究，況加以考據耶！晚看宛平桑宣所著之《禮器釋名》，亦考據之類，無甚意味。桑於光宣間曾官湖北知府者也。十一時寢。今日爲陳豫生畫扇面二，均竣，頗佳。

初七日　晴熱甚　五月十六　星期日

六時起，早飯後帶同遲生渡江至新市場看漢戲，唱做均好。惟此等戲看甚久又覺厭，尹春保之《斬李廣》竟唱至四十六個，再不能變格也。五時歸，十時看書，十一時寢。

初八日　晴熱甚　午後九十度　五月十七　星期一

七時起，八時到會。午飯後祀佛焚香，今日爲佛生日也。下午熱如伏天。晚閱《欽定勝朝殉國諸臣錄》，清乾隆勅定者也。瀏覽甚快，計六本四小時畢。小官士民得此足以傳矣。十一時寢。

初九日　晴熱如伏　午後九十度　晚小雨
五月十八　星期二

七時起，八時到會。寫大聯送鄧小園親家五十壽辰及其四子授室也。曾榆村來談甚久去。午後天熱如火，閱《史記索隱》及《中國藏書家人名錄》。六時小雨數次，天氣改涼矣。十一時寢。

初十日　陰　午後雨　涼甚　五月十九　星期三

八時起，今日未到會，午後閱雜詩又看報。五時半得縣中來長途電話，約余回縣，爲陽新有人來鄂城議修譜事也。便買茶葉數事備明晨回縣。晚十一時寢。

十一日　晴　五月廿日

六時起漱畢，雇車至漢陽門搭鼎盛輪回縣，船上遇九中陳先生並黃祁先生，均庚生師也。十一時便請其吃飯。午後一時到家小睡。下午四時陽新朱馨山名純桂，年七十二矣，老健猶能往各縣查世係，朱家壩鍾煜、肇康、子翼等均來晤，説話甚多。十一時寢。

十二日　晴　五月廿一日　星期五

　　七時起，爲譜事到魚行相臣叔處談一時許。午後三時請馨山、肇康、子翼、鍾煜、茂林等八人吃飯。晚寫大聯三付，肇康所求者也。擬明晨回胡二林，爲族學事已定，雇轎子畢。十二時寢。

十三日　早四時雨　晨六時晴　午後大雨　夜見月色　　五月廿二　星期六

　　七時起，輿夫來，飯畢起行。兩伕非內行，走路扯拉，極以爲苦。十一時半經過馬磧，小雨頻作。十二時到胡二林莊。飯後約各族長到祠堂開會，說明立族學意義，便與各小學生訓話。晚間各平、晚輩諸人來余處談三時許，久未回鄉，不能拒其不問也。丑正方寢。

十四日　晴

　　六時起，飭輿夫速行。十一時已達樊口。今日賢遂挑擔送余行路，亦速，過姚家壟省先父母墓，見家齊叔新墳，不勝感慨，小立片刻，乘輿到家。飯後小憩。晚至楊厚安家略談，十時歸。十二時寢。

十五日　晴　五月廿四

　　八時起，倦甚，飯後約姜壽安來詢及整屋事。晚寫泥金大對一付，厚安轉求者也。

十六日　晨四時雨　八時以後大雨竟日　入夜尤大　　五月廿五

　　七時起，九時飯後無事。寫白紙屛三堂、大對一付，又寫大對六付，均甚快意。大凡友朋所強求者或拘於時日，或不願意所求書之人，故寫多不佳者，又送熊象方孀母挽聯一付。

十七日　晴　大風　五月廿六

八時起，九時清衣料，準備帶省者。午後出城省祖父母、叔父墓約一時即歸。剃頭一次。傍晚蕭敦五來談甚久去。余定明往省，十一時寢。

十八日　晴　五月廿七

七時起，九時搭汽車，十二時半到省宅，飯後小憩，晚未作事，十二時寢。

十九日　晴　五月廿八日　星期五

八時起，九時到會，午後未出。晚間看雜書，寫信二件，十二時寢。

二十日　五月廿九

七時起，十時到會，午後再往。晚間來客二次。看《孟子》讀唐詩，彈琴二小時，寫信二件。

廿一日　晴　五月卅日

七時起，八時清理各事。十一時飯畢。帶同遲生往新市場看漢戲。傍晚歸，看雜書，十二時寢。

廿二日　晴　五月卅一日

七時起，九時到會，無多事。午後來客二次，晚閱報，十二時寢。

廿三日　晴熱　六月一日

八時起，九時到會。擬明日往蒲咸等縣查案。晚寫信二件，十二時寢。

廿四日　晴熱　六月二日

八時起，九時到會。十一時至賓陽門車站問各事。午飯後未到會，準備出門各事。晚寫信二件。十二時寢。

廿五日　晴熱　六月三日

八時起，九時到會。覆鄧實等信四件，晚清理各事。十二時寢。

廿六日　晴　熱甚　如伏　六月四日　星期五

七時起，八時早飯，九時帶同夏丙丞到車站，十點零五分車到，余購得二等位置車廂，同與張導民遇，彼到蒲見專員者也。午後一時半抵蒲圻，吳端偉、劉繼之均在站，約至茶肆小憩，雇轎進城，寓鄂南旅館，此即從前電報局舊址，聞聲見景，頗多感慨。余離蒲圻已九年矣。今日重到，心爲一快。飯後訪劉繼元、黃介眉。晚九時訪李專員，十二時半寢。

廿七日　晴陰不定　六月五日　星期六

七時起，昨夕似隔食，胸胃俱脹，今晨泄二次，略鬆。十時來客數次。九時到專屬訪何秘書德溫。今日陳舉百、陳仁安、鮑棨軒均來見。蒲邑舊紳多有知余來者，接見甚多。晚十二時寢。

廿八日　早陰　午後大風雨　四時晴旋又大雨　六月六日　星期日

八時起，但耘村來談甚久，並送醃魚一個。但於十八年在余任內充團董，頗努力，人亦爽直可取。十時陳舉百來約，即往寶塔山，今日渠與鮑共請讌會者也。同席者黃介眉、宋五垓等，樓閣重新頗可喜。飲畢欲歸，風雨大作，遂中止。四時歸寓，聞幼蒲、孫克彬等來談。夜十二時寢，夢先母、先姊。

廿九日　早雨　午後陰　六月七日

七時起，八時來客數次，十時至宋五垓家宴，同席者李專員、王團長、陳舉百等。飯畢乘輿至車站。三時車到，搭至咸寧，五時到達。孟祥煥帶同勤務來接，旋蕙村、藹如同來民生旅館，約至又一村小飲。飯後至李長青家，聞其往鄉矣。便遊街市，十時回寓宿。

三十日　晴　六月八日

七時起，昨睡甚安。九時至民衆教育館問各事，便至縣府訪鄔縣長國光，細詢白沙橋事。今日晤農村合作社指導員高漢傑，黃陂人，區員劉兆棠，區長王國楨，河南人。午後赴曹局長之宴，鄔縣長來回看，遂與同往，同席者商會主席錢茂林、科長韓玉其、二科長韓明傑、主任容玉書等七人。飯畢與曹局長同遊街市，晚遷入李長青家，因其已回矣。十二時寢。

五　月

初一日　晴　六月九日　星期三

七時起，十一時到稅局同曹局長至縣政府，鄔縣長今午請客也。同席者錢會長、曹蕙村、劉副官、沈韓兩科長。午後席散，簡所長請客，余辭之。回李宅後與李同出東門見節孝坊三，又見所謂三元坊者，宋紹聖時洪某曾中三元者也。晚十一時寢。

初二日　晴　晚小雨　六月十日

七時起，十時李長青請早飯。午後一時往稅局，曹局長再請便飯，約同歸也。五時到站搭車，祥煥、長青、藹如送行，車到後購得二等票。七時一刻抵省，小雨到家，飯後小憩，清理各事，十二時寢。

初三日　風雨　六月十一日　星期五

八時起，飯後清理各事。命夏炳丞購端午應用各物。晚未出門，十二時寢。

初四日　陰　六月十二日　星期六

　　五時艾少泉回縣，命之帶小款並孟祥煥家款去。九時半到會取款。午飯後再購端午節應用之物，清理各事，晚十二時寢。

初五日　晴熱　六月十三日　星期日

　　七時起，八時囑家人辦理食物各事分給老幼，正午進香吃飯畢，帶同遲生渡江，先至李佛波寓中拜節。二時帶同遲生至各戲院看影戲，以人多，無票可買也。折而至新市場，亦人滿爲患，遂聽打鼓書二小時。六時出場，渡江回家，飯後小憩，十一時寢。

初六日　晴熱　午後涼　六月十四日　星期一

　　七時起，八時到會。午後寫覆各處函。看報一小時，讀書寫字甚多。今日擬渡江未果，晚閱雜書，十二時寢。根生今日病，由校中回家。

初七日　陰晴不定　小雨　六月十五　星期二

　　八時起，九時到會，午後再往。晚間囑家人略具菜蔬，明日爲余生辰，知者即留酒食，不願通知也。十二時寢。

初八日　陰雨　六月十六　星期三

　　七時起，八時進香，厚訓帶同其子道兒來祝壽。正午約王太太、燕喜、韞玉送燭及點心多件來，正午留飯。柳文相同其妻來，酒後竹戰，傍晚方去。余亦倦矣，十二時寢。

初九日　晴　六月十七

　　七時起，八時到會，無多事。午後閱雜書，補寫未竣日記。晚聽收音機，清理雜件，十一時寢。

初十日　六月十八日

八時起，十時到會。午後閱雜書，寫復各處函。晚十二時寢。

十一日　六月十九日　星期六

七時起，八時到會。午後閱雜書，年來腦力漸減，閱書不能記憶，真所謂過而輒忘也。晚十二時寢。

十二日　晴熱　六月二十日　星期日

八時起，九時渡江晤陳清泉，彼今夕須往廬山，特爲之送行，兼托其照函蓋印也。談片刻出，便訪佛波。晚九時渡江，十二時寢。

十三日　晴熱　六月廿一日　星期一

七時起到會，八時晤喻育之，據說欲晤懷泉，以時間來不及，囑代達臆。晚飯後渡江與陳送行。八時半上船與談數語，九時半渡江回家洗澡畢。閱雜書，隨閱隨忘。十二時寢。

十四日　晴熱　六月廿二日　星期二

八時起，九時到會。昨聞菖芝岩云保送審查專員事，六月底截止，明日當再詢之。晚間在曹蕙村寓取得章程歸。十二時寢。

十五日　晴　六月廿三　星期三

八時起，十時到會，細閱專員存記章程，余資格頗合，明日當返里取證件來省填表辦理。晚訪葛芝岩問各事。十二時寢。

十六日　晴　六月廿四日　星期四

六時起，七時到平湖門汽車站搭汽車回鄂城，十一時到家，小憩後午餐畢，清理各事。證件中缺民廳傳令嘉獎一件，遍覓不得也。王久旂、萬子雲來談甚久去。晚十一時寢。

十七日　晴熱　六月廿五　星期五

七時起，八時半飯畢。王興發送余往西門站搭汽車，遇汪雲龍，彼自黃岡渡江來搭車者，謂余必生子得差事云云。下午一時抵省，到會中閱各函，又知厚訓今日已回鄂城矣。到家飯後清理證件，填表，填履歷表，極麻煩。幸馬顯聲昨已將各表畫就，今夕可請其代寫，並囑劉質如幫寫，極煩。晚佈置整理就緒已轉鐘二時矣。倦極遂寢。

十八日　晴熱　六月廿六日　星期六

六時半起，囑夏僕請馬顯聲來家，面囑各事去。十二時余親往省府一催見馬，並與劉質如立談數語，謂此件非今日寫齊趕郵局快班寄南京不可，蓋遲一日為星期，到京已趕不及矣。午後將文件裝訂成冊，馬寫已完全。午後二時伯陽來，正欲其請姜顯謨證明十七軍官學校秘書委令等事。伯陽遂持單先渡江尋顯謨，三時文件辦齊，余亦渡江至漢總局發快信。先在迎賓江館候伯陽持單來加入，在館吃飯畢已四時五十分，猶不見伯陽來，甚焦灼。用電話問馬顯聲，知武職上校確為簡任職，遂於文中加二字，蓋又合於第一項也。五時半伯陽方至，余遂貼單送總局發出，計今夕七時上大輪，明晨到潯，廿八日上午到南京，快信隨到隨送，尚不遲也。昨今兩日忙個不了，茲已釋負矣。渡江飯畢，晚十時即寢。

十九日　晴熱　六月廿七日　星期日

七時起，八時起信稿二件請方先生代書發出，一致魏道明，一致蔣作賓，欲其於審查時順利通過。十二時訪方先生，說明各節，承其欣然許寫，下午當去取發出，近日辦事順利，心中快然。晚十一時寢。

二十日　晴熱　六月廿八　星期一

七時起，八時到會。午後將方主席所寫蔣、魏函用快信發出。晚閱自抄各記中曾滌生日記有"凡事皆前定"語，甚佩之，晚十二時寢。

廿一日　晴　六月廿九　星期二

七時起，八時到會。午後未去，在家閱報讀詩，晚十一時半寢。

廿二日　晴熱　六月卅日　星期三

七時起，九時到會。午後閱雜書，寫聯二付，晚十二時寢。

廿三日　晴熱　七月一日　星期四

八時起，九時到會。午後閱報，寫信三件。晚未閱書，十一時寢。

廿四日　晴　熱甚　早九十二度　晚八十八度
七月二日　星期五

九時起，昨睡不安。今晨漢口徐宅出殯，未送也。午後更熱悶不堪，天欲雨未成，晚睡不穩，轉鐘二時更起，煩悶不堪。

廿五日　陰　午後北風　早寒暑表九十度
七月三日　星期六

八時半起，九時到會閱文件，剃頭一次。午飯後寫李長青謝函、高魯生函，請其和《五十自壽詩》也。晚欲爲金蘅意作題畫詩，屢構思未就。十二時寢。

廿六日　雨　涼甚　七月四日　星期日

八時起，飯後補寫文稿及日記。晚間看雜書，寫覆鄭宇平等信四件。欲爲金太史題畫《松柏長青圖》詩，卒未就。十一時寢。

廿七日　陰　小雨數次　七月五日　星期一

八時起，九時半到會，閱各調查員報告。飯後爲金太史作六旬晉九祝壽圖畫一紙，已粗具形態，明日當足成之。今春大病後作事每久則頭暈，奈何。晚閱《九華山志》已畢，明日可換他書也。十一時寢。

廿八日　晴　旋小雨　七月六日　星期二

八時起，九時到會，無多事。午後爲金先生作畫，已成十之八矣。晚間屢欲作詩未成，寢甚遲，構思不就，頗以爲苦。

廿九日　晴熱　七月七日

七時半起，八時寫《壽金太史詩》二首已成，清晨心靜，詩思大開，奇矣！詩尚稱意。九時到會，午後補畫，未竣之處已成，並爲李次瑜、鄔亞軒作二便面，走筆成之，亦均佳，畫松頗得意。詩思畫思今日忽並進，亦李、鄔二人之緣也。《蒼松翠柏》已畫二張，一張擬自留之。金詩收句曰："昨夜鶴樓試東望，一星如月燦晴霄。"得壽詩體並譽金太史身分之高也。轉鐘一時寢。今日聞蟬聲。

六　月

初一日　晴　熱甚　七月八日　星期四

七時起，八時半到會，午後未去。補金太史畫已成，寫款付裱工。晚清理各事。聽收音機，知日禍已急矣。中國連年疲於內戰，一旦外侮，舉國驚慌，奈何！閱《詞學全書》，僅瀏覽大意而已。十二時寢。

初二日　晴　熱甚　七月九日

六時起，七時到會，今日更熱。午後閱報及雜書。晚熱不能作事，寢不安。

初三日　晴熱　九十二度　七月十日　星期六

七時起，八時到會。飯後閱報，今日遲生已放假，欲返里，無人送之，欲留在省宅補習各課，彼亦不願也，奈何！晚熱不能寢。

初四日　晴熱甚　九十三度　七月十一日

六時起，今日以天熱未能渡江，在後宅補寫各件養靜，熱稍止耳。晚閱《詞學全書》。聽收音機，日本圖平津甚急，殊爲悶悶也，轉鐘一時寢。

初五日　晴熱　九十三度　今日初伏　七月十二日　今日星期一

七時起，九時到會，十一時訪方主席。午後閱《塡詞圖譜》及《詞學全書》已畢。晚寫信二件，來客二次。十二時寢。

初六日　晴熱　九十三度　七月十三日　星期二

六時起，九時到會。午後寫復各處信。晚看唐詩，聽收音機，日本尚未退兵。十二時寢。

初七日　早晴熱甚　午後二時大風雨　七月十四日

七時起，八時到會無多事。午後寄泰興金太史畫，挂號去。晚閱歷代科名錄、翰林榜，順治至雍正間改姓復姓者多蘇浙人，即俗所謂兩姓當差或攜養異姓者也。十二時寢。

初八日　早晴　午後雨　晚小雨數次　七月十五日　星期四

九時起，昨以涼，睡甚適。九時半到會取款，十一時歸，途遇大雨。午飯後旋雨旋晴。午飯後小睡二次。晚閱《錢泰吉警石年譜》及其文集。錢祖原姓何，以飢遷移，於錢氏所養，遂承錢氏曾祖即錢陳群也。大抵江浙多頂姓承姓之人，且發科名甚盛，十二時寢，展轉至三時方寐。按錢陳群得元時名陳群，後乃冠錢姓，何姓當係陳姓之誤。

初九日　晴　熱甚　七月十六日　星期五

八時起，九時到會，十一時回家。午後吳端偉、劉伯陽先後來談甚久去。今日晤方主席，知其明日往蘄州，便至牯嶺也。晚清理各事，十二時寢。

初十日　晴熱　小雨　七月十七日　星期六

八時起，九時到會。午後看《甘泉鄉人稿》竣，錢氏世有文名，其集較易傳也。看舒藝室詩亦竣。張孟彪曾爲曾文正公幕，著作亦富，以諸生迴翔各大人物間，生時刻集，亦頗自豪，惜晚年無子，得官僅及一候選通判，老而貧，尤難堪也。四時飯畢，五時半渡江訪李佛波，談半時。七時半到三北公司上新蒲爲方主席送行。爲會中事談片刻，即渡江回家，天氣又熱，展轉不寐。聞夢閑時時痛楚，大約距分娩期近矣。

十一日　早涼甚　午後雷雨頻作　七月十八日　星期日

五時半起，夢閑腹痛甚。六時命夏僕至醫院請產科醫生，八時來，夢閑痛時止。十一時余偶檢《詩均》，占何時可生產，得申字又伸字，當在申時也。天熱甚，慮孕婦吃虧，至下午七時一刻方產一男，大小均安。此兒余早已起名定生，因不忘孟夫人事，擬字小蘭，歸宗胡姓。十時醫生看護方去。余今日甚倦，先着急未多食，且餒而疲矣。十一時寢。

十二日　晴熱　七月十九　星期一

七時起，九時到會，午後未去。在家清理各事，夢閑身體甚好，小兒食量甚大，乳未至，時時啼聲作。晚約甥婦明晨來餵乳。十一時寢。

十三日　晴熱　七月二十日　星期二

七時起，聞甥婦來餵乳。八時開飯，九時到會。伯陽來談片刻去。午後在家料理進香祀祖及孟夫人，佑小兒強壯也。晚未作事。十二時寢。

十四日　晴熱甚　午後四時半大風雷雨旋止　晚八時大雨如注　七月廿一日　星期三

七時起，八時到會，十二時歸。午後天熱如蒸，寒暑表九十六七度。

室內外鬱悶異常，午後四時半大雨改涼，晚更甚，風雷震撼可畏也。屋漏甚。余以電燈乍息未寢，展轉至轉鐘二時方睡。

十五日　早大雨至午後二時方止　七月廿二日　星期四

八時半起，因雨大未到會。小兒食量大增，無乳應之。午後小睡三時許，晚甚涼，未出門。欲寫信，以身倦中止。十二時寢。

十六日　晴熱　七月廿三　星期五

七時起，八時到會。午後熱甚，傍晚看《續酉陽雜俎》，初集余已閱過，事隔五年，以前了不記憶。續集記事無多希奇，惟記梁武帝誤殺僧人事。僧被殺時曾謂武帝昔爲蚯蚓，僧以鐵叉誤殺之，今日故相報也云云。余八九歲時在籍看高腔戲，曾聽同居朱益舟云此事，今日方知戲亦有所本也。晚十二時寢。

十七日　晴　熱悶　午後大雨三次　七月廿四　星期六

七時起，上午到會。下午二時半往財廳，已入門值暴雨至，帽衫盡濕。旋晴，又大雨，殆回家後又暴雨，聞之山後各街來人則未見雨也。四時半渡江訪傅端屏，與何橙之、周朋臣、張少白諸同學遇，談二時許出，便訪佛波，渠寓中熱甚，略談即渡江，十一時不能看書，熱甚，不能安寢。

十八日　晴熱甚　午後大雨數次　晚雨更大
七月廿五日　星期日

七時起，九時閱《剪桐載筆》二本，清人著，文筆甚弱，記事簡而欠雅馴，無怪乎在當日與現代均不甚著名也。午後二時往訪嚴立三先生，前日傅端平帶口信約談者也，至則見其以斧砸土，似補地平者，脫略甚，與談二小時。立三近來研究經學，所談頗有心得，亦發前人所未發者，與余談詞章，多有鑿枘，不相入，繼談近事，惟涉及政治多誚責語，亦不願多談，並述及去秋曾隻身到陝洛各故都憑弔，攷形勝，步行吃苦，殊可欽佩。四時半辭出回家，大雨如注。晚閱《續酉陽雜俎》《西京雜記》俱畢矣。十二時寢。

十九日　晴熱悶甚　雨數次　七月廿六日　星期一

七時起，八時到會。今日爲小兒定生九朝，照例祀祖宗並孟夫人，因夢閑言連夕似孟夫人來訴或呈不豫之色也。天熱未能請客。晚看《剪桐載筆》已竣。十二時寢。

二十日　晴熱甚　七月廿七日　星期二

七時起，九時到會。午後天熱如蒸。閱李蒓客駢文上半冊，晚間熱甚，不能寢。

廿二日　晴熱　悶極　九十二度以上　七月廿九日　星期四

七時起，八時到會。午後復張立群、方主席函。晚熱甚，閱李文清公集，文字語錄無甚精警處，涉獵二冊畢。十二時寢。

廿三日　晴熱　悶甚　七月卅日　星期五

七時起，八時到會。午後閱姜曙東《繼襄曲集》《梧桐淚》《江漢淚》等集，填詞雅馴。余昔只知其能古文，不知其能填詞也。姜爲前武昌府知府，陳樹屏之舅父。光緒某科舉人，丙寅夏余長沙市征收局時，彼適爲江陵縣知事，政變後，財產散失。庚午余在安慶晤談數次。邇時姜居皖城行醫，窘困萬狀。年逾七十矣，文人晚景如此，可歎耳。晚熱未作事，十二時寢。

廿四日　晴熱　悶極　九十四度　七月卅一日　星期六

七時起，八時到會。午後悶熱不能作一事，晚稍涼，十二時寢。

廿五日　晴熱　九十三度　小雨一次　八月一日　星期日

七時起，九時半與胡森同渡江至揚子街口，爲定生兒買一西式小鐵床。命胡先渡江，余送款至李宅略坐，佛波未起，無甚新聞也。渡江吃飯，已下午三時矣，悶熱，食冰一盞，稍解涼，晚未作事。十二時半寢。

廿六日　晴熱甚　九十五度　晚有北風稍涼
八月二日　星期一

七時起，八時到會。十時聞喻育之云，省政府紀念週，黃主席訓話至一時許，多慷慨語，惜其間多僞語云云。噫，民國近年以來吹牛說大話者比比皆是，又何怪乎？午後三時閱報，見華兵不振，日禍方急，甚爲憤慨。晚聽收音機，無多報告。十二時寢。

廿七日　晴　大北風　八十九度　八月三日　星期二

八時起，九時到會。午後閱報，知前日即八月一號晨三時豫魯蘇等省發生地震，漢口亦有感動，武昌則未之知也。今日大北風，係上海因感受海中颶風，滬市發生暴風雨，蕪湖風災甚烈，故武漢今日涼爽也。晚閱《清代掌故彙輯》，故宮博物館出版，皆集印舊時檔案、諭旨諸事，可與清朝文字獄有關係也。十一時寢。

廿八日　陰　大北風　八十二度　小雨
八月四日　星期三

七時起，八時到會。閱報知中華軍隊原駐未動，並無戰事。惟日軍在天津炸毀民居及各建築之大者，各文化機關、南開大學等等炸之净盡矣。甚爲惋惜。午後清理書籍。近三日市民遷漢口租界及回各縣者極多，人心慌亂。晚間以時局緊張，余亦未外出。十二時寢。

廿九日　晴　小雨時作　午後二時大雨
八月五日　星期四

七時起，八時到會，方主席昨日來函，欲送往沈碧舫一閱，催辦決算者也。午後二時，大雨如注。晚聽收音機，閱法時帆所編之《槐廳載筆》《清秘述聞》等書，見清初直省解元多填補某科進士者，大抵皆在明代崇禎間已中進士，入清再補入者歟？又會試作同考官者多明代某科進士詞林。此即錢牧齋入清代仍掌文衡故轍。嗚呼！此皆二臣熱心利祿者，其視王船山、黃梨洲、顧炎武、杜茶村諸人能無愧耶？晚間謠言仍甚，十二時寢。轉鐘三時夢先君，不異平時；似與余商議某事，謂須往就云云。

七　月

初一日　晴熱　大雨數次　八月六日　星期五

七時起，九時到會。午後閱《槐廳載筆》。功名取得多有前定者，可見文章雖佳不入試官之意，皆有命運存焉。近十年來，學校出身多係運動關節，則又不關乎命運矣！晚聽收音機，華北戰事不利，十二時寢。

初二日　晴熱　小雨數次　八月七日　星期六

七時起，九時到會，閱文件。午後閱報，閱《清秘述聞》已畢。晚間外出一次，寫信二件。聽收音機，知華北戰事近日沈寂，漢口日租界有督交市政府收管之說，人心稍安，遷居者頓減。十二時寢。

初三日　晴熱甚　大雨數次　九十三度以上
八月八日　星期日　今日立秋節

七時起，十時飯畢，十二時渡江至佛波寓談甚久，四時半渡江回家，飯後閱《槐廳載筆》已竣。明日當另借他書閱之。十二時寢。

初四日　晴熱甚　大雨時行　八月九日　星期一

七時起，八時到會，午後未去。二時得南京葉炳然函，知中央尚未決然主戰。五時則復各處函，以身倦中止。然近三年未作事，每每如此，則提筆竟倦怠，老象已至，無銳氣也。然必矯正之。晚十一時寢。

初五日　晴雨無定　熱甚　大風暴一次
八月十日　星期二

七時起，八時到會取款，連日因買蛋開消小禮，用錢極多。已印紅帖五十份，俾小兒定生滿月請客之用。午後閱《掌故叢編》十册已畢。不過匆匆涉獵。幼時喜閱書，能記憶，而貧無力購買，縣中又少可借閱之家。廿歲肄業省垣，有書可借，而學校功課過多所累，無暇閱他書。校中有南北二書庫，藏書多而不能借也。戊申湖北圖書館成立後，余於星期日僅往三次借得《李義山全集》及《江村消夏錄》《唐子消夏記》，涉獵一次，時間短促，邇時該館又不允借書外出。古人謂有福讀書，余今有書可看又不記憶，真無福矣！晚甚涼，十時半寢。

初六日　早陰晴不定　午後大雨如注　風暴作
八月十一日　星期三

五時醒，因同屋馬培梓送其戚劉君回汴，擾擾不能睡熟。九時起，王德載來談甚久，並借洋二元去。彼實甚窘也。午後一時到會，寫請客帖付郵發出。三時半大風暴雨，聞連日水漲，堤防可危，不需雨也。晚聽收音機，知日界日領事下旗回國，僑民去盡矣。十一時補寫日記，欲覆方主席函，以精力不繼遂止。十二時寢。

初七日　晴陰無定　小雨數次　涼甚
八月十二日　星期四

七時起，八時到會，無多事。午後寇生順鎔來求薦信。晚復鄧實等各處信，並爲之改詩二首。十二時半寢。

初八日　陰　小雨數次　涼甚　八月十三日　星期五

八時起，九時到會，久候李次瑜不來，作二函與之取款用也。今夕爲孟夫人忌日，距其殁期已滿四年矣。每一憶及，爲之泫然，使孟夫人在，余少操許多心，省許多煩矣。晚十時半設酒肴致祭焚楮，約一時許畢。上海戰事已開始。聽收音機，知閘北、江灣等地中華軍隊甚多，日艦已駛至黃浦江矣，寶山路火起云云。十二時半寢。

初九日　晴　小雨　八月十四日　星期六

七時起，八時到會，午後未去。連日閱報知我軍勝利，可喜也。圖書館近日不肯借書，並無他書可閱，殊愁悶耳。晚十二時寢。

初十日　晴　熱甚　大霧一次　八月十五日　星期日

八時起，今日請男女客。定生兒彌月係明日，以星期客來者便利，特改爲十日午正也。男賓范寄滄先來。午後二時開席二桌。女客趙太太遲來，開席一桌。熱不可耐，晚十二時方罷。氣候又轉涼爽。十二時半寢。

十一日　晴　大雨二次　八月十六日　星期一

九時起，昨已命厚訓回鄉祀祖，並帶根生、遲生兩兒來考學校。明日國曆十七，須趕到，十八可考試也。晚聞我軍又大勝，可喜也。十二時寢。

十二日　晴熱　晚大雨如注　八月十七日　星期二

七時起，八時訪嚴適之，爲根生考高中事，須面托之。十時到厚訓寓探詢，值遲、根兩兒已與厚訓同來，又引根生謁適之談各事。午後未到會。晚分囑兩兒明晨考高中、初中各事。十二時寢。

十三日　晴　熱甚　晚雨　八十八度
八月十六日　星期三

六時起，呼兩兒準備各件去考試，七時各雇車去，余亦到會。午後聞根生所考各門功課均不佳，遲生所考尚好，惟算術一題未答耳。晚聽收音機，知我軍又勝利，可喜。晚十二時寢。

十四日　晴　熱甚　八十八度　月色如畫　八月十九日

七時起，聞根生又去考試。午後二時聞省政府得電，有敵機三架自上海來襲擊武漢，各職員紛紛逃出。路人見此亦紛紛逃亂，秩序頓變，而所謂代主席盧鑄，各廳長如孟廣澎輩，均未到省政府也。擾擾至下午四時半方安靖。敵人注重武漢，意所料及，蓋各大商埠日本僑民去盡，敵方正可遂其奸謀，無所顧忌也。晚十二時寢，夢先母雜眾人中看飛機。

十五日　晴　熱甚　八十八度　月色大佳
八月二十日　星期五

晨四時聞天空飛機聲不斷，余驚起後，嫗謂已放警號數次矣。五時遂起，見我國飛機十餘架飛高空中，門外戒嚴，無人行走，八時方解嚴，九時到會。十時訪方主席，彼新自牯嶺歸也。談半時回家午餐，天熱如蒸。晚聞我軍又勝利，極慰。十一時半倦甚，欲寢，形神極不安。昨夢先母雜群眾中看飛機，着青衣服，余命遲生趕上呼之。今夕手肘掣動而醒。旋聞警報，知又有敵機飛來，遂起坐，聞戒嚴，至轉鐘二時方再寢。

十六日　晴　熱甚　九十度　八月廿一日　星期六

八時起，九時到會。十一時又戒嚴。午後再到會，打電話，寫信二件。晚月色甚朗，熱氣未散，不能成寐。

十七日　晴熱　八十八度　八月廿二日　星期日

七時起，今日本擬渡江，又恐戒嚴不便。午後在家中，囑根生、遲生補習功課。晚熱未出門，十二時寢。

十八日　晴　熱甚　九十度　八月廿三日　星期一

七時起，九時到會。午後天熱、閱報知我軍節節勝利，極爲心慰。近來武漢居家者時遷時返。又聞敵機前日在青山投炸彈三枚，又在鄂城金家畈投彈二枚，人畜俱有死傷云。晚閱號外，知我軍仍大勝。連日午後各報館均有號外出售。武漢市民爭先購買，可見人心均愛國家愛種族也。十二時寢。

十九日　晴熱　八十九度　八月廿四日　星期二

七時起，今晨根生赴一中口試，以其筆試太低，囑田靖、嚴適之等設法維持。時局不靖，而考試學生猶五六百人，僅五十名之正取學生，何時能談到教育普及耶。近廿年來，家中資者只能勉強撐持爲子求學，稍次家事，則望洋興嘆而已。省三中學年需百二十元，私立中學年需二百元，寒生只有改途，此其昔人所謂"上品無寒門"者也。遲兒昨已口試錄取，今秋住中學，每季亦非四十八九元不可。晚閱各報，十二時寢。

二十日　晴熱　八十九度　八月廿五日　星期三

七時起，八時到會。午後爲兩兒學膳費事向曹蕙村挪款六十元，因學生多，繳費有期限，遲一日即以備取生補入也，命夏僕送往曹宅，約以明晨往取款。晚熱，聽收音機，購號外，閱看我軍大勝云云。十二時寢。

廿一日　晴熱　八十八度　八月廿六日　星期四

七時起，八時到會。十一時訪方主席，聞鄂主席已易胡今予矣。晚無所事，閱報及看書。根生準備明晨回家，囑夏僕明晨往送之。十一時寢。

廿二日　陰　熱　八月廿七日　星期五

六時呼根生同夏僕雇車去，九時到會。午後爲遲生到九中繳學膳費。今日爲陽曆孔子聖誕節，各機關放假半日。孔子聖誕原係陰曆八月廿七，前年中央改定就陽曆者也。三時渡江，四時訪李佛波談各事，在美生館吃點心，五時半回家，十二時寢。

廿三日　晴　熱甚　八十八度　八月廿八日　星期六

七時起，八時半張渭泉來，談爲其子考插班事。蓋新自南京歸者，彼坐二小時方去，並述其二子不孝事，余前已厭聞矣。午後會中開例會，決議要案八件，五時歸。連日爲根生、遲生兩兒學膳書籍費計用五十餘元，但火食僅繳一月耳。讀書不易也。晚十二時寢。

廿四日　晴　熱甚　八十九度　八月廿九日　星期日

八時起，午後三時周德裕、潘仲平來談甚久去。六時聞空襲警報，街市即刻戒嚴矣，八時方解除。十二時寢。

廿五日　晴　熱甚　八十九度　八月三十日　星期一

六時半起，送遲生兒至九中上課，便爲之購字帖抄本等件，十時到會。午後天熱，較二伏尤甚，節逾處暑，猶如此酷熱，奇哉。晚教遲兒英文字母等事，十二時寢。

廿六日　晴　酷熱　九十度上下　八月三十一日　星期二

七時起，命遲生早上學，九時到會，寫信三件。午後熱甚，未去看書，心不定，小睡亦不穩。晚間更不能作事也。天變於上，外患方殷，可以警吾民族矣。十二時寢。

廿七日　晴　酷熱　九十度上下　晚六時大北風起
九月一日　星期三

七時起，九時到會。午後天熱如蒸，小睡不成寢。三時張渭泉引其子女來，請蓋保結，談一時許去。晚欲寫復各處信，以熱中止，十二時寢。

廿八日　晴　酷熱　九十二度　晚六時大北風起
九月二日　星期四

六時起，命遲兒上課，囑帶火食宿費去，十時到會。午後根生自縣中來，傍晚盧克發、張炯威同來，談盧宅近事，一時許方去。晚以大北風涼甚，補寫日記，早寢。張今夕述其父渭泉之惡，口講指畫，余申斥之乃已。

廿九日　早晴　午後熱　八十九度　晚涼
九月三日　星期五

六時半起，遲兒昨宿家中，命其早上學也。九時到會。午後閱浙江王子裳比部《道西齋日記》，首有光緒丁亥許景澄一序，蓋自歐洲回國，經英美日本所記諸事也。王原充德國使署參贊，記中備述西人槍炮製作，記海行經緯線甚悉，當時眼光亦有見及後四十年之事者。子裳，黃巖人，名詠霓。昨今兩夕觀畢，十二時寢。

三十日　晴　酷熱　九十度　九月四日　星期六

七時起，八時到會。方主席來與談各事。午後熱甚，室內外如蒸，不可耐。晚閱崔國英出使美日等國日記畢。崔不通西日文，係以侍郎資格簡放者，事在光緒十三年以後，其記事無多可採也。

八　月

初一日　晴　酷熱　九十一度　九月五日　星期日

七時起，已熱不可耐，蓋昨夕無風，熱度未退也。今日不能外出，遲生亦未回家。前日囑其星期六晚歸食宿，彼竟未遵行。閱《容齋隨筆》，宋人洪邁著，紀事多名貴，詳人所略，讀書得閒之作也。午後熱度更增，臥坐均不安，室內外如火灼。今年處暑以後其熱較二伏尤烈，寧非異事耶。晚間至展轉不寐。按洪邁字景盧，鄱陽人，謚文敏，由右史出守贛州。

初二日　晴熱甚　九十二度　晚八時仍八十八度
九月六日　星期一

七時起，熱不可耐，九時到會，熱度九十度矣。大概今年以今日爲最熱。聞方主席早曾到會，未之晤也。午後夢閑往醫院看病，余在後宅小睡，熱甚，又至前室席地臥一小時。傍晚李藹臣來談各事，九時熱度未退，余臥堂屋中。十二時寢不成寐，轉鐘一時小北風起，二時北風大作，乃入房中臥，自是漸聞暴風至矣。

初三日　晴　大北風　轉涼　寒暑表降至七十六度
九月七日　星期二

七時起，八時到會。午後欲訪方主席，值朱卓爾來訪，途遇之，均下車，乃返余宅談甚久。又同往李藹臣家，未遇，留字出。余遂訪方主席，談半時許歸。飯畢李藹臣來，遂與同訪卓爾，又未遇，亦留字出。今夕轉涼，作事之時也。以行路身疲竟早寢。

初四日　晴　涼　今日白露　九月八日　星期三

八時起，九時到會。午後往訪卓爾，便約其明日來家便飯，與談一時許出。晚間周淬成來談，彼新自藕池回家者也。九時補寫日記，十一時寢。

初五日　晴陰不定　涼　九月九日　星期四

七時半起，八時半到會，十時半往訪曹蕙村、朱卓爾，請其準時到家晚飯。五時淬成來，略坐即開席，卓爾傷風，未食菜即休息，并約明午後一時渡江訪仲蘇也。晚聽收音機，並閱《容齋隨筆》《學古堂日記》，並有文一篇，爲吳縣鳳敘、曾竹蓀所作。十二時寢。敘、曾爲余中西報館前同事。

初六日　晴熱　九月十日　星期五

七時起，九時到會。午後清理各事，欲回鄂城。以會中所給之欵不足，擬明日再設法借款也，方主席復函，謂去函財廳一催。余事進行在兩月以前，總之牽延，忽又值國難期臨，致至今尚未收效。去歲可進行而不便定，遲至今年，既定之且行之矣。而尚不能實現，勿乃國運及自身運氣有關耶？晚至橫街購得《安士全書》一部，余昔欲購之而未遇者也。十二時寢。

初七日　晴熱　九月十一日　星期六

七時起，八時劉伯陽來談甚久去，十時到會問之，李次瑜仍無款，殊可惡也。午後清理各事，小睡二時許，甚適。晚朱唐庄來二人，談其灣間命案已調解，湖案未了。余以清衣物頭痛目眩，甚厭聞之。今日上午九時往同仁醫院看病一次，挂號而曾醫生檢驗謂無病，但肝下作痛，未完全愈。渠欲開購黑丸藥，余謝之，謂服此甚久，無甚驗，遂改服藥水，邇時亦未買，遂出。今正午剃頭一次，並剃去短鬚髯，囑剃匠推頭額左部，亦未效。虛火甚，此疾已十餘年矣，奈何。痛時青筋隆起，此症惜無高明醫生爲余診之也！十二時寢。

初八日　陰　早小雨　午後八時雨　九月十二日　星期日

六時即醒，遂起，九時半赴汪南疇家奉看，途遇周淬成，遂同往，與談一時許歸。午飯後淬成刺刺不休，談調他縣區員之事。重重複複，皆言此事也。其腦筋欠靈敏，數年來如此，奈何。晚間清理各事畢，因定生兒時啼，命夏僕買楮焚香祀孟夫人，求其佑子也。十一時補寫日記，明日擬回縣，早寢。

初九日　陰雨　晚十一時大風　九月十三日　星期一

五時起，呼夏僕，漱洗畢，雇車至平湖門碼頭，詢知今日無下水船，各船俱載兵隊往南京。至汽車站問，則云九時半有汽車往鄂城，天雨則不行矣。余遂返家，命根生隨原車到校去。七時小睡，八時半醒，天雨知無汽①以□雨漸大矣，下午一時所開行之汽車更不可靠。午後朱卓爾來談，便留晚餐，談甚久去。晚命夏僕探訊，問及航政局，謂明晨有船開，遂再清理各事。十二時寢。

初十日　晴　早寒甚　九月十四日　星期二

四時醒，聞大北風未息，雨亦未止。五時起，夏僕云風大，八時再起，命夏探有無汽車。九時譚菊畦來談，王興仁又來，借洋一元去。正午搭汽車，遇宋濟賢讓位乃得坐。二時半到鄂城，抵家小憩，即尋昆山來談，飯後登城，見江水仍大，晚十一時寢。

十一日　陰　小雨　九月十五日

七時起，午後往看劉心齋、謝服初，聞劉已調局矣。時十二時寢。

---

①　汽，後疑闕"車"字。

十二日　陰　小雨數次　九月十六日

五時起，艾少泉送余搭汽車，與周子南同車到巴鋪下，雇轎到胡林□學屋中。午後開校務會議，集學生訓話，鄉人多來過訪，詢各事，一一答之。遲至夜轉鐘二時寢。今日看祖山，尋各祖墳。

十三日　陰　早小雨　旋大雨　九月十七日

七時起，鄉間已備轎，余到段家店，此地已廿三年不到矣。訪汪志道、宏輔，均晤及。在胡同盛午餐，尹縣長自縣中來，便訪，與談各事，因雨未能久留，僅至街中上下一看，隔廿年未到，此處竟成鬧市矣。回二林莊與貴堂兄商續修宗譜事，並討邦根六年前欠款。夜分方寢。

十四日　晴　九月十八日

六時起，貴堂兄已備船，囑邦友送余至巴鋪與楊焱屏同回縣，到巴鋪換船。午前十一時即抵家，籌備秋節開消諸欠賬，晚十時寢。

十五日　晴　今夕月色佳　九月十九日

七時起，八時乃命人送還各欠賬，聞有賀客，下午無事，余與萬內子及一嫗在宅。前重未租人，屋大且曠冷如學署，兩兒俱在省城，劉內子與定兒亦在省，真寂寞不耐矣。孟二奶來述祥煥未寄款諸事，此子不孝之可殺者，前屢函教訓彼不聽，奈何！晚祀月中庭。酒後十一時寢。

十六日　晴　晚涼　九月廿日

七時起，九時半早飯，十一時帶同艾少泉至河干候下水船，坐茶肆中，石鏡卿來談朱松茂館事，老邁可憐，精神又差，實難教讀。午後二時武安船到，三時半到蘭溪，雇小船行十二里，至黃家湖搭汽車，四時半車開。五時一刻到順來旅館住，此浠水稍佳之旅館也。晚飯後訪控告人，門牌號數不對，就近鄰詢問無此人。訪縣黨部劉幹事，傳二名來質，亦非控營業局者。訪縣長龔薰南詢問各事，訪商會主席，已往省未歸，乃尋一糧食幫董萬姓來談，確知局中事最詳。余遂宿黨部，再候明晨萬來回信，囑少泉在旅館宿，夜半被薄感寒，寢不安枕。

十七日　陰　早小雨　午後三時大雨時作
九月廿一日　星期二

昨夕睡時因被薄感寒，七時起床。九時半紹安請早餐，已代雇輿，十時起行，十一時半到六神港，便查控案保人，亦無此店名，遂雇舟行，因風逆又受寒。到南溪尋食館數次，無不被水淹者，僅一家水稍淺，仍污穢。四時食稀飯一盂，便晤成區長，囑便查各事。五時上水船來，遂冒雨與艾少泉上船，船滿載客，無立足地，僅於帳房外走檻邊以包袱墊坐，艾則立走檻邊。人臭不可聞，艙內所出之氣不可向邇。行十餘里，大風小雨交作，以傘禦之，不能全遮。載重行遲，七時半始抵家，已疲倦不堪矣。飯後竟睡，終夕昏昏，稍寐即醒，頭痛發寒，頗以為苦。

十八日　雨　竟日寒　九月廿二日

昨夜轉鐘時即聞雨聲大作，八時醒，頭骨痛，發熱，十一時起。同居劉姓請客，堅請余到，不能拒之。同席者僅陳子貞一人認識，終席未吃菜。自開方服藥，晚九時覺腹下有汗，上身無汗，飲食不進。八時寢，夢二青年人要求入譜，然不知為胡姓抑朱姓也。

十九日　陰寒　九月廿三日　星期四

今日病覺重，未起床。晚約久旃來書方，余報藥名，柴胡發汗。余近廿年頗畏柴胡發汗，今夕不得已用之。九時服藥，十二時汗出如潘。

二十日　陰寒　九月廿四日

六時半起，汗出病已大減。八時姚福平來診脈立方，謂右脈滑，恐轉三陰，仍用柴胡、油朴等藥。余因病已鬆，俟晚間再說。五時聞城內戒嚴，謂有敵機十架襲武漢，尹縣長惶惶無主張，亦不聞打鐘聲，彼已逃出城矣。如此作官真害百姓矣。晚寢不安枕。

廿一日　晴　熱燥　八十六度　九月廿五日　星期六

六時起，至後院吐氣，病三日，鬱於房中，覺有氣味也。太炳來，附有二函，並托各事去。十一時久旃來，說昨日敵機投彈十餘枚，炸漢口大泉隆巷、龜山兵工廠，附近死傷不少，武昌則未炸云云。未幾謝服初來，亦如此說。今日危險，幸余未在武漢，未受驚也。十二時寢。

廿二日　陰寒　九月廿六日　星期日

七時起，病未大愈，午後二時請范世齊、張渭泉、謝服初、姚福坪、陳子貞等便飯，五時散去。心念武漢，又不得其詳，十一時寢。

廿三日　陰雨　九月廿七日　星期一

七時起，病未大愈，午後一時夢閑自武昌來電話，囑余往省，並說漢口被炸事。借閱《武漢日報》知漢口前日被炸之處甚詳。晚十一時寢。

廿四日　陰雨　九月廿八日　星期二

七時起，八時半飯畢，十一時到江干搭漢福輪，以軍隊多，余未敢上，歸家小睡，病亦未全好。晚萬子雲來，說明晨有汽車可搭，汽車較快也。余允之，清理各事，十二時寢。

廿五日　陰　午後晴　旋小雨　九月廿九日

五時起，飲湯半盂，六時半同艾少泉出城。七時開車，十一時先到會，問厚訓從前漢陽被炸情形畢。回家飯後與夢閑商議回胡林暫避事，十一時寢。

廿六日　陰　午後晴　小雨時雨時晴　爲四月天氣
九月三十日　星期四

七時往朱懷冰宅，請朱太太先用電話告知胡舜生，約余即過談，托其代雇車。彼約王段長來，面囑明日可派專車，需洋二十元。晚命厚訓去交涉，則云明日不可靠，遂止。晚十二時寢。

廿七日　陰晴不定　十月一日

八時起，未到會。囑厚訓交涉汽車事。晚五時五十分警報來，敵機又來武漢，人心惶惶，六時半解嚴。準備夢閑等明晨回鄉，擾擾未能安睡。

廿八日　陰　上午十時半小雨　晚大雨數次
十月二日　星期六

七時起，八時半飯畢。陳僕來上工，九時車已到門口，夢閑帶同皮嫗、定兒、天喜、丙丞、國楨、少泉諸僕從，厚訓夫婦並其子女，並行李箱子共廿餘件。車大人衆，九時半開行。十時半訪田潤時、陸潤甲，並約遲生回宅。訪張渭泉之妻，談各事，訪方主席談各事。午後到會，晚間余與陳僕在家極爲寂寞，聽收音機遣悶，或與同屋馬培梓君一談各事而已，十二時寢。

廿九日　晨小雨如霧　時作時止　十月三日　星期日

七時起，馬培梓定今日遷出。十時劉伯陽來談，李藹誠來坐片刻去。午後遲生回校。因宅中人少，余已命其改爲走讀生，過數日令其回家宿也。王燕喜家搬物件來存後宅中。今夕僅余與陳僕住此兩重屋，清冷至極，記民國十九年，余與孟夫人遷入此宅時，尚有四人居之，今夕更清冷矣。十二時寢。

九 月

初一日　晨小雨如霧　八時半大雨轉晴　旋又小雨　十月四日　星期一

七時起，囑陳僕早辦飯，十二時飯畢到會。李、喻來，彭病假，厚訓回鄂城未歸。余不知夢閑等回鄉後信息，焦灼甚。近來天氣時雨轉晴，如四月天氣，奇矣。午後三時自會渡江訪佛波，知仍未起，彼上月向余屢言正午能起床者，偽也。與其妻子談半時出，然心惴惴焉，慮有空襲警報，車行不敢停留。四時二十分搭建陽輪，輪開到武昌，望鶴樓不遠，余忽聞警報，舟中人似尚不覺者，輪欲靠岸，全船人方知之，心慌意亂者多。抵躉船時，航警呼乘客速登岸，余亦急行至汪萬順米店，稍憩即聞二次警報作矣。飛機已起者三架，敵機似尚未到。與文階略談，其妻請余進食，亦勉強食半碗即止。六時五分聞解嚴，遂雇車匆匆回宅。今日本意不願渡江，私心度之，警報之來總在六時前後一刻，初不料五時五分即來警報也。心有狐疑，即不應渡江，真自受駭矣。八時飯畢，十時聽收音機。十一時寢，展轉不寐。萬邦興來求寫信。

初二日　晨晴　以後陰　十月五日　星期二

七時起，八時命陳僕買菜，王燕喜家中器具昨今兩日俱搬入余後宅中矣。昨夕前夕室中前後重僅余與陳僕二人，寂寞甚，夏僕膽小如鼠，已攜眷返鄉，設無陳僕，余不知寄居何處矣。一家人分作五處住，兩兒各住校中，夢閑在胡林住，萬夫人在鄂城住，微論財力不足，即足亦不能支持，奈何！奈何！正午到會，向李借款。厚訓自鄂城來，方知夢閑回鄉的信。午後二時送款與遲生，在黃均章家取衣服回宅。飯後厚訓、根生先後來，根生取洋二元去。夏賦初、宋濟賢先後來談片刻去。往王宅送行，燕喜家老幼今夕乘輪回黃州也。晚仍寂寞，十一時寢。

初三日　陰　下午小雨　十月二日

七時起，九時到會，十時訪方主席，便遇水叔平、許藝農，各就其家坐片刻出。午飯後再至會，並訪汪南疇，看彭受虛病，得劉伯陽電話，轉述夏賦初之意。三時半歸，四時遲生回家，晚飯後囑厚訓送之至校。晚作會中報告，全摘抄汪曹等報告中語，手已僵矣。十二時方寢。今日夏炳丞自胡二林來述各語。

初四日　陰　午後小雨　十月七日　星期四

七時起，九時朱陽春來，囑其帶炳丞去討欠租，該黃姓木匠仍未與也。今日未到會，上午十時至晚十時作簽呈已畢，中間曾往劉莘三寓一談。十二時寢，夢極不佳，謂余預備做江陰縣城隍，製金字銜額。

初五日　早陰　小雨　午後五時大雨竟夕
十月八日　星期五

七時起，九時到會，辦提案已畢。朱祐廷來談，謂即日回浠水鄉間，住其戚家。午後未到會，三時遲兒自校歸。四時五十分正值晚餐時聞警報，敵機又襲武漢，大雨淋漓，人心慌甚，六時半方解嚴。幸今晨夏炳丞已回胡林，免受此驚駭。晚留遲兒宿家中，余以整理會中提案，至十時方畢。今日正午吳曉雲來，云財廳有補余爲督征員消息，因熊小潘辭職，始而慰留，繼得方主席函，遂將慰留文撤回，擬簽呈會議提案云云。吳坐一時許方去，午後二時訪趙小欽未遇，晚十一時半寢。

初六日　陰雨　今日寒露節　十月九日　星期六

七時囑僕爲遲兒僱車到校，余八時起，九時將提案辦就。午飯後至會中。一時方、沈俱來，二時半開會，無多報告，僅余報告各調查員查四十四縣已竣事，函省府懲辦貪污□征官吏案，時間較長。四時半散會即回家，根生、遲生俱歸，晚餐後以天雨不能外出，悶甚，十一時寢。

初七日　陰　偶見陽光　晚雨十月十日　星期日

七時半起，崔嫗來爲兩兒上被臥，並爲余洗衣服，羅國貞帮忙洗天井諸事，室内外久不拂抹，極不潔也。午飯後根生先回校，遲兒晚飯後方去，理髮一次。晚聽收音機，無聲，昨晚忽不靈，天雨煩悶，則藉此解悶，乃湊巧如此，奇哉。十二時寢。

初八日　陰雨　午後大北風　寒甚　雨時作
十月十一日　星期一

七時半起，九時到會，十一時歸。大雨時作，天氣愁慘如冬月。飯後接蘊玉自黃安來函借款零用，接鄂城家信催寄款還木料及整屋之款，而會中李次喻今日不到，無款可支，殊可惡也。晚間電燈忽壞，再換一泡，則全屋四盞俱壞。今年安電燈後，計壞泡子十餘枚，每枚一角六分，計已損失二元矣。點洋油不合算，但電燈先付接火費四元、安燈費廿二元，尚有押金十元，是已先墊物價廿六七元，而每月付電費至少三元餘。分攤此七個月中，每月需用燈費六元餘矣。反不及點煤油之便宜也。近日天寒，傍晚蚊蟲仍嚼人，亦奇事，真乖氣致異矣。補作會中函省府稿至十二時寢。

初九日　陰　小雨　十月十二日

七時起，九時到會，辦送省府懲辦各稅局稿，十二時歸。飯後命羅僕尋夏長生來，因昨晨胡松林自鄉間帶夢閑手書來，必欲長生往鄉間也。便買茶葉、萬金油、益母膏等件，明日付長生帶回鄉間。晚間仍爲會中辦稿，至十二時寢。

初十日　晴　十月十三日　星期三

八時起，九時到會，辦例稿。午後未去，二時周親家母來談二時去，知其來省已久矣。晚間清理各事。近兩月中晴霽時少，大水未退，戰爭尤烈，天災人禍相逼而來，吾國何時得天佑而自強耶？晚劉萃三來，談甚久去，十二時寢。

十一日　早晴　晚小雨時作　十月十四日　星期四

七時起，九時到會，辦函財政部稿與前日所辦省府稿，意同而事實加重。午後未去。三時趙朗山來，謂廳中昨具簽呈，今日秘書處另簽，謂督征員改爲整理田賦委員，只有三個半月，余補熊缺，熊亦須得半月薪公各費云云。余勉強應之，謂提會通過與否無甚關係，因余之志不在此也。趙坐半時去，晚劉萃三來，談二小時方去，十一時疲甚遂寢。

十二日　早陰　旋雨　午後風雨交作寒甚
十月十五日　星期五

昨睡極不安，隔壁瘋嫗終夜胡言不息，真擾亂可惡。九時始起，十時到會，囑陳書記將各稿送方、沈詳細閱之，因文長，字句須斟酌也。午飯後風大甚寒，未到會。五時囑羅國貞辦楮蠟等件並供碗三樣，明晨爲先母八十三冥誕，例須於先一夕奉祭也。先母靈位尚未除，滿擬今春二月可舉行，而是時余適在省患病，繼思改爲七月，未果，繼欲改爲九月，倭禍方深，余更爲財政所迫，欲舉行禫祭禮而未能。言之痛心，使此月能得稍優差事，至遲臘月間必舉行之。九時具供進香焚楮於先母像前，心中悲痛無已。十時清理各事，今午已將室中字畫更換一次。厚訓今晨出差嘉魚，陳僕感寒疾大吐，幸有羅國貞在此，不然一切無人照顧矣。十二時寢。

十三日　晴寒　十月十六日　星期六

八時起，九時到會，聞根生曾來會一次。午後遲生自校歸，根生病瘧亦回家。晚飯後囑羅國貞請葛醫未果，余以防風、□芷等藥，囑其發汗早睡，未敢斷其爲瘧疾也。辦會中報告至十二時寢。

十四日　晴　十月十七日　星期日

七時起，崔嫗來，囑其將應洗衣服、被臥等件清理洗之。午前欲外出，未能。午後身倦小睡，三時復各處積壓信件。八時葛醫來爲根生看病，認爲瘧疾甚輕，須服常山等藥□之，明午前可吃藥云云。晚辦會中報告財部稿，因沈碧舫約談話，明晨須早到會。十一時寢。轉鐘三時傷風鼻塞不可耐，自是寢不成寐。

十五日　晴　十月十八日　星期一

七時起，王文達、曹漢丞來，久談不去。九時到會，知沈碧舫曾來會，候余未至，已渡江矣。遂電話與沈談片刻，約余午後渡江。十二時飯畢，來客二次，鍾小山同學來談至二時方去。余渡江訪沈，與略談改文稿事即出。至佛波寓，知其未起，不欲坐，心不安，恐有敵機來。久候至三時半，佛波方起，無多談語，有某副官在座。余匆匆出，至一新點心館食豆皮，又久候方食，匆匆渡江至江漢關，視大鐘四時一刻，以爲尚早。渡江後已四時四十分，雇車行至平湖門西街，聞頭次警報，敵機來襲，而車夫不肯行，不得已往萬邦興家避之，至則彼全家已逃往三一堂矣。門役許某之妻在室，余告以故，遂暫避於此。少焉，許役回，頗招呼余，說數語而二次警報起。已見敵機三架飛天空，旋又來三架，見信號如電燈，自是炮聲作矣。余以爲敵機投炸彈聲也，最後屋似有震動，余蹲於牆腳，又慮牆傾，心慌甚。至七時半，月出已久，方解嚴，雇車未就，步行歸家。九月初一、十五俱在漢口，由李佛波寓中來，一隔於漢陽門汪萬順，一隔於平湖門萬宅，受駭真有一定，且兩次在江漢關見頭一班船剛開。設先三分鐘到，已先到武昌，不致受驚駭也。飯畢詢之根生疾已愈，甚慰。晚十二時寢。

十六日　晴　夜月色佳　十月十九日　星期二

七時起，九時到會，午後未去。晚間閱《明語林》《宋稗類鈔》等書已畢，十時寫復各處緊要函，十一時寢。

十七日　晴　十月二十日　星期二

七時起，九時到會，用電話托艾濬川撥款廿元回家，午後親送款到漢口□來公棧，遇劉仲明之子。交款畢，二時至世界影戲院看抗戰影片，嫌其太略，各戲院藉此取巧而已。三時半匆匆渡江，慮有敵機來，到家四時半。五時厚訓自嘉魚縣歸，飯後小憩。六時十分聞空襲警報，六時半二次警報又來，心殊慌亂，久未見敵機，八時解嚴。夏炳丞今日自鄉間來述各事，因警報遂宿於此。寫信二件，十二時寢。

十八日　晴　十月廿一日　星期四

七時起，九時到會，無多事。午後再去辦理各文稿，四時歸。遲生因校中明日旅行，彼已請假回家，余令其補習彈琴，細察之，果忘記數段矣。三日不彈，手生荊棘，況數月耶。昨日傷風，鼻塞未愈，涕嚏時作，極以為苦。晚寫信、買零件，備夏炳丞明晨回鄉，轉鐘二時方寢。

十九日　晴　十月廿二日　星期五

七時起，九時到會，令遲生在家練習琴操。午後未到會，晚十一時寢。

二十日　晴　夜月明如畫　十月廿三日　星期六

八時起，傷風鼻塞，連日未痊，十時到會。午後未去，仍令遲生在家習琴，晚間外出一次，購各零件，九時寫信畢。十二時寢，轉鐘二時忽聞警報，二時廿分聞機聲，果日機也。未幾，似有三四架盤旋空中，余命根生、遲生俱起，並呼厚訓，數聞我軍發高射炮聲，震動聲，是時月較望日尤明，奇矣。余亦未見敵機在何處也。擾擾至四時半方解嚴，然已飽受驚矣。五時再解衣寢。

廿一日　晴　今日霜降　十月廿四日　星期日

八時起，十時飯後囑厚訓、更生、遲生同往公園遊覽，余以家中無人與陳僕清理各事，不能外出。晚飯後往劉萃三處略坐談歸，十二時寢。

廿二日　晴　十月廿五日　星期一

七時起，遲兒已上學。十時到會，無多事。昨夕方公館請余，必欲李佛波渡江來圓光，遂用電話請其今日午後三時要起床，便余來約也。午後在家小睡，四時方宅汽車來，乘往漢陽門，與喻僕同渡江到李宅，四時三刻矣。候李同渡江到方宅，余餒甚。飯後佛波施術進神看光，小孩多云時時閃光，不甚了了，亦無結果而散。送李渡江後，余匆匆歸。今日飲食不調，入夜展轉不寐，起床數次。李約方太太明午後再帶孩子往漢看光。

廿三日　晴燥　十月廿六日　星期二

八時起，九時到會，十一時仍用電話約方公館與李處今晚復看圓光。午飯後車行，沿途小蟲如織，近一旬中如此，滿街觸人，目不能視，小不及胡麻，午後遮天，奇矣。三時渡江在佛波寓閒談，五時方太太來帶孩子看光，俱不見，旋由喻僕覓三男女孩來看，亦不見。彼此均無意識幾不能解決，後以書符請方太太帶回公館了事。余甚悔冒昧作介紹人也。晚九時渡江，飯後小憩，欲為胡林族間作譜序，心亂如麻，未能動筆，十二時寢。

廿四日　陰　晚雨　十月廿七日　星期三

八時起，九時到會，催寫送省府文。午後在家，欲作胡林蓋譜序，材料已有，身嬾於執筆。近數年來未作事，無勇氣如此，老境侵尋，奈何奈何。晚胡林太高之子名稚山者來，云為族間買棕根為刷譜用也。並囑遲兒與同往書店買算學貳拾餘本。寫信，帶物與夢閑，附一函，命稚山明晨帶去。十二時與之説譜事甚久，轉鐘一時方寢。

廿五日　雨　寒　十月廿八日　星期四

八時起，九時到會。午後未去，清理室中各事，愈清愈不了，一因室小書案又窄故也。晚欲作譜序又止，無毅力，致每事拖延，老境如此，心緒又不寧，奈何。余近來每欲晚間作文構思，但一欲秉筆則近十二時矣，遂寢中止。

廿六日　大風　陰寒　十月廿九日

七時起，九時到會。連日閱報，知滬戰我軍已退出閘北，勢頗危險。吾國物質缺乏，數年來內戰頻仍，實力已消於自相攻伐，致不能多購新武器以對外，殊可惜也。晚間又欲作譜序，中止，然則何時可作耶。所借參考諸書置之未閱，心緒紛亂，奈何。十二時倦甚，遂寢。

廿七日　陰　晚小雨數次　十月三十日　星期六

八時起，九時到會。連日天呈愁慘狀，滬戰今日尚無勝負，午後伯陽來，與談一時許去。遲兒、根兒晚回家。今日禮拜六，命根兒教遲兒英文。遲兒年幼，又不用心，余以其身長，今秋令其住中學，明知其力量太差，欲強之負重而已。蓋不如此走近路，將來住高中，恐其年齡過大矣。晚間試目力，以一寸長五分寬之面積寫六十餘字，能寫能見，覺目力尚不異從前。慮目光減，帶眼鏡爲苦，實欲省此一層麻煩耳。閱范周黃三氏譜序已畢，采其扼要語，明日當爲吾族作譜序。十二時寢。

廿八日　雨　十月三十一日　星期日

八時起，根生、遲生、惠安俱在家吃飯。閱報，戰事無進展。廖白泉派人送信來，云明天有汽車至鄂城，人數少，甚便也。晚飯後往訪之，值其出，與其妻説數語出。準備明日回胡林一看。十一時寢。

廿九日　早陰　上午十時以後雨　十一月一日

五時半起，在家候車，至七時廖白泉方來，與同坐汽車，約一李姓往鄂城驗蕭步云汽車者也。又折而至公路局，又折而至汪三輔寓，與同車。八時半開，九時半到段家店。下車後，往胡同盛略坐，雇轎至胡林，到家飯後雨大作矣。午後夏炳丞亦自省來，晚至祖祠開會，爲其炳改姓事。晚飯後與家人談各事，小兒定生愈活潑可喜也。十二時寢。

三十日　雨　十一月二日

九時起，倦甚，十時松林亦自漢口回鄉，詢及各事。午後二時至祖祠，爲其炳事開會，爲譜事、學校事談二小時畢，雨大泥深極難行。余今歲回鄉數次每遇雨，亦奇事也！晚看定兒頗活潑，心甚慧，是兒或有夙根，三月餘即如此玲瓏敏捷，目有神光，將來讀書可繼余志也！十二時寢，心不寧，難成寐，因憶陶詩，枕上默記其《讀山海經》云："孟夏草木長，繞屋樹扶疎。衆鳥欣有托，吾亦愛吾廬。既耕亦已種，時還讀我書。窮巷隔深轍，頗迴故人車。歡然酌春酒，摘我園中蔬。微雨從東來，好風與之俱。泛覽《周王傳》，流觀《山海圖》。俯仰終宇宙，不樂復何如？"又記其《飲酒詩》曰："結廬在人境，而無車馬喧。問君何能爾，心遠地自偏。採菊東籬下，悠然見南山。山氣日夕佳，飛鳥相與還。此中有真意，欲辯已忘言。"陶詩味淡而永，直率自然，真天趣也。默畢漸睡熟，次晨補錄於後。

十　月

初一日　雨　十一月三日

八時起，十一時到祖祠開會，其炳易姓，爲合族請酒也。十二時與貴堂兄同到大墕上，請余讌，後便至祖墳山之高墳，僉指爲余嫡祖墳合塚式，無碑記，不知是士選公石孺人合塚，抑學相公合塚也。其右爲受中公墳，據說受中爲元一公之後，其墳向爲亥巳兼乾巽，族人指爲正東向。小立片刻，山雨已來，泥濘中遂歸。下午四時見省城飛機二架在灣中上空偵察旋去，十二時寢。

初二日　雨　十一月四日

九時起，天雨，泥深三四寸。午後至祖祠校對譜稿正刊，到余本支祖一系，五時半對畢。晚又雨，寒甚，十一時寢。

初三日　雨　十一月五日

九時起，倦甚，天雨愁悶至極，原擬今日回縣，不能也。午後轉晴，旋又雨。晚與貴堂兄至子書家坐談一次。十時寢，轉鐘二時聞大風陡起。

初四日　大風雨竟日　十月十六日

八時聞小風雨不斷，午飯後風雨更大，晚飯後益烈，悶甚不可說。今日未能出門一步，晚十一時寢。

初五日　風雨寒甚　晚晴見星斗

九時起，疲倦甚。今日更覺無聊，欲作譜序，以心緒煩亂而止，至祖祠談片刻。晚請楊先生來托各事，以譜序校對諄諄相托，因族中讀書者少也。十一時半寢。

初六日　晴　寒　十一月八日

七時半起，八時半飯畢，九時乘輿自胡林動身，十一時到樊口，十二時到家。晚作譜序，搜集材料，未能著筆。閱借來《漢口報》，緣數日在鄉，不知大局如何也。久旃來，談甚久去，十二時寢。

初七日　晴　十一月九日

八時起，飯後欲作序文，未能落筆，又閱漢報二小時。晚間十時乃静心，秉筆爲文，已成大半，轉鐘一時寢。近三年作文時作時改竄，下筆後繁簡不能自裁，造句多複，文機退化乃如此耶。

初八日　早雨如晴　十一月十日

十時起，十一時整理昨夕所做譜序，十一時三刻縣中商店均上門，警報已來，謂敵機已到武漢矣。午後函詢謝局長。晚久旃、國煌來，云上海、太原戰俱失利，大局可危。九時半整理昨夕譜序已成矣。爲故妻孟夫人作行述，便登譜中，遵其生時所囑也，起草大半，至轉鐘一時寢。

初九日　早晴有霧　十一月十一日

十時半起，飯後整理序稿，謝服初來，云太原已失，上海亦難守，大局可危，中國軍隊不能作戰，已早料及矣。晚十時爲孟夫人作行述已畢，略爲潤色之，爲先君作行狀已成大半，轉鐘一時寢。

初十日　陰　早雨　午後晴　十一月十二日

十時起，飯後閱報，上海南市欲退，太原以南各縣俱失矣。中國軍隊不能作戰，殊可恥也。午後爲先君作行狀已成，又爲方城族叔作傳，登譜牒者。下午三時請楊象之來寫，彼未來，余自錄寫至轉鐘一時寢。

十一日　晴　十一月十三日

七時半起，八時半邦丞自鄉間來，囑國煌來補抄金太史爲先父母所作墓誌銘錄訖，囑邦丞一併帶回鄉間付印。午後休息，以連日作序文甚疲也。晚十一時寢。

十二日　晴　十一月十四日

九時起，午寫譜序畢。昨日邦丞未走，今晨乃持之去，晚久旃、渭泉來久坐，十一時閱雜書畢，十二時寢。擬明晨回省宅。

十三日　早陰　晚小雨數次　十一月十五日　星期一

五時起，倦甚，六時半出城，周老板送余到站。途遇茂林亦來送余，在站晤及范心齋，程少松之妻子同車行至葛店。車忽壞，自是修理三四次。十一時到省宅，閱各處函，晚閱佛波續來之函，知其妻在江西病死矣。此人甚賢慧，待余夫婦尤好，明日當往吊慰之，十一時寢。

十四日　早晴　午後陰雨晚大雨如注　十一月十六日

七時起，十時到會。正午向萬邦興借十元，晚訪沈碧舫於漢口，并向李次瑜借卅元，當送廿元與李佛波作奠儀，與談片刻出，九時歸。飯後十時寢，連夕忽念孟夫人，頗多感慨。

十五日　雨　十一月十七

八時起，又念孟夫人不置。飯後整宅中電燈，寫胡祥安、胡子書紅對，一爲其子婚期，一補祝其六十壽也。並寫鄭階香中堂畢。晚未出門，十一時寢。

十六日　陰　小雨　六時後雨竟夕　大風轉寒
十一月十八　星期四

七時起，九時到會，午後雨至通宵，又轉大風，寒甚。近年天氣劇變如時局，真令人不可測。晚閱雜書，十二時寢。

十七日　大風雨　晚雨達旦　十一月十九日　星期五

十時朱祐亭來，十一時余方起。午後寫祐亭信致陳處長，祐亭急於求事，殊不可解，晚十一時寢。

十八日　大風雨竟日　寒甚近零度　十一月廿日

十時半起，今日囑僕買炭巴等件，梅先霖來談各事去。十時半寢。

十九日　陰　下雪子　寒甚　近零度
十一月廿一日　星期日

十時起，買報閱，見湖北省政府改組，嚴立三任民廳長，頗以爲異，因今年六月間與嚴晤談，謂決不入政界者也。更生回家，晚仍回校去，余十二時寢。

二十日　陰　寒甚　十一月廿二日　星期一

十一時起，午後到會，爲趙少卿等寫屛對，姚漁青、許藝農先後來，會談片刻去。晚閱報，知南京吃緊，十二時寢。

廿一日　陰晴不定　寒　十一月廿三日　星期二

十一時起，午時到會，祐亭又來。午後會鄧鵬九談半時，晚訪蕭液垓未晤，訪葉太太，新自南京歸者，據云形勢險惡，恐不能守。便訪汪三輔，談片刻出，歸家已十一時矣。十二時寢。

廿二日　陰　十一月廿四日　星期三

十時起。下午一時半到會，中途聞警報，返家，聞蕭焜曾來一次。晚清理各事，閱雜書，十一時寢。

廿三日　陰　十一月廿五日　星期四

九時起，十時到會取款，午後買零件，備明日回胡林校對、印譜序諸事也。晚囑老陳各事，十一時寢。

廿四日　陰　十一月廿六日　星期五

八時起，往平湖門搭汽車二次，均未上，且人多難候，遂回家，吃飯再去，則車已行矣。二時囑趙昌福買得車票，坐前面，四時到段家店，雇輿行，六時到胡林。至祖祠，聞譜序已印好，楊先生早回縣，囑對字多訛，頗可恨，如此受人之托而不忠，尚得爲人耶。飯後北分、中分謂譜序文中有病，請爲改正。再三與彼等講解，彼等終疑余有故意出入者。鄉間素不讀書，毫無常識，一知半解者，並無一人此夕爲之講說，無異對牛談琴耳。子書之子一事不知，貌爲斯文，尤可惡也。十時歸，十一時寢。

廿五日　陰　小雨一次　十一月廿七日　星期六

九時半起，倦甚。午後寫對聯，至晚九時已共寫三十餘副，中堂十餘個，手疲乃已，皆鄉間素所求而未允者也。十二時寢。

廿六日　陰　十一月廿八

十時起，十一時往祖山尋余一系祖墳，並至子林尋祖墳。午後寫對聯十餘副，中堂十餘個，至九時方畢，腰痛手僵矣。十二時寢。

廿七日　晴　十一月廿九　星期一

九時起，倦甚，坐船至巴鋪，午後二時至家小憩後，請久旂來問各事。晚清理各事，準備明日往省宅，十一時寢。

廿八日　晴　十一月三十日

六時起，七時往城外搭汽車未趕上，遂歸。萬內子病未愈，請王子恒來診視。午後子堂等來談，晚十時寢。

廿九日　晴　十二月一日　星期三

六時起，七時王興發送余搭汽車，九時半即到省宅，飯後到會。晚十一時寢。

三十日　晴暖　十二月二日

九時起，十時到會。午後未去，清理各事，並清樓上書籍。晚十一時寢。

十一月

初一日　晴　十二月三日　星期五

九時起，十時到會，閱報，江陰所築工程已爲倭軍所破，戰事吃緊。晚晤張友三談各事，打電話與方主席，會中賬目請其注意。黃均章來云其妹已死，欲借款廿元，許以明日送十元到其家一看。梅先霖來教遲生英、算。此數日缺錢用，而李佛波、黃均章送奠儀共卅元，則未預料者也。十時寢。

初二日　陰　大風寒甚　十二月四日　星期六

七時起，八時到會。九時訪主席述昨夕事。雇嫗來洗衣服，供其飲食。看黃四妹屍體狀殊可憐，聞其兄云失戀致疾，人心如此可悲也，送款十元作祭費。晚間閱報，廣德已失守，我國大飛機場已資敵矣。奈何奈何！十一時寢。

初三日　陰　十二月五日　星期日

八時起，嫗來洗衣服，以日計算。閱報時局又緊，又載廣德失而復得，未可信也。吾國兵不能戰，器械又舊，紀律太差，觀於各處傷兵滋事害民衆，已知其無戰鬥力，無愛民心也。事勢至此，極爲可慮，悲哉。十一時寢。

初四日　晴　十二月六日　星期一

九時起，十時到會，閱報，知敵在蕪湖將德和輪船炸毀，又炸大通輪，此必有漢奸報告此輪中有吾國要人也。晚聽收音機，漢口廣播台有人以日語報告新聞，然則果何人何時爲該台延請耶？十二時寢。

初五日　晴　十二月七日

九時起，十時到會。閱報，南京又吃緊，似難扼守。惟唐生智前有《告中國民衆書》，誓與南京共存亡，此公昔不齒於人，將來效忠民國，以身殉職，必可博得好譽也。然黨國要人，説話多有不可信者，姑俟之以觀其後耳。晚間外出二次，十二時寢。

初六日　晴　十二月八日　星期三

十時起，到會後閱報，知南京愈吃緊，大局可危，敵人轟炸甚烈。午後宋濟賢來談片刻去。支薪水付夏炳丞，囑其回胡林，並過縣宅述各事。晚十二時寢，夢亡友何養吾如生時狀，與談各事。

初七日　晴　十二月九日　星期四

十時起，曹漢臣來談各事去，孟廣丞來談謀事。午後寫覆各處函，分發方主席、朱卓爾、黃龍丰、葉炳然、吕受圖、龔振華、曹明德、劉伯陽、鄧實，共九件。晚十一時寢。

初八日　早小雨　午後晴　十二月十日　星期五

十時起，聞槍聲不斷，午後方知爲傷兵鬧事，頗凶。吾國兵隊不能前方努力作戰，裝傷以後專在後方搗亂，殊爲可恨。養兵如此，尚何能抗戰耶？周仕珍送鄧實自河南來函。晚渡江，向李次瑜借款，並訪佛波談片刻。九時歸，傷風鼻塞難過。十一時寢。

初九日　晴　十二月十一日　星期六

十時起，十一時到會，候李次瑜，未來，遂命价送信渡江，非取款回不可，此人狡詐無信，殊可惡也！晚十時价回，方取得十元歸。閱報知南京愈危矣。傷風未愈，十二時寢。

初十日　晴燥如三月天氣　十二月十二日　星期日

九時起，閱報知南京城內有戰事，南昌又被炸，時局更緊，欲怨誰耶？午後外出，晚聽收音機，多藻飾語，愛好爲吾國人特性也。余傷風未愈，十一時寢。

十一日　晴燥　十二月十三日　星期一

十時起，閱報知南京更危，真所謂命在旦夕也。浦口亦吃緊，然則國軍被敵四面包圍，向何處尋出路耶？晚間向各方探訊，十二時寢。

十二日　晴燥如三月天氣　十二月十四日　星期二

九時起，閱報知南京、浦口相繼失陷，武漢市面震驚，遷居者多。近日天氣反常態，冬月十二乃如季春，奇矣。年來諸事奇特，果亡國之徵歟？晚間虔誠進神請光，囑遲兒看光，問南京失後武漢亦失否。則現光"不要緊"，轉鐘一時卜牙牌數課，得上中上上下下，詞句均好，似武漢真不要緊耶。轉鐘二時方寢。

十三日　晴燥如春　十二月十五日

八時起，今日上下午俱到會，並會謝服初、王義周二人。晚未出，十二時寢。

十四日　晴　十二月十六　星期四

九時起，十時到會。午後閱報，戰事愈壞。吾國兵額佔世界頭等，每年軍費皆取自人民，今日乃如此，真可浩歎。晚十一時寢。

十五日　陰風　十二月十七

十時起，午後到會，各處所聞皆議論抗戰事，但從前有文告爲報章所載死守南京之唐生智將軍，不知尚在何處也。晚聽收音機，十二時寢。

十六日　陰　大風　寒甚　十二月八日　星期六

九時起，十時到會。午後渡江訪佛波，聞良瑄語其母死時各事，又述此次回漢經過，諸多危險事，十時渡江，十二時寢。

十七日　陰寒　十二月十九日　星期日

九時起，更生回家，飯後閱報，戰事無進展。晚造賬、辦粘存簿等事，至轉鐘一時寢。

十八日　晴　十二月二十日　星期一

十時起，造賬仍未畢。飯後十二時半到會，行至大朝街聞警報，急回家，一時半方解嚴，再到會。晚辦報消，轉鐘一時寢。

十九日　晴　十二月廿一日　星期二

十時起。午後飭人整電燈，晚仍辦賬，三次出差集於一次，至轉鐘一時寢。

二十日　晴　十二月廿二

九時起，午後至會中取薪，傍晚帶同遲生洗澡，十時歸，十一時寢。

廿一日　陰　小雨　十二月廿三　星期四

八時起，今日厚訓搭車回家，未成行，清理樓上地下各書籍三小時方畢，腰甚痛。晚八時聽收音機，戰事仍壞，十二時寢。

廿二日　陰　十二月廿四　星期五

九時起，厚訓今日與遲生同回鄂城。午後到會，晚以無多人在宅，十二時寢。

廿三日　晴　十二月廿五　星期六

九時起，午後到會，晚未外出，閱報知戰事無進展，十二時寢。

廿四日　陰　十二月廿六

八時起，今日未出門，慮飛機來襲也。晚閱雜書至十二時寢。

廿五日　陰　十二月廿七　星期一

九時起，十時到會。木匠來做樓門，改樓梯等事，送三次出差賬交會檔賬。邦友自胡林來，與同出買各物並清理物件，頭爲之痛。龍智仙來，云有一人願意與人看屋，但無處可薦耳。晚十一時寢。

廿六日　雨　雪又下　寒　十二月廿八　星期二

十時起，清理各物，搬樓上分置之，手未停，頭已暈痛。閱漢報，山東濟南昨日又失。計自抗戰以來，上海、蘇州、南京、杭州、蕪湖，今至濟南矣。將不能戰，抑兵不能戰歟？平時無備，驕奢淫逸，而不從練兵入手，致有今日受人侮之教訓。然以後則腹地作戰，更爲困難。奈何，奈何！十一時寒氣更重，遂寢。

廿七日　陰　小雨　寒甚　十二月廿九　星期三

九時起，未到會，午後胡升來，請寫函與蘇汰餘。留夏僕、國楨送更生、邦友明日回縣、清理各事，至轉鐘一時寢。

廿八日　陰　午後三時半雨　十二月三十日

四時醒，命夏丙丞起，送更生、邦友上船。余六時起漱畢，七時至望山門外大華公司會廖白泉。九時閱報，戰事不佳。而司機去未至，十時半蕭步雲之兄來，司機整車，至十一時方開行，在漢陽門口又耽延，候蕭步雲及女眷上車。行至華容，以兵車在前橫路，耽延半時。正午到段家店，余至姚家雇轎，到胡林已二時矣。飯後與貴堂等談各事，晚間各人來坐談，十一時散去，遂寢。

廿九日　陰　午後晴　十二月三十一日

十時半起，倦甚。午後整容一次。三時約同族間太輔等往大林祖山尋余系祖墳，尋得若思公墳、妣陳老孺人墳，均有碑石，乾隆卅八年仲冬月立，下款男瑛、玖、琰、瑶橫列，孫貴禮、亨禮二名。歸家檢譜，知秉爲琰公子，禮爲瑶公子也。是時瑛公、玖公尚未生子歟？余近代祖已尋得，爲之一快。晚十一時寢。

三十日　早大霧　晴　民國廿七年一月一日

九時起，倦甚，同盛送漢報來看。午後寫對聯五付，晚族間請乩仙，述黃鄂及胡林均無危險，但詩句太劣。十一時各人來談，至十二時去，遂寢。

十二月

初一日　陰　一月二日

九時起，與太輔同訪謝秀川，行半里，值其來廟中進香，爲某婦讀文，俟其拜畢，約之談。因秀川爲先師高幼泉之受業師，在鄂城內教讀多年者也。余屢欲見其人，欲問光緒間事也。謝自云光緒乙酉年入泮，丙戌在鄂城城內高宅教讀，又在百勝廟教過一年。高魯生、涂養俠及十一兒、幼泉師均爲彼之門生。咸豐壬子年六月廿四日寅時生，年八十六歲矣。此老晚境極不佳，殊可憐。問以光緒間城內諸事，時記時忘，所述似不可證信，略談別去。飯後約貴堂再往祖山，尋得正洛公墳，下款姪男其耀爲之立碑。又尋得正壽公碑文，上款"九年六月立"，是否光緒九年耶？中文稱"正壽老先生"，下款"弟正洛男其大"，則知公此時有子也。此墳必正落公爲之立碑，正壽公年長於正洛矣。余家藏包袱簿中作正樂、正落、正洛，實爲一人，其大則其耀公小名也。其耀叔祖，余童時尚見之。宣統間似時來我家，聞其在西山爲住持僧打更，殊爲可憐。以後如何，近廿年亦未詢及，先母在時之言也。今日並定各墳向，高墳乾巽兼亥巳，明遠公即英公，癸亥向。茂遠公即玖公，亥巳兼乾巽。宜選公癸丁向，立碑則子午兼癸丁也。若思公亥巳兼壬丙向。迭次回鄉，乃尋得祖墳定向，亦大快事。晚間與各人談譜事，十一時寢。宣統間在宅所見非其耀公，乃胡五爹，貴堂兄云云。

初二日　陰寒　一月三日

九時起，原擬今日回縣，以天氣陰沈恐有雨，未行。午後約貴堂往段家店，以足軟僅至黃家鋪即轉身。晚至祠堂問謀望，得四十八籤，首句喜氣臨門大吉昌，當與所問不類。次問戰事，第二句有"永訂和諧不動兵"之句，似是而非。又至平保家清其文契，多其秀公名下所得業產，而余親支祖輩正啓公、正洛公、學相皆向之討□紅錢，則當時已將業產賣去，其窮困可知、取其原契歸，晚十一時寢。

初三日　晴　早結冰甚厚　一月四日

八時起，九時半動身，十一時半輿行至樊口小憩，遂囑輿夫轉去。到姚家壟謁先父母墳時，聞高射炮聲三四十響，大約敵機襲武漢也。行至雙橋，聞路人云城內正戒嚴，至小北門外楊宅小憩，解嚴後入城回家。晚探武漢信息不詳，十一時寢。

初四日　晴　寒　一月五日

七時起，寫復黃松師、鄧堉實、潘仲平函。午後閱報，晚訪服初、厚安談近事，十一時寢。

初五日　陰　寒甚　一月六日　星期四

十一時半起，正午飯畢，聞城內又戒嚴。零時十分聞飛機聲大至，更生上城，看見敵機廿三架自黃州上空渡江至西山頂飛往武漢，約十分鐘即聞高射炮聲，未幾，見四架飛回原路。旋探服初信，知武昌東門外已炸矣。晚寫函帶胡林，並送太萬之妻挽聯一付，閱雜文，十二時寢。

初六日　晴　西北風　元月七日　星期五

九時起，蕭步雲約往廠吃飯，十二時畢。午後閱報，知武昌望山門、中正樓曾為敵機投彈，一枚未炸。昨午炸長虹橋，有損失也。晚王子恆來，云已在武昌晤見厚訓，昨日余武昌寓中受震動甚烈。九時訪尹縣長，十二時寢。

初七日　陰寒　元月八日　星期六

八時半起，倦甚。九時半吃飯，十時至蕭步雲廠中略談，遂與乘自備汽車往大冶縣政府，晤朱祐廷並葉科長、李秘書諸人，又審判官劉敦烈，談共約二小時，聞陽新有警信，潰兵不久至矣。二時半離大冶，三時半過唐角頭黃家邊，即俗名朱氏林者，尋朱家嫡支祖墳，未之見，僅尋得澤遠公墳，下款有"姪士華"字樣，又見松山大伯墳頗完好。回家時天已暮矣。晚聞陽新匪竄至燕磯矣。九時寫民廳函並托王樂平帶各函至省宅，十二時寢。

初八日　早結冰　晴　寒　元月九日　星期日

八時起，九時半服初來談甚久去。步雲來談，約往縣政府開會，討論退還公債事。今日到會廿餘人，認識者僅陳曙初等七人，九時散歸，十二時寢。

初九日　晴　午後陰寒　東風　一月十日

八時起，倦甚，茂林、坤山來，為還譜與城外事。午後聞黃石港有潰兵來。晚八時特別戒嚴後，門外城上時聞槍聲，夜寢不安。

初十日 陰 一月十一日

九時茂林、坤山來挑譜去，並送譜山老契來閱。十時又聞戒嚴，未幾高射炮聲大作，今日敵機未經黃鄂路線。王樂平自武昌歸，云武昌又被炸。晚問電局，知今日係炸漢口飛機場。渭泉、心齋來談，茂林、鍾德先後來談，鍾德並借四十元與余應用。此月底必還之。十二時寢。

十一日 陰 元月十二日

十時半起，飯後茂林引久康公司來，談片時去。欲往孟夫人墳，未果。張渭泉請余便飯，漢丞、心齋、杏林同席。閱報，漢口被炸者爲飛機場。晚立志另寫新包袱簿一本，翻《爾雜》一閱，寫至轉種時止。

十二日 晴 午後陰 元月十三日

十時起，太炳同姚姓來談各事。飯後寫新包袱簿，已及一半。晚訪楊厚安。周子南、鄭太興等來談。清檢包袱簿，至轉鐘一時寢。

十三日 陰 元月十四日

八時起，敦五、趙茂林來談，一時去。午後訪蕭步雲，同往雨臺山一遊，便看朱姓曾祖母李孺人墓，晚六時歸。十二時寢。

十四日 晴 陰 一月十五日

七時聞城內戒嚴，余尚未起床，九時又聞戒嚴，知漢口已有警報矣。飯後渭泉、心齋同來送減本縣田畝減數稿來閱。午後二時帶同遲兒出城，途遇孟廣堃，約之上西山，從寒溪塘直至石門一閱，再轉至吳王試劍石，刊有王柏心詩。西山後背有屋，住一方姓人，年六十一，代僧種田。推想此地春晴秋月必有奇景，真天然隱者居也。四時回家，飯後小睡，至久旂宅一談，晚閱雜書，十二時寢。

十五日　陰　寒甚　寒署表近零度　一月十六日

十一時半起，倦甚。午後陽新朱達泉來爲修譜事，晚朱唐庄、仁山及城外坤山、國超同來議譜事。接嚴廳長復函，因作函與之，並致向秘書一函。晚九時辦祭品祀先君，今夕爲先君忌日也。先君以丙寅臘月十六謝世，今廿三年矣！撫今思昔，不勝傷感。十一時閱《勸戒錄》至十二時半寢。

十六日　陰　小雨　寒甚　午後大雨　表至零度　一月十七

十時起，午後閱報知汴鄭均下雪，戰事未進展，倭軍在北平組織所謂新政府者已登場矣。晚閱《勸戒錄》至轉鐘一時寢。

十七日　陰雨　一月十八日

十一時起，爲張孔昭寫對聯，渭泉所代求者。作寫挽聯三副，分送汪、朱、姜三家，送晏表嬸祭幛。閱報見英倫對於中倭戰有調解會之發起。晚九時汪翰章來算八字，談一時去，十一時半寢。

十八日　雨　一月十九日

十一時起，午後至蕭敦五、傅象虛家略坐談即歸。天雨寒甚，晚間尋孟繼宗來，囑其帶信往省送惠安。十二時閱《劝戒二錄》已畢，此書真有益身心者。十二時半寢。

十九日　雨　雪子　微雪　一月二七日

十一時起，午飯後寫方主席、劉伯陽、曹蕙村三函，均發出。晚閱《劝戒續錄》至十二時寢。今晚始得惠安函，云沈碧舫已被任爲山東財政廳長。雖有其位，惜非其時，聞在徐州就職，三日内即往徐州。該地爲戰爭焦點，恐非其福，併誌於此，以觀來日。

二十日　陰　一月廿一日

七時起，午後清理各事，擬明日往省宅。抗戰以來，眷屬一部分居胡林，兒輩在武昌求學，鄂城之内又一部分用款，省宅又請人照料，余又不時往省，收入少多用款，奈何，奈何。晚十一時寢。

廿一日　陰　元月廿二日

七時起，八時下河搭小輪，購得舖位，午後六時到省宅，當以電話告知伯陽。八時會謝服初，談一時許歸，十二時寢。

廿二日　晴　元月廿三日

八時起，今日未出門，慮有空襲也！晚閱報聽收音機，十二時寢。

廿三日　陰　早雨　雪子　晚寒
元月廿四日　星期一

九時起，十時到會，午後接鄂城王國輝電話，謂彼兄弟之田黃海濤願買，請余維持云云。王樂峰買此田不及廿年，余見其收稅不旋踵，其二子迫不及待賣屋，後又及於田，可歎也。今午警報，敵機未來。晚間閱報，知已轟炸宜昌矣。晚晤曹漢丞並黃海濤談田事，已有八成可成。晚十一時渡江，十二時寢。

廿四日　霧　晴　晚大風　元月廿五日

九時起，午後夏炳丞來云鄉間各事，並囑買物帶回家。晚十一時寢。

廿五日　晴　一月廿六日

九時國煌來，謂賣田事可成，曹漢丞約余渡江，今夕可寫契約，云買者賣者均爲余所不悦之人，買主係發不正當之財，賣主久爲不正當之事，均無創業守成能力也。午後一時渡江，八時在京漢旅館説妥賣田事，轉鐘一時立契，二時畢。黃辦酒一席，余以疲倦，未多食，遂寢。

廿六日　陰　一月廿七日

六時半醒，七時漱畢渡江，輪船近岸，警報大作，遂至汪萬順米店避之。一時方解嚴，炸聲中余在汪宅，似震動三四次。午後到會，四時還清方緒吉借款，至省政府訪鄧鵬九談一時許，至民廳會向秘書談甚久。準備明晨回縣宅，晚十二時寢。

廿七日　陰　小雨　晚大雨如注　一月廿八日

五時起，分咐邦友、老羅各事，囑其小心照料住宅。五時半至江干搭利湘輪，人多擁擠，命夏僕覓鋪位，不可得，乃於後面擁坐叢人中。午後二時半到家，晚國煌同黃海濤來申訴各事去。晚大雨，未出門，十二時寢。

廿八日　陰　大雨　雪子頻下　寒　一月廿九日

八時起，昨夕已買就各物，命夏炳丞雇挑子一名帶物回胡林，十一時飯畢，命之去。天雨路滑，計程晚間可到也。余則清理各物，備年下各小事之用。國難未已，那有閒心說到過年耶。十一時寢。

廿九日　陰　元月三十日

九時起，囑家人並厚訓，兩兒佈置堂屋各事，打掃潔净。午後祀祖，仍照昔年例，無稍更改。午後四時，敬謹焚香具酒，行禮如儀，傍晚囑兒輩小心燈火。九時外出一次，心緒不安，守歲僅具禮節而已。轉鐘二時神倦不支，心念鄉間夢閑及定兒，殊不樂也。三時半寢。

民国二十七年（1938年）戊寅日记

積金以遺子孫，子孫未必能守。積書以遺子孫，子孫未必能讀。不如積德以遺子孫，使子孫受福也。

作大善是除暴安良，作小善施錢發米而已。

戊寅正月朔晚九時峙三書

民國廿七年戊寅正月初一日上午六時開筆大利

朱峙三手書

六時半就寢入夢，記數事。一、同數人入一石室中，似上行如登梯、漆黑不見一物，以足探之而升，後余首以黑布蒙之。後登者謂室內並無光，何必蒙首而行。二、入文昌宮，范天順舊主人聞已得道，且能鐫石章，示有三寸見方大石章二枚，篆文，刀法奇古可愛。三、先有一畫師在宮內以畫揭示，似欲售價者。余亦作墨竹一幀，甚精細，又似水山狀。四周疊之，恐人見也。後來者謂余畫甚佳，何不出售。署款周字之。余謂賣畫類抽豐，何必售爲。

正　月

初一日　陰小雨　下雪子　一月卅一日　星期一

五時起，盥漱畢，進香、出方俱照昔年例，進祖宗並在先母靈前叩首畢，命根遲兩兒、甥惠安帶同洪英往大南門祀岳武穆王，予以足軟未能往也。僅於祀天時表誠心而已，根兒等回家時天已大明。予解衣寢，夢見數事：一似同數人入一石室中，上行登石級，黑而不見一物，暗以足探級而升，予首又以黑布蒙之，後來者謂室內無光，何必蒙首而行。二似到文昌宮，聞住持范天順主人在該宮得道，且能鐫石章，壁上粘有紅印二方，縱橫三寸餘，一陰一陽，刀法奇古可愛，旁指此爲范所鐫者。又宮內先有一畫師，揭示其畫幅求售，予亦作墨竹一幀，甚精細，又似山水狀，四周疊之，恐人見。後有遊人謂此畫甚佳，何不出售，求署款於畫之四周，恐傷畫局，遂書周姓款。予又曰："賣畫類抽豐，似乎不可，遂醒。問家人，已上午十一時，遂起床，飯後補寫日記，閱《勸戒錄四錄》已竣。晚進香後小憩至十一時半寢。憶予歷年元旦必有夢，動關一年休咎，驗者甚多。去歲元旦記載則不驗，今年所夢如此，主何事也？但"范天順"三字可細研究，范與"犯"同，則刊紅色印何耶？

初二日　陰　二月一日　星期二

九時起，午後一時有女客來。二時聞戒嚴，旋向電局探之，謂敵機已至九江折回矣。三時范心齋、張渭泉、久旂來談，晚十時寢。

初三日　小雨　二月二日　陰

十時起，天喜來接余回鄉。飯後十二時半動身，乘自備之輿往。到樊口即小雨，二時半到胡林。飯後至貴堂及親支各家拜年，晚十一時寢。

初四日　陰　下雪子數次　二月三日

十時起，飯後抱定兒閒玩。十二時約同貴堂兄至北中墥三分拜年，晏寢。

初五日　今日立春　雪　晚九時仍下雪
二月四日　星期五

上午三時許，枕上聞雷聲甚大，又雪子聲大作，約一時許旋聞下雪，轉寒。十一時方起，今日無事，又不能出門一步，族人來談，多無常識語，一笑置之。晚七時迎春，略具形式而已，晚十一時寢。

初六日　早雪　午後四時晴　寒　二月五日　星期六

九時起，大雪，無所事，不能出門，悶坐而已，有時抱定兒爲樂，晚十時寢。

初七日　早雪　小雨　午後陰　二月六日　星期日

十時起，倦甚，十一時到大墠上本盧家中吃春酒。午後遲兒自縣中來，帶各件並《漢口報》，見許世英大使廿七年元旦詩，蓋已到漢矣。此元旦紀舊曆元旦也。遂和其韻作《人日詩》。鄉中悶極，作詩自遣，晚十二時方就緒。年來詩思窘，一首七律需七小時，真苦矣哉。詩曰："穹蒼暗淡凍雲封，壯士舒眉礪劍鋒。江漢啼飢集哀雁，西南無計起潛龍。金甌已缺誰爲補，銅柱鐫銘我來逢。人日題詩增百感，愚氓猶自話春農。"今年江漢麕集難民近十萬人，現正設法救濟，故用哀雁事。寫竣遂寢。

初八日　晴　二月七日

九時起，十時帶同遲兒、定兒至祖祠進香拜年，並祀三光神。午後請客二桌，各分四人，命太輔、天喜等招呼一切，酒席係段家店叫來的，甚豐滿，緣鄉間人須醉飽也。余亦去陪客，七時散，十一時寢。

初九日　晴　二月八日

十時起，中分治明請客，十一時去，未食飽。午後同貴堂等往大林，再尋余嫡支各祖墳。二時半聞武昌有高射炮聲數次，大約敵機又來襲也。潘仲平及熊聯保主任、趙隊長來拜年，留飯去。晚十一時寢。

初十日　陰　午後雪　晚下雪　二月九日　星期二

十時起，胡同盛、姚麵坊來拜年，留飯去，皇玉灣子栞姪孫來請吃飯，同貴堂兄去。飯畢尋檢魏紳公、自旭公手跡，並其父子叔姪八股文製藝諸書。胡林在前清功名俱發，其一支所謂梓公之後，三世有十三人入泮，廩增附而已，並未得一乙榜，此即佘興一公嫡後，子栞其裔孫也。檢得魏紳公、自旭公自書包袱簿子各一，書法不甚好，八股文亦平庸無甚精采。魏紳公生於明崇禎末，入清代始得一衿。午後二時同子栞、邦臣等到顧家壩祭宗禹公，墳乾巽向，下款刊有本儉、本旺及貴堂兄名字，則立碑在光緒年間也。祭畢，天下雪遂歸。晚七時閱魏紳公、即諱□闕。自旭公所書包袱簿，乃生大疑點。因南分無橦公一房，佘興一公確爲魏紳之祖，則北分從前所謂墨譜所載宗禹即明禹者有所本，此所謂反證，則余族南分實非佘興一公之後，何以當日必欲爭爲佘後耶。余去冬作譜序，尚曉曉，佘胡致辯，覺亦不加察耳。乃請貴堂往中分治民家尋得中分乾隆間某祖所書譜稿，則明禹公乃明楚胞弟，明楚、來瞻公漸遞而下，名號俱同。嘻，異哉！不知畹香、正岱諸公當日必欲附於興一公之後何耶？貴堂云南頭先世所稱，本爲中分人，因中分曾有不肖者七八人，兇惡痞賴，欺凌本支，致當時南分受欺，各祖恨極而附於大壩上一支，故願以佘興一公爲祖，自是以後仇恨轉深，南壩兩分合而爲親，遂疎中北二分，已成仇敵云云，此事貴堂當日聞之屢矣。貴堂今年七十餘，其說當是可信。總之余本支自本身溯而上之，至來瞻公止，是爲可信，再嚴格言之，若思公以下俱真確相傳無疑也。書此以誌感慨，吾兒根生、遲生、定生須謹誌之，晚十一時寢。

十一日　早陰　午後晴　晚月色佳　二月十日　星期四

九時起，十時飯後乘輿往朱湯莊並帶遲生、天喜同往，朱姓三灣族人俱來迎，具筵三席，余欲速歸，令其併開一處，囑其接各親友來歡聚。甲辰入泮，曾到此灣拜客，住一日，今已廿餘年矣。至灣左一廠地，昔曾遊者，近十年間又似夢中游過一次。四時半歸，貴堂已代余請神，問及高墳究屬何祖之墳，神作模棱兩可語，亦不能決。晚閱子栞家所藏魏紳公包袱簿子，愈疑南分非佘興一公後人。十二時寢，多雜夢，見先父母於露天中置藍色外帳，又見先父送尹縣長出院門外，恰與余值。

十二日　早陰　午後晴　二月十一日　星期五

十一時起，倦甚。午後一時廿分聞高射炮聲廿余響甚厲，未幾天際飛機聲甚衆，以層云蔽之，未見敵機。晚閱中分墨譜，明禹公號有章，以下至瑛公，字明遠，皆與譜載相同，然則明禹實則宗禹公矣。如此疑竇，先君子在時何以未見也。晚十一時寢，夢往方主席家中，非武昌住宅，余欲題詩句七字於其畫屏上。

十三日　陰　晚九時雨　十二時大雨如注　二月十二日

十一時起，飯後小睡，灣間瞽者過門外，内子囑爲余推八字，胡説一陣方去，殊爲可笑。午後邦友自省寓歸，問以各事去，又到大林尋其耀公墳，余已決定爲之補立碑記。其耀與余爲最親，無偶無後，尤可憐也。六時請松林兄等十人就家中吃春酒，十時方畢散去。余彈琴一次，久未撫絲桐，手僵不靈敏，奈何。十二時寢。

十四日　陰　午後四時晴　夜大風　二月十三日

十時半起，泥深不能外出，午後再閱魏紳公、自旭公祖孫手書包袱簿，一爲康熙間，一爲乾隆十二年所書，愈滋疑竇，余家果爲中分人歟？十時以目力不佳遂寢。

十五日　早大風未息　午後晴　晚月色佳　二月十四日

八時聞夏炳丞自省來，持有蕭焜名片書數行，謂嚴立三先生約余必欲一談。九時起。今日上元節，鄉間往廟中進香之婦女甚多，風俗已行之數十年矣。晚八時約衆算小衆公帳，并另舉人經管，準備明日回縣城，十一時寢。

十六日　早陰沈不開　午後二時晴　二月十五日　星期二

八時起，八時半乘輿行，午後一時經姚家壋先父母墓前，焚楮拜年畢，視察一週。二時抵縣城，到家飯後小睡。象虛、子雲、少松、久旃、汪聲香俱來談，並爲余算八字，汪近來喜研究星學也。晚十二時寢。

十七日　早陰　大風　午後晴　二月十六日

十時起，飯後久旃、象虛來談，晚十二時寢。

十八日　陰晴不定　二月十七日　星期四

五時半起，帶同遲生出城至站搭汽車，候至九時半方開，正午行至洪山，聞城內有警報，敵機又來空襲矣。至茶館避之，一時到家，命遲兒打聽開學事。余清理各事，十一時寢。

十九日　晴　二月十八日　星期五

八時起，飯後到會坐未久，聞警報，遂同厚訓、胡升往本會後院所築防空室內避之，未幾聞炸彈聲、高射炮聲，約一時許解嚴方出。五時回家飯畢，七時渡江訪徐幼雲、姜顯謨於法界安安旅社，談甚久，爲傅象虛賣田事訪黃海濤，略談已成功。十一時渡江，到家小憩，十二時寢。

二十日　晴　燥　二月十九日　星期六

八時起，十時到會。午飯聞遲兒云九中囑繳費入學，但學生甚少。慮敵機時來，彼又年幼無知，乏人招呼，余決令其回鄉讀書，候下季時局定時再說。午後二時渡江走訪各處，四時至佛波寓，晚與良瑄取回收音機，此機今年正月良瑄代余購者，價廉，接漢口廣播甚清晰，聽至轉鐘一時許可接長沙廣播臺。

廿一日　晴　燥　二月二十日　星期日

九時起，囑遲兒勿出門，余慮有警報亦未出門。傍晚聽收音機，可接北平臺，唱平劇極清楚。轉鐘一時寢，今日在民廳晤向胖佛談各事。

廿二日　晴熱　二月廿一日　星期一

八時起，午後一時到會，打各處電話，俾便有所接談，知余到省也。晚聽收音機並教遲兒同聽，囑梅先生早日到胡林教讀，十二時寢。

廿三日　晴熱　二月廿二日

九時起，連日晴熱如初夏。晚間蚊蟲嚼人，殊爲怪事，近年天時變態不可測類如此。囑羅僕送遲兒明晨回縣轉胡林讀書。十二時半聽收音機且聞各地事。余久苦寂寞，得此亦足破寂寥也。今夕晤嚴廳長，轉鐘一時寢。

廿四日　陰　小風　二月廿三日

五時醒，囑遲兒、老羅俱起，六時去搭輪，七時半起，今日上下午俱到會，得根兒自縣來信，晚聽收音機至轉鐘一時寢。

廿五日　晴　二月廿四日　星期四

八時起，今日上下午到會。晚閱報聽收音機，十二時寢。

廿六日　晴　二月廿五日　星期五

九時起，午後一時到會，今日會中開常會議，決各事，五時方散。回家飯畢，仍聽收音機，緩緩對度數，能收各處消息也。十二時半寢。

廿七日　晴熱　二月廿六日　星期六

九時起，今日未到會。午後寫復各處函件。晚訪謝服初，十二時寢。

廿八日　晴熱　二月廿七

八時起，今日星期未出門。鄧實自安邑來，胡升來，余即囑在宅住，人多照料周也。余準備回胡林鄉間，並便往武穴查案，留夏僕同往，十一時寢。

廿九日　晴熱　二月廿八

　　四時醒，四時半起，五時同夏僕出門，搭寶瑞輪船過陽羅時聞岸上人云武漢已有警報矣。今日不回又增一次驚駭，十一時到趙家磯，雇肩輿，午後二時到胡林。先至學校一看，聞松林之母病重，往一看，問各事，思其子歸一訣，氣喘甚，余以沈香屑泡水飲之，氣乃略定，且下降矣。父母無不愛其子，在垂危間思一見，與余言多傷心語。爲子者奈何不孝耶？松林與余爲近支，對於其母頗知盡孝，徒以其婦不賢，致令其母嘔氣，余並記之。在家飯後略坐，抱定兒閑玩，定兒長得甚好，活潑可喜。晚間各親支來談，十二時寢。

卅日　晴熱　大風　晚雷聲作　終夜陣雨時來
三月一日　星期二

　　九時起，倦甚，十時時到學校商各事。晚七時召集校董會，並宣傳省政府對於民衆訓練各事，十時散會，十二時寢。

二　　月

初一日　早小雨　終日大風　寒甚　三月二日　星期三

十一時起，午後到學校一次，餘時抱弄定兒爲樂，晚十一時寢。

初二日　陰　寒　三月三日　星期四

　　六時起，倦甚，今日準備回縣，清理各事畢，七時乘輿同夏炳丞回鄂城，至樊口時小雨，遂命太平等送到洲尾渡小河，與夏步行回家。飯畢小憩，已午後一時矣。明日天晴必往武穴。十二時寢。

初三日　丑初大雷　風雨交作　三月四日

六時枕上聞風雨聲，十時起，飯後約張渭泉來談。晚清理各事，如明日晴，必往武穴，久欲去了此差，以便結束。遲遲至今，均爲天氣變更所阻，殊可恨也。時十一時寢。

初四日　陰　晚大風　寒甚　三月五日

昨夕睡甚恬，十一時起，十二時飯畢，帶同夏僕下河至北門外，茂林來談，囑其交涉武安輪買一鋪位。舵工熊姓，余不甚熟，陳老大之子代爲招呼購得鋪位，略睡片刻，不安。九時一刻抵武穴，住沿江旅館，十一時即寢。轉鐘一時大雷雨。

初五日　早大風雨　竟日寒甚
三月六日　星期日　今日驚蟄節

九時起，十一時飯畢，周太太來接余吃飯，云銳峰已往省，彼來代表者也。已許之作寫民廳函、致本會函俱發出。至警察局訪何局長，至商會訪劉文俊，號舫笙，武穴人，劉塵蘇文島之弟也。至省立十三小學訪鄒校長履平，均談甚久。傷兵滋鬧，營業稅舞弊情形，倉頭埠庫選如攔路收捐情形俱悉。劉勵清接營業稅局未久，聞亦爲財廳省直接關係之人，尚在初次舞弊階段也。晚七時至周宅吃飯，天甚寒冷，十一時寢。

初六日　雪　大風寒甚　三月七日

晨四時聞下雪子聲，五時以後風緊雪大，平地盈二寸，余與夏僕此次均未帶衣服，最初原擬到廣濟縣，恐天寒受病，此雪又決非即時可晴者，遂與夏僕同回，搭遠東輪。大副范姓，葛店人，前在祥安輪與余認識者也。遂住一房間，余着薄棉袍，冷稍止。八時一刻開船，風雪更大，過釣魚臺、蘄春等處，余均憑欄一望。六時半抵鄂城，飯畢置火爐禦寒。晚雪更大，風緊寒生，幸今日毅然已回家，不然其吃苦可想。詢之漢口，今日並未開武穴班，設不歸，又住二日矣。十二時寢，展轉不寐。

初七日　終日大雪　寒甚　三月八日　星期二

十時起，飯後以寒未作事。午後久旃、仲章來，云尹縣長已換，繼任者爲范雨峰，係一年人，不久可到任。今日少運動，飲食不暢，十二時寢，難成寐。

初八日　雪　下午三時見太陽　仍下雪　三月九日

十一時起，内子咳嗽未愈，開一方與之，囑即服。晚敦五、少泉、國煌俱來談，十時見月色，忽憶幼時讀"明月照積雪"句，頓覺夜寒之狀也。十二時寢。

初九日　陰晴不定　寒甚　三月十日

十一時起，倦甚，午後未出門，晚渭泉、心齋、國良、國輝、仲章先後來談去。十一時寢，展轉不寐，至轉鐘二時寢。

初十日　雪陰　三月十一日

七時聞下雪，八時半庚生往省，命夏僕送之，在黃州下船，便送余縣長希純函去。飯後陳子貞、王少泉來談，謝雲來謀事。十一時擬函致嚴廳長，十二時半寫畢，轉鐘一時寢。

十一日　陰　寒　三月十二日　星期六

十一時起，潘仲平、蔡仲、范全、馬勉之來，余尚未起，談半時許去。汪輪章來談八字。午後至財委會開會，蕭步雲、張渭泉等十人寫公函與張國良。午後四時，便訪蕭敦五談星命，九時歸，十一時寢。

十二日　陰　寒　三月十三日

十時起，遲兒自胡林回，便付一函致胡林諸人。午後四時至財委會，新任范雨峰縣長、黃秘書，蒲圻新店人，述自滬逃歸事。范縣長談話多浮泛，似未從心中過者，尹縣長亦在座，今夕爲心齋與石教官公請讌新舊縣長者。九時席散，十時約吳特齋表兄來談各事，十二時寢。

十三日　晴　晚見月光已滿　三月十四日

十時起，國良、仲平、吳老表先後來談，余從容問及舅父生卒年月，以久欲記於包袱簿者，舅父從前待余姊及余均有恩德故也！午後心齋、渭泉來談，四時見飛機六架經鄂城上空過去，後始聞戒嚴，未幾聞武漢高射炮聲已作，事後探問，不得情形。十一時寢。

十四日　晴　三月十五日

十時起，帶同夏僕下河，九時搭江興輪，剛過團風，又聞武漢有警報。傍晚七時船抵漢口，坐人力車，問車夫，云今午警報敵機未至，話未畢，過怡園而警報大作矣。至李佛波寓稍憩，緊急警報又作，旋聞敵機投彈聲、高射炮聲，未幾飛機場附近有火起。解除警報後，余遂渡江，在一碼頭候船二小時，仍然擁擠不堪，到家後飯畢聽收音機，轉鐘一時寢。

十五日　晴　三月十六　星期三

八時起，上午十一時飯畢到會。午後又到會，三時約伯陽來，四時留伯陽飯去。晚六時龍校長、宋濟賢、朱士堪來談仙桃鎮事去。八時五十分警報又來，九時半解嚴，晚十一時寢。

十六日　晴　晚無月光　三月十七日　星期四

十時起，飯後彭慎旂、蔡步青同來，談甚久去。午後二時到會。晚馬顯聲送各縣長名單來。聽收音機至十二時半寢。

十七日　晴　晚無月光　三月十八　星期五

九時起，十時訪曹蕙村。午後文鵬、樂平同馬子美、劉萃三先後來談去，晚十二時寢。

十八日　陰　午後五時半大雨　竟夕雨
三月十九　星期六

　　晨四時五十分聞警報驚起，旋二次警報作，但未聞機聲，五時五十分解嚴，余仍解衣寢。九時半方起，十時電話約伯陽今日來早餐，談甚久去。晚六時大雨如注，因嚴廳長約談話，六時去，與談一小時之久，聽其所言，以後似無辦法，政治前途恐走不通，亦爲環境所牽制，殊可嘆也。歸後聽收音機，多感慨。中華民族有血性者少，無怪其苟且偷安耳。十二時寢。

十九日　雨　三月二十日　星期日

　　九時起，十一時彭慎旂來，略與談昨夕晤嚴廳長事。周銳峰、伯陽來，飯後談各事，伯陽急欲調汪、姚二姓訟案，今日三輔未來，不果。晚傅仁卿送象虛所寫黃海濤田約來，許以明日同往。鄧實來，聽收音機，十二時半寢。

二十日　陰　晚大雨如注　三月廿一日　星期一

　　九時起，十一時到會。晚渡江，黃海濤請客立契，便訪姜顯謨、劉伯陽談各事。十二時歸，轉鐘一時寢。

廿一日　陰晴　晚小雨　三月廿二日

　　十時起，上午、下午均到會。晚寫復各處函，十二時寢。

廿二日　陰　三月廿三

　　十時起。上午到會閱報。午後整理日記，寫復各處函。晚聽收音機，戰事略佳，十一時寢。

廿三日　陰雨　三月十四　星期三

　　九時起，十時到會，無多事，午後閱韓文杜詩約三小時，補寫各處未竣之函，十二時寢。

廿四日　陰　三月廿五日

八時起，未到會，辦理出差時各賬，補寫工作日記表，至晚十二時方畢，遂寢。

廿五日　陰　晚小雨　三月廿六日　星期六

八時起，上午到會，做報告。明日為先母忌日，已囑羅僕辦祀品並香楮等件，於晚八時舉行祭祀。先母歿四年矣，以經濟不足，仍未除靈，近值非常時期，欲有所舉動，禮節恐不便，仍遲之。鄧實歸，與說各事。

廿六　晴　三月廿七日　星期日

十時起，連日陰雨，今日放晴，欲渡江，慮有敵機空襲遂止。十二時根生在家吃飯去，午後二時十分警報已來，廿分敵機竟分批入上空，炸彈聲震耳，屋宇都動搖，事後知徐家棚車站附近俱被炸，火光起矣。武昌被炸，此為最慘。四時半至迎賓江館開會，九時散，渡江。閱報知南湖、余家頭亦投彈，故保安門一帶屋宇震動甚也。十時吃飯，十二時寢。

廿七日　晴　三月廿八日　星期一

九時起，午後一時到會開常會，討論我縣加畝案。范張來問信，以實告之，仍囑其再接再厲，減賦為莫大功德，余樂為之助也。晚十二時寢。

廿八日　晴　大風　三月廿九

九時起，上午未到會，午後閱雜書及各報章，連日事忙，擬休息，晚至武昌浴室洗澡一次。連日慮空襲，剃頭洗澡須傍晚行之，亦好笑矣。十一時歸，十二時聽收音機，轉鐘一時寢。

廿九日　陰　三月卅日　星期三

九時起，午後到會，方主席送小條來，申重端所請代書者也。遂用電話約申晚間來取，與談久方去，十二時寢。

卅日　陰　三月卅一日　星期四

八時起，上午到會閱報、清理文件約一小時，午後未去，閱《古文觀止》數篇，讀唐詩，閱雜書。晚間外出一次，九時聽收音機，十時讀宋詩蘇子瞻《舟中夜起》。愛之，錄於此："微風蕭蕭吹菰蒲，開門看雨月滿湖。舟人水鳥兩同夢，大魚驚竄如奔狐。夜深人物不相管，我獨形影相嬉娛。暗潮生渚弔寒蚓，落月挂柳看懸蛛，此告忽忽憂患裏，清境過眼能須臾。雞鳴鐘動百鳥散，放船擊鼓還相呼。"此爲奇峭之作。又讀王介甫《獨歸》，詩中敘民勞官樂玩視民瘼矣。詩雖佳，其心術不佳也。其詩云："鍾山獨歸雨微冥，稻畦夾岡半黃青。疲農心知水未足，看雲倚木車不停。悲哉作勞亦已久，暮歌如哭難爲聽。而我官閑幸無事，北窗枕簟空泠泠。於時荷花擁翠蓋，細浪翻雪千娉婷。誰能欹眠共此樂，秋港雖淺可揚舲。"此爲奇怪艷麗之作。介甫一生都怪，故其詩如此。十二時寢，憶年十六歲喜讀陶淵明《詠荆軻》詩，枕上默誌之："燕丹善養士，志在報强嬴。招集百夫良，歲暮得荆卿。君子死知己，提劍出燕京。素驥鳴廣陌，慷慨送我行。雄髮指危冠，猛氣衝長纓。飲餞易水上，四座列群英。漸離擊悲築，宋意唱高聲。蕭蕭哀風逝，淡淡寒波生。"默至此睡熟矣。補記。

三　月

初一日　陰　四月一日　星期五

八時起，周光烈來談甚久去，孟祥煥、鄧寶自咸寧、紙坊來，晚間劉伯陽約渡江吃飯，同席者佛波、顯謨、汪奠基、徐幼雲等，在味腴飯店，菜均佳。余於十時渡江，回家小憩，十二時寢。

初二日　陰雨　晚大雨　四月初二日　星期六

七時周光烈送信稿來，請改定代書，並借二元去。午後到會，借款，準備回胡林祀祖墳，因鄉間祀祖僅限於清明節也。晚十一時寢。

初三日　晨大雨　午後陰　晚雨更大　四月三日　星期日

五時起，雨大不能行，且無車可雇，遂囑夏僕仍睡，令其探汽車今日行否。午後清理各事，備明回胡林，晚十一時寢。

初四日　晴熱　四月四日　星期一

五時起，知雨已止，遂同夏僕乘車至平湖門搭義泰輪，輪甚快，客極多，皆回鄉祀祖者。吾國人對於清明節掃墓頗重視，亦數千年禮教有以維繫之也！十時船抵趙家磯，起岸之客二百餘人，余即雇輿及挑伕，十二時半即抵胡林。小憩，飯後即帶同天喜、太炳等挑各祖墳至五時半方畢，晚十時寢。

初五日　晴　熱　今日清明節　四月五日

八時起，倦甚，九時囑家人辦理祭祖各祭品楮帛等件。十時帶同夢閑、定兒、夏炳丞、天喜等往祖山，先祀學相公、徐孺人，次祀其耀叔祖，並將新刊碑立之，次祀正壽公、學漢公、正洛公及高墳，再次祀若思公、陳孺人、宜選公等墳。前去年兩清明余均因病未回鄉，今日帶同內子、遲生、定生到山祀祖，真大快事。吾祖輩讀書識字者少，以鄉農而又貧窘。余家田宅聞學相公前即已賣去，僅有棲身一小屋，道光間年荒，致曾祖正華公出外小貿謀生，卒於本邑小南門七八里之胡家書坊呂家細屋蕭茂文屋，後先祖其昇公號冠群，隨父小貿，亦失學，後承朱姓，亦窮苦萬分，正不知受多少磨折。惜當日先祖所述，余以稚年，未詳聞詳記也。十三歲後，先母時時轉述告余，嗣余年齡長，亦不敢多問，先母慮痛心也。至今思之涔涔淚下矣。祀各墳，約三小時畢。吾族各分祀祖，僅燒紙放炮竹，誠爲怪事，細詢之，則以向例如此。清明節，祖先所望於後人者，僅焚楮歟？一滴之酒、供奉之肴飯全無，勿乃視爲餓鬼一類耶？午後歸小憩，聞飛機聲似尚遠，二時再往墳山各處一看，晚早寢。

初六日　晴熱　四月六日

十時起，飯後與貴堂兄往前村各處遊覽。晚間祖祠內開會，余準備明日回縣祀近祖。不時抱定兒爲樂，定兒活潑可喜也。晚十一時寢。

初七日　晴熱　四月七日

七時起，倦甚，八時飯畢，登輿回縣。定兒可愛，余復抱之玩弄片刻。正午已抵樊口，雇舟回家，飯後小睡，囑家人備明日祀祖各事，傍晚聞城內小楊家巷洪姓失慎燒死老嫗一人，據說真有數定也。十一時寢。

初八日　大雨　四月八日

八時起，天沈如墨，知有雨。十時大雨如注，遂中止祀祖之念。午後范心齋、張渭泉同來，留飯去。曹明德來談，晚十一時寢。

初九日　早陰　十時以後晴　四月九日

七時起，九時飯後帶同遲兒、洪英、王興發等雇舟至胡家書坊祀正華公墓。此處余兩年未來，四界石已不見，拜臺前已有人切磚，麥地漸及公墓右邊。鄉民可恨。經查得種地者爲邵開德，明日當囑聯保主任查之。午後祭畢，二時回家。六時心齋、渭泉、明德先後來談。十二時寢。

初十日　晴　四月十日

七時起，九時飯畢，帶同遲兒、王興發、洪英等出城祭祖。余乘輿先到普山祀祖父母、先叔，繼雙橋祀嬸母墳、王大伯明譜公墳，繼到張林塢祀先室孟夫人墳，繼到朱家塯祀先父母墳，繼祀曾祖母何孺人墓。惟今日尋朱姓曾祖廷焜公號仰山墳不着，此墳每年難尋，在白龍凹山上叢塚中，碑又矮小，先君在時帶同余及劉表兄、艾姊丈祭掃時，每以尋此墳爲苦。今後必新立碑，加之已囑洪英即刊石，擇日尋墳樹之。再次祀姊丈艾承倫並先姊墓。其李庶曾祖母、劉表兄等墳，已囑洪英、艾少泉等昨日代祭矣。吾邑清明爲掃墓大節，各家如此，猶存古禮也。晚看楊厚安腳疾轉劇，十時歸十二時寢。

十一日　陰晴　四月十一日

八時起。午後三時曹明德請吃飯，渭泉同席。晚坤山、鍾德來談片刻去，十一時寢。

十二日　晴　四月十二日　星期二

八時起，下午三時往訪蕭敦五，誠心請代筮胡林高墳究係何祖，由敦五虔禱，筮得萃卦象辭，以坤爲老母，澤爲少女，推之則高墳爲鄧孺人、石孺人姑媳合塚無疑。石孺人爲鄧孺人弟之媳婦也。余親支嫡祖中僅鄧、石兩孺人墳未尋得，而鄉人近六十年中均呼此高墳爲余家之墳故也。五時半約余安廷、心齋，渭泉、敦五、明德、仲平等來便飯，八時畢，送客出門，欲與心齋至縣府，行未遠，聞戒嚴。八時半余登城，聞高射炮聲，知敵機乘月色又襲武漢也。十二時寢，準備明日往省。

十三日　早陰　午後大雨　四月十三

五時醒，因厚訓云今日搭九點鐘車較好，八時至站，便訪蕭步雲，久候車不至，十時大冶來一公事車，遇田維中，乃知大冶以客多未停鄂城，遂回家。飯畢渭泉、心齋來談甚久去。午後三時聞警報，又聞高射炮聲，四點鐘又有警報，亦有高射炮聲，時雨正大，敵機竟由何方來襲耶？擬晚搭武穴來輪上省，因雨仍未果，晚十二時寢。

十四日　晴陰不定　四月十四日　星期四

五時半起，六時艾少泉來，云汽車今晨可開，匆匆與同往，至則聞不開，余遂往北門外搭小輪船，名漢圻。遇朱雪卿囑代購鋪位。孟祥煥、汪浪石、談思誠均搭此輪，時時與談。船過葛店，大風忽起，過陽邏風尤大，船過青山風稍息。五時一刻到漢，往李佛波寓略坐即渡江。到家後見夢閑已來，定兒養得甚好，細詢鄉間各事。晚飯後小憩，十一時寢。

十五日　晴　四月十五日　星期五

七時半起，倦甚，十時到會，取款十五元。晚八時警報來，九時半解除，十一時寢。

十六日　晴　四月十六日　星期六

八時起，午後到會。晚十時三刻警報來，遲至一時三刻，敵機已到上空，十二時解嚴。余欲睡，轉鐘一時十分又來警報，愈五分鐘，警急報作矣。旋聞敵機聲、高射炮聲，旋解嚴。二時余遂寢，將睡熟，聞三次警報來，至三時半敵機投彈聲，四時方解嚴，計終夜未睡矣。

十七日　晴熱　四月十七日　星期日

八時起，未到會。今日星期，天晴朗，懼敵機來，又不敢外出，兼之昨夕受風寒鼻塞。天喜今日自鄉間來謀事。飯後七時月光大明，七時聞警報，警急報又來。八時解嚴，似敵機未到者。十一時三刻二次警報，轉鐘一時半解嚴。二時三次警報來，至三時聞轟炸聲八九響，似在南湖。四時警報又作，轟炸聲愈大，高射炮聲大作，四時半解嚴。與昨夕同，一夜未睡。

十八日　晴熱　四月十八日　星期一

九時起，十時到會，寫各處信。午後一時至二時半小睡，以補償昨夕也。潘仲平、胡德生、趙太太、周淬成先後來談去。晚十二時寢。

十九日　晴　四月十九日

八時起，今日上下午未到會，寫復各處函。周淬成又來，說話多無倫次。晚訪李藹成略談即歸，十二時寢。

二十日　晴熱　四月廿日

八時起，九時到會，借薪十元。晚因夢閑不知大體，累余嘔氣，遂渡江在佛波寓坐談，十時歸。遇汪南疇，遂同至其寓談各事，十一時歸，遂寢。

廿一日　早晴熱甚　午後七時雷震二次　屋瓦動搖　夜大雨　四月廿一日　今日穀雨節

八時起，午後二時到會。晚申仲端同昌生來談甚久，七時送之出門。微雨數點，忽電光閃，紅色如火，震聲如炮約三次，九時以後大雨。十二時寢，北風大作。

廿二日　早陰　大北風　午後晴　大風未熄　寒甚　四月廿二日　星期五

八時起，午後李藹丞來談。晚外出會萬邦興，順道至首義公園看漢劇，坐位不佳，人已滿，因久悶中特來此耳。戲不佳，十時歸，十二時寢。

廿三日　早晴　大北風　午後雨　寒　四月廿三

八時起，今日未到會。晚厚訓來，云會中要搬遷。今日自下午五時起又大雨大風，甚寒，近年天氣變更，氣候不一，頗類國事與人心也。晚十二時寢。

廿四日　晴　四月廿四日　星期日

九時起，今日天晴，又慮空襲，既係例假，亦不敢外出也。悶坐而已，時或抱定兒嬉戲而已，十二時寢。

廿五日　晴　四月廿五日　星期一

八時起，十時到會，午後未去，總慮飛機來襲。武漢人士近來心理均如此。晚看書，補寫日記，聽收音機至轉鐘一時寢。

廿六日　晴　四月廿六日

十一時起，倦甚，午後二時到會。晚夢閑帶同皮嫗、定兒渡江。十一時聽收音機甚久，疲後方寢，已十二時半矣。

廿七日　晴　四月廿七日　星期三

七時起，九時楊明德來述其父病狀，甚久去。今日未到會，因會中準備遷至保安門，晚閱雜文書報之類，轉鐘一時寢。

廿八日　晴熱　四月廿八日

七時起，八時惠安來，云會中各物已遷至保安門百零五號大宅。午後一時往看，屋太舊，式不合辦公地址。傍晚葉文鵬來謀事，已許薦往宋區長處，付函與之。晚十二時寢。

廿九日　晴熱　四月廿九日　星期五

七時起，八時到會，十時楊明德來取曾醫生信去。上午十時陳宗璧自漢口來談甚久去。午後一時飯畢，到會清檢各事，與李次瑜、彭受虛談各事。二時十分忽聞警報，廿分警急報作矣。余即歸家，夢閑已避入左小屋中。二時半敵機數次上襲，聞炸彈聲、高射炮聲似甚遠。余室微震，不似前余家湖、徐家棚、南湖投彈時大震動也。三時解嚴，聞漢陽炸甚慘，武昌亦有投彈事。又聞南湖已有被我空軍所擊落之敵機二。今日受驚不小，以在白晝，尚無大礙。厚訓昨已回縣，未聞也。晚飯後呂受圖來奉看，便問其在甘肅、固原情形甚久。彼又述漢口營業稅局各弊病。中國自征收局取消以後改辦營業稅，五年來百病叢生，較之前征收局舞弊尤甚，截至今日小商民被榨不堪，奸商與局中勾通一氣，瞞稅取巧，政府徒受惡名，經征官吏實行中飽，而鄂財政廳長賈士毅實收私，比較四年以來積資三十餘萬。烏乎，此貪污尚可說耶。一說賈已有百餘萬。呂去後聽收音機至轉鐘一時寢。

四　月

初一　陰　午後一時大雨至晚方止　四月三十日　星期六

八時起，今日上午下午俱到會，聞沈碧舫云各炸地，因念及程儀伯一家正住被炸處也。飯後往看根兒，知渠校昨日因對門醫院投彈亦震動甚。冒雨回時，程儀伯來問及各事，殊可憐，給三元與之，因內子已給三元也。留飯畢方去。晚雨更大，十二時寢。

初二日　晴　五月一日　星期日

九時起，清理各事，午後閱報，清理雜件，補寫筆記、詩話等事。晚寫覆各處函，十二時寢。

初三日　晴　五月二日　星期一

八時起，今日上下午俱到會。劉菊坡自漢復函，約時間談話，謂每日上午俱在江家院八十一號也。晚囑家人準備出門行裝，十二時寢。

初四日　晴　五月三日　星期二

八時起，到會補寫詩稿、整理雜文稿閱報，復各處函，今日作事多。

晚聽收音機。連日不敢渡江，慮空襲警報也。閱雜書，檢各件，室中已看之書甚多，不願再看。十二時寢。

初五日　晴　五月四日　星期三

七時起，八時半往同仁醫院看病，與曾醫生坐談各狀，並檢查身體一次，曾囑余多休息少作事，早睡早起，不食煙酒。然此普通衛生法也。余前因眷屬未住省，晚間寂寞吸紙煙、飲酒不能免，早起則春夏之交素能早起，早睡則不能也。余四季中睡最早者爲十二時，然有時每值十一時寢，則展轉床褥一二時反不安矣。每月有轉鐘一時方寢甚至二時者，尚覺相安，此已成爲習慣，似難矯正，奈何。今日在醫院遇涂養俠診耳聾，此人已十六年未見也。呈老態，聞自秦回鄂未久，住友人家中，僅立談數語，余欲取藥歸，未與細說。飯後到會，清理各事。晚間補寫詩話、筆記等事。何年得閒，當盡數月之力整理齊全，付印爲快也。十二時半寢。

初六日　陰　晚雨　五月五日　星期四

七時起，八時到省府，國民廳函約談話也。八時半乃見嚴廳長，所談均牽就環境事，約談半小時，以客多□謁，余乃辭出。主持民政者，牽就人事方面，將來難收效果矣。午後到會，晚至糧道街陳小葵家便飯，並便訪幼虛。

初七日　早陰　午後六時雨　晚大雨大風
五月六日　星期五　今日立夏

八時起，九時渡江，因前三日菊坡來信，約於每日午前十二時，總在大江家院八十一號可晤，至則係一訓練團機關。門者云菊坡已請假，今日不來，問其住宅在坤厚里四十三號，雇車再訪，聞女僕云同其妾過武昌矣。余細問何事，則云爲其太夫人做冥壽。嘻，異哉。聞其母在時，彼未送老供養，死後做生有何益耶？爲之一歎。折至法界訪蔡星壽談片刻，訪方主席，知尚未歸。至李宅吃飯後至天聲舞臺看平劇。唐凌所演之《徐策跑城》極精彩，唱做妙極。余幼時聞此戲名，卒未看過，在武漢十年見此劇名，實未閱看，今日可謂償願矣。繼閱李克昌之《牧虎關》漢劇名《黑風帕》。亦佳，繼演《四郎探母》全本，徐碧雲飾公主，安舒元飾楊四郎，唱做極好。惜徐伶年老，面有皺紋，稍嫌不合公主當時年齡耳。五時畢，至一小館食餃子及醬麵畢，至影劇院看演印台兒莊戰爭事，生無限感慨。六時三刻畢，出院遇雨渡江，起岸又遇雨。八時三刻回家，飯後聽收音機，與周淬成略談，十一時半頭暈痛，十二時寢。

初八日　晴　大北風　寒甚　五月七日　星期六

九時起，倦甚，十時到會。午後接徐幼雲電話，知瑞章事陳某願寫函介紹，當囑其帶函至太和嶺。閱報見中國戰事轉好，國聯明日在日內瓦都城開會，不知對於中華抗戰能主持正義否。彭慎斿自黃陂來，朱祐亭自大冶來，遂留便飯，談甚久。周淬成亦在此，飯後淬成囑起信稿致民廳求派事者。劉萃山來談甚久去。晚清理各事，準備出門者，十二時寢。

初九日　陰晴不定　五月八日　星期日

七時起，上午曾到會一次。午後屢思外出，慮空襲，未果。飯後渡江取陳慶堂所寫信，便訪佛波問時局，證以今正所言，多不驗也。至法界探大舞臺有無空座，至則前排有一加座未賣，欣然買之。平劇已演三齣矣，《法門寺》正值劉瑾傳郿塢縣一幕，所謂青衣正宗嘯云館主飾宋巧姣，唱做容貌均好，飾縣令之金伯吟嗓音清越，如余叔岩，略嫌其小，唱做容貌甚佳，真所謂後起之傑，小醜金鶴年飾賈貴，口齒伶俐。如此配合，此戲總算完美。以時間尚早，遂看《大審》畢，方渡江已十時一刻，到家則近子正，略坐即寢。

初十日　晴　五月九日　星期一

七時起，八時到會，十一時周淬成、彭慎斿來談，留早飯。午後楊厚安之四子與根生來述各事去。晚間外出一次。連日探船，欲早往宜昌，因徐幼雲囑搭吉和爲好，遲至一旬尚未行也。轉鐘一時寢。

十一日　晴　五月十日　星期二

七時起，八時半到會，午後再往清理各事。何耀章來勸印《乙亥唱和集》，已許之明日當集稿交付帶回。周淬成連日爲謀事來談，語多重複。晚清理各事，十二時寢。

十二日　晴　五月十一日　星期三

七時起，九時到會，粘《乙亥倡和集》稿至午後四時方竣。傍晚何耀章來，付之帶去，並借鈔洋二元與之，十二時寢。

十三日　晴熱　五月十二　星期四

六時半起，八時到會，午後補寫各稿並日記。二時淬成來，云今日見嚴廳長無甚結果，反誤其送入軍官學校時間，語無倫次，時時矛盾，令人不可信其語，大約與嚴談話不投機也。余勸慰俱不行，渠神經受刺激，不自今日始也。晚打電話問幼雲，云明日吉和可到漢，後天可往宜昌云，十二時清理文件日記畢，轉鐘一時寢。

十四日　晴　五月十三　星期五

七時起，八時到會，午後用電話探吉和輪到否，聞徐幼雲云船已到，艙位定好，下星期二午後二時開宜昌云。晚閱報知戰事甚烈，十二時寢。

十五日　陰　晚雨　五月十四　星期六

七時起，今日上下午均到會，閱報知戰事愈烈，頗爲隱憂。昨日周開環自縣中來找事。平時無能力遊手好閑，又不能守其家產，殊可恨也。囑其待機再薦。晚囑家人準備各事及出門應物之件，十二時寢。

十六日　晴　五月十五日　星期日

六時半起，連日淬成來談，俱留飯，渠謀事不成又欲住軍官學校，心性不定，勉與敷衍談話，懼其喪氣也。晚清理各件，並渡江一次，十時半歸，遂寢。

十七日　晴　晚小雨　五月十六　星期一

七時起，上午到會，午後十時渡江送款與徐幼雲，請其交付吉和輪船，約以明日正午到漢上船，一切事均由幼雲交涉辦好，頗可感也。八時到佛波寓聞徐州戰訊，略與談各事。鄧堯皋來，便詢龍某，則云已往重慶矣。匆匆渡江與夢閑説各事，並囑厚訓各事，分交款與夢閑、皮嫗等，十二時寢。

十八日　陰　小雨數次　晚大雨　五月十七　星期二

七時起，倦甚，囑夏炳丞將各物收拾，十時早飯畢，更生來，與説各事，囑其謹記。十一時同夏僕乘車出門，十二時到漢，迳上吉和輪晤賬房，賬聞少卿，葛店人，與友人聞岐山爲同族。吕受圖來船談片刻去，幼雲來談至二時半，約少卿與余往其棧中吃飯，談甚久。五時半回吉和輪，六時三十七分船啓椗上駛，大雨如注，自是與少卿談甚久，十二時方寢。

十九日　陰晴　五月十八日　星期三

七時起，補寫日記，偶檢昨日報閲之，見影戲院勞軍募捐演平劇，賣座戲單列《黄鶴樓》，陳立夫飾周瑜，《汾河灣》則陳立夫之妻飾柯迎春，陳爲國府委員，現時教育總長，以此開風氣耶？與去歲褚民誼在南京飾某劇黑頭相同，若以此等事語鄉人，必不信矣。今日在輪中遇胡蒲青自大同歸者，現調沙市法院候補推事云。午後船過監利，憑欄一望。十二時寢。

二十日　晴　五月十九　星期四

七時起，十時與蒲青談話，遇朱建勛亦搭此輪，與談各事。朱與胡均到沙市下船者。正午船抵沙市，均別去。伯陽上輪來談，半時許別去。晚十時船泊枝江縣境，同輪有江蘇武進人陳佛根，係導淮委員會職員，搭此船到宜昌轉至重慶中陝西街廿九號辦事處，述其逃難事甚詳去，十一時寢。

廿一日　晴熱　早大霧　五月廿

七時起，大霧彌漫，船停枝江縣未啓椗，蓋昨晚十二時泊此。八時霧散上駛，正午抵宜昌。午後一時到泰安旅館十四號房，飯後訪周貢三，函約馮藝林來晤，以電話約王文旂來晤，晚訪劉幹事紹安問各事，十一時回館寢。

廿一日　陰　午後雨　五月廿一日　星期六

昨日洗澡一次，今晨五時半起，六時漱洗畢，帶同夏僕至南門樓上謁叩關聖帝君，並抽籤得上上吉，文中有凡事儘可施為，問在宜解決各事也。在茶肆略坐，訪聞百之，未在專署，聞已渡河教授訓練班矣。訪王文旂、李文蓀，便晤及陳分局長，坐談甚久，同出訪喻子和未晤，留刺出，因本縣加畝事須與彼一談也。回館後知藝林已來，雲龍驥亦來訪，未晤，遂候之。未幾藝林來，與談甚歡，四時半藝林約范中鐸來，與同至春□樓便飯，七時畢，回館再談一時許，范去，與藝林又談至十一時寢。

廿三日　晴　五月廿二　星期日

七時半起，馮藝林昨在此宿，九時與同出至黨部一談。十一時范宗鐸約余與藝林至美華西餐館午餐，菜食精美。午後藝林別去，劉培森、田長松、陳宗榜諸生先後來訪，陳分局長、康民、文蓀均來訪未遇。今日已抽查各處訪詢各事，知顧不在此，訪其稅務主任丁某調卷一閱。晚外出數次，陳子谷、顧毅公來訪。午後二時去專員公署，晤李石樵專員，聞百之秘書，談甚久出。

廿四日　晴熱　五月廿三　星期一

七時起，與劉先生查訪各煙肆，查其繳款證並細詢各事，頗勞頓。正午到泰合利酒館，聞百之請宴，同席者曹心泉，當陽交卸者也，徐科長徐嘯石，菜約而精，甚可口。午後王文旂請宴，傍晚李文蓀請宴，同席者溫楚玠、黃東溫，談劉伯英事甚久，為之浩嘆。九時回館，十二時寢。

廿五日　晴熱　五月廿四　星期二

七時起，浣漱畢，乘車至北門外，請周祥順店代雇轎一乘至三遊洞，此余昔來宜昌二次未遊者也。輿行四里許渡小河，經各村落，路尚寬，行十二三里，則山路多石級，間有小酒肆、茶館等，小憩約半時，再行二里許，過安濟橋，石築甚固，以□溪河者，閱碑記，知為民國廿年所建。再行里許，山坡邊路石級更多難行，過靈官殿，已達三遊洞矣。門前石刊係李基鴻所留題新刊者。李號子寬，大約長宜昌特稅時財多浪用，亦知留名以標風雅，作鴉片煙官，故有此閒情逸致歟？再進一小樓下，大石崢嶸，壁立刻有"三遊洞"三字，以紅土塗之，順次見石刻七言詩一首，篆書，首句曰："合掌巖高石不頑。"下款隸書"光緒壬午春古閩仲耦陳建侯"字樣，篆隸書均佳，刻工亦好。再見石上有方二尺許"鬲凡"二字，隸書，光緒十年錢唐壽民陸維楨，其餘刻字尚多，不足記也。至洞中亦有佛像，小樓小房三四間，道士名寶善者，知醫，川人，已出山為人診病去，其徒年約四十餘。導余遊，指告天鐘地鼓等。小僮導余至一洞，有滴水，以盂盛之，謂可飲可洗目，泉味甘。又范隽丞之□長宜昌關時刻有長方石一方，刻蘇東坡《遊三遊洞》詩，首句："凍雨霏霏半成雪。"下款眉山蘇軾，當係就公親筆摹刊者。此詩當在蘇集中，余回縣時必查之，民國四年范記刊於此。范爲清翰林，有詩名，黃州赤壁亦有留題者也。再觀洞內石碑，高約丈許，係明代刻立，款書："明進士刑科左給事膠西匡鐸謹跋。"似刊白居易撰文，有與其弟知退同遊語，以時間促，未遑多閱。昨與劉紹安約定今日正午至其家吃飯，已諾於前，恐陪客候久也。道士又與余言，前三遊者係元微之、白香山與其弟知退，後三遊係蘇子瞻與弟子由及黃山谷，此三遊所名也。飲茶畢，道士欲出售墨搨蘇公畫梅屏四、字屏四、像一，俱不佳，恐係僞作。給茶資四角，匆匆乘輿歸，輿行甚速，到正川門劉紹安家恰正午也。酒肴約而精美，恰值餒甚，食之有味。陪客左君、龔科長，俱黃陂人，飯畢暢談。午後二時回館，囑僕清理各事畢結賬。五時許與同出至四海春吃飯，六時上吉和輪，仍與聞少卿同房。今日倦頓，十二時寢。

廿六日　陰晴不定　五月廿五日　星期三

上午四時船開行，七時余起，九時大領江張鴻山之子名張蘇者來，談去歲李儀祉爲文築石首與湖南交界四口事。彼患水利，曾駁李說者，其人爲漢口輔德學生畢業，後隨其父學領江，月薪百廿元，其父月百八十元，父子所入月三百元。其生活優矣。十二時船抵沙市，住連陛福棧，飯後伯陽來談甚久去，余走訪孫伯琴。晚廖純古來談，伯陽又來，至十時半方散去。余擬明晨往荊州城祀承天寺關帝站像，昔年所祀俱著靈驗。余長沙市稅局，壬申八月往公安查案時均祀之也。晚十一時半寢。

廿七日　早陰　旋大雨　午後陰　五月廿六日　星期四

六時起漱畢，擬雇車到荊州城，天漸沈黑欲雨，遂中止，自是不能外出。午飯後伯陽來談，未幾謝純丞引喻幼香來談甚久，伯琴來回看喻乃去。晚飯後雨甚大，補寫日記，十一時外出一次，十二時寢。

廿八日　晴熱　五月廿七日　星期五

六時起。十一時同伯陽至幼香住宅，午餐畢，雇車到荊州城。先往縣政府訪潘慎之，知萬文安未歸，又至潘寓一敘，便往承天寺謁關聖立像。至則此立像外面已釘有木板，三面係石牆不能見也。軍隊在此殿作教室受訓，此板上易挂有蔣委員長像，乃折回欲問住持僧，僧亦不知何往。仍乘原車回沙市，已下午五時矣。晚間孫伯琴之弟約往沙市公園一遊，便見朱麟書，漢陽人，亦在營業局辦文牘，詢以局中百弊叢生，謝純丞一人把持，暗收各所包稅人手續費尤不少，殊可惡也。今夕乘車過街市，見西北方有大星如橘，青綠光透亮，觀者塞途，謂此星已出現數日矣。在園坐甚久，此園佈置甚好，較之漢口公園天然林木尤多。十時歸，途遇伯陽又談一時許，至十二時寢。

廿九日　晴熱　陣雨時作　五月廿八日　星期六

七時起，同夏僕搭小火輪，人多買票艱難，多方購得一鋪位。八時船開行，下午二時抵藕池口，住交通旅館三號房，此館民國廿年由公安查案，晚間曾來過一次者。飯後訪商會，晤魯知熙主席並魯四先生，又劉委員談各事，取得楊民任證據二紙出。傍晚訪區署李蔚青，此人聲名惡劣，輿論極不好，與談片刻出。訪純古，就其所中洗澡消夜畢，十時半歸，十一時寢。

五　月

初一日　晴熱甚　大南風　五月廿九日

七時起，與夏僕渡江至南口，雇舟至石首，水程十五里，二小時方到，起岸，行隄街，過黨部、縣府等機關，至郵局晤萬局長，自公安別後又見之者。訪譚菊畦不遇，知已回家矣。約李守元同學到局一敘。此則民四見面後已廿三年未晤矣，飯後訪劉縣長儁，號軼塵，武穴人。並見其秘書李君、科長李君，俱石首人。留便飯，辭之，返局，為萬、李各寫大聯一，李又代求一付。晚六時雇船回藕池，大風急起，到館後楊震來見，述苦況去。十一時黃萬青來談甚久去，十一時寢。

初二日　晴　五月三十日

七時起，盥漱畢，茶房送余下河，與夏僕同上小輪，購得鋪位。午後二時半到沙市。飯後伯陽等來談。晚間與趙子香、伯陽至盆湯洗澡畢，在公園小憩，甚適。晚十一時歸，十二時寢。

初三日　晴熱　陣雨數次　五月卅一日　星期二

七時起，十時往章華寺小憩，純丞來談，十二時歸棧，天熱如蒸。飯後伯陽來，孫伯琴來約至公園便餐，大雨時作，雨止後與伯琴同看胡印唐。伯陽約余明日午後便餐，已允許之。今日伯琴得電信，云武漢今午有空襲，情形不知如何，心以爲憂。六時回棧，胡印唐來談甚久去，十二時寢。

初四日　陰　大風　六月一日　星期三

七時起，謝純丞送船票及白木耳來，囑夏僕於去後退去。昨聞今日無下水大輪，故許伯陽之請。旋聞今日午後民生公司有船到漢口，遂至伯陽處請其提前開飯。十一時飯畢，辦菜甚佳，同席者子香、吳紹白等五人，十二時歸。聞民族輪快到埠，遂囑夏僕清理各物件畢，囑賬房代買船票。下午二時半船已到碼頭，遂上輪，鋪位甚寬，統房艙無甚區別，且清潔，較外國輪尤佳也。夏拜昌、孫伯琴、伯陽均來送行，坐談半小時去。四時船開行，六時船至郝穴即下椗。同輪客有雇船上岸遊覽者，余亦同去遊各街市，尚繁盛，遂往營業稅稽征所一探，晤嚴某，即財廳薛秘書內弟也。略詢包稅情形即出，彼亦不知余爲何人也。九時半雇舟上輪，十一時寢。

初五日　陰　六月二日

七時起，八時輪中開稀飯，十二時午餐。今年端午係在輪船中度節，奇緣也。午後過寶塔洲，余出望之。晚寄椗嘉魚縣，以天黑未能起岸一遊，十一時寢。

初六日　陰　六月二日

七時起，八時早飯畢，十一時半船抵漢口，與夏僕即渡江晤內子，後問及厚訓，已回鄂城數日矣，問初三日敵機來漢情狀。晚七時渡江訪佛波問各事，十時半歸，遂寢。

初七日　陰　六月四日

八時起，倦甚，十時到會，細問各事。午後清理各件，並在宜沙所得證據等。晚間寫信與伯陽等，擬明早發出。今日天氣甚悶。鄧寶與天喜先後自紙坊回，十二時寢。

初八日　陰　小雨　六月五日　星期四

七時起，今日為余生辰，十時進香。正午略添菜酒，王□義女來拜生，留飯去。悶極無聊，時局如此，殊為可慮。吾國人上下苟安已久，好逸惡勞。從前南京之建築如立法院、考試院，窮極華麗，又中央黨部以及各官署，聞建築費有至百餘萬者。大廈千間，夜眠七尺，古人以此為詬病，而吾國要人以為非如此不壯觀，非如此不足以作自身之享受，乃不旋踵敵機轟炸，損失之數不可計也。為歡幾何？噫，其建築費孰非吾民之脂膏血汗耶？敵未至而守土自命之唐生智已先逃矣！可嘅哉！傍晚渡江訪佛波，知時局轉緊，前方戰事失利，述及徐源泉兵敗事，尤拋鄂人顏面。抗敵已十閱月矣，今後所受教訓，不知充大軍官者尚有感覺動於心中否？十時渡江回家，飯後寫信二件，十二時寢。

初九日　陰　小雨　六月六日

七時起，到會辦文件並出差報銷各事。連日天陰小雨，敵機未來轟炸，但閱報廣州近被敵機時時來市定繁盛區轟炸，已非一次矣。午後到會，皮婆送來長途電話條子，云其夫恐疾卒，請余代往接話，匆匆去問之，果其夫病故，囑其即回。便訪服初，亦云時事緊張萬分。歸與夢閑述之，囑準備回其母家暫住爲好。晚聽收音機愈悶，十二時寢。

初十日　雨　六月七日　星期二

六時醒，聞大雨未止，呼夏僕、皮婆起，皮以雨未止不肯行，聽之而已。九時起，今日上下午均到會，晚清檢各事，欲令夢閑回鄉去，十二時寢。

十一日　陰　六月八日　星期三

七時起，八時到會。今日皮婆已回去矣。閱報知戰事不佳。晚十一時寢。

十二日　晴　六月九日

八時起，十一時早飯畢。夢閑今日回鄉。午後二時乃得乘車到段家店，幸有趙司機代買票，不然不能上車矣。呂森來幫忙弄飯，因老羅前日必須回鄉也，晚十一時寢。

十三日　雨　六月十日

七時起，今日上下午均到會，已辦出差日記畢。晚間外出一次，十二時寢。

十四日　雨　六月十一日　星期六

七時起，上午送册賬與會中。下午閱報，知戰事又緊，可慮。晚聽收音機，補寫日記等事，十二時寢。

十五日　陰雨　六月十二日　星期日

七時起，根生、鄧寶均在家早飯，午後均去。晚寫劉紹安、馮藝林、去，律師敲去，縣政府之胥役詐去，何其愚耶。午後二時閱報，知戰局無甚變動。晚晤程少松、傅象虛，據說幼虛預備往牯嶺住家。曹明德請余夜讌。周伯翔、黃秘書、華科長同席，談一時許歸，十二時寢。

廿五日　陰　六月廿二日

七時起，八時半接姜元□函，云不能來城。午後外出至渭泉、敦五家略坐談，聞縣中軍隊過境皆廣東兵。十時補寫日記並寫函，備明日送胡林，十二時寢。

廿六日　陰　小雨　午後六時大雨如注　六月廿三日

七時起，朱唐莊訟事孟、石兩人來，申明調意，當與定之去。晚間校《乙亥倡和集》稿。從前不願印小本，今日更不願，而何耀章必欲做此生意，鬧於四月以前，至今並未印一樣張，此人說話真不可靠也。大雨如注，焦灼無已，既不能往省，又不能回鄉。早麥收成遇雨霉爛，真為鄉民惜也。十二時寢。

廿七日　晴熱　六月廿四日

七時起，九時鄉間來人說解釋訟案事。昨寫函與嚴廳長，請其力行大善，就此有權勢之時行之，不知彼能聽從否。以前可推主席何成濬非志同道合者，以現在陳主席論言聽計從，或不至謂不能行使權力也。午後申清泉、石介舫、孟煥卿等及朱唐莊三分人，在此談調案事約四小時，余以疲倦不願多説。晚間又談一次，李紀于、朱坤山均來談。十時閱《易經》至十二時半寢。

廿八日　晴熱　六月廿五日

七時起，八時閱雜書並陶詩《詠荊軻》詩，又憶及"子房未虎嘯，破產不為家。千金得壯士，椎秦博浪沙"等句，又憶及"子房貌婦人，作此驚天事"之句。年來腦筋太差，從前所讀已難記憶，倭禍甚深，安得有荊軻、張良力士其人，爲吾國復仇哉。心胸抑鬱不能止，奈何。午後姚福坪再來爲内子看病。五時得省宅函，知夢閑又已回省，謂搬衣物與蔡心受處。此時此景余亦無所主張也。十二時寢。

廿九日　晴熱　六月廿六日

七時起，午後劉蒼五來談朱姓訟事。晚六時心齋、渭泉約往縣政府一談。范縣長述其所辦各事，處理戲賭案甚當，吾邑神、永兩鄉向來演戲者多流氓惡棍，鄉間正人每不能干涉，相習成風，遂至不可救矣。從前縣長每以禁戲賭爲具文，或出票下鄉調劑，其部屬每次得十數元或二三十元而返，尹鳴珂其一也。十時歸，十二時寢。

三十日　晴熱　六月廿七

七時起，九時范縣長雨峰來談其政見，甚久乃去，堅約余晚間過府吃便飯，已許之。午後來客數次。閱報知馬當要塞吃緊，甚可慮。六時與心齋、渭泉往縣府，同席者僅黃秘書、余科長與余共六人，宴畢再談一小時乃出。子雲，久旐來談甚久去，十一時寢。

六　月

初一日　陰　熱悶　六月廿八

六時半起，聞厚訓已往省，飯後欲作感懷師友詩序，擬目矣，未果。余幼時塾師有五，改文師有四，就科舉時代論，皆名下也。受知師有三，學校受業師人甚多，有感情者僅四人，計存者僅閔孝荃、黃松庵、黃伯雨、李柳溪四先生耳。午後敦五來談甚久去，久旐、明德、仲平先後來談。陳子貞來，談馬當封鎖線已失。問其根據，則曰牛校長轉述者，果爾則湖北亦可危矣。十時閱《通鑒·梁武帝紀》。十二時倦極遂寢，轉鐘二時夢孟夫人起居，言笑不異平時，似與余聚於某室，人數衆多，夫人與余寢於一被中，其情好綢繆，較生時尤篤，迨起時聞大局已變，余則趕輪未上，夫人謂不宜在省，可往鄂城避之云云。

初二日　雨　七時半至八時十分雨傾盆　街中水淹　六月廿九日

六時聞雨聲，七時半大雨傾盆約一時許。八時半余起，自是以後大雨如注，街水積六七寸，九時半以後略止，十時又大雨如注，至午後四時又略止。渭泉來談甚久，云明晨須往漢口。晚小雨時作。今日閱報，馬當要塞戰事甚烈云云。閱雜書並《唐宋詩醇》等等，十二時寢。

初三日　陰　小雨　六月三十日

七時起，午後清理書籍，囑根兒一一將書箱鎖之。今日盛傳馬當戰事不佳，九江、武穴均有逃亂者，人心惶恐萬分。余擬明日往省一看，因夢閑來函，前日已帶同定兒回武昌也。晚朱唐莊來人，仍說調案事。十一時寢，以欲早睡致終夜展轉不安，太息國事，痛恨敵人，恨余手無寸柄。前函嚴立三，請其於有權力時便宜行事，作大善救民眾，不知彼能採納否。過此以往，彼何時有權力，余何時有進言機會耶？到省後當相機言之。自是心煩意亂，至轉鐘四時半僅合眼而已。

初四日　陰　晴　七月一日

五時起，洗漱畢，六時同王興發出城，到車站時張國良、王樂平已佔坐位，然擁擠殊甚。正午前十一時到省宅，旋徐幼雲來電話，約調朱十五灣與秦培新買田案。晚與夏麟書、張渭泉、陳□堂聚談紅樓旅館，曹漢丞、陳曙初亦在坐，十二時渡江遂寢。

初五日　晴　七月二日　星期六

八時起，到會，十時接電話，夏、張約渡江。十一時到紅樓旅館與夏麟書談甚久。午後一時至秦宅吃飯，肴飯甚美，自作也。午後渡江已三時半。晚閱各報，戰事穩定，然敵燄甚兇，恐彭澤難守，湖口亦可危也。十二時寢。

初六日　晴　七月三日　星期日

七時起，十一時飯畢。午後二時甘肅人李受天名增禄。來談甚久去，張重心所介紹者也。午後閱報，戰事吃緊，可慮也，晚十二時寢。

初七日　晴熱　七月四日　星期一

七時起，到會。午後閱報，東路戰事似穩定。晚熱未出門，十二時寢。

初八日　陰晴不定　七月五日　星期二

七時起，十一時早餐畢。吳祥國來約同渡江，爲其甥鄭方榮與王愛蓮結婚，前日來請余爲證婚人也。十二時半動身，一時半到漢口吟雲酒樓，二時半行禮、演說等事，至四時半畢，宴後便往營業稅第二分所查案。就王家巷渡江，七時半歸，往民廳晤向秘書，談甚久，十二時寢。

初九日　晴　陰　小雨　七月六日　星期三

七時起，八時到會。午後二時李受天來，留酒飯，前日函約者也。李述甘肅風氣人情甚詳。張重心托寫聯五付，俱付之帶去，並檢出先君墨蹟三本贈之。李云臨洮六尺宣紙每張二元，較之湘鄂高九倍矣。四時李別去，五時渡江至佛波寓。佛波今日請黃達云、周學海、劉運乾等，約余陪之。黃升軍長半年抗戰以來，兩次敗績，新武器遺棄無存，此委員長平昔所信任之軍長也。談一小時各別去。今夕漢口列炬遊行，紀念明日七七也。陣雨時來，遊者冒雨而進。八時半雨止，余渡江，十一時到家，十二時寢。

初十日　陰晴不定　小雨　七月七日　星期四

七時起，午前閱報，戰事仍在湖口。午後聽收音機，似無進展。晚閱雜書，囑夏丙丞買雜物，明日定生一歲，約客來表示祝慶，幸僅具禮而已。寫信一件，囑夏明晨帶鄂城縣，十二時寢。

十一日　晴　陰　夜大雨如注　七月八日　星期五

七時起，午後清理各事，寫信二件。晚閱雜書，十二時寢。轉鐘一時大雨傾盆，直至天曙未止，今日午正定兒抓週，活潑可喜，將來必掌財政。

十二日　早雨　午後晴　七月九日　星期六

八時民廳送信來，起閱，係嚴廳長約談話。九時雨未止，余持傘往廳，先與向秘書談半時許，旋廳長約談湖北財政情形，謂已介紹余與柳克述秘書長處，不日即約談話，可補視察，其餘談他事，約半時即辭，慮其有事也。正午接方主席電話，約渡江談移會址事，便訪夏賦初、劉菊坡，各談一時許。訪佛波，略坐談即渡江回家。飯後寫信二封，明日厚訓回鄂城，便囑各語，十二時寢。

十三日　晴熱　七月十日　星期日

七時起，九時二十分聞警報，未久，二次警報作矣。人心慌亂。余囑內子同定兒避小房中，不時念觀音大士號，以求免難劫而已，未久聞二次警報係解嚴。晚未作事，十一時半寢。

十四日　晴熱　七月十一日　星期一

七時起，八時到會。午後閱報，戰事未見轉好。晚閱雜書，復各處函。蕭液垓、朱潤石同來，蕭談甚久去。周淬成必欲其於署中安插一事，彼拒之，余不勉強也，十二時寢。

十五日　晴熱甚　七月十二日

七時起，昨接民廳函，約今晨十時由廳長帶見主席。九時半王興仁來談，又欲借款，余托詞拒之，因已借數次，且余平時與彼無甚感情也。十時至民廳晤向胖佛，知廳長已在開會，遂便與賀寶山科長、施科長、林科長、蔣笠庵略談，因彼等來尋余問各事也。十一時半嚴廳長來談數語，囑余即見柳克述秘書長，僅談五分鐘，彼似又有開會各事，約以隨時再談。余以熱甚，匆匆出。到家後聞警報，已十二點零五分，半點鐘二次警報作矣，一點半敵機已到上空，聞炸彈聲及高射炮聲大作。二時解嚴。嗣聞東廠口、閱馬廠、双柏廟、胭脂路等處投彈百餘枚，死者三四百人，傷者六百餘人。自去年徐家棚被炸後，此則二次慘狀也。

十六日　晴熱　七月十三日　星期三

七時起，八時到會，無多事，午前接沙市電，係孫伯琴所發。午後接胡印唐航空函。晚熱，在堂屋中寢。轉鐘三時以風寒入室內寢。

十七日　晴熱　七月十四　星期四

四時聞警報大作，驚醒，遂囑家人速起，未幾，二次警報作矣。五時天漸明，敵機自漢口來武昌上空，高射炮聲大作，事後知敵機曾在漢口飛機場投彈數十枚也。八時半到會，小坐後命威立問漢口今日情形，將畢，又聞警報，余遂回家，約五分鐘二次警報來矣。十時解嚴。事後聞敵機已到鄂東陽新上空被阻，未前進即遁也。事後見小報如此說，未知確否。今日疲倦殊甚，又不能多食，悶鬱無已。傍晚胡升送夢閑及定兒、皮嫗渡江避之。九時謝二世兄延濂來談其父事，並帶伯琴信一件，十時方去。胡升□云內子今夕暫居佛波寓中。十一時余虔誠進香卜牙牌數，問三事，武昌市果如何能守否，得下下、下下、中下數，有"小露華滋，沾潤亦不久"之句。又卜移漢口住可否？得中平、下下、下下，文曰："靜則庶幾，動則得咎。狼跋其前，載疐其後。"上批詩曰："亂行遭地網，輕舉入天羅。謹慎方為便，寒冬莫渡河。"似指明不能搬漢口矣。再問仍回胡林鄉間好否？得中平、中平、上中數，詩曰："停停穩穩，落落寬寬，淺水長流，新竹解籜。"將淡寬置之耶？淺水新竹，漸漸到佳境耶？又批詩曰："風寒苦温若相侵，要問前程着意尋。喜得行人消息到，諸詞有理莫勞心。"記此證將來可也。轉鐘一時寢。

十八日　晴　奇熱　七月十五　星期五

七時起，八時半老羅云飯已熟，九時與胡升食畢，九時半警報大作，未幾，緊急警報來，人心惶惶，十時方解嚴。聞敵機僅在鄂東盤旋即去矣。午後六時余亦渡江避之，並約厚訓今晚在京漢旅館談租屋事，所談未就，在秦培新旅館與徐幼雲商各事，不能決。十一時半往幼雲旅館中宿，展轉不寐。月明如晝，慮敵機夜襲也。心煩意亂，無可奈何。

十九日　晴　熱甚　七月十六日　星期六

七時起，匆匆早點畢，八時到法界至昌年里，約夢閑帶定兒出街一遊，在法界早點，天氣奇熱不可耐。食畢與同至京漢旅館略坐，囑其先回蔡寓，余亦就京旅館小憩，實慮敵機來也。飯後午前十二時，敵機果來襲，館中人亦不少不□□在法界，人心稍安耳。未幾，敵機來上空，至跑馬場投六十餘彈而去。解嚴後，有謂敵機已被我擊落三架者。晚報所載僅一架而已。午後二時夢閑、定兒、皮嫗、惠安俱來京漢旅館，租得十二號房，房中雖熱，幸在樓下有電扇及分窗，尚不鬱悶。飯後下午六時半，余欲洗澡。惠安八時渡江到武昌，夢閑等到佛波寓覓洗澡地點，滿擬此時月光未上，且今日敵機已到過，縱有警，總在今夜十二時以後也。不料夢閑、惠安分途去後，九時半警報大作，遲十分鐘緊急報來矣。聞旅館外人聲擁擠，嘈雜聲擾擾，至半小時未止。法界電燈已熄，室中鬱悶不能吐氣，惡臭難聞，逾一時半始解嚴。轉鐘一時惠安與夢閑等方歸，然受驚不小矣。二時半寢。

二十日　晴　熱極　七月十七日　星期四

七時起，十二時早餐，上午平安過去，午後未見敵機來。傍晚乃向各處問訊，並與金植卿約定明晨派汽車帶同夢閑等回胡林。六時渡江回家洗澡。飯畢，擬小憩乘涼，不能也。蘊玉自黃安來，帶同小外孫來家，與說各事。余與洋五元並銀手圈項圈等件約值十餘元與之，清理各事，轉鐘一時寢。

廿一日　晴　酷熱　午後三時大雷雨
七月十八日　星期一

四時半起，五時家人俱起漱畢，迭電話催汽車，六點一刻車到門口，稍停即開行，過東廠口時見傾倒之屋數間，余前日并未來此查看也。八時二十分已到段家店，下車至胡同盛托其雇轎三乘。遲一時許始覓得，聞胡林已駐軍隊，余所居室亦住兵，甚煩悶，然已遲矣。俟到家再說。上午十時半余抵灣中，住貴堂家，天奇熱。飯後思臥，午後三時大雷雨，晚間稍涼，遂宿堂屋中。今夕駐軍營長仍在灣間演戲，聞連今日已三夜矣。糊塗如此。前夕敵機襲浠水時看戲者欲逃避，彼囑軍隊持槍拒之，不准散開，燈火輝煌如故也，奇哉！十一時余已睡熟，聞機聲大作，似有二批，不知何往，亦不知爲我機，抑敵機也。距此處上空似遠，起視不見，仍寢堂屋中，東風甚涼適。

廿二日　晴　早大東風　七月十九　星期二

四時四十分起，五時半與厚訓同歸，邦友、天喜送我至大壪乘船，貴堂亦來，與說各語別去。七點鐘船抵下巴舖，在茶肆小憩，食點心後與厚訓步行至樊口，大風甚涼，余不願逆風行舟也。在路上聞飛機高飛數次，慮武漢必有警報。厚訓已雇一船，余與邦滿上船時，聞武漢高射炮聲大作，果有空襲也。設不早一日回胡林，又受驚不小矣。船抵寒溪塘上岸，知鄂城已戒嚴，行至養濟院側大樹下坐以待開城而已。未幾見敵機自黃州上空低飛過江，後有三機隨之，似中國機式，約三分鐘，聞炸彈聲似在鄂城東下二十里江干者，約十分鐘解嚴。余又步行到家，足軟頭暈，口渴，汗出如潘，目眩不自持，洗澡後小睡。午後四時潘仲平來，始悉今日武昌東廠口、小東門等處又被大轟炸，漢口及漢陽江邊亦有損失，彼由長途電話局來，故知之確也。國勢如此，敵人又凶橫慘暴，苦我小民矣！造成吾國如此局面者誰耶？可歎，可歎。十時以後倦而欲睡，心煩無已。

廿三日　晴　熱甚　七月二十日　星期三

十時起，連夕未睡穩，昨有美睡，今起較遲。飯後國煌來，遂將前借款八十元付之，以清手續。十一時聞戒嚴，敵機又來武漢矣。聞高射炮聲六七響，但未見敵機過上空，或者未由此路上下耶。正午有敵機一架低飛窺鄂城，似由余屋上經過，嗣王子恒來，知確爲敵機偵察也。旋聞戒嚴，未幾解嚴。晚五時聞縣府有俄人同黃岡縣府有某官兵等到西山察看情形云云。今日無報紙，不知武漢所炸確在何處也。焦灼無已，十二時寢。

廿四日　晴　極熱　七月廿一日　星期四

八時起，胡林太楚持函來，夢閑囑買各物件並帶繃子腳盆等物件回去，十時二刻去。十時三刻警報又來，十一時一刻解嚴，聞高射炮聲，似又在武漢也！午後三時閱漢報，知廿二日武陽漢所炸各地點，漢口循禮門、長隄街、安徽會館、延壽巷、寧波會館、沈家廟、寶慶碼頭、藥幫巷、九如橋等等。敵投燒彈，火光燭天。武昌則抱冰堂、叢林口東矣！□園東、吳家巷、忠孝門、蛇山南坡、南嶽廟、黃土坡、義莊後街、洪井街、無線電臺等等，落六十餘彈。漢陽方面則在吉慶里、小巷口、鐵門關等等，俱投重□彈。報章評論謂三鎮共死傷千餘人，其實數大約總在萬人上下，因報章每於敵人轟炸以後死傷之數以多報少屢見不一見，至於軍人、學生傷數不報矣！愛國歟？諱□歟？近十日武漢飛機甚少，敵人遂得以乘之，當局再不設法抵抗之，民無噍類矣！午後龔少山、艾幼卿、曹明德、萬子雲先後來談去，十一時寢。

廿五日　晴　熱極　晚九時大雨如注　七月廿二日　星期五

六時范心齋來，與談至七時去。八時半鄭宇平來，留早餐，與談各事。九時半在後宅乘涼，聞敵機聲甚厲，自下游來上空，經屋頂飛極高，九架向西山上空前進，爲時甚久，始聞高射炮二三聲。今日鄂城警報，飛機過後五六分鐘方打警報，可謂貽誤軍機矣。囑艾少泉尋陸龍田家中派人來送箱子往西畈，晚間雷電交作，九時大雨如注，甚涼，十二時寢。

廿六日　雨　涼　七月廿三日　星期六

八時起，九時吳姪女來商量搬物件事。大雨時作，天氣轉涼。十時陳區長煥民同潘仲平來，與談半時，便約其午後四時來便飯，屆時來，盡歡去。五時半，賀靜山來談甚久去。今日清理書籍、字畫等件，置之箱，備明日搬運也。晚十一時寢。

廿七日　陰　熱　陣雨時作　七月廿四日　星期日

八時起，清理書籍、字畫各件，寫信與劉述陶爲夢閑回湘事，寫信與劉伯陽、廖純古、胡印唐，均發出。午後六時姚福坪來談甚久。余安亭來談縣府事。昨今兩日大雨，氣候不佳，故敵機未襲武漢。閱漢報則湖口、九江、沽塘、鞋山等處均吃緊，鄱陽湖邊戰事劇烈，可想見也。晚間雨甚大，氣候轉涼，十一時半寢。

廿八日　陰　晴　大雨時作　晚大雨數次
七月廿五日　星期一

十時半起，吳姪表女來取物件，連箱共計十件，派萬巡長同送去。午後寫四函，分致松林、幼雲、秦培新、金直卿，均發出。今日亦無敵機襲武漢。閱報，湖口戰事仍烈。國軍未有進步，僅抵抗於九江、湖口間，殊可慮也。六時半吳浚明來談調朱、倪二姓訟案一時許去。十二時寢。

廿九日　晴熱　晚大雨　七月廿六日　星期二

七時起，八時囑家人辦楮錢、包袱等件祀祖。上午十時聞縣中戒嚴，但未見敵機。午後五時往訪范委員長，知夏麟書、姜源墀爲渠家訟事已來縣，遂走訪之，欲爲朱、倪二姓調案，便具柬約明日來家吃飯。訪渭泉，亦約之。晚朱國超引陽新朱達泉來談一時去。十二時寢。

七　月

初一日　晴熱　夜十二時大雨如注
七月廿七日　星期三

七時起，囑丙丞、更生、遲生等打錢紙辦包袱稞錠等等，準備明日祀祖。十一時天空有敵機聲，出門望之，天際三架成隊，共三次似往南飛，未幾，縣中方戒嚴，約一時許方解除。今日盛傳九江失陷矣。午後三時夏麟書、姜元墀、范心齋、張渭泉先到，繼則仲平、少松、久旃俱到，三時一刻范縣長同黃秘書來暢談歡讌，此次請客以姜、夏等曾延調朱、倪訟案，請縣長則還上月彼請余之席也。心亂如麻，某實心不歡也。七時方散席，少松再談甚久去。晚十時回看夏、姜二人，並晤吳俊明說各事。十一時歸，十二時寢，轉鐘一時大風雨數次。

初二日　陰　小雨　午後二時大雨數次
七月廿八日　星期四

九時起，倦甚，坤山來談半時去。九時半敵機聲近，未幾，九架並至且低飛，向本城及西山盤旋偵察約半時方去。敵機無所顧忌，真所謂如入無人之境。武漢無飛機，當局或不在武漢，亦無可如何矣。抗戰之績如此，奈何。午後一時，石介方同朱唐莊人來談諸事，余甚厭聞。坤山多事，前年必約朱唐莊序譜，乃與余親切。鄉間人無知識，又好訟，自滋累也。晚少松、鄭家權、仲平先後來談甚久。十一時請神，遲生心不收斂，未見光，遂止之。十二時寢。

今日下午四時虔誠祀祖，一切均如去年禮節，惟以時局影響提前十日，從前中元祀祖例在七月十二或十四日也。記癸亥往閩，戊辰赴蒲圻任，均提前祀祖。今年起胡姓宗祖包袱多寫，追至若思公寫起，余之嫡祖墳去冬今春確已尋得，心中快然，孟夫人從前在省迭有主張。去年六月添子，定生乃承胡後，坦然以遲生、定生二人姓胡，尤為余快意之事。先祖父母、先叔父森亭，先父母俱葬朱姓祖山，不便易姓，且以鄉人稱謂數代，不便矯情更姓，只須余之子孫以至後世記清宗祖，知胡姓為余之本姓可耳。昨以腦筋不清，特補記祀祖一段事。

初三日　晴　大西北風　午後陣雨　晚大雨
七月廿九日　星期五

七時起，八時半對門王宅送信來，云西畈有便船，遂囑內子往吳老表家取文憑證件，囑其明晨回或明晚回縣，避空襲也。九時半警報忽來，十時敵機六架在鄂城盤旋半點鐘方去西山、雷山及寒溪塘等處低飛偵察殆遍。解嚴後內子與遲生並王姓等數人到樊口，風大不能行舟也。午後四時鄂城又有警報，未幾，敵機六架低飛偵察甚久乃去。自此人心惶惶。余擬候內子取證件回時往省。晚六時吳俊明、石介方、仲平、國煌、朱湯莊數人來調訟事，消夜至十時方去，十一時寢。

初四日　陰晴　大北風　七月三十日　星期六

八時起，十時內子自西畈歸，云樊口過軍隊甚多，乃乘輿歸。飯後擬清理各事往省，無車，擬先回胡林轉葛店乘車往省。午後二時警報大作，未幾，敵機來，聲甚厲，據看者云先往黃州大碼頭旋折回低飛，適駛鄂城輪船已到，敵機遂投彈十餘枚。余與內子、甥女、甥婦及小孫均在房中。敵機盤旋投彈約廿分鐘方散去，聲微震動。聞城上人云，小北門外被炸。未幾，二次警報又來，余仍回房中，兩次在房均囑家人共誦觀音大士佛號，以求免厄，並定心性也。約二十分鐘方解嚴，鄂城人從此知低飛投彈利害矣。晚九時曹、潘等諸人來說，乃知北門外胡家茶館塌後，繼有數間屋倒，死平民九人，自輪船起岸赴茶館者傷卅餘人，落水淹斃者數人，餘不詳也。囑家人清理物件，明晨往西畈並胡林避之。清理各件至轉鐘一時方寢。

初五日　晴　熱甚　午後小雨　七月卅一日　星期日

三時半醒，四時囑厚訓起。四時半天已明，擾擾至六時船方來，又以衣箱不能出城，乃由後門上城，集中朱裕豐宅。船開後至凌家河下寒溪塘上，船戶二人必欲沿磯頭行，耽延半時許方上。船戶種種做作殊可恨。七時半到樊口至汪波丞家略坐，又以無船遲半時方行，內子、根生、吳表妹帶其子，厚訓帶其妻子共十人及物件十餘件，船小，行襄湖，幸無風浪。九時五十分，船到朱湯莊之竹林灣。十時半在禮堂之弟宅中小憩。十一時以後又聞飛機聲，十二時聞高射炮聲，或者敵機至葛店矣。午後一時乘輿到胡林，四時又聞敵機聲，大約在黃、鄂附近。鄂城人已成驚弓之鳥，聞聲知甚懼也。晚間乘涼於外，與貴堂兄及族人閑話，十二時寢。

初六日　晴　極熱　八月一日　星期一

八時半起，倦甚。九時半厚訓妻子俱來胡林。昨以事煩天熱，人極疲乏，午飯後小睡三次，午後四時聞敵機聲大作，出門觀之，有三次共六架均低飛鄂城、黃州間，似偵察，約半時去。晚七時月明又聞敵機聲，似在黃州之北□，約廿分鐘方漸遠。明日有確息也。吾國之弱至此，九江失後，敵機來黃、鄂甚近，距武漢亦不過六棧路，以直線論在天空恐不過三百餘里耳。敵人知九江至黃、鄂空虛，武漢少數飛機亦不能離開市空而驅逐，是以猖獗愈甚。設武漢不添空軍，而下游抗戰無進展，後禍不堪設想矣。再四思維，心亂如麻，既恨敵人毒辣，尤痛吾國何以事前不知準備，以致釀成今日之局也。十二時寢。

初七日　晴　熱甚　八月二日　星期二

七時起，連夕睡不安，心亂如焚。未幾，夏炳丞回，云黃家鋪軍隊搜查，不能通過，沿途又拉伕，只好轉來。渠今日欲由葛店回省也。大抵混亂時期交通不便。余與惠安甥又羈此間，即往樊口亦不易。昨托胡同盛打長途電話□與民政廳長及本會，不知均發出否。早飯後天熱甚。午後二時半天空飛機聲大作，未幾，先後見敵機共六架盤旋鄂城、黃州及團風附近，低飛甚久。四時聞江北岸有炸彈聲六響，鄉人登高遠眺者見黑煙上衝，不知炸何物也。四時一刻敵機分批沿江東下矣。戰事一日不勝利，沿江居民一日不能安枕，且天熱逃難，種種困苦，然則何時可解決耶？中國不亡只有祈天祐而已，證之人事，則在應該之數。敵人殘暴萬惡，不顧公法與道德，未必天祐耶？晚寶山、禮堂來述鄂城訟案去。今夕甚涼，十時即寢。

初八日　晴　熱甚　八月三日

七時起，九時廿分敵機自下游天空來，飛甚低，至葛店及鄂城江邊盤旋，十時五十分方去，聞投彈聲，葛店高射炮六七發。未幾，又聞機聲。十一時半敵機五架又盤旋黃、鄂一帶上空，聞炸彈聲一響，似在三江口附近，又聞鄉人云武昌有飛機二架來逐敵機。下午三時石仲章自漢口來，據說在夏子書家吃飯步行而至者，細問各事，並商量與厚訓同回縣宅，向縣府取護照。晚聞今日炸彈係泥磯所泊之汽油船云云。連日疲乏，今夕十時半即寢。

初九日　晴　極熱　夜轉鐘一時大風小雨
八月四日　星期四

八時起，昨睡甚安。飯後仲章、厚訓攜余所寫各函由朱湯莊坐船到樊口往縣。午後三時閱二日、三日《掃蕩報》《武漢報》，戰事似穩定。今日整天未聞飛機聲，晚九時以乘涼疲困遂寢。十二時醒一次，閉窗櫺，風雨驟至，二時四時半各起一次。

初十日　晴熱　八月五日

七時起，即聞飛機聲，似由武漢東下者，或者吾國機往下游偵察耶？

午後一時厚訓、仲章與甥女自縣中來，並取回護照及省中各信件，云縣城人口遷去十分之八，縣長已晤見，云今日有警報一次。閱各函，余遂囑夢閑收拾物件，準備今晚到朱湯莊坐民船，夜行到葛店搭車或舟。匆匆食稀飯後與夢閑等往朱湯莊。今夕宿朱湯莊，僅三小時未合眼也。

十一日　晴　熱甚　上午暴雨四次　八月六日

二時半醒，三時起，朱湯莊洗漱畢，又候舟子三人吃飯，遲至四時方動身，寶山等送余上船，船小人多，皮嫗立岸上，依依與談數語，令其早日回縣。船開行過胡家大灣，天漸明，余計算八時方可到葛店，則今日不能趕葛店早班輪矣。焦灼無已。七時小兒定生吐泄交作，已受熱受寒矣。船中又漏水，衣被物件多濕，余腹中又餒，此時心煩益甚，兼之暴風雨時來，悶熱不可耐。敵機聲時時發現天空。船抵陳太武已八時矣。遂囑夏炳丞、石仲章先上岸至葛店打長途電話，並訪張肖鵠，說明一切，再來約余等上岸，乃久候不至，心益焦灼，遂囑朱莊人分挑箱子、包袱等件步行。行二里許，足軟身熱，頭暈目眩俱作，而小兒與夢閑及甥女行路尤苦，且一夜未眠，四肢無力也。未幾，見夏炳丞隨興來，遂與夢閑分乘之。夢閑往炳丞之婿家熊君處暫息，余則逕往肖鵠藥肆中暫息。飯後葛店已有警報，仲章已打電話，迭次未通，來云聞武漢又有敵機四十餘架轟炸。飯後自往打電話數次，便訪熊君，洗澡後再打電話。車子已不就，遂聞河下候小輪者有千餘人。晚八時又往打電話，知汽車已絕望，歸熊宅宿。未幾聞有小輪，已開一隻，明晨尚有一隻續開。十二時由熊君招呼民船兩渡水面乃得到江干，然男女搭客坐河干地下，寒風拂面，似覺難民難做，淒涼萬分也。余以身冷乃在一空輿中假寐。旋聞茶館開門，又與夢閑等入茶肆食麵食數事，此則受罪，為平生來所未見也。

十二日　晴熱　八月七日　星期日

三時半熊君雇得一舨子，云可到小港上義泰輪，遂囑家人同上，行廿分鐘上船，船無燈火，在官艙中遇張棫章之子名祝三者，相與談一時許。四時半天明，余極疲困，乃囑仲章購得舵房中二鋪，遂搬入，甥女及炳丞俱在舵房前坐定，余入房小睡。五時半開船，十一時安抵漢口，今日無敵機，心稍安。起岸後即遷入紅樓旅館，秦培新來，乃得遷二樓二零七號房。飯後打電話告知胡升，晚六時渡江訪向秘書、彭受虛，並在保安門住宅洗澡。離武昌已廿日，乃情形突變，若此令人增無限感慨也，在宅略與胡升談一時許，仍渡江宿。

十三日　晴　熱甚　八月八日　星期一

六時起，住館中打電話與彭受虛商各事，昨已面晤方主席，電訊喻育之，已知一切。準備買船票往宜昌。仲章與甥女仍回仙桃鎮去。

十四日　晴　熱甚　八月九日　星期二

六時起，寫信與王文端、陳子谷、劉鳳章、馮藝林，請托覓鄉間房屋居住，用航空函發出。夏炳丞來，旋渡江，余囑其到胡林約厚訓來。胡升渡江來。今日作事多，心煩意亂，不可名狀。晚張渭泉自縣來，余細詢各事，又在京漢旅館與鄂城同鄉人探問數事，知余等走後，燕磯、慈湖港均被炸數次也。

十五日　晴　甚熱　八月十日　星期三

六時起，午飯後聞喻育之已代買靖港拖輪票，余實不欲搭拖輪也。一則時間過長，一則船小無坐位，彼圖便利，余等不便利矣。七時夢閑渡江，清理應用物件，余囑其在家歇一宵，明晨八時即來，懼空襲也。十一時遂寢。室內熱不可耐，用電扇又懼傷風，然亦聽之而已。

十六日　晴　酷熱　八月一日　星期四

八時半夢閑自武昌來，云各物已清就。十時民廳來電話，謂昨日秘書長候余未至，但余曾往省府，其傳達謂秘書長不在省府也。許以今日必來。正午飯畢，聞警報大作，零時十分敵機已到上空，數似不少。未幾聞武昌炸彈、漢口高射炮聲，約一時半方解嚴。午後二時渡江至省府，方知今日所炸地點爲文華及方公館，俱投彈，漢陽門江邊投二彈於水。在省府係閆毅代見，謂嚴廳長留有話，恐余來有誤記，述各事，蓋此時嚴廳長、秘書長均往文華去開會矣。余遂在寓中囑付丹陽各事，出門匆匆渡江至紅樓旅館收拾物件，準備上船。七時接嚴廳長電話，談各事約半時許。蔡心受夫婦、渭泉俱來送行，到太古碼頭，上靖港輪，擾擾三小時，焦灼無已。船價由喻取去百五十元。今日乃無艙位與鋪位，殊可恨也。十一時喻育之來談至轉鐘去。余此次出門煩悶不可説，二時宿船邊，風大寒甚，又無處可避。

十七日 晴 甚熱 八月十二日 星期五

五時聞船啓椗，五時半乃開出，行甚緩。六時半見鸚鵡洲所炸地點。陽光甚烈，白天船邊竹床、行軍床俱不能坐，乃與夢閑、定兒至舵房避陽光。九時開飯，粗惡無多菜，與小輪較尤不如也。午飯、晚飯均如此，殊令人恨甚。晚睡船邊，夜風又大，無計避風，入舵房亦如此，又恐因風受病，焦灼無已。睡更不安，四時半天明即不能睡矣。

十八日 晴熱 八月十三日 星期六

六時起，昨夜睡不安且感寒，今日陽光甚烈，出門受苦恐以此次爲最。飯食極不佳，本會出鈔洋百六十元，乃所獲如此，真晦氣也。

十九日 晴 熱甚 八月十四日 星期日

五時起，午飯後聞鳳浦輪以水淺不能行，蔣笠庵自該輪過船來，余以駁船上一房讓與住，不時來談。晚七時船停郝穴，夜間月色佳，時與同人談各事，窮愁抑鬱。遙想武昌暨鄂城鄉間諸事，尤爲憤悶，十一時寢。

二十日　晴　熱甚　八月十五日　星期一

五時起，六時上岸買零物，六時半開船。今日船中受苦與昨同。晚停江口。

廿一日　晴　熱甚　八月十六日　星期二

五時起，開船後無聊已極，不時抱定兒上下樓。天熱頗以爲苦。下午八時半船到宜昌，起岸後極費周折。劉紹安托人覓得樂善堂街榮昌旅館兩房間，皆余親往交涉。蓋彭、陳等均未上岸也。轉鐘一時乃得搬入，困乏已極。余與夢閑所住房甚熱，睡亦不安。

廿二日　晴熱　早小雨一次　八月十七日　星期三

七時起，倦甚，足軟。飯後訪劉生培森，知已回鄉，訪文旃談各事。旅館房間極熱，午後搬下二層樓較好。晚訪陳子鵠談片刻出。夢閑同定生遷文旃家中居住。十一時寢。

廿三日　晴熱甚　雨　八月十八日　星期四

七時起，發各處函，用航空者六封，平快四封。聞武漢自十四日起炸甚烈，十六日尤甚，胡升轉來夢閑家函，係十四日發，大約省宅尚不要緊。晚十二時寢。

廿四日　雨　晚晴　氣候稍涼　八月十九日　星期五

七時起，八時半與夢閑出外一次。今晨早祀關聖，并抽籤三次。晚至文旃寓談甚久出，十二時寢。

廿五日　晴熱　八月二十日　星期六

七時起，九時半吳壽田來，云林扶慈在文華遇炸事。沈委員來。十一時沙市來長途電話，伯陽所約者也。談八分鐘畢。午後飯食不佳，余以傷風怯冷，睡一小時，洗澡無汗。晚八時至文斾家坐談並治傷風疾，食粥一盂，甚可口。十時半歸，聞朱雲亭、朱濟安均來奉看。今日余曾向其探懷冰駐地也。發鄭宇平、朱懷冰、方主席函，均用航空遞去。晚十二時寢。

廿六日　晴　熱甚　八月廿一日　星期日

六時起，今日病象已見，足軟，怯冷，骨酸痛。乘車訪姜醫生二次，未遇，約其至文端寓中看病，就寓中服藥。宿未能安寢。夢閑料理余服藥等事，睡時已子正矣。

廿七日　晴　熱甚　八月廿二日

七時起，服藥畢，病已減輕。余仍回旅館，飲食未進。晚寢不安。

廿八日　晴　熱甚　百度上下　八月廿三日

七時起，病已愈，惟精神疲乏。閱報知戰事尚好。出外數次訪文端打聽各事。連日省宅無信來，另寫一函問胡承顏，請其代探寓中各事，用航函發出。晚十一時寢。準備明晨下鄉。

廿九日　晴　熱　約百度以上　八月廿四日

五時起，轎伕來，五時半起行，九時到馮藝林家，飯後其子送余，約行半里，聞飛機聲甚多，旋見天空十八架分二批襲宜昌，余囑轎伕避大樹下，聞投彈聲、高射炮聲齊作。小停片刻即囑轎夫急行，但轎小又無圍簾，頂矮頭悶，身如火灼，心胸受熱氣已閉矣。頭目暈眩，眼無光，身乏極，小溲時作，似欲脫狀，而轎伕行不動，三里二里一歇，午後三時乃到閔姓家，已乏不能支，臥地上，以簟承之，氣乃稍平，囑人送信至文伯家中。未幾其子來接，余仍乘輿，行至文伯家，病不能起，文伯父子更番招待，食葛粉一盂後，忽打噎，氣逆不能上。晚間更甚，不思飲食，且嘔吐甚，狀殊危險。十一時寫信，命輿夫帶信囑夢閑後天來此照料，十二時寢，打噎更甚。

閏七月

初一日　晴　熱甚　八月廿五　星期四

七時起，氣逆打噎更甚，十時怯寒，身颭動不能止，類瘧疾，三小時乃止，汗後心稍鬆快，進葛粉一盂，午後心胸極不快。文伯父子來視疾，心煩意亂，晚寢不安。

初二日　晴　熱甚　八月廿六日　星期五

七時起，餒而不能食，僅飲茶水而已，望夢閑至十二時半方來料理，開轎力、挑力後，命其煮茶照料各事，然仍不能進飲食也。請文伯尋雜書來看，無精打采，心胸俱沈悶不堪。午後食粥半盂，自是以後疾益重，胸膈俱不開，心亂如麻，坐臥不安，腹飢不能食物，惟飲茶水數次，打噎不止，腹中覺餓亦不敢食。此五十二歲以來未受之苦也。文伯父子時來問。晚尤無聊，思鄉有淚，急中呼母並念數十百遍觀音大士號，以求減輕疾苦耳。十時寢不成寐，時時起坐。

初三日　晴熱　晚風雨數次　八月廿七日　星期六

六時起，食百合粉一盂，打噎氣逆更甚，極以為苦。晝寢多夢，夢一小頭人甚長，於迷昏中為祟，若自大之狀，有多人恭維之，余亦附和之。午後三時，文伯引醫生來診脈，謂已成瘧疾，明晨服常山藥等等。晚寢不安，時時起坐。

初四日　晴　晚大風雨　八月廿八日　星期日

六時起，打噎未止。十時脾寒又作，夢中見昨日小頭腦人仍如昨狀，遂囑夢閑問文伯之母與其昆季，則狀似其父也。其父去世年僅四十一歲，則余之來也，未謁其木主，致令其爲劇耶？許以進香焚楮，午後打噎氣逆俱止，亦有靈矣。昔民國甲寅六月余曾患瘧一次，夢中見鬼物揶揄種種狀態，昨日曾憶及前事，遂有感召歟。晚寢不安。

初五日　晴　涼　八月廿九日　星期一

七時起，午後文伯之弟名家諧者來看疾。三時鄉醫來看病，開方服藥一劑，晚寢極不安。今日宜昌有警報，敵機未來。

初六日　晴　熱　八月三十日

七時起，疾略減輕，十時仍發寒。午後閱《綱鑒》宋漢等朝，瀏覽不能記，消時日而已，晚九時寢。

初七日　晴　熱　八月三十一日　星期三

七時起，十時略進飲食，精神未復，行步不穩。連日有人入城，文旂逐日帶報來閱，戰事似轉好。余以思鄉又未見省宅及縣宅來信，殊爲焦慮也，晚睡不安。

初八日　晴　九月一日

七時起，進食後略覽《綱鑒》、雜書。見宋太祖取天下甚易，宋太宗心術不正，雖傳國三百餘年，後人之亡國亦慘。天道好環，造物忌巧，君主位置尊榮，生殺予奪由己，及其欲得之也，父子兄弟之義俱廢，攫之而已，此真不良政治也。晚間外出小立，足軟不良於行，十時寢。

初九日　陰晴不定　九月二日

七時起，病已減輕。晚間文旂處帶報回並附信件，係胡升不在省宅退回者。局批轉孫祖德，亦無人代收，似余家中並未接我到宜之函也。心焦灼甚，擬補函發出，明晨再着人往，十一時寢。

初十日　晴　九月三日　星期六

七時起，疾漸愈，惟思食而無可食之物，鄉間諸事無出售者。午後看《綱鑑》。宋高宗朝，高宗懼二帝歸而已，身無安置，其縱秦檜主和，提回岳忠武班師而復冤殺之者，彼別有用心也。後人罵檜賊有何益耶？總之宋太宗接承藝祖大統，假仁假義，居心叵測，人第知當時政治良善，以敷衍天下之人民，然其心術已壞，宜子孫食報也。晚間閱報並文斾處轉來各函，十一時寢。

十一日　晴　九月四日　星期日

七時起，病已漸好，思飲食，鄉間缺乏，近數日每着人往宜昌購物，每次川資七角或四角，殊不貲也。寓此無可閱之書，殊爲悶甚，晚益無聊，早寢。

十二日　晴燥　九月五日　星期一

六時半起，連日早食自起爲炊。小兒燥鬧不已。余實昏沈足軟，自炊極以爲苦。前僱老嫗僅做工六日即去，一切非自己照料不可。晚九時寢。

十三日　晴燥　九月六日

七時起，自炊食後無聊甚。午後看《綱鑑》已厭矣，又無他書可看。晚間送信人歸，帶有文斾信件並報鄂東戰事已轉好，瑞昌、陽新間甚順利，斃敵二千餘，頗可喜也。十一時寢。

十四日　陰燥　九月七日　星期三

六時起，今日身體稍好，神氣亦清，文伯之弟季名來請余過其家吃飯，午後一時乘輿去，僅二里許。同席者任桂庭區長、鄧區員、楊星階、張生及陳魯初，安徽鳳陽人，曾在歸德國民銀行辦事，逃難來此已三月矣。餘均區署中人。又余憲章，麻城人，後到者。四時仍乘興歸，九時閱雜書，十一時寢。

十五日　陰小雨　晚仍小雨　今日白露節
九月八日　星期四

七時起，疾已大痊，思食。午後爲竹戰戲，小雨無事，消遣而已。前日發家信用航空，不久必有函來，晚涼早寢。

十六日　晴　七月九日　星期五

七時起，囑文伯之子帶信致彭受虛並代郵局發二函，一致胡升，一致鄭宇平。午後爲竹戰之戲，晚沈悶之極，九時寢。

十七日　陰　小雨　九月十日　星期六

六時半起，今晨寫信王文旂托買各零件，十時半爲竹戰戲至午後四時罷。傍晚帶信人回，文旂已有回信，便述戰事有和議希望，並帶報二份，知我軍勝利也。十時寢。

十八日　陰　小雨數次　九月十一日

七時起，九時文伯約竹戰，未終局，彭受虛等自宜昌來，擾擾半日。晚甚疲乏，清理各事，十一時寢。

十九日　陰　九月十二日

八時起，倦甚，然氣已舒暢，足不軟，腎氣下降，病已大減矣。午後寫秦培新等函三件，爲竹戰戲。四時半楊星階來談片刻去，十一時寢。今午後三時朱陽春自宜昌來此，云七日自漢口動身，二日曾往武昌住宅一看，門已鎖矣，外面貼條。信件轉漢口孫壽山，胡升並未來信，真荒唐至極、前次飛機函已退回宜局，批係轉大朝街孫祖德，亦無人收。

二十日　陰　時有小雨　九月十三日　星期二

六時半起，呼朱陽春起，交昨夕寫函九件，分致徐幼雲等，命陽春隨同劉培忠到宜昌買物、取信件各事。午後在家看《清宫秘記》，又寫李佛波等信六件。

廿一日　陰　時有小雨　九月十四日

七時起，連日疾已大愈，飲食大進。十一時胡先生來，共作竹戰戲，四時方散。晚閱清代十三朝宫闈秘記，多有可信之事。總之胡人入主中夏，禮教缺乏，亂倫之事極多。漢奸逢君之惡，奴隸漢人。文字之獄尤爲吾人千古痛恨。洪承疇、吳三桂之肉其足食哉。十二時寢。

廿二日　陰　小雨　晚大雨　九月十五日　星期五

七時起，今晨命劉培忠往宜昌購物取件，正午爲竹戰戲，下午五時散。傍晚劉歸，得鄂城函，厚訓、根生尚未動身。文旆來函，云縣中時疫大作，證以根生函，縣城内亡者不少。戚友爲楊厚安、傅象虛及其太夫人俱染時疫亡矣！病而未瘥者甚多。朱萬來函云顧局長已許委一事，又朱、倪訟案袁司法已判决，武斷至極。原詞仍用航空函退根生，並寫文旆、鄧實、梅鳳山等函，囑查看武昌房屋情形，寫至晚十二時方止。腹餒，至廚房油炸食物後方寢。

廿三日　陰　雨　九月十六日　星期六

八時半起，十時寫本會計算一份，惠安未來，無人寫此，陳世兄往宜托帶寄鄂城段家店航空信，又鄧實、夏炳承等函。午後一時約胡先生來爲竹戰戲，晚六時畢。夜間寫張重心等函，十一時寢。

廿四日　雨　九月十七　星期日

八時起，倦甚，足軟。午後陳世兄回，帶來王文端信，並胡升自武昌來函，係九月七日發，十六到宜昌，十日方到。又伯陽、夏長生函。晚間覆伯陽、長生、胡升、胡祥安、彭慎旃函，並寄根生、張小谷、孟廣緯、宋濟賢、蕭液垓等函，寫至十二時方畢，轉鐘一時寢。

廿五日　早雨　九月十八日　星期一

八時起，飯後爲竹戰戲，四時畢。今年七月底至閏七月初，天酷熱如蒸，久旱不雨，枯燥，多病人。近九日來大小雨時作，愁悶不堪，晚寫黃松師函並文端函，囑老劉明晨到宜昌買物發信共十三件，十一時半方寢。

廿六日　雨　終日雨　九月十九日　星期二

七時起，命老劉至宜昌分付各語後，仍睡至九時起，飯後無事，天雨更覺愁悶不堪，傍晚劉歸，得伯陽函，知其不日到潛江就所長事，又朱陽春函，顧局長已派渠爲局內稽征員，月薪廿五元，彼來此原無目的，恰逢此機會，可見凡事有定也！晚十一時寢。

廿七日　雨　竟日　九月二十日　星期三

八時半起，愁悶不堪，又無書可閱，午後爲竹戰之戲，六時方散，晚間無事，更爲抑鬱，十一時寢。

廿八日　雨　九月廿一日　星期四

八時起，早飯後無多事，忽記幼年所作七絕七律詩，如："蛙鼓鶯歌""李青蓮夢筆生花"等八九首，因另記之。午後爲竹戰戲八圈畢，晚十一時寢。

廿九日　雨終日　九月廿二日　星期五

七時起，今日劉培忠到宜昌，致函文旐托買各物并發向胖佛一函，問近狀，雨中無事，仍爲竹戰八圈。晚七時劉歸，攜有近三日漢報，前方戰事仍保守原地，敵人死亡不少，甚可喜也。又借來各記事書甚好，十一時寢。

三十日　雨　夜十二時後停　九月廿三日　星期六

八時半起，閲文旃所借之書《枕亚浪墨》三集二本竣，此書可補清代野史之不逮。午後竹戰八圈。晚仍看雜書，十二時寢不成寐，轉鐘以後犬吠五六次，自遠而近，疑有賊，時起聽之，三時以後乃睡熟也。

八　月

初一日　早陰　午後小雨　九月廿四日　今日秋分節

七時起，連日陰雨，鬱悶萬分，武漢及鄂城不知情形如何，尤爲焦慮，晚間無事閲民國野史，十一時寢。

初二日　雨　九月廿五日

七時起，今晨劉役往宜昌購物件並取信。午後閲雜書，晚間劉役取信歸，得根生航空函，知尚未動身，鄂東吃緊，擬與惠安等同來。又潘仲平函，云其母死。又鄧實函云送家眷來。又閲報，鄂城、浠水、宋埠、紙坊等處廿四日又遭敵機轟炸，其詳情不得知。文旃寫信亦如此説，并云蕭步雲因病卒於漢口矣。我縣染疫死者數百人，奇災也。鄂城人心不好，然較之漢口爲優，何以漢口不遭厲疫邪？不可解，十二時寢。

初三日　早陰　正午小雨　午後天氣似轉晴意
九月廿六日

七時起，昨接信，心不快。九時帶同康斌往三區署，欲用電話問王文旃以各事，買草鞋套於皮鞋上行路，泥深而滑，極以爲苦，到區署晤任區長、區員等，知電話不靈，須俟縣政府有電話來方能接也。正午囑陳季銘僱二人，乘輿歸。今日吃虧不小，且未得宜昌電話，尤抑悶不堪，晚間無事又無書可看，十一時寢。

初四日　晴　九月廿七日

七時起，天已放晴，入秋連雨十七日，民國以來尚未見過此事。倭寇入境乃感此現象，真天變也。午後寫字數張，本欲外出以泥深未乾未果，且昨午前足已疲矣。擬再晴一日即往沙市查案。

余在鄉間苦悶廿餘日矣。白晝室內外小蠅以千萬計，盈集各處，夜間蚊蟲嚼人，跳蚤滿床席，早晚又有小蠓子嚼人，手臉亦痛。據此地人云，向來如此，不過今旱病人多，蚊蠓蒼蠅較盛耳。宜昌市蠅尚少，跳蚤亦未有鄉間之盛，小兒定生時時為蚊子跳蚤嚼傷，遍身紅腫，如豌豆大者二十餘處。每晚如此，奈何。今晚閱報，戰事無甚進展，十二時寢。

初五日　晴　九月廿八日　星期三

七時起，飯後清理各事，擬明日出差，囑老陳僱定轎子。晚間閱報，戰事未有進展，思鄂城家眷老幼，不知已動身否，十一時寢。

初六日　晴　九月廿九日　星期四

七時起，九時半乘輿動身，沿途歇甚久，遲至下午三時方到宜昌，逕訪文端，細問近兩旬之事。朱陽春來，囑其準備各事，並探有沙市大輪否。晚晤顧季安，十一時與陽春乘武林輪，坐三等艙，客僅五六人，轉鐘一時寢。

初七日　晴　九月卅日

五時半聞船啓椗，十一時到沙市，至連陞福棧，見已淹水，遂住大方棧八號，此棧極不佳，屋老慮倒塌也。以不能久住、不便遷出。飯後訪孫伯琴，知伯陽今日方往潛江接事，惜余遲來一日，未之晤也。喻幼香、廖伯周、謝純丞、呂景福俱來訪，分談若干時去。十一時半寢，備明晨往藕池口。

初八日　晴　十月一日　星期六

七時起，上枝江小輪船，人客擁擠不堪，軍隊尤多，係往郝穴者，紀律不好，其人皆粵川口音，然較之往昔稍優耳。下午二時到藕池，住交通旅館第二號，飯後三時訪區署，知已換李顯，則李未在區署，訪廖純古談甚久，訪商會魯知煦會長，談片刻歸。晚十一時寢，藕池甚安靜，從未有敵機經過。

初九日　晴　十月二日

八時起，九時進食，十時與陽春雇舟到石首縣，下午半時抵縣。上岸訪孫會長，知其在藕池，轉陽春尋一酒館。午餐畢，訪劉縣長逸塵談甚久。彼述打經征主任諶誌強事甚久，余以片面之語，未遽信也。辭出後已二時半，到郵局訪萬局長，而諶誌強與縣府潘主任並譚菊畦亦來細談各事。萬炎午備有午餐，晚在菊畦家消夜。囑陽春宿郵局，余遂宿譚處。

初十日　晴　熱甚　早有霧　十月三日　星期一

七時起，譚、鄒因有事須聽專員訓話，早去。余八時半早點畢，李守元來，云田家鎮已失矣。帶報來看，戰事不利，武漢吃緊，而吾鄂城濱江尤可慮也。十時炎午、陽春來，遂同往城外遊聖廟及三義寺、中心小學、初中等處畢。十二時到菊畦家午餐，鄒若欽及王明道作陪，李守元亦來，並便約余至月華樓晚餐後再回藕池，不便拒也。昨今天兩日遊石首城內外各處，總之僻鄉窮縣，無可紀念留連之地也。炎午欲余代諸人寫大對，已許之。午後三時守元約看李委員長庚甲，李即劉縣長所指爲能在石首操縱一切者也。其人曾在我縣陳軼塵縣長任內充秘書者。余與李等談後便至酒樓晚餐。行街中，日烈而身忽怯冷，至酒館瘧疾發矣。遂臥館中，諸人飲酒食肉，余僅聞其談論而已，轉燒出汗約一時許。余因天氣尚早必欲行，李、萬等知余意決，遂雇民船，黨部李書記來詢各事，亦便送余下河。余實熱未退，到船時約下午五時半，船行甚速，今日有月光，至藕池旅館中已七時矣。囑陽春約廖純古來談各事去，楊民任來求見，余未之許。呂景芳來談謀事，余囑其往沙市再談，十二時寢。

十一日　晴　熱甚　十月四日　星期二

四時半醒，五時半起，即同陽春下河搭綏遠輪赴沙市，買得鋪位甚適。輪過郝穴時聞上船人云，有飛機十九架經郝穴上空西行，大約炸宜昌或重慶也。敵機如此兇橫，蓋已知吾鄂無空軍也。飯後小睡，午後一時醒，聞呂景芳云剛才敵機西下時正經船頂上空探過，船中客人懼甚，舵房預備停車避之，幸余此時已睡熟矣三時抵沙市，起岸後往長江旅館，命陽春打電話問宜昌今日被炸事，未打通，四時訪孫伯琴。晚間外出數次，呂景芳亦在此館食宿，今午見湘潭輪抵沙市。

十二日　晴　熱甚　十月五日　星期三

七時起，八時至長途電話局打電話詢王文端，乃知昨日敵機係炸重慶非宜昌也。午餐後往查謝士綸案歸。飯後聞警報，幸已回館，約一小時解嚴，未幾，警報又作，約半時許解嚴。五時喻幼香來談，孫伯琴、謝純丞、廖伯周先後來談。寶和輪抵埠，余結賬，與旅館茶房同上船，統艙及頂篷上均有鋪位，以人多不能吐氣，余以太難受，恐復受病也，仍與陽春下船俟明日搭江新較好，否則搭小輪也。回館汗出如瀋，余此次先命陽春到輪察看萬內子等搭此船否，繼又自往者，恐人多未見萬內子及兒輩，慮陽春目有未遍也，房艙統艙余時留神，未見也。文端自宜昌轉到根生飛機信，自漢口迎賓江館發者，云係搭江和輪，但時日推，詢之館中人，云江和輪前天開下水，今日如何能到沙市。心中懸之不能已。洗澡後囑館中人如江新到埠，先代余設法買房艙或官艙票。十二時寢。

十三日　陰　早微雨　十月六日　星期四

轉鐘二時聞館中茶房云，江新已到埠，陽春遂呼余起，匆匆上船，但余到時已遲，僅有二號房艙空一鋪位，幸旅館人已向賬房購得，乃與陽春俱住此房。上鋪乃飛機機械科職員磨姓，廣西賓陽人，磨姓甚奇，此人名磨壽禄，其家弟兄五人，述廣西徵兵制甚好，且行之十年矣。彼自漢口乘此輪者，云此輪未開駛時統艙起火，燒死及落水者數人，中間行時又遇一次危險，余聞此言甚慮。今日如晴霽，恐空襲也。五時船開，下午七時半到，忽聞海關派醫生來驗疫，候至一時半方見男女醫生數人來查看，姍姍其行，狀殊可惡。噫！此中國衛生署無聊之舉，徒延搭客時間，有疫又如何？須知此次搭中國輪，多逃難之人也。八時半抵岸，所停碼頭距正街又遠，覓人力車不得，蓋前上岸諸客早已乘之走矣。與陽春步行至二馬路、一馬路，尋旅館，客已住滿，乃至文旃寓，知其未歸。尋至農貸所，據談今午曾有人來晤，言艾姓，似惠安狀，已來宜昌，彼已飭老談遍詢各棧不得，明晨當再尋之。余謂彼等航空函係云搭江和，但寶和輪余曾上該輪尋兩次，未必搭湘潭輪耶？宿文旃所中，疑慮殊甚。文旃許明晨再探各小旅館中問艾惠安來否。文旃去後，余疑慮中宵，寢不成寐。

十四日　陰　十月七日　星期五

六時半起，七時文端來，旋老談來，云已尋得艾惠安住湘江旅館，即刻來晤，余遂候之。惠安來，初發言即云根生到此抱病，已着人到陳文伯家中趕余來宜昌，遂囑惠安仍先回館中止趕者。余匆匆乘車至館，見根生臥床上，頭發熱，言語如常，謂係瘧疾狀，與余述在鄉各事，並云鄂城後又被炸，熊發已炸死，東門余宅尚安全。又京山炸時，尹縣長已在籍受傷，到漢仍死，及其他各事。余囑其好好調養，謂此不甚要緊，約坐一時許，陽春來，余囑其不時來館招呼，往接姜醫生來治根生疾，再到館中囑各語，遂乘車至北門雇轎回鄉。唯今晨車夫行路不慎撞倒川人某甲，破其短褂，余遂囑其至北門外解決，然心甚惡之。轎行甚速，午後二時半回陳宅，知文伯祖母明日生辰，年八十三，文伯廿日誕辰，年四十，遂囑夢閑送洋四元，會中送二元爲壽儀。晚間與夢閑談各事，與彭受虛談會中事，十一時寢。心念根生疾，寢亦不安，轉鐘後夢先父先母，數年未夢先父，所言何事不能記憶，先母則怒目視余，似不悅狀，醒時已上午四時，約記如此。

十五日　陰　晚月光甚微　十月八日　星期六

八時起，以昨夢告知夢閑，慮先君墓不安也。午後心不懌。五時半陳宅約赴壽筵，已有多客座中，晤及楊心階，述各事。晚十二時寢。

十六日　陰雨　今日塞露節　十月九日　星期日

八時起，聞陳宅未進香，不便祝壽，且疑之，遂與夢閑同往，問後再致祝，則彼宅香案已撤矣。午後抑悶不堪，晚間劉僕回，無多信件，十一時寢。

十七日　雨　十月十一日　星期一

七時起，昨晚睡後多夢，心緒不安所致，念根兒疾，不知如何。午後心尤不安，晚寢不寐，時起時坐，合眼多夢。

十八日　陰　十月十一日

七時，余未起床，聞外面有向余送信來者云朱根生病重之語。余聞即起，問來人，係軍隊持惠安所書條子，云根兒病轉劇，請來商酌診治，並陽春書有數語於後。余心慌亂，即囑人雇轎，未幾轎來，乘之往宜昌，在小溪塔略憩，午後一時到湘江館。見根兒病狀似疲甚，且打噎，細問各事，則昨晚經西醫打針服藥水後，已見清醒，蓋昨日正午已失知覺也。熱度不退，聞內子云，自余十四日回鄉後，根兒病加重，晚熱甚，昨日上午出汗太多，心胸熱不散，不進飲食，熱退出汗，旋轉四肢俱冷矣。

余問之，能答語，且云認識清楚，並索報看，但氣力已微，面瘦如削，齒愈外露。余甚憂慮，且遺溺不知，尤屬氣虛甚。以西醫診見效，下午五時仍請其來打針，根生知痛，聞昨打針後乃自以白手巾包之，又聞根生時時囈語，謂已歸鄂城見祖母云，房子被兵援亂不堪，然瘧症有囈語不忌也。余從前打噎已愈，無甚顧慮，囑家人勸之食粥，接其氣力耳。傍晚似減輕病狀，文旒夫人來看余時與根生語，覺其疲甚。尤時時以到施南住學爲念，恐其疾不急愈也。九時病似又減輕，服西醫藥。余覺尚不要緊，十時至文端當鋪中宿，十一時半寢，轉鐘四時醒，心不安。

十九日　陰　十月十二日

六時半起，七時當鋪門方開，余匆匆乘人力車到館，視根兒疾，據家人說昨晚未加劇，但根兒時有囈語。余問其思食否，則云思梨子罐頭，晨已進薄粥。余匆匆出門至二馬路買梨子並山楂糕片歸，付之食二片，削梨子以開水泡過，兒食將竣，僅餘一小塊。余謂溫熱否，根兒云不甚熱，此由隔壁房太鬧雜，遷入第二號官房時情狀也。自是又轉熱，精神疲甚。正午又出汗如瀋，目光神氣甚差，不願進食，且不言語，目則開合如常。午後更疲狀轉劇，打噎不止，腳手又冷如冰，猶以爲係瘧疾加重也。七時西醫來打針，不知痛楚，服藥亦不效，疲甚，萬內子謂此兒難保全，余尚勸抑之。傍晚問姜醫生，謂脉係瘧疾，並未絕望。西醫出門時，余亦細問之，云不要緊，非絕症也，係惡瘧，今晚無慮，明晨九時當來診。十時館中來軍隊學生甚多，臥樓板俱滿，心煩甚，根生靜臥似失知覺，進出氣如常，惟略急，未幾仍緩目略揚。余與陽春下樓洗澡畢，上樓看時，聞其出入氣又轉緩，惟不語不思飲水，爲可慮。十一時半氣漸微，用文端送來符焚之，用開服，已不能吞下，內子以手撥其齒，雖吞下，似無知覺，恐氣結在此時矣。先兩時出汗多，故不覺，余撫其額尚溫，其胸部仍熱，四肢亦不甚冷。十二時交正子，根兒更無知覺，余乃哭，內子悲痛甚，且招呼此兒疾自八月初八起，至今日已疲困不成人像，悲痛原不可止。惟旅館客衆、旅館主與茶房來理論，有挾制語，被余厲色叱之去，未幾文端囑一分局派二巡官來，余述館主無理狀，巡官亦叱茶房，使之告館主乃去。余與內子及惠安、遲兒視根生屍痛哭不已，嗟乎！余長子純學五齡而夭，次子太錚三齡餘而夭，痛心處那可說，不料根兒襁褓時多病，年十五以後病尚少，十六歲住武漢啓黃中學、九中以及去歲住第一中學高中部時有疾病，起時甚劇，調治後即愈，余以爲無事矣。且從前推造者均謂兒造爲拱祿格，十九歲交好運，權印得實，今乃不驗，且致客死宜昌，痛心如此，或者余之罪過累及吾兒耶？天乎天乎！昨日午後曾誠心往南門關聖樓進香，敬卜兒病吉凶，降十三籤語，文不類答亡兒病者，但不可解。晚告知文端亦不知所謂。余則以文句係求功名者，何神示乃如此耶？

二十日　陰　早小雨　十月十三日

昨通宵未寢，七時文端、秉林、迪甫先後來商根生衣棺及安葬北門外鎮景山諸事。秉林宜昌土著，各界均知，此次一切均托其料理，又慮空襲，入殮開路安葬，一切不能擇時日，草草畢事。秉林能看地，亦便托之。所買棺材甚好，在市價應作百元，秉林以六十餘元購之，賣主乃其熟人，灰亦就該店買就，衣則根兒攜來舊衣之淨者，僅買帽褲，着其未穿之新布鞋，棺原□漆就緒，十一時諸事辦畢。劉秉林率同惠安、迪甫、老談、朱陽春等送亡兒柩出北門安葬。余囑內子勿哭，囑遲生不送，設在家中死，不致如此急促簡略，國難家難，余焉得不痛心耶？設非今年四月間認識秉林，此事真無辦法用錢，向何人談話拜托耶？十一時文端及其妻均來，約余往其寓暫息，食不下咽，小寢後即起，浣漱畢，誠心至南門再爲禱告，覺余罪過，現可消滅，以後立誓爲善，於關聖帝君前跪誓抽籤，五卜而不能就，最後得十三籤，則十八日午後往關聖前問根兒病可愈否之原卜也。其文云："借便因人非善謀，曳裙端可見王侯。功名垂手誠非侫，事在人間桂子秋。"解曰："事須詳密，不可輕舉，依時而作，有謀可許。"此卦識達事務之象，凡事待時而吉，捫心自思，前者問兒病如何，得此籤文似不類，後者謂立誓爲善，如袁了凡所云："以前所爲，譬如昨日死；以後所爲，譬如今日生。"戊午冬太錚兒病夭時，余往岳武穆廟禱告立誓，庚申冬乃生此兒，或者余行善不周歟？記自民國元年至今，救人之事實有數起，並未誇示於人以爲功也。然顏淵之夭，盜跖之壽，則又在例外歟？在廟抽籤後，即回旅館囑内子清各物件，預備明晨回鄉間，一切俱請陽春辦理。晚寢不安，枕邊淚濕，不料孟夫人卒後又哭根兒，神傷萬分，體質愈弱，奈何，奈何。醒夢中均時時呼根兒不已。

廿一日　陰　小雨　十月十四日

六時半起，八時轎子、挑子俱來，與内子、惠安、遲生分坐，並挑子二人、陽春送余出門，悽楚萬分，路滑不易行。九時經根兒墓，此地名鎮景山，距宜昌北門外三里餘，距市區約六里，墓左一墳碑上□缺劉母某太君，文尚認識，右一墳無碑，再右李母陳孺人碑，再右而下約六尺，地有高碑，文前行爲"道光廿年三月清明吉"，中爲"故叔考羅公克洪"，末行"故顯考羅元緩羅母熊老孺"，蓋三棺合墳也。刊有酉山卯向字，前面係水田數方，根兒墓同此向。輿行甚緩。午後三時半方到陳家畈，内子傷感萬分，余則心痛不已，晚飯後十一時寢。

廿二日　陰　十月十五日　星期六

八時起，午後到萬内子處，見已爲亡兒立一靈位矣。内子云昨夜點燈，房頗見奇異，盆水傾溢而燈不熄，兒靈魂已歸鄉歟？增慘而已。余回寓抑悶不堪。

廿三日　晴　十月十六日

八時起，抑悶甚，午後疲臥，增萬分之感。晚閱報，戰事不利。

廿四日　晴　十月十七日

八時起，心鬱甚，晚九時寢。

廿五日　晴　燥　十月十八日

八時起，悶鬱萬分。早飯後帶同遲生往張家場一看，因今日該場趕集也。民房廿餘家，污穢不堪，僅有買肉藕、黑乾子之類小菜，亦無蘿蔔等物，與遲兒略坐，飲茶片刻仍回陳宅。此處山路亦略具風景。今日往返共十里，足已疲矣。晚閱報，知田家鎮失後敵軍已到浠水、石灰窑一帶，戰事吃緊，武漢恐不能保矣。十一時寢。

廿六日　晴　燥　十月十九日　星期三

八時起，十一時同陳文伯往楊星階家吃飯。彼前日預約者。其父年八十，耳聰目明無疾病，行路甚健，惟老年無嫗招呼，似多不便，其孫四人已分居，星階之妻續弦者也。飲食起睡。□星階係其招呼而已。同席者任區長、鄧余兩區員、張叟、楊叟等，菜肴自辦，尚可口，午後三時歸，十時寢。

廿七日　晴　十月二十日　星期四

八時起，今日孔子聖誕，以居此未能進香，真難對聖人。日禍方亟，天未厭亂，孔聖在天之靈曷不一殛之耶？晚抑悶不堪，十一時寢。

廿八日　晴陽不定　十月廿一日　星期五

七時半起，連日均到萬內子處略坐。連夕均有夢，無非思慮不清，精神已亂，醒時或記或不記憶也。晚知戰事更壞，悶甚。十一時寢。

廿九日　晴　十月廿二日　星期六

七時起，八時到萬內子處，並令遲兒寫字看書，便上史閣部《覆滿清多爾袞書》一篇，令之寫讀。午後閱報，戰事不佳，晚十時寢。

九　月

初一日　陰　十月廿三　星期日

七時半起，心抑鬱甚，昨夕知戰事不佳，設武漢失陷，將奈何？宜昌往施南係水路往巴東轉汽車往施南。余居此人多，行動極不易也。午後閱文旂帶來點句讀《心經》，第二句爲"行深般若波羅密多時"，與余所聞定遠和尚所念者不同。文旂近來念佛，且寫經字亦端好，此人已悟矣。晚十一時寢後多惡夢。

初二日　陽　十月廿四日　星期一

八時起，九時往看遲生寫小字，此兒不甚用心，奈何。午後念鄂城宅中字畫，雖取出一箱付朱唐莊存放，惟縣宅尚有大中堂張濂卿字，沈雪廬師畫，又先祖父祖母像未取回鄉間放置，當時因此畫太長不便帶出，以後屢作函至胡林，亦未告知根生等回縣宅取出，至今心耿耿也。傍晚陳文伯之子自宜市歸，持來《武漢日報》，載武漢已失，武昌大火。又江新輪行至城陵磯被倭機轟炸，死者千餘人。前日胡升來航空函云，擬搭江新輪來宜，果爾，其性命休矣。心煩悶之至，當與惠安等言之，擬去電問徐幼雲，因前函云彼將余存法界衣箱取回放幼雲棧中也。晚寫航空信數件，明日當着人送宜昌。

初三日　陰　十月廿五日　星期二

七時起，午後打聽信息，云江新被炸，路人傳説者多，心悶無已。

初四日　晴　十月廿六日　星期三

八時起，午前往萬内子處，午後七時得文旂信，云江新未炸，晚十一時寢。

初五日　晴　午後雨　十月廿七日

七時起，昨與劉僕雇定轎三頂、挑子一個，命之趕到城内接藴玉等來鄉間，預計今晚可到。午後心痛，小睡約二時許起來，胃痛氣不適。晚雨漸大，候至十時未見轎子來鄉間，亦不知轎伕等如何情形也。十時半寢，時爲跳蚤嚼醒，心愈煩亂，又夢見先母如平昔操作。

初六日　早雨　十月廿八日　星期五

昨以跳蚤嚼，寢極難安，九時起，聞蘊玉等未歸，究竟因何事阻滯耶？午後心煩意亂，五時鄧實、鄧堅、蘊玉，並胡升、梅先霖、孫祖德等俱來，述武漢淪陷事，余以心緒不寧，偶一問之，許多事欲問者，竟忘卻矣。囑彼等飯後往萬内子寓中去，觸目興感，憶及吾兒根生之死又抑鬱萬分也。十時半寢，展轉難寐，以後睡熟夢見先君，一如平時。鄂城墳墓不知安否。敵機轟炸以後曾再函詢龔少山，未復，前聞已淪陷多時矣。何時歸故園一省先父母之墓？

初七日　早雨　陰　晚八時雨　十月廿九日　星期六

九時起，連夕睡不安，跳蚤嚼人，心煩亂殊甚，自到宜昌後，每每夢見先父母，前三月曾夢鄂城房屋四牆俱毀其半，堂屋中有水一潴，臥房非余原來所住者，心惡之。此夢未記，然時時憶及也。鄂城房屋是否能保存，不可知也。今日胡升詳說武昌房屋封閉事，黃海青邇時尚未出門，此屋亦不知將來可保存否。又云萬内子今日未起床，骨酸痛甚。昨夕某時聞牆外有人呼萬女，類先母聲音，彼並未睡熟，亦異事也。明日當往問之，路隔不半里，泥深不能行，余住胡林時亦惡鄉間雨後泥深沒脛，今來宜昌見此境況愈惡之。傍晚寫胡升、胡劍秋薦函，復孟廣緯、葉文鵬、劉伯陽諸人信。八時門外來一丐，據說是河南人，被徵壯丁，擊潰後逃此地，病不能行，囑其於牆外草上睡之，催其明晨往他處，此事真僞難分也。十一時寢，轉鐘後此丐時時大呼不止。

初八日　小雨　午後陰　十月卅日　星期四

七時起，彭受虛往宜昌領款，十時至萬内子處，知其病稍愈。問前夕事，云夢中見先母直呼其名甚厲，或者先母在鄂城墓地不安歟？命胡升往宜昌取行李等件，帶挑子二人去，並約梅先霖來此宿，與談一時許，十一時寢。今日未知武漢情形如何，甚悶。

初九日　陰　今重陽節　十月卅一日

八時半起，十一時胡升猶未回，甚□念宜昌市區。午後三時胡升帶各件歸，云宜市前日極恐慌，謠言四起，謂敵已到沙洋也，攜歸各函有賀寶之函，云嚴廳長已到宜昌，向胖佛未到。張仲心函勸余往漁洋關，且許接濟小款。朱陽春、周淬成二函無甚要緊語。四時半彭受虛回，云省府即日遷施南，本會同省黨部亦即時設法遷往。余以眷屬人數又多，鄧實等尚有六人，兼之胡升、梅先霖在此，如遷施南，那有如許川資，即籌得川資，如何購得輪船票耶？心煩意亂，抑鬱萬分，又聞武昌幾全城大火，保安門宅尚存否，不得而知。十一時寢不成寐，轉鐘後夢先父母似在鄂城東門住宅與余商酌各事。又見朱姓祖宗□牌位並神櫃俱移左側置之，余謂誰移此牌位，將以胡姓置中耶？睇視之，淺藍捲帳二幀交叉懸之，無胡姓牌位也。中間香几上置一有小格扇之祖宗牌位，但不知誰姓也。又先父母云此屋前重並大院已售與周姓，囑余立契，余不允，謂須俟回省後再立契約。醒時已上午五時。

初十日　陰晴　十一月一日

七時起，心中不懌，至萬內子宅與言昨日夢兆，且囑其準備遷時各事，心極抑鬱也。鄧實往宜昌，已書一函，囑其面交嚴廳長，述余之近況及本會西遷事。午後三時寫護照二張并封條十紙，蓋印備行也。傍晚胡升、梅先霖俱小病，摘防風、薄荷發散等藥，命其服之。七時劉培忠歸，帶歸近二日報紙，敵機卅一日炸南昌、岳州甚慘，中國近無空軍，只有任敵所為也。餘則敵人在漢作惡諸事。又載重慶已與俄京莫斯苛昨日無線電話成績甚佳。又載敵機昨日發現於潛江、岳口上空。又載漢口特三區之北房屋大火，亦未施救。閱之徒增傷感而已。十一時半寢。

十一日　晴　十一月二日

七時起，彭湛然擬住宜昌，余亦同去，爲轎伕遲至十一時半動身，轎子已壞，坐極不適。午後三時過鎮景山見亡兒根生墓，下轎看其碑石，便以途中遇鄧實所帶《武漢日報》焚之，亡兒在生極喜閱報也。悲痛無已，淚下如雨，五十三歲哭十九歲之兒，真痛心事也。立片刻促轎夫行，四時抵王文端當鋪，與談各事，即約劉秉林至酒店，便餐洗澡畢。九時訪向秘書，談一刻便晤及蔣立庵，嚴廳長以事忙未能晤見，訪喻育之未晤，僅與劉紹安夫婦談半時許，雲龍驤亦在座，便問軍事戰況，聞應城敵已佔，而又退去。十一時至農貸所，聞彭湛然曾來訪，亦不知彼住何處也。十二時寫信三件，分寄張冑炎、孫亞東兩縣長。寫竣寢展轉不寐，似被厚傷風，極不可耐，遂着衣起，再寫一函致漁洋關張養頤，寫竣已三時矣。和衣再寢。

十二日　晴　晚月色甚明　十月三日

七時起，八時彭來約往訪喻育之，晤談一切，遇潭君六先生。因得沈季戛通信地點，再訪顧季安，托其尋朱平治代購往巴東輪船票。飯後乘轎回鄉，在途中遇王伯良之弟，詢各事，知燕喜等已來宜昌，且知伯良又在漢被捕，不知何事。輿行後又遇王伯亮述此事。又遇范寄滄便談數語，告以余不得意各事，約日再見。輿行至北門外問彭湛然，知彼輿夫未來。慮有空襲，促輿伕速行，此時已下午一時，行一刻鐘，望見亡兒根生墓，仍下輿小立，悲傷間聞宜昌市區已發警報聲約十分鐘，余遂至一茶肆小憩，未幾行人奔到者多，有汽車二輛，知爲高等法院職員及院長郗某。余俟彭輿來，乃同行，三點鐘至小溪塔，軍隊阻止前進，謂宜市已發緊急警報矣。遂就整容店理髮修面畢乃行，到寓已傍晚。飯後忽憶今日爲先母生辰，向例必進香具素麵焚楮，今日流亡在外，不能具此禮也。心痛之餘至萬內子寓，囑菊生焚楮門外，余則具香而已。十時歸，十一時寢。

十三日　晴　十一月四日　星期五

七時起，八時聞飛機聲，十時鄧實擬往宜昌市，便寫函復甘肅張重心，一致興山沈季弢，爲租屋住家事，一致嚴廳長。十一時鄧實攜函到市去。午後四時其四弟鄧强自宜市歸，云今日上午十時有警報，午後半時又有警報，昨日警報係炸沙市，王文旃轉告彼者，以後上游各埠難免不狂炸幾日。抗戰年餘，失地如此之多，天心佑倭歟？不可知矣。晚十一時寢。

十四日　晴　月明如畫　十一月五日　星期六

七時起，八時半至萬内子寓，便詢遲生各事。至陳家店，聞路人云今晨宜市有警報。十二時至陳家店，又聞有警報。午後二時一刻敵機九架轟炸宜市。聲頗震動。鄧實昨正午到宜市，今日未歸，不知宜市情形如何。晚間補寫日記，十一時寢，轉鐘三時展轉不寐。

十五日　晴陰不定　十一月六日　星期日

九時起，氣候以北風陰寒，十時陳宗榜來看余，余問其居，則云距張家場僅三里，便托其向劉鳳章説借屋事。飯後與鄧婿商量派其弟至宜市北門外租借劉鳳章或范季滄住宅事，並寫一函與王文端。輪船票難買，此地距宜市又遠，一時難得消息，而彭受虛復不至宜市接洽托人買票，僅在鄉間候信，豈不誤事？今日夢閑屢屢爲被絮一床，必欲向萬内子索回，余至萬處詢之，則已定入被中，遂索回，怒罵夢閑。此女心性極壞，毫不看人顏色，余自根生殁後心痛萬分，彼時時忤我，藉故以言語誚我，令我嘔氣，人之無良，一至如此。四時余往區署晤任區長，商租民船往巴東事，便看陳季民，八時方歸。往返四里餘，歸後自炊自浣，尤爲嘔氣，十一時半寢。

十六日　晴　月明無滓　萬里無云　十一月七日

七時起，心中悶氣難消。午後鄧強攜回王文端、朱陽春等函，輪船票尚未買定，不知何時可往巴東。五時半王安雪自宜昌來，彼云初二日在紙坊步行十二天到沙市，搭小輪來宜昌，受盡萬苦、同來一張姓，鄧實所用勤務也。便詢各事。鄂城、武昌住宅，鄉間存件不知如何，觸動根生客死事，心酸涕出，噫！何時得解余愁耶？受虛定明晨到宜市，余胸抑鬱，時往陳家店小坐。晚飯後更抑悶，小睡片刻，起時見月色大明，萬里無雲，光照地透明，今年無此月色，今夕見月，無比傷心也。厚訓等來，與彭談此行又添王僕，將來可減少吃虧事，此人余家用之久，誠實耐勞，此次余未料其能來也。十一時半寢，天欲明時惡夢可厭，益增心煩。

十七日　晴燥　今日立冬節　十一月八日　星期二

未起聞飛機聲，七時彭等擾擾云起程，便托其帶一大網籃到宜市存之。飯後一時半又聞飛機自楊家場前山上空掠過，或係敵偵察機也，二時半小睡不着，思根兒涕泗橫流，屢呼其名，又覺心痛無已。傷哉。余得子遲，乃根兒養至十九歲，余年五十三，滿擬二年後兒已畢業，余可獲安寧，稍釋負擔，今乃如此，天偪余太甚。然近來作惡之人尚多，子息且或安寧者，抑又何耶？或者其前生所修，今生所受歟？今生作惡，來生受之歟？天道似在可憑不可憑之間。胡升云今日往市區，因惠安已同受虛先行矣。五時聞自城內搬家至鄉者云，今日又有警報數次。晚八時劉僕歸，攜彭函，云船票三日內可買就，並催余往宜市，但余今日午後與文伯商量，萬一宜昌無船，只送眷屬往小峰與其祖母同往，再作計較。余亦無款往施南，所用川資係已交薪資，設到施南而機關不能存在，將來又如何能歸耶？款存彭手，此人又不近人情，余亦嫌與言矣。十一時寢，心煩甚，展轉不寢，轉鐘後多惡夢，遇大雨，余着雨衣外加長衫，為雨泥全濕，且多破裂痕，曾陷泥沙坑中一次，挣扎乃出。又夢天晴見北斗星，請孔文軒宴等事。

十八日　晴燥　早陰　十一月九日　星期三

七時起，心係念鄧實、惠安，胡升等在宜情形如何。十時與萬内子談各事，歸後聞陳文伯次子在門外云敵機又炸宜昌市，乃出外詢之，陳家畈人均聞之，云炸聲甚烈。云十二時鄧實歸，云惠安、胡升均已與彼晨早出城，並在亡兒根生墓畫圖，延半時許。以時推之，則惠安等已離市區十里矣，似未受駭。午後二時惠安歸，乃知各事。彭無能力，船票恐未能買，聞陳慶復亦不願西行，遂仍與文伯商至小峰暫避，如時機好，取道興山轉秭歸至巴東可也。今日傷風鼻塞難過。十一時寢，轉鐘三時醒，竟不寐，鼻塞愈甚，遂起挑燈補寫日記，鼠聲四起，驅之不去，不能不起床也。

十九日　陰　十一月十日　星期四

九時起，心煩意亂，聞宜市當局催人民搬家甚急，婦孺步行絡繹於途。學生、挑夫、壯丁步行者自晨至暮不絕，情況慘然。抗戰十五閱月，失地則省會如蘇、浙、皖、鄂、粵、燕、汴、魯、晉九省，著名市鎮則上海、蘇州、鎮江、杭州、蕪湖、蚌埠、九江、漢口、廣州、天津、信陽、青島、大同等十三埠。敵人已入腹心，民衆流離轉徙，死傷者不可統計，噫！天心未厭亂，其禍尚不知何時可已也！負中華民國全責者，其心中感想如何！午後四時過萬内子處，心傷無已。今夕爲亡兒根生滿一月期，本擬今日燒靈。只囑内子俟余等搬遷時再爲之燒靈。晚十時心更煩亂，遂寢，多惡夢。

二十日　陰　晴　十一月十一日

七時起，聞陳惠伯昨晚已歸，遂詢及渠家住小峰屋子事，所說不能歸一，近日潰兵亂民過境，人心愈慌，聞自襄陽、應城退下之兵士，轉隆泉鋪經張家場經此渡溪，往兩河口至興山，又興山保安團開回經此地到宜昌，而城內搬家至鄉間之人極擁多。今日文端來函述各事，彼店中有暗潮帶報來看，戰事亦未大敗，仍在皂市間，但宜市閉門者多，情形狼狽不堪。遂命王安雪往宜市彭受虛處取網籃並買各物件，付函持去。晚過萬內子宅久談述各事。九時歸，十時寢，夢雜不可記憶，總之心亂，神不守舍而已。

廿一日　陰　十一月十二日　星期六

七時半起，飯後聞胡升自宜市歸，未見五安雪到文端處。午後有逃兵七八人攜有槍支二，過陳家店，略坐即行，云自應城退下者，未幾被保安團迎面相遇，發槍示威，令之繳槍矣。傍晚王僕方歸，攜彭、王二人函，彭云搭中華大學民船往巴東，並謂戰局轉好，八路軍攻滿洲國，俄國出兵繼之。王函謂外國廣播英兵輪駐宜者，得息倭軍在應城、皂市者已自撤退百里矣。料有變故，恐我軍斷其後路。果爾則戰事又轉好矣。姑妄聽之耳。十時半寢，夢已回鄂城居宅，似是東門度舊曆除夕者，出門忽見月光明亮如十七八月色，余謂除夕何以有月色耶？此除夕見月夢今年上季在武昌省宅見過一次。似余已回鄂城古樓街，半夜時過劉吉祥、何裕泰、徐宏豐等宅，一說此時爲辭年，轉瞬即拜年投貼矣。此吾鄉習慣也。昨夕夢與從前夢同，或者陽曆除夕能回鄂城本籍歟？是則余之願也。查今年陽曆十二月卅一日，即陰曆十一月初十，應有月光明亮。夢事係廿一日晨補記。

廿二日　晴　早寒　十一月十三日　星期日

八時起，九時半補記昨夕夢中事，十時半聞宜市似有敵機轟炸聲。飯後帶同遲生往區署探消息，知宜市正在戒嚴，敵機已炸後去矣。梅先霖、鄧强今日正午往宜市買物問訊，余介紹梅往陳子谷寓一談，子谷必能告以各處消息也。晚十時寢，轉鐘四時醒，記夢中事，已見李佛波大夫人，此自李大嫂卒後未見夢者也。又似欲搭大輪往下游，自黃州起行，買票人謂現在怡和票已售盡，只有候招商局云云，余欲見張碧垣問搭輪事，忽醒矣。

廿三日　晴　十一月十四日　星期一

九時起，今日欲搬鄉間，無轎伕及挑子，鄉間正忙，不易雇人也。鄧實午後到宜往重慶謀事，傍晚梅先林回，攜來陳子谷函，並述各事，戰事不利，長沙大火，恐湘垣難保。昨日王、彭函述二事，實則無之，聞之殊爲喪氣。余欲入川而不能，只有仍搬小峰爲是，看長沙情形轉變如何，再定余之進取也。十時半寢。

廿四日　陰晴　十一月十五日　星期二

八時半起，連日計畫往小峰居住，心緒紛亂，午後三時半聞飛機聲自北來甚厲，大約係炸四川經過者。晚王僕歸，知鄧實尚未搭輪。九時以後囑夢閑清理各物，明晨老楊、王僕同往曉峰，佈置房屋，並寫文端、陽春、陳子谷信三件，付鄧強明晨帶宜昌。余以頭痛心煩十時半寢。

廿五日　晴　十一月十六日　星期三

七時分付老楊等往往曉峰去，八時半起，連日沈悶無聊。午後四時鄧實兄弟自宜市歸，云無船到重慶。王文㳺帶來餘款十五元三角餘，王云遙隄已掘，可阻敵軍前進云。晚九時陳季民派人送信與文伯，云戰事不好，沙市已聞炮聲，縣府飭各保派伕毀飛機場，似至吃緊地步。余擬明晨到曉峰，但無挑伕等等，殊爲焦灼。今夕陳庭泮世兄云屋有四間，似可勉強住下。十時半寢，夢見孟夫人似欲搭船至某地，晚燈中住似會館式之客棧，與余親暱甚，着浣淨舊衣服，余欲送之上船，尚未行也。又朱蓮青、朱雪卿兄弟與余晤，面托一訟事，請解除，余用一公文與之，囑某當局維持者。醒後已轉鐘二時半。

廿六日　早陰　午後晴　十一月十七日　星期四

六時半醒，七時起，九時聞宜市飛機、高射炮、炸彈聲齊作，大約敵機沿江來炸宜昌也，約四十分鐘乃止。下午二時敵機六架又來炸宜市，五時朱陽春來鄉，帶來應用各物，備往曉峰者。今日囑將亡兒根生靈燒去，囑萬內子清理物件。余以頭昏，十二時寢，寢後夢甚雜，心不安，轉鐘二時半夢閑囑老王起弄飯，通宵煩擾。兩河口轎夫宿此。

廿七日　晴　十一月十八日

六時半起，老王已將飯弄好，轎伕食畢，因挑子未到，余遂不往，僅以一轎送夢閑先往挪出，轎伕二名改挑子，仍囑老王送至曉峰，延至八時半方動身。九時余往萬內子處。宜市又來敵機，炸聲大作。午飯後十一時往萬內子處小憩，後聞敵機凌上空，余出視，見四架從余立處飛過，炸聲大作。今日九時鄧強往宜市，朱陽春十時去，不知均遇轟炸否。近數日間往宜市，真不易矣。傍晚鄧強携報紙歸，知昨上午所炸者爲五龍，燒汽油甚多，下午炸者爲下鐵路壩之聖母堂、法比教會所辦之醫院、難民收容所，死平民甚多。英法亦畏強敵，以故倭寇去今兩年毀英法美教堂，英美亦無可如何。只有強權，那有公法哉！晚飯後無聊甚，囑梅先霖挪入室中，人少減燈燭。十一時寢，寢後多夢，醒時與先霖言之，心亂不安，夕夕有夢。

廿八日　晴　十一月十九日　星期六

八時半起，時時出外，無非托人雇轎伕、挑子等事。此處人極難雇，又值農忙。中國下等人之壞，不獨宜昌爲然也。午後無聊，約先林往區公所晤任區長，云今日上午亦有警報，但敵機未來，與坐談甚久歸。午後五時半老王自小峰歸，並同兩河口挑夫轎子均來，余遂準備與萬內子、遲生、惠安等明晨同往，急囑人雇伕辦夜飯等等事。老王、老楊明晨均帶往也。十一時半寢。

廿九日　晴　十一月二十日　星期日

六時起，天尚未明，擾擾爲挑子事，七時老王等招呼挑子飯畢，愈惹煩惱，總之吾國出力下等人無一善類也。遲至八時半方起行，余發怒數次，聲已嘶矣。行二里經江家灣，行十三里名黃家場，又四里到兩河口，此處俱高山峭壁，伕子俱在此打尖。陳惠伯已先一時往小峰矣。又行五里名三兌石，自此以後山石尖削，或峭石高山邊臨溪，路極難行，余出門數十年，未經此崎嶇路也。過新坪經太陽廟，山路尤險，下輿步行七次，約五六里險路，到張家口溪，路略平坦。由張家口沿溪行到小峰，抵所租地址，極不佳，借屋爲伕子造飯，極煩碎可惱。而萬內子舊性復發，胡言亂語，令余嘔氣。飯後和衣寢，終夜不成眠也。

三十日　陰　小雨　十一月廿一日　星期一

　　七時起，出外坐石上，無限感想，念余自七月初五日離鄂城，此數月間經顛沛流離以至此地，尚惹許多氣嘔，萬氏向無知識，面慈心惡，屢令余嘔氣。上月長子根生死後亦時呈惡狀，余實隱忍之，昨夕數次令我難堪，使宜昌能通行，余必回宜矣。飯後心鬱，晚宿山上陳宅，遍身疼痛，又似肝氣橫亘者。九時寢，溪聲怒吼，靜夜聞之，愈增感慨。

　　今日午前十時陳惠伯、季民昆仲來坐談，便約拜訪陳秀深、陳三民父子。此地縱橫六七里均爲秀深田産，秀深襲先人餘蔭能保守之，年可收租穀九百餘石，家事豐厚。其人廿餘年未到武漢，近十年亦不管縣事，山居飲酒，洵足樂也。此地佃户對於東翁極恭順，如軍隊之服從上官者。

十　月

初一日　陰　十一月廿二日　星期二

　　九時起，午後看山，步行溪澗之上，無聊已極。到此每夜聞溪聲喧響，使余無亡兒之痛，靜夜聞之，未招非□意也。晚間宜昌來人云，報載戰事甚佳，黃梅、太湖俱已收復，廣州被我奪回云云，誠如此説，時局已轉好矣。但宜市敵機猶時時來炸，民衆仍驚恐萬狀，何也？晚無多事，補寫日記，十時寢。

初二日　陰　今日小雪節　十一月廿三日

九時起，午前無事，仍山行一次。四日間未得聞大局確信，悶極矣。晚間溪聲喧耳，枕上聞之，增感而已。十一時寢後夢荊門已失，電話生某轉告余者，旋見此生乘汽車，人衆車翻，死傷數人。

初三日　陰　小雨　午後似晴　十一月廿四日　星期四

八時起，倦甚難行。昨以秀深家中有女眷看萬內子並送土物及羊肉、酒菜等，須帶同惠安、鄧實、先林等往謝之，介紹見秀深父子，承其許讓房屋一間與內子居住。因堅留余在其家午餐，談甚久出，至萬內子室略坐歸。寄廬陳惠伯帶有廿、廿一日報二份，如信以爲真，戰事已轉好象，並見其家信，謂武漢不日可收復云云。今日午後一時有敵機十餘架飛過此間後山上空，大約係炸川省轉返者也。晚十時寫日記畢即寢，夢亡兒根生唇上有微鬚，未多言語，頃刻已杳。

初四日　陰　十一月廿五日

八時起，早飯後下山，囑萬內子即搬陳秀升家，擾擾至晚間方畢，余上山已昏黑矣。晚間補寫日記，九時即寢，多夢，均理想所不到者。

初五日　晴　十一月廿六日　星期六

十一時起，疲甚，聞袁老板云今晨宜昌有炸聲，敵機又來矣。秀升約吃午飯，余未去，云有陳劍安者約余晤談。午後二時半方去，與劍安晤談。自云隔此地十里，去歲歸自荊州，癸亥在閩，惜未與余一見，前清農業學堂學生，與陳海觀、尹魯斌、喻幼香同學，與傅幼虛善，以余前日所聞及今日所見，是一清高廉潔者也。民國以來充農林驗場長一次，餘均辦學依人，有三子田，獲三十餘石穀。今年教讀僅自給也。年五十八頗康健，余以體弱不能行山路，有愧多矣！傍晚上山自燒飯，小兒定生昨日左手被火灼甚重傷，覓樂敷之，真無妄之災。老王、梅先林、老楊均於今日往宜昌，托帶四函付郵寄彭受虛、沈文鑒等。晚十一時寢。

初六日　晴　十一月廿七日　星期日

九時起，聞宜昌今日又炸矣。十時內子下山至玉兒處，余則自炊自食。今日未下山，晚聞溪聲，益增惆悵，十時寢，夢汪瀚章爲偵探欲陷余以罪，似欲往北平。

初七日　晴　十一月廿八日　星期一

九時起，今日兩餐均自炊食。午後下山一次，途遇宜市歸者，云前日宜昌所炸距市區尚遠。晚間鬱抑甚，十時寢。

初八日　晴　十一月廿九日

九時起，昨今兩日背上作痛，如氣挫狀，右脅及胸下肝氣痛如去春痛狀。萬氏數數令余嘔氣以至於此。檢川芎、當歸、甘草三味，今晚當煎服之，并令夢閑用萬金油將余背用力推之。飯後下山一次。傍晚梅先林、老王自宜昌歸，攜來彭受虛信，云本會經費自十一月份起，改爲一成發給，勢難存在，會不存在，喻育之所存之款勢必繳出。張養頤函云，漁洋關設法可住。建始孫縣長亞東函云，余到建始後無論如何困難，總可覓屋居住，且能相安，此二處皆重感情者也。劉述陶、朱陽春函，一囑余同夢閑往益陽避難，一報告近情也。梅述陳子谷言，湘垣尚未失守，戰事已撐持得住，武漢僞組織湯薌銘爲省長，孫武爲漢市長①，王知生爲教育廳長云云，此皆意料中事也。報紙七份所云各地收復者，皆傳聞之詞。氣痛，仍囑夢閑推之。九時半即寢，服藥上床。

---

① 孫武爲漢市長，此說似有誤。日僞時期"武漢特別市政府"市長爲張仁蠡。

初九日　陰　小雨　晚大風　十一月卅日　星期三

八時半起，今日兩餐仍自炊，極以爲勞。昨今服藥，氣痛已轉好，惟胸脅下肝氣未大愈。午後囑遲生來，告以各事，會事不可靠，以後用錢須緊縮爲要，如在此多延一月，即難接濟矣。下山一次，在惠安家略坐即歸。連日欲作哭亡兒根生詩。提筆心酸意冷，終未就緒。晚十時寢，夢石幼平請客，其家似有喜事，搭臺演劇於野外，觀劇者皆女賓。又爲余招待之睡鋪已臥有一小孩，被覆之，余欲寢未能也。又見張眉宣與其族間嫂子談話。

初十日　早陰　午後晴　十二月一日　星期四

十時起，午後聞同居者云昨今兩日宜市仍爲敵機轟炸，此間聞其聲甚大。今日未下山，足軟無力。晚寫復受虛、張養頤、孫亞東函三件，有便付宜昌發出，十二時半寢。

十一日　晴　月明如晝　十二月二日　星期五

八時起，十一時陳秀升父子來談，並黃君、某君同話各事甚久。午後下山一次，聞遲生腳在陳宅因滑挫氣已診矣。便看之，問各事。鄧實明日往宜市，再寫龔少山、孟廣緯、孫壽山等函，連昨寫函付之帶去付郵，便囑其晤陳子谷、王文旈、朱陽春問各事。余自來小峰後，宜市消息難得，極沈悶。晚聞水聲，益增不快，使余環境好，聞水聲頗樂也。十時半遂寢，連夕夢雜。

十二日　早晴　午後二時陰　十二月三日　星期六

晚睡不安，定生每早六時即醒，啼哭不常，余每晨欲多睡不能也。展轉不願起，致今日起甚遲，值梅先生來，云昨前兩日宜昌未來敵機。午後六時陳惠伯自陳家畈來，問以近事，無甚好消息。宜沙交通未斷，大約不甚要緊，惟宜昌東門外及校軍場被炸較甚耳。十一時寢，今夕發寒，手足俱冷，骨節酸痛。

十三日　晴　月色佳　十二月四日　星期日

十時起，膝以下軟痛，昨發汗未透，起時牙腫痛未能食飯，煮稀粥飲之。午後下山一次。傍晚鄧實自宜昌歸，攜報紙五份，周光烈信二件。報載多不可信，前數日云皂市敵已退至應城。近日又載敵在皂市增兵。前云廣州、九江、武穴等處已收復，近又云敵至浠水矣。愈看愈增民衆之疑而已。吾國辦報人不過中等流氓，遇事不爲人民信仰，且令人厭惡之。十時寢。

十四日　晴　晚月色如畫　十二月五日　星期一

十時起，飯後牙痛稍好。午後寫向秘書、嚴廳長、彭受虛、孫業震、陳子谷、周銳峰等函，備明晨鄧實等往宜市分發。鄧隨余來鄉，住僅半月，今決定返宜轉赴萬縣做生意，亦係自立辦法。余以根兒去世，家累更重，愁居於此，實無辦法。回首東望故園，感慨無已。回時送函下山交鄧實，與面談各事。晚歸見月色甚好，攜定兒在門外小立一次。六時寫誠遲兒函一件，其母無知識，殊可恨，余實慮遲兒將來學無成也。寫沈、喻函各一件，述不能往巴東實情，十一時寢。

十五日　陰　十二月六日　星期二

九時起，十一時飯畢，將住室竹則子用竹篙十根，再行補綴，縱橫作襯，似較有力，此亦無聊之事也。囑胡升、老王將室內床帳重新整理一過，板炭檢順，打掃淨潔，麻煩二小時方畢。此地甚暖，白日蒼蠅，晚間蚊蟲嚼人，與鄂東各縣氣候迥異。今年閏七月，現在節近大雪尚如此，抑天變耶。向陳三民借《詩韻》，今日仍未見送來。此人有田畝，年可收租千石，坐食自娛，不讀詩書，負此光陰矣。晚寫信二件，十一時寢。

十六日　陰　十二月七日　星期三

九時起，今日將家中床位搬置定局。午後背仍痛，心不安。晚梅先林自宜市歸，帶回文端、受虛及胡同盛轉其子一函，知胡祥安八月廿六已離開但家店運花，攜眷往常德，但在牌洲已失散矣。此函乃九月廿四其妻囑其往湘陰南大膳者。出門危險，何必離鄉耶？彼等商人有何關係，乃好利自陷如此。梅帶回報紙四份，所載多不可靠，矛盾之處太多，益令人不信。背痛甚，令内子推治片刻，十一時寢。夢見先母着綢衫臥病。

十七日　陰寒　今日大雪節　十二月八日

九時起，早飯與梅先林談各事，並爲之寫函拜托孫縣長各事。先林今年廿二歲，其父母止此一子，避難來宜，幸有食宿之地，今得此巡迴小學教員，已算有職業、有食飯地，然步行數百里，衣被均須自肩，盤費有其同學借助，余以恐窘困之故，僅送其川資四元。晚飯來此又敍二小時之久，戀戀不捨，亦可憐也。五時命之下山，往遲兒處略話半時，告以諸事，俾明早好行也。設根生不死，尚有二年乃得先林同等資格，或不幸失業，謀事如先林狀，亦余所痛心也。爾來油燭俱貴，山居亦不易購買，自後晚燈不寫字，一惜費，亦惜目力也。九時寢。

十八日　早小雨一次　陰　十二月九日　星期五

九時半起，聞胡升云梅先林今晨已出門到宜昌，甚爲感歎。彼父母僅此一子，到宜依余，今自謀一事，隻身肩行李而去，總算有志之人。午後二時下山一次，與遲兒説各事。晚間胡升云欲往宜昌，付洋二元與之作川資。前者老王與先林用去川資共二元八角，昨又付先林四元，此八元八角乃例外用度。時局不轉好，余寄居之款有限，用一元少一元矣。晚間爲惜油燭計，九時即寢。展轉難成寐，轉鐘後夢往陽新，似一住家兼住客者。早晴，忽聞警報，敵機未至，旋調查朱家田畈，族人有來晤者，謂彼曾晤余，余實不認識其人，並約數族人來見余，棄數洋傘於其家，傘發電火，又棄舊衣服數件。未幾彼等開門迎一耆舊，均足恭行拜跪禮。耆舊坐領不答禮，甚傲岸，一人促余行禮，余不願，然以勢迫乃行之，耆舊亦拜跪答之，延余上座，似有所詢，已醒矣。

十九日　陰　十二月十日　星期六

九時半起，聞胡升已往宜昌。午後寫三函分致黃松師、秦培新、張奇強問各事，有便進城當往付郵。聞宜市近日無敵機，生意漸轉好狀，余未親往，不知確否。傍晚陳廷泮自楊家場來，細問之，宜市似平靜，敵機數日實未來，惟報載皂市、城陵磯水陸戰事甚烈，則敵已必進矣。湘垣雖未失，亦可憂也。十一時寢，夢朱懷冰訂購馬百餘匹、皮箱百餘口，已由商人送單來取。馬以桃色者為最上，有二匹，皮箱則紙皮箱也，每口約一元餘云云。

二十日　陰　寒　十二月十一日　星期日

九時半起，午後擬下山未果，心煩意亂，晚補寫雜件並記默胡姓宗祖，自若思公寫至先父、母、叔、孀時代為止，以示遲兒，俾勿忘也。十時半寢。

廿一日　陰　十二月十二日　星期一

十時起，聞萬內子生病。午後同老王帶昨寫胡姓宗祖源流世系下山後交與遲生細細記之。坐片刻分囑其寫字看書，又往惠安處略坐即歸。寫雜記並補記童稚事數則。十時半寢，連夕均有夢，雜而無可紀者。

廿二日　陰　午後三時見太陽　夜見星斗
十二月十三日

十二時起，午後命老王至陳子途購物件，並油紙雜物，補寫各處函，如胡承顏、胡同盛等，備有人往宜即送也。十一時寢，轉鐘四時醒，自是鼻塞如傷風狀。連夕均如此，不知係何病。六時乃得再睡熟，忽生一邪淫之夢，可厭之極。

廿三日　晴　晚見星斗　十二月十四日　星期三

九時起，命老王早弄飯，食畢已十一時，余欲往陳子塗購物。十二時半起行，下午一時四十分到達。山路陡，上四里，足軟汗喘，頗難耐。至商店略坐，購食品數事，並閱其十一、十二宜昌帶來武漢報，似岳洲附近我軍尚勝利。又聞購物人云今晨宜市警報，先有炸彈聲，以後則機槍聲，約一時許乃止。出店上山見一碑，乃光緒元年示禁例者，縣令為即用知縣，唐姓。小峰、惠安所居山坡下，亦有一碑，係同治十三年示禁者，亦此知縣，唐姓，署東湖縣者，則在此已二年矣。惜無《東湖縣誌》考其人耳。宜昌府首縣東湖，民國初年去府改為宜昌縣治。二時半起行，三時歸。飯後陳三民送《詩韻》來，與談半時去。今日行路足軟，但背痛稍好，或者氣血流通，因運動能消氣漲歟？十一時半寢，四時醒，鼻塞涕流又如傷風狀，時多雜夢。

廿四日　早晴　午後陰　十二月十五日　星期四

十二時半起，飯後胡升自宜昌回，攜回報紙八份，向胖佛、沈季孥等函八件。彭受虛在巴東無辦法，沈勸余到巴東勿走陸路。鄧實已到萬縣租住文昌巷三十一號房子。徐孝達勸勿住漁洋關，並示各要事。周光烈托余向嚴廳長關說一切。朱陽春報告近事，並云黃州、鄂城前次俱遭敵人炮擊危險。向胖佛兩函均約余到三仙洞，謂嚴廳長已許月支五十元津貼，頗可感也。三時半下山一次。四時再同遲生、惠安等觀瀑布，與余居相距不及半里地。前日余偶行發現，以前來時不知此地有瀑也。觀半時許乃歸。飯後欲作哭根兒詩，以疲懶擱筆。昨雖摘韻數十字，滿擬可秉筆，余之無精神不自今日始也！晚十一時寢。

廿五日　陰　十二月十六日

九時半起，連日悶極，又無他處可遊覽者。午後陳惠伯帶來十三日

《武漢日報》，無甚新聞。長沙尚守住，敵人似在新牆附近，又載吳佩孚尚居北平，並未居交民巷，因敵人屢欲利用吳以號召余國另組政府者。吳人格尚不低，當不受其利用也。晚十一時寢

廿六日　陰　夜十一時小雨　十二月十七日　星期六

八時半起，飯後下山一次，與遲生同至惠安家，一老者陳有銘年七十九歲，自云庚申年生，賣蘿蔔五斤、白菜四斤半，得洋一角七分以去，行七里路乃到。平生務農，不多識字，有子二人，孫五人，曾孫數人，山內人貧苦如此。午後四時又見後山趙姓，年六十餘者，負小米二升歸家，余坐石上留與語，亦云清苦異常，均步甚健。山行老年人能如此，環境所造成者也。九時以後作哭根兒詩，構思敘事至轉鐘一時方寢。窗外風雨聲愈增余之淒涼也。

廿七日　午前風雨　午後陰　十二月十八日

十二時起，因昨晚遲睡，飯後囑內子躺被臥清衣服，備出門之用，午後三時補昨晚夕未竟之詩，晚八時乃成，痛心之極。以昨睡太晚乃於九時寢。上床後展轉不能睡熟，十一時以後合眼，朦朦而已，多雜夢。

廿八日　早下雪子　午後陰　時有小雨　寒甚　轉鐘時下雪
十二月十九日　星期一

十一時起，飯後往陳秀升家，聞其明晨赴宜市，便托其發函八件，分致黃松師、向秘書者。與談一時許，四時歸。晚飯後追記太錚兒殀時月份，不能清楚，長女、四女殀時月份均不能記。其母心向不細，更不能記憶也。久欲為長子純學、次子太錚、長女、四女作哀詩，屢提筆而中止。戊午太錚兒夭後思之涕零，即欲秉筆，今夕必補作之。五十三歲前每一屈指，遭此家憂多次。予之髮鬢俱白，未始不由痛心之事起劇變者也。老態日增，將奈之何哉。作哭根兒詩已成，轉鐘一時半寢。

廿九日　雪　寒　晚似轉晴　十二月二十日　星期二

十一時起，天氣甚冷，昨夕子正已聞下雪矣。至門外看雪約六七寸，此爲今年第一次大雪，住室中不覺寒。飯後寫詩稿，惟嫌太長，然不如是，不能說盡。念及亡兒，心痛如割。晚食無菜，不能飽，亂離居此，實夢想不到者也。十一時寢，夢見余蘭舫談數事，余送之出門。蘭舫存歿尚不得而知也。

三十日　陰　寒甚　十二月廿一日　星期三

十一時起，飯後將哭根生詩重理一遍。晚間欲作哭長子純學、次子太錚詩，以神倦而止。此詩當時即欲作者，乃遲遲數年根生生後余心轉喜，竟不樂作，追記前事，心痛無已。明日必補作，列於吾詩集中。晚間更疲，以腳冷十時即寢，夜夢甚雜。

十一月

初一日　上午雪　午後陰　今日冬至節　十二月廿二日

十二時起，天又下雪，鄉間諸事不知，殊爲悶極。天氣如此，國難家憂，令人何時可釋耶？胡升在此連日發瘧疾，無藥可愈之，亦累余悶極。晚寒未能作事。十時半寢，今夕易一厚被，展轉不寢，咳嗽時作。

初二日　晴　十二月廿三日　星期五

上午三時醒，自是咳嗽鼻涕並出，又類傷風狀。此余歷年冬季有此狀，不足異也。七時遂又睡去，夢見亡兒根生正在病篤中，目上視，心胸作極痛楚之狀，蓋垂絕時也。聞似在方耀延先生公館中，余大哭。先母是時亦在，視兒疾，涕泣不止，旋醒，天已大明。亡兒示夢，此爲第二次，徒增余之痛心而已。十時起，飯後至門外曝陽一次。十二時命老王至尋子途購物，爲胡升買丸藥診瘧也。記昨夕內子報字測二事，一問日禍可彌否，報"晨小"二字。二問宜昌爲不失否，報"而學"二字。當時測之，日出於晨，冬月朔，日力甚微，下承，"小"字更無力矣。"而"字先書一橫，下似防守式，"學"字前禦敵之物甚多，似可無虞。今午又囑其報二字，係測余何時束歸，得"成就"二字，"成"似戌，此月十一爲戊戌，即廿八年一月一日也。"就"有就道之意，或者此月十一日能成行歟？旅中無聊，因書於日記中，則迷信過深者。午後三時得陳季銘廿一號函，大要傳聞英美借款中國，援助抗日，將來以武力保商，因該二國長江利益已失也。皂市、沙洋將來有戰事，湘垣戰況甚好，已逼近岳州，姑妄聽之而已。補作哭純學、太錚兩兒詩已成，前十數年不遽作者，慮根生爲純、錚兩兒轉世，故不敢作，今根生已死矣。後之閱余詩集者，知余爲一處逆境最苦之人也。十時半寢，夢回鄂城晤及楊厚安，厚安執禮甚恭，似其家有白喜事，請余教其爲請客帖式，又見鄂城商會姜壽菴著灰色軍服操罷方歸，似自辦商團狀態者。三時半醒，又類傷風，鼻涕並出。

初三日　晴　寒　十二月廿四日　星期六

十時半起，天氣雖晴，路未乾，不能行，悶坐而已。晚間將哭根生詩重錄草稿，其太錚、純兒、純女等詩亦略改正，他日分書余詩集中。又補作感慨詩四首，紀國難後余感受苦境也。十一時半寢，轉鐘五時寢，夢余似已回鄂城，著破爛夾衫，又置一套青線布馬褂、舊藍竹布夾衫於椅上。夜已深矣，先母與余說話片刻，余遂往巡撫街宿一租借之宅。

初四日　陰晴　寒甚　十二月廿五日　星期日

十時半起，尋子頭郭先生送來廿二、廿三日報紙，就床上閱之。飯後無事，出門小立，陽光甚小，山中積雪未盡消，不能下山。午後三時袁老板回，便問各事。據說往三遊洞以走杜家河爲好，且近十五里也。傍晚陳季明帶來信一件，廿、廿一日報，合前後閱之，戰事我與敵仍在相持，英美借款已成事實，餘無特別記載。漢口法界居民不受日軍激烈干涉，英商太古、恰和兩公司輪可由漢口開南通爲止，則漢口外輪已通行下游矣。十一時寢，夢先母似與多人行大道中，余亦與多人迎面去。先母見余，不作一語，呈忙行又沉抑狀態，余與多人手執丈餘長之樹枝，作持傘狀而行，亦不敢與母交言，惟淚頻流，大哭失聲，醒後淚果盈眶也。此不知主何事？

初五日　晴　十二月廿六日　星期一

十時起，飯後下山至遲生、惠安兩處略坐談，定明日赴宜市再轉三遊洞。□子已雇就，又較鄧實從前力價增貴矣。總之各縣人欺生乃吾國民族特性，然殊可惡也。晚間囑夢閑清理各件，僅簡單帶少許應用之物而已，十時半寢。

初六日　晴寒　午後陰　十二月廿七日

五時醒，昨夜展轉不寐。六時老王弄飯食畢，仍未見有人來呼。七時起，八時至惠安處。陳光錦殊可惡，其子與雇工刁狡異常。九時半方行，山中積雪未消，拂面寒風，自是經尋子頭、白木坪至廖家林方吃飯。五時半渡河至小溪塔宿。兵士來店云有警報，不知何所據也。旋又聞解除。火食甚好，寢不成寐。

初七日　陰　十二月廿八日　星期三

七時起，八時半起行，十二時過亡兒墓，焚楮畢起行，途遇劉鳳章，立談片刻，又遇陳季明自宜市來，與語並問各事。十一時半到王文端處，開消轎價，囑其轉家報知各事。飯後約陽春、孫祖德、周光烈、雲龍驤來談近事，並與文端往陳子谷處問近況。十一時歸寢。

初八日　陰　風寒甚　十二月廿九日

七時起，八時雇車出門，行至綿羊洞，軍隊阻止不能通過，謂劉主任在此辦公,劉主任劉峙也。遂與王僕步行約二里過溪橋頭,遇警備部二連班長趙鈞龍,荆門人,渠往南荆關者,指余路,遂同行。此人述其身世頗苦,不少諱。十時半抵酒肆,與趙共食。十一時半到三遊洞,晤向秘書談一時許。蕭液階、湯光烈、周方立等一一與談。午後二時下山至安濟橋,省府所包之船已行矣。沿途無船可雇,仍與趙班長晤,並遇屈少卿聯保主任話各事,仍步行,過綿羊洞後乃得一車,乘之歸。今日共行路卅五里矣。六時飯畢,約文端同往新新池洗澡、理髮。十一時半返農貸所宿。

初九日　晴燥　十二月三十日

七時起,見天已晴,遂匆匆雇車與老王起行,十一時半到小溪塔。午飯畢,十二時與王僕步行。下午三時過區署,僅晤鄧區員談片刻。彼籍沔陽,前為敵機炸甚慘。四時晤陳季明、惠伯等。晚宿文伯家,以被厚寢不安。

初十日　陰　十二月三十一日　星期六

天未明即聞飛機聲,八時半起,聞警報聲甚晰,似解除號者。午後楊星階、張育堂、文伯已歸,均晤見,談甚久。晚九時半即寢,睡甚恬熟。

十一日　陰寒　民國廿八年新曆一月一日

八時半起,聞陳宅轎子未雇妥。九時半遂與老王步行至小溪塔,已十一時。飯後候車子,未見有來者,仍步行,三時半經過亡兒根生墓小立,傷感無已。五時到農貸所,值文端已出,遂往周銳峰家吃飯。晚與陽春外出購物歸。十時寫巴東信。卜牙牌數,時局可望轉好,問余事則不吉。十二時寢,不甚安。

十二日　陰　元月二日　星期二

八時聞警報,始起床。九時半解除後至營業局訪顧局長未晤。至正川門聞警報，又折回與文端談，緊急警報作矣。一小時解除，遂同陽春訪劉紹安，至專署訪聞百之、雲龍驥，均晤。晚至銳峰家吃飯，九時歸，十一時寢。

十三日 陰 午後晴 晚有月色 一月三日

七時起，老王送余乘船至三遊洞，十一時半抵山，飯後囑王數語去。到洞後與向胖佛談各事。嚴廳長未歸，公事甚簡。晚與蕭、湯、向諸人談甚久。十時半方至寢室。寢室寒甚，展轉不寐，轉鐘後聞某職員被墮火盆中，煙霧觸目鼻，擾擾半時乃已。

十四日 陰寒 一月四日

七時半起，稀飯畢，看文稿並代復廳長函件。湯光烈爲余租得山下許姓屋一間，午後閱報，見汪精衛主和艷電陳述理由，與敵人近衛所主張者同。晚六時下山宿許姓宅，鼠多又時聞兩小兒啼，寢仍不安。

十五日 陰 寒甚 一月五日 星期五

六時聞兩小兒喧鬧不已。八時半起，九時半到洞辦函電稿。飯後與向胖佛同出遊山。晚囑勤務張升帶燈油、木炭往許宅。張自云本姓吳，住蔡甸，業木匠，與吳文淵主任係同鄉，來此數月，亟欲歸蔡甸，因來宜後其子其父俱死，欲請假回漢陽云云。吾鄂受戰禍，離亂死亡逃亡在外者不止於張升也。噫！誰之賜歟？八時湯伯純、汪均叔、周方立等來談，九時半去。余遂寢。

十六日 晨雪 奇寒 十時轉晴 夜有月色
一月六日 星期六

七時半起，到洞後辦公。正午見浙江保安處來一文，述浙軍陣亡事，中有佘楨，係鄂城籍，則佘志廣也。殊爲可憐。文叙廿七年八月十六日在富陽高橋陣亡，不及收埋，發覺人爲浙江保安第三團第三大隊第九中隊一分隊隊長邱復生，團長朱啓佑所報告者。事平或可請撫恤也。晚六時歸，十時寢。寒不成寐。

十七日 霜 大霧 晴 晚奇冷 一月七日

七時起，即聞有警報，未幾緊急報作，余欲往洞，旋聞機聲已到上空，未幾炸彈聲作，敵機轟炸宜市矣。十時到洞辦公，晚六時歸，十時寢，極不安。

十八日 霧 晴 一月八日 星期一

七時起，到洞辦公，寫育之、幼香、純古、廣緯回函。晚歸，十時寢。

十九日 陰 一月九日

八時起，九時到洞。午後得文端電話，云胡升由鄉間來，比囑其即到山一晤。

二十日 晴 一月十日 星期三

八時起，聞警報，八時半到山又聞警報，電話報告謂有敵機四十架，分二批來宜，未幾聞轉告沙市，已投彈市區矣。

廿一日 霧 大霜 晴 一月十一日 星期四

七時起，警報作，未幾二次又作。到山後聞沙市昨已炸，甚慘。約胡升來山，今日閱文件後寫函二件。晚六時下山，十時寢，夢先母云不住惠安之屋中。

廿二日 陰 一月十二日 星期五

七時起，八時半有警報。十一時胡升來山，余細問鄉間各事。胡去後余電詢文端，云老王未到。六時回寓，十時寢，夢已回鄂城，見住宅。

廿三日　霜重　晴　一月十二日　星期六

七時半起，八時半候老王，未至。余遂到洞辦公，十一時老王來，詢問各事畢。有警報，電話中云敵機三架過長陽矣。二時同老王下山，請假回鄉小住。四時半到文端處，飯後訪育之、柯克明、子谷，並知今日恩施被炸，漢滬可通郵，晉陝戰事急。陽春來談各事，十二時半寢。

廿四日　霜　晴　燥　一月十四日

七時半起，八時與王僕動身，乘人力車至小溪塔。十一時飯後動身至柳家坎柳介棠家看房子，途遇馮藝林談片刻，知已由巫山遷回也。並遇陳文伯。午後三時到柳宅，並訪張厚宇聯保主任。晚飯後與柳談至十二時寢，夢孟夫人與余共話。

廿五日　大霜　晴燥　一月十五日

七時半起，八時半乘轎動身，經紅岩子至錦文坡，山路崎嶇不易行，汗透短衣。下午三時半到尋子頭，囑輿夫轉去。五時半到家，足軟甚，十一時寢。

廿六日　陰　小雨一次　一月十六日　星期一

十時醒，十二時起，飯後下山與遲生說各事，訪陳秀升，晚歸，囑王僕明晨買物送陳宅禮。晚十一時寢，甚安。

廿七日　雪　寒　一月十七日　星期二

十二時方起，今晨天變下雪，晚十二時寢。

廿八日　晴　一月十八日　星期三

十二時起，倦甚。午後寫克明、受圖並汪萬順明信片，囑老王明日到宜昌。亡兒根生今日百日期，命老王過其墳燒紙，思之不勝痛惋也。

十二時寢。

廿九日　晴　午後陰　一月十九日

六時聞老王已起，七時行矣。十時半起，清理各事。午後陳惠伯來，云戰事不甚好，並接其祖母與母回陳家畈過年。余等來山已兩整月矣。彼等回去渡歲。東望故園，路隔千餘里，無可歸之機與時也，奈何。晚十二時寢。

臘　月

初一日　陰　一月二十日　星期五

十一時起，知惠伯等已走。飯後至惠安家略坐談。晚十一時寢。

初二日　陰　午後微雪　一月廿一日　星期六

十一時起，午後至惠安寓，四時老王自宜歸，帶回彭、王、袁、蔡、柯諸人函件，知廳長尚未回宜昌，晚十一時寢。

初三日　晴　一月廿二日

十時半起，午飯後清理各事，準備往宜昌。今日晴一日，晚見斜陽，晚十一時寢。

初四日　陰　晚小雨一陣　一月廿三日　星期一

五時半醒，呼老王起，七時到惠安寓，起行輿行甚快。午後一時抵廖家林飯。五時過亡兒墓，六時至北門余利生藥店，換車到文端處，胡升、祖德、丹陽等俱來。今晚途遇湯光烈等，云廳長明天可到宜昌。飯後訪彭受虛，未晤見，詢及蔡甸來人，云近往武漢者甚多。訪子谷問各事，惠安、老王已到宜，無車步行甚苦，一日行七十里矣。

初五日　陰　一月廿四日　星期二

七時起，受虛來，與同往喻育之處商各事。午後洗澡、理髮，添做藍絨布褲一條。惠安明日仍回鄉間，囑老王買各物。十二時寢，孟祥煥自沔陽來。

初六日　霜　晴　寒　一月廿五日

七時起，惠安、祥煥已雇人力車，老王隨行回鄉。囑惠安在小溪塔候老王送余往三遊洞，便持函詢馮藝林有無空房也。十一時半到山，就魏科員家吃飯，廳長初回，余上山亦無多事，渠見客反不便也。午後二時上山與廳長見面談數語，彼事忙，不多談，打電話告知喻育之，廳長今日下山，明晨一切可與談也。六時半下山宿許宅，已帶大被甚暖，十二時寢。

初七日　陰　小雨　午後大雨　一月廿六日

八時起，十時到洞，聞有警報。天氣不佳，敵機亦可出發耶？今日無多事，偶有感觸，抑悶無已，下山後與魏科員談往事，十一時寢。

初八日　陰　一月廿七日

十時起，上山後閱文件，午飯嚴廳長同桌食，談各事。六時下山，許宅竹仰層已搭起，晚寢可避粗塵入目也。十一時寢。

初九日　陰　寒　晚雨　一月廿八日

十時起，上山辦公，王襄來訪，談各事，問傅幼虛近況，余實告之。午後聞向秘書下山，見湯、周送出後，余細問之，知已辭職矣。頗以為異，蓋向與余未曾道及也。晚飯後遂與湯光烈同船到宜，決計挽留之。到宜後值天雨，訪韓視察寓，知向已往警局，遂車訪之。遇見詳述各事，以有人在座不便細談，遂至停雲旅館詳詢一切，彼有理由，是以辭職去也。回文端處寢。

初十日 霧 晴 一月廿九日

七時起，八時晤喻育之。九時彭來農貸所，余向之取二月份款四十元。十時訪胖佛談回廳事，未得結果。與廳長電話中談胖佛轉告之語。十時至新街候嚴廳長，談至十一時歸，宿不成寐。

十一日 大霧 正午晴 一月卅日

七時半起，街上霧不見人，到河干已八時，搭省府划子。湯光烈已先在船，十一時到山核文件。晚六時回寓。連日仍悶抑，十時寢。

十二日 大霧 陰 晚雨通宵不息 一月卅一日

九時起，到洞後廳長囑審查參議員資格。保安處長阮齊，社訓處長楊嘯伊，視察韓楚珩，教廳王介安，財、建兩廳無人列席。以孔庚、喻育之所保薦之人爲多，余不便多發言，緣所保薦者多敗類也。晚六時下山。

十三日 雨 二月一日

十時起，到山辦參議員卷。午後一時核二科稿，廳長面囑者也。向胖佛下山後，諸事無頭緒，午後六時下山，路滑泥深，極以爲苦。晚十時半寢，夢見亡兒根生已生鬚，似未死者，左眉中有一贅瘤，班白之髮，余謂爾尚存耶，未幾醒，雞鳴矣。

十四日 陰 午後晴 二月二日

十時起，即上山核稿。恩施沈漢章、閻毅、張某三人皆廳長電調回者。沈辦參議員卷，閻辦機要信件，張辦庶務者也。陳季朋介紹王錫伯來會，與談片時去。飯後下山，晚寢不安。

十五日 霧 陰 午後晴 晚見月色 二月三日 星期五

九時起，上山辦公，寫吳老表、朱湯家、譚菊畦三信，又復蔡心壽一函。晚十一時寢，展轉不安。

十六日 晴 燥 二月四日 星期六

九時起，到山聞有警報。十二時緊急警報作。午後二時下山爲向胖佛餞行。三時半到文端處，未飯時又聞警報，已下午五時半矣。六時約胖佛，九時到協興園酒敍，十時至新新池洗澡理髮。十一時回文端處寢。閱喻幼香復函，已許胡升支乾薪。今日晤及鄧强詢各事。

十七日 陰 午後晴 二月五日 星期日

七時起，八時至正川門搭船，十時半到。余住宿宅中小憩，上山辦公，晚歸宿。

十八日 陰 晚九時小雨 旋大雨通夜 二月六日 星期一

九時起，十時上山聞警報，問郵局電話，云當陽被炸矣！十二時飯後聞廳長歸，約往新蓋茅屋中做紀念周，行禮演說甚長。午後六時公畢下山。十一時寢，夢程師母、稚松等，又見趙茂林宅被炸，路行不通。余欲視余宅，不甚了了，似昔時居楊大生後者。

十九日 陰 二月七日

八時起，上山辦公，晚六時歸。液垓、光烈、方立均來談甚久去。十二時寢。

二十日 陰 寒 微雪 晚雨夾雪子 二月八日

九時起，十時到山辦公。午後聞汽艇開，與蕭液階隨廳長同往宜昌。

周鋭峰來約吃飯，彼仍諄諄以謀縣長爲請。晚宿農貸所。

廿一日　陰　二月九日

九時起，鋭峰來問信。午後訪子谷談片刻。二時上山備請假書。晚寢極不安。

廿二日　陰　午後現晴狀　二月十日

九時起，上山閱文稿。余已寫請假調病報告一件，因廳長未歸未上也。十一時王安雪來述各事，囑其先回宜市買物。余六時回寓，寢不安。

廿三日　陰　午後大雨　晚下雪子　二月十一日

九時起，飯後候老王不至，命王如清隨余到許宅取件。今午廳長面允余回鄉調養。在許宅收拾物件畢，老王乃至，遂就船到宜。開船後雨驟至，到農貸所小憩。遲生此次同老王、祥煥來宜，殊可恨。天雨歲暮，煩惱不堪。七時付老王買物先後用去十六元。訪孟迪甫、伍局長均晤。胖佛外出，不及面談也。遲生在所同宿，余睡不安。

廿四日　陰　晚小雨　二月十二日

八時起，十時帶同遲生至文端寓中，就其寓早飯，留遲生在其寓。午後陳子谷約余吃飯，六時去細問各事。海南島爲敵佔，渠稱關係極大，並述英、法海軍近勢恐不能援華，殊可危懼。八時回所宿，連日風雨悶甚。寫信與喻幼香，囑寄秉林薪水。十二時寢，夢至程師母屋中説各事，又省展覽會，喻育之所主持也。余之《寒溪避署記》何以不見存列？連夕寢不安。

廿五日　陰　小雨　二月十三日　星期一

八時起，清理各事。午後雇輿已定，往小峰。訪聞百之，並陳縣長談各事。四時半小袁來，攜有夢閑來函，謂尋子途附近搶案，囑余不必回鄉，遂攜函與陳縣長閱，借其飭區長從速辦理。新區長余憲章即日往四區接事，余面托之。歲暮有匪搶劫，宜昌本屬尋常，但余現居鄉間，亦不能不防也。晚遂變計，明晨到陳文伯家看房屋，商量搬家事，就其挑隊士送余回鄉可也。九時欲寢，高區長華堂來訪，謂可派隊送余往小峰，余以轎子說定不再變更。今日老王、遲生、祥煥俱回鄉。詢之小袁，謂已在途中遇之。告以此事，彼等今晚又到家，憂心如焚，十二時寢。

廿六日　早晴　午後四時陰　二月十四日

八時起，久候轎子不至，十一時方來，余出門，孟迪甫來，立談各事，送興山木耳與余，匆匆別去。興行甚速，十二時半到小溪塔午飯。三時半到區公所，與任區長季明晤談各事。晚宿文伯家中，文伯不在家，未晤談。十二時寢。

廿七日　陰　十時以後雨　晚雨通宵　二月十五日

八時起，即行至兩河口惠伯家吃飯，時小雨頻作。過三堆石，大雨難行，三時過新坪，六時到家，雨濕衣袖。今日幸早行，不然吃苦當不止此也。十一時寢。

廿八日　陰　晚大雨　二月十六日　星期四

早八時，昨陳季明派隊士二人別去，各給一元與之。十一時起，囑老王至陳子途買物送秀升兄弟，去洋四元餘。晚思故鄉，心緒愁抑不止，十時飲酒一杯，十二時寢。

廿九日　晴　晚雨　二月十七日　星期五

十一時起，飯後到秀升家，知其未歸。與三民談各事，與遲生、萬內子囑各語出。欲至惠安寓，以水隔未果。晚五時半歸。十時悶抑，十二時寢。

三十日　雨竟日　晚通夜雨　二月十八日　星期六

十一時半起，各處如陳、袁諸人送禮物來，不勝其煩。午後分錢與袁宅老幼，老王、祥煥亦均給錢。傍晚雨未止，又不能外出，心亂如麻。記去歲除夕在鄂城，今乃逃難至此，妻子分居此鄉，百感交集，誠余平生未受此罪此境也！十一時飲酒一盃，略進食物。十二時半乃寢，轉鐘二時聞袁宅出方，鞭炮聲、拜年聲益增叨怛而已。國難未已，家園住宅不知情狀如何，大抵難保存也。近臘月全月中，天晴僅八日，餘均爲風雨或雪子，天變於上，民怨於下，致中國陷於此現况者，誰之過歟？

民国二十八年（1939年）乙卯日记

正　月

正月初一日，即新曆二月十九日，星期日，今日雨水節。午後四時半開筆，吉利，沿俗作詞云：

新正發筆，殺賊殺敵。願我中華，創茲獨立。復興復興，四海統一。

崎山朱繼昌書

初一日　早雨　陰　今日雨水節　二月廿九日　星期日

正午方起，陳三民叔姪、袁世高及遲兒等來拜年，三民談一時許方去。昨夕睡後無夢，余以爲異從前矣。枕上聞大風雨聲。袁宅進香出方鞭炮聲，余心久鬱，寢亦不安，且避難山居，百感不便。國難嚴重，家鄉音信久寐，祖宗墳墓俱在鄂城。武昌、鄂城兩住宅亦不知存在否。即存在，恐衣物書籍及一切用具已損失殆盡矣。思之黯然而已。

今晨三時醒後，有夢記得甚悉。一與程稚松見面，余詢其何能由滬歸，則云從浙贛路。余訪周子南未遇，其家以糖水進，余謂誰分娩耶？雲妹云主婦已生子矣。二似已回家中，余家第二進已租一客，闊綽甚，左房全裝玻璃，油漆似新加者，有電燈、電話，余詢此人業務，則云係某某銀行行長，余謂鄂城有銀行耶？三似某貴官宴余等約廿餘人，酒肴甚豐，少長各客均爲公務員一類人物，席散時某客將余之常禮帽呢質者誤戴先行，僅遺一草禮帽染深絳色者，質尚佳，取而着之，略嫌小，蓋不戴又無帽，勉強着之，過一穿衣大鏡自照之，覺尚可，遂與諸客同散，擬訪先行客易帽。醒後枕上自度今年戰事必着草帽時乃已耶？前年丁丑元旦夢方耀廷先生事，去年戊寅元旦夢范天順刻朱印二方，又余作畫幅事，又以黑中蒙頭入石室上石級事俱不驗。今日之夢將來果驗否？主何事耶？噫，世態變幻，人之身世窮通得失，富貴貧賤，升沈顯晦，壽夭美惡，何一非夢，何事非夢，何時何地非夢耶？浮生若夢，余今年必以夢字作別號也，當字曰夢園或曰夢寰。又第三事下，記余欲辭現職往應城縣范姓教讀，某主官云，教讀師徒僅二人，悶寂有何益處？不足取也。記自去年九月二十九日由陳家畈遷此山居，百無聊賴，欲不出，則寄居眷屬七事，懼缺乏受苦，出山依人，辦公、住寢、飲食俱不便。且余近半年中，老態已顯見，自覺少人生樂趣，與諸年少共事又自媿也。不作事無食，何時太平，重回武漢？蒼蒼者天，能為此苦悶抑鬱者開一線之恩否？傍晚飲酒半盃，聊以遣悶，十時半寢。

初二日　陰　二月二十日　星期一

十二時起，昨夕睡甚安，雖醒數次，旋即睡熟，早亦醒數次，又睡熟矣。起後進食，午後寫復各處信，計夏賦初、張重心、鄧實、陳子谷、程次松、方緒吉、夏炳承、蕭敦五、謝純丞、徐惠軒、孟迪甫、杜衛初、尉遲華清、秦培新十四件，多半問武昌、鄂城情形也。十二時寢，上床後以小兒啼且不睡，擾擾至轉鐘一時後乃寐，夢已定大輪艙位往某地，旋起坡到家遇周淬成談，刺刺不休，船已開行，余亦不願搭此船去。又夢回家見先母清檢衣物，似余往北平者，囑帶僕同往，余謂北平熟地不需僕人，繼思黃河鐵橋已毀，何能通過，遂醒。

初三日　早有晴意　旋陰　二月廿一日　星期二

七時醒，八時聞飛機聲大作，囑老王察看，云由對面山頂掠過，似有九架，彼僅見一架在雲中，大約又係炸萬縣或重慶也。惠安來拜年，遂與同往陳秀升家，略坐談一時許出。晚飲酒半盃。十一時寢。

初四日　陰　午後二時小雨片時　二月廿二日　星期三

正午起，補寫文端、子縠、陽春及三一堂許司夫明片畢，晚間交老王彙齊。並寫向秘書等信，明晨往宜昌分送，付洋六元與之買雜物。十一時寢。

初五日　陰　二月廿三日　星期四

午後一時起，倦甚，飯後天有晴意，擬外出，無可遊之地，悶甚，補寫去歲未竣日記。此兩月中未帶正本往宜昌，須補記之。四時袁世高來，云宜市初三日被炸甚慘，法院、縣府路均被炸，死傷數千人。晚六時半陳經緯自楊家場來，並攜季明函，云宜市縣府路、北門東街、新街均被炸，死傷千餘人，倒房屋不少。初二日下午三遊洞亦被轟炸，蓋敵機已尋得目標，或亦漢奸所報告者也。留經緯飯，擾擾至十二時方寢。連日均飲酒，少則一盃，多則四盃，以醉爲度。

初六日　陰　午後小雨　晚雨　二月廿四日　星期五

正午起，聞陳經緯已往陳子途去。連日天陰雨甚悶，此間又無可遊之處，室中奇暗，又無可閱之書。晚與經緯談一時許，十一時半寢，夢雜不可記，轉鐘三時聞雨聲。

初七日　陰　晨四時大雨　晚轉鐘後雨　二月廿五日　星期六

正午起，午後補寫日記。天陰路濕並無晴意，計朔日至今，未晴半日，天變如此，國事那可問耶？今爲人日，天陰黯淡，其不佑人也可知。晚間寒風時作，抑鬱萬分。候老王歸，竟不至，命祥煥數呼，恐其迷途。此僕愚而倔強，不聽教訓，可慮也。十二時寢，轉鐘後聞雨聲大作，旋夢夏炳丞在警局就事，假余名義，有虧空。又夢民廳任余爲警局局長，余表示不願。又夢與多數人行至一窄巷中，人多擁不能行，電線下落，有人觸電。又夢余爲教授，得兼薪月僅七十元。又夢回鄂城四眼井舊宅，時雨後乍晴，空襲警報大作，鄉人行路者甚少，家家閉門，余欲奔避至某宅，跨過余室，未能也。總之皆由神經錯亂所致。

初八日　晨三時以下大雨　陰　午後二時見太陽片刻
二月廿六日　星期日

十一時起，補寫舊歲日記已畢。晚六時半老王回，接文端、子谷復函，述宜昌初三遭突襲，死亡人數近千餘，塌防空壕五個，北正街、法院、新街、縣府路、環城東路、教軍場等處投彈數十枚，毀屋壓死者甚多。蓋自抗戰以來，宜昌被炸市區此爲最慘矣。另述羅姓夫婦三子未炸事，某教員事，又某某數人應該不死，均得無傷，亦果報之類也。攜歸梅鳳山一月十五函，二月二日函，均無多語。又潘仲平一函，係去年十月六日在太和嶺所發者，係陰曆八月十三之函，四月餘方送到，所述係縣政府、蔡家巷、舒信、太孟、愚溪等處遭炸，又補述十月十日正午敵在鄂城投六彈，縣政府、小北門、大南門內外及樊口、橫隄均被炸云云。餘爲周方立、湯光烈，向胖佛復余函，又廖純古自南縣白蚌口寄函，沙市謝濤函、孟訓明復函，約祥煥去就事。細詢老王各事。十二時寢。

初九日　陰　午後小雨一次　二月廿七　星期一

正午起，倦甚。飯後陳三民同敦老板來談，並同閱老王帶回諸信，云縣政府已派隊來緝去臘搶犯云云。檢信紙格子紙，呼遲生取去寫小楷，以免荒廢。晚九時半寢。有夢甚雜。

初十日　陰　早小雨　二月廿八日　星期二

十一時起，陳宅派人來請春酒，午後二時去，陪其新婿王某回門也。九肴俱着大椒，余不能食，六時歸。自飯後小坐即寢，多雜夢。

十一日　陰　午後小雨半時　夜雨　三月一日　星期三

昨因定兒夜吵鬧未安睡，午後一時方起。陳宅派人來接客，余辭之，蓋彼宅所辦菜不能食也。三時天小雨數次。計初一至今十一天，竟未晴半日，除夕夜雨達旦，山洪乍發，國難民殃，天變示警，陰霾四塞，真所謂黑暗世界。不見天日矣。四時補寫各函，擬即日發出，計廖純古、謝純丞、杜安卿、吳俊明等八件。晚十二時寢。

十二日　早雨　陰　三月二日　星期四

正午起，連夕寢後或雞鳴醒時思懷往事，近感時局，欲作《根本論》一書，指斥國事，矯正將來，立言以警當世，一新我國民族之耳目，而斬除其惡劣性根。徒以精神不繼，心血已虧，每欲執筆即倦矣。今日欲立綱領，下筆又倦矣。俟精神復時必爲之。午後四時得龍匯東復函，始知漢口近狀未如傳聞及報章所載者之甚。晚十二時寢。

十三日　雨　午後三時乃止　三月三日　星期五

轉鐘三時半多雜夢，先後記有數事，似已回鄂城矣，惟住宅已變狀，前後四進其數同，其構造異，似已有損毀，在修葺中者。宴客至十余桌，太輔、炳丞、惠安俱自省城歸來者。連日夢雜，或者靈魂已回鄂城耶？午後一時方醒。起床見天雨，聞溪聲怒吼，頗惡厭之。自余歸後未得半日晴霽，亡國氣象乃如此耶。晚益無聊，重錄哭根兒詩一次，計一百句，連序注共千餘字，此余最傷心之作也。十一時寢，多雜夢。

十四日　早雨　陰　三月四日　星期六

晨四時枕上聞雨聲未歇，雷聲震山谷，似只有二次者。正午起，飯後欲著筆做《根本論》，以精神不繼中止。連日陰雨悶極，又不能外出，溪水深，欲至陳秀升處亦不可得，僅門外小立三次而已。晚十一時寢。

十五日　陰　午後二時小雨　晚見月光
三月五日　星期日

十二時起，今日爲元宵，記去年在胡二林鄉居，村中人往來余宅中遊玩甚樂；夏炳丞自省宅來，謂嚴廳長約余談話。今歲乃在宣昌鄉間避難，思之增無限之感。午後二時命祥煥抱定生與余同出門，至溪河邊遊覽。往來行人甚少，小立片時，循河邊步行約半時仍回，無甚興趣。四時半陳三民來談至夜分方散。寢後夢一凹姓來謁，名片上書凹主任，片後印其略歷，謂係先訪蕭液垓者，余謂此人之姓讀何音，蕭云讀如凸音，與談片時去。醒後枕上細度，主人壬人歟？

十六日　陰　雨　晚雨數次　三月六日　星期一

十一時起，飯後到惠安、遲兒兩處坐談，因老王明晨同袁世高往三遊洞也。惠安瘧疾至今未痊，又不能往巴東去辦公。坐未久，值天雨路滑，四次涉水，須人夯之。此地不方便，人民又懶，不作橋梁，且於水中不搬運稍高大之石墊水中以利行人，可見其公德缺乏也。晚寫信六件，付老王明日到宜付郵。十一時寢。

十七日　陰　午後小雨一次　三月七日　星期二

七時老王弄飯，與袁世高同食往宜昌去。十一時起，午後寫黃達雲、謝服初信，備往宜時再發。晚因定生受寒大吐，寢後未安。連日飲米酒太多。

十八日　晴　午後五時陰　晚小雨一次
三月八日　星期三

七時定兒已痊。八時聞天已放晴。十時半枕上聞天空飛機聲大作，大約又係敵機肆虐也。正午太陽光正強，余步行溪河邊，菜花因晴暴放，頗有香氣撲鼻，各色菜花二月初方放，此地已早半月矣。昨夕蚊蟲嚼人，尤為奇異。噫！國難如此，天心變矣。奈何奈何。晚十一時寢不成寐。

十九日　陰　小雨二次　三月九日　星期四

正午起，昨睡後忽醒，自是展轉難寐，多雜夢。今日郭老板同陳三民來，云宜昌昨轟炸二次。老王未歸，不知情形如何，殊為焦灼。下午四時頻至溪河邊望之，未見其來，與陳玉清遇，亦談宜昌昨炸三次矣。

晚十時仍未見信音。十二時寢，夢王文端代余宅中安電燈，盡將電泡改爲小光枝，且無電力，亦即有電，亦細如電線流動殊甚，又以電泡陷入余手中。

二十日　陰　晚小雨　三月十日

十一時起，午後到厚訓寓打聽老王信，云宜昌天官牌坊亦投炸彈三枚，訪陳秀升，玉清、三民述各事久。今晚老王、袁世高不歸，則俱遇險矣。心煩意亂，不可支持。六時余頻登後山望之，不見其歸。六時三刻聞老王已同世高父子歸矣！細詢前日炸狀，則宜市前日炸四次矣。大約死傷三千餘人，燒毀房屋約二千餘家，但如繁盛澎，如通惠、一馬、二馬各路尚未投彈，王文端寓宅已炸毀，人甚平安，並帶回各信及報紙，余閱至轉鐘三時半方寢。

廿一日　陰　晚小雨　三月十一日　星期六

十一時起，今日天氣仍陰霾。晚間小雨，十一時寢，連日均飲酒，每次二三杯。

廿二日　陰　三月十二日　星期日

九時枕上聞飛機聲，似有數架，不知炸何處也。晚間閱前日帶回各報，戰事毫無進度，兼之匝月中陰雨，江水漲，敵艦可上駛，殊爲可憂也。晚十二時寢，多夢。

廿三日　早小雨　陰寒　三月十三日　星期一

正午起，因四時醒後未睡穩也。倦甚，不欲作事。宜市情形不知如何，天氣陰鬱不開，今已廿三日矣。若連去臘計算，已卅七日中，僅有兩半日晴，奇矣。國運若此，天亦助虐者歟？。晚心煩意亂，十一時寢，床上多跳蚤，可恨也。

廿四日　晴　午後陰　三月十四日　星期二

九時聞已晴。袁世高帶同祥煥往南邊去購包子。余十時起，飯後與遲生步行至瀑布，對溪河略坐，又爲之講唐詩一首，李頎《聽董大彈胡笳》，古風。坐石上遇陳秀升，與之談半小時。歸後閱《列國演義》勾踐事，吳及勾踐滅吳事，因嘆有堅忍心，能持久者，方能報人。幼時曾閱此，今日復閱亦快意事也。范蠡功成身退，文種不退，以致於死，伍員直諫，召殺身之禍，均可爲後代殷鑒。六時祥煥歸，云今日已晤及漢龍匯東，昨自宜市歸者，述近事並漢口事甚詳。明日天晴余必往訪之。十二時寢。今晨十時聞飛機聲。

廿五日　陰　時有晴意　三月十五　星期三

十時起，飯後思外出。午後二時與袁世高、祥煥同往陳家祠堂、小峰寺一遊，並在陳吉軒家吃晚飯。今日來往共行十四里，途遇宜市二批來人，人均□昨日午前十時宜昌正川門、古樓街、北門正街及城外橋頭均投彈，又死傷□人少云云。敵機肆虐如此，抗戰情形不得而知，殊爲焦灼。晚寫信數件，交□老明晨送宜昌，便約文端、陽春來鄉居住也。十二時寢。

今日到小峰寺時，前重正中係供文昌帝像，鄂省屬各地塑文昌帝君像者甚少，正門額書二聖禪林，或此廟未毀時尚有關聖帝君像歟？惟正殿三佛像之右有周倉將軍像，大約當時必有關帝像也。此廟景況余昔年似夢過一次者，將來回鄉時當於歷年日記檢查之。本日十二時寢後，夢熊洗銘在居宅與予談話，余細問，其有男兒十四人，女子八人，予謂汝如此多子，教育費何出耶？熊與予去冬才認識，無特別感情，何見夢如此。

廿六日　陰　午後有晴意　晚見星斗
　　　三月十六　星期四

四時半聞老王起，六時彼出門去。余原擬今日往訪龍匯東，昨因傷風鼻塞，展轉未寐，今日十一時起，遂與袁世高言之，約以明日再往可也。陳三民來述宜市前日炸甚慘，通惠路鬧市已投彈矣。晚間郭恒興老板來亦如此説。今年宜市迭遭轟炸，精華盡矣。不知倭人何恨宜民之深也。十一時寢。

廿七日　晴　午後陰　三月十七日

八時半起，十時飯畢，同袁世高，陳三民往訪龍匯東，步行經張家口，約二小時到山下。上山後石坡斜陡，頗爲吃力，汗透短衣褲矣。至易家祠堂後，囑小館辦菜酒，備食後到匯東家，便於談話即歸者。將開飯，適匯東來，余等進食後遂同往其家細談各事。晚間請其談佛經，彼述嚴西陵確有□宗真諦，並迭稱傳授諸事，即漢上人所稱爲慧明法師者也。餘則述漢上各事，並陳恕初諸人進止，吾邑葛店並未受大損失云云，談至十一時半方寢。

廿八日　晴　晚風　三月十八日

七時即欲起，恐無人招呼，八時半乃起，與匯東仍談各事。十一時忽祥焕來，述老王自宜昌歸，帶函回各事。十二時午飯畢，余即欲回，因久候三民不至，易澠武堅留余就其家晚餐，乃許之。四時一刻食畢動身，行至張家口，天已黃昏，匆匆行山溪路中，石子高低不一，足爲之痛。到家時汗透衾外矣。十時再飯，十一時寢。

廿九日　晴　燥　三月十九日

十時起，昨以行路勞動，睡後甚安，今日欲外出，無處可遊。傍晚祥焕不受教訓，余大斥之，氣動後半時難平，心恨無已。此子實非人類也，將來決無好下場，迭次薦彼作事，無一次不令我嘔氣。自沔陽動身，得八十元之薪水，及遣散至宜昌時無行李，其錢俱嫖賭與吃煙矣，並未寄一元與其母及妻也。晚間心煩亂殊甚。連夕有蚊嚙人，跳蚤嚙人，殊難安枕，十一時寢多夢。

卅日　雨　晚小雨數次　三月二十日　星期一

七時半聞胡升來，詢之，昨晚已到，在惠安家中宿。述前十八日宜昌轟炸情形甚詳，彼現在長陽住家，甚安適。午後寫陳子谷等六人信，付之帶宜昌分發。五時余往惠安寓中坐談一次。晚九時打坐，龍匯東教余方法者，坐僅一刻鐘，甚吃虧，或者未得法也。十時半寢。

二　月

初一日　晨　小雨旋晴　今日春分　三月廿一日　星期二

八時半起，飯後下山一次，與遲生步行至惠安寓，下溪邊略流連即返。連日心煩甚，見人家祭墳，尤多感觸，亡兒根生墳在宜昌北門外，所謂新墳，俗稱不過春社者，今亦無人去祭，可傷也。晚間百感交集，前聞匯東云鄂城鄉間尚好，則余深悔去秋不應攜眷出奔也。十時打坐片刻即停止，雜念難去，奈何。十時半即寢，寢後甚恬，多夢。

初二日　晴　今日春社日　三月廿二日　星期三

八時起，帶同定兒下山閒眺半時即歸。飯後欲下山欲補寫日記，俱未果，心煩亂未能已。午後三時至惠安寓坐甚久，遲生在其寓。余約以明晨祀文昌像，便借香歸，準備明晨往小峰寺。在前清明初，余家敬祀文昌不敢怠，丙午以前念《陰騭文》，每夕三遍，寒暑未嘗間，自束髮受書時，先君命余跪誦《陰騭文》已十四年矣。歸後小睡約一時許，夢金蘅意太史、馮藝林來談，余便回金一函，則以宣紙大書，似橫批而非函也。此晝寢有夢也。晚寫日記。十時打坐，似未得其法，腦海雜亂，僅一刻鐘即止，十一時寢。

初三日　晴　燥　晚十一時大風　三月廿三日　星期四

八時起。昨以被厚，汗出傷風，鼻塞不可耐，曾起坐一小時。八時半遲兒來。九時半飯畢，十時與遲兒帶香紙等往小峰寺祀文昌帝君。今日爲帝君聖誕。科舉停後文昌祀典尚舉行不廢，清代亡後，文昌祀典遂廢。民元迄民六，余遇家居時，二月初三尚敬謹祀之，以後出門則未舉行，但先母在家於二月二日祀土地神畢，必立帝君牌位，於初二夕及初三晨祀之，此祀實未廢也。十一時半到陳吉卿家洗臉畢，即同遲兒到寺進香，默祝並念《陰騭文》一遍，以次在佛像、觀音像前三揖而退。細譜廟中碑記可辨者，則道光四年、廿四年，二碑均稱二聖禪林，則此寺當日必有關聖帝君像可推測也。鐵鐘一座，辨其鑄字，則江西吉安府某領銜募款，惟查其年月不可得，僅辨首行爲"湖廣道荆州府彝陵"，似"州縣"字，則此廟在明末或清初所成立者。門首亦有靈官像，文昌座後爲韋陀像，正殿亦有十八羅漢像，惜此間無《東湖縣志》考之耳。二時半仍回吉卿家略坐。同遲生回行，一時半方到，天熱如四月。到家飯後以疲乏甚小睡二時許方醒。傍晚飲米酒二大盃，食飯甚飽，惟每觸思家之念，心煩意亂，無可慰藉也。十時打坐二次，似無感應。十時半寢，大風數起，怒號山谷，遂不聞水聲。寢後轉鐘二時醒，無夢。今午禱於文昌帝君祈夢，乃竟無之，至天欲明仍未有夢也。

初四日　陰　寒　早大雨　午後下雪子
三月廿四日　星期五

十一時起，今日天氣變冷，飲酒三盃。晚間打坐一次，無甚感應，初入門，不知如何能定心也。九時半寢，轉鐘二時醒，跳蚤嚼人，不寐。以後忽夢汪小舫及張渭泉來余家便飯，談各事，係爲一浠水人王姓說向余左款事，謂余家曾受其所贈小孩衣服也；又一嫗將省宅電燈弄壞，前重已熄，後宅仍燃，但此嫗已觸電矣。自是醒後難寐。

初五日　晴　三月廿五

十一時半起，飯後往惠安寓，聞三民家有一剃頭匠，遂往其家剃頭一次。午後四時歸，寫信一件，托人寄陳季明家問各事。晚九時即寢。

初六日　晴　三月廿六

九時起，十時飯畢。寫信致龍匯東，囑祥焕送去問各事，並囑其帶物及包子等件，遲至黄昏時方回。帶來匯東函件並易姓人來取函，爲易繩武説免役事，留之酒飯，並告來人以各事，九時半即寢。今日陳季明派人送信來，並攜《武漢日報》五份，十九號至廿三日止。戰事在相持中，德國併吞捷克矣。英首相張伯倫主張和平，今日竟將捷克滅亡，又一西比西尼亞也！世界只有强權，何有公理耶？國聯，國聯，尚靦然存在。嘻！異哉。

初七日　晴　晚月色甚明　三月廿七日

八時半起，十時半飯畢。至惠安寓教遲生讀國文，講彭端淑《爲學》一篇。此文淺近易懂，遲生荒嬉甚久，未讀書寫字，殊以爲憂，今年十五，並不好學，奈何，奈何。晚九時月色濛籠，暮煙如霧，山静無行人，殊爲冷寂，對此景觸動鄉思，抑鬱無已。十時半寢。

初八日　晴　燥　三月廿八日

九時起，飯後呼遲生來教以國文《梁任公記訥爾遜軼事》，文淺近，獎人以自立者也。並授柳宗元五古二首。晚寫王文端、陳子谷等函，命祥焕明日往宜市取信件並買六事米菜等等，面囑各事。十時寢。

初九日　晴　燥　三月廿九日　星期三

八時半起，晨三時即呼祥焕起，天將明彼即出門去矣。十時聞飛機聲，據聞敵機一架大約係偵察也。十一時囑遲生來，爲之講蔡元培《爲群》文一篇，亦淺近之文言文也。上五律二首，王灣、常建詩。下午一時半聞此間高空機聲大作，第一批敵機九架，未幾又來九架掠過，以地勢度之，係自四川來者，但不知炸何處耳。吾國無空軍，故敵空軍每次轟炸，直如無人之境矣。可嘅哉。明日祥焕歸必知之，晚十時寢。

初十日　晴　燥　三月卅日　星期四

九時起，飯後呼遲生來此讀講《爲群》文已畢，並上唐詩二首去，午後六時老王回。六時半祥煥自宜市回，攜文端並壽山、先霖、祥安、廖伯周、謝純臣等函，並報一張。子谷所開列各事，知戰事尚好。昨敵機僅過宜市，係自重慶轟炸而歸者也。閱報閱信，石仲章函云縣宅無損失，胡林朱湯莊西畈未受敵人蹂躪。壽山來函則云省宅後門已打開，損失較別家似較好一點，因斜對門高宅內有敵憲兵駐也。壽山云省城居民稀少，有之則專盜已閉門各家財物，或拆屋瓦之窮民小貿也。回思往事，心亂如麻，然此時嘆亦無益。當日自信國軍作數月之工程，未必放棄武漢，進一步想，亦不料田家鎮爲敵所破也。平生信任政府太過，去年七月各報宣傳陳司令有保衛大武漢之把握，民衆腦筋中似認爲武漢外圍決不致失守。嗚呼，豈料武漢亦棄之耶。晚飯後小坐即寢，時尚九點半，今夕亦未打坐，睡尚安。

十一日　小雨如霧　竟日未散　夜十時有月色
三月卅一日　星期六

八時半起，昨睡後醒時甚少，今晨遂早起也。飯後以小雨路濕未命遲生來此，囑祥煥下山取其所寫字來一閱。午後四時半聞有瘋狗自山上來此山，已上此路。呼老王、祥煥持竹桿擊之，遂驚走矣。初九日上午有一瘋狗來余寓二次，並咬傷袁姓二狗，旋往陳秀升家，傷其母犬並咬死二小犬。此地瘋狗於春間傷人畜，非奇事也。晚九時此狗又沿溪河路上來，衆犬吠之，寓中均聞其聲，如不擊死，明日必傷人畜矣。夜間小睡一時許，再起坐三小時遂寢，夢熊鎮山、畢斗山、鎮山住宅後有窗櫺，前沒於街面之下，又試圓光術，童子不能見，擾擾數時乃已。醒後默記，不知熊現在何處也。

十二日　雨　晚十二時有月色　大風　四月一日　星期六

八時半起，九時聞昨夕瘋狗已爲陳光錦等擊斃。午後以雨未能出門，補寫復各處信十二件已畢，計謝濤伯、周仲章、祥安、先林、壽山、華樸、炳臣、海如、鳳山、文相、佛波等。晚十時風大轉寒，打坐二次，十時半寢，先展轉不寐，自是多雜夢，見先父母如生時，余尋單綢衣着之，蓋夏際也，又夢候輪船乘之，或者今夏初可歸本縣歟？

十三日　雨　晚有月光　四月二日　星期日

九時起，飯後雨已濕路，未能出門。午後三時聞又有一瘋狗直奔上山，後有人逐之。此地瘋狗爲患，殊爲慮也。晚補寫未竣之信，十時寢，多雜夢。

十四日　陰　晚小雨後又有月色　四月三日　星期一

九時起，飯後命遲生來，授以薛福成《觀巴黎油畫記》並唐詩二首。晚間又寫文斾等各處信，付老王明晨往宜市。計發出函十二件，並附帶物件洋三元五角。晚十一時寢，夢廖純古與余同逃過某地，人多如鯽，途遇稚松之妻呼余，余漫應之，仍前行。又余右目下急生小泡瘡，程雲妹爲我抓去之，醒時似猶有癢痛感覺也。

十五日　晴　四月四日　星期二

晨二時半聞老王起，擾擾數小時其出門也，大約黎明與袁世高同去。八時起，飯後十一時約遲生來上課去。午後欲閱書，無處可借，悶極。晚間預備命祥煥明日往小溪塔取老王在宜所購物件，囑其明晨去。十時寢，多夢。

十六日　晴　午後大風　四月五日　星期三

七時半起，飯後十時久候遲生不至。午後余因以三民來，遂同往視，則知與道孫往陳子頭去買油去，與惠安略談即歸。明日清明，未能在本籍祀朱胡二姓宗祖墳墓，思之黯然也。在萬內子處取來根兒行篋中所置高中國文及歷史，並地圖二本。神傷，見遺物。歸後閱全祖望《梅花嶺記》，述史閣部守揚州及遇害時事，淚如雨下。閣部忠烈可以泣鬼神，而全先生文字足以傳其神似，讀之不墮淚者非人也。嗚呼！明之亡也，忠義之士憤而自盡者多，史公不輕於一死，必至守揚數月，以疲滿清之師，存東南之正氣，及勢無可為者，天也。天佑滿清，故使吳三桂、洪承疇二賊不死，以引滿人入主中夏，致令我漢族受廿餘年之屠殺壓制，而後以假仁義撫中下之人。以科舉愚智識之士，雍乾以後，民族遂忘其種族，稱其仁如天之君，而不知吾君實為殺戮漢族取天下於明朝者也。嗚呼，豈非天哉。繼閱張惠言《先妣引述》，亦觸事出涕，甚哉，文字之感人也。晚間打坐似不得其法，近已行之十日，無甚驗，何也？十一時寢。

十七日　晴　四月六日　星期四

七時起，陽光甚烈，遂自檢各衣帽曬之。十時遲生來上學。十一時祥煥歸，攜有受虛信，約余與惠安即往巴東者。向秘書函約即回民廳，並述及湯伯純於三月十一號在宜身故。湯年尚輕，甚精幹，民國廿一年即在民廳服務，今已八年，其父去臘由金牛步行到宜，曾來視其子，今子遭客死，痛心可知也。此人彬彬有禮，奈何不壽。閱向函，係三十一日所發，向亦篤於私誼者。前次老王送信至三遊洞時，即聞蕭液垓云向與周方立俱在宜市招呼湯之疾病，蕭與老王述及湯疾難愈云云，今果死矣。令余亦生愁也。陽春帶來報紙，自上月廿二號起至本月二號止。南昌已失，德併捷克，均係要聞，令人驚心觸目矣。晚十一時寢。

十八日　晴　燥　四月七日　星期五

七時半起，八時聞陳季明帶隊來清鄉。九時半往晤之問各事。十一時帶遲兒來讀書寫字。余擬二三日自赴三遊洞辦公，勢迫如此，非出門謀薪水以養家人不可。連日以來，百感交集，思鄉之念愈不可遏，奈何奈何。晚九時同屋袁世高之媳已產一子，大小甚安。余以今日作事曬衣服疲甚，九時一刻即寢，轉鐘二時半醒後展轉不寐者約二時許，自是夢余與遲生回武昌晤及丁國澄，自謂其家什物保存賴明司夫之力，明，其家老僕也。又似過銅元局街，人多忽戒嚴，不能通過，遂與遲生下車行，且距余家不遠矣。又與遲生檢鄂城住宅所藏，俱散失，淩亂不堪，其二大櫃內朱鼎元、朱繼昌木刊舊日大名片印在內，又另刊一胡字，遲生遂置於大網籃內。又皮箱二口，又包袱二個，或者將來收拾。殘物僅此歟？又韓少荃來訪，余謂去日使汝先有通信地，余去歲不令胡升看住宅矣。又夢夏炳丞。醒後枕上自度，丁，值也，值國澄，清與明耶，夏初可歸耶？噫！此皆動歸思所感召也。國澄又謂與余尚有文字賬須清理，入其室，電燈裝置各什物完好如其家曩時狀態。余又與其母拜年，其母曰，君尚記得祝年耶！

十九日　晴　晚六時小雨　四月八日　星期六

七時起，八時飯畢，十時陳季明同三民來坐談一時許去，兼述此間小峰河陳某父子及張家口張姓、尋子頭郭姓為人捏詞，向省府誣控事。十二時命遲生來寫字讀書，約二小時去。傍晚小雨，九時寢後陳繼先約同縣府周隊長，即來拿陳姓父子者，述此案經過，約一時半方去。吾國各縣人心太壞，報復誣陷者比比皆是，近數年間尋仇報復之事層見迭出，殊可慨也。縣府不察，警長、隊士、政警藉機會發財，向鄉民敲詐，此則數百年之劣性根不可改者。平時薪餉甚少，且不按月發放，烏得不向鄉間因案敲詐耶？周等去後，余視時計已十一時，遂再寢。夢吳健號仲行與余及來賓相聚一室，彼自云欲辭去副處長職，並述其戒煙經過。醒後知吳去年住陸大，在湘，然不知其存在否也。

二十日　早小雨　午後晴　四月九日　星期日

七時起，九時陳三民為陳光鄂等事送呈文來看。十一時約遲生來讀書寫字，約二小時方去。連日聞蛙聲閣閣，似吾鄉春景，益動思鄉之念也。晚六時至惠安寓中一談，與陳玉清談及光鄂案。縣府隊士苛敲如此，在鄂東諸縣無此凶隊士，烏呼，中國縣政尚堪問耶。晚十時半寢，三時醒後展轉不寐約一時許，旋入夢鄉，似敵已攻某城，逃亂者衆，各保甲長尚酒肉喧嘩。余雜坐其間未食，彼等不問，余亦不敢言，旋逃某街中，行者僅余與某一人，冷落亦不能呼人而問之，且係有星之夜間。再入一大洞中，又似高石室狀，中點植物油燈甚多，地下置鐵燈盞甚多，一人牽繩而範之，聞係練新兵，並見隊長教一兵舞褰極大之旗，呼呼有聲。轉角有士兵數人席地臥，或謂此中有新兵數千，秘而操演者也。余又慮不得出，正急遽間忽醒。

廿一日　早大雨　午後陰沈　四月十日　星期一

八時起，午後寫題目四個，命遲生作之。余擬明日往宜市，因老王已歸，雨未止，不能定。晚間打坐二次，九時半寢，轉鐘四時醒，旋聞雨聲，展轉一時餘不寐，自是多雜夢。

廿二日　早小雨　午後陰　四月十一日　星期二

九時起，飯後剃頭。十二時半陳宅派人來問余行否，已代雇轎伕，余已許以天晴即早行。午後至秀升家，與遲生囑各事，交八元與之，便閱其作白話文，較去歲稍好。歸後清理各事，晚間準備明日出門各事。心中抑悶。余每次出門，在本藉多感想，每有不願之意，況今日在外縣乎。十一時醒。

廿三日　晴　午後熱燥　四月十二日　星期三

五時半起，轎夫已來，六時匆匆食雞蛋畢，即與老王、轎伕、挑子同出門。天色大明，定兒依依不捨，在門外與余親暱甚，令余生種種感慨也。轎過惠安寓，呼與語，囑各事，至尋子途略憩片刻。今日轎行甚速，到廖家林飯畢，休息半時，午後半時已到小溪塔，晤文伯、劉樹青諸人。老王買物耽延一小時，二時半動身，四時到馮藝林家略敘數語，恐天晚，催伕子速行，六時已到安濟橋，遇向胖佛、賀葆三，立談數語。到洞後細詢無睡處，又囑老王將行李挑子還許宅。汗透衣服，頭已暈痛。此屋已辦小學，教員周，陽新人，來談一時許，亦從前認識者也。十一時寢後以人聲嘈雜，坡下築路運軍，□喧呼，某家請巫，鑼鼓震天，致余一夜未安枕也。老王亦在寓中宿。

廿四日　晴　四月十三日　星期四

六時起，七時到山，十時與胖佛言及陳光鄂等被冤事。午後打電話與陳縣長，值其避空襲往河西去矣。乃與其秘書談此事，彼云已悉此事，轉告縣長，歸即訊結開釋，遂囑老王先歸，與三民言之。政府開會，正午吃飯遇喻育之，並談會中經費事甚詳。晚間返寓，與周教員談及陽新諸事，九時即寢。轉鐘後展轉不寐，床多跳蚤，頗難安枕。

廿五日　晴　燥　四月十四日　星期五

七時起，午飯後與喻育之同往山上坐談甚久，彼約余明日必往鄉間省黨部辦公處作長談，已許之。晚歸無聊，極多感觸。寢後難安。

廿六日　晴　大風　四月十五日　星期六

七時起，午飯後寫信二件，三時乘小輪與陽春姪同船下，緣今早彼來述昨曾與宋濟賢晤面也。宋昨來山述交卸後及回鄉情形甚悉。四時到安安廟雇輿起行，輿行甚速，五時半過省黨部遇葉桐，云育之在七里沖蔡巽安家，遂與談各事，研究公函理由，就巽安家吃飯。七時至育之寓中晤及陳省齋，述漢川近情極詳，頗多傷心之事，此殆與余臆斷者相合，奈何奈何。爲公函措詞極難圓滿，餘時與省齋談近事。十二時半乃寢。展轉不寐，轉鐘二時育之歸，又與談半小時乃寢。今日先母五周年忌辰，客中心煩意亂，竟至忘記。

廿七日　陰晴不定　晚雨　四月十六日　星期日

六時起，候輿未至，乃呼喻僕起，促輿夫來，七時乃行，八時即到安安廟河邊，輪船來幾次矣。九時一刻乃開三遊洞，在船上遇顧局長、宋濟賢，談各事。到山後知向秘書未歸。

廿八日　雨　午後陰　四月十七日　星期一

七時起，七時半到山，雨後路滑不易行。今日嚴先生到宜開會，張、石諸先生已行矣。連日無事，心仍抑鬱，因雨尤易感觸也。晚十時寢。

廿九日　雨　晚九時以後通宵雨　四月十八日　星期二

七時起，天陰尚可行，到山後仍無事。十一時聞有警報，旋知敵機到荊門盤旋即去矣。午後將行李搬入大寢室中，晚飯後與賀葆三、施方白等談甚久，並請閻任之爲我講《心經》一次，頗明瞭。十時雨仍大，至大寢室宿。

三十日　雨　四月十九日　星期三

七時起，昨睡尚安。天雨路濕，到洞仍須用傘，極不便。葆三、方白與余談詩，今日始稍默記數首，近來那有興趣耶。午後欲寫信，以事雜心亂中止。晚八時王安雪方來，攜遲兒、夢閑來函，並轉達鄧實函一件，閱知玉生亦往渝也。

三　月

初一日　陰晴不定　晚八時半小雨一次
四月二十日　星期四

七時起，大寢室空出小寢室半間，余與液垓、貢之等搬入，有大桌，就便亦可寫字，甚適。午飯後民廳辦公室遷至洞外新茅屋中，此屋皆山上，陽光足，無潮濕，惟太小，天熱時必難受也。今日代辦函稿一件。晚寢新搬之室甚安。宋濟賢來此三次，無甚機會，請寫函與喻幼香，情不可卻，然未必有效也，明日當寄宜昌，俾其往沙時投之。

初二日　晴　燥　今日穀雨節　四月廿一日　星期五

七時起，八時半聞有警報。十一時此間上空有敵機聲，飛甚高，旋又聞賀秘書云敵機十八架由監利向南飛，大約襲湘垣也。午後代擬函稿二件。晚至舊居許宅，給一元與其媳，因前居數日彼又招呼茶水也。晚十時寢甚安。

初三日　晴　四月廿二日　星期六

七時起，十時有敵機一架飛過上空。電話中始報告有警報，僉稱此爲輕轟炸機，未幾聞河西高射炮聲數響。正午廳長囑余商捐稅監理會經費事，二次約談，謂可增爲月支三百元之數，囑即復喻委員決定後再以公函答復。三時乘小輪□安安廟起，便訪周臨川區長，約以今晚借宿，緣省黨部無宿處也。雇輿行甚速，與喻委員談半時許，就原輿歸。路上餒甚，就一小館吃飯，昂價而不適口，傍晚至區署。今日遊姜詩甘泉井，有道光、光緒時二碑，述姜詩孝思。安安者，姜乳名也。今日燥甚，寢時以被厚不能蓋體，夜起二次，乃着衣寢，二時、四時均醒數次。

初四日　晴　晚雨　四月廿三日　星期日

六時醒，七時起，周區長來，余以盥漱畢，約之往看點軍坡石碑係述之事，係關夫子昔日在此埠點兵者也。立碑者爲羅軍門，旁記光緒乙酉年，背後有羅書"虎"字，大約三尺，刻甚深，小立片刻同周歸。彼留余早餐，以趁輪時間促，未允也。九時半輪船工來，仍與師秘書和輔同輪。到山後小睡片刻。午飯後以喻育之言答復廳長。晚間天忽雨，十時寢後雨至天曙時更大，似終宵未歇也。

初五日　雨　四月廿四日　星期一

黎明醒，聞雨聲甚厲，溪聲怒號。八時半起，天陰鬱作爲愁苦狀，令人心胸不快。午後陽春托彼局中傳達帶來小大英煙一聽，便付一函與來人帶去。午後雨未停，至晚方歇，十一時寢。轉鐘五時起，見天已晴。

初六日　陰晴不定　四月廿五日　星期二

七時起，午後得子谷函，云戰事吃緊，江水漸漲，敵艦活動監利以上，殊可慮也。寫喻育之、陳季明函俱發出。晚間抑鬱，十時寫家信三件畢寢。

初七日　晴　四月廿六　星期三

六時半起，分咐老王各事，並帶函三件及購物件回鄉。憶昨夜所夢，極奇離可笑。某當道帶面具演戲，各大員同式動作約半小時。七時半盥漱畢，到辦公廳寫函與沈季戣、程少松。十時聞有警報，係敵機過沙洋，十二時解除。飯後又聞警報，半時敵機八架掠此間上空過，未幾聞炸彈聲甚厲。晚飯後下山探聽，知雲集路、通惠路、縣府路、正川門以及河西安安廟、二郎廟及穆家店均被炸，正川門河中小船被炸，渡河避飛機者炸死不少云云。七時交通兵錢志祥歸，余問之，與上述同。此宜昌又一次浩劫也。聞新任宜昌縣長武長清恰於警報時接印視事，湊巧矣。屢打電話欲問文端、陽春二處，線總無空，遂置之。十時寫喻育之、彭受虛函未竣，寢。

初八日　晴　四月廿七日　星期四

六時半起，七時往辦公廳，聞有警報，旋聞敵機聲，十時又聞警報，敵機一架來到此間上空。午飯後保安處用電話問宜市，則云當陽十里鋪今日被炸矣。晚六時老王自小峰來述各事。七時補寫喻、彭函已畢。電話約陽春來山，俾便托售麝香也。十二時寢，太晏遂不成寐。

初九日　晴　燥　四月廿八日　星期五

六時起，九時半有警報，十一時敵機掠過上空二次，未幾炸聲大作矣。十一時一刻陽春來述各事畢，引之下山吃飯，又聞警報，乃上山，汗透衣褲矣。午後三時陽春持麝香去。晚六時聞宜市又遭炸多處，且聞河西亦投彈。晚至辦公廳略坐談，十時歸，十一時半寢，展轉不寐。

初十日　早陰　午後晴燥　四月廿九日　星期六

六時起，八時半下山欲剃頭，而匠人不空，坐片刻，聞警報乃上山，敵機未至。上午十一時寫信二件，午飯後囑老王買各物，準備回鄉。晚與任之、方白、子恕諸人閒談，十一時寢。

十一日　晴　熱　四月卅日　星期日

六時半起，十時有警報，云敵機在藕池上空，後有一批數架云云。正午飯畢，匆匆與嚴廳長說明今日須離三遊洞，午後二時閻任之送《和五十壽》詩稿來，已成者四首，未成者容補寄。二時半余帶同老王下山，任之、子恕均送余。廳中人數衆多，不能一一作辭，恐延時也。三時半乘省府划子在前坪下起岸，老王挑行李經前坪、後坪過水至馮家灣，天熱汗出如雨，到後小憩。飯後與藝林談各事，老王亦留此。夜九時宿其家，以身體疲乏，甚恬也。今日五時半往小溪塔剃頭一次，並晤楊子雲談各事。

十二日　晴燥　午後大風暴　五月一日　星期一

七時起，囑老王送信與孟迪甫。候陳季明至正午未至。午後大風驟至，黃沙蔽天。三時半迪甫猶未派人來接。五時半陳光紹等來接余，約以明晨必行，傍晚老王自宜市取回麝香，並買回零件等等，仍送馮宅。夜寫信至十一時方寢。陳季明派人送信，云已與區署、縣府發生衝突，請余至函縣府，與藝林籌商再四，遂作函與區長囑其即時解決，至轉鐘一時半交來人帶去。自是寢不成寐。

十三日　陰　晴燥　五月二日　星期二

五時起，五時半轎伕、挑子俱來，老王清理各事。六時半起行，七時過小溪塔，晤郭彥伯談各事，並買藕、蒜等件，耽延一時方行至石排灘，就一茅屋中早餐，食不飽。七時半行，自是經廖家嶺石板崗，天熱山路不易行，幸帶有傘蔽陽光，目忽痛，以墨鏡蔽之。午後四時到尋子途，五時到家，飯後略憩遂寢。

十四日　晴　熱　今夕月食　五月三日　星期三

七時半昨睡甚恬，八時半飯畢。十一時到秀升家坐談甚久，遲生傷風頭痛，未起，檢防風等藥，囑其服之。午後到惠安寓坐甚久，二時歸。飯後小睡一時起，精神疲倦，無心作事，晚飯後飲米酒一大盃。十時半聞鑼聲、鞭炮聲。余欲寢，見無月光，到堂屋視之，則月食初虧，已過十時一刻，食甚，漸到食既則十時五十五分也。自是月光紅色不明者約一時許，轉鐘零時四十分漸現白光，五十分已現出鈎形矣。自是余就寢，帳中蚊子嚼人甚厲，不能寐，秉燭照三次，且有臭蟲、跳蚤，定兒亦不能睡，擾擾又二小時乃寐。憶余出外已九閱月，戰事未結束，何時束歸耶？思之焦灼殊甚。

十五日　晴　熱　五月四日　星期四

七時半起，早暾照窗多時，再睡亦難安穩。八時半早飯未能多食，九時曬衣服等等。午後一時半飲米酒一盂，飯僅食半碗。昨今兩日飲食不佳，口胃不進，目疾略減。回憶故園，心極不安也。晚七時陳文伯派人送信來，欲余明晨到其家調季明與區長意見。天熱山行，肩輿中易感熱，余辭之，寫函分致任區長、徐總隊長、馮藝林，請其善爲處理。季明不信余言，前果能照余函約到馮家，無此事矣。十一時寢。

十六日　晴　熱　夜轉鐘風雷驟雨　五月五日　星期五

七時起，八時半飯，余以時早未食也。今日天熱甚，正午自炊食略增。約遲生來讀書，聞其尚未大愈，交來文八篇，均不佳。此兒讀書向不用心，奈何。欲寫信付祥煥帶往宜昌，以燈光悶悶未能作，遂止。十時寢。

十七日　晴　今日立夏節　五月六日　星期六

上午零時四十分聞暴風起，雷聲大作，遂起閉窗紙，電光閃閃，山雨驟至，約一時乃止，仍睡熟。七時五十分起，天氣已漸涼矣。八時起，飯後寫孟訓明、朱陽春等函，並抄哭根生兒詩，囑陽春代爲油印，傍晚方寫畢。陳季明之妻自其家來，附文伯函，似欲余往其家調季明事。天熱路遠，肩輿行一日恐受病，因辭之。九時付祥煥至宜零用二元，囑以各事。此子不聽教誨，恐其脾氣未能改也。十時寢，夢李次瑜來言某事。

十八日　晴熱　五月七日　星期日

四時聞祥煥起床弄飯，五時彼出門去。六時三刻余起，八時抱定兒外出。現祥煥、王安雪俱就事外出，定兒頑皮之至，無人招呼，必多傾跌之慮。飯後閱閤任之所贈《茗廬詩稿》上册已畢。午後定兒自往堂屋石階跌下，頭額上凸起，鼻亦破皮流血矣。三時後閱《茗廬詩稿》下册已畢。閤名毅，岳陽人，在江西廬山有茅屋，詩中多紀匡廬人物風景，與嚴立三先生亦係友誼也。前年立三自西北漫遊返廬山，彼有一詩，紀事論斷均得體。閤詩三百餘首，喜用生澀字句，欲學近人陳三立、陳石遺、易實甫諸人，表見其作，不落恒蹊也。平易大雅，余夙爲此一派詩。閤詩與余不相近，故貿然不能評其優劣。晚十一時寢，跳蚤多，不能寐，挑燈起床四次。

十九日　晴熱甚　五月八日　星期一

五時睡稍熟，正值夢飛機入上空矣，內子呼余醒，謂敵機聲大起，細聽之似轟炸機甚多，視錶則五時三刻，天尚未大明也。余謂此必往重慶去者。六時半起，午後三時聞袁世高云有人自小溪塔歸，謂昨夕敵機夜炸宜市，此爲第二次再炸宜市之機云云。得子谷轉來彭受虛、喻育之、沈碧舫、閤任之、胡升諸人函件，並附記少松轉信地點，謂鄂中戰局穩定，長江形勢亦好，大勢於我有利云云。知彭已匯款來宜，余擬即往喻育之處商各事。晚十時寢，今日跳蚤更多，難入寢。

二十日　晴熱甚　五月九日　星期二

六時起，計今晨與昨夕共捉跳蚤廿餘，以故寢不安枕。此地跳蚤嚼人，較之胡林鄉間爲多，且多小黑蟲嚼人，甚可惡也。午後約惠安來商往喻育之處議往巴東事，約二時許去。遲生簡直不願讀書，不知人情世故，奈何。五時袁世高代雇挑子、轎子已妥。晚間清理各事，十一時寢。

廿一日　晨陰　九時晴　午後大風雨　雷電寒甚　五月十日　星期三

五時半起，六時轎伕來，六時半起行，惠安亦雇轎同行，至陳子途頭購糖食、紙煙起行。朝暾射人甚熱，至白木坪早點，經石板崗，天氣欲變。至李家臺子小憩，暴風陡起，雷雨忽來，自是不能行，時則十一時也，自後風雨交作。晚遂歇劉姓旅店中，幸此屋甚寬，人多能容，然寒如深秋，夜不成寐。

廿二日　晴　五月十一日　星期四

七時起，轎伕俱已吃飯，遂行。山路經雨，無飛塵入目，亦快人意。經錦文坡至廖家吃飯，經石牌灘至小溪塔，晤楊子雲談數語，至馮藝林家談未久，陳季明已來，遂商各事。飯後與陳季明、藝林、惠安至後坪，聞周伯翔已出差，迪甫亦往宜市矣。祥煥來，遂囑與惠安在後坪候余。余與馮、陳往前坪訪徐總隊長癡愚商各事，約半小時與馮同出，並閲弼甫同余打聽話，囑老王到馮家。四時回馮宅寫信二件，十時寢，蚤多難成寐也。

廿三日　晴熱　五月十二日　星期五

七時起，飯後又爲季明寫一函，午後三時與祥煥、惠安往小溪塔，剃頭後已下午四時半，雇車至宜市。六時經亡兒根生墓，惠安買香楮燒之，墓已生青草矣。傷感無已。何時平靜，必運兒櫬回鄂城也。七時到宜，車經北門至正川門，沿途所見炸倒房屋不少。正川門昔日繁盛，今日淒涼之狀難堪也。候祥煥至，遂渡河至安安廟，雇轎至老女灣省黨部，天已昏黑，打電話畢，回至太平橋，無宿店，遂轉至一陳姓新開店中。人多煩鬧殊甚，命祥煥弄飯，食後已十二時矣。宿其店，展轉不寐。

廿四日　晴　五月十三日　星期六

六時起，洗漱畢，與惠安、祥煥尋一茶肆早點畢。八時訪喻育之談本會經費事約一時許，便晤劉紹安、謝蘭倚諸人，知重慶自"五三""五四"狂炸、"五七"夜狂炸，共死傷萬餘人，誠爲浩劫。昨日下午七時聞又遭狂炸一次，諒傷亡不少，倭奴之於吾國，何仇之深也。就蔡巽安家吃午飯，午後一時至太平橋與惠安等步行以延時間，懼空襲也，至東山茶社休息，值下午三時，臥椅甚適。未幾劉紹安來，與共話，五時半方動身至安安廟，渡江起岸後訪王文端談半小時，訪陳子谷談片刻出。今日午後八時天色未黑，霞光返映，天空愈明，逆料以後時時須防空襲也。苦矣宜市之人。與惠安等雇車至小溪塔，九時半到羅家飯店，無宿處，腹中又餒，乃尋一館，值其罷市，商之得飯半盂，食畢同祥煥、惠安宿羅家樓上，一夜未眠。

廿五日　陰　五月十四日　星期日

六時起，囑羅家弄飯，七時買雜物，八時飯畢，雇挑子。余以未得轎子，遂與祥煥等步行至石排灘過渡，至廖家林小憩，已行十三里矣。天不甚熱，尚可支持，覓轎子不得，又步行七里至錦文坡，囑光紹借轎子來，而抬桿又不能用，乃至石板崗，至白木坪，有轎夫一人，而又刁狡甚，卒之無轎可乘，遂決意與光紹同行至大椏枝，足力已疲，山路崎嶇，昔在幼壯年均未能行平路三十里之遙者，今日乃行此山嶺，真受苦不堪。七時到尋子途，以天色尚早，遂趕行，下大坡之後距小峰三里時，足滑一跌，左臀坐下，右後額撞石上，立時墳起，雖痛亦必行。天漸黑，雖攜有燈籠，恐無益也。至惠安寄居地，足軟身汗不可支，小憩，仍拼命上下坡，至余宅中，抹汗吃飯後臥床上，頭額臀部痛楚大作。計今日步行山路五十五里，若以吾鄉平路比之，已七十里矣。倭奴何時可滅，余輩何時東歸耶？昨夕黑暗過鎮境山時，隱約中辨亡兒墓地時，心酸之至。吾國召外侮者，有人平時驕奢淫佚，上下相蒙，橫征暴斂，至釀成倭奴覰覦，使吾輩流離至此，至今欲哭無淚矣！清檢各事，十一時寢。

廿六日　晴　五月十五　星期一

八時起，臀部、右額疼痛，以萬金油敷之，效力甚少。午後與袁世高談各事，晚十時寢。

廿七日　晴　五月十六　星期二

七時起，渾身骨痛，額角撞處已結瘢。午後清理各事，晚早寢。

廿八日　晴　五月十七　星期三

八時起，疲倦甚，右臂上作痛，如去歲氣挫狀。晚囑夢閑以雞子煮熟，在皮外滾之，略好。十一時寢。

廿九日　晴　五月十八日　星期四

七時起，手足疼痛稍減。前日行路多，頗難復原狀也。擬寫彭受虛、程次松等函，明日命祥煥送小溪塔發出，檢前日自宜市子谷處退回信件。致胡貴堂、龔少山二航空函，致蕭敦五、龔少山平信二件，致胡林貴堂明信片，俱退還郵局蓋印。該地情形特殊，無法轉遞，故退。小字云湖北郵區內地郵件清理處字樣，此係去年七月廿二、廿三所發，恰值武漢淪陷之時也，餘函蓋有郵件檔案清理處字樣。吾生不辰，每一念及鄉間事，心痛而已。晚十一時寢，跳蚤多，不成寐。

四　月

初一日　早小雨　旋晴　五月十九日　星期五

七時起，祥焕攜函件八時往小溪塔去。今日孟夏首一日，余來宜已十閱月，來小峰已六閱月矣。東望故園，憂心如擣，抗戰至今，總在退守，隨縣、棗陽前又失陷，襄樊不知能守否？敵軍設再進逼，將奈之何？計上月重慶四次轟炸，死傷萬餘，情形極慘。宜市連炸數次，居民絕少，設不幸不守，又將奈何？失陷之區民衆固難處，未失陷被威脅之民衆則更難處矣！言之殊痛心也。晚與世高至秀升家略坐，並示遲生各事歸。十二時寢，跳蚤多，不成寐，夜起五次。

初二日　雨　旋晴旋大雨　晚晴　五月二十日　星期六

七時起，午後四時祥焕自小溪塔歸，攜來近日報紙九份、子谷函，均云鄂北戰事轉好，豫南亦勝利，敵死傷逾萬人，聞之甚慰。又劉伯陽函云其妻二月間產亡。龍匯東函又附七律二首，前次彼作索和，余以心煩亂未應也。又周北翔結婚喜帖一件，五月廿四喜期。余記北翔似已有妻矣，胡又結婚耶？北翔爲周焕章之子，其父在光緒間曾住寒溪小學，年齡特長，自是教讀一生，頗窘以死，其子今爲工兵營長，彼未見也。鄧實來函述重慶"五三""五四"被炸事，尚未料"五七"夜襲重慶之慘也。晚十一時寢。

初三日　晴　小雨數次　晚晴　五月廿一日　星期日

七時起，午後與袁世高說各事。渠云明日到當陽、淯溪河等地，便告知各語，將前日帶回各報取出重閱。寫復各處函，備有便人帶出郵遞。晚十一時寢。

初四日　陰　早雨　時雨時陰　今日小滿節
五月廿二日　星期一

八時起，午後寫復胡干城、周淬成、鄧虛若、夏賦初、袁希德、劉伯陽、程少松、陳子谷、朱陽春等信件，備有便付小溪塔發出。晚十時寢。

初五日　陰　雨　五月廿三日　星期二

九時半起，倦甚。午後命祥煥取菜油四十斤歸。前已付袁老板菜子洋十八元。晚補寫日記，十時寢。

初六日　晴　晚有月光　五月廿四日　星期三

八時半起，遲兒來云萬內子囑祥煥檢藥，謂已請郭彥伯看病，飯後命祥煥往尋子途購菜及各物歸。晚十時寢。轉鐘後夢余乘大輪東下，船名平和，極寬大，後有院，石子所砌成，有大房艙三，余欲以二票代房艙，乃爲胡太輔補統艙票一紙，經理賬房爲彭梓芳師，未着上身服，臂背之肉隆起也。房艙中俱有大廁。寶船行甚速，與余同歸者似有夏炳丞，亦代寫房艙票，噫！何時束歸歟？

初七日　晴　五月廿五日　星期四

七時起，飯後往萬內子處視其疾，檢藥再服之。與遲生說各事，便至惠安寓一談。晚七時上空有飛機聲，不知敵機又往何處轟炸。總之戰事一日不停，鄂西北民衆不能安枕也。十一時寫封各處信件，計連片共九件，十二時畢，備明晨付祥煥往小溪塔發出。

初八日　晴　熱　五月廿六日　星期五

七時起，八時分咐祥煥往小溪塔各事，付洋五元，並信件與之。飯後檢昨日在陳三民家所借四書全部，又《皇朝經世文編》殘本二本閱之。

擬自今日起從《中庸》溫習起，用墨點誌。前年春在籍檢幼年所讀四書，至省宅欲溫習之，東塗西抹，旋讀旋止，人之無恒心如此，年逾五十，更犯此病，奈何。四書中多古字，須提出另記之，其通字亦記之。今日爲佛生日，丁巳在陽新見家家曬佛，亦奇事也。連日思鄉，百感交集。晚八時溫習《學》《庸》已畢。古文通字亦另本提出之。十一時寢，跳蚤嚼人不成寐，起三次，睡熟多夢。

初九日　晴熱　晚大雨數次　五月廿七日　星期六

七時起，午後至惠安寓，並呼遲生來問各事，便往萬内子處坐半時。與秀升、玉卿、三民、郭彥伯談半時出。六時半祥煥歸，攜帶楊啓疆、姜顯謨覆函，並羅資深自監利來函，知宋濟賢、鄭桓武俱接事矣。餘爲陽春姪寄來之報九份，贛北、鄂北戰事似已勝利，隨、棗已收復，惟各大都市自去年至今被敵佔據後實未收復一處耳。晚讀《學》《庸》已畢。十一時寢多夢。

初十日　晴　天熱如蒸　午後雨　晚大風雨　五月廿八日　星期日

八時起，今日天氣驟熱，地面潮濕，未能作事，欲讀書以疲倦，欲往南邊訪龍匯東又無轎夫，心抑悶不堪。晚大雨數次，十一時寢後熱不可耐，欲蓋被以熱不能寐，旋起旋坐，蚊蚤嚼人，可厭也。

十一日　晴　五月廿九日　星期一

八時起，午後寫筆記數則，記前清縣考事，隔三十餘年，一切制度已不能逐一記憶矣。他日回鄉必尋廖純古、張肖鵠諸人問之。前清秀才城内僅傅幼虛、程稚松與余三人而已，舉人僅張季馥尚存。季馥中舉年最少，今亦六十餘矣。晚七時袁世高歸，問以當陽及沿途事，均甚平安，行旅亦便，汽車通行，大約前數日報載敵人敗退，諒係確事也。十一時寢，蚊蟲、跳蚤嚼人，蓋被又熱，通宵未寢也。

十二日　晴熱　五月卅日　星期二

七時起，午後閱《經世文編》二本已完。晚寫信三件，準備明晨往訪龍匯東。十一時半寢。

十三日　早雨　午後陰　五月卅一日　星期三

五時半起，命祥焕燒水，飯畢，朝暾已見，天忽雨，遂遲至七時半起行，在張家口候袁世高約半時，便看一小鋪屋，因世高約余做小生意也。十時到南邊易宅晤匯東，晚與同至覃□甫家進神圓光一次，看光童子三人均不甚佳；得印象如將來可成事，實則吾輩所願也。晚九時諱經請乩，問戰事得二詩，極鄙俚，問答似不負責，不可信也。十時歸，食麵半盂，十一時寢，以今日早起又勞頓，上床後即睡熟矣。

十四日　陰　六月一日　星期四

八時起，九時稀飯畢，十時與匯東至易宅老屋，百年前所做之屋也。堂屋、房間均小，屋雖堅固，陽光太小，然不脫老富紳習尚也。晤王會，新自沙市搬來者，述沙市念佛進神諸事，謂將來不至遭劫云云。倭禍如此，恐此言不可信。十二時午餐，酒肴甚美，候轎夫未至，遂小睡。午後三時醒，知轎夫已來，遂與匯東夫婦談片刻，四時半歸，至張家口略坐。七時半到家，天忽雨，片刻即止，晚飯後十一時寢。

十五日　陰　六月二日　星期五

七時起，飯後閱雜書，連日無聊甚。晚又以跳蚤多不能安寢，殊多煩惱。午後郭恒升帶報六份。子谷來函云我軍迭次勝利，甚慰。晚十時寢。

十六日　晴　六月三日　星期六

七時起，飯後復閱昨日帶來各報，晚間爲蚊、跳蚤所苦，難成寐。

十七日　晴　六月四日　星期日

　　九時起，倦甚，飯後閱報。午後三時小溪塔帶來梅先霖信一件，陽春代買藥品一包、樟腦丸、剃刀等件。張家口張仁山送茶葉、乾魚來塡情，謂從前函知縣府開釋彼等也。傍晚寫子谷函並復梅先林、姜顯謨、羅資深函，寄報與先林閱，均備明日由陳姓帶往小溪塔發之。十一時寢，轉鐘四時醒，跳蚤嚼人，難成寐也。五時夢先君，容貌不異平時，與余商各事，又見吳鳳遷在余宅中，天欲曙時夢周子書幼書之弟也。來訪余，余與之坐談。門外大月光之下夜分入室，子書攜其所帶皮箱入門，忽見先母着藍布舊褂，背上補綴甚多，手提烘爐，不識子書，遽入廚房中，燈火猶明也。先後夢先父母，主何事耶？余避難於此，不知先父母墳墓安否？吳鳳遷不知尚存否？

十八日　早小雨一陣　午後晴　六月五日　星期一

　　七時起，八時陳姓小僕來取陳子谷、梅先林等函，併報付小溪塔郵局代發。午後無事，補寫《聞見錄》數條，紀清季諸事。本無關大政，然清代掌故禮節，恐百年以後無有知者，此等書類，他日回鄉必約羅資深或袁子青補記成巨帙也。余以寫字爲苦，紀事文言太多，寫不及也。晚十時寢。

十九日　晴　今日芒種節　六月六日　星期二

　　七時起，飯後曬各衣服。今日天氣轉熱，節屆芒種，是五月矣。倭禍不能解決，近來我軍雖云勝利，但江水已漲，敵艦可以直衝上游，且被敵佔之省會及各大商埠未恢復一處，敵人據點皆係商場繁盛者，運輸便利，久久施民衆以假仁義，則後患不堪設想矣。奈何，奈何。午後六時半下山與遲生講國文，並教以抄文言文數篇，藉練習小字也。遲生廢學已年餘矣。施南之聯合中學以其年稚又不能往，此間又無相當之地可上學，坐令其荒廢時日耳。晚十一時寢。

二十日 晴 六月七日 星期三

八時起，連日不知宜市消息，寫信數件，擬明日付祥煥到小溪塔並至城市探巴東開船期，囑其往陽春、文端、子谷三處面詢各事，十時寫畢。交款三元買物，以一元還陳益三藥賬，餘二元給以川資並津貼也。十一時寢。

廿一日 晴 六月八日 星期四

七時起，八時接陽春寄報三份並函一件，云潛江已失，建廳往巴東船人甚擁擠，並無鋪位。民生公司輪不易搭，先登記然後打針買票，極麻煩也。中國衛生署醜態多，在中國境內逃難人多，值此非常時期乃行此無聊之事，殊可惡也。午後未作事，人亦不適，閱報紙，國際上無若何變更。晚十一時寢。

廿二日 晴 六月九日 星期五

七時起，午後便看四書，《學而》至《述而》止。三時三刻天際有敵機聲掠對面山外上空，層雲蔽之，似有三架。四時余往惠安寓呼遲生來與講全祖望《梅花嶺記》大半篇去，五時歸。六時祥煥自宜昌回，帶來報紙三份並子谷函，述我軍仍在勝利中，不久當有空軍來助戰，因新自美國購有新式戰鬥機百五十架也，閱之甚喜。晚十一時寢，連日山聞蟬聲，晚間蚊蚤仍嚼人，以後天熱更可厭矣。胡承顏來函，述武昌住宅已托陳仁周看過，保安門正街各屋仍存在，但門窗戶扇不全。余宅前面所封砌之磚仍好，然不知後門早已爲人拆開，搬去什物也。倭寇可恨，武昌窮民不走者作賊可恨，然致吾國如此狀況者，何人耶？嗟乎！戰禍延長，近來又見旱象，設不幸而成災害，則更可慮矣。搔首問天，將奈之何哉！

廿三日 晴 六月十日 星期六

七時起，飯後閱四書。連日鄉間望雨，竟無雨意。今正初一日起至廿二方有晴意，然未晴也。余已知以後必有望雨而竟不雨者。余童稚讀書時，風、晴、雨、雪各當其時，邇時上下相安，真所謂民康物阜。民國改元廿八年間，天災人禍，無時或已，真所謂乖氣致異歟？晚十一時寫信分致喻、彭、龍諸人，並復胡承顏，致陳仁周，鄂城龔少山、萬子雲、鄧實等函，分付祥煥，命明晨往霧渡河謁余區長之便發出，囑各事。十二時寢。

廿四日　晴　熱甚　六月十一日　星期日

四時起一次，五時再起，呼祥煥吃飯，早往龍匯東家，出外看天色，東方赤雲橫亘，逆知晴熱，祥煥飯畢出門，余已睡熟矣。旋陳光鄂來，余起與詢各事，囑以後小心勿亂語，因特務工作之人尚可陷害彼等也。九時食稀飯一盂，十一時倦狀已見，遂晝寢。忽夢龔少山自鄂城來此，惠安導之，少山云本月十五動身，余謂昨已發函與君，並云去秋接彼函及復航函各事。未幾，少山述先母似存者，先含糊言病狀，繼流涕，惠安亦泣，余謂母已死耶？少山乃云此次係來送信，惠安述嚴廳長曾致吳國楨一電，轉到鄂城義興祥問訊，確知余母已死，余遂大哭，欲回籍奔喪，伏地痛哭，以頭亂撞，失聲遂醒，乃知爲夢也。余晝寢向無夢，此何也？寄函鄂城觸動鄉思歟？先母墓地不安歟？醒後即祀之。今日上下午晴空無雲，爲入夏以來第一熱天。晚間閱舊日記，僅帶者四本，慮其脫落誤字也。余每寫日記不復細閱其所記賬式也。九時五十分有敵機三架由此間上空掠過。十一時寢。

廿五日　晴　熱甚　六月十二日　星期一

七時起，飯後閱《孟子》，看《經世文編》顧炎武之文爲多，又朱字錄記老子事，甚有見解。晚六時候祥煥未歸，不知彼另往何處去，因預記今日四時必歸也。王安雪七時自宜昌來，問以各事，知施南、巴東均被敵機前日炸過。昨晚十時敵機十餘架係炸成都掠過宜昌者。敵機能黑夜飛行，我將何以禦之耶？十一時半寢。

廿六日　晴　熱甚　六月十三日　星期二

六時起，呼老王弄飯，木匠二人來做工，余遂起，未幾老王去宜昌。晚八時半祥煥歸，攜四區區員章宗輝所答路程，謂自霧渡河起，三天到興山，由興至歸州，路好走云云。十一時寢。

廿七日　陰　小雨一次　六月十四日　星期三

七時起，飯後陳三民來送渠宗譜，並閻姓譜來看，鄉間真無書可閱也。便留其吃飯，談至午後四時方去。今日木匠已將洗澡盆、飯鱠做起，另做小木工數件，四工僅六角，亦頗廉也。晚十一時寢，以蚊蚤咬人至起數次。轉鐘二時乃自升火泡炒米一盃食之，仍坐一時方寢。

廿八日　雨　正午大雨如注　六月十五日　星期四

十時起，天大雨，氣候改寒。飯後世高爲我剃頭一次。午後雨更大，約三小時乃止。山水怒發，溪聲響徹兩岸間。宜昌縱橫百里俱望雨，此不啻大降甘霖也。昨日又感寒，鼻涕嚏時作，喉中綠痰不得出，咳時喉痛異常，極以爲苦。晚十一時寢。

廿九日　陰　小雨時作　六月十六日　星期五

九時半起，喉中綠痰咳出一二口乃鬆動，惟痛不可忍。飯後閱蔣方震所著之倭人、外國人之評論，蓋譯自德人某某日記中，述日本人各弱點及其野心甚詳，約十餘頁。晚飯後以路濕不能行，僅在門外小立數次而已。溪聲仍怒響不已。晚寢，蚊蚤多，起數次。

五　月

朔日　陰　六月十七日　星期六

九時起，午後無聊，遂裁宣紙寫字三頁，正楷行書，筆墨久疎，直不成字矣。連日無菜下飯。三時陳三民來，留與飯，便就其家取黃□等件歸，囑家人弄出，實少味也。晚寢以蚊、蚤多，極不安，起四五次，殊爲可厭。轉鐘三時夢在嘉魚縣聞電話，有敵機三十六架到上空西飛云云，醒後尚依依電話聲在也。

初二日　陰　六月十八日　星期日

八時起，寫行楷大字各一張，飯後小睡一次。久未得宜市及各方消息，明日擬派祥焕往小溪購物取報，藉便發函也。近來腦筋不安，思想變遷數日不同，或一日不同，甚或一日中思想數變也。戰事不結束，吾儕何時東歸耶？晚寫碧舫、子谷及羅國貞等函件，計八件付祥焕，另以洋購零件，十時寢。

初三日　晴　六月十九日　星期一

七日起，祥焕已出門去矣。飯後無可閱之書，無借書之處，悶抑萬分，此地又無他處可遊者。下山之路不到黃昏時即行人絕跡。予居此地數月所見如此，設天變風雨，大熱大寒時即無行人。昕夕對此靜如太古之山與喧擾不息之溪聲而已。寓宅四無鄰居；近一旬來晝則蟬聲震耳，夜則百蟲喧到枕畔，睡熟時尚無礙，如展轉不寐中聞溪聲、蟲聲，則煩惱萬分，益觸懷鄉之念也。午後袁世高在陳玉清家借來《地理辨正》一套，清代雲間蔣平階著，蔣字大鴻，浙人也。其門生胡泰徵、姜垚、于鴻儀及畢解元世持，皆能傳其所學，駁江湖俗士以堪輿謀衣食，不學無術，以《天玉經》寄食士大夫家，及使人迷信，令其祖與父骨久停不葬，陷人子孫於不孝。其有功世道，誠非淺鮮。余向不喜堪輿書，且惡言風水，草草閱過，莫名其妙。又借來《撼龍經》《疑龍經》等書，石印字小，更不願看，數小時瀏覽畢矣。晚十時寢，跳蚤多，十二時起二次。轉鐘後時時起照，又不能捉，自是傷風鼻塞不能寐，至天明略一昏眼而已。

蔣平階字大鴻，華亭人，姜垚號汝皋，會稽人，他日當檢《名人錄》

查之。

初四日　晴　熱甚　六月二十日　星期二

六時起，昨通宵未寐，右眼紅腫，因不寐而虛火上升。早飯十一時方食，食後小睡一時許起，咳嗽大作，較前昨二日更甚。午後世高自張家口歸，云保安團約五百人過此拉夫厲害。云興山黃良坪兵變，開隊勦之。云陳秀升至口爲予買豬肉，明日端午節食量，然未幾空手歸。據聞屠戶因過兵不宰豬，又慮其強買不給錢也。傍晚無聊甚，動思鄉之念。十時寢，天熱蚊蚤多，展轉不寐。今日祥煥自宜市歸，取回鄂城洪英及貴堂來函。

初五日　晴　熱甚　如伏　六月廿一日　星期三

七時起，天熱甚，今日無菜蔬，室中剩有紅蠟一對，正午乃借袁宅進香。老袁十時自尋子頭割艾一捆歸，便摘二支插之。午後二時張性第送豬肉五斤來云購自單泉潭者。遂屬夢閑辦菜肴數事，備明日接秀升、玉清、三民等來此，因久與三民約者也。余自飲酒三次，並給祥煥酒菜肉諸事。彼好飲，不知其饜足否？晚間更熱，因憶去年端午余在民族輪船中度節，午後過寶塔洲，晚停嘉魚縣。今夕乃因逃難來此窮山谷中，亦可憐矣。十二時寢，極不安，多夢。

初六日　晴　酷熱　大約九十度以上　今日夏至節
　　　　六月廿二日　星期四

六時起，自升火燒水，九時飯畢，十時家中辦菜已齊，遂囑祥煥約秀升兄弟並惠安、遲生及世高與余並祥煥共一桌，十一時半開席，午後一時散去。晚熱蚊多，寢不安席，轉鐘一時猶未睡熟。

初七日　晴　酷熱　大約九十四度　小雨一次
　　　　六月廿三日　星期五

七時起，東方紅光日烈，已呈酷熱狀。飯後寫信復洪英、胡貴堂兄等。初四日祥焕自小溪塔隨來鄂城各處函六件。余兩處住宅什物爲人搬盡，今日方明晰，以三十年之蓄積添置者，抗戰以後乃散去，亦有定數。始當時余悉以省宅、縣宅什物，分搬胡林與朱湯莊，亦是易事，徒以信任吾國軍隊之衆可禦敵，政府能力外交俱可制敵，萬不料敵兵能飛渡田家鎮也。乃自失算，於人何尤！以後回鄉，有何財力以添置耶？晚十時寢，憶及明日爲余五十四歲初度，去年在武昌猶具酒肴進香，義女王性淑來家拜壽，留之酒食去。今乃住此山中，抑鬱無已。十一時寢，天熱甚，展轉不寐。

初八日　晴　酷熱如蒸　正午雨　午後三時大雨
六月廿四日　星期六

六時起，赤云東起如二伏熱度，室中悶不可耐。九時聞老三往陳子途，便托購糖及麵、蠟等物，十一時歸，無蠟燭致未進香。道孫送切麵來。正午大雨如注。余飯後囑夢閑煮切麵分袁宅諸人食之。今年生辰清冷如此，則予所不及料者也。午後三時大雨傾盆，四時以後山洪暴發怒吼，水聲與石相搏，聲震山谷俱響，晚猶未止。予以天氣轉涼。八時半早寢。

初九日　陰　雨　六月廿五日　星期日

六時醒，遂起，昨睡甚恬，雖有蚊蚤嚼人亦不知，且疲倦乃得安也。九時飯畢，十時遂立意寫信復洪英函，計六頁，約四千餘字。復貴堂函約千字。其餘則致伯陽、文端、廣緯、子穀、鳳山、淬城等，寫至晚八時方畢，約寫萬餘字以上，手僵矣。九時交祥焕，備明日往小溪塔發出。十時寢，天雨未止，蚊多嚼人，寢不成寐。

初十日　陰　小雨時作　六月廿六日　星期一

五時起，燒水飲，六時再起，聞祥焕去小溪塔。九時飯後無可閱之書，補寫筆記數條。近數月中思鄉更甚，白晝抑鬱，幸有小兒定生活潑遊戲，以混目前，時一霽顏而已。晚間未睡熟，時則左思右想，以至不能睡，殊爲苦悶。離鄉土已十一月矣，既恨倭寇，又恨漢奸，然釀成吾國成此現狀者誰也?!令吾民受人欺侮，婦女爲倭人蹂躪。昔年奢侈萬分，驕氣十丈，驕奢淫佚，恐已預支殆盡，而民生痛苦並未計及，說話好聽，無時無地不欺人也，可慨哉。晚十時半寢，夢陳子周住方宅，房甚寬敞，夜深余訪之，又見大寢室如學生宿舍，行李整置似昔年湖堂形式，轉鐘三時醒，尚了了如在目也。

十一日　陰　小雨時作　晚晴　六月廿七日　星期二

七時起，飯後讀《上論語》。午後三時讀《下論語》畢。傍晚候祥煥未歸，不知如何情形。晚飯後思近年所料各事，均十有九準確，但余不能即決斷而行，終至失敗，如物價之漲，有錢而不先買，省縣二宅諸物件，當時時非迫促，有財力、人力搬運回鄉，而自己不搬縣宅各緊要物件。予去秋屢寫信歸而不提及囑家人搬鄉間。胡升未來省宅，諸物緊要輕便者亦不囑彼帶來或遷他處，凡此種種，致鑄成大錯，則自怨而已，於人何尤耶？晚十一時寢。

十二日　晴　熱　晚月色大明　六月廿八日　星期三

六時起，九時半飯畢，讀《下論》已畢，接讀《孟子》上册，十時以倦小睡，十二時起。午後一時半此間高空聞飛機聲，似有數架，層雲蔽之不得見，似往川者。二時又見飛機一架正過此上空，飛不甚高，雙翼可望明晰，探此往張家口去，此何機也？三時仍未見祥煥歸來，消息沈悶。三時十二分又聞上空有轟炸機數架聲，似往川邊，然不知炸何處也。四十四分聞敵機多架聲東下矣。五時半又見單翼飛機六架經此上空東下，聲大易聞。晚七時陳三民來云其父秀升已被張家口兵站派人來催去爲買米事，已備輿請即往解和。七時半去張家口晤兵站包某，湘人也，談半小時與秀升同歸。十二時在其家吃飯，歸後已轉鐘一時半矣。自是寢不成寐。

十三日　晴　熱甚　六月廿九日　星期四

七時起，飯後閱祥煥昨自小溪帶回各報紙，戰事較前稍轉好。子穀來函極樂觀，謂勝利在即，我軍機械化隊擴充已有二軍人之多，飛機可應付禦敵云云。子穀每次來函均有先見之明，余甚望其言之驗也。楊子福、廖玉田、羅資深、孟迪甫均來信，楊爲胡林本成之妻充奶媽事。迪甫言重慶生活奇昂，彼住處挑水每擔四角云。晚間報已閱竣，十時寢。

十四日　晴　熱甚　六月三十日　星期五

七時起，青天日朗，萬里無云，余謂今日敵機恐又襲川，此不過一時想理而已。飯後寫復各處函，計楊子福、廖玉田、陽春、文端、洪英、貴堂一片，資深、迪甫、子穀各人，備有人往小溪塔付郵也。午後一時一刻忽聞高空敵機聲甚厲，出門視之，前批九架掠上空整齊飛去，未幾又來八架飛更高，掠高空均係自西向東南去，大約又炸四川也。總之敵機來一次，計算死傷民衆多少，決不空過。重慶、成都、萬縣、梁山各省難民麕集，每次死者不僅川人，真劫數也，天佑敵寇，尚何天道之可言哉？晚十一時寢。

十五日　晴　熱　時有小雨　晚月色佳
　　　　七月一日　星期六

七時起，袁宗漢云天將明時天空有飛機聲掠過。傍晚寫復各處信未齊。連日心煩意亂，而巴東輪船又無確信，殊爲焦灼，以天氣漸熱，山行七七里真不易也。十一時寢，夢已回鄂城見予住宅第三進有金底大匾一，橫書四大字，曰"萬世永禩"。又見先母手抱小方木條數十根，頗整齊，一律似欲作鋪板安置予睡者。久旃來談，又見張肖鵠。予宅前重似改觀，二重置有不整之破椅而用新木片補釘，狀極難看，來客坐此，予謂此難後景象也。天未明，記甚了了。

十六日　晴陰不定　熱甚　時有小雨　七月二日　星期日

七時起，陳玉清送來信一件，係子谷寄函，云宜、漢間航空信、快信、匯兌俱恢復矣。戰況無大變改，巴東輪船民生公司建設廳每星期均開一次，囑予到宜市候輪，果爾則往巴甚易矣。午後四時往看陳益三，值其有事，與玉清談。便詢萬内子各事，彼出言無狀，殊可惡。小家所養女，毫不知人情世故禮節，予甚恨之，罵之半小時出。與秀升、益三略談，便詢惠安，約其往巴東，坐半時歸。心氣俱痛，遂臥床上，恨此無心肝，不知時局紛亂，吾輩逃難至此，何時可歸，全不計及，乃出無倫次無理無狀之語以嘔氣，此真不可化之人矣。十二時寢，極不安。

十七日　陰　悶熱　七月三日　星期一

七時起，八時玉清送《經世文編》並報二份來，云益三明日回小溪塔。飯後予遂補寫各信。洪英信囑子谷代用航空發出，另一信用平快發航函中附胡林貴堂函囑洪英專送。又寫一片致胡林，餘則子谷、文端、陽春、資深、楊子福、鄧寶、迪甫、廖玉田諸人之復函也。晚交袁宗漢帶往小溪塔，便致益三函，云未請彼來飯之意。十一時寢，心煩甚，思之家事，灑淚數次。

十八日　晨小雨　午後晴　熱甚　七月四日　星期二

七時起，連日晨氣鬱甚，呻吟半時乃稍吐，然因此而愈牽及思鄉之念也。閱昨日借來《經世文編》，俱屬戶政一類者，十本毫無可觀。午後讀《孟子》下册已畢。二時胡升自長陽來此述各事。傍晚《下孟》讀畢。十一時寢。

十九日　晴　熱甚　七月五日　星期三

七時起，氣鬱不伸，思鄉念雜念畢集。每晨不能安寢一二小時。飯後讀《下孟》畢。晚間以室中熱，在前空地乘涼，十時月已東上，余謂有空襲之慮也。十一時廿五分上空遠聞敵機聲來矣,未經此上空過。十二時五分敵機九架分二次掠此上空東下矣。余寢後再起數次,大約又係川省被炸,每次敵機到地必有無數無辜者遭死傷,真劫數也。朱祐亭、宋濟賢、液垓、陽春今日來信述事甚詳。

二十日　晴　熱甚　七月六日　星期四

八時起,飯後閱《經世文編》十本俱畢。前清漕運之弊又得聞之,今幸無此擾民也。又鹽政之弊至今仍未盡革。嗚呼,吾國自清末民初以至現在尚有擾民苛政,何時可除,與泰西諸國相頡頏哉?晚乘涼,擬往巴東辦酒。十一時寢,十二時四十分天空機聲大作,起視之,似有廿餘架掠前山高空過去,月夜長飛,必係襲川無疑也。歸室寢,默記半點鐘後敵機必東下,久聽未至,轉鐘四時廿分天欲曙時,聞敵機聲大作,第一批六架,未幾又六架,未幾又三架,經前山高空掠過,噫!四川又不知添多少死傷之人矣!三時睡熟間夢喻育之似開會,無記錄,未幾方先生另坐一室中,余逕入遇之,述各事,且流涕焉。余尋喻與言,方至,喻以臥床且夜已轉鐘,不願起,又見沈碧舫來談數事,亦不與方先生見面也。

廿一日　晴　熱甚　七月七日　星期五

八時半起,昨午計畫原定今日首途,但七七抗戰,今恰二年,大約宜市及小溪塔必有種種紀念遊行諸事,到宜返覺車船不便,遂改為八日起行也。飯後清理各事,寫祐亭復信二件,又寫薦胡升與長陽縣長信。清理各事,心煩意亂。天熱甚,晚在外乘涼,十二時半寢。

廿二日　早陰　午後三時晴　正午大雨三次
七月八日　星期六

晨二時內子呼余起,三時光兆等吃飯,四時半起行,五時到惠安寓,與胡升、惠安同行,到陳子頭已六時半。天陰甚涼,過白木坪小憩,食包麵，以腹餒不顧其食之劣也。未至石板崗，山雨忽來，自是時雨時止，到錦文坡小憩，又值大雨，自是路滑難行，到廖家林吃飯休息二小時，余倦，欲睡未能也，到黃土坡小憩一時半，四時起行。到小溪塔囑光兆等買物件帶回小峰。飯畢洗澡，暫求憩息，命胡升、惠安至宜市探船，分咐各事。晚間又時時小雨。至陳益三家略坐。十時店中奇熱，臭蟲多，不能寢，天欲曙時大雨數陣，略改涼矣。

廿三日　早陰　午後晴熱　七月九日　星期日

六時起，十時候惠安等未至。益三來，堅請過其家吃午飯，已許之。十一時胡升歸，聞十日晚可上楚元輪，云陽春有歇處。午後二時至益三家午餐，遇三民之舅父，囑便帶口信回鄉。四時半雇車二乘，五時起行，七時到宜市，遇王子恕，云嚴廳長在施南尚未歸。到營業稅局後，值陽春外出，坐候半時許，顧季安等來局與談片刻。傍晚過河西，至喻家沖新屋宿，甚涼爽，十一時寢，甚安。

廿四日　晴　熱　夜大小雨數次　七月十日　星期一

七時起，九時季安、威可等來，云昨日民主船開省銀行，可代買票，但余性急先渡河矣，錯此機會。羅東山自沔陽來詳述各事，又云漢口友人剪報寄來，示以往漢路程有三；又聞前日敵機在宜市所散傳單二種，觸動難民心理，誘其東下；又聞近日自漢、沔一帶來人所云，倘戰禍延長，敵人另變一種懷柔政策，大可慮也。晚飯後與季安、陽春等乘小輪到宜市，七時半訪文端，八時訪子谷，則知其侄搭民元往巴東。余又錯一機會。民元船寬敞，明日午後一時即可到巴，省錢猶小事，精神上少受痛苦矣。楚元爲吾鄂建設廳之船，向係滿載，惟利是圖者，那顧及搭客耶？長建設者均敗類，而航政局多爲廳長之戚族、流氓者爲之，石瑛長建設廳時亦不能例外，蓋已視此爲調劑機關，故不問搭客之安全與否，可慨也哉。十時洗澡畢，十一時買各物，十二時寢，蚊多，嚼人難受。小雨時作，天氣轉涼矣。

廿五日　陰　午後晴　五時大風迅雷約半時
七月十一日　星期二

三時半起，漱畢，四時雇車四乘到南門碼頭上楚元船，人貨狼藉，臭氣難聞，時值小雨，船前後破帆布，雨滴滿船水流。遍尋昨日所存被單亦不見。茶房兇惡，時時與客詈罵，輒稱此船為官辦者，可畏哉。此真所謂以官壓勢者。未幾子恕及袁國淦等來，乃得入管理員室中坐，其餘李石樵專員之太太，先有人入室佔位，故得臥鋪。至於小民眾船頭船尾，面承滴水而已。余即與袁、王商酌，請其到恩施先與嚴廳長一談，彼現兼建廳，望力矯此弊不可。染從前各建設廳長惡習，受民眾唾罵也。船中規定為八十客，查畢後，余等問衛管理員，則已售一百三十餘票矣。報公家售錢多少不得而知，至於載貨則伸縮尤大，容易為人蒙蔽之。嚴廳長將來不知於此事可整理？五時一刻船開行，過牛肝馬肺峽、兵書寶劍峽，余均出視，非如曩昔聞人言之奇離也。船中火食極壞，每人四角一餐，八客一桌，廚房苛索惡要，此官辦之船，動以勢力壓客。四時過秭歸，船衝浪幾撞巨石上。此行搭建廳船危險殊多，悔不先打聽民生公司開船時間也。五時一刻抵巴市，寓平安旅社，屋小熱甚。飯後至上下街一遊，街約長一里餘，生意因疎散令後多有閉門者。想從前必繁華，不似此象也。晚間回寓，與子恕、國淦諸人略談，十一時寢。

廿六日　晴　熱　七月十二日　星期三

五時起，盥漱畢，乘滑杠與惠安起行，九時半到中原子本會矣，與彭受虛細詢各事。飯後閱喻要員來函領款通知。喻函中有朱艾未來，原因與□所說相同，不知彭先作何語告知喻處也。午後七時聞分機聲甚厲，七時十分敵機八架已掠此間上空過，排成一字形橫飛，余遂知欲炸巴東市矣。未幾低飛投彈去。廿分敵機聲又厲，是九架自西來，經此屋頂飛過，一架傍飛，似有指示者，投燒夷彈二，旋見白煙衝天起，已焚市區房屋矣。自是煙漸濃，九時火光燭天，映耀山谷約十里。立門前望之可懼也。因憶及昨晚經市區尚完整，今日則遭焚毀，設余今晚到則殆矣。

十一時寢。

廿七日　晴熱　七月十三日　星期四

七時起，九時聞巴東遷來山者數家。此間交通兵自市區歸，始知昨焚毀之屋約百餘棟，死六十餘人，傷四十餘人，然不能爲確切之報告也。午前寫陽春、文端、子谷、育之、鄧實及小峰家信，益三等函，俱囑交通兵代發。午後歸，據云郵局雖未炸，但停止收函件，預備遷局也。晚十時又聞飛機聲掠空過，但未見機。十時寢。

廿八日　晴熱　七月十四日

七時起，飯後補寫日記及各處函件。午後未作事，閱《東方雜誌》及《清稗類鈔》等書。晚十時寢，此地晚甚涼，可着夾被。

廿九日　晴　時有小雨　七月十五　星期六

七時起，午後往曹蕙村、劉京三、蔡慎安處略坐談。晚閱《清稗類鈔》及雜書，補寫日記，十時寢。

卅日　晴　晚大風　七月十六日　星期日

八時起，飯後往看蔡心受，談甚久。晚六時在慎安寓吃飯，八時乃歸。前日宜昌轉來一片，王久旂自鄂城發來者，述其妻去臘在鄉病死，吳老表特冬月在鄉病故。當即加封轉寄文端，因文端久候其回信，五個月不得消息也。近日晴朗，夜間可着棉衣服，蓋夾被，其氣候似較小峰甚涼也。

六　月

初一日　雨　大雨終日　晚小雨终　雨
七月十七日　星期一

七時起，飯後閱宜昌來十一、十二日報，蘇俄與僞滿有衝突。午後大雨如注，山谷中霧起，有浠水人賀君來避雨，述蘇倭衝突可望擴大，鄂中戰事穩定。劉京三來借宿，與談長陽事甚悉。十一時寢，鼠鬧不堪，起數次逐之，終不去。

初二日　早陰　午後晴　七月十八日　星期二

七時起，飯後得閱十三、十四報，無多新聞。蒙蘇與倭空戰似擴大，其確與否不得知也。晚間無事，乘涼閒談而已。今日有敵機經過上空。

初三日　晴　七月十九日　星期三

七時起，飯後寫信六件，分致子谷、陽春、伯陽、萬炎午、喻育之、方緒吉、顯謨等，因彼等俱有函來也。午後二時敵機一架自上而下，四時又掠上空，大約係偵察也。晚與諸人閒話，並上下行半里許即回，天黑不能走遠也。十時寢。

初四日　晴　晚小雨　夜大雨一次　七月二十日　星期四

八時起，飯後小睡半時。劉京三來，與談一時許去。晚飯後至蔡心壽寓，聞其已往廬溪壩接其女公子回此間也，坐片刻，與其妻談各事出。便訪喻漢武、民安、李春華諸人，談約一時方歸。晚十一時寢，以跳蚤多，鼠嚼各屋響振振，自是不能寐，天將瞬僅合眼而已。

初五日　晴　夜子時大雨　七月　廿二　星期五

八時起，云霧滿山，不見人物，此間每晚雨後朝起即如此狀態，或謂此瘴氣也。飯後補寫去秋出差日記表及辦單據簿俱齊。晚飯後曹蕙村、蔡謙先後來談，十一時寢。

初六日　早小雨　旋晴　七月廿二日　星期六

七時起，山仍有霧，如昨日。連日發寄滄、仲恂、伯翔、訓明、秀發、惠軒、伯陽、久旃、藝林、先霖等信件，俾各知予已來巴東也。午後此間上空有敵機一架掠過。晚十時寢。

初七日　晴　七月廿三日　星期日

七時起，飯後寫陽春、子谷及各處函，蔡心受明日往宜昌，便請帶去。飯後往與談一時久，交函囑托各語。六時至蕙村寓吃飯，有臘肉甚好，傍晚歸，十一時寢。

初八日　晴熱　七月廿四日　星期一

七時起，十一時飯畢，至後山約喻漢武、潘勉之、葉凝碧同往龍池縣政府晤詹靜愚科長、雷經征、王子敬談片刻，聞周小溪縣長與秘書均在巴市。未幾聞電話有情報，遂與喻、葉、詹等往雷主任家吃飯。晚六時酒飯畢，忽縣府保長來報告，云有敵機廿七架過宜昌西飛，余等遂匆匆出行一里許，飛機已到上空，余等遂入樹林中，見敵機似由前山上空飛行甚遲。八時回寓，十二時方寢，但終夜未見敵機由此路返也。

初九日　晴　熱　七月廿五日　星期二

七時起，飯後未作事，午後蔡心愉家請客，余未去。七時余洗澡，剛坐下，忽聞外邊勤務云有敵機大批來上空，遂匆匆起，出門視之，則十八架已凌此上空，又有一批九架盤旋二匝。知欲投彈，遂入前面柏樹林中坐石上，見敵機九架投彈聲甚鉅，灰塵上起。未幾第二批又盤旋一匝再投彈，聲亦鉅。此九架低飛尤可懼也。七時半機聲遠，余再洗澡，未久又聞敵機來，出門時則前次一批九架，大約自巫山來者，匆匆掠上空過去。事後知此間居民及寄居各户住民紛紛避野外或樹下，俱驚駭萬狀矣。復龍惠東信，囑勤務明日發出。晚十二時方寢。

初十日　晴　早十時大雨一陣　七月廿六日　星期三

八時起，飯後略閱書籍，然實無聊也，十一時後欲外出未果。午後訪蔡心受，聞已搭輪到宜。訪曾女教員，恰值其與阮夢英赴巴搭輪，遂歸。又聞黨部勤務來云巴市已有警報，余疑信參半。四時遂與褚小濤、惠安等行，左側柏林過去尋一矮樹下坐之，至五時一刻回寓吃飯。今日接鄂城朱茂林來信，所述家中情形，與洪英、謝服初等函述相同，云余屋已由彼作主租與原住周姓居住，所云前租與王興發，謝服初代述者，似有誤。又李曉波來信囑說情事。晚涼，坐至十一時寢。

十一日　晴　晚雨　七月廿七日　星期四

八時起，至蔡心受寓坐談，聞廿五號被炸情形，彼正在巴市，述其躲避經過，真可怕也。午後寫一函請其轉交陳子谷，連前托帶之函，內有復王久㫋及朱茂林之函在內。晚涼甚，十一時大雨，至轉鐘方止。余以展轉不寐，心不安。

十二日　早晴有濃霧　午後晴　傍晚大雨數次　有月色 七月廿八日　星期五

七時起，飯後閱《清稗類鈔》。十二時廿五分，此間工役云有警報，余與李竹君往祠外左邊山茅屋旁坐四十分鐘方歸。天熱汗出。連日山上涼甚，亦思出汗也。四時喻漢武自縣府歸，云果有警報，前一次敵機一架自十里鋪即轉去矣，以後警報不知如何云云。今日接朱祐亭自漢發函，知朱稚誠去冬病死鄉間，其長子致遜、次子致懋亦相繼病亡，現僅存其幼子、幼女與其妻逃至武昌住難民區，亦云慘矣。次誠為人性情乖僻，窮困一生。抗戰以來，其子尚能就事顧家，余料其必困窮逃回朱家山頭，而不料其死也，可歎。可歎。函中敘及渠曾往看余住宅數次，前門貼有區署禁止出入白條，後門折毀，凌亂不堪，什物無一存者。此函係六月八日在漢口發，七月廿二日到宜市，閱後靜思，殊多感慨。又王文㫋一函述宜、沙消息不佳。又子谷一函則云我軍不日反攻，拭目可俟勝利，惟法幣現僅值七便士，以兩元僅可合港幣一元也。又恩施黃仲恂復函一件，尚未改當時態度。晚九時與諸人在外閒談，十一時寢。

十三日　晴　七月廿九日　星期六

八時起，飯後閱《清稗類鈔》一本，午後外出，連日無所事事。四時寫易泮香、陳壽梅等函，備明日發出，十一時寢。

十四日　晴熱　晚涼甚　七月卅日　星期日

七時半起，天氣清明，萬里無云。此間氣候涼適，可稱避暑福地，所慮者空襲也。飯後閱雜書，無興趣。午後沈少泉自龍池縣政府來談各事，並述張胄炎戀棧，以致獲此結果。三時李茂功自巴市歸，云今日上午有警報，敵機一架自十里鋪折回漢矣。晚涼甚，十時即寢。

十五日　晴　夜月明如晝　七月卅一日　星期一

七時起，飯後剃頭一次。午後一時陪詹靜愚往後山上喻漢武寓一談，又往蔡心壽處一談。午後六時李懋功來，述巴東街今日有警報二次，聞係往野三關、建始偵察云云。晚月光大明，余戲謂恐有敵機襲重慶。九時廿分聞機聲大作，未幾掠上空去，經後山，故不見敵機數目也。十時半又來一批敵機，經此間高空，見者云係九架，自是此間居民均不能睡，擾擾至夜深仍在山上坐談也。余轉鐘一時方寢，仍起視天空數次。

十六日　晴　午後三時大風雨約半時　八月一日　星期二

八時半起，飯後寫一函復喻育之。勤務自郵局來，攜歸閻任之、向胖佛、梅先林三函，向有去志，閻大約已補省府秘書處缺，梅則述其近狀也。閻告余以嚴立公不日到巴轉宜昌，仍居三遊洞云云。十一時聞巴市有警報，云敵機一架自沙市西飛。午後一時訪蔡心受，談一時許歸。彭受虛補發薪水，七月份仍未取到一成，補費更無消息也。坐此不理諸事而欲財廳送款至，恐無此便宜事也。晚十一時寢。

十七日　晴　熱　八月二日　星期三

八時起，飯後聞巴市來人，云有敵機在一架掠野三關去。午後一時李幹事自龍池歸，云縣府接情報，我國飛機十八架自梁山機場出發至漢口襲敵人。午後五時有自縣府來者，云我機安全返防矣。六時飯畢，與褚小濤步行至山下約一里餘之茅屋旁小憩，未幾見施南汽車經此。八時回山，下坡路不易行，汗出如雨，洗澡乘涼。後山有人來坐談。十一時半聞敵機聲自遠來。十二時半又聞敵機聲掠前山而去，均未見敵機，其數亦不多。一時余遂寢，展轉不成寐也。轉鐘三時惠安呼余起，出門外望則敵機已經此高空，軋軋聲甚厲，大約三架，飛甚速，余等未見機身也。風冷襲人，遂仍睡，約三時半矣。

十八日　晴熱　八月三日　星期四

八時半起，飯後得子谷、陽春、伯周來信。子谷述及英日有妥協趨勢，於吾國不利，將來法幣可虞。傍晚李茂功自巴市歸，述各事。晚間月色大明，九時余與諸人在外乘涼，十一時寢。十一時半聞對河擊鐵聲，汽車上山聲。惠安等起出視，云有警報。轉鐘二時敵機聲大作，余再起視，似有數架飛行甚高，未見機身，掠後山過去。三時再寢，不聞機歸行此間上空也。

十九日　晴　熱甚　八月四日　星期五

八時起，飯後得蕭液垓、萬隆焜、劉時敘等函。蕭述嚴、黃仍駐三遊洞，不日回宜昌，子恕已往渝，渠亦欲請假回黃州云云。午後蘇小朋自巴市歸，云搭輪未趕上。今日又有二次警報，此間則未聞也。晚間仍熱，十時寢。

二十日　晴熱甚　八月五日　星期六

八時起，九時黨部有人自巴市來，云昨夕有四次警報，敵機五批四十五架經野三關掠恩施到重慶轟炸矣。飯後得朱祐亭、徐惠軒及家信三件，又報三份，美與倭斷絕通商約，時局可望轉好，其他無甚消息。午後又有人自巴市來，云昨通宵警報，天明乃已。晚間熱甚，坐門外乘涼。今日為此間最熱之一日，十時寢。

廿一日　晴熱甚　午後二時大風雨　約一時半
八月六日　星期日

七時聞有教廳二人昨自恩施來者，云恩施前夕五次警報，恰與昨言敵機自恩施過者相符。七時半余方起，飯後寫復炎午、子谷、伯陽並寄家信一件。十一時半忽聞後山礮聲二響，知有警報，遂與惠安至後山水溝上暫避之。下午一時半緊急警報作，二時解除。今日行路多，汗出如漿，回後洗澡畢，小睡一時許。四時巴東有人來云今日宜昌被炸二次甚慘。晚九時寢。

廿二日　晴　晚大雨數次　轉鐘後月色佳
八月七日　星期一

七時起，八時半省黨部傳達李榮卿自宜昌歸，云昨晨七時宜昌楊叉路英輪二隻及英美教堂遭大轟炸，大公路一帶被毀。午後二時李懋功自巴市歸，云得電局信，宜市昨遭大轟炸，敵機專炸英美財產，云云。午後六時往後山一次。宜市帶回橘精酒，時時飲之，頗可口。晚十時寢。

廿三日　晴　今日立秋　晚大風　八月八日　星期二

七時起，飯後無所事。宜昌來報紙，無新聞可注意者。今夕立秋涼甚，余自來此山中，不知暑期也。欲作立秋詩，造句無旺氣，中止。晚十時寢。

廿四日　晴　八月九日　星期三

八時起，飯後閱《清稗類鈔》已竣。正午接小峰家信一件，此信六天即到此；鄧實函一件，云其子女已痊；孟廣緯自成都來信，已就四川大學庶務課事，校在峨嵋山，彼到成都幫忙料理招考事也。晚間大風，涼甚，十時寢。

廿五日　晴　八月十日　星期四

五時醒，天已明，起視門外涼風襲人，遂再睡。七時起，飯後閱報無多新聞。戰事亦未進展。傍晚與小濤往汽車路上一看巴市情形，已行二里餘矣。八時歸，洗澡後頭暈甚，十時寢。

廿六日　晴熱　八月十一日　星期五

八時起，午後閱報，無可記載之事。晚與小濤外出一次。十二時寢。

廿七日　晴熱　八月十二日　星期六

七時起，午後往後山一次，坐叢柏下，此即此間所謂公園者也。晚歸無事所作，閱《民族戰史》畢，十一時寢。

廿八日　晴熱　午後三時大雨如注　八月十三日　星期日

八時半起，聞有警報，洗澡後至後山合作社小憩，飲茶並吃點心數事，十二時猶未聞緊急警報遂歸。午餐畢，小睡一時許。三時大雨約半時，五時半又小雨，天氣甚涼。巴東縣政府詹靜愚科長、張宣原銜科長。來此爲安電話事，余便詢各事。李懋功云嚴代主席明日可來巴東，搭楚元輪回宜市，余遂準備回宜。晚十二時寢。

廿九日　晴　熱甚　八月十四日　星期一

七時起，飯後再睡。午後二時懋功來函，至李芳處，云嚴主席可即到巴市，四時半見遠來汽車四輛，同行往巴東市去。余遂匆匆搜檢物件。飯後與厚訓雇挑子步行下山抵市區，已天黑矣。遇楊世英，知嚴住地，遂往謁之，並晤及黃仲恂秘書長，細談各事約一時許，回峽江旅店吃飯，與葉凝碧談話久。因天熱臭蟲多，不能寢也，達旦並未合眼。

七　月

初一日　晴熱甚　八月十五日　星期二

五時起，葉凝碧已先出門，云楚元輪已開來。余遂與惠安及挑子送物件上輪船，遇閻任之，得坐位。六時黃仲恂上船，六時半嚴主席上輪，即開行。水急，船行甚速，未幾過秭歸縣。自是以後，次第見定舲峽、兵書峽、牛肝峽。上午十時船抵三遊洞，停泊約半時許乃得上岸。老王來船上，囑其招呼物件。惠安與余同至三遊洞，得晤張貢之、液垓、方白諸人。飯後以倦不能下山，遂宿寢室中，寢極適。今晚惠安先回小溪塔去。

初二日　晴熱　八月十六日　星期三

七時起，與諸人閒話，打各處電話，無人接答。十一時知有警報，敵機一架偵察當陽境。午後下山至舊寓許家一看。詢黨部轉送公文，帥秘書不知之。細查收文簿，不見此文，何也？包貢九來，談甚久去。今日與黃仲恂作久談，余仍回三遊洞辦筆墨事，則可視察，不添人，秘書又非余所願也。不解決，定約以回家，十日再來定，戲務而已。原擬今晚到馮藝林家宿，因晤水警徐總隊長文煌云藝林病新痊，未便往也，仍宿三遊洞。

初三日　晴熱　晚十二時大風暴　小雨
八月十七日　星期四

六時起。六時半與王安雪動身往南荊關，經前坪、後坪至馮宅。行路甚熱，八時半到藝林家，談各事。早飯後囑安雪送片詢余仲藩，不得要領。十時余乃親往問各事。十一時歸。午飯後小睡一時許。傍晚光兆等來接余，就宿馮宅。余宿樓上，甚熱，不能寢。轉鐘時大風忽起，約一時乃止。天氣轉涼，乃得成寐。

初四日　早陰　旋晴　午後五時大雨
八月十八日　星期五

五時起。五時半起行，六時輿到小溪塔。晤陳益三談片刻，進早點，遂行，過溪河一店早餐。上午天氣大熱，自是經蔡家河、黃土坡、廖家林皆小憩，飲茶、歇陰片刻。廖家林前山、後山路邊有乾隆、嘉慶、道光、咸豐、同治、光緒各朝縣令出示石碑。或者此地當時衝要，兵差多，胥役敲詐，故歷代民衆奉請縣署也。過錦文坡、石門崗、白木坪，食麵，休息。一時許過大極寺約二里，山雨忽至，傾盆大下。余與輿夫、挑子躲大石下，水沁衣上。幸有傘，略支遮蔽，否則不堪設想矣。晚六時又小雨。六時半到家。

初五日　晴熱　八月十九日　星期六

八時起，倦甚。飯後未作事。午後三民引一黃姓來，述各事去。今日命祥煥取回洪英、龔少山、萬瑞章、袁子青、朱鐘德函，知鄂城近事甚悉。晚十一時寢。

初六日　晴熱　八月二十日　星期日

七時起。飯後看雜書，前自巴東攜歸者，已閱畢。擬寫各處函。晚十時寢。

初七日　晴熱甚　小雨一次　八月廿一日　星期一

七時起。飯後小睡。午後一時往陳秀升家一談，約一時歸。寫彭受虛函。晚閱各處來函，備明日復出。十一時寢。

初八日　晴熱甚　八月廿二日　星期二

七時起。飯後寫復鄂城萬、龔、洪、朱諸人來函。憶去年戰事吃緊，至今得閱於人及函告者，外籍病殁者有彭梓師、潘慎之、朱次誠父子、汪得深，本籍則張林華夫婦、傅象虛母子、吳特齋表兄、劉漢槎、朱鐘蓮、劉象珍、王子恒諸人，均先後謝世，聞之慘然也。午後寫復袁子青、潘家祐等函。今日熱甚，雷鳴未雨，悶鬱不堪。晚九時寢。

初九日　晴熱極　晚間仍甚　八月廿三日　星期三

六時起，自升火燒水盥漱畢。寫復各處函，計明晨可派人送小溪塔發出，共十四封。受虛、李芳等共一件，餘為孟廣潿、朱鐘德、萬瑞章、龔少山、洪英、喻育之、梅先霖、孟迪甫、鄧實、徐惠軒、向胖佛、潘家祐、劉述陶、袁子青、熊學培、廖玉田十六人。另寫一函與龍匯東，告知余已回鄉。晚十時寢。今夕爲孟夫人忌日，未能致祭。

初十日　晨三時小雨數次　晴熱　晚小雨
八月廿四日　星期四

七時起，倦甚。飯後得方緒吉、熊學培、呂受圖來信。熊函半月即到，不知從何路來也。補寫宋濟賢、黃仲恂各一函，備明晨派人送小溪塔。十時寢。

十一日　晨陰　午後一時大雨　晚時有小雨
八月廿五日　星期五

五時起，光中來取信件及購物單去。飯後寫大字二張、行書一張當影本，寫大小字紙共六十餘張交遲生，囑其逐日照功課單做去。正午陳廷泮昆弟來此，留飯後便寫一函交其帶去。傍晚祥焕歸，攜陳光軒家借回各小說，略事流覽而已。十時寢。轉鐘後夢先父母似在一室飲食。又見亡兒根生，病已七八日，住某學校，余囑夏炳丞視之。又炳丞弄飯菜未合，先母略言之，炳丞憤氣出，余遂命一黃陂廚子代之。雞鳴時醒，枕上默記，或者中元節近，先父母示夢歟？

十二日　早陰　晴熱　午後四時大雨如注　晚十二時小雨
八月廿六日　星期六

七時起。九時光中自小溪購物歸，各信件已發出。午後閱雜書。四時半具酒、希飯，祭祀鄂城諸祖宗。去年七月初在籍祀祖，今來此一年矣。包袱、錢紙於門外燒之，具形式禮節而已。今日兼祀亡兒根生，尤為痛心之事。戰事何時解決，俾吾輩早日東歸，則所願也。吾國失敗原因：第一為外交，第二為政治，第三則軍事。從前不從事於急急練空軍，致有近數月迭為敵機轟炸都市之事。無辜被難之民，死者不可統計，寧非劫數耶？晚七時半即寢。

十三日　晴熱　晚月色佳　八月廿七日　星期日

六時起。飯後寫大字二張，看雜書二時許。晚間外坐乘涼，月色甚佳。九時即寢。

十四日　晴熱　午後二時半大雷震山谷四次　雨若傾盆
二時四十分止　八月廿八日　星期一

五時起，天已明矣，早光已見。六時再睡，八時起。飯後閱書、寫字。今日天晴爽，甚熱。午後二時廿分黑雲自東驟升，二時半大風挾暴雨至，天黑沉矣。雷聲暴作如轟炸，聲震山谷者四次。火光迸裂，入余宅前竹園中。或者雷殛惡物歟？噫！天道惡盈，何不於倭機飛高空炸吾國城市時而一殛之也。三時四十五分雨止，溪聲怒吼，此雨添水三尺矣。晚七時卅五分聞飛機聲多架，經前山高空掠過。但袁世高云機聲似自西而東者，或者吾國之飛機往漢歟？九時寢。轉鐘二時醒，枕畔似聞飛機聲，但未確，又睡去。夢余已回鄂城矣，屋改舊觀，亦係舊宅。房中二窗作斜立式，器具櫃櫥極多，余漱盥亦無置盆處。又夢先母與平時無異，又見皮嫗仍在室中服役。醒後益多雜夢，不能一一記之。

十五日　晴熱　夜月明如畫　八月廿九日　星期二

八時起。飯後閱《聊齋志異》十則。午後寫字一張，閱雜書。晚飯後至溪河邊小立觀水，約半時回宅。拾得秋海棠花甚多，昔時只照帖本畫秋海棠，實未見此花之真本如何也。晚九時寢。夢先父母仍如昔時狀，似余已回鄂城也。

十六日　晴　月明如畫　八月卅日　星期三

五時半起。飯後寫黃松庵師函，復呂受圖函，並方洪岩、羅國楨、劉心栽、葉凝碧等明信片，擬明後天派人送小溪塔發出，便取各信、報紙回鄉一閱。午後小睡一時。今日食三餐，頗以爲過飽矣。余自去年到鄉，均食二頓。避難出亡，二頓已足矣。月色入晚甚佳。天氣已寒，未能出門久視也。十時寢。轉鐘零時卅二分天空敵機聲大作，驚余醒矣。二時仍睡熟，天欲曙時聞敵機返漢聲，又經此過去。

十七日　晴　月明如畫　八月卅一日　星期四

六時起。飯後閱雜書，已竣矣。午後寫復各信已畢。晚間因傷風鼻塞早寢，夢甚雜。

十八日　晴熱　月色佳　九月一日　星期五

六時起。午後一時陳季明派人送來信十封，云係在小溪塔取得者，計鄂城胡林貴堂等航空信，廖鼎三信、漢口朱祐廷、巴東彭受虛、建始梅先霖、成都姜顯謨、重慶范寄滄、成都孟廣漳、宜昌朱陽春、漢口杜衛初，當擇要先復貴堂、鼎三、受虛、陽春等函，寫就付袁三明日送小溪塔發出。又巴東轉來龍滙東一函，內附一詩並鄧區長函，緩當復之。十一時寢後忽聞天際遠遠有敵機聲，余遂起視，約五分鐘機聲大作，似十架以上轟炸機聲也，未幾掠前山上高空過去。十一時十分遂再寢。

十九日　晴熱　月色佳　九月二日　星期六

轉鐘二時許聞敵機先後二批自西下矣，旋睡熟。五時半起，天已大明，聞袁三已行矣。午後補前日所作《山居》各詩稿完竣。四時半帶同定兒、祥煥往對河岸上觀瀑布。近已數月未到此，心目爲之快然。六時歸。七時半飲酒三杯。連日每飯前必飲酒一二杯，無多事，聊以自適而已。巴東月餘，每飯必飲，已成習慣。余先祖父冠群公酒量大，日必三次，每次四兩。先叔森亭公繼其志，酒量尤大，飲時以巨杯，吸之甚快，余幼時見之，今尚憶及。先君不能飲，偶有小酌，半杯氣喘不能言，以是未常飲也。今夕憶及，因補記之。晚十時寢。

二十日　晴熱甚　晚曇　月色不明　九月三日　星期日

六時起。飯後閱報，德、俄已訂不侵犯條約，倭人極不安。此則各國所不及料者。俄懼倭，不能不聯德；德懼英、法，不能不與俄妥協，而實行其併吞，但降波蘭等國，與俄聯則無東顧憂矣。以後歐洲局勢將有大變化，但變化於中國有無利害，此時尚不能判斷耳。午後天忽轉熱，今年立秋已廿餘日矣，天熱乃若此，殆亦如局勢變化而不可測耶？六時袁三自小溪塔攜來子穀、聖逸、老王及湖南益陽述陶並葉文鵬等信，又報數份，皆述德、俄訂約及英、法備戰，德已炸波蘭都市等等。似此情況，歐戰或不能免，惟美國尚主調停云云。晚十時半寢。轉鐘一時聞天空飛機聲大作，控前山過，似有多架。未幾又來一批，循原路飛。一時半又來一批，約計似有卅餘架者。以聲甚厲，如此推測之，重慶不知添多少無辜冤死者矣。以後如何，余因睡熟，未聞也。

廿一日　晴　早熱甚如伏　月色佳　九月四日　星期一

六時起。飯後未作事。正午閱上月廿九、卅日報紙，德、蘇訂約事。又敵機前夕在宜市璞寶街曾投炸彈，又江邊亦投二枚，沉白木船二。又載楚元輪船上月廿四號觸礁沉沒，幸未淹斃搭客，惟行李、貨物落水者不少。此船余所早料者也。建廳航政處可殺。月前搭輪後，曾函向胖佛，請其力加整頓，想彼未注意也。午後四時剃頭一次。晚間猶熱。十一時寢。轉鐘後夢似回鄉，至張叔和宅中。叔和疾已痊，惟說話遲鈍。余問其妻，則云已故。又問劉心裁有信來否，叔和俱答之。又見其同居祀祖，來客廿餘人。余謂此族大人多，蓋鄭姓也。余欲易履，着未就，遂醒。細思叔和夫婦去秋俱病歿矣，三月間謝服初來函告余者。其家亦於去年淪陷後毀矣。

廿二日　晴熱如伏　夜轉鐘二時月色佳
九月五日　星期二

六時起。九時爲遲生改詩二首及白話文二篇。午後四時陳三民引其姑父王君來，談一時許去。王爲霧渡河人，余便詢該地諸事。今日又飲酒二次。記五月廿二日余出門往巴東，倏忽二月矣。歲月如流，抗戰至今無進展，敵機尚時時來炸後方，殊爲痛恨。又痛吾國戰鬥力如此之弱也。晚擬寫復各處函，以熱未果。本月廿五日爲白露節，已屆八月矣，而猶如此熱，寧非異事耶？古人云"秋後熱不久"，今距立秋已廿六日，則天變氣候俱變矣。十時寢，多雜夢。

廿三日　晴熱甚　晚十時小雨　轉鐘後有月色
九月六日　星期三

六時起。飯後熱甚，未作事。十一時小睡，十二時半起，竟有午夢，謂余已有層樓矣，欲覓下時乃醒。晚間仍熱，十時小雨。補和向胖佛《樂劬園葆三詩》，係陽曆四月中旬作，蓋已準備赴恩施者。向每欲余和其詩，邇時以心緒惡劣不願執筆也，今夕乃和之。即以《重到三遊洞有懷》爲題，一小時詩成十六韻，何其易也。十一時寢，多夢。

廿四日　晴熱　九月七日　星期四

六時起。飯後補作龍惠東有懷余在巴東時詩，以二絕答之。今晨因接其來函，約余至其家也。裁縫來爲小伢做衣服。午後小溪塔有便帶來子穀函，云敵在閩會議，調軍艦由滬入長江，恐鄂中有戰事。又附次松函，告知萬年曆已購得寄發矣。又鄂城萬子寫一片，八月十二日發，卅日到宜。此片十八天即到，與華容所發函十八天即到同。或者下游函件現已加快班耶？又報一份，述歐洲戰事又在調停中。晚十一時寢。夢函約太輔、天喜來幫工。

廿五日　晴熱　午後陣雨　旋晴
今日白露　九月八日　星期五

七時起。九時寫黃達雲、張仲心、程稚松函，餘發范寄滄等明日答書之。晚十時半寢。

廿六日　晴熱　九月九日　星期六

七時五十分起。飯後用複寫紙寫到宜昌後所作詩稿，擬分寄向胖佛、龍惠東、閻任之三人，並另寫函與惠東。晚十一時寢。

廿七日　晴熱甚如伏　九月十日　星期日

六時半起，晴空無雲，連日均如此，秋高氣爽也。想各城市鎮見晴空如此，民衆已避敵機往鄉間矣。敵人橫暴，空襲可畏又如此，真苦吾民耳。飲酒一杯後進早餐。近二旬均如此，每餐必飲，藉以改愁。午後寫信二件。早寫函命祥煥送龍惠東家，因彼約往，以天熱竟未去。祥煥帶回九月三號報一份，德、波二國已實行戰爭，英已由皇帝批准下動員令，則歐戰已成不可遏之勢。法幣在港已提高價格，二元七角可換港幣一元，則從前以一元二角能換港幣一元者何時可重見耶？晚十時廿分寢後夢見先君在家談往事，如辛卯年出門往江南，及廿一歲時在縣授徒時情形。余問生徒中後有深造者否。先君默記無之，自是細語各事。忽有一金色蛇從地中出，長二尺餘。又一小金隨出，余與先君共逐之，遂匿焉。醒視錶，則上午三點，鷄初鳴矣。

廿八日　晴熱甚如伏　九月十一日　星期一

六時起，晴空無雲，秋陽甚烈，連日皆熱不可耐。山中如此，城市可知矣。倘有寒暑表測之，總在九十度以上。立秋節已逾一月，猶如此酷熱，寧非怪事？天變於上矣。十一時飯畢，往秀升家一看，並問遲生疾，知已愈。十一時半往惠安寓中坐談。正午聞敵機聲，掠上空過，視而不見，大約總在七八架之譜。午後一時半歸，三時以後更熱，晚在門外乘涼。今日天熱，未作事。十時半寢，多夢，雜而無條理。

廿九日　晴熱甚　晚小雨　旋止　九月十二日　星期二

六時起。飯後寫閻任之、施方白函。午後十二時半敵機聲大作，過此間前山，大約有廿架以上。飛甚高，未能見，係炸四川無疑。晚熱不可耐，節過白露，猶如此熱，寧非奇事耶？十一時寢。夜熱時起，睡不安也。枕上約記去年此日，余自宜市乘輿至馮藝林家，轉楊家場陳文伯家，患熱幾殆。且是日敵機十八架，大轟炸宜昌市區、桃花嶺等地。今倏忽一年矣，而吾之抗戰仍未見勝利，奈何奈何！

八　月

初一日　晴熱甚如伏　晚十一時半大雨
九月十三日　星期三

六時起，天赤，日光如火。秋陽之烈，近數日始見之。然去歲節氣遲，且多一閏月，秋熱尚不奇也。今天真天變矣。飯後小睡一時許。晚天氣極悶，似有雨意，十時尤悶甚。十一時半乃大雨，約三小時。余時睡時起，轉鐘二時天氣改涼矣。

初二日　陰　小雨時作　九月十四日　星期四

六時起。飯後寫復未畢函件。十一時下山，往溪邊看水，急湍響澈山谷。天氣已涼，以後或不致再熱。歸後補寫各處函。晚十時寢。十一時鼻塞不可耐，噴嚏時作，又似傷風，此秋來余之素狀也。起床數次。

初三日　陰　九月十五日　星期五

六時半起。飯後似昨已受寒矣，腹泄三次。午後四時寫子穀、陽春、孫壽山、杜衛初、安卿、張重心、范寄滄、羅國貞、梅先林、向胖佛、閻任之、施方白等函片，均付袁三明日到小溪塔發郵，並付洋五元，又四元買雜物。中秋已近，需應用也。囑祥煥明晨與袁三同去，持余函到宜，搭輪往沙市轉草市就事，付洋五元四角作川資。此人無良，毫無可取，好吃懶做，嗜好俱全，寄居於此已逾八閱月，月給其零用，而毫不貼心做事，外欠之賬余爲一一還之，殊可恨也。面囑各事，勉其變爲好人，彼聽不聽，亦只盡余心而已。晚十時寢，轉鐘後多夢。

初四日　陰雨終日　九月十六日　星期六

五時半祥煥起升火，余遂起。因袁三必欲行，祥煥亦願今日到宜昌，天雨無空襲，出門較少着急，亦是好事。七時一刻彼等遂行。八時余早飯。九時以後改裝詩話及筆記稿本，並整理文字。午後小睡一時許。四時張性第送來《武漢報》一張，云遂龍匯東交彼帶者，係十二號報，載十一時午刻巴東又被敵機轟炸，來鳳初次被炸。前在巴聞劉京三云來鳳最近爲飛機停止地，已修大機場。此今年五月間積急辦成者。倘敵人知之，必遭狂炸云云。吾國漢奸多，安知將來不實見耶？今果然矣。又載德、波戰事激烈，法正與德備戰云。晚十時寢後多雜夢。

初五日　陰　九月十七日　星期日

七時起。八時五十分飯畢。九時半小睡剛着，陳三民持紙來請寫屏聯，談一時許去。午後袁三回，攜有伯陽、受虛、洪英、玉田、茂林、子谷、陽春、太輔、林均中、惠軒、祐亭、立群、周伯翔、潘受盦等信件並報紙。余一一閱之，至晚十二時方止，倦極遂寢。

初六日　陰　時時小雨　九月十八日　星期一

六時半起，連夕因傷風咳嗽睡不安枕，遂早起，蓋睡則愈嗽也。午後命人尋惠安來，囑其明日至宜市取款，並面囑各事去。小睡一時許，起來寫復各處函，擇其急者書至晚十二時尤未竣，遂將次要者留待下次再寫。計今夕所寫者爲受虛、洪英、茂林、久旃、子雲、子谷、陽春、太輔、梅鳳山等，並匯洋十元接濟廖玉田。轉鐘一時半方寢。二時半醒，咳不停聲。四時再起，自燒開水飲之。鼻涕大流、腹胸俱爲咳嗽扯痛，極以爲苦。

初七日　晴　九月十九　星期二

七時起，咳嗽頻作，飲開水不能止，飯亦食不進。午後久餓，乃得食之。四時半陳三民來，談至黃昏時去。今晨袁三與惠安同往宜昌，天氣晴明，未聞敵機聲，已屬萬幸矣。九時遂寢。

初八日　晴　九月二十日　星期三

七時飯後咳嗽未止，飲食略減。午後看雜書。晚七時候惠安等仍未歸，余疑其款未取到也。九時欲寢，袁三拍門，已歸矣。帶回鄂城洪英二片、子雲一片，彭水袁希德一信、鄧實二函，報三份，閱至十一時寢。咳嗽時作，頻起燒茶。

初九日　雨　九月廿一日　星期四

八時起。昨寢不安，似有病狀。今日咳嗽未止，未作事。晚九時寢，十二時半醒，又起坐數次。到廚房燒水，窗外冷風襲人，已感寒矣。自是睡不安枕，鼻涕多，極難過。

初十日　陰晴不定　九月廿二日　星期五

七時起，身覺發冷，病象已現。自煎防風、白芷、薄荷等藥飲之，足軟、骨痛，臥床不願行動。上午食飯半碗，午後吃稀飯一碗。口中乏味，晚服藥加生薑二片飲之。八時寢，睡後覺微汗，骨痛略減。

十一日　晴　晚有月色　九月廿三日　星期六

七時起。昨夜微汗，昏沉覺疲倦，時時熟睡也。早仍食稀飯半碗，午後仍吃稀飯，昨、今兩日並不覺餓。四時陳三民來，談甚久去。傍晚食飯半碗，口胃仍未開。九時半寢，起數次，睡熟多夢。

十二日　晴熱　晚有月　十時半忽大風雨一時許
今日秋分節　九月廿四日　星期日

七時起，疾已愈。飯後清理室中，淨地、整理床帳諸事。午後一時約陳玉清、三民來吃飯，秀升因病未至。餘則惠安、遲生、道兒及袁世高兄弟，以菜九味款之，四時散去。晚十時寢，暴風雨驟至，一時許乃止。

十三日　晴　晚月色不明　曇　九月廿五日　星期一

六時半起，連夕仍鼻塞涕流，夜爲數起，睡極不安。今日李堯垓往小溪塔，便托將潘受盦、鄧實、張立群等復函付之，帶小溪塔發出。今日未作事，晚十時寢，寢後起一次，仍類傷風狀。轉鐘一時再睡，夢見先母搭大輪，似遷居避難者。船中有三四嫗，類母狀。搭客多婦嫗。又見方耀廷眷屬亦搭此輪，余與共話。沈碧舫亦在輪中。人多，無官房艙，均臥板上。船大，類海舶，余亦後上船者。四時醒，猶憶其情況也。

十四日　陰　風雨時作　九月廿六日　星期二

七時起。飯後閱《唐詩合解》《姓氏族譜》，陳繼軒處所借來者。近來無書可看，雨中尤悶悶不堪。晚候小溪塔信件未回。十一時寢。

十五日　晴　晚有月　今日中秋　九月廿七日　星期三

七時起，天氣晴矣。飯後閱雜書。午後四時半小溪塔帶來民廳施方白、閻任之、胡森、呂受圖、洪英、葉凝碧、蔡心受、陳子谷等函，並報五分。報載及任之所告：日、蘇又有協定，蘇且侵佔波蘭矣。外交純恃國力而已，所謂"弱國無外交"，信然。戰事何時結束耶。時局愈演愈不可推測。總之抗戰二年餘，前所恃者，蘇俄可以遠制日本，今黑幕揭穿矣。英、法與德國方入戰爭初步，以後安有實力接濟吾國？美則惟利是視者，則遠在西半球，更不願牽入戰渦，更無力以助吾國也。晚見月色，似不大明。十時以後清光大來，偶作《中秋》二律，以逆境憶及往事，且值此國破家亡之際，欲歸不得，焉有好詩？且亡兒根生此月十九已一周年矣。每一念及，尤爲心痛耳。十一時寢。

十六日　晴　晚有月色　曇　九月廿八日　星期四

七時起。九時飯畢。閱昨日帶回之報，我軍似有小勝利。敵機連日轟炸湘陰、沅陵、西安等處甚烈。省參議會已開幕，國民參政在渝亦開第四次會矣。諸無甚新聞。午後補作竹石詩、題山水詩，方白、任之所乞畫，並乞詩也。九時閱唐詩半本，倦而欲寢。因念月光中近數日敵機未過此上空，今夕必來矣。十時寢，約一刻鐘，余展轉不寐。十一時廿分天際機聲大作，細聽似有十餘架，飛行極速，掠前山去。四時半又聞機聲東下，大約又係炸重慶也。

十七日　晴　夜月色佳　九月廿九日　星期五

七時起。連日擬往龍惠東寓一敍，久不得轎夫，甚悵。午後在三民家借得《詞源》來，備翻閱而已。讀唐詩約半時。晚十時半寢。

十八日　晴　九月卅日　星期六

五時四十分起，自升火燒水飲之。七時半檢連日所寫函件，如復壽山、洪英、袁希德、鄭宇平等，備有便往宜昌發出。下午四時陳三民引其戚汪姑來談。胡升自宜市來，細問各事。述及周光烈於上月病死河西，周身體强健而有精神，此則所不及料者。人生危如朝露，值此國難，渠攜其妻子，展轉由公安、宜都、以至宜昌。前時時以求作縣長，費盡九牛之力，卒不可得。名利縈其胸中，真所謂到死不悟也。八時五十五分天際敵機聲大作，余開門出視，未幾經此宅頂之高空飛過，似有廿餘架，聲震震然。層雲蔽之，未能見機多少耳。十一時敵機第一批轉來，十一時半又轉來一批，十一時五十六分又轉來一架，均經前山掠過，不似十六夜之整隊東下，或者爲渝防空隊擊射零落歟？嗚乎！此種血債何時算得清也。

十九日　晴　十月一日　星期日

七時起。九時半飯畢。午後小睡一次。胡升同其娶婦來，便留吃飯。三時袁三來，着其送楮至對門，囑遲生晚間在門外焚之。今夕爲亡兒根生一周年也。墓有宿草，思之心痛。晚間極不怡，思及去歲此夕在宜市旅館情形，慘然淚下，亡兒有知或亦心有不安也？客中無祭物，尤爲淒惻耳。十時寢。

二十日　晴燥　月光甚明　十月二日　星期一

七時起。八時半飯畢，九時半至惠安寓，約胡升同往龍惠東家，步行至張家口。因三民同行，乃雇二人綁一小椅作兜子乘之，左右傾斜，又不靠坐，極以爲苦。到易家已下午二時半矣。天燥，衣汗透，先在易家祠休息一次。晤惠東夫婦，談各事。飯後與覃文圃、易志卿、惠東同往覃吉圃家請乩仙判各事。先土地來，繼呂祖來，繼關聖來。所判之塡詞與關帝所判長駢文均切時事，多雅馴之語，且駢文甚長，約六七百字。真有神臨壇？蓋詞與文均非扶乩二人所能造出者也。末請臨壇土地許陽，細詢其履歷，爲清末之人，籍當陽清溪河人，壽百十三歲而終者，現有子孫云云。十二時半方與惠東、文圃回宅宿，雞鳴矣。

廿一日　晴燥　晚月光大明　十月三日　星期二

七時起。早點後欲與惠東至大峰寺一遊，以天氣熱燥中止。正午遂與文圃等爲竹戰之戲，午後三時畢。四時半晚餐，與惠東、文圃又往吉圃家，請乩問時局。均未答，僅仙土地一詩，費解。十一時回龍宅宿。今日午後一時聞飛機聲掠高空過，後見各報，係我機飛炸漢口敵人。

廿二日　晴燥　月色佳　十月四日　星期三

八時起，昨睡甚安恬。十一時行，易行願請早飯。聞天空有敵機一架掠過，甚速，蓋偵察機也。一收酒稅者李高明，帶同區丁三人，重征索詐去行願家，經余批評數語，彼竟走矣。午後二時小睡，四時起。余欲行，惠東已雇二人，旋余寓已來兜子接余。五時起行，黃昏時到家。飯畢小憩即寢。轉鐘零時四十八分，敵機一批經前山過去。一時十分又來一批，聲甚大，掠前山過。一時四十分又聞機聲甚厲，似當此間掠過者。意揣三批必係九架，計廿餘架矣。噫！又炸漢地耶？

廿三日　晴　晚無月　十月五日　星期四

七時起，惠東差人送函來，云昨日李某事，遂寫一函致鄧區長，付原人攜還。飯後閱清代國史館原本《漢名臣傳》，昨自易宅借歸者，《滿名臣傳》則未攜還。此傳以魏象樞起，吳士功終，共二百六十三人，附卷尚不在乾隆以上年代者。甚哉！名臣之多也。而魏象樞、林起龍、胡全才、成克鞏前列諸人，或爲崇禎時舉人、進士，靦顏降虜，尚存《名臣》，則《二臣傳》中如錢謙益、吳梅村輩殊爲不值。真有幸、有不幸也。他日必於明代得科名仕進降清諸人，則列一表，附注各事。噫！此輩漢奸，不過較洪承疇、吳三桂罪惡減等耳。晚三民來談，余寫信二封付其舅帶小溪塔發出。胡升夫婦明日亦回宜市，以陳、朱二函與之。十一時寢。夢劉菊坡已搬一宅，又似住某學校者，余與語各事。

廿四日　晴燥　有月　十月六日　星期五

七時半起，胡升夫婦吃飯已行矣。十一時至秀升家看其疾，談半時出。與遲兒同往惠安寓中午飯，坐談一時許方歸。途遇宜昌來人，云數日俱有警報，敵機過宜未投彈也。晚飯後續看《漢名臣傳》。清初諸臣忠於滿君者多一切清廉自守，愛惜名譽，清末諸臣所不及也。晚十時寢，多夢。

廿五日　晴燥　轉鐘以後有月色　十月七日　星期六

六時半起。八時飯畢。午後續閱《漢名臣傳》。此類名臣，俱從國史館中抄錄付刊者。評列當時奏議、詔令及言官攻訐、劾奏諸事，末必述謚號，賜祭之文，皆二品以上大臣也。間亦列有武職諸臣。清代編有《逆臣傳》《二臣傳》兩書，余尚未閱過，回武漢後必借閱之。午後為施方白作畫已成。前曾為渠作山水小幀一幅，渠又來函再索，因寫《竹石圖》，題古風喻言一章與之。晚間取得《東湖縣志》一部，閱至十一時寢。三時起坐一次，因又類傷風，鼻涕壅流難受。起坐二時許乃已。窗前透入下弦之月光，仍強也。

廿六日　晴燥　十月八日　星期日

七時起。飯後送禮與陳秀升，因渠廿七日散生也。午後二時陳宅來請客，三時去。酒二席，辦理甚好，四時半歸。晚閱雜書，十一時寢。

廿七日　晴燥　今日寒露節　孔子聖誕節
十月九日　星期一

六時半起。小溪塔帶回信件、報紙十餘份，陽春、袁希德、喻育之、孟廣潼、廖玉田、梅先霖均有信。報載歐戰不甚激烈，波蘭已亡矣。湘北我軍勝利，重慶頻炸；嘉定、瀘縣、遂寧，以及吾鄂恩施、巴東、建始，此月均已炸過一次。十月三號，我空軍九架曾往漢口飛機場轟炸日機數架云云。晚間因袁三明日往小溪塔，便托帶函覆喻育之、陽春、先林、玉田並致張渭泉、秦培新、廣漳等函，與小溪塔局發出，便購各物。十時寢。

廿八日　晴燥　十月十日　星期二

六時半起。飯後爲陳三民寫屏對已畢。午後二時補畫閻任之山水四幅已成。補寫施方白竹石詩。晚寢不安，時時起坐，傷風疾仍未見愈也。睡熟則多雜夢，似余又住兩湖補文憑云云。

廿九日　晴燥　十月十一日　星期三

六時半起，連日晴空無雲，未見敵機過此，或者襲他省也？補寫任之畫幅之詩。午後看《東湖志》已畢。晚十一時寢。轉鐘二時夢見孟夫人，情致不異生時也。

三十日　晴燥　十月十二日　星期四

六時半起。九時早餐，袁三仍未歸。午正寫字二張。閱《東湖志》各冊已畢。此間無可借書之處，閉塞如此，殊可嘅也。午後二時袁三歸，僅帶報紙三份歸。七、八號之報余已閱過，九號報無多記載。聞袁云十一號宜市晨有警報，餘無多新聞，戰事確係勝利云。晚袁世高請道士五人爲其亡妻超度、燒靈，擾擾至十一時未已。余寢後十二時醒，鼻塞涕流，又起挑燈坐至轉鐘二時半乃寢。自是多夢。四時四十分袁宅鑼鼓聲喧，擾擾難寐。

九　月

初一日　晴燥　十月十三日　星期五

五時半因袁宅喧鬧不能睡。六時起，陽光已到窗矣。八時早飯畢。

十一時半遂再寢，至正午方起。連日空際蔚藍無雲，秋陽甚烈，一如伏天。節過寒露猶如此，天時隨世界大局已變矣。近三年來寒暑不時，類如此也。山中無書可看，尤爲沉悶。午後三時忽聞天際飛機聲大作，出門視之，前有六隻成隊，自西東下，向余住宅左山高空掠過。後有九架跟來，前山掠過。均飛行甚遲，不能判爲敵機炸後東下，因隊行不亂也。後天報紙當所詳載。晚間此來機未由此返川，則不能不懷疑耳。十時寢。夢與袁子子青共談一室。

初二日　晴燥　十月十四日　星期六

七時起。昨睡亦不安，起燒水二次，袁宅早喧擾仍甚。九時夢閑腹痛，欲分娩。而定兒腹痾未愈，時時下紅白凍，又索食。余則料理其吃與痾，真焦灼萬分。正午十二時夢閑產一女，甚速，人亦安全。余與袁嫗接生，室中無人招呼，尚不慌亂。客中況味不堪，偶思往事，令人於色不能止耳。午後一時四十分天際敵機聲大作，掠此間高空過。有見者云十二架，大約又係炸四川也。二時五分又來一批，似由前山掠過。四時並未見敵機由此轉東下。今日定生腹痾，至晚七時半止，共有卅餘次之多。惟飲食如常，嬉戲仍如常也。七時半兒乃睡。余今日氣力已疲，諸凡一切燒水、弄飯、抱小孩均自爲之也。龍匯東着人送信來，爲請榨匠事，便書一函復之。九時半寢，十二時半起坐。鼻塞吐痰，又類傷風。轉鐘二時再寢。係我機炸漢口敵人。

初三日　晴燥　十月十五日　星期日

六時半起。定生痢疾仍未愈，七時爲之燒茶、吃飯諸事。九時余自炊得食。十時零五分敵機來，自下游又襲川矣。機聲多，似有十架以上者。午後自炊。定生疾，余檢白芍、當歸、黃連、車前、川芎、甘草與之服。晚十時寢，定生今夕安睡。昨日午後機飛係我機轟炸漢口敵人，分三批東下者。見《武漢日報》，後又見重慶《掃蕩報》廿九年一月五日《漢皋來客談》欄內。

初四日　晴燥　十月十六日　星期一

六時起。定生疾已大減，午後連吃粥飯，頑劣如初。郭恒升送禮來。今日甚疲，思睡，遂小睡一時許。今晨小溪塔轉來子谷函，云戰事，湘北已有大勝利，刻下水已退落，江防甚嚴，敵人不能來犯云云。又，十二號報載，德滅波蘭以後即言和平，畫波爲緩衝國，英、法不欲戰，似可望停止也。晚十一時寢，着單被，不以爲寒，睡亦安恬。

初五日　晴燥甚　夜轉鐘時小雨　十月十七日　星期二

七時起。八時半飯畢。今日定生疾已全好，飲食如常，痾次數亦減，戲笑亦有精神也。午後龍惠東着張性第送禮來，並帶函，附九月朔夕所請乩仙，有張果老仙、張桓侯、關平諸仙。詞句仍爲詞曲體，與前次余往覃宅所見者同，扶乩二人文筆均欠通，而此詞句決非彼等所能捏造者也。是何靈神？或狐黃之類憑之耶？此則理之不可能者。前數年曾見人家扶乩，數次文均欠通順，此則速而且雅矣。則乾隆間閱微草堂所見者爲不虛矣。晚十時寢，多夢。

初六日　陰　小雨　午後三時似晴意
　　　十月十八日　星期三

七時起。午正陳吉軒來坐談半時去，並借來《新智囊》二册，元和宋宗元所著者也，體例似《世說新語》之類，晚略流覽。十一時寢，夢先君送余至武漢，余過江後，先君自渡漢口宿，余命陽春送之。又，余至保安門，宅後堂改做瓦石堆集，一嫗開門，指示余出。過一後門逕入，則大家也。楹棟華麗，廳堂多挂泥金大對，有楊守敬書之金聯一付，餘未暇視其款，匆匆出此屋，頭門且聞婢女鬧吵聲。又夢一理髮匠爲余取耳灰等事。

初七日　陰　夜有小雨　十月十九日　星期四

七時半起，昨睡尚安。早飯後寫信與宋濟賢、彭受虛、劉伯陽、李懋功、施方白、閻任之、陳子谷、向胖佛、孫壽山、朱陽春諸人，備派往小溪塔發出。午後寫王文端信。陳光兆又由小溪塔帶回信一包、報三份。初二日午後機聲係我機十二架往漢口轟炸敵人也。晚十一時寢，多夢。

初八日　陰　雨　十月二十日　星期五

七時起。十時張性第送肉來，便托其帶一信與龍惠東。午後補寫陽春、子谷二處信，並托子谷購郵票五元。晚將各函封好，備明日袁三往小溪塔去，九時方畢。十時半寢，多夢。

初九日　雨　今日重陽　十月廿一日　星期六

九時起。昨計今日爲晴，當往對山登高眺望，今日乃以雨，敗興也。袁三亦未往小溪塔。昨、今兩日午飯及晚間均飲酒三杯。蓋又釀糯米酒，甚湧出，以汾酒兌沖之，味厚而香也。雨中悶悶，不能外出。十一時寢，多雜夢。

初十日　雨　陰寒　十月廿二日　星期日

七時起。雨中無事，又無書可閱。晚補寫洪英、文端、羅國二片，付袁三明日往小溪塔發出。晚十一時寢。

初十日　早大雨　午後陰　寒
十月廿二日　星期日　重寫

七時半起，知袁三仍未往小溪塔。飯後張性第在龍惠東家取來綫香四十八根。聞惠東不在家，此則其妻所與者。試焚之，味永，香亦不烈，可喜也。前借《漢名臣傳》六本，付之便帶去。晚十時寢。轉鐘二時醒，起坐，鼻墮清涕，約一時許乃止。

十一日　陰　午後三時轉晴　晚月色大明
十月廿三日　星期一

七時半起。飯後寫字數張，昨、前兩日均寫大字。自來此間，久未秉筆也。晚具香楮並素麵、茶、酒，祀先母吳太夫人。明晨十二爲先母冥壽也。計年如存，今年八十五矣。母没己丑年，設存，見余等逃難在外，其傷心何如耶。帶同定生叩奠如儀。八時半寫雜稿。十一時半寢。轉鐘一時半起坐一時，又似傷風狀。二時半又睡。似夢喻育之、方耀庭在座，衆謂請喻語水電公司事，謂方述時事。方詢余已往燕子縣否。余漫應之，謂至則無人招待，仍回矣。紅日照於方面上，方似手持叢花，患目疾狀。

十二日　晴　晚有月色　今日霜降節
十月廿四日　星期二

七時半起。飯後三民來談半時去。十一時帶同遲生至瀑布對面小坐一時許。今日天晴氣爽，惜無地可供遊眺者。傍晚袁三歸，帶回太輔及監利縣鄭桓武縣長一函，報五份，紙、印俱劣，模糊不能認辨。歐戰不甚烈。其他載我軍勝利消息，未作懇切之語。又載十月三日、十四日，我機兩次炸漢口倭軍機場，寫得聲勢浩大，是否確實？閱之甚快慰也。六時五十五分忽聞天際機聲自東而西，掠此間當空而過。七時五十三分又一批九架經此高空過去。九時廿五分聞敵機轉來一批，以時間僅一點半鐘敵機即返，度之似非轟炸重慶，或者爲奉節、梁山、萬縣等地耳。十時似又一批轉來，但聲甚遠，靜中略辨，由前山掠過，但聽未真。十一時寢。轉鐘二時半敵機轉來，掠此間過去，則必有一批炸渝矣。

十三日　晴　夜月不明　十月廿五日　星期三

九時半起，因昨睡不甚安也。飯後無所事，補看《東湖縣志》。晚十時半寢。轉鐘二時半醒，傷風，約坐二時許，四時再睡。宿夢已回鄂城住宅矣。沈炳琳、石仲章及來賓十餘人，又有临時來探訪者，謂係余生期云云。又見先母亦在家中，如平昔狀。醒時記之，則今日爲先母生辰也。未致奠，有罪甚矣。

十四日　雨　寒　十月廿六　星期四

九時半起。十時半早飯。午後雨略小，寒甚。昨、今兩日俱飯酒，每次三杯。余向不愛飲，去冬至今山居無事，每飯必飲，藉以解愁而已。仍閱《東湖縣志》，此地又無書可借閱者，其閉塞之地也。晚十一時寢。轉鐘二時半醒，坐一時許又睡。夢余與魯蘭蓀又入兩湖補習方准畢業。至湖堂校舍，似已縮小，由樓上下樓入寢室外看各生姓名，無一識者，審視則年青學生也。一齋夫導余云："此係新校，若君等之校址，距此尚有廿里，名泊粟。"余問校監何名，則云周鳳璋。遇蘭蓀問及傅端平、張肖鵠，則云俱已到校一星期矣。尚有三星期畢業，此爲受訓，補習後方給證書。又遇一人，似夏秋舫狀。夢中問及"泊粟"二字，則導余者告之也。五時半醒，記甚了了。噫！余夢至湖堂補習，去年至今非止一次耳。有易、張諸人，倏忽廿八年，尚須補習耶。夢境可笑如此。

十五日　陰　晚月色昏黃　轉鐘後時有小雨
十月廿七　星期五

九時起。十時飯畢，寫喻育之一函。午後四時宜昌城有一朱姓商人隨同黃土坡店老板來，述此間陳光錦賙①渠布疋鈔洋事，約數二百元。現光錦已逃避矣。此人可恨，余囑其投鳴秀升及郭保長調處，退物以去。晚恐傷風復發難寢，遂延遲至十二時寢。寢夢雜，似回鄉間，又見胡方臣大伯抱木槍十餘，逡巡前奔。又見盧本棠教員述各事。四時醒，起溺後類傷風，坐半時乃睡。

---

①　賙，疑應爲"騙"。

十六日　陰　晚月光大明　十月廿八日　星期六

七時半起。飯後閱《東湖志》。十二時帶同定兒往溪邊看水，並渡水看瀑布，約一時許方歸。午後三時三刻余登左邊高山山路，羊腸窄徑，頻於山邊螺旋而上，頗難行。約大半里許尋得瀑布之源，蓋山溪也。由高山之水下注於溪，再由溪奔瀉直下兩石山之缺處，遂爲瀑布也。其旁立石長約八尺高，上略大，如人戴笠而立。過溪有土地祠，像已毀其半矣。山溪水清，且有小魚甚多。立片刻，遂與長青同下山。長青徐姓，前數日來此引小孩者也。四時三刻抵寄廬。此瀑余錫以名曰"匹練泉"，既爲詩以紀之矣，似不可不尋其源耳。五時胡升自宜市來此，攜有子穀、王安雪函，又報紙三份，歐戰未息，吾國與倭戰現無勝負。補載秭歸十五號被炸，似甚慘也。餘無多事。子穀附云巴東來款，後天當着人去取。細詢胡升宜市及武漢情形。晚十一時寢，多夢。似已乘江新輪未下狀。

十七日　陰　寒　十月廿九日　星期日

九時起。飯後閱雜書。午後三時被陳光錦拐欵之朱某來乞爲作主。余謂保長既願備文將光錦送縣，汝失之欵可以歸原矣。即囑此人約惠安來與語各事去。晚陳姓來，爲定生所謂走胎事，做泥人以火燒之，并令鷄蛋炸裂，謂此可除走胎之患矣。余不信此事，亦未往觀之。十時閱縣志。十一時寢。轉鐘後夢余回武漢，充省立師範並二中學教員，已正式上課，與生徒講解。又似回鄂城。

十八日　陰　午後三時半小雨數次　十月卅日　星期一

九時起，昨睡甚安，定生夜間睡亦安好。十時早飯。午後二時往惠安寓，問其明日能往宜昌否。呼遲生來與同至小峰寺一遊。便還陳吉軒欠布洋四元，吉軒遂同余往寺中一看。現寺左邊已做起土牆屋三間矣。有僧與一僕看寺，寺中已打掃，非似二月間余來遊時情況。余細察鐘鼓均好，此鐘甚大，難尋鑄時年月，大約總在清初所鑄也。其鐵香爐爲乾隆戊午年所鑄，倘僧能勤，天到曙時鳴鐘一次，黄昏擊鼓，實可動人深省也。便訪一教書先生，黄姓，小蒙童五人，足以點綴此地風景。鄰寺而居者四家，以天雨未久留，與遲生遂匆匆歸，到寓已四時半矣。餒甚，食飯畢閲《聊齋志異》上册，以字小恐傷目力，遂止。計今日往返行山路十四里矣。十一時寢，多夢。

十九日　晴　晚陰無月　九時以後月光大明
十月卅一日　星期二

八時半起。飯後陳寄軒來談學詩事，約一時許去；午後三時又來談，堅請改其近作重九詩，又獨酌詩二首以去。晚寒甚重，霜降已逾八日，轉瞬立冬矣。余近二旬中無夕無夢，良由身體弱，秋夜已涼，每感鼻塞流涕，類傷風之狀。展轉起坐，倦極而睡，神精衰弱，腦血不充，致環成夢境也。夢每奇雜，不近情理，可笑者多。早寢、遲寢總不能避免不做夢，殊以爲苦。夢境歟？苦境歟？現在舉世昏昏一夢境也。十一時寢後夢更雜。

二十日　晴　夜有月　十一月一日　星期三

八時半起。飯後閲雜書。午後張性第送栗子一斗來，小粒而爛者甚多，索價一元八角。此人做事不可靠，且好利之心太重，付以一元六角以去。並帶來龍惠東十三日函一件，時期已過，勉作一函復之。晚傷風，鼻涕頻流，因今午剃頭傷風，噴嚏頻作，極爲難過。十一時寢後夢至徐克誠家吃飯，陪余者數人，其老年姑父爲之主酒，菜甚豐。又夢先母、先姊，似居鄂城宅。

廿一日　陰寒　小雨數次　轉鐘三時有月光
十一月二日　星期四

九時起，胡升來，知惠安已往小溪塔去。午後閲《聊齋》三則，字小，不耐久看。晚復龍匯東函，並作馮、徐二函爲之説項，明日當着人送去。十時鼻涕頻出，服藥後寢。展轉不寐，轉鐘四時又醒起坐，鼻塞咳嗽，極感痛苦，胸胃間俱痛。五時以後睡熟，夢先父母同在一室，又囑余時①糯米飯等等。

廿二日　晴　十一月三日　星期五

九時起，嗽未愈，且有氣擁胸，憊甚。飯後命長青送函與匯東，晚歸，持回函，並關帝乩筆陰騭文一篇。大意起段何以爲陰騭。《洪範》曰：惟天陰騭下民。騭言安定也。言天於冥冥之中，默以安定下民。天不言而歲功成。所謂大造不言造，化工不言工。人能體天之心，廣引陰騭，亦若是焉而已。又曰：然不可以陽行之，而必以陰爲者。善之作爲，有好名者，有市義者，有所爲而爲者，善量義狹。語云：善欲人見非是真善，惟有不好名，不市義，不望酬報，不矜得者，作之於不知不覺，行之於無臭無聲，務使受我德者無望酬我之德，沐我恩者不令報我之恩，是乃所謂陰騭也云云。餘爲呂祖、藍采和判詞。此壇余曾兩見，乩筆扶乩者僅一人粗通文筆，決非僞作。然則果何神仙而憑之耶？晚十一時寢，氣喘咳嗽不暢，轉鐘四時起坐一小時，極疲憊難受。睡熟多夢。

廿三日　晴　午後陰　十一月四日　星期六

八時半起。飯後郭淵伯、陳三民來，請寫函與鄧區長，欲在張家口做食鹽公賣處，不知能行否。寫竣付之去。今日咳嗽仍甚，咳後氣喘，極以爲苦。此疾推算十年來均有之，秋末冬初最甚，到春末方愈。此期間月必一二次，去、今兩年較往昔甚劇也。善醫者余未逢之，勿乃運氣使然耶？夜恐咳難耐，遲至十一時方寢。然安睡不適，三小時餘醒後仍咳。睡熟多夢，似見鄧麟生共語。又余曾代其宣揚政績也。

---

① 時，此處疑有誤。

廿四日　晴　十一月五日　星期日

九時起，咳仍未愈。十時檢惠安自小溪塔帶回各信件，計洪英、祥煥、周淬成函，內附紅帖，謂其子十月結婚。姜成傑函，請寄匯款接濟。陳慶復函，云巴東上月二日被敵機轟炸五次，有二次受損失。彭受虛二函。云匯款事。又報六份，無多記載。《大公報》已到四份，新聞較多，但日期過遲也。午後帶同定兒往惠安寓中，問宜市各事。晚六時睡片刻，起來則咳不可耐，胸胃俱痛。八時袁世高來述分鄉生意，百物亦漲云云。余恐咳難受，遲至十一時方寢，寢後四時仍起坐咳，時胸胃痛。天欲明，樓上袁姓小孩哭不已，哭且喊，近一月來每夕必有三四次，真可惡也。而此孩之鋪隔一層板，恰在余鋪之上。

廿五日　晴　十一月六日　星期一

七時半起，至門外，天氣甚寒，高峰見日光，萬里無雲，深秋氣爽，紅黃滿山，古人所謂"秋山如畫"者是。咳嗽未止，比昨日較輕，心胸痛時作。午後三時三民引一陳姓來奉問。此人爲軍部兵站駐張家口看守軍米之負責人，與談一時許去。晚間以細辛、薄荷、防風等藥煎服，並加柴胡發汗。八時半即寢，十一時醒，得汗甚微，悶咳不可耐，遂起坐。轉鐘以後又起一次，咳時胸胃痛甚。三時又睡，宿夢回鄂城本宅，前重租人北方口音，做炭元生意，雜物堆集。又見先母在第三重睡，床被不整，似初歸者。僉云："倭寇退盡矣！"但余由小北門進城時，街市冷落，店門未開，狀極慘然。又見蕭敦五在余後宅睡，問之則疲餓甚久，不能興也。此真夢雜無倫。

廿六日　上午晴　午後雨數次　十一月七日　星期二

八時起，病仍未愈，又服藥一次，惠東送來廣陳皮二錢，檢入藥服之。午後咳稍輕。晚十一時寢，展轉不寐，但未咳嗽。轉鐘後餒甚，遂起坐床，食栗數枚，心煩乃止。睡熟後多夢。旋聞山谷中大風雨起，驚覺欲起，似力不支。天欲曙，吐濃痰四五口，胸膈乃寬暢矣。

廿七日　風雨交作　寒　十一月八日　星期三

十時方起，咳嗽較昨稍輕。飯後寫子穀、陽春、丹陽、彭受虛、黃仲恂、劉伯陽等信。派袁三及長青明晨往宜市，爲王安雪寄包裹，便買各應用之物，備三數日內出門之用。晚因補寫仲恂一函，至十二時一刻方罷。記夢閑去年今日自楊家場遷小峰，今恰一年矣，思之惘然。轉鐘半時方寢，直至五時醒，咳嗽大作。未幾袁三、長青等準備赴宜昌，擾擾弄飯，遂不能睡。

廿八日　陰　大風　寒甚　十一月九日　星期四

六時起，成衣匠猶未來，余亟需棉袍改做棉褲，破爛不堪，用短紡綢長衫改作面子。十時半成衣匠二人方至。午後寒甚，天色昏黃，如隆冬欲雪狀，與去年今日大異。晚十時半寢，甚熟。轉鐘三時醒，咳嗽大作，胸脅扯痛矣。睡熟後仍多夢。

廿九日　陰　寒　十一月十日　星期五

九時起，十時早飯。記去年今日晨七時自楊家造飯，與萬內子、遲兒、艾甥、鄧婿及梅先林，胡升，王、楊二僕，及眷屬一行人伕共廿餘人，八時動身，晚五時抵此，倏忽一年矣。此一年中所受痛苦激刺，來往奔馳，精神疲怠，思之傷心，言之墮淚。記余自離鄂城之宅之日起，計至今日，則十六個月矣。東望家園，曷勝惆悵。小女近數日似病狀，余未錫一名與之。從前擬如添一男孩，當錫名曰"宜生"，以其在宜昌生也。此女生時睜眼，貌極惡，其貌似余從前所見之人，殊爲奇事，此則不可思議者也。晚七時袁三與長青在宜昌未歸，不知信已送到否。九時仍未歸。十一時余方寢，多夢，寢亦不安。

十 月

初一日　陰　小雨數次　寒　壬子　十月大　建乙亥
十一月十一日　星期六

八時起。十一時袁三與長青方歸，攜向胖佛、陳子谷、孟廣潼、鄧實、李懋功、朱陽春等函。余前寄香港黃松庵先生函已退回矣。批語："遷居，不知。"黃松師究遷何處矣。去年武漢失陷後，未接香港來信，或者已往昆明耶？餘俱係報紙，無多可記者，戰事仍如前狀。晚間小女似病加重，不食乳，喉中若疾未能出者。面漸瘦，呈慘白色，僅目光如常視人耳，惟音瘖可慮。余以客中無一日安適，亦心煩不能已。十一時寢，咳嗽時作，必起坐。睡後夢蕭敦五如昔時。

初二日　陰　小雨　夜深小雨數次
十一月十二日　星期日

七時起。八時視小女疾似愈狀。九時余與三民、世高談各事。十時再視小女，面慘白，氣頻噎不得出。命夢閑急餵鷓鴣菜，約半時後乃平服如常狀，惟四肢冷不發熱，旋睡熟。十二時醒後又似前狀，余慮其動驚風也，又無藥以治之。今日此女彌月，昨以袁三未買肉菜諸事，致未邀客小聚。午後遂進香視孟夫人佑此女而已。十時半女又微睡，目上視，不合眼瞼。余慮其難愈，然至此亦無可奈何。因憶女墮地時貌，慮萬景德或亦討債來歟？晚六時女疾又轉重，目開視，不能哭，又不食乳。以水灌之，似難即吞，延至十時已無氣力矣。夢閑大哭，余以心傷兒女事太多，忍淚囑袁三等抱女出外葬之。墮淚如雨，自燒茶水慰夢閑而已。十一時乃寢。寢後夢李佛波之妾名寅生者，擾擾多時。轉鐘二時半醒，又聞夢閑哭聲，心煩亂，咳嗽大作。又起坐二次，疲極，和衣臥，夢雜亂可厭。

初三日　陰　時有小雨　十一月十三日　星期一

八時起。飯後心煩亂殊甚。欲外出，而路濕不易行，且往何處耶？聞近日米、炭、鹽俱漲價，奸商操縱，如此可恨！余嘗謂："中國人最壞，而商人爲最。"從前全國奸商首滬、漢，今則首宜昌矣。抗戰以來，滬、漢及下游各省避亂來宜者，無不受宜商之欺詐、下等人力之訛索與欺侮。滬漢商民、官紳、土劣，雖之施於人者，至宜昌乃得受其報矣。噫！宜昌人心之壞，將來何人報之耶？天高夢夢，果無言歟。午後無書可看，時睡而已。晚十一時寢，多夢。

初四日　陰　小雨　十一月十四日　星期二①

九時起。飯後寫復各處函，如向胖佛、朱陽春、孟廣瀇等五人，明日命人送小溪塔發出。並函索郭淵伯前月所借之款，此人説話無誠信，現已月餘，尤未歸還，前濟其急，現則淡而忘之矣。晚十時寢。

初五日　陰　正午有陽光甚微　十一月十五日　星期三

八時半起，昨睡甚安，咳嗽時少，濃痰亦稀，或者可痊也。函催郭淵伯還款，以備出門之用。晚十時寢。

初六日　晴　萬里無雲　十一月十六日　星期四

七時三刻起。今日無事，帶同定生至河邊小憩，約一時許歸。午後四時長青回，帶回子谷、袁希德信，並稚松十月廿七號滬函。各報所載戰事又趨於鄂北、鄂中，應山、安陸敵又增兵，仙桃鎮失守後尚未恢復。本月四號馬湘伯疾歿於法屬之諒山。湘伯今日四月百齡大慶，國府曾施以隆重典禮者也。晚無事，七時半即寢。轉鐘二時醒一次，咳嗽已愈，睡熟仍多夢。

---

①　自此日以下至本月廿三日，手稿中星期均誤，據實改。

初七日　晴　十一月十七日　星期五

八時半起，清理各事，準備出門。胡升在寓無多事，便帶之寫賬，粗記各事而已。陳三民薦來李成家甚笨，以之充勤務，百事不懂，不能不帶胡升同往也。晚間清理行李等件，囑袁老三、轎伕早睡。十一時寢。

初八日　晴　十一月十八日　星期六

六時起。七時家人弄已齊備，七時半起行。自寓下山乘輿至張家口，行十五里。袁世高趕至，謂渠亦至霧渡河看親戚云云。正午至鄧家坪打尖。自鄧家坪經七里峽至霧渡河，山高河窄而曲，亂石磊磊，極難行。傍晚經王宇晴家，陳三民堅請留王家宿，未至霧渡河街市也。飯後與雨卿談甚久，今夕由其家招待者尚有三民、胡升、李成家、袁世高及轎伕二名，予甚不安。

初九日　晴　十一月十九日　星期日

七時起。八時半至霧渡河區署，打電話至遠安、興山兩縣府，便查看街上情形。區長鄧雲勘，浠水人，辦理區政無條理，街市聞煙館尚有五六家，街道亦不潔净。係李專員之友人，迂腐甚。堅留予與三民午餐，便請其添雇挑伕一名，因李僕實不能挑也。下午四時仍回王宇晴家宿。

初十日　雨　夜雨達旦　十一月二十日　星期一

六時起，盥漱畢，步行至霧渡河樓房早餐，鄧區長來送行。飯後僅行三里，天忽雨，區署派隊士引路，遂駐陳姓保長家，三民佃户也。飯後雨更大。該屋不能容多人，遂囑隊士借傘、笠等件，冒雨行十八里，至楊家大廟但家吃午餐，休息二小時。雨仍不止，又冒雨行十里，到黃立生家中晚餐、借宿。立生未在家，由其姪與弟招呼一切。天雨未止，又無人共語，乃尋一李姓充教員者談至十時寢。

十一日　雨　午後陰寒　十一月廿一日　星期二

七時半起，雨未止。八時早飯畢，囑霧渡河隊返署，由該處保長另派一人引路，仍冒雨行。到龍洞坪打尖畢，雨亦止，囑伕子急行，五時到水月寺小集鎮也。駐黃家客棧，此棧主兼辦郵政，屋尚寬。今日天氣極寒，晚間大風，幸木炭便宜燒火，囑伕子及成家等多購禦寒。十時寢。今日輿過界嶺時，觸景作詩一首。

十二日　陰風寒甚　十一月廿二日　星期三

八時起，聞棧主云前路極壞難行，決定在此休息一日。該鎮余前憲、趙慎修等來謁，堅請午餐，遂過余宅談二小時。飯畢便往水月寺一看，寺甚古。前年張連之隊伍叛變時，省府曾派飛機來轟炸，街市房屋毀者六七處，尚未修復。此鎮屬興山縣第二區。晚自衛隊訓練班有學生二人來謁，並派二隊士來守衛。此地甚僻，從前多匪，聞自衛隊在此訓練，尚安謐也。十時寢。

十三日　陰　晚有月色　十一月廿三日　星期四

五時起，天曙早飯。六時起行二十里，至姚家塢垴打尖，係包穀飯。自是山路崎嶇，如擂鼓臺等地極難行，均下輿步走。下午五時始抵月溪湖聯保辦公處。聯保主任賈先志太年輕，據說已經受訓二次。處內尚整潔，有條理。欲再前進宿店，伕子不願意，遂命胡升交款，請賈代辦肉菜、購米具晚餐。遂宿該處。多雜夢。

十四日　晴　十一月廿四日　星期五

六時起行，二里許到石槽溪早餐。飯後前進至黃良坪，興山縣已派政警隊王隊長來接。該鎮居民不多，葛姓士紳堅約予至其寓吃飯，略與周旋，並問興山縣近況。據稱秦前縣長紹恬粗暴，現在劉縣長平和，辦事亦有條理云云。下午四時抵興山縣城，住復泰棧。晚飯後至縣府，劉漢清縣長已赴某處，由財政科長龔沛霖招待，便詢財政情形。回棧後給款命袁老三、盧啓應等回小峰，並付家信一件，囑其明晨即行。途中寫就劉伯陽、黃仲恂、向胖佛、朱祐亭函，今晚均發出。十時寢。

十五日　陰　小雨　十一月廿五日　星期六

七時起。八時縣府周秘書來訪，談片刻，與同至沈季歿家中。沈與予同學，抗戰前即回籍矣。談甚久，就其寓中飯畢回棧。正午至縣府，又至長途電話局，欲與霧渡河鄧區長通話，值其出。五時財委會請便餐畢。八時至周羨敏秘書寓中一叙，住宅精雅。九時返棧，決定明晨赴大峽口至秭歸。

十六日　陰　午後晴　晚有月光　十一月廿六日　星期日

六時起。早飯畢，清理行李等件，下河搭船至大峽口。劉縣長、張秘書來送行，與談半時。候季歿未到，彼有足疾，恐未能來也。七時船開，九時過鄧家河。因船在此載煤，予遂起坡，行至大峽口，興山第一區署在焉。予逕入區署，囑隨行人住客棧。區長張泰福，黃岡人。區員二人，均知予今日到此，留飯，遂宿區署。是晚同到署者尚有李希平，同保安處上校視察，沔陽陳勘平同到，亦宿於此。飯後小立，署外見對山晚景，區長指稱為孝子山、金家山、滴水岩諸名。月圓如鏡，風景甚佳。聞此鎮雖有敵機經過，並未遭炸，惟地方係軍行要道耳。十一時寢。

十七日　晴　十一月廿七日　星期一

六時起。七時到棧早飯。昨已由區署雇定船隻，七時半上船。下午三時到智溪，囑胡升等覓棧房住，予往聯保處問各事，並電話秭歸縣府胡縣長，準備明日到秭歸城。飯後往街市一遊。晚宿辦公處，囑其代雇民船，明晨開上水。

十八日　晴　十一月廿八日　星期二

晨起。早點後至河干，同王書記乘船往秭歸。十時經舊秭歸，又經屈原祠，遂囑舟子停船到屈祠一詣。祠內塑屈子像，貌和有鬚。後殿塑女像，屈子姊也。此地屈姓甚多，聞爲屈大夫之後。祠有聯，惜時間倉猝，未能記憶。正午到秭歸縣府，胡子韜與李秘書貫群均晤見，談甚久。出府途遇聶湘，已面胖矣。遂與同行，至各街一遊。聶湘面請下午在府酒敘，十年未見，頗爲歡悦。湘堅約予過其寓住一日，予到巴東心急，未允也。秭歸城內房屋炸毀甚多，冷落殊甚。據湘説，渠來時城內尚繁盛，敵機轟炸數次，乃成此象。晚飯在府，酒肴甚豐。飯後與胡縣長、李貫冠①談二小時。回棧後胡、聶又來談甚久去。十二時寢。秭歸屈公祠外有咸豐七年王某一碑，任鄂提學使。

十九日　陰　十一月廿九　星期三

五時起。六時飯畢，乘輿前進。李秘書、胡縣長來送行。十時至淺灘早飯。正午過石門與省銀行許股長遇，彼亦到巴東者。下午過張家溪，至牛口鎮。此地人煙甚密，宿王姓旅館。

二十日　晴　十一月卅日　星期四

六時起，促伕子等急行，懼空襲。正午抵巴東市區，生意暢旺，人民擁擠。予未停，午點後即促輿伕急走到中垣子，與彭、陳二君談各事，仍居原室辦公。晚飯後寫信與子穀、陽春、胡縣長，備明日發出。十時寢，展轉不寐。

廿一日　晴　月色佳　十二月一日　星期五

七時起。黨部已設有電話，甚便利。十時十分聞有警報，敵機十六架過野三關矣，正午解除。飯後予往馬鹿池民教育館，劉館長未在，聯向啓權至中心小學晤校長矣。祖藩下午四時歸。晚與李竹君、彭受虛等閒談，晏寢。

---

①　冠，應爲"群"。

廿二日　晴　晚大風　十二月二日

七時起。今晨寫信至午後三時止，共發十三封，分寄內子夢閑、喻育之、陳子谷、沈碧舫、向胖佛、黄仲恂、程稚松、張嘯青、孟迪甫、姜顯謨、鄧實、周北翔、孟廣漳、袁希德，備明日付郵。晚十時寢。

廿三日　晴　晚月月①佳　十二月三日　星期日

七時起。正午閱報，知南寧已失陷矣。姜成傑自火峰來此，取洋貳拾元作零用。留便飯，就此宿，明晨回校。姜年輕，能吃苦，可嘉也。

廿四日　十二月四日

七時起，昨睡甚恬。姜成傑早起，已行矣。今日寫一函與諸小濤、徐痴愚、龍惠東、胡太輔、蕭液垓。囑成家畫一簡圖。下午喻民安請予便飯，同席彭、蔡等九人。晚十時寢。

廿五日　晴　十二月五日

七時起。九時飯後至龍池巴東縣政府辦事處，通電話至施南省府，與嚴代主席通話半時許。黄仲恂未在省府，由賀葆三代接話。畢晤劉京之、諶培善、朱少甲等談甚久，出回譚家祠堂。下午四時在蔡心壽寓中吃飯未畢得電話，知巴東今晚有停輪，明晨開宜昌，遂匆匆帶同胡升、成家雇伕乘輿下山。至縣府請周小溪縣長飭警購得民政輪房艙，然費盡力量矣。晚十時周縣長送予上船，略談別去。船未開，空氣齷齪，睡極不安。

廿六日　晴　十二月六日

六時半船啓椗。十一時到香溪，船遂停。聞有警報，未往宜也。午

---

① 月，疑應爲"色"。

正帶同胡升等至智溪岸上吃飯，耽延二小時返船。午後四時船開行，傍晚抵宜昌，住金臺賓館。約朱陽春來一晤，並就市上購各物。訪蔡心壽，知其病已愈矣。

廿七日　晴　十二月七日

七時起，匆匆雇輿至三遊洞，晤嚴任之、帥和甫等。下午七時至縣府打電話與鄧區長，訪宜昌縣府殷科員、路秘書，囑其代雇輿，備明日回鄉，不致耽時間也。買雜物畢，仍宿宜昌旅館。

廿八日　晴　十二月八日

七時起，雇車至小溪塔早飯，又買零星各物。到楊家場陳文伯家，文伯與其弟均未在家，由其子招待。細訪舊時鄰居各人。晚寢不安。

廿九日　陰　十二月九日

八時飯後自陳宅到區署，打電話與沙河縣府，囑其備轎。傍晚遂至小溪塔羅家飯店宿。

三十日　陰　十二月十日

七時起。八時乘輿過河。早飯畢促輿伕、挑子急行，過黃土坡、廖家林等處略為休息。自是過錦文坡、張家口，傍晚方到寓休息。飯後細詢近月各事，定兒、遲生均好。晚間清理各事，囑家人明日派人購柴米雜事。十時寢。

十一月

初一日　陰寒　午後二時微雪　十二月十一日　星期一

八時起，倦甚。午飯後往陳秀升家略坐談，並剃頭一次。晚間欲寫各處函，以倦中止。十時寢，展轉不寐，多雜夢。

初二日　晴　陰寒　十二月十二日　星期二

八時起。飯後清理室中各事，將窗子撕去，重糊白紙較爲光明，便於寫字、閱書也。至三小時方畢，欲寫各處函，以身倦而止。晚九時寢，多夢。

初三日　陰轉晴　十二月十三日　星期三

八時起，倦甚。飯後內子往溪畔洗衣服去，余遂在室中寫信，備明日派人往宜市購物，便於發出。計致陽春、胡升、受虛、任之四件，餘則復鄭宇平、李佛波、孟廣漳三函也。寫函至十一時方寢，多夢。

初四日　陰　十二月十四日　星期四

五時醒，呼承家起，聞其飯畢去。八時起，飯後清檢各事，晚寫日記。此次出未帶原本，須補之。九時半寢，夢甚雜，似已回武漢者。

初五日　晴　早大霜　十二月十五日

八時起。飯後寫信，清理書籍，曬衣服等事。晚看成家帶回各報並蕭液垓、羅資深、鄧實等函。十一時寢。

初六日　霜　晴　十二月十六日

九時起。飯後寫致向胖佛、閻任之、施方白、陳文伯、胡文仰等函，俾明日袁三往宜昌發出也。近三日來，飯軟茶甘，調養得法，能多進食。並以月前秭歸聶爽誠所贈之花雕酒，每飯飲之，甚適也。十一時寢，夢與汪南疇相晤一室。又途遇汪堅，約之到一室談話，彼劣性根似尚未去也。

初七日　陰　寒　十二月十七日

九時起。飯後寫致嚴代主席函，久不就，因敘事多，不能概括也，午後三時稿甫成。晚寫復羅資深等函數件。今日又傷風鼻塞，幸不甚劇。十一時寢。

初八日　晴　寒　十二月十八日　星期一

八時半起。飯後寫致吳市長、范寄滄等函。十二時三刻天際飛機聲大作，出門視之，自西方天空來。前後三批，各九架，整齊成分隊。飛甚低，或者吾國空軍東下炸漢口歟？明日當知之也。四時半未見飛機西上，則今日東下者必敵機也。今夕寫信共十件，而致嚴主席函附報告約四五千字，連前日所寫者共十四函，計陳文伯、羅資深、劉伯陽、鄧區長、鄧寶、蕭縣長、向秘書、范寄滄、吳市長、程鵠年、朱祐亭、施方白、閻任之、陳子谷、嚴主席十五人。目倦神疲，至轉鐘一時半方畢。封後已上午二時，方寢。

初九日　晴　寒　十二月十九日　星期二

四時半醒，呼成家、長青起。五時半以陳文伯函付成家。因袁老幺有事求文伯，約之同往兩河口也。以各函並得七元交長青往宜昌去。天尚未明，遂復睡，八時四十分方起。飯後整理室中衣服及桌上書籍，約三小時畢。欲作事，以倦而止。午後三時一刻天際飛機聲大作，出門視之，有九架成隊由前山高空掠過。五時成家自兩河口回，云彼見有十八架飛高空，則今日又爲敵機炸川歸也。敵人橫暴，天實佑之，將奈之何！或曰惡不積不足以殺身，其倭之謂乎？晚寫日記。十時半寢，夢張立群請客，並述彼近況。

初十日　陰　十二月廿日

九時半起，倦甚。飯後自粘各地圖，以便瀏覽，以新畫圖加入訂一冊。午後買鹽卅斤，以便分給遲生醃肉、菜等事。晚長青歸，攜有信件，並今日李堯階取回信、報，云我軍在鄂中者反攻勝利，須慰之。至得鄂城潘仲平、洪英、萬子雲三函，述各事。與前月子谷一函，述戰事甚佳。

呂景和一函，得事。餘葉文鵬、孫壽山函，述武昌房子現已佈置修理，由陶洪生招呼一切。程稚松寄來《標準萬年曆》一本，分六函寄來，但此收到五冊。此曆較好，可助余補從前日記之參考也。黃仲恂復函云通志館編纂員已補石瑛所薦之李大伯，余函到遲，彼已補入矣。十一時寢，咳嗽頻作，轉鐘後方熟，多夢。

十一日　陰　月色昏黃　十二月廿一日　星期四

八時起。飯後寫復各處信。午後袁宅商議向秀升家購豬宰之。去年未醃肉，今春夏間俱無肉食。因此間鄉間小市，冬初方有宰豬者也。晚餐自弄，家人俱往陳宅分肉去，至十時方歸。十一時半寢。

十二日　晴　夜月色佳　十二月廿二日

九時起。飯後寫復洪英、孫壽山、陳子谷、朱陽春、胡升、柯克明、施方白、閻任之、黃仲恂、向胖佛、張重心、潘仲平、周淬成等函十三件，晚六時畢，交與長青明晨往宜市胡升處發之，並買各物件。十一時方寢，多夢。

十三日　晴　今日冬至　十二月二十三日　星期六

五時醒，呼長青起往宜昌。七時起。九時飯畢。午後小睡甚久。晚看《近思錄》第一本前十頁，從前有此書而未看，今夕乃得見之，朱子闡明程、張之學也，呂東萊亦推崇此書。此書頗有味，惜與近時潮流不合，非致富強者也。十一時半寢，睡甚恬，夢多且雜。

十四日　晴　十二月廿四日

九時起，整理出差各帳。十二時飯畢，午後帶同定生往溪河看水。此間月餘未雨，水已涸，遂至瀑布之下見其真景。余前作《匹練泉》詩未詳考也。下潭寬約三丈餘，深不可測；上瀑以目見度之長二丈餘，下接之大石面"匹練"直下，長四丈餘，共約六丈餘。左石一小瀑，窄僅三四寸，長二丈餘，水珠飛濺如霧露。不至其下，不能得此真景也。凡事揣測者多不切。徘徊一時餘，帶定生回寓。今日遊興甚好。晚五時長青歸，攜來孟廣潙函，並附四川地圖。周淬成函，云已到武昌住宅二次。此函已閱二月方到巴東。彭受虛轉到張肅青函並巴東縣府各表，略一瀏覽。看《近思錄》《安樂銘》二小時。十二時方寢，多夢。

十五日　晴　月光甚好　十二月廿五日　星期一

九時半起，飯後已十一時矣。清理各事畢，帶同遲生往張家口龍惠東處，詢其做公賣鹽分銷事，約其明日午後來家吃飯。三時半與遲生同回。晚飯後看雜書。晚八時半聞虎吼，似在對山上，先後共六次，最後似行遠矣。前日陳家佃户云小峰河上連夕有虎聲，此其證也。古人句云"猛虎一聲山月高"，或亦此景歟？十一時寢，夢多且雜，不遑記之。

十六日　晴　晚月光昏黃　十二月廿六日

九時起，十時早飯，十一時清理室中，檢順各物。十一時半龍惠東來，與談一時許，玉清、三民、惠安、遲生方來。談約一時半開飯，午後二時半畢。與出門同看瀑布，仍至其下觀之。據玉清説，暑可渡水迤至下層之石穴内納涼，中係空曠，約可坐十餘人云云。駐留半時，與惠東再至秀升家，坐談一時許乃歸。惠東亦別去。晚十一時寢。

十七日　晴　月色佳　十二月廿七日　星期三

九時起，囑内子洗衣服，備出門有更換者。飯後無所事，昨已足軟，今日不思外出也。連日均飲酒。晚補作二詩，張貢之囑寫山水小幅，須題詩，與閻任之、施方白同一要求，余既其畫矣，往三遊洞時必交之。晚十一時寢後多夢。

十八日　晴　十二月廿八日　星期四

九時起。飯後爲張貢之作畫，起寫《秋山》矣。午後寫復萬子雲、劉縣長調宜都致賀函，餘復子谷、陽春、廣漳、胡升諸位。十一時寢，寢後夢回鄂城，似四眼井舊宅，已翻造矣。門户衆多，一排五六棟，深三四進。見亡兒根生仍集書册而讀之。又似此宅在湘垣者。

十九日　晴　十二月廿九日　星期五

十時半起，身疲足軟。飯後爲張貢之作山水已成，明日可寫款，此次出門必帶往三遊洞交之。袁世高明日往淯溪，便托帶布疋廿元，又另購做鞋青布一元，並以二函付之。晚十一時寢。今日午後三時聞炸聲甚厲，不知何處。又聞宜市昨又遭炸。

二十日　晴　夜有月色　十二月卅日

八時半起，聞袁世高已行矣。飯後聞有人自宜昌歸，云宜市南區街已炸數處。午後閱雜書。三時偶外出，又聞炸聲一次。前日炸宜昌，今日又炸何處耶？晚十一時寢。

廿一日　晴　轉鐘以後有月色　十二月卅一日

九時起。連日以來晴煖如春，可異也。午後又有人云當陽已被炸，淯溪河已炸毀不少屋宇。前閱子谷來函，鄂中戰事近日我軍大勝利，俘敵人無數。敵無辦法，遂到處轟炸歟？今日爲新曆除夕，又過一年，失地尚未收復，奈何奈何。十一時半寢，多夢。

廿二日　晴燥　民國二十九年一月一日　星期一

十時起，疲倦甚。飯後胡升自白木坪來此，據云昨宿白木坪，前日自宜市到小溪塔，述宜昌前日敵機轟炸情形甚詳。新曆元旦多禁牌坊慶祝，各處大埠如此，要亦惹敵機注意之事也。寫復秦培鑫、子穀、廣漳、沈季弢、伯陽函，至十一時半寢。

廿三日　晴　一月二日　星期二

七時半起，囑内子洗被臥。飯後曬各衣帽等等。寫復宋濟賢、葉文鵬、孟祥煥、鄧區長、周治斌、並囑其向胡太輔取款十元應用。梅先霖、萬子雲、王久旐、潘受盦、施方白、閻任之、張貢之、並交渠所求之畫件。汪復東、熊冼銘、蔡心壽等函，交胡升明日到小溪塔發出。其陽春、子穀等函，囑其面交者也。晚九時又交洋一元與袁宗漢，就小溪塔帶物件。十一時寢後夢甚雜，夢見先父母仍似在鄂城，又夢陳子谷代為租屋事，又陳傳詢女士可憐狀、朱次誠之妻窘苦不堪狀，又子谷示以清壬寅科全墨原卷數十本。

廿四日　晴　一月三日　星期三

九時半起，檢查日記。自今日止，此月天晴廿四日矣。其間只有陰天二日，連上月計之，自十五以後晴起，則至今已卅九日。以後尚不知何日為止，奇哉。午後無事，將墨盒子重調，磨墨加入。晚十時寢。轉鐘三時五十分忽因塞鼻傷風不能睡，遂起坐半時許再寢，多夢。

廿五日　晴燥　一月四日　星期四

九時半起，飯後閱《掃蕩報》。午後寫信與龍惠東，因其明日赴宜市也。晚又看報及雜書，至轉鐘一時半乃寢。四時半仍醒，又類傷風，起坐半小時再睡。

廿六日　晴燥　一月五日　星期五

九時起，陳健安同玉卿來奉看，留與談，囑家人辦飯，十二時半乃食。健安今年中風，大病數月，今乃痊，可已瘦削，較之去冬與余晤時大異矣，精神亦覺大減。述在閭宋海船遇海盜事，甚可怕。彼以不行時人而偏遇之，真湊巧矣。午後一時半別去。晚清理各事，看《遊峨指南》，至十一時寢。

廿七日　晴燥　一月六日　星期六

九時半起。飯後曬洗各衣被等等，準備明日到宜市，再往當陽、遠安。清理各物件，留付米鹽諸款，存交三民了手續。十時寢。

廿八日　晴　一月七日　星期日

七時半起。上午清理各事畢。下午囑袁世高雇輿伕、挑子等事畢。明日起程到宜昌市。晚十時寢。

廿九日　晴　一月八日　星期一

八時起，昨定赴宜昌市，家人以今日爲末日，未果，決定明日出門。下午仍整理各事，囑輿伕等明晨早來。因天氣短，預定明日宿小溪塔陳宅較爲妥適也。十時寢。

臘　　月

初一日　晴　一月九日　星期二

七時起，八時動身。今日出門，仍循惠安宅門經過。遲生未起，囑惠安告以各事。午後二時即到小溪塔，遂駐陳宅，並訪陳宗榜、季明等，便參觀中心小學。陳益三先生請予便飯，陪者七人。晚十時寢。伕子等明晨回小峰。

初二日　晴　一月十日　星期三

七時起，至區公所打電話，請縣政府路秘書代雇河西轎夫、挑子到當陽。飯後雇車二輛，帶同成家到市區。四時抵金臺旅社，約陽春來一話，並訪王文端、龍惠東等談各事。遇蕭液垓，便問遠安各狀況。十時整理各事。李端陽來辦各事，囑其明日早起來送予。十時半寢。

初三日　晴　一月十一日　星期四

六時起。早點後清理行裝。縣政府派來輿伕二名，轎子甚好，且寬適，又挑伕一名，均健壯。七時半旭日東升，予懼警報，趣伕子等速行。胡升、成家一行七人出發。行十里，至楊叉路候伕子等。早飯畢，仍急行卅五里，過土門埡，宜昌第二區署在焉。區長王勉，雲夢人，頗精幹。區內外均整潔，與談片刻即出。至正街午餐。今日值土門埡趕場，男女老幼購物者多。飯畢行廿里，至龍泉鋪聯保處。值其主任出，由金書記招待。金，黃岡人，星甫之叔也，略詢黃岡情形。予囑胡升自備菜飯等等，因辦公處請予飯已拒之矣。借金書記家中一房爲予宿舍，頗寬敞。囑其借一火盆，尚不覺冷也。飯後由金書記導予至龍泉鋪小學參觀。其校長李君，前在漢口商會充文牘者，與談半時出。堅留在鋪駐一日，但欲急往當陽，未之許也。回金宅後遂寢。

初四日　晴　一月十二日　星期五

七時起，金堅請早餐，菜甚佳，自辦者也。陪客有稅局主任，便詢徵收情形。飯後乘輿行三十里，過雙蓮寺。值趕場，街上人擁擠不堪。此鎮較龍泉鋪生意尤發達，就此打尖。問當陽縣情形，有徵收分櫃一所，姜姓書記，鄂城人，一一告予。此鎮屬當陽，龍泉鋪屬宜昌也。聯保主任不在處，予尋一書記，請其派一隊士引路。迂道至玉泉寺一宿，謁關聖帝君也。玉泉寺爲關顯聖之地，童年讀《三國演義》，弱冠在省垣住學堂時，時與當陽同學張耀南、童雪舫二君談及之，今日必須到寺小住也。行廿里，到寺門已黃昏矣。鐘聲入耳，山光暮靄入眼，心胸爽矣。由方丈及圓成和尚陪予茶點後具素餐。正值該寺與某家做功德，燭盈庭，樂盈耳。寢室升火，煖如春宵。和尚享此境界，勿乃過分耶？十時寢，十二時半起一次，庭階燭朗未熄。

初五日　晴陰不定　一月十三日　星期六

六時起，寺中已具早餐，不便拒之。飯後由圓成導予遊前後寺。建築甚佳，真有悠久歷史。詢關聖像，並參觀端一和尚來此講經，行跑香禮節後，乘輿行卅里。午後二時到當陽縣府臨時辦事處。縣長劉敏爲大冶人。科長姜文山，同鄉也，遂借居其室。四時進當陽城，晤蔡價人，談甚久。九時歸。

初六日　雨　寒甚　一月十四日　星期日

七時起，天小雨。余決計往觀音閣稅務局一查情形。飯後約周文山前往，行三里許始達。晤局長黃漢，皖人，前充七區督徵員者，頗精幹，述其處事能力，便晤其稅務主任雷□□。又遇羅道學，號子遜，松滋人。即前清與余同學羅植臣之弟也。述其家尚藏有余幼年所作字畫及函件，遂便請寄函松滋，囑植臣之子檢出相示。不知果能寄來否？出局後並約羅同謁關帝陵廟。中途遇雨，止一農家小憩一刻鐘，乃行到陵廟後，見古木參天，具莊嚴氣象。先謁帝墓，行三鞠躬禮，以余係着學生裝也。再謁帝像，亦行鞠躬。尋石碑，明代有崇禎三年、十三年二刻石，餘則清康熙、嘉慶、同治等碑，有被風雨剝蝕不能辨者二碑。二重殿已塌毀，尚未修理。左爲春秋閣，中亭置一石碑，風雨剝蝕難辨識，約耽延一時許。前殿置有一刀，曰青龍偃月刀，此則傅會者也。出寺左行半里有昭烈皇后祠，略瀏覽即出。下午二時入城，到區署晤區長，便詢各事出。三時回季家窰。今日劉縣長請便飯，同席者則委會、動委會及國民兵團副團長及各科秘。六時席散，周科長京黃岡人。作詩相贈，嫌其過譽也。晚十時寢。

初七日　陰寒　一月十五日　星期一

七時起，九時到城。聞周科長約予酒敘，未便拒之。蓋以鄉後學及治下禮請客也。文山同去。當陽爲敵機轟炸數次，現正拆毀城垣，灰石狼藉，頗難行路。北門外生意尚繁盛，席散後至各街遊覽。下午二時回季家窰。五時劉縣長再約便飯。晚六時與文山閒談，連日承其招待，其子亦盡後學禮，尚不失爲詩禮家風也。請縣府代辦輿伕、挑子等事，備明晨到遠安。十一時寢。

初八日　晴陰不定　下午小雨　一月十六日　星期二

六時起。七時早餐，菜甚豐，文山所辦者也。到當陽每餐必食魚，宜昌北鯽魚難得，即得亦非大魚，則此次出差有口福矣。八時轎伕已齊。劉縣長，周、黃諸科長來送行，縣長派隊士胡竹煊引路。行十五里，至黃鵠灘候伕子等吃飯，予便至街市上購點心數事。自是經公母山、焦家堤、小高鎮也。再經岩河至馬家店，抵百寶砦打尖。此鎮有遠安徵收分櫃，便問各事，知遠安縣政尚好。自是走新路，經李家套、界山、夏家店等處。遠安所派蕭隊長候予未至，聞已入城矣。予遂到向家畈，縣政府蕭縣長往渝受訓，予遂暫駐其室，由秘書沈君招待，次第與科長、科員相見。舊僕王安雪招呼聽用。予遂囑胡升與成家同住樓上，蓋予不欲渠等照料也。十時寢。

初九日　小雨　寒甚　一月十七日　星期三

八時起。九時往訪傅靄如、陳臨川諸人。十一時早飯畢，進遠安縣城，至縣政府黨部、中學校參觀。縣府舊式未改，頗存古樸狀。學校係書院改建，學生已放假，內駐保安團營部，王連長招待。王，五峰漁洋關人，予便詢張福蓀家況，知已式微矣。三時回向家畈。五時沈秘書代表縣長請客。陪客均署中人，僅傅靄如為外客。席散後，何科員來室中談堪輿事，頗詳細，惜予不願意聞堪輿之學也。十時寢。

初十日　陰寒　一月十八日　星期四

八時起。早點後到財委會訪陳臨川等，到審判處訪柴小泉，蘄春人。到民眾教育館，均談片刻出。午飯後寫信分致孟廣漳、彭受虛、鄂城洪英，囑李僕發出。傍晚傅靄如請吃飯，僅予一人，已先囑其不請外客也。九時歸，看雜書。沈秘書來談甚久去。十一時寢。

十一日　雨　寒　晚大風　一月十九日　星期五

七時起。八時沈秘書來談。午後一時致黃秘書長一函。午飯後又寫各處函。今日雨中無事，又不能至各處視察也。傅霨如來談。晚飯後出門，欲看何科長，以大風折回。晚間清理表冊，俾作報告。十一時寢，寢後風大，慮有雪。

十二日　大雪　寒　一月二十日　星期六

八時起，知夜來大雪。九時室中王僕已備火盆。飯後寫致嚴代主席詳函，將當、遠兩縣重要情形及民間應予休息、改良、增進福利，保甲長凶惡，辦兵役不公情形，均詳述之。並致李貫群、汪萬里、劉敏如、姜文山等函，或告必須改良諸事。下午四時均發出。午後進城訪魯聯保主任，鄂城人。囑其打聽舊僕羅國貞下落。歸後飯畢，霨如、文範、何會計均來談。風雪交加，圍爐閒話，亦趣事也。十二時方寢。

十三日　陰　寒甚　今日大寒節　一月廿一日　星期日

八時起。九時寫信，分致朱廳長、向胖佛、沈碧舫、朱陽春。午飯後何會計、沈文範、傅霨如先後來談。傍晚有人去洋坪，遂托沈代予買黑木耳卅斤，並云有便須至該區一看情形。十一時寢。

十四日　晴　一月廿二日　星期一

七時起。早點後寫信與范子琦、喻育之，並作家信與遲生。午飯後帶同李僕、胡升等進城，西城入謁關帝。廟內懸光緒十一年金匾一方，長約九尺，高一尺六七寸，金光四射，可見當時物美而價低也。下款係游擊吳亮才所建立。又道光十一年金匾，亦係武官高連陞所獻。可見此邑當時亦係重鎮。出南到區署略坐談，區長尹梓錫未在署，五時歸。飯後未作事，屢與沈、何諸人一談。十時寢。

十五日　晴　月色佳　一月廿三日　星期二

八時起。九時飯畢。九時半帶同胡升、王安雪、沈秘書、李科長，陪予至鳴鳳山一遊。途徑典獄署，茶畢。此署爲華真洞，內有道光廿二年碑，孫紹棠所立。行山路約四里，道旁有道光八年一碑。自此上山，行石坡二百餘級，到關聖殿小憩。再上四百餘石坡，到文昌殿。路旁有"鸞鳳常鳴"一碑，邑人某某所立，蓋即紀鳴鳳山者也。每上坡級，囑王僕於地上記其數。又上五百餘級，乃抵正殿。房屋甚多，僧人閒食。不知當時何以有此不易之建築也。再上則有長鐵練二條下垂，手握練上廿餘級，乃到最高正殿矣，列有銅鼎。廟祝招呼，略與問各事，仍下到正殿各處一遊。在客堂略進茶點。四時循原路下山，行甚速。晤典獄官□□□。亦黃麻人。到縣府晚飯後，聞洋坪來電話，說興山發生匪警。予用電話問霧渡河區署，未打通。九時傅、何、蔡及科秘多人來室中話，因予明日回宜昌也。十一時寢。

十六日　晴　一月廿四日　星期三

五時半起。六時飯畢，囑胡升、李僕清理各事，轎子已來，七時乃離向家畈，別遠安縣政府矣。沈秘書、彭科、柴司法官、何會計、周庶務均送予行甚遠，已二里餘，再三請其退，便坐轎行也。王僕送四里方回。行十五里，到舊縣，候輿伏等吃飯，便至街上一遊。此即遠安舊城也。至聯保處，問該鎮情形畢。輿行甚速，至徐家棚午飯，沿途風土與宜昌無異。下午四時抵洋坪，住一小店中休息片刻，即到市查問各情況。六時晚飯。田區長來談片刻去。九時予至區署一次。月色當空，宵寒風緊。今晨至此，已行四十五里。十時半寢。

十七日　晴　早霜　一月廿五日　星期四

六時半起。七時田區長堅請過去早餐。十時起行，正午經羅漢峪，路極不好走，沿途尚有積雪未消也。下午一時抵回馬嶺，即關夫子回馬之地。相傳兵敗時，吳將潘璋設伏以伺，公遂被執。幾家店中，生意蕭條。路角立有一高柱式石碑，略敘當時關公兵敗情形，下款即杭州書鳳，宣統間長遠安縣者也。書鳳，廂旗人，入民國改名費書鳳，蓋一姓矣。其子費成鎔，民十在武昌三一學校讀書，予曾教其理化。成鎔現在漢口郵局充郵員，能唱京調，時時在漢登臺奉技。蓋滿人多喜唱也。轎伕不願多行路，天氣又短，彼等欲宿香油坪、土地埡等小店，予未之許。至荷花店已天黑不辨矣，住一稍大店中，囑其備火盆、鋪草等件，均能辦出。飯後約一聯保主任來談話，告以地方應興應革之事去。十時寢。

十八日　陰寒　一月廿六日　星期五

五時起。六時早飯畢即動身。街市冷落未開門，不足觀也。預計今日可到家，沿途少休息。八時到界嶺，宜、遠分界處。此地有新屋數棟，聞係以屠宰起家者，宜昌籍也。風景甚好，亦可無空襲之慮。經譚家坡，十時過棠梨樹埡，亦小集場。正午過南漳埡，集場較大，布疋甚多。在該集吃飯，至保辦公處問各事。下午促興伕急行。四時半已抵小峰寓中矣。細問家中各事，將所買白菜等物分送陳秀升及袁世高等等。飯後疲甚，九時即寢。

十九日　陰寒　一月廿七日　星期六

九時起，疲倦甚。早飯後囑李僕送各物往遲生母子，並約惠安等來寓與說各事。下午過河至秀深家中一談。清理寓中各事。胡升明晨欲回宜昌市，予亦不便留之。寫信與陳益三，囑胡升明日帶去。晚十時寢。

二十日　陰　一月廿八日　星期日

六時起，倦甚。飯後寫致姜文山、沈雲範、傅翯如等函，誌謝也。晚間辦理報告。十一時寢。

廿一日　陰寒　一月廿九日　星期一

八時起。十時聞有人至小溪塔，便購年內應用各物。晚間寫信四件，備明日付便發出。十時寢，多夢。

廿二日　一月卅日　星期二

九時起，倦甚。午後未作事，偶帶定生往河畔一遊。晚十一時寢。

廿三日　一月卅一日　星期三

九時起。十時飯畢。午後寫信三件，分致鄂城城內、胡林灣間、宜昌陳子谷等處。晚間寫長函與嚴主席。十一時方寢。

廿四日　陰　二月一日　星期四

八時起。午後清理案上諸件。午後囑內子辦些應用菜蔬。晚因小除夕，亦具酒肴，以資點綴。然回念家鄉，不勝感慨。十時寢。

廿五日　晴　二月二日　星期五

九時起，倦。午後陳宅送禮物來，便答以各物。宜市帶來報紙，閱之，戰事亦無進展，悶悶而已。晚閱縣志及雜書。十一時寢。

廿六日　陰　二月三日　星期六

八時起。早飯後寫信四件。囑家人購魚肉等事，室中略事清理。晚間閱書、寫詩稿，至十一時寢。

廿七日　陰　二月四日

八時起。飯後外出一次。午後二時小溪塔轉來信件等等。報紙所載，戰事無進展。晚間飲酒一杯。十一時寢。

廿八日　今日立春　二月五日　星期一

九時起，憶從前在家，廿八日須備年飯，家人團聚，遵祖宗舊例也。今流亡在外，念往事，不勝感然。午後閱《宜昌縣志》及《唐詩合解》。

十時寢。

廿九日　二月六日　星期二

八時起。飯後到遲生寓中，與萬氏說各事，便與秀升、玉清談片刻。午後回寓。今日上坡下坡均費氣力。晚間寫字二張，百無聊奈矣。抗戰何時勝利，俾吾輩早回家園耶。袁宅攘攘辦年菜，余則增感慨而已。囑家人於明日略備數肴祀祖。十時倦甚，遂寢，多夢且雜。

卅日　二月七日　星期三

九時起。午前掃除室內，佈置一切。午後一時囑承佳買零星各物及糖食、煙酒等物。四時家人已辦好各肴祀祖，默祝先人俾吾輩早回武漢耳。便約袁世高父子、叔姪來吃飯。晚間無聊，偶與定生甋，弄給炮竹與之。九時飲酒。十二時仍倦不支，不能守歲，僅囑內子後睡而已。余寢後時醒，時多夢。因袁宅人衆，鞭炮聲時作，不能安睡也。枕上念及家鄉，尤悒悒不安。